G.D. LIGHT

Il Cuore del Lupo

TOR

IL FIORE DELLA NOTTE

LA CADUTA DELL'ALFA

A mio fratello.

*Ora, dunque, rimangono
la Fede, la Speranza e l'Amore.
Questi tre.
Ma quello più importante di tutti
è l'Amore.*

Titolo, immagini, copertina, contenuti, testi, ed ogni altro contenuto presente in questo libro sono di proprietà di proprietà dell'autrice, o dei rispettivi titolari di volta in volta indicati.

I contenuti, ivi compresi i testi, il titolo, le immagini, la copertina, ed ogni ulteriore materiale non potranno essere pubblicati, riscritti, commercializzati, distribuiti, adattati, tradotti, trasformati in audiolibri, radio o videotrasmessi, da parte di terzi, in alcun modo e sotto qualsiasi forma salvo preventiva autorizzazione da parte dell'autore.

È proibita ogni riproduzione, anche parziale, in ogni forma o mezzo, senza espresso permesso scritto dell'autore.

Il marchio G.D. Light e tutti gli ulteriori segni distintivi utilizzati o inseriti nel presente libro sono di titolarità dell'autrice, o alla stessa concessi in licenza, e tutelati dalle normative in materia di proprietà industriale ed intellettuale.

Contatti:

- kgdlight@gmail.com
- info@gdlightauthor.com

G.D. Light™

Scopri l'intera saga de

Il Cuore del Lupo

Scannerizza il codice QR per scoprire tutti i libri dell'autore G.D. Light

Il cuore del lupo

TOR 7

Il fiore della notte 197

La caduta dell'alfa 421

Il Cuore del Lupo

I Parte

TOR

IL CUORE DEL LUPO

Parte I

Poggiai un piede a terra, scendendo dal letto molto presto, come tutte le mattine, mentre pensavo al sogno appena fatto.
Era lo stesso da troppi giorni, ormai. Tutti sognano, ma io, in diciannove anni di vita, ho sempre sognato molto poco. Da circa dieci giorni, avevo iniziato a fare sogni estremamente vividi, insoliti, per non dire assurdi.

Sentivo il fruscio delle chiome verdeggianti intorno a me, spostate da una calda brezza che mi carezzava il viso. Quel rumore era così rilassante e dolce che gli permisi di cullarmi per un lungo istante mentre socchiudevo gli occhi. Avvertivo un caldo raggio infrangersi sulla guancia e il mio respiro era lento, seguiva il ritmo placido di quelle delicate sensazioni.
L'attimo magico si interruppe bruscamente. Un'ombra scura attirò la mia attenzione. Ero troppo distante per poter distinguere con chiarezza cosa fosse, infatti si spostava rapida nel sottobosco.
La mia curiosità si acuì; il punto nero si faceva sempre più grande, avanzando silenzioso.
Gli alberi imponenti dalle foglie color smeraldo non lasciavano filtrare molta luce nonostante il sole splendesse e questo comprometteva ulteriormente la mia visuale. Cercai di spostarmi in avanti, ma il mio corpo rimase immobile.
Guardai i piedi e con stupore vidi che ero sospesa a quasi un metro dal suolo! Ma com'era possibile? Era per questo che mi sentivo così leggera, conclusi ridacchiando tra me e me. L'euforia iniziale fu presto spazzata via da una nuova consapevolezza: come cavolo faccio a spostarmi adesso?
Tutto ciò che ottenevo quando provavo a camminare era rimanere sempre nello stesso punto.
Istintivamente provai a spostare la parte superiore del corpo in avanti.
Come per incanto, presi a fluttuare muovendomi nella direzione in cui ero inclinata. Mi sentivo come una piuma che volteggiava in aria, ma che non avrebbe mai più toccato il suolo.
Spostai il busto, ora quasi parallelo al terreno, sulla destra, e questo prese a

muoversi in quella direzione. Feci lo stesso variando il baricentro in avanti, poi a sinistra, e infine indietro. Perfetto, avevo capito come funzionava quel curioso modo di volare!

Ricominciai a frugare con lo sguardo la boscaglia in cerca del punto nero che pochi istanti prima compariva e scompariva nel fitto della vegetazione, ma non vidi più nulla. Una curiosità crescente mi spinse a muovermi verso l'ultimo posto in cui avevo scorto la macchia nera.

Mentre avanzavo, il profumo di foglie e di legno mi giungeva alle narici prepotente; inspiravo a pieni polmoni quella fragranza che risultava essere fresca e piacevole.

Il mio volo era accompagnato dal cinguettio degli uccelli che si levava a tratti tutt'intorno, creando una gradevole musica di sottofondo. Avevo la bizzarra sensazione di essere immersa in un luogo magico, mentre continuavo a zigzagare alla ricerca del punto scuro.

Un rumore di rami spezzati alle spalle mi bloccò. Il suono era sorprendentemente vicino!

Cambiai rotta, pronta a scoprire a cosa fosse dovuto, quando, nel voltarmi, mi ritrovai a fissare due iridi ipnotiche a un passo da me. Grandi ed espressivi occhi dalle tonalità più calde dell'ambra mi guardavano. Rimasi incantata per qualche secondo prima che il cuore accelerasse bruscamente.

Quegli occhi appartenevano a un gigantesco lupo nero! Non feci in tempo a urlare che l'imponente creatura mi passò accanto. Era come se non mi vedesse, mentre sgusciava al mio fianco con grazia animale, per poi scomparire nuovamente dal mio campo visivo.

Mi svegliai madida di sudore e con il cuore che batteva frenetico contro le costole.

Quello era stato il primo sogno.

Da quella notte la sua presenza durante il mio sonno era immancabile, ormai ci avevo fatto l'abitudine.

Alcune notti lo vedevo a caccia, altre gironzolare in una foresta con altri lupi; lo scenario cambiava quasi ogni volta, ma il protagonista era sempre lui.

Era come osservare la vita di qualcuno senza essere visti. *Peccato che questo qualcuno sia un animale*, pensai seccata. In quei sogni fluttuavo sempre vicino alla bestia e come un fantasma gli volteggiavo accanto.

Ad ogni modo, in dieci giorni di sogni sulla vita di un lupo, conclusi di avere una fervida immaginazione, riscoperta dopo diciannove anni di calma piatta.

Stavo pensando ancora agli occhi ambrati dell'animale immersi nel verde della foresta, quando mi trascinai in cucina. Cercai di non fare rumore: la mia coinquilina stava ancora dormendo e, con ogni probabilità, avrebbe continuato fino a pranzo. Non l'avevo sentita rincasare, ma sapevo che doveva essere tornata molto tardi. O molto presto, dipende dai punti di vista.

Guardai l'orologio digitale del microonde bianco sul ripiano: i numerini verdi lampeggianti mi informarono che erano le 6.48 e quindi mi rimaneva poco più di mezz'ora per essere fuori di casa. Dovevo aprire la piccola biblioteca nella quale lavoravo e alle otto in punto mi sarei dovuta trovare lì.

Girai velocemente per la cucina alla ricerca della colazione.

L'appartamento, che condividevo con Amelia da poco meno di un anno, era piccolo ma confortevole, composto da ingresso, due camere, bagno, soggiorno e un cucinotto. Io e Amelia eravamo compagne di scuola e, dopo il liceo, decidemmo entrambe di cambiare città: lei trovò lavoro in un locale e io in una biblioteca.

Proseguire gli studi non era nei nostri programmi, per il momento. I genitori di Amelia avevano altri tre figli da mantenere e non potevano permettersi di sostenere la figlia negli studi universitari. Quanto a me, ho vissuto tutta la vita con zia Penelope: i miei genitori morirono in un incidente stradale quando ero molto piccola e non ho serbato alcun ricordo di loro. La zia mi raccontava spesso della mamma, diceva che ero il suo ritratto e, quando ne parlava, aveva sempre lo sguardo velato di una tristezza tanto profonda da far venire un enorme groppo in gola anche a me. Si percepiva che aveva amato profondamente la sorella più giovane, anche se per me rimaneva una madre sconosciuta.

Non avevo nessuna foto dei miei genitori e neppure zia Penny, a quanto diceva. Non riuscivo a capire come fosse possibile che non avesse neppure una fotografia di mia madre. In risposta diceva che le poche che aveva erano andate perse e chiudeva il discorso, sbuffando e borbottando qualcosa riguardo alla testardaggine che avevo ereditato da mio padre nel continuare a fare le stesse domande. Tutto ciò che sapevo di loro erano due nomi: Bryn e Nessa.

Intuivo che mio padre non era mai piaciuto veramente alla zia, anche se le poche cose che mi aveva raccontato su di lui erano tutte incantevoli. Infatti da bambina, quando me ne parlava, diceva che aveva amato sia me che mia madre più della sua stessa vita.

Quando mi sentivo triste, richiamavo quelle parole alla mente. Come fiamme che sciolgono il gelo di una cupa giornata invernale, mi scaldavano il cuore.

Quanto ad affetto, però, ne ho sempre avuto tantissimo dalla mia eccentrica e burbera zia, la quale mi aveva coccolata come fossi la cosa più preziosa che avesse.

Così, finito il liceo, l'idea di lasciarla era l'unica cosa che mi facesse vacillare. Ma una sera, dopo cena, ci eravamo sedute davanti al grande camino in soggiorno, entrambe con un libro in mano.

Ricordo che non riuscivo a concentrarmi: continuavo a pensare a cosa fare della mia vita, dove andare, cosa volessi veramente, senza riuscire a trovare una risposta. Fu allora che zia Penny aveva sollevato il piccolo nasino dalle pagine ingiallite per guardarmi. Era straordinariamente bella per l'età che doveva avere; età che non aveva mai voluto rivelarmi, nascondendosi dietro la frase che ripeteva come un mantra da anni: «Rori, non è educato chiedere l'età alle signore!», con tanto di espressione turbata e finta offesa.

Aveva un fisico esile e minuto, con la carnagione d'avorio e occhi color ametista, attorniati da corti capelli castani dalle sfumature mogano. Puntandomi addosso quegli insoliti occhi viola che le avevo sempre invidiato, mi disse:

«Rori, capisco che tu non sappia cosa vuoi, ma non è un crimine sentirsi così, né voler trovare quel che cerchi. Ognuno di noi ha i suoi tempi. La vita è tua ed è giusto che tu possa viverne appieno ogni singolo respiro. Cerca la tua strada e ricordati: se tu sarai felice, lo sarò anch'io.»

Quelle parole mi quietarono subito e così alla fine decisi.

Sapevo che zia Penny avrebbe voluto vedermi proseguire gli studi, ma io sentivo di dover far altro. Desideravo andarmene in un posto nuovo, dove sarei riuscita a trovare cose diverse che mi avrebbero permesso di capire come costruire il mio futuro.

Il guaio era che non avevo ancora capito cosa volessi costruire. Sentivo però con tutta me stessa che c'era qualcosa, chissà dove, che mi chiamava; un posto che avrei sentito mio e che mi avrebbe fatto capire cosa fare. Era un po' come se fossi un pirata, che inizia un nuovo viaggio senza sapere dove andare, ma sapendo di star cercando un tesoro.

Così trovare un lavoro, cercare di risparmiare e starmene per conto mio, mi era parso un buon modo per iniziare. Non che stessi male a casa, capiamoci, e zia Penny mi mancava tanto con tutte quelle sue stranezze, ma sentivo impellente la necessità di allontanarmi per cercare il mio cammino.

Ormai era passato quasi un anno da quando avevo intrapreso la mia nuova vita lontana da casa e non è che avessi le idee più chiare.

Trangugiai in velocità qualche biscotto, mi ustionai la lingua con il caffè bollente e in ultimo filai in bagno a prepararmi.

Fuori faceva già caldo nonostante fosse mattina presto; del resto era anche ora che arrivasse ai primi di giugno. La biblioteca era vicina: in bici impiegai appena dieci minuti e, dopo varie tribolazioni con la serranda, le finestre da aprire, le cose da sistemare, alle otto e trenta spaccate ero finalmente operativa.

Il signor Gabriel, il mio datore di lavoro, mi raggiunse poco dopo con la dose successiva di caffeina giornaliera. La mattinata passò tranquilla e, dopo aver terminato di lavorare negli archivi, mi ritrovai a fissare una crepa sul soffitto ingiallito. Scorsi le scale che portavano al piano superiore della biblioteca, che era impossibile evitare di far cigolare. La maggior parte dell'arredamento, in legno massiccio un po' antiquato, dava un'aria vecchia all'ambiente e anche il largo bancone all'ingresso, nonché mia postazione, pareva un pezzo da museo malconcio.

Sant'Agata era una città tranquilla e a dire il vero non ho mai capito bene perché eravamo venute qui. Capisco abbandonare una cittadina di campagna per una metropoli e in effetti quella era la mia intenzione iniziale. Alla fine ci era capitato fra le mani un dépliant che promuoveva questa città, distante pochi chilometri da casa, così abbiamo deciso che poteva andare bene come inizio della nostra avventura. Trovato un appartamento in centro città, viste le foto, parlato con il proprietario e reputato giusto il prezzo dell'affitto, i bagagli si erano praticamente fatti da sé. L'idea iniziale era quella di rimanere, provare a trovare un lavoro e al limite restare qualche mese. I risparmi che avevamo ci avrebbero permesso di starcene tranquille per un po', tirando la cinghia, ma alla fine siamo rimaste. Il bello è che siamo così serene nella calma del tran tran quotidiano, che per il momento non abbiamo mai parlato della possibilità concreta di andarcene. D'altro canto lavoriamo entrambe e, anche se poco, cerchiamo di risparmiare. Quindi per ora va bene così.

Le mie giornate erano tranquille; forse quella di Amelia un po' meno, sempre nell'occhio del ciclone della vita mondana.

Ripensai alla notte appena passata e all'assurdità dei sogni che facevo: alcune volte avevo sognato il lupo in compagnia di piccole creature volanti, simili a fatine, un mix tra bamboline di porcellana e farfalle. Cavolo, zia Penny doveva avermi letto troppe fiabe da piccola e anni dopo il mio inconscio elaborava quel trauma con questi sogni insensati!

Il problema era che più cercavo di non pensare a quelle assurdità, più mi venivano in mente gli occhi del lupo e il suo manto nero. Se mai avessi incontrato un lupo simile sarei morta di paura... e sia ben chiaro che non sono una fifona.

Distratta da quei pensieri non mi ero accorta che era già ora di andare a casa. Di sabato la biblioteca chiude prima ed erano già le due: avevo ritardato la chiusura per colpa di uno stupido lupo. Mi alzai in fretta, lasciai una nota per Gabriel che lui avrebbe trovato il lunedì mattina, mio giorno libero, e una volta sistemato tutto mi avviai, con lo stomaco che brontolava per la fame.

Aperta la porta di casa filai in cucina e trovai Amelia ancora in pigiama che banchettava con i cereali.

«Giorno Rori, già a casa?» fece con la bocca piena.

«È sabato Ame, finisco prima» dissi in modo stizzito aprendo il frigo e tirando fuori la pasta al forno.

Continuava a mangiare senza fare una piega. «Dormito ancora male?»

In risposta borbottai un «Sì» ancora più irritato.

La sentii sospirare mentre scaldavo la pasta.

«Ti ho detto che tutta quell'attività fisica che fai ti sta facendo male: magari ha degli influssi negativi, che ne sai?» disse storcendo la bocca. «E poi ultimamente stai esagerando proprio, credo.

Corri per più di due ore ogni giorno, dopo un'intera giornata di lavoro. Non so come fai ad avere la forza anche di sognare, dopo!» concluse mentre mi accomodavo al tavolo con il pranzo. Avendo finito di mangiare aveva puntato il gomito sul tavolo, con il mento poggiato nel palmo della mano, osservandomi con espressione severa. Il suo cortissimo caschetto era leggermente scompigliato. La carnagione pallida contrastava con il corvino dei capelli, dando valore al volto dai lineamenti delicati. I suoi espressivi occhi castani continuavano a studiarmi e le labbra sottili erano tirate al fine di accentuare quella che voleva essere un'espressione di blando rimprovero. Nonostante il viso dolcissimo, la prima cosa che colpiva in lei era il fisico: altissima e slanciata, con gambe lunghe e snelle che facevano strabuzzare gli occhi a tutti gli uomini. Questa era Amelia, mia amica e coinquilina, ragazza che non passava di certo inosservata, dal carattere solare ed esplosivo e con un gran cuore.

Non dico sia il mio esatto opposto, ma quasi. Non che io sia una cattiva persona, capiamoci. Fisicamente è il mio opposto: non sono particolarmente alta, i miei capelli lunghi e ondulati sono di un chiaro castano ramato e non ho lineamenti particolari, a parte gli zigomi troppo affilati.

La cosa che principalmente colpisce, guardandomi, sono gli occhi: oltre ad avere un taglio singolare, le iridi sono di un caldo giallo dorato. Non li ho mai graditi troppo, non tanto per il colore di per sé, quanto perché, essendo insolito, mette sempre a disagio il mio interlocutore. Per il resto non mi reputo scontrosa o burbera, ma direi più che altro riservata. Tutto l'opposto di Ame, che è l'esuberanza e la spensieratezza fatte persona.

La guardai sospirando.

«Non mi pare che un po' di corsa quotidiana abbia mai ucciso nessuno, anzi. I medici consigliano di fare attività fisica» le risposi, accennando un finto sorriso saccente, che poi mutò rapidamente in una linguaccia.

«Sarà, ma ti vedo sciupata ultimamente.»

«Ti preoccupi troppo come al solito» mi lamentai.

«E poi non ti ho mai vista correre così tanto, se non negli ultimi tempi. So che sei forte, anche se non si direbbe: sembri un pulcino bagnato, ma quanto a forza sei davvero sorprendente! Muoio ancora dal ridere se ripenso a tutte le sfide a braccio di ferro tra te e Ric!» concluse sorridendo.

In risposta la guardai storto, mentre continuava:

«Ah, ti ricordi quella volta in quarta liceo quando si era messo in testa di gareggiare dopo aver bevuto entrambi due birre? Ahah, era convinto di batterti in quel modo. Che tipo! A volte ripenso a casa e ai nostri amici. Mi sembra una vita fa.» E sospirò.

Ric era stato il mio incubo dalla quinta elementare, quando, non ricordo per quale ragione, lo sfidai a braccio di ferro e vinsi. Da allora continuò a competere con me per anni in cerca della rivincita, che non è mai riuscito a ottenere. Sorrisi anch'io al ricordo. Già, una vita fa. Per la faccenda della corsa, però, aveva ragione: ultimamente facevo più attività fisica del solito. A pensarci bene avevo iniziato proprio in concomitanza con il primo sogno, ma negli ultimi tempi arrivavo a fine giornata sentendomi attiva come non mai, con i muscoli tesi e una gran voglia di correre. Riflettendoci non avevo mai provato una sensazione simile. Forse in qualche modo la mia necessità di moto era veramente legata a quei sogni? Mi sembrava strano, ma in ogni caso, per fugare ogni dubbio, decisi che quella sera avrei saltato la mia corsetta.

«Già, una vita fa. Tu piuttosto, racconta: che novità ci sono?» chiesi, per cambiare argomento.

Gli occhi di Amelia s'illuminarono e cominciò a raccontare di un ragazzo che aveva conosciuto la sera prima e che l'aveva invitata a prendere un caffè nel pomeriggio. Solitamente sarei stata più attenta a ciò che mi diceva, ma d'un tratto mi sentii stanca. Così mi limitai a lasciarla parlare e ad ascoltarla in silenzio.

Quel sabato pomeriggio fu un tormento. Ame uscì presto e io invece, dopo aver dato una sistemata alla casa, presi possesso del divano con un libro nuovo al seguito. Non riuscivo a concentrarmi: un momento ero agitata e quello dopo la testa mi ciondolava sulle pagine. Ma che cavolo mi stava succedendo? Forse il non dormire bene era veramente la causa di tutto. Guardai la soffice coperta verde piegata all'estremità opposta del divano: avrei potuto fare un pisolino per riprendermi un po'. Quell'idea d'un tratto mi parve estremamente allettante, e più guardavo la coperta, più mi saliva la voglia di infilarmici sotto. Abbandonai il libro sul tavolino del soggiorno e sistemai le gambe sotto la morbida stoffa senza neppure togliere le scarpe; mi sarei riposata solo per qualche minuto. Chiusi gli occhi cercando di rilassarmi.

Non mi accorsi quando mi addormentai, ma mi resi conto che stavo sognando. Di nuovo!

Ero in una radura circondata da una fitta vegetazione. Il mio corpo stava fluttuando come al solito. Scrutai attorno alla ricerca del protagonista dei miei sogni, ma nulla. La radura era deserta. I raggi del sole filtravano attraverso gli alberi inondando il luogo di luce dorata. Sembrava fosse pomeriggio anche lì. La mia mente ormai stava sincronizzando anche i miei sogni con la realtà. Ero proprio fusa, dovevo smettere con la corsa.

Mi sentivo inquieta, continuavo a guardarmi attorno e non capivo il perché. Il posto era silenzioso, forse troppo. Neppure un cinguettio.

Non feci in tempo a ragionare su ciò che stava accadendo che un ruggito bestiale alle mie spalle mi penetrò i timpani. Voltai la testa di scatto, ma non vidi nulla. Continuavo a sentire un basso ringhio e i rami spezzarsi tutt'attorno a me. Il cuore mi martellava nel petto in modo folle. Girai su me stessa come una trottola cercando di capire cosa stesse accadendo, quando l'albero alla mia destra cadde come uno stuzzicadenti creando una nuvola di polvere e provocando un tremendo stridio di legno spezzato. Un enorme punto nero vorticò all'interno della nube e raggiunse, ruzzolando, il centro della radura a pochi passi da me.

Il punto si rivelò essere il grande lupo nero, ricoperto di terriccio e di una strana sostanza scura che gli ricopriva un fianco. Guardai meglio il liquido che ora stava gocciolando sull'erba copiosamente: era sangue! Il mio stomaco si contorse.

Non ebbi il tempo di riprendere fiato perché, vicino all'albero caduto, comparvero tre sagome. Quando infine misi a fuoco l'immagine, le ginocchia iniziarono a tremarmi. Erano tre esseri con il fisico di un giocatore di basket, alti quasi due metri, massicci, coperti da armature grigie che avevano l'aria di pesare quintali. Sulle spalle dell'armatura spuntavano lunghe punte d'acciaio.

I loro volti erano simili a quelli di un essere umano, ma lì si fermava ogni somiglianza con una persona: la pelle era smorta, quasi cianotica, e somigliavano vagamente al mostro di Frankenstein, con lineamenti duri.

Tutti avevano i capelli neri. Uno dei tre li portava cortissimi e aveva una lunga cicatrice che partiva dal sopracciglio sinistro e finiva sopra la mandibola destra, come se non fosse abbastanza terrificante già di per sé. Gli altri due portavano i capelli legati sulla nuca in code di cavallo.

Tutti e tre brandivano un'arma: quello con la cicatrice stringeva in mano un lungo spadone la cui lama era ricoperta di sangue, e non ci voleva molto intuito per capire a chi appartenesse; gli altri due imbracciavano un arco ciascuno, con le frecce incoccate.

La cosa più pazzesca in quelle tre creature, però, erano le ali bianche che spuntavano dalle loro schiene: quei tre mostri erano pure dotati di ali candide! Stavo per mettermi a ridere per l'assurdità di quegli esseri, quando fui paralizzata dalla paura. Strizzai gli occhi per capire se mi fossi sbagliata, ma due metri di ali su due metri di omaccioni pseudo Frankenstein erano poco fraintendibili.

Ero esterrefatta. Lentamente, si fece largo nella mia mente una consapevolezza: stavo sognando! *Rori, stai sognando, è solo un orrendo sogno, tra poco ti svegli!* mi dissi mentalmente.

Inspirai a fondo e cercai di far rallentare i battiti frenetici del mio povero cuore. Morire d'infarto a soli diciannove anni a causa di un incubo, mi pareva ridicolo.

Intanto il lupo nero aveva iniziato a ringhiare e indietreggiare lentamente. Sembrava sofferente e ogni passo che faceva doveva procurargli parecchio dolore. A quella vista, non so cosa mi prese, eppure mi sentivo preoccupata per l'animale. Si vedeva che soffriva e quell'idea mi fece stringere il cuore.

Non mi resi neppure conto quando una delle creature scoccò la freccia. La vidi solo saettare e mancare il lupo di qualche millimetro. Il dardo andò a conficcarsi nel terreno, poco lontano da noi, e un piccolo cratere si creò nel suolo, facendo volare sassi e zolle di terra e facendomi rabbrividire. Possibile che una sola freccia scoccata avesse una tale potenza?

Con ogni probabilità il lupo sarebbe morto per mano di quegli esseri, che sembravano fortissimi. Mi sentivo dilaniare all'idea che l'animale morisse, anche se sapevo che stavo solo sognando.

Uno dei due mostri che imbracciava l'arco scomparve, per ricomparire esattamente alle spalle del lupo con l'arco teso e la freccia incoccata. *Nooo!* urlai mentalmente. In preda alla paura, una morsa ferrea mi stringeva lo stomaco: non sapevo perché, ma ero certa che questa volta l'avrebbe colpito. Tesi una mano come ad avvisare l'animale del pericolo alle sue spalle e intanto sentivo il mio corpo fremere, pronto a fare qualcosa che non capivo.

Uno stridio acuto si fece largo nelle mie orecchie e notai che, vicino alle dita della mia mano tesa a mezz'aria, si stavano formando delle crepe, come se una pellicola trasparente mi separasse dalla radura. La mente si bloccò, incapace di comprendere, mentre il mio braccio si mosse da solo. Infilai con forza le dita nelle crepe e udii un sonoro *crack*, come se qualcosa si spezzasse. Quello che accadde subito dopo fu ancora più stravolgente. Le orecchie iniziarono a fischiarmi e la sensazione di leggerezza scomparve. Fu come se il mio corpo riprendesse tutto il suo peso e mi sentii cadere.

In un istante ruzzolai a terra a faccia in giù, distesa. L'impatto con il terreno mi procurò una fitta lancinante alla fronte e alle ginocchia. Sentivo male per davvero, e che male! Cercai di tirarmi su, e quando alzai il capo mi ritrovai a mezzo metro da un'enorme testa nera e due occhi ambrati che mi scrutavano sbalorditi. Il lupo nero, con un'espressione molto poco animalesca, mi stava fissando.

Stava fissando me!

Inspirai a fondo e pensai che tutto quello non aveva senso. Voltai lentamente la testa e capii che anche le tre creature mi stavano guardando.

Mi spostai adagio, mettendomi a sedere. Quel sogno stava diventando una cosa folle. Ero seduta, dolorante, nel bel mezzo della radura, con quattro paia di occhi puntati addosso. E se quello non era solo un sogno? Del resto stavo provando dolore e un sogno non dovrebbe causare un reale dolore fisico...

Non feci tempo a concludere il pensiero che udii l'essere che imbracciava l'arco dire: «Strega!», puntando la freccia verso di me. Vidi la corda dell'arma tendersi e il sangue mi si gelò nelle vene. Quando la freccia partì, il mio corpo si mosse nuovamente di sua spontanea volontà; era come vedere tutto al rallentatore.

Ma il lupo dalla mia destra fece un balzo in avanti mettendosi sulla traiettoria della freccia e quando il dardo ci raggiunse le sue grosse fauci si chiusero su di esso, spezzandolo. Intanto il mio corpo continuava a fare quel che voleva: sentivo le mie gambe drizzarsi e, una volta in piedi, mi resi conto di quanto grande fosse il lupo. Era gigantesco.

Mi dava le spalle, il muso rivolto verso la creatura alata, mentre dalla gola gli usciva un basso ringhio. Forse mi ero sbagliata riguardo alla sua possibile dipartita per mano di quegli esseri. Il fianco stava ancora sanguinando, ora più di prima, ma sembrava non accorgersene neppure. Con il pelo irto, i muscoli tesi e il busto ben eretto, guardava il suo nemico senza nessun timore.

Le mie gambe smisero di tremare e non mi sentivo più spaventata, con la fiera nera tra me e loro. Che strano. Poi, scoppiò l'inferno.

Seguivo come ipnotizzata i movimenti rapidissimi del lupo. Con un balzo coprì la grande distanza che lo separava dall'arciere; le sue fauci si strinsero intorno al collo del nemico provocando uno stridio metallico e la testa dell'avversario ruzzolò a terra tranciata da un unico morso, come fosse fatta di burro. L'animale, appena posate le zampe a terra, si voltò e balzò rapidissimo verso la creatura con la spada, che nel frattempo si era fatta avanti roteando l'arma selvaggiamente. La lama cercò di colpirlo, ma fendette solo l'aria. Gli affondi inferti dal nemico erano così rapidi e continui che non diedero modo al lupo di avvicinarsi all'avversario, nonostante l'animale si muovesse con una velocità impressionante. Il duello che prendeva vita davanti ai miei occhi era un susseguirsi di attacchi e balzi di una prontezza devastante.

D'un tratto, però, la creatura alata si sporse troppo in avanti lasciando esposto il fianco destro, dando modo alla fiera nera di balzare innanzi e conficcare le lunghe zanne nel suo torace ricoperto dall'armatura. Un urlo di dolore scaturì dalla gola dell'essere alato, mentre le fauci del lupo avevano perforato il metallo per affondare nella carne.

Aveva strappato l'armatura e un pezzo di fianco dell'avversario, il quale cadde a terra, dove fu fatto a brandelli. Mi voltai per vedere dove fosse il terzo mostro, ma era scomparso.

Quando mi girai nuovamente, avevo il lupo a mezzo metro di distanza, fermo immobile, che mi osservava con quei suoi occhi ipnotici. Rimanemmo lì, nel bel mezzo della radura, a scrutarci. Lui non distoglieva lo sguardo e io, dal canto mio, me ne stavo là impalata a guardarlo. Avrei dovuto avere paura, invece mi sentivo tranquilla: non so perché, ma mi sentivo al sicuro. Osservai meglio l'animale: il manto era nero come l'ossidiana e sul muso aveva dipinta un'espressione curiosa, quasi umana. Un misto fra l'incredulo e l'affascinato. Posai gli occhi sul fianco ferito, dove la pelliccia era bagnata di sangue, e sentii una fitta al cuore alla vista della lesione. Avrei voluto aiutarlo, ma non sapevo come. Alla fine, in qualche modo, mi ero affezionata al protagonista dei miei sogni, pensai.

Non mi resi neppure conto che intanto mi stavo muovendo in avanti, con la mano tesa, e sfiorai con la punta delle dita il pelo del lupo. Ero spiazzata, ma il mio corpo sembrava avere una propria volontà. Quando mi resi conto di cosa stavo facendo guardai l'animale e ciò che vidi dipinto nelle iridi giallo ambra fu puro stupore. Mi voltai di nuovo a guardare la ferita e le mie dita affondarono nel suo pelo leggermente al di sopra di essa. La sensazione che provai a quel tocco fu di affondare in un mare caldo e accogliente, pronto a cullarmi.

Il morbido manto mi scivolava sotto il palmo della mano mentre un brivido mi scosse le ossa. Socchiusi gli occhi. Ero quasi in *trance*, la mano calda formicolava e non avevo voglia di spostarla. Alla fine però mi riscossi e spostai il braccio, indietreggiando frastornata. Il lupo mi guardava sbigottito, forse al pari di quanto lo fossi io. E, giuro, l'espressione che aveva dipinta sul suo muso era di sbigottimento! Restammo lì a guardarci, entrambi senza sapere cosa fare, credo.

Poi mi venne in mente che quello era solo un sogno; solo un sogno e da lì a breve mi sarei svegliata sul divano dove mi ero appisolata. Ma il flusso di pensieri fu interrotto da una voce che mi rimbombò nella testa.

«Chi sei?»

Sobbalzai e mi guardai intorno alla ricerca del proprietario della voce, ma la radura era deserta: solo il lupo stava di fronte a me.

«Chi sei? Cosa ci fai qui?»

La voce morbida ma profonda stava risuonando nella mia testa. Mi guardai di nuovo attorno ma nulla, solo il lupo. Puntai gli occhi sull'animale e d'improvviso ne fui certa: era lui che aveva parlato, ma in modo molto poco umano. Del resto era un lupo, il che risultava folle ugualmente. Tutta quella situazione era inconcepibile, dall'inizio alla fine, ma fu allora che l'assurdità della cosa aumentò.

Non fecero alcun rumore, sbucarono dalla boscaglia e basta. Tre lupi enormi avanzarono nella radura, che ora sembrava piccolissima. Due lupi grigi e uno marroncino, con striature più chiare. Erano grandi, ma nonostante la loro mole il lupo nero li superava di parecchio in altezza.

Avevo di fronte quattro lupi che mi stavano guardando. Mi venne in mente di aver già visto quello marroncino in uno dei sogni precedenti. Giusto, sogni! Quello era una visione onirica, e tale DOVEVA essere!

«Rori, è solo un sogno, un brutto sogno, ora ti svegli» mormorai, osservando i lupi frastornata.

Peccato che la situazione sembrasse tremendamente reale. Mi pizzicai un braccio e il risultato fu che bofonchiai:

«Ahia!»

Ero atterrita, non sapevo cosa pensare. Cominciai ad avere paura, cosa mi stava accadendo?

Sgranai gli occhi quando il lupo marrone fece un passo verso di me.

Ammettiamo per assurdo che quella situazione fosse reale: ero in una radura nel bel mezzo di una foresta, dispersa chissà dove, e chissà come ci ero arrivata. Come se non bastasse, mi trovavo in compagnia di ben quattro lupi enormi, capaci di parlare nella mente e che sapevano essere pericolosissimi. Ripensai al modo surreale in cui il lupo nero aveva tranciato la testa dell'avversario con un morso.

«Cavolo Rori, svegliati!» urlai isterica, cominciando a indietreggiare. «Questo è solo un incubo, uno stupido incubo. I lupi non parlano, non esistono mostri alati. Questa è pura follia!» continuai, come se dicendolo, per magia, mi sarei ritrovata nuovamente a casa sul divano.

Ma dentro di me lo sapevo già, anche se poteva sembrare il pensiero di un pazzo quello non era un sogno e i lupi erano reali, molto reali.

L'animale marrone allora indietreggiò, come spaventato dalle mie parole. Le bestie si guardarono tra loro e parvero immerse in un muto dialogo. Infine il lupo nero fece un leggero passo in avanti con estrema cautela, come se volesse evitare di mettermi paura.

Premura inutile, se veramente erano queste le sue intenzioni, perché ero molto più che spaventata.

«Il mio nome è Tor. Nessuno di noi ti farà del male, non preoccuparti. Come hai fatto ad arrivare qui?»

La voce profonda di prima rimbombò nuovamente nella mia testa. Ora si era fatta un po' suadente, quasi gentile.

Quello che stavo vivendo era fuori da ogni schema logico, ma in qualche modo sapevo che stava accadendo veramente. Guardai il lupo.

«Non lo so» risposi titubante. Mi sentii una cretina: stavo parlando con un lupo.

Gli occhi dell'animale d'un tratto parvero gentili. Allora continuai a parlare:

«Cioè, non lo so di preciso, è da parecchi giorni che continuo a sognarti. In questa foresta, credo.»

Ora mi sentivo ancora più stupida. Cercai di chiarirmi nuovamente, mentre i lupi sembravano tutti e quattro perplessi.

«Non so se riesco a spiegarmi bene, ma a questo punto non so rispondere a nulla. Io non ho neppure idea di dove mi trovi!» incominciai, ma non mi parve un buon inizio.

Comunque continuai:

«Da qualche tempo faccio dei sogni, sogno te in questa foresta, che fai varie cose: vai a caccia con altri lupi, parli con creature strane o ti trovi in una sala dorata. Mi vedo fluttuare attorno a te e questo fino a oggi.» Inspirai e proseguii: «Poco fa mi sono addormentata sul divano, poi ho sognato di essere qui. A un certo punto ho visto te e quei mostri, poi uno ti è spuntato alle spalle e ho sentito il bisogno di avvisarti del pericolo. È stato stranissimo, non so bene cosa sia successo».

Mi bloccai. Le mie parole suonavano come il farneticare di un folle pure a me. Ero a disagio.

«E poi cosa hai fatto? Quando sono arrivato nella radura non c'era nessuno. Non preoccuparti, continua» mi incalzò la voce del lupo, ora con un tono nuovo, stupito e curioso nel contempo.

Allora, per assurda che fosse quella situazione, tanto valeva andare avanti. Ripresi a parlare.

«Più o meno quando sei piombato nella radura, io stavo sognando come faccio di solito. Almeno credo» dissi cercando di riordinare le idee. «Nel senso che nei sogni mi sento fluttuare a mezz'aria e vedo cosa fai, ma evidentemente tu non puoi vedere me.»

Il lupo che mi osservava parve incredulo alle mie parole.

«*Vai avanti, non avere paura*» mi incitò.

«Poi quella creatura era alle tue spalle e ho sentito il bisogno di avvisarti» dissi deglutendo, mentre la bocca si seccava al ricordo. «Allora le orecchie hanno iniziato a fischiarmi e mi sono sentita cadere a terra. Non ho idea di cosa sia successo» conclusi.

«Da dove vengo non ci sono lupi che parlano. Tanto meno mostri come quelli di prima. Non so come ho fatto a raggiungere questo posto, né il perché negli ultimi tempi continuo a sognarti, né tantomeno come faccio ora a trovarmi realmente qui!» esclamai con voce isterica e guardai il lupo con gli occhi che bruciavano, aspettando una risposta.

Il suo muso, per quanto insensato possa sembrare, aveva un'espressione preoccupata. Quando si rivolse di nuovo a me il tono era sempre basso e suadente, come se cercasse in tutti i modi di rendermi tranquilla. «*Capisco, però sei capace di usare la magia, vero? Hai guarito la mia ferita prima. Perché l'hai fatto? Sei una maga?*»

Quando udii quelle parole la bocca si spalancò per la sorpresa e gli occhi corsero al fianco del lupo, che ora non stava più sanguinando.

«Avrei fatto cosa?» balbettai. «Io non ho fatto nulla prima. Non so perché, ma guardando la ferita mi è dispiaciuto per te e ho pensato che avrei voluto aiutarti. Tutto qui. Non so usare gli incantesimi o cose simili e non sono una maga, da dove vengo tutte queste cose non esistono!» finii esasperata. Io una maga? Questa mi mancava proprio.

All'improvviso la spossatezza mi pervase, mentre un nodo serrava prepotente la gola. Volevo solo tornare a casa. Tutto quello che mi stava accadendo mi pesava sulle spalle come un macigno. Che accidenti stava accadendo?

Guardai i lupi davanti a me:

«Voglio tornare a casa» bisbigliai. Sentivo la mia voce roca e leggermente incrinata, come se stessi per scoppiare in lacrime. Tutto quello era troppo per me.

Vidi il lupo indietreggiare davanti alla mia reazione. Aveva fatto mezzo metro e continuava a guardarmi come se d'un tratto mi fossero spuntate le corna.

Uno dei due lupi grigi, allora, fece un passo avanti, poi iniziò a mutare. Era la cosa più sconvolgente e più bella che avessi mai visto. Non aveva nulla a che fare con i lupi mannari che si vedono nei film horror: era come se stesse cambiando pelle, gli arti si allungarono, la pelliccia si diradò pian piano, il muso si ritirò per far spazio a un volto che pareva umano e, a pochi secondi di distanza, davanti a me stava un ragazzo pressappoco della mia età.

Il mio cervello si bloccò, incapace di collegare tutte quelle cose in un filo logico. L'unica cosa che percepivo per certo era che tutto quello era reale, spaventosamente reale!

Il ragazzo alto, dal fisico longilineo e asciutto, portava i capelli castani leggermente lunghi sulla fronte. Le ciocche ondulate gli ricadevano in modo scomposto sopra gli occhi, esaltando un viso molto bello dai lineamenti regolari e due vivaci occhi grigi, dal taglio affascinante e birichino. Vestiva solo una maglietta grigia di garza e pantaloni scuri, mentre ai piedi portava stivali che somigliavano ad anfibi. Non so perché, ma quel giovane mi terrorizzò molto più dell'animale che era stato fino a qualche istante prima.

Le ginocchia iniziarono a tremarmi e il sangue defluì dal mio viso. Cercai di fare un passo indietro, come se mettere un po' di distanza tra me e loro mi avrebbe permesso di calmarmi.

Le gambe però non volevano saperne di stare salde e barcollai come ubriaca, mentre le mani volteggiarono in aria alla disperata ricerca di un appiglio, sfiorando solo il vuoto. Sentivo il cuore martellare come un folle nel petto, mentre perdevo l'equilibrio e cadevo all'indietro.

A fermare la mia discesa fu un morbido ammasso di pelo nero contro il quale andai a cozzare. Le mani che ancora vorticavano si aggrapparono a esso e cercai di rimanere in piedi. Il grande lupo nero con un balzo mi era arrivato alle spalle, fermando la mia caduta con il fianco. La mia nuca era ora appoggiata al suo costato, mentre con il braccio mi ero aggrappata al pelo all'attaccatura della zampa anteriore.

Stavo tremando, il mio corpo non voleva saperne di stare su.

«Ti avevo detto di aspettare, Ed!» urlò arrabbiata la voce del lupo mentre mi sorreggeva.

«L'hai solo sconvolta ancora di più, imbecille!»

Poi si bloccò, come consapevole che quei pensieri, urlati probabilmente nelle menti di tutti i presenti, li avevo sentiti anch'io.

Calò un istante di silenzio prima che il lupo parlasse di nuovo.

«Tutto bene? Riesci a stare in piedi?»

La domanda era ovviamente rivolta a me e il tono era più dolce. Sentivo le ginocchia ancora tremanti e la gola secca, quindi decisi di limitarmi a scuotere leggermente la testa in senso di diniego e rafforzai la stretta sulla pelliccia, per fargli capire che non era il caso si spostasse.

«Nessuno di noi vuole farti del male. Stai tranquilla» disse per la prima volta il lupo che aveva preso la forma di ragazzo. «Mi chiamo Edgar e ho assunto questa forma solo per parlare meglio. Non volevo spaventarti, credimi» assicurò con voce dolce e carezzevole, come se parlasse a un bambino scemo.

Mi infastidì un po', ma la gola era ancora secca, perciò decisi di starmene zitta.

I lupi non smettevano di fissarmi, in attesa di una mia reazione. Nonostante ora, appoggiata alla bestia nera, mi sentissi tranquilla, le gambe continuavano a essere instabili. Passò un lungo attimo prima che riuscissi a rispondere:

«Non sono scema, se aveste voluto mangiarmi come stuzzichino l'avreste già fatto, con ogni probabilità. Ma tutto questo è troppo...» Mi si incrinò di nuovo la voce e cacciai indietro le lacrime.

«Non ci capisco più nulla! Dove mi trovo e chi o meglio cosa siete voi?» sbottai. «Perché mi trovo qui?!» conclusi, con un sibilo che risultava tremante alle mie stesse orecchie.

Edgar sgranò gli occhi sorpreso dalla mia reazione; aprì la bocca come per parlare, ma poi non disse nulla. Sembrava senza parole.

«Ti trovi nel mondo di Arkan e questa è la foresta della Quercia Bianca. Noi siamo lupi, ma possiamo mutare e assumere forma umana, che è anche quella in cui molti di noi passano la maggior parte del loro tempo. Sul perché ti trovi qui, non so risponderti. Ma so che sei capace di usare la magia, anche se sembra tu non ne sia consapevole.»

Fu il lupo nero a rispondere. Quando il senso delle sue parole fece breccia nel mio povero cervello sovraccarico di informazioni incomprensibili, mi risentii male. Strinsi con forza la presa su di lui. Ero nella foresta di cosa? Quercia che? Arkan? Mancava solo che adesso dicesse che tra un po' arrivavano fatine, folletti e streghe cattive! Due erano le possibilità: o ero impazzita e in preda ad allucinazioni, o tutto quel folle mix tra fiaba e horror era reale. E non sapevo quale dei due casi fosse il migliore, realizzai, mentre la morsa della paura stringeva più forte e il cuore martellava frenetico.

«Agitarti non ti farà tornare da dove vieni, né ci darà le risposte che cerchiamo. Qui la magia non è praticata ormai da vent'anni, quindi anche per noi è strano vedere qualcuno che sia capace di usarla» continuò la sua voce, ora seria e calma.

«Non capisco» bisbigliai.

«Quello che faremo ora è portarti con noi e parlare con gli Anziani: sono gli unici che possono rispondere alle nostre domande. Se ovviamente sei d'accordo» fece il lupo.

Per irragionevole che fosse quella situazione, le sue parole avevano un che di sensato. Non stavo sognando, non più almeno. Non avevo idea di come e perché fossi finita lì; quindi, se c'era qualcuno che poteva dirmi cosa mi stava accadendo, per me andava benissimo. L'unico ostacolo era il mio corpo, che sembrava fare un po' quello che voleva e al momento non voleva smettere di tremare.

«Per me va bene se qualcuno mi spiega il perché di questa follia» risposi, con la voce un po' meno incerta.

«Però non mi sento troppo bene, non so cosa mi prenda, ma è come se il mio corpo facesse un po' quel che vuole a momenti. Non mi era mai successo» gli dissi.

«So che la magia provoca, in chi la usa, una specie di debilitazione, o almeno mi pare che la professoressa Pelli avesse detto così. Non ero molto attivo quando parlava» mi rispose Edgar, finendo la frase con un sorriso.

«Non so usare la magia» bofonchiai.

Già le cose erano pazzesche, non mi pareva il caso si mettessero a far diventare assurda pure me. O forse lo ero già? Fatto sta che, per il momento, di cose insensate a cui pensare ne avevo fin troppe!

Inspirai ed espirai con estrema lentezza: a volte farlo mi aiutava. Provai a scostarmi leggermente da Tor, ma ci ripensai all'ultimo, meglio andare per gradi.

«Quindi voi siete lupi, potete assumere forma umana e comunicate con la telepatia?» chiesi.

Fu sempre Tor a rispondere.

«*Per il momento cerchiamo di spostarci da qui. I Lord di Ferro, le creature che tu definisci mostri, non avrebbero dovuto trovarsi qui. Stanno accadendo parecchie cose strane negli ultimi tempi. Quindi se sei in grado di camminare è meglio spostarci*» affermò in tono di comando. «*In situazioni normali in un giorno saremmo stati a casa ma, col tuo passo da umana, ci metteremo di più. Il tempo per parlare arriverà. Per il momento è meglio provare a muoverci.*»

Le sue parole mi sembravano giuste. D'altro canto non avevo nessuna voglia di rivedere quella sottospecie di mostri alati o Lord di Ferro, come li aveva chiamati il lupo.

Feci un segno d'assenso con la testa più a me che a loro, come a convincermi che bisognava fare così, e riprovai a staccarmi da Tor.

TOR

Quando le sue spalle si spostarono dal mio costato tremai per lei. La vidi barcollare in avanti e dovetti costringermi a star fermo, per non afferrarla. Cercava di farsi forza e stare in piedi. Tutti la stavamo osservando.

«Tor, è troppo debole; qualunque cosa abbia fatto, magia o no, deve averla indebolita. Non credo riuscirà a seguirci messa così. E poi è spaventata a morte!»

Il pensiero era rivolto solo a noi lupi. Fortunatamente le conversazioni telepatiche potevano essere rese private, altrimenti quella piccola creatura si sarebbe solamente spaventata ulteriormente, sentendo tutte le nostre considerazioni.

Guardai Salem che era rimasto un po' in disparte, vicino alla lupa marrone, Drina.

Non risposi, continuai a osservare la ragazza che era caduta dal nulla nella radura.

Ora era a qualche passo da me e stava respirando lentamente, come se stesse cercando in tutti i modi di riprendere il controllo. In quella creatura minuta e fragile mi era parso di vedere molta più forza di quanta si potesse immaginare in un primo tempo. Tutto in quel corpicino trasmetteva fragilità. Ma il volto… il volto era di una bellezza sconvolgente e il suo sguardo trasudava un'energia inaspettata. Più che i lineamenti delicati erano gli occhi, che sembravano due fuochi dorati, a rapire. Grandi e luminosi, con il taglio a mandorla di un colore che non avevo mai visto.

I lineamenti armoniosi e gli zigomi alti erano contornati da una cascata ondulata di capelli castano ramati dalle sfumature più calde dell'oro. Le piccole labbra rosee ma piene erano tirate, come tutto il viso, in un'espressione concentrata. La pelle chiara stava riprendendo pian piano colore sulle guance e gli occhi d'oro sembravano persi nel vuoto.

Alla fine sorprese tutti quando sorrise con espressione soddisfatta e disse: «Mi sento meglio, posso seguirvi, se volete».

La sua voce non era più incrinata dal pianto e pareva più tranquilla. Si voltò a guardarmi, come se stesse aspettando di partire, ora con trepidazione. Notai che mi guardava come se cercasse di decifrare una strana lingua su una pergamena.

Mi aveva sognato, aveva cercato di aiutarmi e non riuscivo a capirne il perché, e neppure lei a quanto sembrava. Tuttavia sentivo uno strano legame con quella ragazza, e pensare che forse era in grado di spezzare… no, non era il momento di pensare a quelle cose, né tantomeno di crearsi illusioni.

«Edgar, riprendi la tua forma di lupo, grazie!» dissi senza bloccare il pensiero, così che anche la ragazza potesse sentire, evitando che si spaventasse ancora nel vederlo mutare.

Feci un passo verso di lei, che era rimasta immobile, come in attesa di sentirsi dire cosa fare.

Avevo qualche difficoltà a distogliere lo sguardo da quel viso: non avevo mai visto nulla di così bello e così strano nel contempo.

«*Il tuo nome?*» le chiesi nel modo più gentile e pacato che riuscivo.

Avevo paura di poterla spaventare nuovamente. La vidi sgranare gli occhi, come sorpresa dalla mia domanda, ma poi rispose decisa.

«Mi chiamo Aurora, ma nessuno mi chiama così: preferisco Rori.»

Aurora, pensai, mi sembrava un nome perfetto per quella ragazza.

«*D'accordo Rori, è indispensabile che cerchi di seguirci il più velocemente possibile, almeno per le prime due ore. Dobbiamo allontanarci da questo perimetro e la strada che percorreremo per il primo tratto non è molto sicura, perciò dobbiamo fare in fretta*» le spiegai.

Sembrava un po' confusa dalle mie parole ma annuì.

Intanto continuai. «*Il lupo in forma umana è Edgar, l'altro lupo grigio si chiama Salem e la lupa marrone è Drina. Potremo parlare e presentarci meglio tra qualche ora, adesso dobbiamo muoverci. Tutto chiaro?*» conclusi osservandola. In risposta annuì, ma sul volto aveva un'espressione indecifrabile. Gli occhi dorati erano fissi su Edgar, che stava riprendendo la sua forma di lupo.

«*Salem, tu starai in testa. Edgar, tu invece coprirai il fianco destro, mentre Drina quello sinistro. Io chiuderò la fila e terremo la ragazza in mezzo*» dissi rivolto solo ai miei lupi.

«*Quindi formazione da battaglia...*» Edgar ghignò. «*Questa situazione, da noiosa perlustrazione, è diventata uno spasso unico! Ma vi rendete conto che forse abbiamo trovato una strega?!*»

Drina lo interruppe: «*Non mi pare il caso di fare supposizioni Ed. Pensiamo a muoverci piuttosto*».

Come sempre, Drina era tagliente e fredda, ma estremamente razionale, quindi un elemento validissimo e un guerriero formidabile, nonostante fosse una lupa.

«*E che cavolo D, sempre acida come una zitella. Non sarai mica gelosa che ora non sei più la più bella? Ragazzi, ma l'avete vista?! È un incanto.*»

«*Ora basta, Ed!*» dissi.

Non mi piaceva per nulla il suo modo di parlare. Sì certo, era giovane e si esprimeva senza molti freni, ma quello che aveva appena detto mi infastidì.

Subito dopo, però, mi fermai a soppesare per un istante quel pensiero. Dovevo stare attento a Edgar: rischiava di spaventare la ragazza con il suo atteggiamento, conclusi.

«*Drina ha ragione, Ed. Muoviamoci e tenete una distanza di una trentina di metri l'uno dall'altro, vedremo quanto riusciremo ad andare spediti. Dobbiamo spostarci*» terminai.

«*Credo che andremo parecchio lenti.*» Drina sospirò.

Feci finta di non aver sentito e mi rivolsi alla ragazza, che aveva continuato a guardarci tutti e quattro a turno. Quando si accorse che la guardavo, affondò lo sguardo nel mio, come in attesa che le dicessi cosa fare.

«Andate! Io e Rori vi seguiamo» dissi rivolto a tutti, ragazza compresa.

I lupi schizzarono in direzioni diverse verso la boscaglia senza indugio al mio ordine diretto. Vidi Rori guardarmi un po' preoccupata: sembrava di nuovo insicura. Pareva volesse dire qualcosa, senza sapere come fare.

«Dimmi pure, non preoccuparti» la incalzai, ansioso di sentirla parlare.

«Eh, non credo di essere per nulla in grado di correre veloce come voi. Vi rallenterò parecchio.»

La sua voce era rammaricata. Mi sentivo un po' intontito a guardarla negli occhi. Quella creatura comparsa dal nulla aveva su di me un effetto strano. Percepivo un qualche legame, ma non riuscivo a catalogarlo.

«Non preoccuparti, lo so. Nessuno si aspetta che tu corra come noi. Seguiremo gli altri al tuo passo e cercheremo di fermarci il meno possibile. Pensi di farcela?» Mi sentivo in apprensione per lei.

«Farò del mio meglio» sussurrò distogliendo gli occhi.

Avrei voluto confortarla. Tutti noi sapevamo che quella ragazza non era una minaccia.

Nei lupi alcuni sensi sono particolarmente sviluppati ed è proprio a quelli che ci affidiamo in battaglia. Tutti e quattro concordavamo sul fatto che non sentivamo la benché minima minaccia in lei.

A quel punto feci una cosa che non avevo mai fatto e che sorprese forse più me che lei. Con il muso le diedi un colpetto sulla spalla e strofinai la testa contro di essa per cercare di confortarla. Quel modo di fare, unito al contatto, mi provocò una sensazione mai provata e difficile da descrivere.

Non so spiegarlo, ma la sentivo familiare.

La ragazza sgranò gli occhi sorpresa, ma non si scostò. Rimanemmo così qualche istante, poi mi mossi in avanti verso la boscaglia. Lei capì e mi seguì.

Ci addentrammo lungo un sentierino immerso nella vegetazione. Percepivo i ragazzi procedere spediti, ognuno nella postazione stabilita. Ogni tanto si fermavano e aspettavano che io e Rori avanzassimo un po'.

Una brezza spirava tra il verde brillante. Lasciai che la mente si immergesse nel bosco, tutt'uno con i rumori della foresta. Ogni ramo spezzato, cinguettio o fruscio era fonte di informazioni per me. Ero responsabile della mia squadra e ora anche di quella ragazza.

Tutti i sensi erano tesi più che mai, pronti a catturare ogni pericolo. L'attacco subìto poco prima era segno che le cose stavano cambiando. La calma degli ultimi vent'anni stava forse per finire? I Lord non avevano motivo di attaccarci, tantomeno sulle nostre terre. Non riuscivo a capire perché quei tre guerrieri avessero agito così, né per conto di chi. Ovviamente se avessero voluto far scoppiare una qualche guerra con il nostro popolo non si sarebbero comportati in questo modo, ma d'altra parte avevano attaccato me, non un lupo qualsiasi.

Dovevamo tornare a Imperia quanto prima e parlare con il Consiglio.

Rori si bloccò mentre stavamo procedendo lungo lo stretto sentiero: aveva il volto leggermente arrossato e, nonostante non fosse facile avanzare nella foresta per un umano, stava marciando spedita ormai da mezz'ora.

Il viso era più rilassato e uno strano sorriso le si dipinse sul volto quando mi guardò.

«Tor, se vuoi potrei provare a correre, non sono stanca e mi sento meglio. E poi ultimamente vado a correre ogni giorno.»

Mi sentii stringere lo stomaco. La guardai incredulo senza sapere cosa rispondere di preciso, né capivo cosa intendesse dirmi con esattezza. Non sapevo se quell'effetto fosse dovuto più alle sue parole o al fatto di sentire il mio nome sulle sue labbra.

«Correre? Vorresti provare a correre?» chiesi infine. *«Anche se tu riuscissi a correre per una ventina di minuti non saresti mai veloce come noi e ti stancheresti solamente, per rallentare dopo.»*

Un'espressione delusa le si dipinse in volto e mi dispiacque. Dimenticai all'istante le parole che avevo appena detto e mi trovai ad aggiungere:

«Comunque se te la senti e vuoi provare...»

Non feci in tempo a finire la frase che i suoi occhi s'illuminarono come il sole. Sembrava piena di energie, non più spaventata e spossata come lo era prima.

Però era anche titubante, dunque decisi di sorpassarla di qualche passo, aumentando il ritmo.

Fu un istante. Scattò in avanti e si mise a correre lungo il sentiero, sorprendentemente veloce per avere due gambe ed essere uno scricciolo di ragazza!

«Che sta succedendo?» chiese Salem.

«Si aumenta il ritmo, questo succede! La ragazza è una creatura assolutamente singolare. Ti conviene correre Salem, non ci faresti una bella figura a essere raggiunto da una ragazzina» risposi ghignando.

«Wow! Il nostro piccolo zuccherino sta movimentando ulteriormente la giornata?» chiese Edgar ridendo.

Non gli risposi. Di solito il suo brio mi metteva di buon umore, mentre chissà perché le sue battute ora mi infastidivano leggermente. Detti un'occhiata al sentiero, ma di Rori nessuna traccia; tesi le orecchie. Sentivo i suoi passi, ma era incredibilmente avanti. Era velocissima!

«Tor, la ragazza è veloce e sembra le venga naturale; non mi è mai capitato di vedere una maga così.» Mi raggiunse nuovamente la voce mentale di Salem.

«Sto notando e non riesco a capire» risposi. *«Ad ogni modo sembra totalmente inconsapevole di ciò che riesce a fare. Quindi per il momento fate finta di nulla, potrebbe solo agitarsi ancora. Osserviamola e vedremo cosa ci*

sapranno dire gli anziani al riguardo» conclusi balzando in avanti e correndo lungo il sentiero.

Distinguevo i passi di Rori poco più avanti. La affiancai trotterellando e, con il muso, le diedi un altro colpetto come per sfidarla ad aumentare l'andatura. Non so bene perché lo feci, era come se una parte di me volesse vedere di cosa fosse capace e l'istinto mi diceva che era capace di molto, molto di più. La vidi sorridere sicura, come ad accettare la muta sfida che le stavo proponendo.

Il suo passo era sicuro sul terreno, percepivo ogni movimento come percepivo la foresta e la superai senza pensarci. Non mi stavo sforzando, per me quell'andatura era una passeggiata, ma per lei no. Stavo quasi correndo e Rori riusciva a starmi dietro! Era sorprendente.

Mi sorpresi ancora di più quando notai che invece di rallentare o sostenere quell'andatura stava aumentando il passo.

«*Oh mamma! Tor, quella ragazza corre come una lupa in forma umana!»* disse Ed.

«*I lupi non usano la magia, non dimenticarlo»* gli rispose Drina seccata.

«*Già, lo so, ma le streghe non corrono come i lupi»* le rispose di rimando.

«*Ora basta!»* li interruppe Salem e gliene fui grato. Ero troppo occupato a guardare la ragazza e a seguire la nostra sfida muta, per stare dietro ai battibecchi di quei due.

Sentivo la foresta viva e vibrante intorno a me, gli odori mi penetravano le narici e i miei sensi da lupo, acutissimi, riuscivano a cogliere ogni cambiamento ed erano capaci di avvertire eventuali minacce. Ma al momento ero concentrato soprattutto sui ritmici passi alle mie spalle. Potevo riconoscere la sua eccitazione nella corsa, l'adrenalina aumentare: sembrava insensato, ma stava provando piacere nel correre.

L'istinto e i sensi del lupo erano predisposti a percepire ogni cosa, se la mente e il corpo dell'animale erano in piena sintonia. Era uno stato che non tutti i lupi riuscivano a raggiungere. Io ero in grado di farlo, anche se mi richiedeva uno sforzo particolare fare questo su altre creature. Con i luoghi circostanti era molto più semplice e naturale, ma riuscire ad afferrare ciò che trasmetteva il corpo di un altro essere era di grande aiuto in battaglia, e non solo. Ero riuscito ad affinare i miei sensi estremamente sviluppati e farli cooperare in piena sintonia con la mia mente dopo anni di pratica.

Avvertivo che Rori si stava rilassando nel correre e la sfida le piaceva. Della paura e del malessere di prima non c'era più traccia.

Rallentai un po' permettendole di affiancarmi e le diedi un altro colpetto con il muso per stuzzicarla. Era veloce, ma mai paragonabile a un lupo. Non so bene perché la stessi incitando in quella sfida, nella quale sapevo già di essere il vincitore. Forse solo per comprendere meglio le sue capacità. I colpetti che le davo sulla spalla non c'entravano nulla; né la piacevole sensazione che ricavavo da quel contatto, ovviamente.

La superai ancora e vidi comparirle sul volto una smorfia stizzita. Non le piaceva la sconfitta e si vedeva. La sfida per lei era un forte stimolo che la caricava, ma non sarebbe mai riuscita a battermi, e lo sapeva.

Il sentiero che stavamo percorrendo faceva una grande curva sulla destra e sobbalzai quando la vidi scattare di lato per saltare tra i cespugli. Mi fermai per un istante senza capire, poi compresi: stava tagliando la curva al di fuori del sentiero per guadagnare terreno, e ci stava anche riuscendo, mi accorsi. Con la coda dell'occhio la vedevo saettare tra la fitta vegetazione senza alcun problema. Forse quello che avrebbe avuto più difficoltà tra liane e rovi sarei stato io con la mia mole. Dalla gola mi uscì un gorgoglio quando mi resi conto che era appena sbucata nuovamente sul sentiero lasciandomi indietro.

«Oh, che mi venga un colpo, la nostra piccola bambolina ha appena superato il grande capo! Bhuaha!»

La risata di Ed mi rimbombò nella mente.

Sospirò. *«Quella ragazza fa proprio per me, penso che sia stato amore a prima vista.»*

Non risposi. Ripresi a correre aumentando la velocità. Edgar stava diventando fastidioso.

Finalmente la raggiunsi e le vidi in faccia un'espressione estremamente soddisfatta. Cercai di affiancarla, ma ogni volta che ci provavo me lo impediva mettendosi davanti a me. Il sentiero era molto stretto e continuando a spostarsi così come stava facendo non avrei potuto superarla se non facendole male. Un'idea mi balenò in mente come un fulmine: mi aveva battuto! Quella ragazzina era riuscita a mettermi in condizioni di non riuscire a superarla nonostante fossi più veloce. Interessante.

La vidi piegare appena la testa di lato e sorridermi compiaciuta, mentre tornava la morsa allo stomaco.

«Questa è bella!» esclamò Salem serio. Il pensiero era rivolto solo a me.

«Tor, non so in cosa ci siamo imbattuti quest'oggi o, più precisamente, in cosa ti sia imbattuto tu. Ma indubbiamente è legata a te ed è una creatura fuori da ogni schema. Ciò che mi rincuora è che le sensazioni che trasmette sono positive: non avverto alcun pericolo in lei.»

Continuai a seguirla in silenzio. Sul fatto che fossimo legati, ne ero certo. Ma il come e il perché erano un grande interrogativo.

Guardai le piccole spalle lungo le quali i capelli chiari ondeggiavano al ritmo della corsa, come se potessero darmi la risposta.

Stavamo avanzando da un bel po' a quel ritmo sostenuto, quando decise infine di rallentare, ma senza fermarsi.

«Rori, se sei stanca basta che ti fermi» le dissi, d'un tratto preoccupato.

Ormai eravamo partiti da ore e, nonostante il primo tratto l'avesse fatto camminando, da quando aveva iniziato a correre non si era più fermata, anche se all'incirca un'oretta addietro aveva rallentato di un poco. Vidi le onde dorate davanti a me muoversi in senso di diniego e la guardai continuare senza dire una parola.

Avevamo fatto il doppio della strada che nelle mie più rosee previsioni saremmo mai riusciti a coprire, quando decisi che era il caso di fermarci.

Rori era esausta e si vedeva, per di più tra non molto il sole avrebbe cominciato a calare ed era il caso di fermarsi per la notte. Sapevo che un piccolo santuario si trovava in quella zona della foresta, così avvisai gli altri riguardo a dove intendevo fermarmi e indirizzai la ragazza fuori dal sentiero, verso uno spiazzo al cui centro vi era una costruzione in pietra raffigurante un leocorno, una specie ormai estinta da più di cento anni. Lì vicino erano accatastate enormi pietre ai margini di un laghetto.

Ed e Drina si erano fiondati sullo specchio d'acqua quando io e Rori avanzammo nella radura.

Salem stava facendo un ampio giro del perimetro per verificare che il posto fosse, a tutti gli effetti, tranquillo.

«Rori, ci fermeremo qui per questa notte, così domani all'alba ripartiremo e in mezza giornata saremo arrivati.»

Gli occhi dorati erano sgranati e si stavano guardando intorno meravigliati per poi posarsi sulla statua raffigurante il grande cavallo, sulla cui fronte torreggiava un lungo corno a spirale.

«Cos'è?» chiese, senza distogliere lo sguardo dalla pietra.

Una sorda irritazione mi solleticò lo stomaco: possibile che quella statua fosse più interessante di quello che le stavo dicendo?

«Un leocorno!» disse Ed, che intanto aveva ripreso la forma umana. Rori si voltò di scatto verso di lui e lo guardò incuriosita, come a incitarlo a continuare. L'espressione sconvolta di poche ore prima, quando aveva visto il giovane lupo mutare per la prima volta, era del tutto assente.

Edgar se ne accorse e fece qualche passo verso di lei, più tranquillo. Alle sue spalle anche Drina stava mutando e prendendo forma umana. A quella vista Aurora s'irrigidì, per poi girarsi rapida verso di me, in attesa.

Vidi i due membri del gruppo, che avevano capito cosa stava aspettando la ragazza, a disagio.

Feci finta di nulla e guardai i lupi divenuti giovani umani. Drina nelle sembianze di ragazza era carina, con capelli lunghissimi e chiari come le spighe di grano, che incorniciavano il volto dalle linee un po' dure ma affascinanti, addolcite da due grandi occhi azzurri. L'avevo sempre reputata una delle più belle ragazze che avessi mai visto, dal carattere equilibrato, anche se forse un po' troppo serioso.

Ma ora la sua bellezza mi parve quasi ridicola, se paragonata a quella di Aurora.

Mi bastò un'occhiata a Ed per capire che condivideva il mio pensiero. Stava continuando a guardare Rori come rapito.

Sentivo pressante lo sguardo della ragazza su di me, in attesa che mutassi, ma questo non sarebbe accaduto. Nessuno disse nulla, sapevo che avrei dovuto dirle qualcosa, ma non avevo idea da dove iniziare.

Infine mi decisi.

«Rori, ora posso raccontarti qualcosa sul nostro mondo. Salem ci metterà un po' a finire la perlustrazione.»

La vidi annuire in silenzio e guardarmi confusa.

«*In questo mondo vivono diverse creature. Ci sono anche degli esseri umani, pochi ormai, ma ci sono. Noi siamo lupi e possiamo assumere sembianze umane. Ora ti racconterò di noi.*»

Mi fermai un istante, indeciso su come raccontarle la nostra storia.

«*Il nostro popolo è governato, o condotto se preferisci, dal lupo Alfa e dal Consiglio degli Anziani. Quest'ultimo è formato da dieci lupi, che insieme al lupo Alfa guidano la nostra specie*» cominciai.

«*Un conflitto feroce perdurato negli anni ha portato a scontri ripetuti fra i maghi e i lupi. Una delle principali ragioni di questa lotta continua è la maledizione che una maga lanciò sul nostro popolo duecento anni addietro.*»

«*Alessa, una potente strega, nonché all'epoca capo della sua gente, lanciò su di un nostro antenato una maledizione che gli impedì di riprendere forma umana. La stessa sorte sarebbe toccata a ogni primogenito, nonché erede del suo ruolo di Alfa.*»

Gli occhi d'oro erano fissi su di me, mentre i lineamenti tesi mostravano un'espressione concentrata.

«*Nei secoli, questo sortilegio fu causa di numerosi scontri fra i nostri popoli. Stranamente col passare degli anni il popolo devoto alla magia si indebolì, fino ad arrivare a scomparire vent'anni fa. O per lo meno dopo l'ultima battaglia in cui sconfiggemmo la loro città capitale, Orias, i maghi scomparvero. Alcuni dicono che i pochi superstiti erano scappati rifugiandosi nelle profondità delle foreste del Nord.*»

Mi fermai un istante, indeciso su come finire il racconto. Aurora era immobile, in attesa di sentire le mie parole. Allora continuai:

«*Nonostante il nostro popolo abbia vinto, con la scomparsa dei maghi scomparve anche la possibilità di spezzare la maledizione che duecento anni fa fu lanciata sul nostro Alfa, e che continua a opprimere la sua discendenza, privandola della possibilità di assumere forma umana.*» Voltandomi verso Ed e Drina provai un'invidia che non mi permettevo quasi mai di sentire.

«Tu sei l'Alfa in questo momento, giusto?» domandò la ragazza con voce sorpresa. Anche se aveva chiesto, la domanda suonava quasi un'affermazione. Aveva capito.

«*Sì, io sono l'ultimo della stirpe di lupi maledetti da Alessa, e Alfa del nostro popolo.*»

In quel momento Salem comparve nella radura e ci raggiunse trotterellando tenendo in bocca un lungo ramo ricoperto di bacche grosse e violacee.

«Oh, finalmente si cena, pensavo ti fossi perso! Tor ha fatto in tempo a raccontare tutta la nostra storia fino a duecento anni fa!» disse Ed. «Ah, Sal caro, stai invecchiando.»

«*Taci, marmocchio*» fece l'altro seccato, posando il grande ramo a terra e iniziando a mutare.

Sal in forma umana era un uomo alto e con il corpo di un guerriero. I capelli castani erano lunghi quasi fino alle spalle imponenti, mentre il viso era spigoloso ma bello. Aveva il potere di incutere timore anche in forma umana visto il fisico, ma forse anche per un altro particolare: la gola era segnata da una lunga cicatrice rosea che si era procurato proprio vent'anni addietro durante l'ultima Grande Battaglia e gli era quasi costata la vita.

AURORA

Avevo mille domande che mi ronzavano per la testa come un'incessante cantilena.

Cosa ci facevo qui? Perché sembravo capace di fare cose inspiegabili? Perché avevo sognato Tor? Come caspita avevo fatto a finire in questo posto popolato da mostri, lupi e creature magiche?

Sapevo però che i lupi davanti a me non avevano una risposta.

Mi sentivo più tranquilla, adesso, e quasi a mio agio tra loro. Era come se un pezzo di me avesse trovato una risposta, anche se non sapevo dare un nome né a quel pezzo, né definire la risposta.

Per di più mi sentivo legata in modo strano al lupo nero: ero a mio agio con lui e non mi accadeva quasi mai di trovarmi bene con gli sconosciuti. Se poi parliamo addirittura di un uomo-lupo maledetto...

Non fosse stato per la situazione e per il fatto che fossero lupi, sarei stata quasi felice delle mie nuove conoscenze.

Guardai Salem e il lungo ramo che teneva in mano.

«Cosa sono quelle?» domandai, indicando le bacche che pendevano dall'arbusto.

Ed rise. «La nostra cena, zuccherino!» Lo guardai a occhi sgranati. Zuccherino? Da dove gli era uscito quel soprannome?!

Ciò nonostante sembrava simpatico.

Sorrisi, ma con voce scocciata dissi: «Non sono uno zuccherino, lupacchiotto». Ripresa dalla paura e dallo sfacelo delle ultime ore, stavo ritornando pian piano padrona di me stessa e delle mie emozioni.

Notai che quattro paia di occhi mi stavano guardando sorpresi, come se avessi appena detto una parolaccia.

Alla fine Ed scoppiò a ridere.

«È fantastica, ragazzi; sempre sognato d'incontrare una ragazza così» disse ghignando e ammiccando scherzosamente verso di me, al che non riuscii a trattenermi e mi uscì una risata divertita.

«Datti una calmata, Ed» lo apostrofò Drina. «È una ragazzina che avrà a malapena quattordici anni di vita, quindi dacci un taglio o la spaventi di nuovo» aggiunse.

La sua frase mi infastidì come un sassolino che si infila nella scarpa, più che altro per il suo modo di parlare, come se non mi trovassi neppure lì, o fossi così stupida da non afferrare il senso delle sue parole.

Ruotai rigida verso di lei. Non sembrava avermi presa particolarmente in simpatia, ma questo non voleva dire che poteva parlare di me come se fossi stata trasparente.

«Anche avessi quattordici anni» iniziai pacata, «che per altro non ho, non vuol dire che tu debba sentirti in diritto di parlare come se non ci fossi solo perché sei un lupo grande, grosso e con ogni probabilità pieno di pulci» dissi stizzita, senza potermi trattenere. «E poi da quando in qua essere vecchi è così bello?» aggiunsi. «E tanto per la cronaca, a meno che voi non siate eternamente giovani o roba simile, non credere ci sia una gran differenza d'età fra me e te.»

Calò il silenzio mentre continuavo a guardare la lupa. Mi stavo già pentendo di ciò che avevo appena detto. Certo, si erano dimostrati amichevoli, ma alla fine non sapevo nulla di loro e rispondere così non era stata una buona mossa. Ma non ero proprio riuscita a mordermi la lingua davanti al modo di fare sgarbato della bionda.

Nel giro di poche ore la mia vita era stata stravolta, facendomi sentire sull'orlo di un abisso sconosciuto. Forse ero ancora un po' intontita, ma questo non voleva dire che avrei permesso a degli sconosciuti di trattarmi come volevano.

Aggiunsi con voce più tranquilla cercando di abbassare i toni:

«Tra un mese compirò vent'anni, anche se non vedo il senso di discutere sull'età.»

«*Concordo*» risuonò nella mia testa la voce di Tor. «*E puoi stare tranquilla: non abbiamo le pulci*» disse allegro, smorzando la tensione.

Allora mi decisi finalmente a staccare lo sguardo da Drina e guardai il mio lupo.

Quando incrociavo quegli occhi ambrati mi risultava difficile distogliere lo sguardo. Era come guardare un volto dalle mille espressioni che però non sai precisamente cosa significhino.

Dopo un lungo istante mi resi conto del pensiero che avevo fatto: il mio lupo? Da dove mi era uscita questa?!

Ma in fin dei conti avevo sognato lui e se non fosse stato in pericolo non avrei mai provato il desiderio di aiutare un'altra creatura di quello strano mondo. Quindi sì, forse in un qualche modo poteva essere definito il "mio" lupo, decisi.

Durante la corsa avevo riflettuto su molte cose ed ero orientata a credere che nel momento in cui avevo desiderato aiutarlo ero riuscita ad arrivare dalla mia realtà a quella che stavo sognando. Tutto il resto poteva essere visto in molti modi: perché io? Perché ora? E come caspita avevo fatto? Oltre a questo, però, avevo compreso appieno che, per quanto irrazionale, tutto quello che mi era successo era reale e cercare di far finta che non lo fosse non mi sarebbe stato d'aiuto.

Quindi bisognava capire cosa mi stava accadendo e come tornare a casa.

In realtà avevo sempre saputo che una parte di me era strana.

Avevo scoperto di essere forte, troppo forte se paragonata alle ragazze della mia età, e tenuto conto del mio fisico. Ero anche veloce, avvertivo odori che gli altri non sentivano, e ogni tanto mi era capitato anche di avere qualche allucinazione e vedere oggetti fluttuare per casa. Zia Penny continuava a dirmi che avevo una fervida immaginazione e archiviava la cosa.

Così avevo continuato a rinchiudere in un angolo della mente quelle cose bizzarre, facendo finta di nulla. Era stato più facile fingere che quei fatti non fossero mai successi o che fossero frutto della mia immaginazione, evitando così di pensarci. Ora però dovevo farci i conti e per il momento decisi di non informare i lupi di queste mie considerazioni.

«Le bacche sono dei frutti particolari, una manciata di queste sono capaci di sostituire un pasto» disse Tor distogliendomi da quei pensieri.

In un modo che non riuscivo a cogliere, Tor aveva fatto calare la tensione, e ci sedemmo in mezzo alla radura a mangiare le bacche, che si rivelarono avere un sapore delizioso di miele e vaniglia. Parlai con Ed, che continuava a chiedermi del posto dal quale venivo e a farmi ridere con battutine, alle quali era impossibile restare seri.

Era tremendamente divertente parlare con lui e mi metteva a mio agio. Gli altri, invece, mangiavano in silenzio, ascoltandoci, con Tor che non mi toglieva lo sguardo di dosso, come volesse guardarmi dentro.

«Com'è essere lupo? Cioè, insomma, a parte essere fortissimi, veloci e tutto il resto, cosa sapete fare?» chiesi infine dopo aver raccontato loro, per sommi capi, la mia vita.

Calò un attimo di silenzio. Ed sembrava indeciso su cosa dire, come se avessi fatto una domanda scabrosa.

«Mi pare giusto che ora tu sappia un po' di più sul nostro mondo.» Fu la voce di Tor a rispondere.

Mi girai per incontrare il suo sguardo ambrato.

Il sole stava calando e gli occhi del lupo scintillarono alla luce del tramonto. Stava seduto vicino alle pietre accatastate e aveva un che di imponente e regale, con la testa eretta che ora scrutava la boscaglia.

«Oltre alla forza che i lupi possiedono, alcuni di noi hanno anche altre capacità più rare. Tutte queste, delle quali la natura ci ha dotati, servono per renderci più forti in battaglia, per proteggere il nostro popolo ed essere... come dire? Un predatore senza rivali.»

«Il nostro udito è estremamente sensibile e sviluppato, come l'olfatto; tutti i nostri sensi sono infinitamente superiori a quelli umani, e in parte manteniamo certe caratteristiche del lupo anche quando mutiamo. Questi due sensi, però, siamo in grado di affinarli in un modo particolare. Possiamo armonizzarli con l'ambiente che ci circonda, così da poter percepire ogni cosa in un raggio di chilometri.»

Sgranai gli occhi mentre deglutivo a vuoto. Ora capivo appieno il significato di "un predatore senza rivali".

«Lo stesso è possibile fare con altri esseri viventi,» continuò *«ma solo se sono a breve distanza. Non è una cosa facile e sono pochi i lupi che riescono a farlo. Questo comporta una fusione completa del lupo con l'altra creatura. Una sintonia che è difficile da raggiungere.*

È come se fossimo formati da due creature diverse con istinti e bisogni simili, ma non uguali. E la massima forza la raggiungiamo mettendo in totale armonia tutti e due.»

Si fermò guardandomi, come per accertarsi che stessi seguendo, e in qualche strano modo le sue parole mi sembrarono chiare, come se riuscissi davvero a comprendere di cosa mi stesse parlando. Quindi annuii. E lui continuò:

«Poi, ci sono alcuni di noi che hanno dei doni particolari, ma non sono molti in realtà. Ora sono rimasti in pochi. Nelle battaglie erano messi in prima linea.»

Il suo sguardo si fece distante e torbido. *«Ci sono stati lupi capaci di vedere il futuro qualche istante prima, essendo così in grado di anticipare le mosse di chi avevano davanti, a proprio vantaggio. Altri erano in grado di governare gli elementi. E poi ci sono stati due lupi, nella nostra storia, capaci di fermare lo scorrere del tempo per qualche istante.*

Al momento a Imperia, la nostra città, sono pochissimi i lupi che sono dotati di facoltà non comuni. Drina è un manipolatore dei fenomeni naturali: riesce ad avere un controllo sul vento. Ma sono doti che sono difficili da usare e sviluppare.»

Guardò la lupa, che ora pareva un po' a disagio.

«Quindi riesce a far soffiare il vento quando vuole?» chiesi.

«Non esattamente» si intromise Drina con voce pacata. «In passato alcuni lupi che avevano la mia stessa capacità erano in grado di creare anche dei tornado. Io riesco a malapena a spostare qualche ramo, se mi impegno.»

Allungò la mano verso un ramo caduto lungo un paio di metri, e lo vidi sollevarsi e levitare a mezzo metro dal terreno.

«Per il momento questo è ciò che posso fare» disse lasciando che il tronco raggiungesse di nuovo il suolo. «Ogni dono va coltivato e bisogna esercitarsi. Anche così è estremamente difficoltoso fare progressi» concluse sospirando.

«Wow D!» esclamò Ed. «Sei migliorata un sacco, però! Ero rimasto a qualche foglia che volava!»

Era sorpreso, come se quello che la lupa aveva appena fatto fosse qualcosa di incredibilmente difficile.

Tor guardò Drina. *«In più l'uso di queste facoltà debilita molto.»*

«Ora è il caso di riposare un po', domani all'alba si riparte. Dovremmo poter stare tranquilli, ma visto l'attacco di oggi farò un altro giro del perimetro. Voi intanto sistematevi per la notte» disse guardando i lupi, e poco dopo si voltò, avviandosi verso gli alberi. Aveva cambiato umore di punto in bianco e sembrava nervoso.

Guardai gli altri spiazzata da questo brusco cambiamento, ma loro fecero finta di nulla.

I tre lupi in forma umana stavano sistemando del fogliame vicino ai massi.

Si muovevano veloci, come se fosse una cosa automatica per loro. Raggiungevano il sottobosco dove raccoglievano manciate di foglie secche ed erba per poi sistemarle e farne dei giacigli.

Mentre li osservavo, notai per la prima volta il loro abbigliamento.

Salem aveva un paio di pantaloni marroni con un cinturone in pelle, pieno di placchette di ferro, e una semplice maglietta scura che gli segnava il torace e le spalle ampie e muscolose. Aveva il fisico di un guerriero e a ogni suo movimento, i muscoli guizzavano sotto la stoffa dei vestiti. In realtà, ognuno di loro in forma umana avrebbe potuto benissimo fare da testimonial per qualche palestra, anche se molto probabilmente tutti quei muscoli erano dovuti a un qualche addestramento stile Marin in versione lupesca. Un brivido mi scosse quando ripensai alla lotta con le bestie alate: altro che sollevare bilancieri e bere frullati proteici... quelli erano addestrati a uccidere!

Spostai lo sguardo sulla lupa dal fisico tonico. Indossava un vestito verde con due profondi spacchi laterali su entrambi i lati che le consentivano di muoversi nella massima libertà, valorizzando nel contempo la sua figura alta e slanciata.

Abbassai lo sguardo sulle mie scarpe da ginnastica in tela.

I fuseaux blu che indossavo facevano parte del mio abbigliamento comodo per i giorni di relax e la maglietta a mezze maniche che portavo sopra... stessa cosa. Nel vestirmi non ero particolarmente esuberante o trasgressiva come invece era Ame, anche se alla fine riuscivo ugualmente a ricevere attenzioni indesiderate.

Sentivo i piedi indolenziti dentro le scarpe e cominciai a sentire una profonda stanchezza. Non capivo come avevo fatto a correre per ore con quelle ai piedi senza che si disintegrassero.

I giacigli erano quasi pronti, notai, però le pietre lì vicino mi facevano paura: avevo l'impressione che potessero cadermi in testa da un momento all'altro.

Andai verso la statua del leocorno che era al centro dello spiazzo. La copia dell'animale, che Tor diceva essere estinto, ora torreggiava sopra di me. Chissà come sarebbe stato poterlo vedere dal vivo. Sotto la statua una fitta erbetta verde mista a trifogli circondava il perimetro, dando l'impressione che le zampe dell'animale affondassero in un mare color smeraldo.

Avanzai, e una volta raggiunto il fianco dell'animale stesi la mano per toccare la fredda pietra, incapace di trattenermi. Supposi fosse a grandezza naturale e feci scorrere con lentezza la mano in avanti verso il collo, come stessi carezzando un cavallo vero.

Levai lo sguardo per guardare meglio il muso dell'animale: il corno lungo e intrecciato misurava almeno mezzo metro.

«Avrei tanto voluto vederne uno dal vivo!»

Sobbalzai alla voce di Ed, che chissà come era riuscito a venirmi alle spalle fino a pochi centimetri di distanza senza che mi accorgessi di nulla.

«Mi hai fatto venire un colpo, non ti ho sentito arrivare!» lo accusai. «Poteva venirmi un colpo al cuore per lo spavento» dissi scherzosamente.

Lo sentii ridere e poi portarsi una mano al petto come fosse distrutto dalle mie parole.

«Non dire così, zuccherino, e io che speravo che vedendomi ti fosse venuto un altro tipo di colpo al cuore» mi informò sogghignando.

Lo guardai in viso. Gli occhi chiari ora fissi nei miei riflettevano una luce che avevo visto spesso negli occhi di qualche ragazzo a scuola. La differenza era che questi ultimi non avevano neppure la metà della bellezza né il fascino del lupo che ora mi stava affianco.

E la cosa più strana di tutte era che, nonostante lo conoscessi da poche ore, mi sentivo perfettamente a mio agio e anzi mi pareva di conoscerlo da una vita!

Storsi la bocca.

«E dai dello zuccherino a me? Ma sentiti, sei da carie ai denti» dissi, fingendomi schifata.

A quelle parole piegò la testa all'indietro e scoppiò in una sonora risata.

«Ero venuto a dirti che il tuo letto è pronto» annunciò poi, tornando serio.

Mi girai verso le pietre e vidi Salem e Drina nuovamente in forma di lupo accovacciati su di un letto di foglie sotto la catasta di sassi. Quella catasta mi sembrava tremendamente pericolante.

«Ehm, spero non vi offendiate ma no, preferisco sistemarmi qui vicino alla statua se possibile: con quelle pietre sopra la testa non sarei in grado di dormire tranquilla.»

Ed inarcò un sopracciglio guardandomi.

«Che fifona.»

Allora sogghignai.

«In realtà ho un terrore folle di beccarmi le pulci dormendo così vicino a te, ma non volevo ti offendessi dicendotelo.»

Allora lui alzò le mani in segno di resa e rise divertito.

«Dai, vieni che ti aiuto a spostare la stuoia, allora» disse incamminandosi.

TOR

Mi fermai sul margine della radura a osservare Ed e la ragazza. Provai una sensazione di fastidio mentre li guardavo ridere tranquilli, come fossero amici da una vita. Ma del resto, la sensazione di familiarità che provavo io, avrebbero potuto provarla anche gli altri.

Aspettai che si sistemassero per la notte. Avevo comunicato ai ragazzi che avrei fatto un'ultima perlustrazione per poi raggiungerli, ma ora me ne stavo lì, nascosto fra gli alberi, a guardare i miei compagni dormire e la ragazza sistemarsi vicino alla statua.

Era seduta sul letto di foglie vicino al leocorno e lo guardava come incantata; lo sguardo era fisso sull'animale, sembrava aspettasse che prendesse vita, come per magia. Non so per quanto me ne stetti lì tra gli alberi a guardarla, ma una pallida luna piena era sorta del tutto, e i suoi tenui raggi illuminavano la radura con fasci di luce bianca.

Mi riscossi da quel torpore e lentamente avanzai nello spiazzo verso di lei. Se ne stava sempre seduta vicino alla statua, ma ora con il capo chino a guardare un filo d'erba che teneva tra le dita. In volto aveva disegnata un'espressione smarrita.

Mi avvicinai a lei facendo un po' di rumore, per avvertirla del mio arrivo. La vidi sobbalzare e girare la testa. Eravamo a qualche metro di distanza e, nonostante fosse calato il buio, il suo sguardo affondò nel mio, facendomi contorcere lo stomaco. Non riuscivo a distogliere gli occhi dai suoi e sembrava che anche lei avesse lo stesso problema. Eravamo incatenati in un dialogo senza parole, ma solo pregno di sensazioni: sensazioni senza nome e senza senso logico.

Tra di noi c'era un legame, questo era indubbio, ma il senso di questo legame non riuscivo ad afferrarlo in alcun modo. Sentivo i battiti del suo cuore accelerare, ma rimase immobile come il leocorno al suo fianco. Man mano che il ritmo nel suo petto aumentava, in viso le si dipinse un'espressione sempre più smarrita; poi allungò una mano nella mia direzione, ma ero ancora troppo distante. Quel gesto però, fece sussultare il mio cuore. Come se il mio corpo agisse di sua volontà, preda di una forza invisibile, in un battito di ciglia mi spostai in avanti e coprii la breve distanza che ci separava, fino a raggiungere la mano tesa.

Una volta raggiuntala nessuno dei due esitò, e mi sporsi in avanti con il muso, a cercare il suo palmo teso, per poi sentire le dita tremanti affondare nel mio pelo, al lato della testa.

Mi persi.

Non sentivo più nulla, solo quella piccola mano che affondava sempre più e carezzava la mia testa. Non riuscivo a pensare, non c'era più nulla intorno a me, solo quella strana ragazza. Quel semplice tocco aveva appena messo in pausa il resto del mondo e, per la prima volta in tutta la mia vita, sentivo che ogni cosa sarebbe andata bene, a patto che quella creatura fosse stata con me. Questo perché sapevo, ne ero assolutamente certo, non so come, che con quella creatura vicino sarei stato bene.

Un senso di pace mi lambiva a ondate e non riuscivo a far nulla se non starmene lì, ebbro di quella sensazione, a guardare il piccolo volto che ora teneva gli occhi socchiusi e continuava a carezzare la mia testa. Le esili dita giocavano con il mio manto come se quel gesto fosse in grado di regalare un piacere unico, facendo scivolare via ogni cosa, bella o brutta che fosse, c'era solo quell'istante che cullava i sensi.

Rimanemmo lì così, in silenzio, non so per quanto tempo. Non volevo in alcun modo che quella pace che stavo provando finisse. Mi sentivo rapito da quella sensazione, ma poi vidi le piccole spalle scuotersi e una brezza muovere i rami intorno a noi. L'aria si era fatta pungente, con il calare del sole.

Il mio stato di incoscienza stava venendo meno e il mondo intorno a noi cominciò a riaffiorare. Anche Aurora sembrava provare lo stesso.

Nessuno disse nulla, anche quando era chiaro che entrambi ci eravamo ripresi da quello smarrimento reciproco. Mi sentivo ancora pervadere da quel senso di pace e la sua mano era rimasta appoggiata alla mia testa, quando un secondo brivido di freddo la scosse e il suo braccio si spostò per stringersi le spalle.

Volevo dirle qualcosa, ma non sapevo cosa. A quel punto il senso d'apprensione per il freddo che provava ebbe la meglio e mi avvicinai sistemandomi vicino a lei, riparandola con il mio corpo.

Non disse nulla, mi guardò in silenzio sdraiarmi accanto al giaciglio preparato con Ed e dopo un po' si sdraiò accanto a me, con una parte del corpo che sfiorava il mio. Una moltitudine di emozioni mi si riversò addosso veloce e forte come il battito di Aurora. Entrambi eravamo in balìa di questa strana sensazione, pensai. Avrei tanto voluto sapere cosa stava pensando, ma non osavo dirle nulla per paura di sbagliare, allora decisi di starmene lì ad ascoltare il suo cuore galoppare. Lentamente il battito decelerò e ci rilassammo entrambi, fino a quando sentii il ritmo, ancora regolare, unito al respiro lento di chi aveva preso sonno, e allora mi addormentai anch'io.

Mentre scivolavo nell'inconsapevolezza della sonnolenza, mi chiesi se sarei mai riuscito a riaddormentarmi senza quel corpicino a fianco.

AURORA

Mi svegliai a contatto con qualcosa di morbido e caldo. Stavo bene lì, non avevo voglia di aprire gli occhi. Affondai il viso ancora di più nel caldo tepore del mio nuovo cuscino e le narici furono invase da un odore sconosciuto, fresco e inebriante. Mi stiracchiai e mi aggrappai ancora di più a quell'oggetto soffice che sapeva di buono inspirando a fondo il suo profumo. Nella mia mente intontita dal languido piacere di quelle sensazioni, lentamente si fece largo un'idea: io non avevo mica comprato un cuscino nuovo e Ame figuriamoci se…!

Non conclusi il pensiero e mi irrigidii. Nella mia testa balenarono un mucchio di informazioni: lupi, boschi, bestie alate… terrore! Ero sveglia e rigida sul cuscino, che ora sapevo non essere un cuscino.

Rimasi immobile un lungo minuto prima di avere il coraggio di scostarmi e trovarmi a due centimetri dal muso di Tor, che mi osservava immobile.

«*Buongiorno*» disse una voce pacata nella mia testa.

Ero abbracciata al collo del lupo e per metà sdraiata sopra di lui, con il suo muso a pochi centimetri dal mio viso.

Mi scostai di scatto mettendomi a sedere sul giaciglio di foglie, avvampando.

«Scusa, non volevo usarti come cuscino, ti ho fatto male?» biascicai mortificata e preoccupata.

Con ogni probabilità avevo passato gran parte della notte usandolo come materasso realizzai, mentre sentivo le guance diventare incandescenti. Dannazione a me che giravo come una trottola nel sonno!

Mi voltai a guardare la parete rocciosa per vedere chi altri avesse assistito a quella scena imbarazzante e vidi il giaciglio di Drina vuoto, mentre Ed e Salem sembravano dormire ancora della grossa. Scrutai la radura per un momento, il sole stava per sorgere e lo spiazzo era avvolto da una fioca luce. Un cinguettio si levava a scatti da qualche cespuglio.

«*Non preoccuparti, ci vuole ben altro per farmi del male*» disse Tor.

Non so bene il perché, ma mi sentivo a disagio. Nonostante Tor fosse un lupo, era a causa di una maledizione che non poteva assumere forma umana e, come Ed, Salem e Drina, aveva un lato umano anche lui. Quindi avevo appena passato una notte lontana da casa acciambellata sopra un lupo, oltre a tutto il resto ovviamente.

Ripensai alla sera precedente: a lui che entrava nella radura e il senso di familiarità provato, quei minuti passati a carezzargli il muso, e la pace di quegli istanti. L'esigenza che mi aveva posseduta, portandomi ad affondare le dita nel suo pelo. Quelle sensazioni caotiche e bellissime che avevo provato, al pari di una cascata di stelle cadenti si erano riversate in me. Mai nella vita mi ero sentita così.

Cosa mi stava succedendo?!

Ero pervasa da tante percezioni nuove, strane e alcune sconosciute.

Ora però era il caso di bloccare il flusso di pensieri e riprendere la calma. Al momento mi trovavo in compagnia di quattro lupi e non sapevo né il perché, né il come, quindi per prima cosa bisognava venire a capo di quell'interrogativo!

Tor non era una minaccia, come non lo erano i lupi nella radura. Feci una breve analisi della situazione, ma era difficile bloccare i ricordi delle sensazioni provate la sera precedente. Tor era così familiare. Il lupo che per giorni avevo sognato e poi, chissà come, ero riuscita a incontrare in carne e ossa, aveva su di me uno stranissimo effetto. Non trovavo una risposta al perché fossi finita lì, ma una vocina dentro di me, uno strano e nuovo sussurro, mi diceva che era giusto così. Sembrerà sciocco, ma anche se non sapevo definire il legame che provavo nei confronti dell'animale, ora che l'avevo incontrato avevo la bizzarra percezione di non essere più capace di farne a meno.

Cercai nuovamente di mettere un freno a quelle sensazioni illogiche. Con ogni probabilità Tor era spiazzato dal mio improvviso mutismo, dopo aver passato ore a dormigli addosso.

«Sei solo gentile» risposi infine, cercando di riacquistare un minimo di controllo.

«È che mi muovo nel sonno» aggiunsi guardandolo dispiaciuta.

«A me non dispiace affatto, Rori: la tua vicinanza è piacevole per me e mi pare ridicolo tu debba scusarti perché ti muovi quando dormi» rispose deciso, liquidando le mie lamentele.

Mi tranquillizzai subito: non aveva senso essere apprensiva con Tor, mi resi conto.

Allora dissi quello che mi balenò in mente.

«Alla fine sarà per questo che ho sognato te: non avrai una qualche predisposizione a sopportare i miei difetti?» domandai di getto.

Una sonora risata scoppiò nella mia testa.

«Ah, se tutte le cose da sopportare fossero come te, sarei felice!» disse spostandosi e dandomi un colpetto con il muso sulla spalla.

Quel colpetto mi procurò un brivido lungo tutta la schiena, lasciandomi stranita. Avevo gli occhi sgranati e sentivo ancora brividi percorrermi le ossa. Il giorno prima aveva usato lo stesso modo per comunicare con me, ma questa volta era stato diverso, era come se qualcosa fosse cambiato.

Provai a guardarlo e lo vidi intento a osservarmi: anche lui sembrava essersi bloccato per qualche motivo.

«Allora, dormito bene, straniera?» chiese una voce melodiosa alle mie spalle.

Mi voltai e vidi Drina a pochi metri di distanza: era bellissima con i capelli biondi che le scivolavano lungo le spalle in una cascata luminosa e gli occhi chiari come il cielo.

«Sì, io sì, Tor credo un po' meno, visto che nel sonno devo averlo scambiato per un cuscino» risposi cercando di far finta di nulla e mascherando le emozioni che mi vorticavano nel petto.

«Ah sì?» disse in tono di finta curiosità.

Era chiaro che qualcosa l'aveva infastidita, ma non capivo cosa.

«Drina, accompagna Aurora al ruscello, io sveglio gli altri» disse il lupo nero interrompendo la nostra conversazione, con voce nuova e sbrigativa. Poi si voltò in direzione delle rocce. *«Tra poco ripartiamo.»*

«Seguimi» mi intimò allora la lupa, mentre si dirigeva svelta dalla parte opposta della radura, così mi affrettai a seguirla.

Varcammo la soglia dello spiazzo e ci addentrammo nella vegetazione. L'aria del mattino era pungente e mi strinsi nelle spalle mentre arrancavo dietro di lei.

Ero a disagio: nessuna delle due parlava ed era evidente che non dovevo andarle particolarmente a genio. Poco dopo raggiungemmo un ruscello. Gli occhi della lupa mi controllavano senza lasciarmi un istante, mentre mi rinfrescavo il viso con l'acqua ghiacciata.

Sporsi il busto un po' in avanti, per guardare i pesci colorati che nuotavano sotto di me. Erano pesciolini grandi come biglie, di tutti i colori, che sembravano un arcobaleno che si muoveva in sincronia sotto l'acqua.

«Attenta a non cadere: non ho voglia di nuotare» mi apostrofò Drina in modo pungente, come parlasse a una bambina.

Mi bloccai un istante e non riuscii a fermare un leggero fastidio che cominciò a salirmi nel petto. Non ero una persona permalosa, di solito stavo per conto mio e non davo fastidio, ma certamente non lasciavo correre se qualcuno era gratuitamente scorbutico.

Però, le cose erano un po' alterate: mi trovavo in una situazione fuori da ogni logica, e questo solo perché avevo voluto salvare un lupo. Ormai ne ero convinta: il mio sogno era diventato reale quando avevo visto Tor in pericolo e avevo provato il desiderio di aiutarlo. Poco dopo era accaduto tutto il resto ed ero precipitata in quel mondo popolato da mostri, lupi, streghe e sa Dio cos'altro.

Ce la stavo mettendo tutta per abituarmi alle informazioni sconcertanti delle ultime ore e la più tosta da affrontare era l'idea che ci fosse in me qualcosa di strano. E ora venivo anche trattata come una bambina!

Il mio sistema nervoso, già di per sé delicato, al mattino era piuttosto suscettibile (e Ame ne sapeva qualcosa).

Mi rialzai cercando di fare un profondo respiro nel tentativo di scrollare di dosso l'irritazione, dovuta al tono sgarbato di Drina.

«Straniera, non mi dirai forse che ho urtato la tua sensibilità da fiorellino e stai per piangere?» ghignò. «Guarda che se non ti fosse ben chiaro stiamo tutti cercando di avere questo gran riguardo verso di te, perché speriamo con tutto il cuore che tu riesca a usare la magia, come sembrerebbe» chiarì fredda. «Sarebbe un miracolo per Tor e per noi tutti. La maledizione da spezzare potrebbe essere solo una delle tante cose positive che potresti fare. Quindi cerca di non metterti nei guai e cadere in acqua, perché dovrei tuffarmi a ripescarti e il torrente è ghiacciato.»

Rimasi impalata dov'ero. Quel nuovo punto di vista mi aveva lasciata di stucco. L'irritazione di poco prima si era bloccata come d'incanto, dando spazio ad altri sentimenti mentre una fredda paura ammantava il mio corpo.

Senza dire una parola, guardai la fitta vegetazione alle spalle della bionda bellezza. Quello che mi tratteneva dal non scattare e scappare a gambe levate da lei e dall'intera situazione, era la sensazione che non dicesse tutta la verità.

Inspirai a fondo, con la mente in subbuglio, e infine presi una decisione.

Con lentezza, stringendo i pugni, mi avviai nella direzione dove sapevo esserci la radura.

Sentivo Drina sospirare stizzita e seguirmi come se avesse veramente a che fare con un marmocchio pestifero e fastidioso.

TOR

Ascoltavo Salem, ma non ero concentrato. Sentivo l'odore di gelsomino e miele che per tutta la notte mi aveva cullato con la sua fragranza, a qualche centinaio di metri da me.

Con Rori non avevo più bisogno di concentrarmi per riuscire a "sentirla": lo facevo e basta, senza neppure rendermene conto.

Stavo cercando di programmare, con Salem ed Ed, le ore seguenti all'entrata in città, quando mi accorsi di un cambiamento: Rori e Drina stavano tornando, ma erano state via molto poco.

Vidi la piccola figura entrare nella radura con passo lento ma deciso. Sentivo un vorticare di emozioni proveniente da lei, ma non riuscivo a decifrarle. Erano troppe e confuse.

Teneva la testa bassa mentre si avvicinava, e notai il viso contorto in una smorfia, le labbra tirate e i pugni serrati.

Drina, alle sue spalle, fino a poco prima tranquilla, sembrava allarmata.

Salem smise di parlare e si accorse del mutamento che c'era nell'aria. Ed, ancora inesperto, non sentiva nulla, ma anche lui comprese che stava accadendo qualcosa di nuovo.

Mano a mano che Rori si avvicinava, sentivo con più forza la rabbia che cercava di nascondere.

Si fermò a pochissimi passi da noi, con Drina alle sue spalle, spiazzata.

«Buongiorno ragazze!» le accolse la voce briosa di Ed. «Non pensavo che il bagnetto mattutino durasse così poco e ti facesse venire il broncio, Rori» aggiunse scherzoso.

Come se fossero amici da una vita, andò verso di lei e le scompigliò i capelli sulla sommità del capo. Quel gesto ammorbidì i lineamenti tesi della ragazza, la quale sorrise, e come risultato Ed rimase per un istante imbambolato a guardarla.

Allora avvertii in Drina una cosa strana, che non avevo mai sentito addosso a lei: era l'esigenza di sottomettere, propria del lato lupesco più profondo.

«Tranquillo Edgar, sembra che abbia deciso di non piangere oggi. Pare non sia abituata all'acqua di torrente» disse Drina con una vena acida che lasciò tutti esterrefatti; quel comportamento non era da lei. Per quanto fosse una lupa fredda e distaccata, l'accanirsi così su una creatura spaesata e indifesa non era nella sua natura. Ma fu a quel punto che mi bloccai di nuovo, sentendo un nuovo cambiamento.

Rori si girò di scatto, con una velocità tale da riscuotere una totale attenzione da parte di tutti i lupi presenti.

«Io non ho idea di quale problema tu abbia con me» disse cercando di parlare con calma, ma la voce era tagliente come il filo di una spada. «Adesso però chiariremo subito dei punti, anche perché voglio sapere cosa succede» terminò, dandole ancora le spalle e guardandomi con fermezza.

Vidi Drina alle sue spalle guardarla sorpresa.

«Voi supponete che io sappia usare la magia, quindi state cercando di appurare se questo sia vero, così che io possa servire ai vostri scopi?» chiese tenendo lo sguardo fisso nel mio.

«Io non ho detto...» cercò di intromettersi Drina.

Ma dalla gola di Rori provenne un basso sibilo simile a un ringhio. Strinse gli occhi mantenendo uno sguardo duro su di me, mentre la voce esplodeva in un: «Zitta!».

Il suo tono era marcato e deciso, con un doppio timbro appena udibile, che captai come un punto nero in una distesa bianca.

Il pelo mi si rizzò sulla schiena e cercai di tendere al limite ogni senso per leggere nel miglior modo possibile ciò che avevo davanti.

«Avete sentito anche voi o sono del tutto andato?» sentii chiedere Ed con un filo di voce.

La ragazza che avevamo di fronte era il più grande interrogativo che ci fosse mai capitato fra le mani.

Intanto anche lei aveva capito che c'era stato un cambiamento in tutti noi, ma era chiaro che non si rendesse conto del perché. Lessi paura e rabbia nei suoi occhi.

Fu più forte di me: mi avvicinai e le strofinai il muso sulla spalla; quel gesto provocò la solita scossa, ma ora anche un insolito calore.

«Cerca di calmarti» le dissi. *«Credo ci sia stato un malinteso dovuto alla tensione delle ultime ore. Anche per noi non è stato facile, seppure sicuramente non altrettanto difficile rispetto a come lo è stato per te»* dissi cercando di infonderle calma con tutto me stesso.

La sentivo pervasa da mille sensazioni. A quanto pareva anche lei si era resa conto di qualcosa. Quello che mi interessava al momento, però, era metterla tranquilla e al sicuro, il resto avrebbe aspettato.

«Oltre alle tue possibili facoltà magiche c'è un legame tra noi, un legame che ti ha portata a sognare queste foreste e raggiungerci. Anche se così non fosse, avremmo comunque aiutato una creatura in difficoltà. Nessuno cercherà di farti del male o di usarti» le dissi, affondando lo sguardo nel suo e cercando di trasmetterle la verità delle mie parole.

«Ora cercheremo di raggiungere Imperia senza dare nell'occhio, io convocherò un Consiglio e proveremo a capire cosa sta accadendo, ma fin da ora ti posso garantire, nel modo più assoluto, che non dovrai mai fare nulla che tu non voglia.»

Le spalle di Rori si rilassarono e seppi di aver guadagnato la sua fiducia; questa consapevolezza mi ridiede energia.

I tratti del suo volto si distesero e chiuse gli occhi per un istante, sospirando.

«Grazie.»

«Rori, mi sa che sei una tipa da temere quando ti arrabbi!» disse Edgar cercando di mettere il solito brio nelle parole, ma sentivo che era inquieto.

«Mai detto di essere uno zuccherino: sei tu ad averlo pensato» fece lei, cercando di sorridere.

Questo, però, bastò a rallegrare il giovane lupo.

Avevamo lasciato la radura da una buona mezz'ora e nessuno aveva ancora fiatato. Sapevo che gli altri si stavano ponendo le stesse domande che tormentavano anche me, ma nessuno se la sentiva di dar loro voce. Rori, o meglio la sua natura, era un enigma.

Quello che era accaduto poco prima aveva spiazzato tutti quanti.

Tra le lupe femmine non c'è un'Alfa stabilita, né la natura di una lupa in particolare può portarla a esserlo. Solitamente il ruolo di lupa Alfa veniva preso in conseguenza alla scelta della compagna da parte del maschio Alfa, ma nonostante questo vi era in alcune femmine una vena latente di comando, come in Drina.

Non era una cosa strana: l'unico problema che poteva venirsi a creare era nel momento in cui una di esse fosse entrata in contatto con un'altra che possedesse la stessa propensione latente. Allora poteva accadere che la parte del lupo avesse il sopravvento, portando a scontri di vario tipo, fino a quando una delle due non avesse "predominato" sull'altra, riportando così un equilibrio.

I segni che erano propri delle femmine maggiormente dominanti erano molti, ma uno in particolare apparteneva anche al maschio Alfa: il timbro nell'impartire gli ordini.

Una modalità secca che aveva una forza vincolante.

Non per tutti gli Alfa era uguale: in alcuni miei antenati queste caratteristiche di comando erano più forti rispetto ad altri. Tanto più il lato di Alfa era marcato, maggiore era il vincolo che esercitava impartendo un ordine diretto.

Ciò che tutti noi avevamo udito poco prima, nelle parole che Rori aveva usato per zittire Drina, seppur flebile, era un ordine diretto, marcato dal timbro di una lupa dominante.

Questa caratteristica, però, apparteneva ai lupi, non certamente al popolo dei maghi!

Eppure la ragazza non poteva essere un lupo, questo era fuori discussione, quindi le cose stavano diventando ancora più complicate.

Guardai la giovane davanti a me, l'ondeggiare dei capelli ora legati, il passo deciso e la confusione che emanava. Allora cercai di svuotare la mente per rilassarmi e sentirla meglio.

Percepivo la terra sotto le zampe, l'odore frizzante e denso della foresta pungermi le narici e il senso di calma che solo il lento e ritmico fruscio delle foglie era capace di dare. Mi immersi il più possibile in tutto ciò che mi circondava.

Sentivo i miei compagni, ognuno nella sua postazione, procedere verso casa... e infine lei. Era un magma di emozioni, troppe per distinguerle con chiarezza. Mi si strinse lo stomaco. Se per noi doveva sembrare una situazione inafferrabile, lo era mille volte di più per lei.

Di lì a poche ore saremmo arrivati a Imperia e certamente non sarebbe stato semplice camminare attraverso le strade fino alla Torre, facendola passare inosservata. Avremmo dovuto attraversare una parte della città, quindi bisognava trovare un modo per creare il minor scompiglio possibile, raggiungere il castello, convocare il Consiglio e cercare di tenere Rori calma.

Nel frattempo, avvertendo la matassa di emozioni che provava, avevo la sensazione che uno spillo continuasse a pungermi dentro.

AURORA

Mi sentivo come se qualcuno mi avesse preso a martellate in testa.

Cercare di elaborare tutto ciò che stavo vivendo era troppo complicato. Mi sforzavo di bloccare i pensieri anche se era difficilissimo. Così studiai la vegetazione che mi circondava.

Il bosco stava cambiando lentamente: vedevo molti pini adesso; l'aria era diventata pungente e aveva un profumo diverso, un misto di terra, resina e quell'odore che è proprio solo del verde che c'è nel bosco più fitto, un odore selvatico e forte.

Con lo sguardo immerso in quella distesa verdeggiante cominciai a stare meglio: la testa piano piano stava tornado leggera.

Il passo di Tor alle mie spalle era felpato e intravedevo ogni tanto Ed sulla destra. Mano a mano che ci inoltravamo, la foresta si faceva sempre più viva e i colori passavano dal verde scuro dei pini a varie tonalità di verde chiaro del muschio, che ricopriva gran parte del sottobosco.

Ora il sentiero si stava allargando e il terriccio diventava sempre più rossastro, ricoperto da piccoli aghi. Su qualche roccia spuntavano fiori mai visti, dai colori accesi. Avevo l'impressione di trovarmi in un posto magico. Era impossibile non rimanere incantati di fronte alla foresta che si apriva davanti a me.

Continuammo a camminare e a inoltrarci sempre più. Non smettevo un attimo di guardarmi attorno affascinata, gli alberi si facevano più fitti e il sole filtrava qua e là, rischiarando sempre meno il percorso.

«*Rori*» mi richiamò la voce di Tor.

Girandomi verso di lui notai che il lupo si era fermato, scrutando attorno.

Non feci in tempo ad aprire bocca che gli altri tre lupi sbucarono ognuno da una direzione diversa.

«*Siamo quasi arrivati, ora dobbiamo decidere come muoverci all'interno della città*» disse studiando i lupi come se si aspettasse che qualcuno avesse qualcosa da ridire.

Io decisi di starmene zitta e guardai gli altri. Sembravano tesi e se qualcuno di loro parlò mi tenne esclusa dalla conversazione. Persino il perenne brio di Ed ora sembrava spento.

«*La cosa più importante nelle prossime ore è che nessuno si accorga della presenza di Rori, quindi ci divideremo*» disse Tor.

Teneva lo sguardo fisso su Salem e avevo l'impressione che agli altri dicesse molto di più.

«*Cercheremo di attirare l'attenzione il meno possibile, per questo Edgar accompagnerà Rori in forma umana, raggiungendoci al castello attraverso una strada secondaria. Io, Drina e Salem raggiungeremo la Torre lungo la strada principale, come sempre.*»

«Un momento» intervenne Salem. *«Certo, ha senso vedere loro due entrambi in forma umana, non dovrebbe incuriosire nessuno, a meno che non possano vedere la ragazza da vicino, ovviamente. Tuttavia anche solo riuscire a sentire il suo odore basterebbe a incuriosire un lupo.»*

«Scusa? Vuoi dire che puzzo?» Non riuscii a trattenermi.

Salem scrollò la grossa testa come se avessi detto una cosa a metà fra il divertente e l'irritante.

«Non sarebbe una brutta cosa se avessi un odore sgradevole, nessuno ti si avvicinerebbe» rispose guardandomi.

Vidi il muso del grande lupo pacato perdere un po' di tensione e rigidità, addolcendosi.

«Hai un odore molto particolare e piacevole» disse. *«Anche noi lupi abbiamo ognuno un odore diverso, alcuni gradevole altri meno. Diciamo che in questo caso è un po' come con il cibo»* rivelò con quello che sembrava un sospiro lupesco.

«Tutti gli alimenti hanno un odore diverso, ma quando entri in una dispensa dove c'è di tutto, nel momento in cui senti il profumo di una torta, tendi a cercarla con gli occhi. È proprio ciò che potrebbe succedere, se un lupo sentisse il tuo odore» spiegò distogliendo lo sguardo da me e posandolo sull'Alfa.

Non sapevo che dire, quindi decisi di continuare con il silenzio, cercando di non pensare che Salem mi avesse appena paragonata a una pietanza particolarmente appetibile per un lupo.

«Oltretutto i suoi vestiti sono un problema: chiunque la vedrà si farà più di qualche domanda.»

Automaticamente buttai lo sguardo verso il basso per vedere la mia tenuta da casa. Mi sorpresi che le leggere scarpe di tela avessero retto le scarpinate delle ultime ore. Per il resto non mi sembrava di avere un abbigliamento vistoso anche se ovviamente, paragonato ai loro vestiti, si vedeva che non facevamo acquisti nello stesso centro commerciale.

«È un problema che mi ero posto anch'io, Sal.» Fu Tor a parlare ora. *«L'unica soluzione è che Drina e Rori si scambino i vestiti: Drina rimarrà in forma di lupo quando attraverseremo la città, quindi non ci saranno problemi. Una volta raggiunta la Torre potrà cambiarsi senza creare scompiglio.»*

Guardai la lupa dal manto marrone screziato da calde linee dorate che stava rigida mentre scrutava l'Alfa. Pensai alla discussione di poche ore prima: qualcosa mi diceva che l'idea di prestarmi i vestiti o qualunque altra cosa non le faceva per nulla piacere.

«Riguardo l'odore non possiamo fare nulla. Speriamo che per il momento nessuno lo noti, e anche se fosse, credo che con i vestiti di Drina possa passare tranquillamente per una lupa» disse spostando lo sguardo su Ed. *«Per quanto riguarda il resto, ci divideremo appena avremo raggiunto il limite della città. Edgar e Aurora proseguiranno costeggiandola, mentre noi la attraverseremo*

come al solito.» Si interruppe voltandosi a guardarmi. «*Se ci sono altre cose che non vi sono chiare ditelo pure, altrimenti procediamo. Ognuno di voi sa cosa deve fare.*»

Allora Drina fece un passo in avanti e in un attimo prese forma umana.

Mi guardò. «Allora noi due andiamo a scambiarci gli abiti.» Il volto era serio, ma sembrava anche stranamente gentile.

Non risposi, le parole non volevano uscire o forse il parlare per il momento era superfluo da parte mia. Stavano accadendo tante cose ed ero troppo intenta a osservare, per parlare.

Vidi con la coda dell'occhio Tor che mi guardava e senza voltarmi avanzai verso Drina.

Ci scostammo dagli altri per addentrarci nella foresta. Mi fece segno di andare dietro un groviglio di cespugli pieni di bacche violacee, iniziando a sfilarsi il vestito. Studiai il fisico magro e asciutto della chiara bellezza e lo confrontai con il mio. Lei era più alta di me e le sue forme erano molto meno pronunciate rispetto alle mie.

Oltre all'altezza, anche il nostro fisico era diverso. Io non ero grossa, ma ciò nonostante avevo delle linee morbide, a differenza di Drina.

Sfilai velocemente maglietta e pantaloni prendendo il vestito in soffice cotone verde. Il taglio dell'abito ricordava molto le camiciole settecentesche in versione moderna, con una serie di bottoncini dorati sul davanti e un corsetto nero che veniva legato in vita per ultimo. I due spacchi laterali nella gonna, che scendeva fino al ginocchio, davano l'idea che il vestito fosse anche comodo durante i movimenti.

Infilai l'abito verde trovando subito una resistenza sul petto, ma tirando un po' riuscii a indossarlo.

Le maniche erano un po' lunghe e anche la gonna, che a Drina sfiorava appena le ginocchia, a me toccava i polpacci, ma per il resto il vestito mi stava a pennello.

Indosso a Drina l'effetto che dava era di un abito dal taglio ampio, che valorizzava gli arti magri e affusolati. Su di me credo fosse molto diverso. Lo sentivo morbido, sì, ma seguiva perfettamente il mio corpo sino ai fianchi. Poi c'erano i due spacchi che lasciavano intravedere le gambe magre di Drina a ogni passo, e ora scoprivano le mie, mettendomi a disagio. Non mi piacevano gli abiti vistosi, e sebbene quella veste fosse bella, lineare e probabilmente costosa, era molto diversa da ciò che mettevo di solito. Studiai la mia figura, non troppo convinta che con quello addosso non avrei dato nell'occhio.

«Le scarpe ti andranno un po' grandi, ma non puoi farti vedere con quelle che hai addosso» disse la lupa tendendomi gli stivali di pelle.

Mentre mi osservava si accigliò.

«Qualunque cosa accada cerca di non guardare nessuno negli occhi; anche se ti sentirai osservata cerca di far finta di nulla, stai vicina a Ed e vedrai che tutto andrà bene» disse, per la prima volta con voce calma e gentile.

Qualcosa nel suo volto era cambiato: era disteso e sereno.

I miei vestiti le stavano bene, sicuramente meglio che a me: i fuseaux fasciavano le belle gambe della ragazza e la maglietta ampia e comoda sembrava rimarcare ulteriormente la sua figura, fasciata dal tessuto blu notte.

«Grazie» risposi. «Farò del mio meglio e spero che tutto questo finisca al più presto.» Sospirai.

Ame doveva essersi ormai accorta della mia assenza: quanto ci avrebbe messo ad avvisare le autorità della mia scomparsa?

Continuai a pensare alla mia amica mentre tornavo dagli altri seguendo Drina.

Quando raggiungemmo i lupi ero già riuscita a incespicare tre volte nel tentativo di tenere i lembi della veste insieme: mi sentivo un po' nuda con tutti quei centimetri di pelle esposta. Quando la veste era indosso alla proprietaria non mi era sembrata nulla di che, mentre ora mi sembrava di essere in mutande a ogni passo, pensai accigliata.

Stavo ancora armeggiando con la gonna, studiando un metodo affinché non si aprisse così tanto, quando alla fine lasciai perdere sbuffando e guardai i lupi davanti a me. Incrociai tre paia di occhi fissi a guardarmi. Voltai lo sguardo verso Drina, cercando di capire cosa non andasse, ma stava già mutando e mi ritrovai a fissare il soffice manto dalle striature dorate.

Cercai Tor con lo sguardo per capire cosa stesse succedendo, ma lui mi guardava con attenzione.

Cominciavo a sentirmi in forte imbarazzo e fu quando il mio disagio aumentò ancora che il lupo nero si decise a distogliere lo sguardo, scrollando il grosso muso.

«Ed, prendi forma umana e poi si parte.» L'ordine dell'Alfa risuonò nella mia testa mentre si voltava ancora una volta verso di me.

«Qualunque cosa accada da quando ci separeremo, dovrai rimanere con Ed, stai sempre vicina a lui. Nessuno dovrebbe farti del male in qualunque caso, ma la città è grande e, come tra tutte le razze, ci sono anche tra noi tantissimi tipi di personalità…»

Avevo lo stomaco sottosopra, ma annuii.

«Va bene ragazzi, allora è chiaro a tutti cosa dovete fare, giusto? Quindi si prosegue dritti fino a casa!» disse Tor, avanzando lungo il sentiero.

Intanto Ed in forma umana si era sistemato alle mie spalle, mentre Salem e Drina corsero avanti.

Stavamo procedendo lungo la stradina a passo spedito e, pochi minuti dopo, i pini cominciarono a essere estremamente vicini tra loro; il sottobosco era diventato una distesa di muschio dalle varie tonalità che ricopriva il terreno insieme a radici sporgenti ed enormi pietre, che comparivano tra gli alberi.

La foresta emanava un fascino strano, quasi mistico, come se stesse per rivelare i suoi segreti gelosamente custoditi, nascosti nelle sue profondità.

D'un tratto, spiragli di luce sempre più grandi iniziarono a filtrare davanti a noi, fino a quando ci ritrovammo sul ciglio della foresta, davanti a un'enorme vallata nel bel mezzo del bosco.

Forse enorme era dire poco: la distesa di costruzioni, che nasceva un centinaio di metri sotto i miei piedi, era al pari di una grande città formata da tantissimi edifici che non riuscivo a definire. Eravamo al di sopra di essa e parecchio distanti dai primi edifici.

Uno di questi riuscivo a vederlo perfettamente perché era immenso: all'estremità opposta a dove ci trovavamo si ergeva una costruzione molto simile a una roccia gigantesca, alta come un grattacielo. Era formata da tre punte vicine ed enormi, nel complesso simile a una montagna, e sarebbe anche potuta esserlo, se non fosse stato per le sue somiglianze con un castello.

La cosa più inimmaginabile del paesaggio era ciò che separava il limite della foresta dalla vallata sottostante: uno strapiombo che circondava l'intera città. Quello che lasciava senza fiato era che il burrone in realtà non era propriamente un semplice precipizio, bensì un'enorme cascata! L'acqua sgorgava dal terreno in un torrente gorgogliante, per poi cadere lungo una parete immensa, rendendo in apparenza impossibile raggiungere le costruzioni sottostanti, isolate da un muro d'acqua.

Ero a qualche metro di distanza rispetto a dove nasceva la parete spumeggiante in un rombo cupo.

Rimasi impalata senza poter fare a meno di ammirare quel panorama.

Un'idea mi colpì all'improvviso. Mi girai verso i lupi, con gli occhi sbarrati:

«E come cavolo facciamo a scendere?» chiesi, con la paura che mi serpeggiava lungo la schiena.

Loro erano creature ben diverse da me, capaci di fare cose straordinarie, forse anche di balzare direttamente lungo la cascata... ma io assolutamente no!

Fu allora che quattro risate fragorose mi risuonarono nelle orecchie e nella testa. Li guardai a occhi stretti, senza capire quell'ilarità.

Ed rise. «Ovviamente saltiamo, zuccherino!» Sbiancai e guardai Tor. Il lupo nero scrollò il grosso muso e rivolse una specie di mezzo ringhio al giovane lupo.

«*Smettila Ed, ti sta prendendo sul serio!*» tuonò, dandomi un immenso sollievo.

Questo voleva dire che non mi sarei dovuta lanciare da quel dirupo fatto d'acqua e sarei sopravvissuta ancora per un po'.

Facendo un passo in avanti cercai di vedere meglio la vallata sottostante. Rabbrividii al pensiero di dover scendere da lì. Sembrava una fortezza inespugnabile, quella città.

Tor si avvicinò piano a me, senza guardarmi, con la testa rivolta verso Imperia. Avanzò così tanto che l'acqua gli schizzò il pelo. Non potei non ammirare la sua figura stagliarsi contro il cielo limpido.

Il mio cuore ebbe un fremito al pensiero che a breve ci saremmo separati.

Mi fidavo di lui. Un qualche strano istinto mi diceva che con lui potevo stare tranquilla e dunque l'idea di non averlo accanto mi rendeva inquieta.

L'enorme lupo nero si tese in avanti, mentre la testa scattava verso l'alto e un suono potente mi invadeva le orecchie. Ci misi qualche secondo a capire che un lungo e potente ululato stava squarciando l'aria intorno a noi.

Come in risposta alla voce del lupo l'acqua gorgogliò più forte.

Per un momento sembrò che la terra tremasse. Davanti a Tor la cascata si stava aprendo con un sordo lamento, rivelando una lunga scalinata che emergeva dall'acqua.

Chiusi di scatto la bocca che si era spalancata.

Ero senza fiato: sembrava che la cascata avesse preso vita al richiamo del lupo.

Quello era un mondo magico e tutto ciò a cui avevo assistito nelle ultime ore andava ben oltre ogni immaginazione. Affascinante e terrificante al tempo stesso, ma soprattutto reale. Per questo dovevo farmene una ragione il prima possibile.

«Ci sono quattro passaggi che portano alla città» risuonò la voce di Tor. *«Noi scendiamo qui, tu e Ed ci raggiungerete per un'altra strada.»*

Annuii mentre mi guardava come se cercasse di leggere una lingua sconosciuta. Non so cosa vide nel mio sguardo, ma cambiò espressione, facendo un passo verso di me.

«Non mi piace l'idea di separarci, Rori, ma è la scelta più sensata. Io sono e sarò responsabile per te fino a quando rimarrai in questo mondo. Hai cercato di raggiungere me per aiutarmi: questo mi basta per sentirmi responsabile di qualunque cosa accada e per esserti debitore.» La sua voce era calma e lenta nella mia mente. *«Hai la mia parola che non ti accadrà nulla di male e farò quanto in mio potere per scoprire come sei arrivata qui. Fidati di me»* aggiunse in un soffio. Non so come ci riuscì, ma risuonò anche nel mio cuore.

Intuivo che quelle parole erano rivolte solo a me.

Spostai lo sguardo sulla distesa d'acqua: ciò che aveva appena detto mi dava speranza e gli credevo. Avrebbe potuto disinteressarsi di una creatura giunta chissà come e perché nel suo mondo, invece stava cercando di aiutarmi. Le emozioni che fluivano prorompenti, e rombavano dentro di me come la cascata che avevo davanti, mutarono, e una sensazione di calma iniziò a lambire il mio corpo teso. I muscoli si rilassarono e quando espirai lentamente, mi resi conto che una placida tranquillità mi aveva abbracciata. Senza rendermene conto, spostai lo sguardo nuovamente su di lui e sorrisi.

Seppi che aveva capito cosa provavo quando avanzò verso di me e con il grosso muso mi diede uno di quegli strani buffetti sulla spalla.

Poi si avviò verso la scalinata e in un attimo Salem e Drina furono dietro di lui.

«Edgar, Rori, noi ci ritroveremo tra qualche ora alla Torre. Mi

raccomando Ed, segui il piano e tu, Rori, fai quello che ti viene detto. A dopo» disse, lanciandosi lungo il passaggio con i due lupi al seguito.

Mi sporsi per vederli scendere la rampa di scale nel bel mezzo della distesa azzurra. Sembrava impossibile.

«Allora, sei pronta per proseguire?» chiese Ed, distogliendomi da quei pensieri.

Guardai il giovane lupo: il solito sorriso era sparito, sostituito da un'espressione seria e pensierosa.

Nelle parole che mi aveva rivolto aveva cercato di metterci il solito entusiasmo, ma si capiva che era tutt'altro che allegro.

«No, non sono pronta.» Sospirai. «Ma del resto non ho molta scelta.»

Alla fine eravamo tutti nella stessa barca nel momento in cui avevano deciso di aiutarmi, anche se le posizioni erano un po' diverse. Ciò che stava accadendo era fuori dagli schemi di tutti.

Vidi gli occhi di Ed brillare di comprensione e di qualcos'altro. Forse compassione?

Nonostante lo conoscessi da poche ore ero abbastanza brava a intuire il carattere di chi mi stava davanti e qualcosa mi diceva che il giovane lupo spesso usasse il suo brio, a volte anche in modo troppo insistente, per mascherare altri sentimenti, come un'estrema sensibilità, che poco si addiceva a un lupo guerriero.

«Già.» Sospirò anche lui. «Ma vedrai che tutto si sistemerà» mi incoraggiò.

Annuii di rimando.

«Allora andiamo!»

Mi guardò per una frazione di secondo, poi s'incamminò lungo il bordo della cascata.

Calò il silenzio per un po', lui immerso in chissà quali pensieri, io intenta a osservare l'insolito paesaggio che si apriva davanti a me.

Il suono dell'acqua che precipitava e scompariva metteva in secondo piano i rumori della foresta: udivo a malapena il flebile cinguettio proveniente dagli alberi, ma il senso dell'udito non era quello che catturava la mia attenzione. Lo sguardo continuava a scivolare sulla vallata, curioso di carpire qualche dettaglio sulle costruzioni sottostanti. Tuttavia, ad eccezione di qualche tetto, non riuscivo a mettere a fuoco nessun edificio. L'unica cosa che vedevo, mano a mano che proseguivamo, era La Torre, come l'aveva chiamata Tor, che si stagliava sempre più nitidamente davanti a noi, sempre più vicina.

Ci stavamo avvicinando all'imponente costruzione e, a ogni passo, assomigliava sempre più a un immenso castello, anche se ben diverso da quelli medievali che ero abituata a immaginare: altissima, con tre torri appuntite di egual misura che sovrastavano gli edifici sottostanti.

L'aspetto più strano era che da lontano, per alcuni momenti, esse parevano un'unica, enorme, torre. Un effetto ottico sorprendente, che probabilmente aveva portato i lupi a chiamarla la Torre, anche se in realtà presentava tre pinnacoli. Ormai eravamo in marcia da un bel po' e la stavamo raggiungendo.

Vedevo la vallata, di forma ovale, circondata da un muro d'acqua, a sua volta circondato dalla foresta.

Era uno spettacolo impressionante. Sentivo la tensione salire come la marea, inarrestabile, e lo stomaco aggrovigliarsi. La quiete che mi aveva regalato Tor con le sue parole era scomparsa come una conchiglia che viene lanciata in mare, inghiottita dalle onde.

«Come va?» chiese Ed all'improvviso.

Anche lui sembrava teso, perciò cercai di fare un sorriso mentre rispondevo:

«Bene!»

Ma tutto ciò che mi uscì fu una smorfia tirata.

«Siamo quasi arrivati al passaggio, quindi a breve raggiungeremo la città.»

«Il passaggio? Quindi la cascata si apre solo in certi punti?» chiesi.

Sorrise divertito dalla mia domanda: «No Rori, solo Tor ha la capacità, in quanto Alfa, di creare un passaggio nelle mura d'acqua. Gli altri lupi, se non si trovano con lui, devono utilizzare altri passaggi».

Corrugai la fronte sorpresa. C'erano tante cose che non capivo.

«Scusa se lo chiedo, ma quindi Tor ha usato una specie di magia? Anche i lupi sono in grado di usare la magia? Non sto capendo nulla» dissi.

Lui sospirò di rimando.

«In realtà non è così complicato» rispose fermandosi, incerto se continuare.

«Diciamo che un tempo il popolo dei maghi e quello dei lupi erano uniti. Centinaia di anni fa Imperia era una delle città più fiorenti dei quattro grandi regni, dove maghi, lupi e altre creature vivevano in armonia.»

Il suo sguardo era perso nella vallata, come cercasse di vedere una città diversa da quella che ci stava ora davanti.

«Ogni creatura era ben accetta a Imperia, purché rispettasse le leggi. In quei tempi i maghi facevano doni al nostro popolo e le mura inespugnabili della nostra città furono uno di quelli.»

«Ci furono delle battaglie con diversi popoli che cercavano di espandere i propri territori. Valorosi guerrieri tra i lupi e i maghi scesero in battaglia per preservare la pace. Seguirono anni nei quali queste terre furono teatro di tremende battaglie, ma alla fine riuscimmo a ristabilire l'equilibrio. Fu allora che ad alcuni guerrieri che si erano dimostrati meritevoli in battaglia vennero fatti dei doni, al fine di poter sempre proteggere i nostri popoli. Questi doni, o forse è meglio dire capacità, sarebbero state tramandate col sangue, affinché i figli di quei guerrieri potessero essere forti come i loro padri. Hai visto cosa sa fare Drina?»

Annuii lentamente, mentre lui continuava:

«Ecco, a un suo antenato fu dato uno di questi doni, tramandato per generazioni fino ad arrivare a lei. Non sono più molti i discendenti di quei lupi, e le capacità col passare degli anni si sono come assopite, fino a diventare quasi inesistenti.»

«Capisco» risposi, osservando il suo bel volto scurirsi. Un pensiero mi balenò in mente.

«Anche tu discendi da quei guerrieri?» chiesi senza pensarci.

Lo vidi girarsi di scatto, sorpreso. Mi fissò per un istante restando in silenzio. Poi abbassò lo sguardo e riprese a camminare. Guardando le sue spalle lo seguii in silenzio.

«Mio padre dice di sì, ma sembra che quel potere si sia perso da generazioni.»

Poi si voltò per guardarmi e gli occhi grigi scintillarono. «In realtà non si è perso del tutto» affermò sorridendo. «Sai mantenere un segreto?»

Annuii in silenzio.

A quel punto allora distese una mano, chiudendo gli occhi. Dapprima lo guardai senza capire, poi vidi alcuni granelli di polvere sollevarsi dal suolo fino a raggiungere il palmo teso del ragazzo.

Sgranai gli occhi mentre i frammenti vorticavano come se fossero stati attratti da una calamita formando un piccolo vortice di terra. Rimasi a bocca aperta davanti a quel talento. I granelli iniziarono a unirsi in un unico strato, formando una spirale che girava velocissima. Ed aprì gli occhi e, come se nulla fosse, la terra ricadde al suolo.

«Incredibile» bisbigliai.

L'espressione sul suo volto era seria.

Allora mi venne da sorridere, incantata da quello che aveva appena fatto.

«Riesci a manipolare la terra!»

Il suo viso si distese.

«Che ti pare? Sono bravo?» chiese sorridendo.

«Caspita, sì!» esclamai felice di aver visto una cosa così incredibile. «Ma perché lo tieni segreto?»

Arrossì e distolse lo sguardo.

«Non lo so esattamente, Rori, forse perché sono l'unico che è stato capace di manipolare la terra nelle ultime generazioni. So che mio padre ha provato spesso a risvegliare questa capacità, senza riuscirci. Allora ho avuto sempre paura di dirglielo: mio padre è molto particolare» spiegò sospirando. «Fa parte del Consiglio ed è un lupo in gamba, come lo sono i miei fratelli. Io invece non sono niente di che al confronto. Così, quando ho scoperto di possedere queste capacità, non ho mai avuto il coraggio di dirglielo.»

Lo guardai confusa:

«Ma non ha senso!»

«Cavolo, non so neanche perché ti sto dicendo queste cose» borbottò. «Ho due fratelli più grandi che sono dei guerrieri formidabili e dei lupi eccezionali, che rispecchiano ciò che nostro padre avrebbe voluto dai propri figli» spiegò passandosi una mano tra i capelli con fare imbarazzato.

«E con questo?» chiesi acciagliata.

«Io non sono mai stato in gamba come loro, Rori. Quando ero piccolo e ho scoperto di poter manipolare la terra l'ho tenuto per me. Sapevo che lui aveva puntato tutto su Korrad e John perché uno dei due prendesse il suo posto nel Consiglio, quindi non volevo deludere le sue aspettative.»

«Continuo a non capire» mi lamentai.

«Nel caso in cui si sapesse che sono stato io a ereditare questa capacità, spetterebbe a me succedergli e non voglio. Mi ha sempre visto come un piccolo lupo privo di talento, se paragonato ai miei fratelli» disse sorridendomi. «Così non ne ho mai parlato con nessuno e intanto gli anni passavano, e alla fine ho deciso di tenerlo per me. Tanto non è una cosa utile come l'intelligenza e il carattere dei miei fratelli.»

Aggrottai la fronte.

«Credo tu stia dicendo un sacco di sciocchezze. Non conosco i tuoi fratelli e non so molto riguardo ai lupi, però so che mi sembri uno in gamba e penso che quello che ho appena visto sia un dono fantastico.»

«Tu dici?» chiese dubbioso.

«Assolutamente sì» affermai sincera.

Allora sorrise con espressione grata: «Non so perché lo abbia detto a te, forse perché, da tanto tempo, avevo voglia di dirlo a qualcuno e... e tu mi piaci!»

Scoppiai a ridere:

«Anche tu mi piaci Ed, però lasciatelo dire: credo tu ti stia sottovalutando.»

Non so il perché, ma vedevo in quel lupo già un amico. E credo che per lui fosse lo stesso.

«Allora è perfetto» fece allungandosi e dandomi un buffetto sulla testa. «Proseguiamo però, e mi raccomando: acqua in bocca, zuccherino!»

Risi. «Puoi contarci!»

Lo vidi sorridere disteso mentre s'incamminava, e per un attimo non pensai a cosa stavo andando incontro.

Continuammo fino a quando Ed non si fermò davanti a un enorme cespuglio ai bordi della cascata.

«Siamo arrivati» mi informò. «Ora seguimi senza paura e non preoccuparti del buio.»

«Cosa?» dissi.

Ma lui si avvicinò all'arbusto, spostando alcuni rami, e poco dopo scomparve dietro di essi.

Senza pensarci lo imitai e mi ritrovai all'ingresso di un cunicolo oscuro che scendeva sotto terra.

La figura del giovane lupo scomparve al suo interno e mi affrettai a seguirlo. Varcato l'imbocco, non riuscii a vedere nulla e quasi inciampai nello scendere i primi gradini.

«Stai attenta!» lo sentii esclamare, sorprendentemente vicino.

«Non vedo nulla» protestai, cercando di avanzare.

«Cavolo, scusa, non avevo pensato che i tuoi sensi non sono sviluppati come i miei!»

Una mano calda afferrò la mia e io mi ci aggrappai.

Proseguimmo lungo la rampa di scale mentre il buio si faceva sempre più avvolgente e l'aria più umida e pesante.

Guidata dalla mano di Ed cercavo di non inciampare di continuo, mentre a poco a poco i miei occhi si abituavano all'assenza di luce. La sensazione che quel tunnel s'inoltrasse nelle viscere della terra era sempre più forte.

Finalmente, dopo un tempo che mi sembrava infinito, intravidi uno spiraglio luminoso, proprio quando cominciavo a dubitare che avrei rivisto il sole.

Non ero claustrofobica, ma l'idea di stare sotto terra non era delle più piacevoli.

Lungo tutto il percorso le mie orecchie erano state invase dal rumore prepotente dell'acqua.

Finalmente eravamo arrivati all'uscita del tunnel e, passato un piccolo dosso, mi trovai all'esterno.

Una volta passata la soglia, i miei occhi vennero abbagliati dalla luce del giorno.

La città che si apriva davanti a me era fiabesca… sembrava di essere in un sogno.

Case in legno e pietra, grandi e piccole, collocate fra enormi alberi, con un castello che torreggiava su di esse. Una città costruita nel mezzo di un boschetto, a sua volta immerso nella foresta. Spettacolare!

Alcune case erano adiacenti fra loro, altre, invece, erano isolate.

In un certo senso le costruzioni mi ricordavano le casette tipiche delle località montane, anche se, ad eccezione del legno, non avevano molto altro in comune.

La Torre che si stagliava contro il cielo era cosparsa di aperture dalla forma ovale di ogni dimensione, che immaginai essere finestre. Al suo interno dovevano esserci quindici piani, o forse di più.

«Come ti sembra?» chiese Ed, fermo al mio fianco.

«Incredibile» sussurrai.

«Dobbiamo passare inosservati fino alla porta del palazzo, ma non sarà difficile, vedrai» cercò di rincuorarmi.

«Se lo dici tu.» Sospirai mentre continuavo a guardare davanti a me.

Le città a cui ero abituata erano sature di rumori: clacson, motori, brusìo e vociare di persone. Da quel luogo, invece, provenivano suoni a me sconosciuti. Suoni distanti di cui non riuscivo a ricostruire la provenienza.

Presto raggiungemmo una delle prime vie; istintivamente abbassai la testa davanti ai passanti. La maggior parte erano in forma umana anche se tra essi c'erano anche alcuni lupi a tutti gli effetti, intenti ad andare chissà dove, con aria indaffarata.

Imboccammo una stradina tra le case dove vedemmo una donna, ferma davanti a un cancello, con due bambini che giocavano a rincorrersi. Sarebbe stata una scena normalissima, se non fosse stato per il fatto che questi ultimi continuavano a mutare aspetto durante il gioco: un momento prima erano cuccioli di lupo, e quello successivo dei bambini.

«Ora facciamo qualche sentiero laterale, ma tra poco prenderemo quello principale, dove c'è il mercato, e ci confonderemo tra la folla. Mi raccomando: stammi vicino e tieni la testa bassa» bisbigliò Ed.

Per quel che mi riguardava erano raccomandazioni superflue: avevo il cuore che faceva le giravolte e l'istinto di sopravvivenza mi urlava a squarciagola di fare attenzione.

Imboccammo alcune vie poco trafficate. Ognuna di loro aveva un cartello con il proprio nome.

La strada che stavamo percorrendo si chiamava "Il sentiero delle fate". Mi venne da ridere.

Subito, però, un pensiero mi attraversò la mente, stupendomi: ero in grado di comprendere sia la loro scrittura, che la loro lingua. Non ci avevo ancora pensato, ma i lupi parlavano e scrivevano nella mia stessa lingua!

Lanciai ancora uno sguardo all'insegna e capii che le parole erano scritte in una maniera un po' diversa, ma sapevo esattamente cosa volessero dire.

Un brivido freddo mi corse lungo la schiena, forse era meglio ignorare quei pensieri, per il momento.

Tenevo lo sguardo basso, studiando gli stivali di Drina, fino a quando il vociare intorno a me non divenne sempre più alto. Avevamo imboccato una via ampia e parecchio affollata.

Le pulsazioni del mio cuore aumentarono ancora, portandomi vicinissima all'infarto, ne ero certa.

La strada era larga, con un sacco di bancarelle su entrambi i lati. La merce esposta era di ogni genere e c'erano tantissime cose alle quali non avrei saputo dare un nome.

Ed aumentò il passo e mi ritrovai a doverlo quasi rincorrere per non perderlo tra la folla che vorticava intorno a noi. Per fortuna nessuno sembrava badare a me e la cosa mi tranquillizzò.

Mi concessi di sbirciare più apertamente la gente che si raggruppava presso i tantissimi venditori.

In effetti ricordava molto il mercato che mi era capitato di vedere nella mia città, non fosse stato per la presenza di qualche lupo gigante che spuntava ogni tanto, o per i vestiti strani e variopinti che indossavano o, ovviamente, per la merce delle bancarelle!

Una di queste colpì la mia attenzione mentre vi passavamo accanto: era piena di gabbie che contenevano uccelli strani e coloratissimi. Una gabbia in particolare mi attirò: conteneva una creatura poco più grande di un falco, con piume di uno strano grigio argenteo, con sfumature rosso sangue alle estremità delle ali. Per un attimo rimasi quasi ipnotizzata da quell'animale bizzarro e affascinante. La testa era senza dubbio quella di un rapace, con il becco giallo a uncino, ma gli occhi erano di un azzurro vivo. Il capo scattava a destra e a sinistra, osservando le persone con una strana, malinconica consapevolezza.

All'improvviso la creatura guardò verso di me e io trattenni il fiato.

Sembrava mi stesse chiamando, chiedendo il mio aiuto con lo sguardo. Avvertii il desiderio di avvicinarmi, rapita.

Mentre i miei occhi fissavano quelli dello strano rapace, quest'ultimo iniziò ad agitarsi sbattendo le ali contro le sbarre della gabbia. Lo stomaco mi si contorse e sentii il desiderio di liberare quella povera creatura.

Cercai Ed con lo sguardo e individuai le sue spalle tra la folla: ero rimasta indietro e non potevo permettermi di perderlo di vista!

Guardai un'ultima volta quell'insolito animale, che ora si stava dimenando in modo furioso, e con un groppo alla gola mi affrettai a raggiungere Edgar.

Finalmente uscimmo da quella strada gremita di persone, raggiungendo i piedi delle mura che circondavano la Torre.

Senza fiato, alzai lo sguardo incredula davanti all'imponente costruzione. Non fosse stato per lo strano formicolio che mi pervadeva tutto il corpo da quando avevo lasciato le bancarelle, avrei apprezzato maggiormente quel panorama.

Non avevo mai visto un castello come quello in vita mia, ma ero certa che fosse uno dei più belli che potessero esistere. Trasmetteva un fascino senza eguali… chissà con quale magia era stata costruita quella fortezza immensa.

Ora che ero più vicina ero in grado di vedere meglio i finestroni, che da lontano mi erano sembrati piccole aperture. Erano, in effetti, enormi vetrate ad arco.

«Rori, non distrarti: siamo appena a metà strada e ora ci aspetta la parte più difficile» bisbigliò Ed.

Mi riscossi all'istante da quell'attimo di stupore.

«Scusa» sussurrai.

Lentamente proseguimmo, varcando le mura.

Il lungo viale, che si apriva davanti a noi, raggiungeva l'ingresso principale dell'edificio. Era lunghissimo e circondato, da ambo i lati, da statue raffiguranti diversi lupi, alternate ad alberi non particolarmente alti, ma con tronchi larghi quanto una piccola utilitaria.

La mia guida, però, evitò di percorrere la strada principale e prese il sentiero che costeggiava la fortificazione.

Qua e là vi erano uomini dalla statura imponente, con lo sguardo attento che scrutava la gente di passaggio. Eravamo in pochi a passare le soglie delle mura.

Cercavo con tutta me stessa di non guardare incantata l'immenso giardino in cui si stagliavano fronde e cespugli verdeggianti: ci stavamo avvicinando a un gruppo di guardie armate di grandi lance appuntite. Non avevo mai visto dei soldati come quelli e non potei evitare di guardarli, incuriosita.

Appena incrociai lo sguardo di uno di loro, dal volto spigoloso e truce, abbassai il mio, ma non bastò a evitare di attirare l'attenzione su di noi.

La lancia del soldato scese all'improvviso, bloccandoci il passaggio.

«Identificatevi» disse l'uomo in maniera malevola.

Percepivo i suoi occhi fissi su di me. Il respiro mi si mozzò in gola.

«Togliti di mezzo, soldato» disse Edgar, con un tono che non gli avevo mai sentito, freddo e tagliente.

«Siamo qui per ordine di Tor e la cosa non ti riguarda, o forse non sai chi sono?»

Il silenzio cadde per un attimo.

Cercai di non guardare le guardie e tenni lo sguardo fisso a terra, anche se non ero del tutto certa che fosse una buona idea.

«Scusami tanto, Capitano: sappiamo bene chi sei tu, ma la ragazza non l'abbiamo mai vista e ci è appena arrivato l'ordine di aumentare i controlli. Noi prendiamo ordini dal Consiglio, non dai cuccioli di Tor» fece il soldato.

Sentii Ed irrigidirsi davanti a me e serrare i pugni.

Cosa stava succedendo? Perché questi soldati parlavano così? Non dovevano rispettare il lupo Alfa?

Non stavo capendo.

«Sento la sua paura capitano, quindi è sospetta» aggiunse l'uomo.

Cosa? Sentiva cosa? I lupi potevano percepire come mi sentivo... dannazione! Davvero era in grado di percepire le mie emozioni con tanta chiarezza?

Questo non me l'avevano detto, o almeno non pensavo che fosse proprio così facile per loro!

In un lunghissimo istante, decisi. Cercai di pensare alle ultime cose successe, alla frustrazione, alla rabbia che provavo per ciò che mi stava accadendo.

Mi focalizzai su quel sentimento e lasciai che mi pervadesse come un'onda, spazzando via la paura.

«Sono qui perché mi è stato ordinato. Non sono avvezza a stare in un castello e la cosa mi intimorisce un po'. Però non sono neppure abituata a essere trattata male o a essere accusata di essere sospetta.» Mentii spudoratamente, alzando la testa.

Vidi le guardie osservarmi sorprese, mentre cercavo di sentirmi più arrabbiata che potevo.

«Vedete di togliervi dalla nostra strada altrimenti ve la vedrete col nostro Signore» aggiunse Ed secco, prendendomi per una spalla e spingendomi in avanti, senza degnare i nostri interlocutori di un altro sguardo.

«Presto, molto presto, le cose cambieranno, cucciolo!» sussurrò sprezzante la guardia alle nostre spalle.

Ero certa che anche Edgar avesse sentito quelle parole, ma non replicò e mi incitò a proseguire.

«Sei stata grande, Rori!» bisbigliò in un soffio, continuando a tenermi per la spalla.

Non risposi.

In che cosa mi ero andata a cacciare? Dannazione a me!

Presto raggiungemmo un'enorme entrata ad arco davanti alla quale erano appostate altre guardie, questa volta vestite con abiti blu notte con bordi dorati, molto diversi da quelli rosso sangue delle precedenti sentinelle.

«Ora puoi stare tranquilla: non dovremmo avere altri problemi» sussurrò ancora Ed procedendo con passo sicuro.

Sperai che avesse ragione e continuai a camminare al suo fianco, in silenzio.

Giungemmo al portone, che scoprii essere aperto, con guardie su entrambi i lati e due enormi lupi scolpiti nella pietra. Oltrepassando l'ingresso sentii le pulsazioni accelerare.

Tremavo per la tensione nel percorrere un corridoio dal soffitto altissimo, illuminato da alcune torce poste su entrambe le lunghe pareti.

Finalmente eravamo dentro il castello. Quel posto trasudava imponenza e io avevo più che mai la sensazione di trovarmi in un posto magico.

Il corridoio si apriva su di un ampio spazio che collegava il passaggio a una scalinata e ad altri due corridoi adiacenti. Sulle pareti erano appesi grandi arazzi che raffiguravano uomini, lupi e diverse creature dal nome a me sconosciuto. Non potei fermarmi a studiarli meglio, anche se mi incuriosivano moltissimo.

Edgar stava aumentando il passo, dirigendosi verso la scalinata.

«Rori, dobbiamo muoverci velocemente: ho una strana sensazione» mi avvisò con voce preoccupata.

Lo guardai. Il viso era diventato attento e si stava guardando attorno mentre saliva i gradini a due a due, lasciandomi indietro.

Tentai di accelerare anch'io, ma il suo passo era ben più veloce del mio.

«Cosa succede? Non avevi detto che adesso sarebbe stato tutto tranquillo?» chiesi ansimando.

Tardò a rispondermi mentre continuava, invece, a salire. Dopo diversi secondi mi disse: «Non so Rori... Tu cerca di stare tranquilla più che puoi, anche perché, altrimenti, ci noterebbero di sicuro.»

Cosa diamine stava accadendo?

Lui la faceva facile, ma il suo atteggiamento non mi aiutava di certo a calmarmi.

Si fermò di colpo e io quasi gli andai a sbattere contro.

Era immobile, con lo sguardo perso nel vuoto, come fosse intento ad ascoltare chissà cosa.

«Ed?» bisbigliai.

«Tor deve aver riunito il Consiglio prima del previsto. Il palazzo è in subbuglio, ma non preoccuparti, sono tutti riuniti nell'altra ala, quindi per noi dovrebbe essere addirittura meglio» annunciò riprendendo a salire i gradini.

Arrivati in cima alle scale imbucammo un secondo corridoio e poi un altro ancora.

Quel posto era un enorme labirinto pieno di scalinate, vetrate e corridoi ricoperti d'arazzi raffiguranti battaglie, paesaggi e creature stranissime.

Tutto questo mi scorreva davanti agli occhi mentre ero intenta a seguire Ed, che mi guidava velocemente da un ambiente all'altro.

Trovai strano che in un castello così enorme non avessimo ancora incontrato nessuno, neppure una guardia, ma alla fine io non sapevo proprio nulla di quel luogo e cercai di tranquillizzarmi.

Tuttavia mi resi conto che Ed era sempre più nervoso mentre procedevamo lungo l'ennesimo corridoio pieno di porte.

Man mano che salivo, gli spazi si facevano sempre più luminosi grazie alle enormi finestre che poco prima mi erano sembrate piccoli forellini su di un'immensa costruzione.

Ed si bloccò di nuovo, ancora una volta con lo sguardo perso.

Mi allarmai quando vidi la sua espressione: gli occhi grigi erano sgranati e i lineamenti del volto tesi.

«Non può essere» sussurrò.

Il suono della sua voce era strano.

«Che sta succedendo?» chiesi, bloccandomi subito.

D'un tratto udii tonfi, brusii e qualche ringhio arrivare come da lontano, chissà da dove.

Mi voltai verso Edgar, ma lui continuava a rimanere fermo, in ascolto.

«Ed...» bisbigliai.

Sembrava non sentirmi.

«Ed, che sta succedendo?» domandai, con il terrore nella voce.

Lui si riscosse.

«Non lo so Rori, ma nulla di buono. Devo parlare con Tor.»

In un attimo, al posto del ragazzo apparve davanti a me l'enorme lupo grigio.

La bestia era tesa, con le orecchie alte e il pelo ritto. Rimase fermo qualche minuto, immobile come una statua di pietra.

Poi rinvenne d'un tratto, voltandosi verso di me.

«Dobbiamo muoverci velocemente, non c'è tempo per le spiegazioni. Montami sulla schiena, svelta!» urlò nella mia testa.

«Cosa?» urlai a mia volta sbarrando gli occhi.

Ma poi lo vidi tremare per chissà quale emozione mentre si accucciava, permettendomi di salirgli in groppa. Mi resi conto che doveva essere successo qualcosa di grave.

Allora bloccai i mille pensieri e, con le gambe che tremavano, feci quello che non avrei mai e poi mai immaginato di fare in vita mia: salii sul dorso di un lupo enorme.

La sua voce mi raggiunse mentre si alzava, voltandosi per tornare indietro: *«Tieniti forte.»*

Non riuscivo a reggermi bene e quando cominciò a correre ero convinta che sarei scivolata, rovinando al suolo. Invece serrai mani e gambe intorno al lupo e fui in grado di trovare una posizione sufficientemente stabile.

«Cos'è successo? Perché torniamo indietro?» gridai nelle orecchie dell'animale.

«Hanno cercato di uccidere Tor. Dei lupi hanno attentato alla sua vita, c'è una battaglia in corso. Ora dobbiamo raggiungere l'altra ala del castello. Salem dice che il castello è pieno di traditori, tra i quali molti membri del Consiglio. Hanno bloccato tutte le vie d'uscita. Ora li raggiungiamo.»

Non capivo, non capivo più nulla. Cosa stava succedendo?

Tor era in pericolo? Lo stomaco si serrò in una morsa d'acciaio.

Ed stava correndo velocissimo lungo le scalinate e i corridoi, ma d'un tratto, dopo aver svoltato l'ennesimo angolo, cinque lupi massicci apparvero davanti a noi.

Due di loro avevano il manto chiaro con sfumature marroni, uno era marrone scuro con striature nere, molto più massiccio degli altri. Gli ultimi due avevano il manto chiaro con macchie gialle e uno di loro aveva una lunga cicatrice sul muso.

Stavano all'altra estremità del lungo corridoio, come se ci stessero aspettando.

Ed si fermò.

«Sono Edgar, figlio di Ghion e Capitano delle guardie della Torre Est. Lasciatemi passare.»

La voce di Ed risuonò secca e decisa nella mia testa e in quella dei lupi.

Questi, per tutta risposta, si lanciarono in avanti con le zanne scoperte!

Erano cinque contro uno. Non ne saremmo mai usciti vivi: avevo visto di cosa era capace un lupo.

Vedevo ancora la testa di uno di quei Lord di Ferro ruzzolare a terra, sotto le fauci di Tor.

«Scendi Rori!» urlò Ed nella mia testa.

Ma io avevo gli arti paralizzati dalla paura. Sarei morta così?

I lupi erano ormai a metà corridoio quando mi riscossi, mollando la presa e ruzzolando giù. Una fitta lancinante alle ginocchia mi assalì quando atterrai malamente sulla pietra fredda e dura.

Non feci tempo a voltarmi che Ed era già scattato in avanti con le fauci aperte.

Ero paralizzata dalla paura: l'avrebbero ucciso e io non avrei potuto fare nulla, se non assistere impotente al suo massacro.

I cinque lupi si avventarono su di lui con un tremendo boato. Non capii subito cosa fosse. Poi compresi che nello scontro i corpi delle bestie creavano un rumore pesante e cupo. Era terrificante; sembravano dei carri armati che si scontravano ad altissima velocità.

Edgar aveva puntato quello più grosso, travolgendolo e scagliandolo contro la parete con violenza.

Gli altri quattro invece gli si erano lanciati sulle spalle, cercando di azzannarlo.

Non so bene come facesse, ma Ed era velocissimo, molto più veloce dei cinque lupi, riuscendo così a svincolarsi dalla presa di due di loro.

Quello con il muso sfregiato, però, era riuscito ad affondare le fauci nella sua spalla, strattonandolo e scaraventandolo in aria. Ed era forte, molto più forte di ognuno di loro preso singolarmente, compresi, ma loro restavano in cinque.

Un terrore sordo si impadronì di me: dovevo fare qualcosa, dovevo aiutarlo in qualche modo!

Allora decisi.

Se dovevo morire non me ne sarei stata ferma a guardare mentre facevano a pezzi un amico.

Una sensazione di freddo iniziò a muoversi nel mio corpo. Non era il gelo della paura, ma qualcos'altro, una sensazione strana ma forte.

Non pensai e mi mossi verso di loro. Vedevo la pelliccia chiara di Ed tingersi di rosso e una rabbia cieca mi pervase con violenza. Sentivo il cuore battermi come un tamburo nel petto: lentamente il suono aumentò, invadendo le orecchie e infine la testa. Sentivo di poter sgretolare la pietra a mani nude mentre un'energia sconosciuta si muoveva dentro di me. Fu allora che qualcosa esplose intorno a noi e i cinque lupi furono schiantati con violenza contro le pareti, producendo un suono assordante, per poi afflosciarsi a terra come bambole senza vita.

Sentivo ancora i battiti nella testa e nelle orecchie, assieme a una strana corrente fresca che mi percorreva il corpo. La cosa più assurda era che la sensazione proveniva da dentro il mio corpo, non dall'esterno!

Non mi concessi più di un secondo per soffermarmi su quelle sensazioni e raggiunsi Ed, che stava cercando di rialzarsi con il manto chiazzato di sangue.

Mi fiondai su di lui. Ora che ero più vicina, il mio stomaco prese a contorcersi.

Serrai la bocca e mandai giù la bile che stava salendomi in gola. Non potevo permettermi di vomitare, ma la vista del fianco di Ed, lacerato e aperto, con le ossa e le viscere esposte, mi fece quasi crollare.

Strinsi i denti e mi sistemai vicino a lui affondando le mani nel pelo del collo, chiudendo gli occhi.

Stavo tremando. Pregai con tutta me stessa affinché, se veramente ero riuscita a guarire Tor nella radura, potessi farlo anche ora con Ed.

Non mi interessava nulla di cosa questo avrebbe implicato, o del fatto che potessi o meno essere una strega. Volevo solo che Ed guarisse.

Aspettai un istante, in attesa che il formicolio alle mani, sperimentato in precedenza, tornasse, ma passò un lungo momento in cui non successe nulla.

Guardai il muso del lupo. Il suo sguardo era fisso su di me, con la sofferenza dipinta negli occhi, conscio del suo stato.

Tremai e un singhiozzo mi uscì dalla bocca.

Perché non funzionava? Perché non sentivo nulla, dannazione?!

Ed, intanto, si guardò intorno e vide i lupi a terra.

«Cavolo zuccherino, sei stata tu?» chiese la sua voce, ora flebile nella mia testa.

Non riuscivo a emettere alcun suono, se non dei singhiozzi.

«Devo ricordarmi di non farti mai arrabbiare» bisbigliò.

Poi le zampe anteriori, sulle quali stava cercando di reggersi, cedettero e lui crollò a terra, sfuggendomi dalle mani. Tremai per lui.

Mi accucciai al suo fianco e inspirai lentamente. Se ero capace di far schiantare contro il muro cinque lupi, allora avrei anche aiutato Ed!

Appoggiai le mani sul suo collo e cercai di svuotare la testa. Non c'era più il corridoio, né il castello, né quella situazione infernale. Solo io e il lupo ferito, il lupo che volevo guarisse.

Allora ecco che successe di nuovo: dapprima una sensazione impercettibile, poi via via sempre più forte, fino a quando il formicolio si estese sino ai miei gomiti, diventando addirittura fastidioso e doloroso.

Ma non mi mossi. Volevo che Ed guarisse, anche se questa volta la sensazione era molto diversa da quella avuta con Tor. Stava diventando sempre più potente, dolorosa e sentivo le mani scottare.

Non sapevo cosa stesse succedendo, ma se così avrei potuto guarire il mio amico non mi importava!

Poi, quando pensavo che non avrei più sopportato quella situazione, il calore scomparve e il formicolio scemò di colpo.

Mi azzardai ad aprire gli occhi e trovai lo sguardo caldo del lupo su di me, senza riflettere più nessun dolore. Spostai lo sguardo sul fianco, poco prima devastato ma ora intatto.

Sgranai gli occhi, incredula. Cavolo, l'avevo guarito veramente! Era pazzesco.

Un'immensa felicità mi riempì l'anima: Ed non sarebbe morto!

Certo, l'avevo desiderato e ci avevo creduto, ma ora, vederlo realizzato era tutt'altra cosa.

Guardai ancora Ed, che continuava a fissarmi.

«Non chiedermi come ho fatto perché non ne ho idea» bisbigliai abbracciandolo di getto per un lungo istante.

Subito dopo mi scostai, cercando di mettermi in piedi.

Appena mi fui alzata, però, le gambe cominciarono a tremare e un brutto senso di vertigine mi invase la testa, facendomi barcollare, come ubriaca.

In un attimo Ed fu in piedi al mio fianco.

«*Tutto bene?*» chiese con cautela.

«Sì sì, mi gira solo un po' la testa» borbottai.

«*Rori, dobbiamo andare via di qui velocemente; devi montare di nuovo sulle mie spalle, riesci a tenerti?*» indagò mentre si accucciava ancora a terra.

«Certo» assicurai cercando di farmi forza mentre mi aggrappavo a lui.

Notai che le mie mani erano ricoperte di sangue, il sangue di Ed, del quale ora non c'era più traccia sulla sua pelliccia. Non dovevo pensarci, ora stava bene, era quello che contava.

Rafforzai la presa e mi preparai.

«*Pronta?*» chiese preoccupato.

«Sì» mi limitai a bisbigliare.

«*Grazie. Qualunque cosa tu abbia fatto, Rori, ti devo la vita*» aggiunse, prima di riprendere la corsa lungo il corridoio.

Sfrecciò percorrendo scalinate e androni, come se pochi minuti prima non fosse accaduto nulla.

Il suo corpo era intatto ed ero stata io a guarirlo. Avvertivo un nodo pesante in gola quando ci pensavo, così scacciai le immagini di Ed insanguinato che mi affollavano la mente.

Ero stordita e reggermi mentre Edgar correva era difficile.

Stavo impiegando tutte le mie energie per evitare qualunque tipo di pensiero: quello non era il momento per lasciarsi andare, anche se erano accadute tante cose, troppe. Ora era necessario svuotare la testa e limitarsi ad affrontare il presente minuto per minuto.

Presto arrivammo alla scalinata dalla quale eravamo partiti, ma lo scenario era ben diverso da quello di prima. Il pavimento era chiazzato di rosso e al suolo c'erano i corpi massacrati di due guardie e un lupo grigio che stava cercando di rialzarsi.

«*Rori, non ci fermeremo fino a quando non avremo raggiunto Tor. Quindi, tieniti forte!*»

In risposta rafforzai la stretta sul suo collo, mentre lui riprese la corsa lungo un nuovo corridoio che sbucava in una sala enorme dove trovammo altri segni di battaglia. Stavamo passando di sala in sala fino a raggiungere quello che doveva essere l'ingresso principale.

Le mie orecchie furono invase da ringhi potenti e rumori di oggetti che si schiantavano.

Sbalordita vidi uno di quegli enormi esseri dalle ali candide che veniva scaraventato a terra da un lupo. Cosa? Che ci facevano qui, quei mostri?

Edgar svoltò, facendomi quasi perdere la presa mentre percorrevamo la navata d'ingresso. Qui c'erano almeno una ventina di lupi che combattevano tra loro.

Non ci fermammo: il mio nuovo amico continuava a correre nel bel mezzo della battaglia, cercando di raggiungere l'enorme scalinata che si trovava sul lato opposto a dove ci trovavamo.

Sentivo il sibilo delle frecce tutt'intorno a noi e con la coda dell'occhio mi accorsi che c'erano altri Lord di Ferro che stavano scendendo la scalinata.

«*Oh, dannazione! Siamo veramente sotto attacco!*» disse il lupo sotto di me.

«Non riusciremo mai a salire le scale, Ed!»

Eravamo nel bel mezzo di una battaglia vera e propria e non ci voleva un genio per capire che i nemici erano tanti e diversi.

«*Dobbiamo raggiungere Tor, ma non so come fare!*»

Sentivo la disperazione nella sua voce.

Era una situazione drammatica: sembrava non ci fosse via d'uscita.

Ed schivò un lupo e diede una zampata a un altro, mentre io rischiavo ancora di perdere l'equilibrio.

Fu allora che udii una sorta di tuono provenire dalla porta e vidi alcuni lupi piombare a terra. Cercai di mettere a fuoco la scena e notai una figura coperta da un mantello varcare la soglia del palazzo, con il cappuccio calato sulla fronte. Notai un piccolo vortice rosso girarle attorno mentre avanzava, e la luce che scaturiva dalle sue mani andava a colpire lupi e mostri alati.

In tutto quel frastuono era appena udibile una voce tagliente, ma gradevole, che continuava a pronunciare delle parole in una lingua a me sconosciuta, come fosse una qualche strana cantilena.

Sgranai gli occhi quando mi accorsi che dietro la figura si stagliavano delle sagome: delle sagome di lupo.

Guardai meglio e rimasi a bocca aperta. Erano lupi, sì, ma erano un po' diversi! Riconobbi le statue che avevo visto all'ingresso del castello marciare all'interno della navata e scagliarsi contro i Lord di Ferro. Statue a grandezza naturale si lanciavano, ora animate, contro lupi e mostri.

Edgar era rimasto immobile a guardare, impietrito, quindi anche per lui quella scena rappresentava un'assurdità, pensai.

Chiunque stesse facendo muovere i lupi stava cercando di colpire i nostri nemici, e ciò era un bene, anche perché le statue stavano avendo la meglio.

Mi girai, attratta da un punto sotto la scalinata, e lo vidi: Tor stava correndo verso di noi, seguito da molti lupi.

Incontrai i suoi occhi e il nodo allo stomaco si sciolse: stava bene!

In un istante ci fu accanto.

Nel frattempo la battaglia tutt'intorno si stava spegnendo: le statue avevano avuto la meglio e la figura incappucciata stava immobile a guardare.

«*Tutto bene, Rori?*» risuonò la voce calda di Tor.

Fu come una carezza, che lavava via tutto quello che avevo vissuto negli ultimi minuti.

Guardai gli occhi ambrati. Mi era mancato. Avevo la sensazione di non averlo visto per giorni; in realtà erano passate solo poche ore, ma solo adesso che l'avevo davanti stavo bene.

«Sì, adesso sì» risposi senza pensarci.

Lo vidi scrutarmi, per poi avvicinarsi e darmi un buffetto sulla spalla con il muso.

«*Le cose si sono complicate, vi spiegherò più tardi*» chiarì girandosi verso la figura incappucciata che stava avanzando nella nostra direzione.

Tor fece un passo verso lo sconosciuto.

«*Questo non è posto per i maghi, ma ti sono grato per l'aiuto inaspettato. Io sono Tor, l'Alfa. Cosa cerchi tra noi?*»

L'individuo fece qualche passo in avanti, esibendosi in un profondo inchino:

«Il mio nome è Ryu e sono qui non perché mi importi di voi lupi, ma per la ragazza. Sono in debito con lei» disse, voltandosi a guardare me.

Era impossibile che si stesse riferendo a me, quindi mi guardai attorno alla ricerca di qualche ragazza, ma quello che vedevo erano solo lupi e corpi riversi a terra.

Non poteva parlare veramente a me, magari si riferiva a qualche ragazza lupo.

Guardai la figura incappucciata che continuava a guardare nella mia direzione. Uno strano silenzio era calato nella sala, poi sollevò le mani e fece scivolare il cappuccio dalla testa.

Nonostante la debolezza che mi mordeva il corpo, sgranai gli occhi mentre rimanevo a bocca aperta. Il volto che poco prima era nascosto dalla stoffa era quello di un giovane uomo, bellissimo. Ero certa, molti attori aspiranti al successo, avrebbero volentieri venduto l'anima al diavolo pur di avere un aspetto simile. I lineamenti delicati facevano risaltare gli occhi di un azzurro chiarissimo, due acquemarine attorniate da lunghe ciglia scure. Il naso e le labbra sottili rendevano più mascolino il volto, ma la cosa più particolare erano i lunghi capelli color argento che gli sfioravano le spalle ampie; non avevo mai visto dei capelli di un colore simile. Non avevano nulla a che fare con il grigio della vecchiaia: erano proprio del colore dell'argento... strabiliante!

Ora che aveva tolto il cappuccio potevo vedere che il suo sguardo era fisso su di me.

Bene, forse era il caso di staccare completamente. Con la caterva di cose deliranti che continuavo a vivere era l'unica cosa da fare, altrimenti avrei seriamente rischiato di abbracciare la follia.

Cominciai ad avvertire la stanchezza aumentare, mentre la sorda debolezza contro la quale stavo lottando da quando avevo salvato Ed mi avvolse come un pitone, stringendomi forte tra le sue spire.

Tor si spostò, mettendosi tra me e quel mago.

«*Non sto capendo, ma non è questo il momento, né il luogo per parlare. La ragazza è sotto la mia protezione. Comunque credo tu sappia che stanno succedendo cose particolarmente imprevedibili, quindi mi auguro vorrai rimanere a palazzo come nostro ospite, in modo da poterne parlare più tardi.*»

Probabilmente la voce di Tor rimbombò nelle menti di tutti. A parole era un invito, ma dal tono si capiva che non potevano esserci repliche.

Un lento sorriso comparve sul volto di Ryu, il quale, senza togliermi gli occhi di dosso, rispose:

«Sarò lieto di godere dell'ospitalità del popolo dei lupi. Vorrei poter parlare quanto prima sia con te che con lei, ma per il momento aspetterò.»

Tor si girò, rivolgendosi a me, mentre alcuni lupi presenti se ne andarono:

«Rori, ora vieni con me.»

Il suo tono fermo mi fece mollare la presa dal collo di Ed, e dopo un balzo atterrai sulle gambe, che mi resi conto essere traballanti. Strinsi i denti cercando di non pensarci.

Ed si spostò appena, vedendomi in difficoltà, ma scossi la testa con decisione facendogli capire che potevo stare in piedi senza problemi, anche se non sapevo per quanto ancora.

Mi voltai, trovando Tor che ci stava studiando con gli occhi ambrati che avevano assunto una sfumatura dorata e penetrante.

«Tor, abbiamo avuto uno scontro con delle guardie prima, forse non è il caso che Rori cammini troppo» gli disse la voce di Ed.

«Sto bene» borbottai.

Lui scrollò il grosso muso come fosse infastidito da una mosca invisibile.

«Non preoccuparti, ci prenderemo cura della nostra ospite» fece Tor dandoci le spalle e voltandosi verso il corridoio alla destra della scalinata principale.

Mi girai rapida verso Ed e, alzandomi sulla punta dei piedi, lo abbracciai d'istinto.

«Ci vediamo presto!» dissi incamminandomi lentamente nella direzione dell'Alfa.

Il lupo nero si era fermato ad attendere e quando lo raggiunsi riprese a muoversi senza dirmi una parola.

Vidi alcuni lupi avviarsi dietro di lui, ma poi si bloccarono, come se qualche ordine silenzioso fosse stato impartito, e presero direzioni diverse.

Mi accorsi che ci trovavamo nell'ala opposta a quella che avevo percorso in precedenza, e che le pareti erano adornate di dipinti dall'aria antica, ma la cosa curiosa era che non ritraevano lupi bensì uomini e donne.

«Mi dispiace tu abbia rischiato la vita prima. Avevo promesso che non ti sarebbe mai successo nulla e invece non ho mantenuto la mia parola.»

La voce di Tor aveva una nota amara.

«Come? Quello che è appena successo in questo posto credo sia inaspettato per te più o meno quanto lo è per me trovarmi qui, quindi non potevi prevedere questo pericolo» gli risposi acciagliata.

Allora era per quello che era così distaccato e freddo, si sentiva responsabile perché avevo rischiato di morire? Quindi sapeva già cos'era successo?

«Può darsi tu abbia ragione Rori, ma una promessa è una promessa» disse

continuando a camminare davanti a me e imboccando un ampio corridoio; questo si apriva su una sala dall'arredamento particolarmente lussuoso.

Non sapevo cosa dire e optai per il silenzio, mentre continuavo a guardarmi attorno esplorando con gli occhi quel luogo sconosciuto.

Ogni tanto incrociavamo qualche lupo in forma umana e ovviamente i segni della recentissima battaglia.

Dopo una decina di minuti che camminavamo in silenzio, salimmo l'ennesima scalinata, continuando a incontrare uomini e donne che si muovevano di fretta e che sgranavano gli occhi al nostro passaggio, per poi abbassarli rapidamente.

Tor non mi era parso particolarmente duro nel poco tempo passato insieme, ne si era comportato da tiranno con Drina, Ed e Salem. Le persone che incontravamo però sembravano intimorite da qualcosa.

Affondai lo sguardo nelle spalle del lupo come se potessi trovarci chissà quale risposta.

La pelliccia sulla schiena era più lunga rispetto al resto del corpo ed era il lupo più grande e imponente che avessi visto finora. Nelle ultime ore ne avevo visti parecchi di lupi, ma nessuno come lui. Forse era una delle caratteristiche dell'Alfa, pensai.

Continuavo a guardargli le spalle e la lunga coda scura. Sapevo che quel pelo, oltre a essere di un nero brillante, era anche soffice, e al tatto dava una sensazione di setosa morbidezza.

A quei pensieri mi venne voglia di riprovare quella sensazione così rilassante. Mentre continuavo a studiare Tor, notai che su una zampa posteriore il manto era bagnato e appiccicoso.

L'apprensione prese il sopravvento e aumentai il passo per affiancarmi al lupo e studiare meglio la zampa. Senza pensarci allungai la mano e Tor si bloccò di colpo.

Le mie dita avevano toccato del sangue umido e un oggetto rigido conficcato nella carne.

Sgranai gli occhi, guardandolo di rimando mentre mi fissava sorpreso.

«*Cosa stai facendo, Rori?*» chiese la sua voce calda con una nota strana.

Mi sentii avvampare mentre gli rispondevo:

«Sei ferito!»

Lui finse di non avermi sentito e sbuffando proseguì.

Lo stavo guardando attonita: era cambiato qualcosa in lui da quando ci eravamo separati, compresi sorpresa.

Certo, quello che era successo io non riuscivo a capirlo appieno, ma mi rendevo conto che per i lupi era una cosa grave.

Ripresi a camminare in silenzio, ripercorrendo le ultime ore mentalmente, fino a quando lui non si fermò davanti a un'enorme porta.

Con una zampata aprì la camera e varcò la soglia.

TOR

Il blu della tappezzeria non mi diede il solito sollievo.

Le mie stanze erano come un rifugio, caldo, dove potevo riposare la mente, ma in quel momento non erano in grado di scacciare la preoccupazione per ciò che era accaduto nelle ultime ore.

Mi voltai a guardare la ragazza, che era entrata dietro di me e con sguardo curioso stava osservando i due enormi ritratti dei miei genitori.

In uno era ritratta una giovane lupa in forma umana, dal volto malinconico e bello circondato da una cascata di capelli biondi.

Era seduta nei giardini del castello e in mano teneva un mazzo di fiori.

Nel secondo dipinto era ritratto un lupo grigio imponente in cima alla prima scalinata, all'ingresso principale del palazzo. Era mio padre, che, come me, non poteva assumere forma umana.

Mossi qualche passo verso le finestre che davano sul giardino e lasciavano entrare una calda luce.

La testa mi martellava. Dovevo parlare con le guardie e finire di impartire gli ultimi ordini.

Per il resto si stavano occupando di tutto gli Anziani, quelli, ovviamente, che non si erano rivelati degli sporchi traditori che cospiravano nel buio.

Poi c'era naturalmente il mago, che era comparso al castello. Mi venne quasi da ridere, sembrava impossibile che una specie, che ero certo fosse estinta, si trovasse ancora su queste Terre e che nel giro di qualche ora mi fossi trovato ad aver a che fare con ben due suoi rappresentanti. Quel Ryu e lei, la ragazza che era uno dei più grandi enigmi che avessi mai visto. Poteva usare la magia, ma in lei c'era anche dell'altro.

Mi voltai a guardarla e vidi il suo viso pallido e provato: si intuiva che era arrivata al limite. Quello che aveva vissuto nelle ultime ore era stato troppo.

L'avevo portata nelle mie stanze perché avevo bisogno di riflettere e lei di riposare. Sapevo, però, che avrei dovuto quanto prima darle delle spiegazioni e raccontarle quello che avevo scoperto. Non conoscevo i particolari, ma era mio dovere informarla, anche se non sapevo bene come fare. Non era il momento giusto per farlo, era provata e si vedeva, ma non avevo scelta.

«Quando arriva il dottore?» chiese, sorprendendomi.

«*Stai male, Rori?*» domandai a mia volta con un nodo d'apprensione.

La percorsi con lo sguardo dall'alto al basso, cercando qualche ferita che non avevo notato, ma nulla.

«La tua gamba, Tor!» la sentii sbuffare.

Ah, cosa? Mi venne da ridere: si stava preoccupando per me!

«*Non preoccuparti, non è nulla di grave. Le nostre ferite, se non sono profonde, guariscono entro qualche ora.*»

Le mie stanze erano composte da tre spazi. Quello in cui ci trovavamo ospitava un tavolino con qualche sedia e un ampio salotto; una porta collegava l'anticamera alla stanza da letto, che a sua volta era collegata al bagno.

«Siediti» dissi indicando il divano con il muso. *«Avrei qualche difficoltà a tirarti su se svenissi: come sai non posso assumere forma umana»* continuai un po' freddo, ripensando a Edgar con una fitta di gelosia.

Lei mi guardò confusa, ma poi si avvicinò a me. Allargò le braccia e, salendo in punta di piedi, si tese in avanti, abbracciandomi.

Come era accaduto la sera prima nella radura, mi persi, anche se in maniera diversa.

Sentivo brividi in tutto il corpo, mentre i muscoli doloranti si rilassavano.

Sembrava come se tutto il mio essere si stesse lasciando andare per la prima volta di sua spontanea volontà. Quelle esili braccia avevano il potere di rilassare ogni singolo muscolo del mio corpo. Strabiliante...

Il suo odore mi calmava: quella creatura aveva su di me un effetto particolare. Non solo su di me, pensai infine, ricordando gli occhi di Edgar che guardavano Rori.

Comunque tra me e lei esisteva un legame diverso, questo era fuori discussione. La familiarità che percepivo era come una carezza che mi infondeva tranquillità.

Il malumore, la frustrazione e la preoccupazione si stavano sciogliendo nel suo abbraccio.

Non capivo perché continuavo a stupirmi davanti a quelle sensazioni, ma per me erano così insolite e nuove che non potevo far altro che trattenere il fiato ogni volta.

«Non preoccuparti per me, Rori, dovrei essere io a confortarti» mi sfuggì.

La sentii sbuffare e affondare ancora di più il volto nel mio pelo, facendomi rabbrividire.

«Non è che se sei una specie di re dei lupi significa che tu non abbia bisogno di un abbraccio, ogni tanto. E credo che tu non ti faccia abbracciare spesso» bisbigliò senza scostarsi.

Ma qui si sbagliava: semplicemente non avevo mai incontrato qualcuno che volesse abbracciarmi, o meglio dal quale voler essere abbracciato.

«E poi sei il mio lupo, quindi penso sia giusto che ti aiuti anch'io. Ormai so che posso solo guardare avanti. Ti ho sognato per un motivo, quindi è giusto che ci aiutiamo l'un l'altra. Per lo meno, io la vedo così» affermò staccandosi e sorridendo.

«Quindi sarei il tuo lupo, eh?» ripetei stupito dalle sue parole e con il desiderio che mi abbracciasse ancora.

Oltre allo stupore per ciò che aveva detto, uno strano piacere invase la mia mente.

«Guarda che non è come avere un animale da compagnia» la informai scherzando. *«E poi sono molto più impegnativo: mangio un sacco e richiedo molto tempo.»*

Era una vita che non scherzavo, eppure era così bello.

Il suo viso avvampò di colpo, allora le diedi un buffetto sulla spalla per tranquillizzarla. Mi tornò in mente cosa dovevo dirle e tornai serio.

«*Ora siediti Rori, ho delle cose importanti da dirti.*»

Non sapevo da dove iniziare, né che parole usare: quello che avevo scoperto poco prima mi aveva spiazzato. Ma più che altro ero preoccupato di come avrebbe potuto reagire Aurora.

La guardai raggiungere il divano e lasciarsi cadere sui morbidi cuscini.

«*Prima che tu ed Edgar arrivaste, ho convocato il Consiglio*» iniziai, cercando le parole giuste per comunicarle le informazioni sconvolgenti che avevo scoperto. «*Ti avevo detto che tra i lupi e il popolo dei maghi c'erano state molte guerre e durante l'ultima, che risale a circa vent'anni fa, il popolo dei maghi fu sconfitto.*» Mi fermai. Improvvisamente parlare era diventato difficoltoso.

«*Si supponeva che i pochi superstiti avessero trovato rifugio tra i popoli del Nord, e che dopo poco tempo anche quei pochi sopravvissuti fossero scomparsi, consumati dalla loro stessa magia.*»

Non sapevo come continuare: le parole dure di Ghion mi risuonavano ancora nella mente.

«*Ma ora è certo che le cose non andarono proprio così. Quello che posso dirti è che alcuni lupi ci tradirono. All'epoca non capivo il perché, ma ora credo di avere delle idee al riguardo. Uno dei lupi che abbandonò il nostro popolo era un capitano delle guardie.*»

Ricordavo benissimo quel lupo. La sua famiglia aveva origini antiche e i suoi fratelli, dopo il tradimento, lo ripudiarono e se ne andarono da Imperia.

«*Fu doloroso accettare che uno di noi ci abbandonasse per schierarsi dalla parte del nemico. All'epoca mio padre andò su tutte le furie, pretendendo la testa di ogni traditore e l'esilio delle famiglie che non ripudiavano i membri che avevano scelto di non combattere i maghi.*»

I suoi occhi intrisi di sdegno e rabbia, erano ancora vividi tra i miei ricordi.

«*Sembra che il capitano, che per primo se ne andò, lo abbia fatto quando gli fu ordinato di attaccare il popolo dei maghi. Bryn si rifiutò di combattere e in seguito ci abbandonò.*

Si diceva che avesse intrecciato un legame con una giovane maga, un legame che era inconcepibile per noi, come probabilmente anche per molti maghi. C'erano diverse voci riguardo a questo legame, una di queste era che la loro unione avrebbe generato una nuova vita.»

Mi fermai ancora. Guardavo quella piccola ragazza che nascondeva un grande potere, un potere che aveva dell'incredibile.

«*Ci giunsero diversi racconti e chi venne a conoscenza di questi decise di tenerli segreti.*» Pregai di trovare le parole migliori per raccontarle di quell'ingiustizia.

«*Si dice che la giovane strega fu esiliata e la sua famiglia sterminata.*

Avevano tradito la loro gente e il frutto di quell'unione, il loro bambino, venne ucciso. Ma ora, non credo sia andata così.»

«C'è stato chi tra noi lupi ha deciso di aiutarli a fuggire, o almeno ha provato a farlo.»

I suoi occhi dorati erano fissi su di me e un indecifrabile bagliore si accese in quelle iridi uniche. Stava cominciando a capire? Una strana intuizione mi diceva di sì.

«Bryn era un guerriero formidabile, un lupo in cui mio padre riponeva la massima fiducia. Per questo, dopo il suo tradimento, iniziò a odiarlo. Ma mio padre era anche molto diverso da me» cercai di spiegarle.

«Questo non toglieva il fatto che il capitano godeva della stima di moltissimi lupi, tra i quali c'erano anche alcuni membri del Consiglio. Prima di rifiutarsi di scendere in battaglia contro i maghi, cercò di spiegare le sue ragioni agli amici più intimi, per evitare l'ultima battaglia e ulteriori spargimenti di sangue.»

«Ma i giochi di potere, l'avidità e la cupidigia sono sordi davanti a qualche nobile ideale. Perché era ovvio ormai che la maledizione era passata in secondo piano e veniva usata come pretesto per continuare a combattere. C'erano molte altre strade che mio padre avrebbe potuto scegliere, al fine di risparmiare tante vite, ma non le scelse.»

Rori aveva distolto lo sguardo, ma non potevo fermarmi proprio ora.

«Con l'aiuto di alcuni amici fidati, Bryn riuscì ad abbandonare la città e a raggiungere la compagna. Qui i dettagli della storia sono confusi: so che per un periodo si nascosero grazie ad amici che facevano parte di entrambi i popoli, ma alla fine il popolo dei maghi emise la condanna a morte per la maga e il bambino.»

«Allora avevano progettato di fuggire in un altro luogo, un altro mondo popolato da soli esseri umani. Erano pronti a sacrificare ciò che erano, la loro natura, pur di poter stare insieme e crescere la loro creatura in pace. Poco prima di riuscire ad andarsene, però, furono trovati. Non so per mano di chi morirono, ma diedero la vita per salvare il loro piccolo, che riuscì a sopravvivere e fu portato in un mondo lontano dal nostro.»

Alle ultime parole alzò la testa di scatto.

Mi stava fissando con lo sguardo inespressivo, senza dire nulla.

Sapevo che quello che le stavo raccontando l'avrebbe sconvolta, mi aspettavo avesse qualche reazione, invece stava ferma immobile, in silenzio. Quel silenzio, però, urlava più di mille grida e sentivo il dolore e la confusione che emanava, senza poter fare nulla se non continuare a raccontare.

«Il piccolo di Bryn, quando nacque, aveva forma umana anche se nelle sue vene c'era il sangue del nostro popolo» rivelai. *«In che forma, però, si sarebbe manifestata la sua duplice natura, nessuno poteva saperlo. Una cosa era certa: il bambino aveva in sé sangue di lupo e sangue di mago, e le sue capacità erano ignote.»*

In qualche assurdo modo avevo capito da subito che era speciale, mi resi conto.

«L'unica cosa insolita che si poteva vedere nel piccolo erano gli occhi, che non appartenevano a nessuna creatura dalla forma umana. "Le iridi del piccolo erano quelle di un lupo, gialle e brillanti", questo mi ha detto un amico che vide quel bambino e che aveva cercato di aiutare Bryn. "Il piccolo di Bryn era una bella bambina piena di vita. So che la chiamarono Aurora, con la speranza che potesse portare con sé un giorno nuovo e migliore"» terminai, incapace di guardarla. In realtà non ne avevo bisogno perché avvertivo il vorticare di emozioni che si dibatteva dentro di lei, ardendo come mille fiamme.

Passò qualche minuto e Rori continuava a rimanere immobile e muta.

Non sapevo cosa fare o dire, sentivo l'esigenza di avvicinarmi, ma sapevo che aveva bisogno di qualche istante. Cercai di resistere il più possibile, ma alla fine cedetti e feci un passo verso di lei.

In risposta al mio movimento nella sua direzione, scattò in piedi.

I bei lineamenti erano contratti e duri. Mi guardò con quegli occhi che mi avevano incantato da subito, e vi lessi qualcosa di nuovo, che mi spiazzò.

Ero convinto di vederla stravolta, disorientata, ma mai avrei creduto di scorgere in quelle iridi dorate la consapevolezza e l'accettazione.

«Quindi quello che stai cercando di dirmi è che sarei una specie di incrocio tra un lupo e un mago?» chiese con voce ferma e distaccata, continuando a guardarmi ora con sguardo vuoto.

Mi bloccai. Non comprendevo la sua reazione.

«E ora che intenzione hai? Mi imprigionerai da qualche parte?» chiese infine con tono stanco. «Perché portarmi qui, allora?» domandò allargando le braccia e indicando la stanza dove ci trovavamo.

Dovevo stare attento, non capivo esattamente cosa le stesse passando per la testa, ma quello che sentiva doveva essere molto complesso da sopportare, e per quanto poteva sembrare che avesse preso bene la notizia della sua natura, non poteva essere così.

Avanzai ancora verso di lei e la vidi irrigidirsi. Quella reazione mi procurò una fitta acida allo stomaco.

Ero fermo davanti a lei, ma sembrava fossimo distanti chilometri.

Una strana frenesia mi stava intimando di cercare di afferrarla prima che si allontanasse ancora di più. Quella ragazza che non sapeva nulla di me aveva desiderato così intensamente di salvarmi da varcare la soglia tra i due mondi, anche se inconsapevolmente. Tra noi c'era un legame e la creatura sorprendente che si era rivelata essere era diventata, nel giro di poche ore, molto importante per me. Non sapevo né come, né perché, ma era così.

«Perché credi che io voglia imprigionarti, Rori? Per ciò che è successo in passato? O per una disputa della quale non hai colpa?» chiesi.

«Quello che so è che ho davanti a me una ragazza che ha voluto aiutarmi

quando ero in pericolo, dall'animo buono e che per quello che è successo in passato non ha responsabilità. Tu sei il frutto di un amore tra due specie in conflitto, quindi anche la prova vivente che, nonostante le dispute legate al passato, ci possa essere armonia tra il popolo dei lupi e quello dei maghi.» Questa era la pura verità.

«Per come la vedo io, tu sei sotto la nostra protezione, ora come lo eri prima, e forse ancora di più adesso, proprio perché è probabile che non tutti la pensino come me» terminai, senza distogliere lo sguardo.

«Cosa dovrei fare? Se quello che dici è vero tutta la mia vita è stata una bugia!» fece con un tremito di rabbia, serrando i pugni.

«Quella che pensavo fosse la mia casa non lo è, tutto questo sembra così assurdo, anche se so che è reale. Chi è mia zia Penny?» aggiunse lasciandosi cadere di nuovo fra i cuscini. «Chi sono io? Cosa farò ora? Qual è il mio posto?»

Stava crollando, ma la distanza che poco prima c'era tra noi era svanita.

Il mio corpo si mosse da solo: avvicinai il muso alla sua spalla dandole un buffetto.

Mi resi conto che non avevo mai desiderato un paio di braccia così tanto come in quel momento. Avrei voluto confortare quella ragazzina minuta, come lei aveva fatto poco prima con me. Ma non potevo.

«Nessuno di noi sa con esattezza qual è il suo posto, lo scopriamo man mano, vivendo e scegliendo che strada prendere tra le molte che ci si presentano.»

«Tu sei la stessa persona di un attimo fa, ora hai solo la consapevolezza di avere dei talenti che non credevi di avere. In questo preciso istante, come prima, sei e sarai chi deciderai di essere. L'unica cosa che è cambiata è che hai la possibilità di scoprire nuovi lati di te.»

Non riuscii a terminare che le sue braccia mi circondarono il collo e sentii un flebile singhiozzo salirle alle labbra. Il singhiozzo mutò presto in un urlo soffocato, mentre la sua stretta su di me si faceva sempre più forte e disperata. Quando la presa spasmodica si fece più leggera, le esili spalle vennero scosse dalle lacrime. Un pianto silenzioso ma, compresi, liberatorio, la travolse.

La invidiai: invidiai quelle lacrime umide intrise di molte cose, ma che erano anche capaci di liberare l'animo dalla pesantezza. Io non potevo farlo. Io, che ero condannato a essere perennemente lupo, non potevo piangere, semplicemente perché i lupi non possono farlo.

Però mi sentivo felice di vivere il suo sfogo ed ebbi la strana percezione di aver trovato un altro tassello di un quadro che però non riuscivo ancora a cogliere.

Quando si scostò aveva il viso arrossato dal pianto e il fatto che cercasse in tutti i modi di asciugarne le tracce non aiutava.

«Scusa» bisbigliò.

«Di cosa Rori? Non essere sciocca: gli amici servono a questo» risposi.

«Quindi saresti un amico e non una specie di re al quale devo obbedire?» chiese, con voce dubbiosa ma curiosa al tempo stesso.

Per un istante mi spiazzò: cosa mi stava chiedendo?

«Tu, come ogni lupo e ogni mago, sei libera di stare dove vuoi, ma ovviamente se decidi di stare in un posto ci sono delle regole... le cose sono un po' difficili da spiegare» iniziai.

«Prima cerca di scoprire tutti i lati di te stessa, poi deciderai dove andare.

E se vorrai restare a Imperia io sarò onorato e felice di averti nella nostra città.

Ma prima di prendere delle decisioni ci sono molte cose che è importante tu capisca» aggiunsi deciso.

«E ovviamente potrai sempre fidarti di me. Lo strano legame che esiste fra noi verrà sempre prima di qualunque altra cosa. Quindi sì: sono e sarò un tuo amico. Sempre» dissi di getto, ma sentivo che era la verità.

«Un legame? Perché c'è questo legame tra noi?» chiese seria.

«Non ne ho idea. Forse dipende dalla tua duplice natura, ma forse, più semplicemente, è perché siamo entrambi lupi, anche se tu lo sei per metà. A volte accade che tra alcuni di noi si instauri un legame particolare da subito.»

Accennò un sorriso. «Capisco... in effetti qualche domanda sul perché ti sognassi me la sono fatta.»

«Fidati: al momento giusto troveremo tutte le risposte» replicai dandole un altro buffetto.

«Ah, lo spero bene visto che il mio obiettivo al momento è cominciare a capire!»

All'apparenza sembrava stare bene, anche se certamente era provata da tutto quello che aveva vissuto nelle ultime ore. Tuttavia stava reagendo positivamente, forse anche meglio di me.

Bisognava venire a capo di tante cose e le persone di cui mi potevo fidare erano pochissime, ma lei era tra queste. Una ragazza, che per metà apparteneva a un popolo che la mia gente aveva combattuto per anni, era ora una delle poche persone nelle cui mani potevo riporre anche la mia vita.

Avevo questa sconcertante certezza.

Per poco non mi misi a ridere. Tutte le insensatezze che avevo sentito nel corso degli anni, stupide frasi sull'onore e la lealtà del sangue dei lupi: frasi vuote e senza valore, questo erano.

Mio padre aveva sbagliato tanto in passato, questa consapevolezza si era radicata in me da molto, e ora ne avevo la conferma.

Io però non ero lui. Le cose stavano mutando rapidamente e tutto lasciava intendere che presto sarebbe scoppiata una nuova guerra. Un brivido freddo mi corse lungo la schiena a quel pensiero. Non eravamo pronti a questo.

«Tutto bene, Tor?» mi riscosse la voce di Rori.

«Certo, scusa, stavo solo pensando al da farsi.» Mentii, ma non era quello il momento di spiegarle anche il resto.

«Adesso dovrò parlare con i membri del Consiglio che non si sono rivelati dei traditori e, naturalmente, col mago che ci ha aiutati. Tu puoi sistemarti qui per il momento, riposati e più tardi passerò a chiamarti e decideremo come procedere.»

«Non sono stanca. Vorrei sapere ancora un sacco di cose! Devo anche capire perché quel mago, Ryu, dice di essere venuto qui per me. E poi sei certo sia un mago? E perché siete stati attaccati?»

«Tutto a suo tempo, Aurora e, anche se non ti sembra, hai bisogno di riposo» insistetti, dandole un altro colpetto con il muso, mentre guardavo il suo volto tirato e pallido.

Sembrava un miracolo che stesse ancora in piedi, nonostante fosse in quello stato. Doveva aver usato di nuovo la magia e questo la debilitava moltissimo. Anche se lei sembrava avere una ripresa rapidissima, aveva un evidente bisogno di riposo.

«Ti fidi di me, Rori?» chiesi, guardando quegli strani ma bellissimi occhi, che ora mi studiavano.

Si accigliò per un istante.

«Sì, certo» annuì in un sospiro, come un cucciolo che acconsente, malvolentieri, a fare qualcosa che è "per il suo bene", ma che non comprende appieno.

«Usa a tuo piacimento queste stanze, ma non uscire fino a quando non tornerò a chiamarti, intesi?»

Scosse la testa in senso affermativo.

Quindi mi voltai, ma prima di uscire la guardai un'ultima volta:

«Ci vediamo più tardi.»

«A dopo» mi raggiunse la sua voce.

Non indugiai oltre e la lasciai sola.

Finalmente ero più tranquillo: prima e durante l'attacco, il pensiero di non sapere dove fosse mi aveva veramente torturato. Ora ero certo si trovasse al sicuro ed ero dunque in grado di concentrarmi su tutto il resto.

Ripercorsi con la mente le ultime ore, cercando di capire.

Era iniziato tutto con l'attacco nella foresta, probabilmente avevano sperato di uccidermi lì, ma le forze che avevano impiegato non erano state sufficienti.

Perciò sapevano che, dopo l'attacco, non avrebbero potuto sorprendermi con facilità una seconda volta. Così, avevano colpito in maniera diretta e repentina, sperando di cogliermi impreparato. Il piano era studiato nei minimi particolari, anche se il secondo attacco era stato chiaramente preparato all'ultimo minuto.

Mentre camminavo lungo i corridoi, continuavo a incrociare guardie e servitori, che al mio passaggio abbassavano la testa. L'atmosfera nel castello era tesa come non mai.

Una rabbia sorda iniziò a montarmi dentro.

A ogni passo sentivo un fastidioso e pungente dolore alla gamba in cui era ancora conficcata la freccia.

Cercai di pensare a come organizzare le cose: bisognava agire velocemente.

Superata la volta che precedeva l'immensa scalinata che conduceva alla Sala d'Oro, vidi Salem e Ghion venirmi incontro.

«Mio Signore, c'è il guaritore che ti sta aspettando» mi disse subito Ghion.

«Non è una ferita grave, può aspettare. Abbiamo altro da fare al momento.»

Il suo volto apparve contrariato, ma non disse nulla.

«La ragazza?» chiese invece Salem.

«È nelle mie stanze e vi rimarrà, per il momento. Hai fatto come ti ho detto?»

«Sì, ho eseguito ogni ordine.»

«Bene. Prima d'incontrare il Consiglio, ho bisogno di parlarvi» aggiunsi, riprendendo ad avanzare.

Prima della scalinata entrai in una delle sale adiacenti.

Un salottino era sistemato al centro della stanza che, come molte altre camere della Torre, veniva adibita a convegni privati. Questa, in particolare, era la mia preferita.

«Quanti lupi abbiamo perso oggi?» chiesi infine, guardando Ghion.

Il suo sguardo, distaccato e freddo, non si spostò dal mio mentre rispondeva:

«Quaranta morti e un centinaio di feriti, più o meno gravi.»

Quaranta morti erano tantissimi, troppi, ma erano nulla in confronto a quanti ce ne sarebbero stati se fosse scoppiata una guerra.

Ghion, membro del Consiglio, aveva vissuto e combattuto durante l'ultima grande guerra e, come chiunque avesse combattuto, era tornato cambiato nel profondo.

I lupi invecchiano lentamente e Ghion, nonostante avesse superato da molto tempo i cent'anni, aveva ancora il fisico di un guerriero, anche se il volto e i capelli striati di grigio mostravano il segno degli anni vissuti.

«I messaggeri inviati alle Cinque Città sono partiti. A breve torneranno con i Capi. Ora dobbiamo organizzare velocemente le cose, qui al castello» iniziò subito Ghion.

«Ho mandato Korrad con un gruppo di lupi a raccogliere informazioni e monitorare la situazione nel Regno. È solo questione di tempo, ma dobbiamo rimanere vigili, anche perché il nemico è nel castello. Data la situazione, nessuno di noi può avere la certezza su chi possa essere un amico o una spia.»

Il suo tono trasudava amarezza. Sapevo che era colpito quanto me da quello che era successo.

«Siamo in guerra, mio Signore. Chiunque sia dietro a tutto ciò ha tramato nell'ombra da tempo. Anche se i suoi piani non sono andati come credeva, ha dato il via a qualcosa di molto forte, forse ben maggiore delle battaglie di vent'anni fa.»

Mentre Ghion parlava, Salem camminava avanti e indietro, frustrato.

Le parole dell'anziano Consigliere, che era stato un caro amico di mio padre, non mi sorpresero.

«Ne sono perfettamente consapevole, e comunque sai che non mi piace la formalità, Ghion. Chiamami solo Tor, almeno quando siamo tra noi» risposi invece.

Vent'anni addietro avevo preso il posto di mio padre, molto prima di quel che pensassi. Era morto durante l'ultima battaglia, così mi ero trovato a capo della nostra gente, in un periodo di enorme confusione. Per fortuna, anno dopo anno, avevamo ristabilito l'equilibrio.

Per molti non ero ancora pronto a governare, a causa della mia giovanissima età, ma nessuno aveva potuto farci nulla, perché le nostre leggi parlavano chiaro.

Ghion mi era sempre stato al fianco e nonostante fossero passati anni non mi ero ancora abituato a quel tipo di formalità, specie se venivano da una persona per la quale nutrivo stima e rispetto.

Accennò un sorriso. «Se cominciassi a chiamarti per nome non potrei più riprendere Edgar perché non usa le dovute formalità, caro ragazzo.»

«Ho inviato altri lupi a sorvegliare i confini, ma al momento non abbiamo subìto nessun attacco» aggiunse poi.

«Bolgar, Dymfna e Vincent sono stati condotti nelle segrete con l'accusa di alto tradimento. Nessuno ha ancora parlato con loro, ma sanno bene che non può esserci perdono per i membri del Consiglio che hanno tradito in questo modo» disse con voce glaciale.

Erano in tre. Ben tre membri del Consiglio si erano alzati e avevano cercato di uccidere chiunque si trovasse nella Sala d'Oro, dopo che diversi lupi e Lord di Ferro erano piombati nella stanza.

Mi parve quasi di rivivere la scena di poche ore prima.

Come avevano fatto a entrare? Era evidente che c'erano molte falle nella sicurezza e anche molti traditori.

Avevamo appena terminato di parlare della ragazza e della sua probabile natura. Ero sconvolto da ciò che avevo appreso dai racconti di Ghion e Leon, due membri del Consiglio che erano stati in rapporti di stretta amicizia con il capitano Bryn, ma non sembravano esserci dubbi: Aurora era la figlia del capitano e di una maga.

La scoperta aveva sconvolto un po' tutti i presenti e nella stanza erano scoppiate esclamazioni e perplessità, forse per questo nessuno di noi si era accorto di cosa stesse accadendo all'esterno.

A quel punto le porte della sala erano state scardinate da un Lord di Ferro, che era entrato brandendo un'ascia, seguito da una decina di suoi simili e da diversi lupi.

Era stato allora che Bolgar, Dymfna e Vincent avevano assunto forma di lupo, attaccandomi.

Mai avrei creduto che dei lupi di Imperia ci avrebbero tradito, né tantomeno dei membri del Consiglio. Ero stato ingenuo e mi ero fidato di loro. Ero a conoscenza delle dispute interne che c'erano tra i vari membri, volte a giochi di potere, ma arrivare a questo? Tradire e cercare di uccidere l'Alfa era una cosa atroce.

Avevo pensato, per un istante, di impartire ordini ai quali nessun lupo avrebbe potuto evitare di piegarsi. Forse, così facendo, avrei risparmiato delle vite, ma davanti a quell'oltraggio avevo voluto rispondere e farmi rispettare come Tor, prima che come Alfa.

Un'ira sorda aveva invaso il mio corpo e in un istante, grazie a essa, ero riuscito a far penetrare la mia mente in ogni essere che si trovava nel castello, e sentirlo.

Così era iniziata la battaglia, fino a quando, nel giro di poco, eravamo riusciti a uccidere o catturare gli assalitori. Mancava solo un drappello di Lord e lupi, che si trovava all'ingresso, ma la mia paura principale era per la ragazza, sola con Edgar all'interno del palazzo, con uno scontro in corso. Ero riuscito a localizzarla, ma sapevo che c'erano troppi assalitori per pensare che potesse essere al sicuro.

Alla fine, quando mi ero accorto che si stava dirigendo proprio all'ingresso, dove gli invasori rimasti si erano radunati, avevo smesso di impartire ordini ed ero corso da lei, lasciando il resto nelle mani di Ghion e Salem.

L'intervento del mago aveva facilitato la conclusione della battaglia, ma da dove venisse o perché non me lo spiegavo, ma queste rimanevano domande fondamentali.

«*Del mago sapete nulla?*» chiesi.

«Non ha risposto a nessuna delle mie domande. Dice solo che è qui per la ragazza e che parlerà solo con te» mi rispose Salem.

Non capivo quella come molte altre cose. Avrei dovuto chiarire diversi punti, ma prima dovevo dare priorità al Consiglio.

«*Bene, vorrà dire che risponderà a me dopo che avremo finito qui. Ora ci sono altre cose che hanno la precedenza e non lo ritengo una minaccia.*»

Salem e Ghion mi guardarono in silenzio.

«Stai riuscendo a portare i tuoi talenti là dove nessun lupo è mai riuscito a portare i suoi» notò Ghion. «È un onore poter essere al tuo fianco, Tor. Tuo padre sarebbe orgoglioso di ciò che sei diventato. Nessuno immaginava che la tua potenza come lupo fosse così devastante in battaglia, ma del resto nessuno di noi ha avuto modo di vederti combattere, finora, e questo ha giocato a nostro vantaggio» concluse sorridendo.

«*Grazie, ma sto solo cercando di dare il meglio di me per i lupi e per Imperia. Ora andiamo: c'è un Consiglio che ci aspetta*» risposi grato, ma anche stupito da quelle parole.

Quando varcammo la porta della Sala d'Oro, i segni della battaglia erano ancora visibili, nonostante fosse già stata parzialmente sistemata.

L'enorme tavolo di marmo bianco, dalle venature dorate, torreggiava imponente nel centro della sala. Le undici sedie poste intorno a esso erano in oro massiccio, splendente e sfarzoso. Quella dell'Alfa aveva lo schienale più ampio, inciso con gli stemmi di tutte le casate, a simboleggiare il potere del comando su tutti i clan del nostro popolo.

A ridosso delle pareti erano disposte le statue a grandezza naturale di tutti i lupi Alfa del passato, scolpiti nella medesima pietra bianca striata d'oro. I tendaggi dorati, che coprivano in parte le grandi finestre ovali, erano stati strappati e fatti a brandelli, mentre gli enormi tappeti, che ricoprivano quasi tutto il pavimento in pietra, erano sporchi di sangue in alcuni punti, sangue di coloro che avevano combattuto poco prima.

Il soffitto della stanza era tinto di blu, una metà di una tonalità più chiara e l'altra più scura. Nella prima era disegnato un immenso sole d'oro, i cui raggi si estendevano su quasi tutta la porzione. Nella parte più scura, invece, era raffigurata una miriade di stelle che circondavano una pallida luna piena.

Le torce, poste lungo le pareti dell'intera sala, emanavano una calda luce, che smorzava l'aria fredda dell'ambiente sfarzoso e formale.

Al nostro ingresso i sei lupi, che occupavano i rispettivi posti intorno alla tavolata, si alzarono in silenzio, chinando il capo in forma di rispetto. Era una tradizione che spesso mi aveva messo a disagio, mentre ora avevo solo voglia di riderne: anche i tre membri del Consiglio che avevano tentato di uccidermi avevano, durante le tante assemblee, chinato il capo in segno di rispetto. Un rispetto che ora aveva svelato la sua vera natura.

Raggiunsi il posto dell'Alfa e con una zampata scostai la pesante sedia. Gli altri avrebbero potuto sedersi, ma io no. Sal si mise alle mie spalle, mentre Ghion si accomodava alla mia sinistra.

«*Sedetevi*» dissi senza esitazioni.

Non avevamo tempo da perdere.

In sette si sedettero, mentre tre sedie rimasero vuote, come un muto monito.

«Lui che ci fa qui?» chiese Samuel, alzando un grigio sopracciglio.

Samuel aveva barba lunga e capelli grigi, questi ultimi raccolti in una lunga treccia che gli scendeva lungo la schiena. Era molto più anziano di Ghion, e nel fisico si vedeva: il corpo che un tempo doveva essere stato quello di un guerriero, alto e imponente, ora era curvo e ingobbito. Tuttavia gli occhi nocciola, nascosti sotto le grigie sopracciglia cespugliose, emanavano una forza e un vigore che stupiva.

Quando ci avevano attaccati, Samuel era stato il primo di loro che si era lanciato alla gola di Bolgar, senza esitare.

Ora stava guardando Salem con il sopracciglio ancora inarcato.

«Sono successe molte cose in pochissimo tempo. Salem si trova qui per mio ordine, perché è stato addestrato come stratega durante la sua formazione da soldato» dissi soppesando i loro sguardi.

Sapevo bene che alle riunioni del Consiglio nessuno aveva il permesso di assistere, ma ora era necessario cambiare questa regola.

«Credo comunque sia la cosa meno rilevante in questo momento» precisai. *«Oltretutto sapete bene che ruolo ha avuto Salem durante l'ultima guerra ed è uno dei pochi di cui mi fido ancora. Che ci piaccia o no siamo agli inizi di uno scontro e molte cose cambieranno.»*

«Capisco, mio Signore. Quindi credete che le cose andranno in quella direzione?» chiese ancora Samuel.

Strinsi i denti: erano forse ciechi?

«So che l'idea di una guerra è terribile, ma abbiamo subìto un fortissimo attacco noi tutti, non soltanto io. Tre nostri compagni, membri del Consiglio ricoprenti un ruolo fondamentale per il nostro popolo, ci hanno traditi. Hanno ucciso altri lupi, hanno cercato di uccidere voi tutti, oltre che me.» Quello che era accaduto aveva un peso e una gravità quasi senza precedenti, di questo ero certo.

«Con quale scopo se non quello di sottomettere Imperia e la nostra gente al volere di qualcuno? Possono non aver attaccato con un esercito, o dichiarato guerra apertamente, ma per quanto mi riguarda è come se lo avessero fatto. Non resteremo qui ad aspettare la prossima volta che decideranno di attaccare. Ci sono stati dei morti, giovani lupi che hanno dato la vita per proteggere me, voi e questa città.

Ora bisogna agire e ho bisogno del vostro aiuto e dei vostri consigli, per farlo» conclusi.

Non volevo usare una tonalità particolare, ma sentivo vibrare chiaramente nelle mie stesse parole il timbro dell'Alfa. Senza volerlo era diventata una modalità costante quando esprimevo con decisione ciò che pensavo.

Vidi Samuel chinare il capo in segno d'assenso, senza però aggiungere nulla.

Spostai lo sguardo sui cinque membri che non avevano ancora parlato: Glenda, Navar, Leon, Cor e Ajar erano ciò che rimaneva del Consiglio.

Glenda era una lupa dallo sguardo tagliente e dai lunghi capelli grigi che le coprivano la schiena come un mantello, conferendole un'aria selvaggia. Era l'unica lupa, oltre a Dymfna la traditrice, a essere membro del Consiglio.

Navar era un lupo allampanato nella sua forma umana e aveva tutt'altro che l'aria di un guerriero. In effetti era uno studioso e trascorreva la maggior parte delle sue giornate fra i libri, facendo ricerche.

Leon, Cor e Ajar erano stati tre gloriosi guerrieri, in passato, che avevano addestrato giovani lupi e preparato i nostri eserciti alle battaglie. Ora, come membri del Consiglio, erano tre lupi influenti, ciascuno con alle spalle più di un secolo.

Leon, nonostante il suo nome, era esile e minuto in forma umana, le cui fragili sembianze nascondevano però una forza inaudita. Gli occhi neri erano sempre attenti e non si facevano sfuggire nulla, mentre il volto, pallido e segnato dal tempo, era addolcito da capelli grigi e ondulati che raggiungevano le spalle.

Cor e Ajar avevano mantenuto il fisico massiccio degli anni più fiorenti. Alcuni sostenevano che, moltissimi anni addietro, avessero convinto un mago potente a fare qualche incantesimo ai loro corpi per mantenerli così. E conoscendoli la cosa non mi avrebbe stupito.

Erano scaltri, intelligenti e alleati nel cercare di ottenere il maggior potere possibile su ciò che accadeva a Imperia. Ma nonostante ciò erano anche dei lupi giusti e si erano sempre rivelati dei validi consiglieri.

Cor, nel suo corpo senza tempo, dagli occhi azzurro pallido, la carnagione bronzea e dai corti capelli neri, era l'opposto di Ajar. Quest'ultimo aveva infatti un colorito pallido e lunghi, stopposi capelli rossicci e occhi opachi che parevano vuoti e privi di luce.

Dovevo cercare di fidarmi di tutti loro, nonostante quello che era appena successo, altrimenti le cose non sarebbero andate mai bene.

Dopo diverse ore di discussioni decidemmo finalmente il da farsi.

Rimaneva in sospeso solo la questione del mago e di Aurora. Avevamo concordato una nuova riunione per il giorno seguente e, nel frattempo, ognuno sapeva esattamente cosa fare.

La stanchezza stava calando e la pesantezza delle ultime ore era come piombo.

Dopo il termine della riunione incontrai il guaritore di Corte e, con estremo sollievo, mi sfilò il residuo fastidioso della battaglia. Sapevo che l'indomani della ferita non ci sarebbe più stata traccia grazie alla capacità di rigenerarsi del mio corpo. Sal mi stava ancora seguendo come un'ombra quando decisi infine che avrei raggiunto le mie stanze per riprendere fiato.

«E la ragazza, Tor?» mi disse.

«Andrò a vedere come sta, poi mi sposterò nelle stanze accanto» risposi infastidito.

Non capivo il suo interesse al riguardo.

«Ha delle potenzialità enormi a quanto sembra. So che esiste un legame tra voi, ma dobbiamo stare attenti: appena si spargerà la voce della sua presenza qui, ci saranno delle reazioni e credo che la maggior parte non saranno positive.»

«Lo so, ma come ho detto al Consiglio lei è sotto la mia protezione e al momento è quasi del tutto indifesa. Non conosce nulla della sua natura ed è mia intenzione aiutarla a scoprire almeno il suo lato di lupo e istruirla riguardo questo mondo.» Capivo cosa voleva Salem ma avrei fatto a modo mio questa volta. *«Il nostro popolo le ha fatto un enorme torto in passato e, per quanto possibile, vorrei rimediare. Ora sono io l'Alfa e sanerò gli errori*

commessi da mio padre, se potrò farlo» terminai deciso.

Su quell'argomento non avrei accettato discussioni.

Sapevo bene che l'esistenza di una creatura, che era per metà lupo e per metà mago, avrebbe suscitato reazioni forti, ma lei non era colpevole di nulla e meritava di avere la possibilità di scoprire se stessa. Per questo avevo già deciso di istruirla personalmente e guidarla io stesso alla scoperta del suo lato di lupo.

«So cosa pensi Tor, e so che Bryn, come tutti i lupi che hanno deciso di non combattere, ha subito un'ingiustizia quando è stato esiliato. Le cose in questo momento però sono gravi e riguardano tutto il nostro popolo. Con la presenza di Aurora le acque si animeranno ulteriormente» insistette Sal.

«Proprio per questo al momento rimarrà al castello. Cercheremo di tenerla lontana dal resto fino a quando non avrà compreso di più su questo mondo e su se stessa.»

«Più tardi parleremo anche col mago» aggiunsi. *«Ora vai pure, Salem: raggiungerò le mie stanze da solo.»*

Lo vidi guardarmi per un lungo istante prima di annuire.

«Sono certo che troverai il modo di far fronte a tutto e condivido le tue idee, mio Signore, ma non vorrei mai ti facessi carico di fardelli che non sono i tuoi, oltre a tutto il resto.»

Soppesai le sue parole. Mio padre aveva fatto le sue scelte con Bryn e gli altri lupi, a me spettava farlo con Aurora.

«So che non è il momento per dirlo, ma sono felice che sia tu l'Alfa in questo momento, perché sono convinto che con te al comando potremo far fronte a qualunque difficoltà» terminò, chinando la testa in modo formale. Poi in silenzio si voltò e ripercorse i suoi passi.

Salem era un guerriero e un amico insostituibile, ma la sua considerazione per me era troppo alta, ne ero certo. Quello che aveva appena detto mi faceva molto piacere, ma la preoccupazione per la guerra, senz'altro alle porte, era più forte.

In pochi minuti raggiunsi le mie stanze e mi bloccai sulla porta.

Era sorprendente quanto fosse diventato facile per me riuscire a sentire un'altra creatura; per quanto riguardava Aurora, poi, non avevo neppure bisogno di concentrarmi troppo.

Tutti i lupi erano in grado di sentire le emozioni particolarmente forti: paura, dolore, gioia. Io, invece, ero arrivato a portare questa percezione a livelli altissimi: percepivo in tutto e per tutto le creature che mi stavano intorno, a patto che mi concentrassi.

Ora udivo il suo battito regolare provenire dalla camera, sorprendentemente vicino alla porta. Il ritmo del suo cuore mi fece supporre che stesse dormendo, così, cercando di non far rumore, entrai piano nella stanza.

Era sdraiata sul grande divano, tutta rannicchiata su se stessa, con i capelli chiari scompigliati intorno al viso. Vederla così mi fece un'immensa tenerezza: sembrava un cucciolo indifeso scaraventato precocemente nel bel mezzo di una battaglia, che al suo termine era crollato.

Sentii un groppo in gola e il desiderio di proteggere quel cucciolo a ogni costo aumentò. Non capivo quell'istinto di protezione nei suoi riguardi, eppure era vivido e persistente.

Guardai i lembi della gonna di Drina che si erano attorcigliati sulle gambe affusolate, scoprendole. Dovevo provvedere a farle avere degli abiti nuovi, decisi. Il fascino di quella creatura era indubbio ma il vestito, per quanto le stesse bene, non l'avrebbe aiutata a passare inosservata all'interno del castello.

Mi resi conto che al suo risveglio avrebbe avuto sicuramente fame, dunque il mio riposo poteva aspettare. Mi diressi in silenzio verso la porta: avrei prima provveduto alle sue necessità.

AURORA

Mi svegliai di colpo sentendo un fruscio intorno a me che mi fece scattare in piedi.

Rimasi bloccata un istante: dove cavolo ero?

Stavo dormendo su un divano. Poi ricordai…

Dire che avevo il cervello in tilt era poco, ma non ci badai perché non ero sola nella stanza.

Appiattita contro una parete c'era una ragazza avvolta in un abito che sembrava un'uniforme grigia e bianca.

Gli occhi cerulei erano sgranati e mi guardavano con stupore.

Poi sembrò rianimarsi e si fece avanti.

«Il mio Signore Tor mi ha fatto portare del cibo e qualche vestito per voi» disse tenendo gli occhi bassi.

Alla parola cibo il mio stomaco brontolò e avvertii un odorino delizioso provenire dal tavolino davanti a me. Se non fosse stato per la ragazza che avevo davanti, mi sarei fiondata sul vassoio coperto che aveva portato.

Ora potevo dire tranquillamente che avevo una fame da lupi, pensai ironica.

La ragazza però continuava a restare lì immobile, con lo sguardo basso: sembrava avere paura di me. Questa era davvero bella!

Ovviamente quella ragazza era un lupo a tutti gli effetti, come tutti gli abitanti di Imperia d'altronde, quindi non capivo perché fosse così titubante.

«Grazie, sei stata molto gentile» risposi.

Alle mie parole la sua testa si sollevò con espressione stupita.

Ma che problemi aveva? Cosa credeva, che fossi un mostro? Mi soffermai un istante su quel pensiero. Forse sì, in effetti poteva pensarlo tranquillamente.

«Io mi chiamo Rori: dammi del tu. Come ti chiami?» chiesi, cercando di sorridere.

A questo punto la bocca della ragazza si aprì senza emettere suono. La sua reazione era una doccia fredda: ma qualcosa mi diceva che d'ora in poi avrei dovuto farci l'abitudine. Non sapevo se piangere o ridere.

«Il mio nome è Elga!» esclamò rianimandosi. «Non sembrate pericolosa» aggiunse cauta.

Forse un po' per la sua espressione, un po' per tutta la situazione, unita alla frustrazione, scoppiai a ridere.

Elga intanto continuava a guardarmi, mentre la sua bocca era tornata ad aprirsi.

«Fai molta più paura tu a me, insieme a questo posto, fidati. E poi quanto all'essere pericolosa, non lo so… mi conviene farti credere di esserlo anche se non è così? Perché in tal caso ti dico subito che sono pericolosissima!» affermai accigliata ma sorridendo.

Elga rimase immobile, poi il suo viso spigoloso si distese in un lento sorriso.

«Siete simpatica! Se volete vi aiuto a provare i vestiti» si propose subito dopo, come ansiosa di rendersi utile.

Sembrava curiosa e speranzosa, ora. Il mio stomaco brontolò di nuovo, stuzzicato dal profumino che arrivava dal vassoio.

«Se non ti dispiace, posso prima mangiare qualche cosa? In due giorni ho mangiato solo delle bacche, che non so bene come si chiamino, e ho così fame che potrei mangiare il tavolo!» risposi imbarazzata.

Tanto il brontolio l'aveva sentito sicuramente anche lei.

La ragazza sgranò di nuovo gli occhi e si precipitò al vassoio, sollevando il coperchio.

«Ma certo, scusatemi!» disse arrossendo fino alla radice dei capelli castani raccolti sulla nuca.

Il delizioso profumo proveniva da una ciotola contenente una sorta di poltiglia marrone che sembrava vagamente una zuppa densissima. Sul piatto vicino c'erano vari tipi di carne, tra le quali un pezzo mi pareva particolarmente al sangue, per non dire crudo, con verdure colorate che non avrei saputo identificare.

Infine, nell'ultimo piatto, erano disposte tre enormi fette di torta e della frutta. Tutta quella roba bastava per tre persone, peccato che l'unica portata che mi sembrava invitante fosse la torta e la frutta, anche se da ogni piatto si levava un profumino delizioso.

Forse un pezzetto di carne lo avrei assaggiato ugualmente, decisi, ma quella specie di zuppa densa e scura non mi ispirava affatto. In ogni caso non avrei potuto comunque mangiare tutto quel cibo.

Elga indicò la poltiglia color terra. «Vi consiglio di provare lo spezzatino: è buono ed è una specialità di Ivor, il cuoco.»

Mi guardava con un sorriso timoroso e speranzoso nel contempo, quindi bene: ero fregata. Ora mi sarebbe toccato mangiarla per forza. Non volevo fare la schizzinosa ed Elga sembrava ci tenesse.

Allungai una mano verso la strana pietanza, mentre con l'altra recuperavo un cucchiaio.

«Non ve ne pentirete, lo spezzatino d'interiora è proprio delizioso!» disse raggiante, mentre io sbiancavo.

Spezzatino di che cosa? Rimasi lì a fissare la zuppa, mentre la ragazza continuava a guardarmi.

Non potevo mangiare quella roba o avrei vomitato un secondo dopo averla messa in bocca, lo sapevo! Dannazione, non volevo neppure offendere Elga però.

E va bene, mi dissi, che male poteva farmi? Alla fine era cibo: ne avrei assaggiato un cucchiaio.

Quando infilai la prima cucchiaiata in bocca mi parve impossibile che quella poltiglia avesse un sapore così delizioso. Aveva un gusto avvolgente di spezie e carne. Certo, sapere che quelle erano le viscere di qualche povero animale mi faceva schifo, ma era così buono che quel pensiero finì in secondo piano mentre facevo sparire la poltiglia marrone.

«Caspita, avevi ragione Elga: era veramente buono!» esultai con la pancia piena.

Un sorriso comparve sul volto della ragazza:

«Lo avevo detto io, ora provate la carne, è spettacolare; per non parlare del dolce di bacche!»

Veramente credeva che avrei mangiato tutta quella roba?

«In realtà sono già sazia, magari più tardi assaggerò una fetta di dolce, ma adesso non mi entra più neppure uno spillo.»

«Ma come? Non potete avere le forze per stare in piedi solo con quello, siete sicura?» chiese con espressione stupita.

«Sì, ho mangiato anche troppo. Ora, se ti va, possiamo provare i vestiti.»

Alle mie ultime parole s'illuminò di nuovo.

«Ma certo! Li ho sistemati nell'altra stanza. Ho portato un sacco di cose. Mi è stato detto che eravate piccolina, ma non pensavo foste proprio uno scricciolo: forse ci sarà qualche problema con la misura» m'informò pensierosa.

Il timore di poco prima sembrava svanito del tutto, notai soddisfatta.

«Non preoccuparti: non ho troppe pretese, mi basta poter star comoda» risposi, alzandomi e sgranchendo le gambe, mentre sentivo il suo sguardo su di me.

«Se posso permettermi, siete molto bella... sembrate una fata!» disse poi con ammirazione, sorprendendomi.

«Grazie Elga, sei molto gentile, ma ho sempre pensato che la bellezza dell'animo sia più importante» dissi imbarazzata. «Inoltre credo sia solo merito del vestito, che per altro mi è stato prestato» aggiunsi, cercando di concludere il discorso.

La vidi sorridere senza dire nulla mentre si avviava nell'altra stanza. La seguii fino all'enorme letto accanto alla finestra.

Prima di scegliere di sdraiarmi sul divano avevo dato un'occhiata in giro. Mi ero lavata nell'enorme bagno, che era provvisto persino di una specie di vasca scolpita nella pietra a pochi centimetri sopra il pavimento, con acqua calda e sapone profumato. Tuttavia avevo deciso che non era il caso di usare il letto di Tor, così avevo ripiegato sul divano, che aveva comunque un'aria accogliente.

Elga stava dividendo i vestiti in due pile. Alla fine sollevò in aria un paio di pantaloni blu scuro e una camicia ampia, dal tessuto impalpabile color panna, con aria soddisfatta.

«Provate questi! Dovrebbero andarvi bene e sono anche comodi. Da come vi muovete non amate molto le gonne, mi sembra di capire» disse indicando le mie mani che si erano spostate in automatico a tenere uniti i lembi dei profondi spacchi.

«Sei forse una veggente?» chiesi sorridendo, prendendo i vestiti dalle sue mani.

Elga sorrise e mi aiutò a togliere l'abito dalla testa. Infilai i pantaloni, che si rivelarono morbidissimi e aderivano perfettamente alle mie gambe, anche se erano un po' troppo lunghi.

Indossai poi la camicia dalle maniche vaporose, mi stava a pennello!

I bottoni sembravano di madreperla e luccicavano mentre li abbottonavo. Elga mi diede anche un maglioncino panna senza maniche, lungo fino alle ginocchia, con un cappuccio allungato sulle spalle. Sembrava un incrocio tra un maglione e un mantello, notai.

«Vi sta benissimo!» disse Elga, battendo le mani felice.

Quei vestiti non erano certo la mia tuta preferita, ma erano comodi e molto belli.

«Grazie di nuovo Elga per avermi aiutata e aver scelto questi per me.»

«Non vi preoccupate signorina Rori, è stato un piacere. E poi è il mio lavoro» mi informò porgendomi un paio di stivali che arrivavano al polpaccio e una cintura.

«Quindi lavori qui? Di cosa ti occupi?» chiesi, mentre infilavo la cintura nei passanti.

«Mi occupo delle camere di Sua Maestà Tor e di ciò di cui ha bisogno quando è qui. Inoltre dirigo le mansioni nelle cucine, ma solo da poco. Sono stata onorata quando ha scelto me, tra tante cameriere che ci sono al castello» rivelò orgogliosa.

Elga era una piacevole compagnia, ma dopo aver preso confidenza iniziò a parlare a rotta di collo mentre sistemava i vestiti nell'armadio. Mi illustrò per sommi capi come procedeva la vita al castello e quanto le piacesse stare qui.

Prima di andarsene era anche riuscita a convincermi a prendere ben due enormi fette di torta, mentre la frutta aveva deciso di lasciarla sul tavolino, nel caso avessi avuto fame. Infine mi aveva spiegato che vicino alla finestra si trovava una cordicella: nel caso avessi avuto bisogno di qualunque cosa, mi sarebbe bastato tirarla e lei sarebbe arrivata subito.

Prima di uscire s'inchinò, sorridendo.

Ora ero sola e ben sveglia in quella camera enorme.

Tutto quello che mi aveva raccontato Tor qualche ora prima cominciò a frullarmi in testa ma bloccai i pensieri. Non volevo pensarci adesso, non volevo pensarci proprio, perciò mi diressi alle finestre per guardare fuori.

Mi accorsi che queste davano su un enorme giardino che non avevo visto al mio ingresso. Quindi le camere del lupo Alfa non si affacciavano sull'entrata principale del castello, notai.

Stavo studiando le piante e i cespugli colorati da un bel po', affacciata al vetro. Mi ero persa ad ammirare quel paesaggio, quando ebbi la stranissima sensazione di non essere più sola nella stanza.

Drizzai le orecchie senza girarmi: non avevo sentito la porta aprirsi, né alcun rumore di passi, ma in qualche modo sapevo di non essere più sola. Poi lo sentii: un respiro lento, non lontano da me.

Lì c'era qualcuno!

Nel voltarmi scorsi una figura vicino al tavolino: il mago dai capelli color argento che era apparso nell'ingresso. Perché era qui?

«Finalmente ci rincontriamo» disse con voce ferma ma gentile, mentre i suoi occhi d'acquamarina mi studiavano.

«Come ti chiami?» chiese poi, muovendo un passo verso di me, mentre io ne feci uno indietro.

Tor sapeva che si trovava qui? Probabilmente no.

«Hai un grande potere che sembra tu non sappia usare bene, giusto? A che famiglia appartieni?» chiese ancora, continuando ad avanzare.

Il suo viso sembrava un'opera d'arte. A vederlo da vicino, era in assoluto il più bell'uomo che avessi mai incontrato, mi risultava quasi difficile distogliere lo sguardo da quel volto che sembrava uscito da una rivista di moda. I modelli erano così belli nelle foto grazie a Photoshop... ma qui non c'erano trucchi o ritocchi, e stava davanti a me in carne e ossa! Dall'aspetto sembrava avvicinarsi alla trentina d'anni, forse qualcuno in meno, presi nota, mentre continuavo a guardarlo come una ragazzina invasata davanti al suo cantante preferito. Mi sentivo un idiota, ma non potevo farne a meno. Sbattei le palpebre riprendendomi dallo stupore.

Non avvertivo nessuna sensazione sgradevole in sua presenza, ma sapevo che qualunque creatura in quel mondo era per me potenzialmente molto pericolosa, ad eccezione di Tor.

Mi credeva una maga, dedussi. Una sua simile! In effetti in parte aveva ragione, ma cosa diavolo dovevo fare? Non potevo fidarmi e raccontargli la verità: non ero così stupida.

«Perché ti interessa e perché sei qui?» chiesi invece cercando di rimanere calma.

Ryu non si mosse, ma continuò a guardarmi con ancora più interesse, come se cercasse di vivisezionarmi con gli occhi.

«Strano, pensavo che lo sapessi.»

Cosa? A che diamine si stava riferendo? Io non sapevo un bel niente!

«Hai spezzato l'incantesimo o te ne sei già dimenticata?» continuò, sollevando un sopracciglio e sorridendo, come se stesse giocando a chissà quale giochino.

«Non so usare la magia, almeno non in maniera consapevole» decisi infine di ammettere. «Quindi non posso aver fatto nulla.»

Potevo dirgli delle mezze verità senza spiegare il perché, decisi.

Lo vidi incupirsi.

«Non capisco perché tu stia continuando a fingere: non ha molto senso, ragazzina. Hai spezzato un incantesimo che mi era stato lanciato cinquant'anni fa. Sei stata tu a farlo, prima, al mercato.»

Sembrava infastidito dalle mie parole.

Avrei fatto cosa? Poi, come un flash, mi tornò in mente un'immagine.

Guardai il mago davanti a me.

La sensazione di familiarità che avevo provato nell'atrio era tornata. Io l'avevo già visto, mi resi conto sconcertata. Ma com'era possibile?

«Tu sei l'uccello sul banco al mercato!» esclamai stupita ad alta voce, per pentirmene un secondo dopo vedendo la reazione del mio interlocutore.

Quest'ultimo avanzò ancora.

«Non è possibile che tu abbia rotto un incantesimo senza saperlo!» disse con una vena di collera nella voce. «Perché ti stai prendendo gioco di me? Sono in debito con te, conosci perfettamente i nostri usi, ma questo modo di fare non mi piace. Non ti giudico per aver legato con i lupi, ma non prendermi in giro!»

Sembrava veramente colpito e arrabbiato.

Riflettei un attimo. Avevo avuto la fortuna d'incontrare un mago, nonostante Tor dicesse che erano estinti. Per di più diceva di essere in debito con me. Forse avrebbe potuto aiutarmi a capire una parte della mia natura. O forse no, ma non avevo nulla da perdere e dovevo considerare che aveva cercato di aiutarmi, poche ore prima. Avrebbe potuto andarsene tranquillamente, invece era tornato a cercarmi.

Anche se non fossi stata io a spezzare l'incantesimo, non potevo lasciarmi sfuggire l'occasione di trovare altre risposte.

Inspirai lentamente, preparandomi a parlare.

«Mi chiamo Aurora» iniziai titubante.

Ryu si rilassò in un attimo, guardandomi attento e cambiando espressione.

Accennò un sorriso. «È un bellissimo nome.»

Non sapevo bene cosa raccontargli.

«Ho passato quasi tutta la mia vita in un posto diverso da questo» iniziai, ma mi resi subito conto che non poteva capire cosa volevo dire.

«In un mondo diverso, intendo» precisai.

Alle mie ultime parole socchiuse gli occhi, come se si stesse concentrando su ogni sillaba che usciva dalla mia bocca.

«Nel mondo dal quale provengo non ci sono lupi né maghi o altre creature strane, solo esseri umani. Non sapevo di appartenere a questo posto.»

Presi fiato, cercando di vedere qualche reazione nel mio interlocutore, ma questo continuava a guardarmi in silenzio.

«Negli ultimi tempi ho iniziato a fare sogni stranissimi: vedevo queste foreste, creature che non avevo mai visto e lupi» spiegai. «Ieri stavo sognando e ho visto Tor in difficoltà, così mi sono ritrovata a desiderare di poterlo aiutare e come per magia mi sono ritrovata nella radura, dove c'era il lupo che stava combattendo contro dei Lord di Ferro.»

La mia mente richiamò le immagini di quelle prime ore e un brivido mi scosse al ricordo dei mostri alati.

«Non so come, ma sono anche riuscita a guarire Tor semplicemente desiderando che la sua ferita si rimarginasse» lo informai.

«I lupi mi hanno spiegato più o meno cosa successe tra loro e i maghi, affermando che ero in grado di usare la magia.»

Alla fine quella prima ipotesi non era stata poi tanto lontana dalla realtà.

«Tor mi ha offerto il suo aiuto e la sua ospitalità, dicendomi che saremmo venuti a Imperia, dove avremmo cercato delle risposte. Dovevo passare inosservata nella città, fingendomi un lupo per raggiungere il castello in tranquillità. Quando ho attraversato il mercato ero incuriosita da tutto quello che vedevo: non conosco questo mondo, per me è tutto strano e sconosciuto» sospirai.

«Vedendo la tua gabbia ho provato una grande tristezza. Così ho pensato che avrei voluto liberarti, ma poi ho dovuto proseguire. Sempre se tu sei veramente il rapace che ho visto» inspirai a fondo, senza guardarlo più. «Pochi minuti dopo essere arrivati a palazzo è iniziato l'attacco, da quel che ho capito. Allora sei comparso tu e dopo la battaglia sono stata portata qui. Questo è tutto e non sto facendo nessun gioco.»

Avevo omesso moltissime cose e speravo che più o meno il racconto fosse stato comprensibile. Mi decisi a sbirciare la sua reazione e vidi una nuova luce in quei freddi occhi d'acquamarina.

«Grazie per avermi raccontato queste cose, Aurora. La tua storia è stata molto illuminante, anche se credo ci sia dell'altro.»

La sua voce era gentile e piacevole alle mie orecchie.

«L'Alfa attuale è diverso dal padre, ma dare protezione in questo modo a una ragazza che non appartiene al suo popolo è troppo anche per lui, contando anche il fatto che sei una maga. Quindi dev'esserci dell'altro. E poi c'è qualcosa in te di molto insolito.»

I suoi occhi continuavano a scrutarmi come fossi un dado truccato durante una partita d'azzardo, e la paura iniziò a salire.

«Quindi lui suppone che tu in realtà appartieni a questo mondo e ora, per qualche strano motivo, sei riuscita a farvi ritorno?»

«Penso che più o meno sia così» annuii cercando di restare calma.

«Sei una maga, ma nessuno ti ha mai insegnato a usare la magia, giusto? Per di più la stai anche usando inconsapevolmente, il che non è detto che sia proprio un bene.»

«Quindi tu sei davvero il rapace che ho visto al mercato?»

Calò un attimo di silenzio prima che Ryu mi desse una risposta.

«Cinquant'anni fa un mago molto potente mi ha mutato nell'uccello che hai visto, condannandomi a passare tutta la mia vita da immortale in quella forma.»

«Quindi sei immortale?» lo interruppi stupita.

«Anche tu lo sei, Aurora, come tutti i maghi, sempre se sei una maga. Questo non vuol dire che non possiamo morire. A meno che qualcuno non ponga fine alla nostra vita, il nostro corpo non invecchierà mai.»

Ero sbalordita. Ma per i lupi era lo stesso? E a me, che non ero né l'uno né l'altro, cosa sarebbe successo? Mi persi per un istante in quel gomitolo di pensieri.

«Ormai siamo in pochi a essere sopravvissuti: il nostro popolo è quasi del tutto estinto dopo l'ultima Grande Guerra» aggiunse Ryu con un sorriso amaro.

«Non incolpo i lupi per quello che è capitato, ma i desideri vili che risiedono in ogni creatura: sono questi i veri colpevoli di ciò che è successo alla nostra gente.»

«Ma perché è stata lanciata la maledizione?» domandai senza potermi trattenere.

Gli occhi di Ryu si scurirono mentre affondavano nei miei.

«Questa è una storia lunga. Ciò che posso dirti è che i desideri oscuri e l'egoismo non possono portare altro che dolore e morte. È stato proprio questo ad aver causato la rovina del nostro popolo. Forse la tua famiglia ha voluto proteggerti da tutto ciò mandandoti lontano e dandoti la possibilità di vivere in pace» ipotizzò osservandomi.

«Forse» risposi laconica.

All'improvviso udii un gran trambusto provenire dal corridoio e nel giro di qualche secondo Tor piombò nella stanza, con le zanne scoperte e un basso ringhio che nasceva in gola.

Dietro di lui c'erano quattro lupi, tra i quali riconobbi Salem.

In un istante si mise tra me e Ryu. Stava tremando mentre il basso ringhio diventava sempre più forte. Non l'avevo mai visto così! Era come stesse cercando di riprendere un controllo che aveva perso.

Ryu, intuendo la minaccia, aveva cambiato espressione: adesso sembrava pronto a combattere. Teneva le mani leggermente sollevate mentre il volto era rigido. Nella mia mente l'immagine di un cobra reale, pronto a scattare verso la preda, si sovrappose per un istante a quella del mago. Tremai, perché intuii che sapeva essere letale più del serpente, ma sentivo che non avrebbe attaccato per primo.

Quello che mi preoccupava era Tor. Continuava a tremare come perso in una folle rabbia che tentava invano di controllare. Sembrava che qualcuno avesse azionato una bomba e, poco dopo, qualcun altro avesse deciso che non poteva più esplodere.

Vidi Salem avanzare piano verso di noi.

«Mio Signore, sembra che la ragazza stia bene» lo sentii dire.

Ma la voce di Sal non sembrò sortire alcun effetto.

Era come se Tor stesse combattendo disperatamente dentro di sé per evitare di attaccare Ryu.

Mi rendevo conto che la sua battaglia interna non stava volgendo per il meglio e vederlo così mi faceva tremare le ginocchia. L'avevo visto combattere ma vederlo arrabbiato e con una furia omicida negli occhi, pronto a uccidere, mi riempiva di terrore.

Con le ginocchia traballanti mi sforzai di fare un piccolo passo verso il lupo nero. Ero certa che non mi avrebbe mai fatto del male, così mi feci forza e allungai una mano fino a sfiorare la sua schiena. Affondai le dita nel folto pelo e un lungo brivido percorse le mie spalle, ma era una sensazione piacevole, non di paura.

«Tor?» mi limitai a chiamarlo.

In un attimo smise di tremare e si voltò verso di me. Gli occhi ambrati mi studiarono attenti e poco dopo poggiò la grossa testa sulla mia, come una mamma che, dopo aver ritrovato il proprio bambino allontanatosi per sbaglio, lo abbraccia sollevata.

«Voleva solo parlare con me» bisbigliai. «Senza volerlo ho spezzato un incantesimo che lo imprigionava, per questo è qui» spiegai sottovoce, ma avevo la strana sensazione che quelle creature fossero tutte capacissime di sentire le mie parole.

Dannazione a loro e alla mia privacy, che praticamente era scomparsa da quando ero lì.

Dopo qualche istante Tor sembrava tornato quello di poche ore prima. Fece uscire gli altri lupi dalla stanza, eccetto Salem.

Iniziarono a parlare e Ryu spiegò la sua storia. I racconti del mago, mi accorsi, lasciarono Tor e Salem sbalorditi. Per quanto mi riguardava, ogni sua parola era qualcosa di sorprendente.

Aveva vissuto come un rapace per gli ultimi cinquant'anni e un commerciante era riuscito, poco tempo addietro, a catturarlo per poi metterlo in vendita al mercato, insieme ad altri animali rari.

Il fatto che fosse un uccello gli aveva permesso di viaggiare di popolo in popolo senza difficoltà e sapeva moltissime cose sulle varie alleanze.

«Se sono riuscita a spezzare il tuo incantesimo sarei in grado di spezzare anche la maledizione di Tor?» chiesi d'istinto quando quell'idea mi balenò in mente.

Ryu si scurì in volto:

«È molto diverso e più complesso. Una maledizione è difficile da spezzare e non tutti possono farlo: a volte lo sforzo rischia di prosciugare il mago dalle sue energie vitali e questo comporta anche la morte. Ma è impossibile da spiegare a chi non sa nulla di magia. Certo è che non ti basterà desiderarlo perché accada: è molto più complesso.»

«Capisco.» Sospirai abbattuta.

Tor invece mi diede un buffetto con il muso.

Avevo la stranissima impressione che tutti in quella stanza mi vedessero al pari di un bambino e la cosa mi infastidiva un sacco.

Ryu era l'ultimo discendente del suo ramo di maghi, la sua famiglia era morta durante l'ultima guerra.

Erano riusciti a imprigionarlo nelle sembianze del rapace con l'inganno, al fine di evitare che interferisse in qualche gioco di potere che non capivo.

Sembrava sapere moltissime cose anche sull'attacco di quel giorno, ma era riluttante a parlare.

«Perché non te ne sei andato dopo che hai ripreso le sembianze di mago?» chiesi, interrompendo Salem che continuava a parlare di popoli dei quali non avevo mai sentito i nomi e a bombardare Ryu di domande.

Tor era quello che se ne stava in silenzio e ascoltava senza dire nulla, mentre io continuavo a seguire un mio filo di pensieri.

«Perché mi hai liberato e volevo ringraziarti, ovviamente, anche se non è solo per questo. Cinquant'anni di prigionia in un corpo che non è il tuo ti fanno vedere le cose in modo molto diverso. E poi sono in debito con te e se potrò mi metterò al tuo servizio per potermi sdebitare» m'informò pacato, mentre io sgranavo gli occhi per la sorpresa.

Solo allora Tor parlò:

«Oltretutto, al giorno d'oggi, un mago dove potrebbe andare? Non sarà forse che hai seguito una tua simile pensando di poter trarre qualche vantaggio da questo? O forse, vista la situazione, potrebbe essere un modo facile per scoprire informazioni da poter dare al miglior offerente?»

Una risata argentina scaturì dalla gola di Ryu.

«Certo, è una possibilità, ma le cose non stanno così, lupo. E so che puoi percepire molto delle persone che ti stanno davanti, quindi sai che sono sincero e sono qui per Aurora» disse tranquillo, guardando Tor.

In qualche strano modo sentivo di potermi fidare di Ryu.

«Vorrei dirgli la verità, Tor» annunciai. «È l'unico che può darmi delle risposte sull'altra metà» conclusi guardandolo decisa.

In risposta l'Alfa s'irrigidì. Sembrava restio a fare quello che gli chiedevo, ma era l'unica cosa da fare se volevo delle risposte, e probabilmente anche lui lo sapeva bene.

Tor allora iniziò il racconto, anche se era chiaro che lo facesse controvoglia, ma fui sollevata nel vedere che aveva deciso di rispettare la mia richiesta.

Raccontò del nostro incontro, con molti più dettagli, fino ad arrivare a ciò che aveva scoperto durante l'ultimo Consiglio.

Ovviamente sapevo che Ryu avrebbe potuto reagire male alla scoperta della mia natura, tuttavia speravo con tutto il cuore che non mi avrebbe guardato in modo diverso dopo aver scoperto la verità.

«Ora capisco» disse affascinato al termine del racconto, fissandomi.

Mi sentivo a disagio ma cercai di far finta di nulla e farmi coraggio:

«Hai detto che vuoi sdebitarti con me.»

I suoi occhi attenti non mi lasciavano nemmeno per un istante, ma non disse nulla.

Dunque continuai, spinta dall'istinto:

«Dici che vorresti sdebitarti. Be', ora puoi farlo: insegnami a usare la magia. Raccontami e fammi capire tutto ciò che non so di un popolo che fa parte di me. Aiutami a capire me stessa.»

Avevo appena esternato tutto ciò che mi frullava per la testa.

Non sapevo cosa sarebbe successo da lì alla prossima ora, ma una nuova consapevolezza si faceva strada in me: volevo capire a tutti i costi chi ero.

Questo mondo, al quale chissà perché ero tornata dopo tanti anni, mi chiamava. Lo sentivo in tutto il corpo e ora, per la prima volta, sapevo che potevo fare qualcosa di buono per me e per le persone che mi stavano intorno. Riuscire a comprendermi mi dava una forza nuova, pronta a portata di mano: dovevo solo allungare il braccio per afferrarla.

Adesso sapevo esattamente cosa volevo.

«Allora sarà ciò che farò, Aurora» fece Ryu.

Uno strano sollievo mi pervase, come se sapessi che quello che stava accadendo era giusto.

A quel punto il mago fece un passo verso di me e, ignorando il lupo nero che mi stava vicino, prese la mia mano nelle sue.

Rimasi imbambolata mentre lui stringeva le mie dita e s'inginocchiava davanti a me.

«Da questo istante in poi giuro di servirti ed essere sempre, per te, un aiuto e una protezione» disse con voce vibrante e dolce, ma anche con una solennità che non avevo mai udito. «Il tuo nemico sarà anche il mio nemico, le tue scelte saranno le mie» continuò mentre ascoltavo ammutolita.

«Io, Ryu, discendente della casata dei Laya, ti prometto lealtà e fedeltà fino a quando lo vorrai, mia Signora. A te, e a te sola, che mi hai donato nuovamente la libertà. Oggi decido di vincolarmi, mettendo al tuo servizio la mia magia.»

Appena Ryu pronunciò le ultime parole, le sue mani iniziarono a emanare una luce azzurra, che scomparve dopo qualche istante.

Cosa diamine aveva appena fatto? Cosa significavano quelle parole?

Per tutta risposta lasciò cadere le mie dita.

Sorrise. «Ho voluto rendere il mio vincolo più concreto, usando la magia.»

Un grosso muso nero mi scostò, spingendomi all'indietro e mettendosi tra noi. Per qualche istante non vidi nulla: avevo la faccia schiacciata nel folto pelo del fianco di Tor, che sembrava arrabbiato.

«*Cosa le hai fatto, mago?*»

Ryu pareva infastidito da quel gesto e guardò Tor con volto truce. Quanto a me, mi aggrappai al collo del lupo per cercare di vedere qualcosa. Nella foga di mettersi tra noi era riuscito a farmi arrivare alla parete, conto la quale ero schiacciata dal suo enorme corpo.

«Tor, non mi ha fatto nulla!» assicurai.

«Non le ho fatto nulla» ripeté il mago. «Ho solo legato me stesso a lei usando la magia, oltre alle parole. Queste sono le nostre usanze, lupo.»

«L'unica che può sciogliere il mio vincolo è lei stessa. In questo modo, se mai dovessi venir meno alla promessa fatta oggi, la mia stessa magia si nutrirebbe di me portandomi alla morte. Nel contempo ora potrò trovarla sempre con facilità, raggiungendola in qualunque posto o mondo si trovi» disse, guardandolo storto.

«Un tempo i nostri popoli erano uniti, quindi sai bene quanto conti un debito simile per un mago. E poi anche lei fa parte del mio popolo, quindi queste usanze appartengono anche a lei.»

«Non dimenticare, però, che fa parte del nostro popolo quanto del tuo» fece Tor.

«Peccato che finora il lato che è prevalso sia quello di Nessa; forse la sua natura di maga è più radicata. Non mi pare di aver sentito che Aurora sia mai diventata lupo, né sappiamo se lo potrà mai diventare. Quanto alla magia, posso dire che il suo uso inconsapevole è straordinario.»

Di tutte quelle parole me ne era rimasta in testa solo una: Nessa.

«Conoscevi mia madre?» chiesi con voce tremante.

Quel nome, che a volte zia Penny pronunciava come una supplica, era per me qualcosa di misterioso che però mi toccava l'anima. Udirlo dalla bocca di uno sconosciuto sembrava impossibile.

Le uniche cose che conoscevo dei miei genitori, a parte qualche breve racconto di mia zia su mia madre, erano i loro nomi: Bryn e Nessa. Avevo sempre pensato che pronunciati insieme avessero un suono bellissimo.

Nel giro di qualche ora avevo sentito articolare il nome di entrambi ed era stata una cosa bella, anche se dolorosa. L'invidia mi attanagliò per un istante: loro avevano avuto la possibilità di conoscerli, mentre io non avrei mai potuto farlo.

«Sì Aurora, mi è capitato d'incontrarla, anche se non posso dire di averla conosciuta bene. Era una maga molto capace. Conosco anche in parte la storia che ha raccontato il re dei lupi riguardo te. Molti di noi non credevano possibile che l'unione tra un lupo e un mago potesse generare figli. Tanti erano convinti che quello del bambino fosse solo un pretesto per eliminare una delle famiglie più potenti del nostro popolo, che concorreva alla successione al trono.»

Si fermò un istante, senza distogliere lo sguardo dal mio.

«Ma a quei tempi ero già stato colpito dall'incantesimo, quindi per me era impossibile interagire con loro. Ho vissuto fra la mia gente senza che sapessero chi fossi, fino all'ultima battaglia, poi mi sono spostato nei boschi.»

L'amarezza era dipinta sui suoi bei lineamenti.

«Una nuova guerra è alle porte, mago. Non si tratta più di una disputa fra i nostri popoli, ma di una guerra dove il nemico non è stato ancora individuato, sebbene sappiamo che i Lord di Ferro siano coinvolti. Cosa sai al riguardo?» intervenne Tor.

Ryu spostò le splendide iridi d'acquamarina sul lupo.

«A dire il vero molto poco, anche se, poco prima della mia cattura, ho notato un certo fermento nella foresta, come vi ho già detto. Ero a nord, nelle terre Senza Nome, quando ho visto un villaggio di fate del ghiaccio completamente raso al suolo. Ho creduto che questo fosse un brutto presagio.»

«Le fate del Nord? Ma perché? Sono creature miti!» gli disse il lupo.

«Sì, ma sono anche custodi di molti oggetti magici. Chiunque le abbia attaccate ne è a conoscenza, e ora è, con ogni probabilità, in possesso di quegli oggetti, e sicuramente non tarderà a servirsene.»

Non capivo veramente il senso di quello che stavano dicendo, ma era chiaro che la situazione fosse preoccupante.

Tor si mise a girare per la stanza come una tigre in gabbia.

Fu allora che Salem iniziò ad assumere la forma umana, avanzando verso di me:

«Aurora, posso immaginare come ti senta» iniziò. «Ma vorrei sapere cosa ne pensi e cosa intendi fare, alla luce di ciò che hai scoperto. So che non comprendi appieno la situazione, ma è grave e ti ritrovi ad avere un ruolo importante, che tu lo voglia o no. Il potere di un mago, in una terra dove i maghi sono quasi estinti, è ambito e temuto, specialmente all'alba di una guerra.»

Le sue parole mi lasciarono sbalordita. Tor, nel contempo, si era voltato verso di lui accennando un basso ringhio. Evidentemente doveva esserci stata una conversazione tra loro e Salem stava agendo di sua iniziativa.

Rimasi in silenzio un istante, cercando di riflettere su cosa rispondere. Non era il momento per piangersi addosso perché, nonostante tutto, ero stata fortunata.

Nella mia vita avevo sempre avuto accanto persone che mi avevano amata e non mi era mai mancato nulla, anzi. Ora mi trovavo in questo mondo, che mi aveva vista nascere, e anche se di questo luogo sapevo poco o nulla avrei dovuto prendere una posizione. Dovevo decidere che posto vi avrei occupato.

Era questo che mi chiedeva Salem.

Anche qui la fortuna era stata dalla mia parte e mi aveva fatto incontrare Tor e adesso Ryu. Due creature che, in qualche strana maniera, tenevano a me e avevano deciso di aiutarmi.

Non sapevo nulla degli esseri che vivevano lì, né di quelle terre, ma qualcosa l'avevo scoperta: la verità sulle mie origini, per esempio, e l'amicizia di creature che non avevo mai visto, ma che avevano cercato di proteggermi.

Questo mi diceva molto. Ero stata catapultata in una realtà a me sconosciuta, ma nel contempo avevo la possibilità di conoscere cose nuove, di crescere, e forse di trovare quello che in diciannove anni avevo sempre cercato, senza saperlo. Ora era giunta l'ora di smettere di cercare e desiderare, e iniziare a vivere.

«Quello che intendo fare è ringraziarvi» risposi con semplicità. «Grazie per la vostra gentilezza nei confronti di una sconosciuta; grazie per avermi dato la possibilità di scoprire informazioni su me stessa che ignoravo; e grazie per esservi presi cura di me.»

Guardai Salem. In qualche strano modo mi sentivo forte e sicura di ciò che sentivo nel cuore, anche se di fronte a me avevo creature potentissime e al di fuori di ogni schema.

«Quello che desidero è cercare di comprendere ogni lato di me, scoprire e conoscere un mondo che finora mi è stato sconosciuto e, se sarà possibile, mi piacerebbe aiutarvi» dissi.

«So che sono soltanto parole dette da chi, al momento, non sa neppure badare a se stessa, ma se potrò ricambiare la bontà che mi è stata donata ne sarò felice. Una guerra porta morte e dolore, e se riuscirete a evitarla vorrei contribuire a renderlo possibile. Nel caso in cui doveste combattere, vorrei potermi rendere utile.» Mi fermai e inspirai a fondo, cercando le parole giuste per proseguire.

«Non voglio essere un peso, né accettare la gentilezza e l'ospitalità che mi vengono date senza poter ricambiare. Nonostante le nostre strade si siano incontrate da poco, ho visto in Tor solo del bene e non vorrei schierarmi da nessun'altra parte se non dalla sua» terminai decisa.

Sal sorrise e abbassò il capo. Sembrava stupito ma anche compiaciuto delle mie parole. «Ti ringrazio per la risposta sincera. In un certo senso siamo noi a doverti ringraziare, ma lo capirai. Aver guarito un lupo che rischiava di morire è già stata una cosa grandissima, mentre ci sono stati nostri simili, lupi come noi, che hanno tradito e ucciso, oggi.»

Calò un lungo momento di silenzio dove avvertivo gli occhi di tutti puntati su di me. Il lupo di cui parlava era ovviamente Ed. Dunque sapeva.

«E tu, mago, cosa intendi fare?» chiese ancora Sal.

«Ho già detto cosa farò, lupo» fece Ryu impassibile. «Seguirò Aurora in qualunque sua scelta. Se lei vorrà aiutarvi, io vi aiuterò; se vorrà andarsene, la seguirò; e se vorrà combattervi, vi annienterò per lei.» Sorrise sardonico.

Se Salem e Tor furono colpiti dalle sue parole, nessuno dei due lo diede a vedere.

«Non era quello il senso della sua domanda, Ryu dei Laya» intervenne Tor pacato.

«I nostri popoli si sono affrontati per quasi duecento anni e la maggior parte dei lupi sopravvissuti alla guerra vede ancora il tuo popolo come un nemico. Credo valga la stessa cosa per ogni mago ancora in vita.»

Un brivido gelido mi percorse le ossa all'idea che dopo vent'anni, il rancore tra lupi e maghi fosse ancora talmente vivo.

«Noi ne siamo usciti vincenti, ma in realtà nessuno ha vinto: per ogni vita spezzata abbiamo perso, così come avete perso voi» continuò l'Alfa. *«Ora la guerra è finita ed è tempo di cancellare questo astio sterile che cova negli animi di entrambi gli schieramenti. Tutti abbiamo sofferto e perduto persone a*

noi care. So che può sembrare facile per me parlare così, ma non lo è: io sono stato condannato a subire le conseguenze di una guerra iniziata da altri. Penso tu possa comprendere bene cosa voglia dire essere privati di una parte di se stessi e passare l'esistenza senza poter vivere il proprio lato umano. Tu ora sei libero, e capisco la riconoscenza che provi verso colei che, senza alcun interesse, ti ha donato questa libertà. Io, invece, continuerò a portare il peso di una guerra finita finché avrò vita.»

Il volto di Ryu aveva mutato espressione. Aveva ascoltato ogni parola pronunciata da Tor e sembrava osservarlo con sguardo diverso.

«Ora capisco come hanno fatto i lupi a vincere, dopo la morte di tuo padre: con la guida di un Alfa di questa portata è difficile perdere.»

«Hai combattuto i lupi e ora decidi di essere un nostro alleato, nonostante quello che è successo al tuo popolo?» chiese invece Tor con voce dubbiosa.

«In realtà ho pagato un caro prezzo per il mio desiderio di pace» rispose secco Ryu.

«Molti di noi volevano che la guerra finisse, così si crearono due schieramenti. Da un lato c'era chi voleva vedere sterminato ogni lupo, e dall'altro chi vedeva questa guerra come un gioco di potere vuoto, che aveva perso da tantissimi anni le motivazioni che avevano portato allo scontro. Io appartenevo a quest'ultima fazione. Tradito dalla mia stessa gente sono stato mutato in un animale perché temevano il mio potere. Questa risposta ti soddisfa?» concluse Ryu.

«Ti ringrazio per la sincerità. Sì, era questa la risposta che volevo: capire il tuo pensiero, la tua posizione, a prescindere da Rori. Sarò lieto se vorrai diventare un nostro alleato e amico, come lo fu il tuo popolo più di duecento anni fa, Ryu dei Laya.»

Nelle stanze di Tor l'atmosfera era più leggera e ora mi sembrava di poter percepire una cosa nuova: la speranza.

Erano passate quasi tre settimane dal mio arrivo a Imperia, eppure mi sentivo un pesce fuor d'acqua come quando ero arrivata. Ciò nonostante, mi sembrava fossero trascorsi mesi, anziché settimane.

La mia conoscenza di ciò che mi circondava era cresciuta in maniera esponenziale anche se, nonostante il mio impegno, non ero ancora riuscita a usare la magia in modo decente da quando avevo guarito Edgar. Ryu non diceva nulla, appariva spiazzato. Secondo lui la magia era come una parte del corpo invisibile, che fluiva dentro i maghi, un po' come gli organi interni del nostro corpo; solo che, a differenza di questi, si poteva controllarne il funzionamento. Io iniziavo a nutrire forti dubbi che per me le cose funzionassero nello stesso modo, come per un mago "normale".

Allo stesso tempo, le poche lezioni fatte con Tor avevano portato a risultati strabilianti: padroneggiavo i miei cinque sensi in un modo per me sorprendente. Era bellissimo, percepivo tutto come amplificato.

Per non parlare poi del mio corpo che, anche se esile, grazie ai duri allenamenti nel campo d'addestramento del castello si stava irrobustendo in modo notevole, nonostante all'apparenza apparisse immutato. Per la prima volta nella mia vita, anche se tutto il contesto era difficile da accettare, andavo a letto felice, aspettando con trepidazione la giornata successiva.

Mi sforzavo di non pensare a casa, alla zia e ad Ame. Non potevo fare nulla per comunicare con loro. Ryu non aveva idea di come fare per raggiungere il posto che avevo chiamato casa per diciannove anni, ma sapevo che, a parte la mia assenza, non avevano motivo di stare male. Così cercavo di non pensarci e di focalizzarmi sull'attimo che stavo vivendo.

Avevo imparato a muovermi nell'immenso palazzo, anche se Tor mi aveva vietato di varcare le mura del castello. Non lo diceva apertamente, ma sapevo che aveva paura di come avrebbero reagito gli abitanti di Imperia alla mia presenza. Erano pochi i lupi che non mi guardavano come un alieno o in maniera sprezzante quando mi incontravano. Intuivo il motivo, anche se non era facile da accettare. Dall'altro lato, però, c'erano anche alcuni lupi con i quali avevo fatto amicizia e che mi osservavano affascinati. La cosa mi faceva piacere perché significava che non tutti mi vedevano come un mostro.

Tor aveva deciso che dovevo essere istruita riguardo tutto ciò che poteva essermi utile e, per questo compito, si erano proposti due membri del Consiglio. Era lui stesso, invece, a occuparsi delle lezioni pratiche sullo sviluppo e la comprensione del mio lato di lupo. Con Ryu cercavo di approfondire la mia parte legata alla magia e per il momento era quello a cui stavo dedicando più tempo. Sia Tor che il Consiglio, infatti, erano molto impegnati in questioni che riguardavano l'attacco subito e si stavano preparando a una guerra che sembrava imminente.

Non vedevo Tor dalla mattina del giorno precedente: sapevo che era da qualche parte nel castello, impegnato, ma il non vederlo mi metteva di malumore. Avevo sperato che avremmo potuto continuare le nostre lezioni quel giorno, invece aveva mandato Navar a tenere l'ennesima lezione di storia. Per di più non c'era neppure Ghion, che avevo scoperto essere il padre di Ed.

Entrambi, sia Ghion che Navar, si erano dimostrati molto gentili e curiosi nei miei riguardi. Ghion era più distaccato, mentre Navar sembrava un "lupo da biblioteca" e mi era piaciuto da subito, con i suoi modi buffi.

Passare un'intera mattinata ad ascoltare le mille informazioni che continuava a snocciolare, però, mi mandava il cervello in tilt. Per non parlare poi del pomeriggio passato a cercare di far muovere un vaso senza successo, con Ryu che, impassibile, continuava a incitarmi a provare e riprovare. Comunque Ryu era un bravo maestro e una piacevole compagnia, con la quale mi trovavo bene.

Dopo la lezione, mentre stavo percorrendo l'ennesimo corridoio che mi avrebbe condotta alla Stanza Blu, l'idea di non aver visto il mio lupo per così tanto tempo mi infastidiva e innervosiva, anche se non ne capivo davvero il motivo.

Chiusi la porta della stanza dietro di me; non avvertivo la solita stanchezza, che ormai era diventata una costante.

Mi diressi verso le finestre: fuori era una notte scura, senza stelle né luna, e un'opprimente malinconia scivolò nel mio cuore. Finalmente una parte di me era felice: avevo capito chi ero! Quindi, perché adesso mi sentivo così? Avevo sempre saputo che non sarebbe stato facile ambientarsi lì, dove ogni cosa era tanto diversa da ciò a cui ero abituata.

Ripensai ai sogni che avevo fatto solo poco tempo addietro: sembrava trascorso molto più tempo, forse perché, per la prima volta nella mia vita, vivevo ogni respiro e assaporavo tutti i momenti delle mie giornate. Alla fine, però, questo lo dovevo proprio a quei sogni.

Mi stiracchiai e decisi che era il caso di andare a letto: forse l'indomani avrei potuto vedere Tor.

Fu allora che percepii la sua presenza nel corridoio. Sapevo che era lui. Mi voltai di scatto, pronta a raggiungere la porta, poi però mi fermai.

Cosa stavo facendo? Sapevo che si era spostato nelle stanze accanto, quindi probabilmente stava solo andando a riposare dopo una giornata ben più pesante della mia. Non avevo nessun diritto di infastidirlo: anche se tra noi c'era un legame e lui mi aveva offerto protezione e aiuto, questo non voleva dire che doveva starmi appiccicato. Alla fine probabilmente ero soltanto io a provare questa irrazionale necessità di vederlo.

Mi sento così perché è l'essere più familiare presente in questo nuovo mondo, conclusi tra me e me. D'altronde avevo sognato lui, non un altro, quindi per me rappresentava anche un qualche legame tra la mia vecchia vita e questo posto. In fin dei conti non era stato lui a sognare me, quindi con ogni probabilità mi vedeva semplicemente come una responsabilità.

Nel frattempo udivo i passi avanzare decisi e avvicinarsi sempre più.

Trattenni il respiro quando li udii davanti alla mia porta ma, senza fermarsi, proseguirono fino alla stanza accanto. Una cupa tristezza cominciò a farsi strada in me, così mi riscossi avviandomi al bagno.

Aperto il rubinetto della grande vasca di pietra, accesi diverse candele e aspettai che il livello dell'acqua raggiungesse il bordo.

Un'altra stranezza di quel luogo erano proprio le candele, che non si consumavano mai e si accendevano al minimo rumore, ma solo una volta sistemate nei vari candelieri.

Una luce calda illuminava il bagno lussuoso. Lentamente mi sfilai i vestiti e mi immersi nell'acqua fumante. Aggiunsi un sapone profumato e rimasi lì in ammollo per un po', cercando di svuotare la testa.

L'acqua calda stava sciogliendo ogni tensione del corpo, così mi immersi del tutto nella vasca trattenendo il fiato sott'acqua. Magari, così facendo, sarei riuscita a eliminare anche i pensieri negativi, pensai divertita. Alla fine riemersi boccheggiando e mi limitai a chiudere gli occhi appoggiando la testa al bordo della vasca.

Non so quanto tempo passò, ma credo che a un certo punto presi sonno. Quando il dormiveglia passò, mi tirai su, mettendomi a sedere. *Mi sono addormentata*, pensai irritata. Non feci in tempo a concludere il pensiero che il mio sguardo cadde su una sagoma nera, ferma vicino alla porta.

Soffocai il grido che mi stava salendo in gola e con le braccia cercai di coprirmi, anche se era praticamente impossibile che non avesse visto tutto.

Tor sobbalzò con espressione smarrita e indietreggiò di colpo.

Come una visione era sparito dalla porta del bagno, mentre continuavo a starmene seduta nell'acqua ormai tiepida, senza fiato.

«*Perdonami.*»

La sua voce invase la mia mente con una nota stranissima.

«*Ti ho sentita muovere quando sono tornato e poi venire in bagno, ma è da più di un'ora che sei qui e mi stavo preoccupando, perché non sentivo alcun rumore. Ho provato a bussare, ma non mi hai risposto e sono venuto a vedere se stessi bene.*»

Tor riusciva a sentire tutto nell'arco di chilometri, ricordai all'improvviso. Me l'aveva spiegato lui. Quindi, avendo notato che la sua vicina di stanza sembrava morta nel bagno, era venuto a controllare, realizzai, inorridita e imbarazzata.

Splendido!

«Mi sono addormentata» balbettai, sentendo le mie guance in fiamme.

«Se mi dai un secondo esco» aggiunsi poi, non sapendo cos'altro dire.

Una volta fuori dalla vasca mi asciugai velocemente, cercando di strofinare a più non posso i capelli bagnati e gocciolanti. L'unico vestito che avevo a portata di mano era la camicia bianca che avevo sfilato per ultima: il resto era rimasto nella camera.

Senza pensarci spazzolai le ciocche bagnate, lasciandole ricadere sulle spalle, e infilai la camicia che arrivava a coprirmi metà coscia. Decisi che tutto sommato ero presentabile, o per lo meno ero molto più vestita di molte mie compagne di classe che si presentavano a scuola in minigonna e maglietta.

Mi guardai velocemente allo specchio e l'immagine che vidi mi stupì: la ragazza che vedevo riflessa era una giovane esile e minuta, avvolta in una camicia troppo grande, che sembrava un camicione della nonna; i capelli bagnati erano più scuri e mettevano in risalto gli occhi gialli sgranati e la bocca arrossata.

Ero quasi carina conciata così, notai meravigliata.

Mi girai, varcando la soglia del bagno, ma di Tor non c'era nessuna traccia. Allora mi diressi verso l'anticamera e lo trovai che girava su e giù intorno al tavolino. Appena entrai si girò a guardarmi.

Il muso che avevo imparato a conoscere, e sul quale si vedevano espressioni quasi umane, era ora fisso su di me in un'espressione mai vista. Me ne stetti lì senza sapere cosa dire. Ero imbarazzata, ma forse per la ragione sbagliata, mi ritrovai a pensare. Avevo quasi dimenticato l'incidente del bagno, presa invece dall'immediata felicità di poterlo vedere. Ero combattuta e non sapevo cosa fare. Avrei voluto andargli vicino e affondare il viso nel suo manto, assaporando quel profumo selvatico e buono che emanava e capace di rilassarmi e farmi sentire a casa, ma mi rendevo conto che non era il caso.

Dovevo smetterla di essere egoista e pensare che quella situazione, per lui, potesse non essere per nulla piacevole.

«Mi dispiace di averti fatto preoccupare» bisbigliai infine. «Non credevo che mi sarei addormentata, non mi era mai successo.»

Lo vidi guardarmi in modo ancora più strano. Forse per lui ero solo una preoccupazione in più, che lo faceva spaventare invano.

«Non sei tu a doverti scusare, sono io che sono troppo apprensivo nei tuoi confronti e ho violato la tua intimità» mi rispose.

Lui poteva sentire molte delle mie emozioni, ricordai arrossendo all'idea, mentre per me rimaneva qualcosa di indecifrabile.

Apprensivo? Non mi sembrava così apprensivo come voleva far intendere. Non capivo.

«Non ti preoccupare, non lo sei. Capisco che tu ti possa sentire responsabile nei miei riguardi per tutta una serie di motivi, perciò non fa nulla, ho già dimenticato l'incidente di poco fa» risposi, anche se, a ripensarci, mi sentivo ancora scottare la faccia.

Mi ero fatta prendere dalla felicità di vederlo, ma ricordare quello che era appena successo mi faceva battere il cuore a un ritmo strano.

«Capisco» disse, guardandomi come volesse leggermi nella mente. *«Ora è meglio che ti lasci riposare.»*

Alle sue ultime parole provai una grande tristezza e ogni altro sentimento se ne andò. Tor sembrò accorgersi del cambiamento, ma non riuscivo proprio a controllare quelle emozioni.

«Rori, perché sei triste?» domandò in un soffio, con un tono curioso.

Perché ero triste? Non lo sapevo neppure io di preciso, come cavolo facevo a spiegarlo a lui? Come facevo a dirgli che non vederlo non mi piaceva affatto? Come potevo fargli capire che, in quel posto che mi faceva sentire come una barca in mezzo all'oceano, lui era l'unico che mi rendeva tranquilla e mi infondeva quel senso di sicurezza che mi faceva sentire a casa? Come, dannazione, potevo rivelargli che quel senso di familiarità che provavo per lui faceva sparire la solitudine che sentivo quando pensavo a tutto quello che era successo? Alla fine, però, ero solo tremendamente egoista nel desiderare così tanto la sua vicinanza solo per stare bene io stessa, pensai con un groppo in gola.

Mi veniva quasi da piangere e non volevo passare per una bimba piagnucolosa, quindi cercai di trattenere le lacrime.

Nel contempo, tuttavia, non riuscii più a frenarmi e avanzai verso di lui. Non stavo veramente pensando a quale senso avesse quello che mi veniva da fare, ma lo feci e basta. Mi avvicinai di un altro metro nella sua direzione e finalmente lo raggiunsi, mentre lui continuava a restare fermo e a guardarmi con quella sua strana espressione.

Mi sentivo piccola e inerme davanti all'enorme lupo nero che mi fissava.

Affondai lo sguardo nei caldi occhi ambrati e, senza rendermene conto, allargai le braccia, avvolgendo in un abbraccio il soffice manto nero del petto, affondando il viso nella sua pelliccia. Rabbrividii a quella sensazione: era ancora più bella di come la ricordavo.

La tristezza svanì di colpo e io mi persi in quella sensazione che rendeva leggera la mia anima.

Sentivo i suoi muscoli, tesi sotto la pelliccia, rilassarsi dopo un lungo attimo. Poi l'enorme muso scese sulle mie spalle, come se anche lui stesse ricambiando l'abbraccio, per quanto possibile.

Se avessi potuto sarei rimasta in quella posizione per ore: stavo così bene! Stando così vicina a lui sentivo battere veloce il suo cuore, e quel ritmo forte e rapido era come una canzone ipnotica. *Potrei quasi innamorarmi di questo ritmo*, pensai.

Non avevo idea di quanto tempo eravamo rimasti così, ma non avevo nessuna intenzione di liberare Tor dal mio abbraccio, decisi. Era la mia isola in mezzo all'oceano ed ero stata senza di lui per moltissime ore, sola in quel mare immenso, quindi per oggi potevo essere egoista; alla fine non sapevo quando avrei potuto riabbracciarlo.

Lui sembrò riscuotersi leggermente dal torpore, alzando un poco la testa, ma non si scostò dall'abbraccio.

«Rori, credo sia tardi, dovresti andare a dormire.»

La sua voce era strana, pesante, come se ogni parola gli costasse fatica.

«Non voglio dormire» sussurrai contro di lui.

Mi sentivo una cretina a esternare così quello che pensavo, ma non potevo farne a meno.

«Perché non vuoi? Cosa c'è che non va?» chiese lentamente.

Stavo pensando solo a me stessa: Tor probabilmente era stanco e aveva bisogno di riposo. Quella consapevolezza ebbe il sopravvento sul mio egoismo e sul momentaneo incretinimento.

Mi riscossi del tutto e lasciai cadere le braccia lungo i fianchi, cercando di scostarmi, ma non riuscii a muovermi. Il muso di Tor era sceso nuovamente sulla mia schiena, bloccando il mio tentativo di allontanarmi da lui.

«Perché?» chiese ancora.

Mi sentivo tremendamente sciocca. Sospirai e, tornando ad abbracciarlo, dissi:

«Perché se vado a dormire tu andrai via.»

I suoi muscoli sotto di me tremarono nuovamente. Passò un lungo istante di silenzio.

«Allora non andrò via e potrai usarmi ancora come cuscino» disse con

voce dolce, mista a una vena d'allegria.

Liberandomi dal suo abbraccio lupesco mi spinse con il muso verso la stanza. Senza pensarci due volte mi diressi al grande letto, spostando le coperte, per poi voltarmi verso di lui, che mi guardava immobile come una statua.

Sul suo muso c'era di nuovo quella strana espressione che non capivo. Ma finalmente mi sentivo tranquilla e l'idea che non se ne sarebbe andato mi riempiva di una strana euforia.

In un battito di ciglia saltò sul letto, dal lato opposto rispetto a dove mi trovavo, facendo piegare il soffice materasso. Quindi si accucciò.

Non ci pensai due volte e mi infilai sotto le coperte, distendendomi accanto a lui. Cercai con le mani il soffice pelo e vi affondai le dita mentre sistemavo la testa vicino a una sua zampa. Chiusi gli occhi, finalmente in pace. Mi accorsi però che il lupo era teso e rigido accanto a me, così presi lentamente a carezzare il manto scuro e a giocare con alcuni ciuffi di pelliccia più lunghi. Lentamente si rilassò. Sentivo il cuore leggero mentre stavo prendendo sonno. Mi addormentai con la consapevolezza che, da allora, addormentarmi senza di lui sarebbe stata un'impresa.

TOR

Stava albeggiando quando mi svegliai con Rori accanto.

Non volevo muovermi per non rischiare di svegliarla: durante il sonno si era spostata, aggrappandosi al mio fianco. Quel corpicino minuto stretto a me faceva rabbrividire di un insolito piacere. Bloccai le immagini della sera prima, ma il ricordo era troppo forte e lei era riuscita a farmi un incantesimo senza usare la magia. Quei sentimenti prorompenti... non c'era modo di poterli scacciare.

Cosa sto facendo? mi chiesi, guardando il viso dai bei lineamenti. Stavo perdendo la ragione, questo mi stava succedendo, conclusi.

Era sbagliato quello che avevo fatto, non dovevo essere lì, accanto a lei. Lo sapevo benissimo, ma ero stato debole.

Dovevo cercare di frenare quelle emozioni, a ogni costo. Se mai si fosse accorta della verità, avrei rovinato tutto. Ero certo che anche lei provasse qualcosa di forte per me, ma era ben diverso da quello che nutrivo io, ammisi a me stesso per la prima volta. Non potevo assumere forma umana, per questo non riusciva a vedere quanto uomo potessi essere anch'io. Lei non capiva.

La vista di Aurora e della sua pelle candida esposta aveva acceso un fuoco dentro di me che non ero ancora riuscito a spegnere. La sera prima avevo zittito il bisogno di accertarmi che stesse bene, così ero corso a rintanarmi nelle mie stanze, ma percepivo ogni suo movimento e avevo ben presente come si stava spostando nella camera. A un certo punto l'avevo sentita andare in bagno, poi più nulla. Dopo diverso tempo, in attesa di un suo movimento, avevo cominciato a preoccuparmi. Nonostante avvertissi il battito del suo cuore e il suo respiro, continuava a rimanere immobile. Così, alla fine, ero andato a controllare.

Non aveva risposto quando avevo battuto diversi colpi alla porta, così mi ero deciso a entrare. Dopo aver raggiunto il bagno, ero rimasto pietrificato sulla porta: la vista di lei, addormentata nella vasca, mi aveva tramortito. Era bellissima. Rapito da quella visione ero rimasto a osservarla in silenzio, incapace di andarmene, come invece avrei dovuto. Dopo diversi minuti, in cui mi ero preso la libertà di ammirarla come un affamato incapace di distogliere lo sguardo dal suo cibo preferito, si era svegliata, trovandomi a guardarla come la peggiore delle creature.

Per un istante mi ero sentito morire, quando, alzandosi, aveva soffocato un grido. Spaventato ero corso nell'anticamera cercando di scusarmi per l'inscusabile.

Ero angosciato per come avrebbe potuto reagire davanti a ciò che era accaduto. Invece, quando mi aveva raggiunto, ero rimasto di nuovo senza fiato. Vederla così, davanti a me, con la camicia chiara e i lunghi capelli bagnati, mi era parsa quasi una visione. Non sembrava turbata per ciò che avevo visto ma, piuttosto, preoccupata di non essere un peso per me, mi veniva quasi da ridere, ripensandoci.

Lei non mi considerava come uomo, o per lo meno non mi vedeva come un maschio davanti a lei che era una femmina. Nutriva un forte affetto per me, sì, di questo ero convinto, ma semplicemente mi vedeva come qualcuno di importante per lei, non nella maniera in cui mi ero reso conto di vederla io. Del resto come avrebbe mai potuto? Io ero condannato a essere per sempre un animale. Non come gli altri lupi. Ma questo non mi rendeva meno uomo di loro. Così il mio lato più basso aveva preso il sopravvento e le avevo dormito accanto, anche se non avrei mai dovuto, visto ciò che provavo.

La sera prima avevo capito quello che non avevo ancora compreso, nonostante fosse più che evidente. Rendermene conto era stata un po' una liberazione, ma nel contempo anche una condanna. Il mio sentimento, oltre ovviamente al legame che esisteva, era intenso e prepotente, adesso che ne ero consapevole. Il suo attaccamento invece, era di altra natura. Del resto come avrebbe potuto essere altrimenti? Vedermi in modo diverso, come un uomo che poteva amarla era impossibile, pensai mentre una presa salda e dolorosa mi stringeva il cuore. Io ero condannato ad avere una perenne forma animale e non si può amare un animale come si ama un uomo.

Il suo volermi bene era forse paragonabile al bene che si può volere a un familiare e quella consapevolezza faceva stridere qualcosa dentro di me, mentre il dolore strisciava nel mio corpo come una malattia che lentamente intacca ogni parte.

Mi aveva aiutato a capire la natura della sua adorazione anche ciò che era accaduto la sera prima, il modo in cui aveva reagito davanti a quella mia vile mancanza: come un agnellino innocente che non vede il lupo. In tutti i sensi. Si fidava di me e basta.

Così avevo deciso di nascondere e reprimere ciò che provavo. Era stato difficile dormirle accanto senza permettere che pensieri diversi dai suoi mi invadessero la mente, ma mi ero costretto a farlo.

Guardandola riposare, compresi che quel modo di starle accanto mi sarebbe dovuto bastare, se avessi voluto averla vicino. Sarebbe stato sempre molto più di quello che avrei meritato, visto ciò che avevo appena deciso di nascondere.

Avrei dovuto fare attenzione agli altri, questo era indubbio, ma avrei potuto starle accanto senza che si accorgesse di ciò che provavo e accontentarmi del suo affetto.

Poterla guardare mentre dormiva serena calmava il mio animo.

Ero fortunato a poter vivere quegli istanti, mi resi conto. Come avevo potuto essere così ottuso da non riconoscere prima la natura dei miei sentimenti, quando era così evidente?

Nessuno avrebbe mai dovuto scoprire come stavano le cose.

I lunghi capelli ondulati le coprivano le spalle e parte del viso. Non avrei potuto fare a meno di lei mai più. Sapevo che probabilmente le cose sarebbero sempre rimaste così e lei non avrebbe mai ricambiato quello che provavo. Ma mi bastava. Se avessi potuto vederla così, al mio fianco, mi sarebbe bastato.

Lanciai lo sguardo fuori dalla finestra, il sole si stava alzando rapidamente.

Non volevo che si spargessero voci strane, dunque era il caso che mi spostassi nelle mie stanze, decisi. Lentamente, stando attento a non fare il minimo rumore mentre scendevo dal letto, mi avviai alla porta.

AURORA

Mi svegliai stranamente riposata. Rimasi a occhi chiusi mentre mi stiracchiavo, gustandomi il tepore del letto. Era una sensazione così piacevole!

Poi ricordai la sera prima, scattando a sedere come una molla.

Ora ero totalmente sveglia. Mentre Tor se n'era già andato, notai. Cercai di scacciare il lieve imbarazzo dovuto al piccolo incidente della sera prima. Quello che contava era che Tor si fosse preoccupato per me e che non mi considerasse un peso, anzi, stava volentieri in mia compagnia, conclusi soddisfatta.

Non so bene perché, ma il fatto che anche lui ricercasse la mia vicinanza mi faceva piacere. Ero felice, felice come non mai.

Iniziai a canticchiare una melodia dei Depeche Mode mentre andavo verso il bagno. Mi preparai veloce: ero in ritardo per la lezione del mattino con Ryu.

Sul tavolino nell'anticamera c'era il vassoio con la colazione che aveva preparato Elga. Probabilmente mi aveva vista dormire e l'aveva lasciato lì. Mi acciglai alla vista di tutto il cibo che aveva portato. Elga si era affezionata a me e cercava di rimpinzarmi a più non posso con cose deliziose. Avevo capito ben presto che quello era il suo modo di dimostrarmi affetto.

Infilai un paio di pantaloni chiari e una maglietta leggera di garza con piccoli bottoni verdi sul davanti. Il clima a Imperia era particolarmente mite e da quando ero arrivata le giornate erano sempre state calde, anche se all'interno del castello, grazie alle mura massicce, c'era un'aria più fresca.

Guardai il mio riflesso nella grande specchiera del bagno e l'immagine che vidi mi sorprese. Il mio volto era molto più disteso ed ero carina con i capelli sciolti sulle spalle. Decisi che per quel giorno avrei potuto evitare di legarli. Così, con l'animo sereno e leggero, mi avviai alla porta.

Dopo dieci minuti nei corridoi arrivai alla stanza che era stata assegnata alle mie lezioni di magia. Alle pareti c'erano enormi scaffali pieni di libri e un tavolo in legno massiccio era posto in mezzo alla grande stanza.

Ryu era vicino a una delle due enormi finestre.

Quando entrai si voltò, guardandomi accigliato, ma cambiò espressione nel giro di un istante.

«Scusa Ryu, sono in ritardo» iniziai subito, dispiaciuta.

Non mi rispose mentre sembrava studiarmi con particolare attenzione.

Mi raggiunse. «Stai emanando un'energia diversa da ieri.»

«Come, scusa?» domandai.

«Ne abbiamo parlato all'inizio delle nostre lezioni.» Sospirò, come rassegnato che certe cose non mi fossero ancora entrate in testa.

«Tutti gli esseri emanano una qualche energia. Nei maghi, invece, l'energia diventa potere e tra noi possiamo percepire quanto questa magia sia forte o no.»

«Sì, vero, me ne hai parlato.» Abbassai lo sguardo imbarazzata.

«Non sempre è possibile, anche perché molti maghi non sono così forti da poterla sentire, ma si dà il caso che il mio potere magico sia discreto, quindi sento il tuo, specialmente ora che si è creato anche un vincolo, tra noi» mi spiegò di nuovo.

«Speravo che capire e ricordare queste cose non fosse così complicato per te.»

«Quando mi parli di cose che non vivo in prima persona è più complicato comprenderle» ribattei sulla difensiva.

«Non è che tu non le senta: non sai ancora vederle, più che altro. Abbi pazienza, Aurora, presto riuscirai a usare i tuoi talenti.»

«Certo» borbottai non troppo convinta.

Nelle ultime lezioni, oltre ad apprendere nozioni puramente teoriche, non ero riuscita a fare molto altro. Ah, oltretutto mi ero accorta che essere un mago era tutt'altro che una passeggiata. Gli incantesimi, le pozioni, le fasi lunari, i pianeti, le erbe e lo studio della magia di per sé, erano dannatamente complicati.

Ovviamente non avevo ancora provato a fare nulla di tutto ciò da un lato pratico, ad eccezione di qualche piccola pozione. La pratica per il momento si limitava nel riuscire a manipolare la magia dentro di me, con pessimi risultati.

«Oggi proveremo a fare un altro esercizio pratico» proseguì Ryu, serio. «C'è qualche blocco in te che non ti consente di usare la magia come al resto di noi, perciò oggi ho deciso che elimineremo questo blocco.»

Poi fece comparire una lunga spada dal nulla. Lo guardai, senza capire.

«Devo far comparire una spada?»

«No, dovrai difenderti dai miei attacchi usando il potere magico che è dentro di te.»

«Ma se non sono riuscita a usarlo finora, come pensi che potrò farlo adesso?!» dissi, poco convinta di questa tattica e leggermente in ansia.

«Tu non preoccuparti, pensa a difenderti come meglio ti riesce» disse, puntandomi la spada alla gola.

Indietreggiai.

Allora i suoi magnetici occhi azzurri luccicarono di una luce strana e cominciò ad avanzare, muovendo fendenti a destra e sinistra, e mancandomi di pochi centimetri, mentre io continuavo a indietreggiare. Stava attaccando sul serio, mi resi conto!

Ma cosa voleva fare in questo modo? Prima o poi mi avrebbe colpita: non potevo evitarlo all'infinito!

Mossi l'ennesimo passo, quando la lama mi arrivò così vicina da procurare un taglio nella maglia e il soffice tessuto si tinse di rosso. Un bruciore fastidioso salì lungo il braccio che era stato colpito.

Per un istante rimasi immobile, atterrita. Stava facendo veramente sul serio!

Ryu intendeva continuare a ferirmi fino a quando non avessi usato la magia per difendermi. Non ero per nulla convinta che quello fosse un buon modo per imparare, ma certamente non sarei rimasta a farmi colpire gratuitamente.

Mi spostai veloce di lato, evitando un nuovo colpo che mancò di poco l'altro braccio. Cosa diavolo potevo fare? Era veloce!

Quando arrivò il nuovo attacco invece d'indietreggiare mi mossi di lato e avanzai rapida, spostandomi alle sue spalle. Sapevo che lui era armato mentre io no lo ero, eppure mi sentivo forte, più forte di lui che tentava di andare a segno solo con la spada.

Non mi sarei fatta colpire un'altra volta, decisi, con il braccio che continuava a pizzicare.

Mi concentrai su Ryu, cercai di sentirlo come mi aveva spiegato Tor: un lupo può "sentire" ciò che lo circonda in maniera amplificata, e sfruttare questa dote in battaglia era estremamente importante.

Ora riuscivo a evitare i suoi colpi con più facilità e con il passare dei minuti diventava sempre più facile, come un meccanismo che piano piano acquista sempre più potenza. La rapidità dei miei movimenti aumentava, mentre il mago davanti a me intensificava di pari passo la forza dei colpi. Schivare i suoi fendenti, però, non mi avrebbe aiutata a vincere: dovevo trovare un modo per contrattaccare.

Ryu non mi stava dando modo di riflettere, attaccando sempre con maggior vigore e velocità. D'un tratto capii che stava usando anche la magia, quando la lama della sua spada si tinse nuovamente di rosso e i suoi piedi rimasero sollevati da terra. Stava combattendo veramente. Quella consapevolezza mi terrorizzò ed elettrizzò nel contempo.

A quel punto sentii qualcosa di diverso muoversi dentro di me, come se uno strano vento soffiasse e si spostasse dentro il mio corpo. Più precisamente era come essere in grado di percepire consapevolmente il sangue che scorre. Allora compresi che quello che sentivo doveva essere il potere di cui parlava Ryu.

Chiusi gli occhi, continuando a individuare Ryu con l'olfatto e l'udito. Anche se non lo vedevo, sapevo dove si trovava. Volevo cercare di guardare dentro di me e concentrarmi su quel flusso che sentivo e che mi percorreva lungo ogni centimetro.

Poi mi venne un'idea: non sapevo se avrebbe funzionato o se era giusto fare così, ma non avevo nulla da perdere. Potevo solo tentare e ora era giunta l'ora di provare a combattere. Cercai di indirizzare quel flusso in movimento verso le mani, immaginandolo come caldo fuoco che si accumulava sotto la pelle dei palmi, pronto a esplodere. Quando la sensazione fu così forte da farmi tremare, schivai l'ultimo fendente di Ryu aprendo gli occhi, per poi puntare i palmi tesi contro le sue spalle, come fossero state due pistole pronte a sparare. Fu allora che le mie braccia vibrarono e formicolarono con forza, mentre delle lingue di fuoco si materializzavano, colpendo Ryu come un getto infuocato. Il mago fu travolto da vere fiamme, che lo scaraventarono contro il muro.

Mi riscossi subito, iniziando a correre verso di lui, ora steso a terra. Non feci tempo a raggiungerlo che si stava già rialzando: i suoi vestiti erano tutti bruciati, mentre il viso era coperto da piaghe rosse e da sangue. Il mio stomaco si contorse mentre venivo assalita dalla nausea. Lacrime copiose mi bagnarono le guance mentre mi lasciavo cadere di fianco a Ryu. Cosa avevo fatto?

«Aurora, non preoccuparti, stai ferma» disse lui con una smorfia di dolore, cercando di spostarsi.

Poi iniziò a bisbigliare una serie di parole incomprensibili e le ferite presero a rimarginarsi. Stupefatta, pochi istanti dopo mi trovai a guardare un Ryu perfettamente sano, con addosso dei vestiti bruciacchiati.

«Stai bene!» gridai sollevata, lanciandomi su di lui in un abbraccio.

Sentivo un forte odore di bruciato provenire dai suoi abiti che mi fece arricciare il naso. Non mi scostai, però: ero troppo sollevata dal fatto che stesse bene per badare al mio olfatto che stava diventando sempre più sensibile.

Con una mano mi accarezzò la testa prima di tirarmi in piedi.

«Sei stata molto brava!»

«Stai scherzando?» mi accigliai.

«Neppure un po'. Non mi aspettavo che la tua magia d'attacco fosse così importante: promette bene, finora avevi usato il tuo potere solo per guarire e varcare i confini del mondo in cui ti trovavi, quindi non mi aspettavo un attacco simile, ma sono contento.»

Sembrava molto poco turbato di aver rischiato di finire arrostito.

«Ora dobbiamo imparare a controllare questo potere e non sarà facile, preparati.»

Gli occhi color acquamarina brillavano eccitati e il volto di Ryu sembrava più bello che mai.

Sospirai un po' frastornata, non sapendo più cosa dire.

Alla fine lui era il maestro, quindi bisognava fare quello che diceva. Probabilmente ero stata sciocca a pensare di averlo messo in difficoltà. Sicuramente non si aspettava che riuscissi a combinare qualcosa di buono ed era stato poco attento. Meglio così: adesso avrei dovuto dare il massimo.

Passai la mattinata a cercare di controllare quel flusso, che ora sentivo scorrere dentro di me. Nel giro di qualche ora cominciai a divertirmi un sacco. Ryu aveva ragione: una volta rimosso "il blocco" (che non avevo ancora capito cosa fosse) era diventato naturale usare la magia. Quella corrente, calda e talvolta fredda, che fluiva nel mio corpo, poteva assumere la forma che volevo. Era sufficiente che mi concentrassi e la plasmassi con la mente. Capii che nel momento in cui avevo compreso il meccanismo, ogni cosa era divenuta facile. Certo, non ero ancora in grado di usare bene la mia magia, ma ero passata dal non riuscire a spostare un vaso, al far comparire delle fiamme vere e proprie, quindi ero contenta.

Non mi accorsi neppure quando arrivò il pomeriggio. Cominciavo a essere stanca, anche se i progressi che avevo appena fatto mi riempivano di soddisfazione.

Alla fine Ryu decise che potevo andare a riposare.

«Quindi oggi non avrò lezione con Ghion e Navar?»

«No: mi avevano avvertito che oggi saresti stata con me tutto il giorno. Sembra che le cose si stiano complicando.»

«Tu sai cosa sta succedendo?»

«Sì Aurora, Tor mi rende più o meno partecipe, come sai, e le cose non vanno bene, ne abbiamo già parlato. Ma non preoccuparti: sei al sicuro qui. È difficile che Imperia possa subire in tempi brevi un altro attacco, anche se la guerra è alle porte, ormai.»

I capelli argentei gli danzavano intorno al viso mentre si affacciava alla grande finestra che dava sull'ingresso. Ryu era bello da togliere il fiato e trasudava forza da ogni poro. A volte mi incantavo a guardarlo durante le lezioni: sembrava il bellissimo protagonista di un film. *Se non lo vedessi come un fratello maggiore mi sarebbe piaciuto sicuramente in un altro senso*, pensai.

Ma nonostante il suo aspetto ero convinta che fosse pericolosissimo e quindi avere un alleato così era una buona cosa per Tor.

«Capisco, ma non si può fare proprio nulla per evitarla?»

«No, Aurora: le menti che hanno organizzato l'attacco a Tor… è qualcosa che hanno progettato da tempo. Fermare una cosa così grande senza combattere è impossibile, adesso» disse avvilito. «L'obiettivo principale di quegli individui era il popolo dei lupi, perché è uno degli ultimi popoli guerrieri rimasti, e dunque uno dei pochi a rappresentare una vera minaccia. Inoltre sapevano che eliminando l'Alfa, che al momento non ha eredi, i lupi si sarebbero trovati allo sbaraglio, senza una guida.» Si interruppe, mentre un lungo sospiro gli uscì dalle labbra.

«Il Consiglio degli Anziani non sarebbe riuscito a portare i lupi in guerra da solo e la successione di un Alfa è molto complicata nel caso non ci sia un successore diretto. Per questo hanno cercato di eliminare Tor in maniera subdola, attaccando dall'interno. Fortunatamente non ci sono riusciti. In caso contrario, avrebbero già vinto.»

Un brivido mi attraversò quando ripensai ai Lord di Ferro che avevano attaccato Tor.

«Quello che so, e che ho riferito anche a Tor, è che c'è uno strano fermento fra i Fray, un popolo molto primitivo. Di per sé non hanno mai rappresentato una minaccia, ma negli ultimi anni hanno riunito diversi clan sparsi.»

«I Fray sono una specie di volpi bianche, giusto?» chiesi.

Navar me ne aveva parlato: aveva menzionato quasi tutte le razze che popolavano quel mondo, durante le nostre lezioni. Era mancato pochissimo che iniziasse a elencare anche le diverse specie di insetti.

I Fray mi avevano colpito molto: erano descritti come un popolo violentissimo.

«Esattamente. Vengono chiamati anche le Volpi Sanguinarie del Nord.»

«Quindi pensi che ci siano loro dietro questa guerra?» chiesi accigliata.

«Tuttavia» proseguì facendomi segno di aspettare con la mano, «per quanto il loro potenziale sia decisamente pericoloso, non hanno mai avuto un vero capo: sono esseri egoisti e senza scrupoli, che tendono a pensare a loro stessi in primo luogo, per questo non sono mai riusciti a formare un gruppo compatto fra loro.»

Si passò le dita tra i capelli, mentre lo sguardo era perso nel vuoto.

«In passato, durante le guerre, venivano assoldati dai vari popoli come mercenari, a causa della loro vena sanguinaria. Ciò che si vocifera è che abbiano trovato un capo capace di riunire i numerosi villaggi sotto un unico vessillo. Questo, attualmente, li rende una potenziale minaccia» aggiunse, iniziando a muoversi per la stanza.

«Sono solo mie supposizioni ovviamente, ma penso che la creatura che è riuscita a unificare i Fray abbia anche cercato un'alleanza con i Lord di Ferro, e che poi abbia corrotto alcuni lupi, forse addirittura promettendo loro il posto di Tor.»

«Fatto sta che diversi villaggi di fate sono stati rasi al suolo, quindi da qualche parte deve esistere un esercito tenuto nascosto. Non c'è un'altra spiegazione plausibile, anche perché, per quanto possano essere miti di natura, le fate sanno difendersi piuttosto bene.»

Cercai di richiamare alla mente tutto quello che Navar mi aveva spiegato, per avere le idee più chiare.

Le specie esistenti erano tante, le più evolute e forti fra queste erano: i Lupi, i Maghi, i Lord di Ferro, le Fate, i Nani, i Fray (o Volpi bianche), i giganti di Afron, i Lorcan (chiamati anche le bestie dei cieli), gli How (o Spiriti delle foreste) e i Muir, il popolo delle Acque.

Quando Navar mi aveva menzionato i Fray il suo tono solitamente neutro aveva acquisito una vena aspra e pungente, che aveva mostrato come, in apparenza, non nutrisse alcun rispetto per questo popolo. Mi aveva detto che molti li chiamavano anche "profanatori di tombe"; questo perché alcuni popoli usavano seppellire molte ricchezze insieme ai propri morti, e i Fray erano soliti saccheggiarle e nutrirsi dei corpi, se erano ancora freschi. Non portavano rispetto verso nulla, per questo, anche se potenti, non erano in grado di stringere alleanze tra loro, men che meno con altri popoli.

Se ciò che Ryu diceva era vero, chiunque avesse trovato il modo di farsi rispettare da simili esseri era altrettanto privo di scrupoli, o peggio, dedussi.

«Non hai proprio idea di chi stia manovrando questo attacco verso i lupi?» chiesi, cercando di capire meglio.

«Chi sia veramente non lo so, ma credo che diversi popoli si siano alleati fra loro al fine di espandere il proprio potere, e probabilmente ritenevano che i lupi fossero deboli in questo momento, perciò hanno deciso di attaccare loro.»

«Ma non ha senso, i lupi non sono deboli» borbottai.

«Sì, invece, hanno mirato al più grande potenziale nemico, in un momento in cui lo reputavano particolarmente vulnerabile, perché non c'è un erede al ruolo di Alfa» affermò convinto. «Ora, una delle prime cose che Tor dovrà fare, credo sia trovare una compagna: questo lo renderebbe più forte e tranquillizzerebbe il popolo, che è ben consapevole di quali rischi ci sono con una guerra alle porte.»

Non so bene perché, ma le sue ultime parole mi fecero venire un enorme nodo allo stomaco.

Avevo compreso il senso di ciò che mi aveva appena detto, ma nel contempo mi suonava sbagliato.

Poi, una nuova domanda si fece strada nella mia mente:

«Per quale motivo Alessa iniziò una guerra contro i lupi, che erano nostri alleati?»

Ryu non rispose. Mi guardò per un istante e riprese a girovagare per la stanza.

«Ti ho raccontato diverse cose e tante di queste sono certo che non sei ancora in grado di comprenderle appieno» sospirò.

«Quindi accontentati per il momento: quella di Alessa è una lunga storia e ci vuole tempo per raccontarla. Quando ci sarà occasione te la racconterò.»

«Ma che senso ha lo stare qui e cercare di capire come funziona questo mondo, se non conosco la sua storia, anzi, la mia storia» protestai.

Non sapevo perché ma quel dettaglio, che finora non aveva riscosso il mio interesse, adesso mi appariva importante.

«Sii paziente: è una storia lunga e sei stanca, ci sarà un altro momento per potertela raccontare.»

Non replicai.

Sorrise. «Ora credo sia il caso che tu ti riposi. Sei stata brava oggi e abbiamo lavorato molto.»

Rimasi ancora in silenzio, rimuginando sulle ultime cose apprese.

Dopo un lungo istante mi congedai da Ryu e mi avviai alla porta.

Aveva detto che mi avrebbe aiutata a capire, ma ora non voleva raccontarmi il motivo dell'inizio della guerra tra i lupi e i maghi, pensai risentita mentre mi avviavo lungo il corridoio.

Ripercorsi la strada che mi avrebbe portata alla mia camera con una strana sensazione che mi vorticava nello stomaco. Quando infine entrai nelle confortevoli stanze tinte di blu, andai diretta verso la camera da letto e mi buttai sul soffice materasso.

Ero in un mondo che stava entrando in guerra e non conoscevo quasi nulla di ciò che mi circondava. Mi mancava zia Penny; avrei voluto chiederle tante cose, ma non potevo farlo. Ryu diceva che era molto probabile fosse la sorella di mia madre. Ad ogni modo, anche se non ci fosse stato un reale legame di sangue, rimaneva ugualmente mia zia. Ero certa che il suo affetto per me fosse sempre stato sincero, e dunque il resto non contava: Penny sarebbe sempre rimasta la mia bellissima zia piena di stranezze (che ora, però, non mi sembravano più tali). Lei e Amelia erano tutta la mia famiglia e, nonostante fosse la prima volta nella mia vita che mi sentissi nel posto giusto, mi mancavano tremendamente.

Saltai giù dal letto cercando di scacciare quei pensieri infelici e mi diressi alla vetrata che affiancava le due piccole finestre ad arco. Girai la maniglia e uscii sul balconcino. Era ormai sera e fuori stava calando il buio.

Il mio stomaco mugugnò: avevo fame. Da quando vivevo al castello il cibo mi era sempre stato portato da Elga, in camera o nelle stanze dove facevo lezione. In un certo senso mi sembrava di essere una carcerata: mangiare così, senza sedersi a un tavolo apparecchiato, con qualcuno che ti si siede accanto. A casa, con zia Penny, ci sedevamo sempre insieme, e mi piaceva, mi dava un senso di armonia condividere il pasto. Mentre con Amelia era difficile mangiare insieme, perché spesso avevamo orari diversi, ma quando potevamo ci preparavamo una bella cenetta e ce ne stavamo ore sedute al tavolo a chiacchierare e ridere, mentre mangiavamo i nostri piatti preferiti.

Pensai a Tor: lui non poteva sedersi a un tavolo e mangiare con una forchetta, e tutto questo a causa di una maledizione, vecchia più di duecento anni.

Avevo studiato le maledizioni con Ryu e avevo appreso che erano una forma di magia molto potente, quasi impossibile da spezzare. Tuttavia c'erano alcuni modi per sciogliere una maledizione. Uno di questi, e anche il più semplice, era che venisse tolta dallo stesso mago che l'aveva lanciata. Esisteva, poi, un altro modo, che però era più complicato. La maledizione stessa doveva racchiudere la possibilità di essere spezzata, ma era difficile capire le modalità per farlo, perché soltanto il mago che la lanciava decideva come il proprio incanto potesse venir meno. Questo era dovuto ad alcune leggi magiche, secondo le quali l'uso della magia deve sempre racchiudere in sé un equilibrio: anche l'uso della magia più semplice aveva un suo dare e un suo avere.

Quando il mago la usa viene privato in parte della propria forza, debilitandosi. Certamente non era una questione permanente, e più il mago era potente e il suo potere aumentava, più magia era in grado di usare prima di risentirne. Con un po' di riposo, comunque, tutto tornava come prima. In altre parole, la magia si nutriva della forza vitale del mago. Tuttavia per le maledizioni era un po' diverso e Ryu mi aveva assicurato che l'avremmo studiato più avanti.

Lì fuori sul balcone stavo bene: sentivo in lontananza il gorgoglio della cascata e una brezza spirava portandomi alle narici l'odore degli alberi e della foresta. Stavo imparando a usare i miei sensi e la cosa mi piaceva molto. Mi sentivo un po' come se stessi imparando a usare dei super poteri che non sapevo di avere. Credevo che certe cose fossero impossibili, mentre ora avevo scoperto che non era così.

Decisi di restare per un po' a respirare quell'aria serale, colma di tanti odori.

TOR

Mi stavo innervosendo. Non mi succedeva spesso. Guardai gli Anziani, ognuno seduto al suo posto davanti a me.

«Tu capisci che, per come stanno procedendo le cose, non possiamo fare altro che insistere affinché tu scelga ora» continuò Ghion imperterrito. «Tra due giorni arriveranno i rappresentanti delle varie città e sarebbe una buona cosa poter annunciare la tua scelta durante l'assemblea generale. Hanno bisogno di vedere in te e in Imperia un solido punto di riferimento, specialmente adesso che ci stiamo preparando a riunire un esercito.»

Certo, capivo il senso di ciò che stava dicendo e comprendevo benissimo che, a livello strategico, era forse quasi indispensabile agire così. Ma ugualmente non l'avrei fatto.

«Io capisco, ma la mia risposta non cambierà. Vi sono grato per le vostre premure, anche nel propormi dei nomi per facilitarmi la scelta, ma non cambierò idea» dissi. *«Abbiamo subìto un nuovo attacco: il Clan di Hum è stato attaccato, probabilmente da un esercito di Fray che ha ucciso e saccheggiato. Ora, la priorità è scoprire come faccia un esercito di quelle dimensioni a sparire e riapparire dal nulla, e dove si nasconda»* continuai senza esitare. Le priorità erano altre.

«Ti capisco mio giovane Signore, ma prenditi del tempo per riflettere» insistette Glenda con aria pacata e lo sguardo, solitamente tagliente, più morbido. «Non dimenticare che tua madre era come una sorella per me e so molte cose. Credo comunque che scegliere una compagna sia una cosa fondamentale. Anche se non fosse così, noi tutti risultiamo deboli senza un erede, e per il popolo l'idea che potrebbe esserci un successore è fonte di sicurezza.»

Un sordo ringhio mi uscì dalla gola senza che potessi fare molto per trattenerlo.

Avevo visto a cosa portava essere la compagna dell'Alfa. Spesso l'Alfa sceglieva la propria femmina per le caratteristiche che ella aveva, non per un sentimento che provava.

Mia madre aveva sofferto molto a causa di mio padre. Non lo amava, ma lo rispettava profondamente. A causa del suo carattere e della sua infedeltà aveva sofferto. In più c'era in lui questa smania morbosa di avere dei figli, ma erano riusciti ad avere solo me. Da quando la strega ci aveva maledetti, gli Alfa non potevano fare altro se non accoppiarsi come bestie con la propria compagna, in forma di lupo. Non c'era nulla in quel gesto, né amore né rispetto, solo una smania di procreare al fine di avere una forte progenie e dare al popolo un successore. Un'idea che detestavo.

«Non cambierò idea Glenda, ma continuerò a riflettere anche su questo, se può rincuorarvi.»

«E riguardo alla ragazza, cosa pensi di fare? Ora la voce della sua presenza al castello si è sparsa tra la gente: molti sono inquieti» proseguì la lupa.

«*La ragazza si chiama Aurora*» replicai, duro. «*Suo padre ha subìto un torto, come molti altri lupi, e cercheremo di porvi rimedio. Non è una minaccia per noi, anzi, sono certo che potrà aiutarci nel corso di questa nuova guerra. I lupi impareranno a conoscerla.*»

«Certo, capisco, ma è un dato di fatto che al momento la sua presenza al castello, come quella del mago, crea inquietudine. Abbiamo combattuto per anni il popolo dei maghi e non sono certo io a dover dirti, Mio Signore, il perché» continuò imperterrita Glenda.

«*E non sono certo io a dover spiegare a te che a volte anche le maledizioni vengono usate come pretesto per combattere e sterminare un popolo. Quindi, molta di questa inquietudine non ha nessun motivo di esistere, semmai dovrebbe esserci vergogna. Comunque sia, troverò una soluzione. In ogni caso mi fido di entrambi: il mago ci è stato utile con le informazioni che ha saputo fornirci.*»

«Su questo non c'è dubbio, ma combatterà al nostro fianco?»

«*Il mago seguirà Aurora in qualunque sua scelta, come vi ho già spiegato è vincolato a lei da un debito d'onore sigillato con la magia. Tra due giorni, quando accoglieremo nella Sala Grande i capi delle cinque città, ci saranno anche loro: questo sarà il primo passo per sanare questa inquietudine*» decisi, sicuro che fosse la scelta giusta.

«*Ora concludiamo qui questa seduta: ognuno di noi ha molte cose di cui occuparsi*» terminai, mentre gli anziani abbassavano la testa in segno di rispetto.

Mi avviai all'uscita: dovevo parlare con Rori.

L'idea mi rese felice. Non poterla vedere durante quella lunga giornata mi era pesato. Sentivo quel fuoco di sentimenti crescere e diventare sempre più forte.

Arrivai davanti alle sue stanze. Percepivo la sua presenza all'interno e senza esitare diedi un colpo alla porta con la zampa.

Ci mise un attimo a rispondere e subito udii la sua voce:

«Entra pure!»

Sapeva che ero io, pensai mentre varcavo la soglia richiudendo la porta con un'altra zampata.

Mi accolse con un sorriso mentre entrava dalla porta finestra. Sembrava un miraggio, con i lunghi capelli ondulati che le cadevano sciolti sulle spalle. Le gambe fasciate nei pantaloni stretti mettevano in risalto la figura minuta.

Ero rapito dal suo fascino e i suoi occhi dorati mi fecero tremare quando affondò lo sguardo nel mio. Cercai di riprendermi: non potevo far capire né a lei né a nessun altro cosa provavo.

Sembrava felice mentre si spostava verso di me e lessi una totale inconsapevolezza di ciò che faceva quando mi raggiunse e mi lanciò le braccia al collo, affondando il viso nel mio pelo. La sentivo inspirare lentamente e lo stomaco prese ad aggrovigliarsi.

«*Aurora, devo parlarti*» mi decisi a dire.

«Certo» farfugliò scostandosi.

«*Ho saputo che le lezioni di oggi hanno portato dei risultati particolarmente buoni*» esordii.

Dopo ogni lezione avevo preso l'abitudine di parlare con Ryu. Oggi mi aveva raggiunto con un'espressione insolita e sembrava titubante a informarmi dei miglioramenti di Rori.

Il suo potenziale magico era estremamente buono. Ryu aveva aggiunto che ciò che aveva fatto era strabiliante anche per un giovane mago che praticava la magia con regolarità. Lei, invece, nel giro di qualche settimana era riuscita a manifestare un potere invidiabile. Negli occhi di Ryu avevo letto una strana ammirazione che mi aveva infastidito, ma ero anche consapevole di non essere più razionale per quanto riguardava Rori.

«Ho forse fatto qualcosa di sbagliato?» chiese con voce incerta, mentre gli occhi gialli si scurivano.

«*No Rori, anzi, mi fa piacere sapere che stai imparando a usare i tuoi talenti. Inoltre volevo informarti che tra un paio di giorni arriveranno al castello molti lupi, tra i quali ci saranno i rappresentanti di vari Clan del nostro popolo che risiedono al di fuori di Imperia. In quest'occasione vorrei presentare te e Ryu come parte del nostro schieramento*» dissi cercando di leggere la sua risposta con i miei sensi e con gli occhi.

«Capisco… penso sia una buona idea» disse a bruciapelo. «Dovrò impegnarmi ancora di più: prima imparerò a usare la magia, prima potrò aiutarvi.»

«*Questo sarà da vedere: certamente avere due maghi dalla nostra parte sarebbe un vantaggio non indifferente, ma non tutti la penseranno così*» la avvertii.

«*La guerra che c'è stata è vivida nei ricordi di tutti e tanti lupi nutrono ancora un rancore profondo nei confronti dei maghi. Nei secoli di lotte si sono aggiunte molte altre sfaccettature alle motivazioni iniziali della guerra. Quindi voglio solo tu sia preparata. Non si può cambiare il pensiero del prossimo, ma si può cercare di mostragli un altro modo di vedere le cose ed è ciò che intendo fare. Perciò non permettere a eventuali sciocchi di ferirti.*» Terminai, dandole un buffetto sulla spalla e cercando di comportarmi normalmente.

Era difficile, molto difficile, mi resi conto. Avrei voluto che mi abbracciasse di nuovo, toccare quelle spalle e i lunghi capelli setosi, avere delle braccia per farlo, ma non potevo e non avrei mai potuto.

«Ovviamente non avranno il coraggio di agire apertamente» continuai, cercando di concentrarmi su quello che ero venuto a dirle.

«*Tu sei anche per metà lupo e la cosa, invece di alleggerire la tua posizione, potrebbe peggiorarla dal punto di vista di chi nutre un forte rancore verso le creature che abbiamo combattuto per troppo tempo.»*

Ero consapevole che quelle parole erano pesanti, ma doveva sapere: non sarei potuto starle accanto in ogni istante, durante l'arrivo e la permanenza dei rappresentanti. Speravo non accadesse nulla, ma doveva essere pronta nell'eventualità che qualche lupo intriso di odio la prendesse apertamente di mira. In questo caso malaugurato, avrei preso provvedimenti davanti a tutti, ma questo non c'era bisogno che lei lo sapesse. I lupi avevano bisogno di capire quale fosse la mia posizione al riguardo e, per questo, qualora ce ne fosse stato bisogno, era mia intenzione agire in maniera decisa.

Sapevo che i membri dei vari Clan, che vivevano al di fuori delle mura di Imperia, non mi riconoscevano del tutto come Alfa. Dovevo far capire loro, al più presto, che non avevano più a che fare con un giovane lupo che aveva preso il posto del padre. Dunque non avrei mai dovuto mostrarmi debole sulle mie posizioni, specialmente ora che ci aspettava una nuova guerra.

«Non preoccuparti, non intendo farmi ferire a causa di ciò che sono. Alla fine, non mi conoscono» fece sospirando.

«Volevo solo avvertirti che esiste la possibilità che si verifichi qualche situazione spiacevole, anche se mi auguro non sia così.»

Non ero per nulla tranquillo, anche se Aurora non sembrava colpita dalle mie parole.

Certo, in queste ultime settimane si era adattata bene alla vita a palazzo, senza mai fare nessun tipo di richiesta. Aveva accettato senza battere ciglio la semi-reclusione nelle sue stanze quando non era a lezione. Sapevo che non doveva essere facile e la gioia che provava quando mi vedeva era anche dovuta al fatto che ero la creatura più familiare per lei, qui.

C'era anche il mago, ovviamente, mi ritrovai a pensare infastidito. Era evidente che stesse particolarmente bene anche con lui.

Dovevo stare attento a come mi comportavo con Rori e non solo quando eravamo soli. Il problema principale erano gli altri lupi. Non era un segreto che ci fosse un legame tra noi: per un lupo non c'era nulla di strano, dal momento che tra due lupi si può instaurare una sintonia particolare senza che questo voglia dire qualcosa di specifico. Nel nostro caso, però, il problema era che io ero l'Alfa e Aurora era una creatura bellissima, per metà lupo e per metà mago. Vista la situazione e i potenziali traditori che giravano nel castello, non potevo permettermi di esporla al pericolo.

«C'è un'altra cosa, Aurora» ripresi, tornando a darle un buffetto sulla spalla mentre mi guardava con occhi attenti.

Non riuscivo proprio a starle lontano, ma fintanto che eravamo soli non era necessario farlo, pensai infine.

«Tra di noi c'è un legame e lo sai già. È evidente che questa sintonia è dovuta al tuo lato di lupo, perché, come sai, per i lupi è normale che possa crearsi un legame forte e istintivo. Tuttavia il ruolo che io ricopro, e il momento difficile in cui ci troviamo, rendono pericoloso un legame simile»

iniziai scrutando le iridi dorate.

«*A prescindere dalla tua natura, potresti correre più pericoli del dovuto se mostrassi apertamente quanto forte sia il nostro legame. Dunque, quando saremo insieme ad altri lupi, non potrò comportarmi da amico come faccio di solito.*

Tutti sanno che sei sotto la mia protezione, ma quello che io vorrei pensassero è che lo sei perché la tua famiglia ha subìto un grosso torto, oltre che per il tuo potenziale.»

La vidi irrigidirsi di colpo e distogliere lo sguardo.

Il suo cuore aveva aumentato il ritmo e sentivo una forte confusione provenire da lei.

«*Ci stiamo avviando verso una guerra e non vorrei mai che qualcuno scoprisse i miei punti deboli: ti metterei solo in pericolo*» dissi, sperando di essermi spiegato senza aver lasciato intravedere troppo.

«Capisco, non preoccuparti Tor, non mi sono mica offesa» fece pacata, cercando di sorridere. «È solo che è ancora un po' strano, per me, sentir parlare della mia famiglia e di quello che è successo» concluse in un sussurro, continuando a evitare il mio sguardo.

Mi aveva risposto così perché sapeva che avevo sentito le sue emozioni. Imparava in fretta.

Cercai di concentrarmi ancora di più, ma ora la sentivo calma. Troppo calma.

«*Mi dispiace, Rori.*»

«Di cosa? Ti devo solo ringraziare, so perfettamente quanto sia fortunata ad averti incontrato e ti sono grata per le possibilità che mi stai dando. Solo, a volte, tutto questo mi pare ancora così irreale. Porta pazienza...»

Al sentire quelle parole mi avvicinai con uno scatto e le diedi un colpo deciso con il muso sulla spalla, ma lei non accennò ad alzare la testa, continuando a guardare ostinatamente da un'altra parte.

«*In questo momento vorrei delle braccia per poterti scuotere!*» dissi. Quella ragazza mi stava togliendo la ragione.

«*Hai varcato la soglia tra due mondi perché volevi aiutarmi. Tu non mi devi nulla, Aurora. Perché ti sottovaluti così? Sono io a essere in debito con te; come Tor, in primo luogo, e poi come Alfa, per ciò che è stato fatto a tuo padre.*»

Alzò la testa.

Quello che vidi nei suoi occhi mi sorprese.

«È un tuo punto di vista, Tor» fece con fermezza. Poi la voce si ammorbidì e accennò un sorriso. «Grazie, ma io continuo a reputarmi fortunata sia per averti incontrato, sia per le possibilità che mi stai dando. Vorrei potermi sdebitare per ciò che hai fatto per me.»

Ero perplesso. Non avevo ancora visto questo lato del suo carattere.

Finora mi era parsa una creatura mite e affascinante, dolce e scherzosa. Ma questo lato fermo e cocciuto era una novità. Obiettivamente aveva mostrato una certa fermezza con Drina, ma per il resto non avevo notato altro.

Si era impegnata molto in queste tre settimane e aveva affrontato tutto in modo pacato e calmo. In effetti nessuno rimane imperturbato davanti ai cambiamenti e sicuramente anche lei era cambiata da quando era arrivata in questo mondo.

Avevo però la sensazione che mi stesse sfuggendo qualcosa di fondamentale.

«*Se vuoi metterla su questo piano, allora, io sono grato di averti incontrata e di poter sanare il torto che è stato fatto alla tua famiglia, almeno in parte*» ribattei deciso. «*Ora ti lascio riposare: Ryu mi ha detto che hai una buona ripresa, ma credo che oggi ti sia stancata più del solito*» dissi.

Non capivo cosa fosse successo: c'era qualcosa di diverso in lei, adesso. Tuttavia ero anche consapevole che non avrei cavato un ragno dal buco.

«Già, in effetti sono stanca oggi» borbottò, distogliendo ancora lo sguardo.

Per quanto mi costasse, era meglio che uscissi da quella stanza. La sentivo calma, ma mi sembrava così strano che si sentisse realmente così...

Non capivo, quindi era meglio lasciar perdere, per il momento.

«*Allora a domani, Aurora*» la salutai, più bruscamente di quanto volessi, e mi girai verso la porta.

«A domani, Tor» la sentii bisbigliare prima che uscissi.

Invece di andare nella stanza accanto, andai verso l'ala dove sapevo esserci l'alloggio del mago. Dovevo parlargli.

AURORA

Quando Tor uscì dalla stanza tirai un enorme sospiro di sollievo.

Potevo allentare la presa sulle mie emozioni. Avevo cercato di mascherare più che potevo il vortice di sentimenti che, di punto in bianco, avevo iniziato a provare. Non aveva senso e non capivo cosa mi stesse accadendo. Fortunatamente ero diventata più brava a nascondere ciò che provavo. Mi ero concertata, cercando di richiamare una forte sensazione di calma.

Mi accertai che il lupo nero se ne fosse andato prima di lasciarmi andare completamente.

Cosa diavolo mi stava accadendo? Provai a raggiungere il divano, ma avvertivo lo stomaco in subbuglio. Perché mi ero sentita così angosciata quando Tor aveva detto che non si sarebbe più potuto comportare come al solito con me? Perché mi ero sentita straziata all'idea che c'era chi mi odiava senza neppure avermi mai vista?

Per la maggior parte delle creature che popolavano quel mondo ero uno scherzo della natura, lo sapevo, era una cosa a cui avevo già pensato e alla quale mi ero preparata. Ma perché sentire quelle cose dette ora da Tor mi aveva ferita così?

In ogni caso non avrei voluto se ne accorgesse e avevo cercato di mascherare la verità.

Raggiunsi il divano e mi sedetti.

Una strana e spiacevole sensazione iniziò a scuotermi. Rimasi seduta cercando di respirare, ma il malessere che provavo continuava ad aumentare. Mi sentivo male. Molto male.

Avevo lo stomaco sottosopra, quasi volesse uscirmi dalla bocca, e una sorda disperazione mi attanagliò quando iniziai a battere i denti per il tremore feroce. Cosa potevo fare? Poi mi ricordai della corda e di Elga.

Cercai di alzarmi, ma dopo essermi tirata su, piombai a terra in preda agli spasmi. Stavo malissimo, sentivo tutto il corpo scottare, e probabilmente avevo anche le allucinazioni; ero quasi certa di aver sentito le mie ossa scricchiolare. Provavo dolore in ogni centimetro del corpo, dentro e fuori. Ero certa che sarei morta, non poteva esserci altra conclusione: sarei morta lì, da sola, senza neppure sapere perché.

Immagini confuse di zia Penny mi passarono davanti agli occhi: non avrei neppure potuto salutarla. E non avrei rivisto Tor, pensai, prima di perdermi.

Anche nell'incoscienza soffrivo, o forse non ero del tutto svenuta. A tratti mi pareva di sentire delle grida che squarciavano la nebbia che mi avvolgeva, ma non avrei saputo dire a chi appartenessero quelle voci.

Non so dopo quanto tempo la mia mente cominciò a riaffiorare. Il dolore pulsante c'era ancora, ma era diventato più sopportabile. Cercai di aprire gli occhi, ma una luce abbagliante mi costrinse a chiuderli subito. Provai a muovermi, ma avevo la sensazione che il mio corpo stesse andando in pezzi, così decisi di rimanere immobile, mentre odori intensissimi mi invadevano le narici.

Almeno non ero più sola: registravo voci intorno a me.

All'improvviso udii una nuova, familiare, che mi piaceva molto; si fece largo tra il dolore che mi attanagliava ancora.

«*Rori, non preoccuparti, passerà. Stai calma e non avere paura, non sei sola.*»

Mi venne da ridere, nonostante il male: non avere paura? Se mai fossi sopravvissuta a tutto quello, avrei tirato un pugno sul naso a chiunque l'avesse detto.

Non so quanto rimasi lì, non sapevo neppure dove. Gradualmente però il dolore iniziò ad abbandonarmi e la speranza di poter sopravvivere si stava facendo largo dentro di me, quando cominciai a sentire tutto il mio corpo schioccare. Sgranai gli occhi terrorizzata: una luce bianca mi offuscò la vista, ma questa volta continuai a guardare. Le fitte si stavano attenuando a tratti.

Ero a terra e c'erano diverse figure intorno a me, ma non le guardai: volevo vedere il mio corpo e capire cosa gli stesse accadendo. Quando scorsi il mio braccio molto più lungo del normale vomitai. Fu strano: non vomitai per il supplizio, quello stava passando, ma per il cieco terrore di ciò che mi stava succedendo.

Accadde in un istante: fu come scivolare. Il mio corpo sgusciò all'interno, dentro di me, e un altro corpo, che sentivo mio, ma che nel contempo era diverso, guizzò all'esterno. Poi tutto si fermò. Non sentivo più voci intorno a me e la sofferenza era scomparsa.

Avevo gli occhi aperti, ma non riuscivo a vedere ed era come se non sentissi più nulla. Tutto era fermo. Immobile, congelata nel tempo di un respiro. Infine mio cuore iniziò a battere in modo sempre più forte e martellante, come se poco prima avesse stabilito di fermarsi per poi scegliere nuovamente di riprendere a funzionare.

In un turbinio di colori cominciai a intravedere di nuovo delle immagini. Mi alzai in piedi e capii che ero leggerissima, anche se mi sentivo molto più ingombrante di prima. Dov'ero? Cos'era successo? Non ricordavo.

Quella non era casa mia. C'era qualcuno intorno a me, ma non riconoscevo nessuna di quelle creature.

Una figura nera, alta e imponente, torreggiava su di me e due occhi ambrati mi guardavano come se volessero ipnotizzarmi. Mi mossi all'indietro andando a sbattere contro qualcosa.

Ero a quattro zampe, ma sapevo di non potermi alzare più di così. Nonostante ciò mi sembrava di essere stranamente alta. Il mio cuore pompava deciso e lo sentivo rimbombare nella testa, nelle orecchie, in tutto il corpo.

Nonostante non fossi abituata a stare a quattro zampe provavo un confortante senso di stabilità, rispetto a prima.

Dovevo uscire da lì. Vidi la porta, ma c'era troppa gente fra me e quella via d'uscita.

Mi sentivo soffocare lì dentro, dovevo uscire e tornare a casa. Uno strano istinto continuava a bussare prepotente alla porta della mia mente. Lui sapeva come fuggire.

D'improvviso la sagoma d'ossidiana fece un passo verso di me, facendomi sentire in trappola. Allora decisi: mi sarei abbandonata a quel curioso istinto che percepivo dentro di me. Perciò lasciai che prendesse il controllo e fu così che il mio corpo iniziò a muoversi rapidamente. In un attimo girai su me stessa in direzione dell'aria fresca che penetrava da una finestra. Con un balzo la raggiunsi e saltai. Fu come vedere tutto al rallentatore; lanciarsi da un'altezza simile avrebbe voluto dire spiaccicarsi al suolo, ma ora per me non era più così. Sentii il corpo atterrare come una molla, e un'ondata di piacere mi invase come una droga forte che offusca la ragion.

La luna si stagliava alta nel cielo dietro le mura: ero in un castello e volevo uscirne, volevo tornare a casa. Mossi passi veloci e precisi tra gli alberi del giardino; ero velocissima e quella sensazione mi elettrizzò.

Vidi delle creature, delle guardie, davanti a me. I loro sguardi erano attoniti mentre correvo nella loro direzione come un proiettile. Non ci pensai un istante: deviai la mia traiettoria, evitandoli, e iniziai a costeggiare la barriera in pietra cercando una via d'uscita.

Mi sentivo come una valanga in movimento e questo mi piaceva.

Schivai altre guardie che rimanevano paralizzate al mio passaggio. Bene: potevo farcela a uscire di lì. Presto, però, la sensazione di essere seguita mi allarmò. Aumentai la velocità. Era uno spasso e sapevo di poter essere ancora più veloce!

Raggiunsi un passaggio nella muraglia, ma quattro lupi mi si pararono davanti. Invece di fermarmi aumentai il ritmo della mia corsa. Non avevo paura, mi sentivo forte, quasi invincibile. Non me ne accorsi neppure, almeno fino a quando un profondo e potente ringhio mi uscì dalla gola nel momento in cui raggiungevo il primo lupo.

Avventandomi sul suo collo lo feci volare in aria, per poi passare a un altro lupo. Cercai di non ferirli: non volevo fare del male. Quello che desideravo era scappare e se non si fossero tolti di mezzo mi sarei fatta strada da sola. Non persi tempo con le altre due guardie e appena vidi un varco mi fiondai fuori dalle mura.

Mi ritrovai a correre lungo le vie di una bizzarra città, sapevo esattamente dove andare: dovevo raggiungere il rumore dell'acqua. Come una scheggia passai tra le case. Non guardai neppure le creature che incrociavo, ma iniziai ad avvertire una presenza opprimente dietro di me che pian piano si stava avvicinando. Spinsi il mio corpo al massimo e lasciai le case e la città alle spalle.

Ora riuscivo a vedere delle altissime barriere d'acqua stagliarsi contro il cielo. Correvo nell'erba alta senza seguire alcun sentiero, muovendomi rapida tra gli alberi, e finalmente raggiunsi il mio obiettivo. Interruppi la mia corsa d'un tratto, guardando l'immenso ostacolo. Dovevo oltrepassarlo. L'istinto che era al comando sembrò bloccarsi indeciso, ma chiunque mi stesse alle calcagna era ormai vicinissimo.

Finalmente il mio corpo, agile e veloce, riprese la sua marcia costeggiando la cascata. Il mio pilota automatico aveva stabilito cosa fare. Mi accorsi, però, che il mio inseguitore aveva guadagnato terreno e stava per raggiungermi. La mia pausa aveva giocato a suo vantaggio.

Scorsi un grande cespuglio e un sentierino che gli scompariva davanti: quella era l'uscita. L'avevo quasi raggiunto quando udii una voce urlare nella mia testa.

«Fermati, Aurora!»

Di punto in bianco le mie gambe si paralizzarono nel pieno della corsa e ruzzolai al suolo. Feci un bel volo, ma per fortuna senza farmi male, pur avendo le gambe che non volevano più saperne di muoversi.

Poi il mio inseguitore mi raggiunse.

Ero inchiodata al suolo quando un enorme lupo nero si fermò a pochi passi da me.

D'impulso cercai di alzarmi, senza successo. Quando il lupo avanzò ancora, una sorda rabbia mi pervase: che diritto aveva lui di trattenermi lì? Io volevo andare a casa!

Allora decisi di riprendere il comando, mentre un basso ringhio mi usciva dalla gola. Sentivo una sensazione fresca vorticarmi in tutto il corpo, mentre finalmente mi rialzavo a fatica. Appena fui in piedi mi sentii libera da quella sensazione che mi aveva imprigionata.

Non ci pensai due volte e mi scagliai verso il cespuglio, ma quella dannata bestia si mise tra me e la mia via di fuga con un unico balzo.

«Cerca di calmarti!» mi ordinò ancora, ma le sue parole non avevano più nessun effetto.

Decisi che dovevo farmi strada di nuovo. Avevo bisogno del mio istinto, dovevo provare a collaborarci, senza però cedergli il totale controllo, altrimenti le parole della bestia mi avrebbero vincolato ancora.

Un basso ringhio uscì nuovamente dalla mia gola e avanzai verso di lui. Era molto più grande di me, ma non mi faceva paura: avevo un piano.

In uno scatto mi scagliai alla sua gola. Il mio morso, però, andò a vuoto quando lui si spostò rapido, come se avesse previsto con facilità il mio attacco. Non importava perché, appena toccai suolo ci riprovai, questa volta colpendo l'obiettivo. Affondai i denti nella pelliccia e tirai con forza, sollevandolo da terra e scaraventandolo di lato.

Mi sentivo potente. La brezza fresca continuava a scorrermi in tutto il corpo e avevo la strana consapevolezza che mi avrebbe permesso di vincere.

Il mio avversario però era già in piedi, ma invece di attaccarmi stava fermo a guardarmi.

«Non mi riconosci?» Sentii ancora la sua voce nella testa, ma questa volta suonava diversa, quasi familiare. Io non conoscevo nessuno lì, quel luogo non era casa mia.

«Non voglio farti del male» insistette suadente.

«Qualunque cosa tu voglia fare, prometto che ti aiuterò, ma ti prego di non avere paura di me» disse, con una vena strana, angosciata, che in qualche modo risuonò dentro di me. Non volevo sentire quella voce preoccupata, ma il pilota automatico continuava a incitarmi ad attaccare senza sosta. Cercava di far muovere il mio corpo, ma rimasi ferma ugualmente ancora un attimo: non capivo, perché adesso mi sembrava di conoscere quel lupo enorme?

«Rori, mi dispiace di averti lasciata sola ad affrontare tutto questo, avrei dovuto immaginare che fosse possibile tu mutassi e non escluderlo a priori.»

La sua voce era abbattuta e infelice, ma ciò che mi colpì furono le sue parole. Io avrei fatto cosa? Ma che diamine, e Rori chi diavolo era?

Rimasi paralizzata da quel pensiero.

Lentamente, come se una cortina di fumo si stesse pian piano diradando, ricordai: *io* ero Rori, e lentamente ricordai… un dolore forte… una conversazione… Tor.

Chi era Tor?

Il lupo sembrò leggere la mia confusione e cercò di avvicinarsi, ma un sonoro ringhio proruppe dalla mia gola. Ma non ero io, era quel dannato "pilota automatico".

Cercai di portarmi una mano al viso, ma ciò che alzai fu una grossa zampa bianca.

Quella visione fu come una secchiata d'acqua ghiacciata.

Vidi tutta la mia vita scorrermi davanti agli occhi, ma non stavo morendo, stavo ricordando: la cortina di fumo si era dissolta.

E accadde di nuovo: un tremendo malessere mi pervase, ma non era forte come la prima volta. Serrai i denti, che ora sapevo essere delle zanne.

Tor si avvicinò velocemente.

«Svuota la mente, non concentrarti sul dolore; pensa che il dolore non ci sia!»

Era difficile fare ciò che mi diceva, anche perché forti spasmi avevano cominciato a scuotermi. Tuttavia mi sembrava di riuscirci; forse fu il fatto di averlo vicino a rendermi più tranquilla. La sua voce sussurrava cosa fare, cosa pensare, e alla fine tutto si fermò di nuovo e per la seconda volta avvertii quell'assurda sensazione del mio corpo che scivolava dentro di me, mentre un secondo, anch'esso mio, emergeva.

Il dolore cessò all'improvviso. Mi ritrovai a terra, grondante di sudore e con i capelli appiccicati al viso. Mi sentivo stanca e indolenzita, come se avessi appena corso una maratona. Tutti i muscoli si tesero mentre cercavo di mettermi a sedere sull'erba.

Il lupo nero era al mio fianco.

«Tor?» mi ritrovai a bisbigliare.

Poi la vista si offuscò e mi sentii cadere all'indietro, nell'oblio dell'incoscienza.

TOR

Non riuscivo a smettere di guardare il suo volto pallido: era bianco come il cuscino che le sosteneva la testa.

«Bisognava prevedere questa possibilità» mi riscosse Ryu con voce incolore.

Non era un'accusa, la sua, al contrario intuivo che stava rimproverando se stesso. Senza motivo fra l'altro: l'unico colpevole ero io.

Ryu se ne stava seduto ai piedi del letto e guardava Rori senza distogliere gli occhi nemmeno un istante. E questo sin da quando l'avevamo riportata al castello. Anzi, più precisamente, dopo che lui l'aveva riportata al castello. Ci aveva raggiunti appena Rori aveva perso conoscenza e con il suo aiuto eravamo tornati alla Torre.

Non risposi. Non mi andava di parlare. Tutto ciò a cui riuscivo a pensare era a quell'enorme dolore che avevo sentito provenire da lei mentre mi trovavo con Ryu.

Per la maggior parte dei lupi non era così, ma Aurora era diversa e per lei non valevano le stesse condizioni.

«È mai successo che un lupo provasse una tale sofferenza durante la mutazione?» chiese infine il mago.

«No» risposi sicuro. *«Di solito nessun lupo prova dolore quando cambia. A volte può succedere che qualcuno di noi inizi a mutare più tardi, anziché da bambini com'è normale che sia. In quei casi le prime mutazioni sono molto dolorose, ma non così.»*

Avevo sentito tutto. Tutto il suo enorme supplizio quando aveva iniziato a mutare. Per fortuna, quando era tornata umana, la cosa era stata più veloce e meno dolorosa.

Ripensai a quel momento atroce in cui aveva assunto la forma di lupo e il suo cuore si era fermato. Non sapevamo cosa potesse accaderle durante la trasformazione: era possibile che il suo corpo non reggesse allo sforzo e, quando avevo sentito il silenzio del suo cuore per quei lunghissimi istanti, ero convinto fosse morta, sicuro che la sua parte di lupo l'avesse uccisa. In quell'attimo ero stato certo che anche il mio cuore avrebbe smesso di battere, ma poi avevo udito una nuova pulsazione e lei si era svegliata.

«Ora cosa succederà? Si può controllare questa cosa?» chiese Ryu, come se si trattasse di una brutta malattia. Ma ciò non mi sorprese.

«Per noi, all'inizio delle nostre mutazioni, non è qualcosa di controllabile. Con il tempo, però, impariamo a gestirlo. Di solito i bambini iniziano a cambiare quando provano delle emozioni più forti del solito» dissi.

Poi un'idea mi balenò in mente.

«È possibile fare in modo che non muti più, usando la magia?»

Ryu distolse lo sguardo da Aurora per la prima volta. Mi guardò con espressione vuota.

«Potrebbe essere, ma non ne sono certo. Anche se fosse possibile, però, non sarebbe certo una cosa semplice, e cercare il modo di vincolarla alla sua sola forma umana richiederebbe molto tempo.»

«Se la magia può vincolare me a rimanere lupo, potrà farla rimanere perennemente nella sua forma umana!»

«La tua è una maledizione, Tor, imposta a un tuo antenato da una delle maghe più potenti mai esistite. Non possiamo fare la stessa cosa con lei, ammesso che io ne sia effettivamente capace. Oltretutto non credo sia la strada giusta» disse tornando a spostare lo sguardo su Aurora.

Aveva ragione: non era la strada giusta. Bisognava trovare il modo di controllare le sue trasformazioni.

«Credo sia meglio che tu vada a riposare un po', Ryu: starò io qui. Hai usato la magia per guarirmi ed era una brutta ferita.»

Alle mie parole le labbra del mago si sollevarono in un sorriso.

«Non mi capacito di come sia riuscita a ferirti in quel modo con un corpo che non sapeva neppure usare.»

«A me sembrava che lo usasse benissimo invece e credo che anche i soldati che ha incontrato la pensino come me» ribattei. *«È questa la cosa strana: il fatto che riuscisse a muoversi in quel modo, tuttavia era come se non ci fosse, come se non fosse più lei. Non riesco a capire.»*

«Credo che queste risposte ce le possa dare solo lei. Quanto all'andarmene, puoi scordartelo, lupo. Credo sia invece il caso che te ne vada tu. Non è saggio rimanere qui, vista la posizione che ricopri e le circostanze attuali: la tua gente potrebbe non comprendere la tua preoccupazione nei confronti di una creatura che è per metà mago e per metà figlia di un lupo esiliato.»

Cercai di frenare tutto ciò che avrei voluto dirgli: alla fine, in un certo senso, lo capivo.

Entrambi tenevamo a lei.

«Puoi scordartelo, mago» mi limitai a rispondere.

AURORA

Era passato quasi un giorno da quando era successo. Quella mattina mi ero svegliata nel mio letto con una sensazione nuova e indescrivibile. Ci avevo messo un po' a ricordare.

Ero rimasta di stucco nel trovare Tor e Ryu nella stanza, entrambi che mi fissavano. Nessuno aveva detto nulla, come se temessero che avessi potuto fare qualcosa di strano.

Quando avevo cercato di mettermi seduta e ogni centimetro del mio corpo aveva iniziato a farmi male, le immagini di quello che era successo erano tornate.

Al mio sussulto, Ryu e Tor si erano fatti più vicini, come se si preparassero a fare chissà cosa, ricordai.

Un leggero colpo alla porta mi distolse da quei pensieri: ero così concentrata sui ricordi di quella mattina che non avevo sentito la presenza di chi si stava avvicinando.

Avevo trascorso il pomeriggio sul divano, nell'anticamera, a studiare testi di magia, dopo aver discusso animatamente con Ryu e Tor al mattino. O meglio, io mi ero alterata, mentre loro avevano assunto una snervante modalità "iceberg".

«Avanti!» Sospirai.

Non avevo voglia di discutere ancora.

Ryu varcò la soglia della porta. Si era cambiato.

Lui e Tor avevano trascorso la notte precedente accanto al mio letto, senza riposare un minuto.

Ora era vestito di scuro: pantaloni neri, camicia grigia, stivali neri. I capelli argentei erano legati sulla nuca in una coda. Sembrava ancora più bello del solito, mi accorsi.

«Come va lo studio?» chiese, avanzando con cautela verso di me.

«Non c'è bisogno che mi parli così, non muterò, e anche se dovesse accadere, ora non perderei cognizione di chi sono. Ne sono quasi certa» sbottai in risposta.

«Quasi certa, non certa. Inoltre non è solo quello il problema: è il tuo dolore quando ti trasformi; il tuo cuore si era fermato, Rori, come puoi credere che sia così facile per me, adesso?»

Le sue parole mi colpirono.

«Mi dispiace, Ryu» risposi senza sapere cos'altro dire.

Per tutta risposta si sedette sulla poltrona accanto alla mia.

«Sei certa che vada bene provarci già domani?» chiese, guardandomi preoccupato.

Prima che potessi rispondere, allungò una mano a scostarmi una ciocca di capelli dagli occhi. Le sue mani affusolate sfiorarono la mia pelle con un tocco delicato e gentile.

Ci conoscevamo da poco più di tre settimane, ma era come se ci conoscessimo da una vita: era diventato una sorta di fratello maggiore, per me, che mi sorreggeva e guidava.

«Non hai un bell'aspetto» notò lui.

«Grazie Ryu, sei molto gentile» sbuffai, fingendomi offesa.

A quelle parole una risata cristallina gli uscì dalle labbra e il suo volto, se possibile, divenne ancora più bello.

Non potei fare a meno di guardarlo, incantata.

«Devo proprio imparare a controllare questa cosa al più presto: non voglio rischiare di diventare un lupo mentre mi faccio la doccia. Sai che problema sarebbe asciugarsi, con tutta quella pelliccia!» scherzai.

«Già, in effetti sarebbe un grosso problema.»

«Come stanno le guardie?» chiesi, cambiando argomento.

«Non preoccuparti, non le hai ferite gravemente. Anche se la magia curativa non è la mia specialità, non è stato difficile rimetterle in sesto con qualche pozione.»

«Quanto tempo credi ci vorrà per imparare a mutare?»

«Be', dipende. Non si possono fare molte previsioni nel tuo caso. Bisognerà vedere man mano: nessuno può sapere come si manifesteranno, in te, certi aspetti del lupo.»

Questo lo sapevo, tuttavia speravo avesse scoperto qualcosa di nuovo.

Aveva passato la giornata a parlare con i lupi che avevano iniziato a mutare a età più avanzate, al fine di fare qualche previsione e aiutarmi nell'esperimento di domani. Avevamo deciso il da farsi quella mattina, insieme a Tor che mi aveva istruita sulla mutazione.

«Comunque credo di essere in grado di usare la magia anche in forma di lupo» dissi di punto in bianco.

Avevo rivissuto più volte, nella mia mente, tutto quello che era successo, ed ero quasi certa che, mentre attaccavo Tor, avevo sentito scorrere quel potere magico che stavo iniziando a scoprire.

Mi accigliai al ricordo della ferita inferta all'Alfa. Dovevo imparare a controllarmi.

Ryu si era fatto pensieroso.

«In effetti non sarebbe strano: durante la nostra simulazione del combattimento hai usato i tuoi riflessi da lupo per evitare la spada, quindi sarebbe logico supporre che tu possa usare la magia anche in forma di lupo. Sarebbe veramente una cosa interessante da vedere.»

Ora mi stava guardando.

«Rori, ascolta, ora devi farmi una promessa» disse, all'improvviso serio.

«Il tuo potenziale magico è buono, contando il fatto che stai ancora imparando. Ora puoi anche assumere la forma di un lupo, oltre ad averne alcune caratteristiche importanti in forma umana. Questo mette nelle tue mani un potenziale potere.»

«E con questo? Tutte le creature in questo mondo hanno poteri o una grande forza» lo interruppi accigliata.

«Ascolta, se supponiamo che un giorno tu possa arrivare a padroneggiare la magia e usarla in forma di lupo, ciò ti conferirebbe una grandissima dote. D'altro canto, per tanti potresti rappresentare una minaccia o un'arma da sfruttare. Perciò è importante che tu smetta di usare la magia al di fuori delle nostre lezioni, e non dovrai fare parola dei tuoi progressi a nessun altro all'infuori di me e Tor. In realtà, per il momento, vorrei lasciassi all'oscuro anche lui del fatto che potresti usare la magia anche in forma di lupo.»

Avevo capito cosa mi stava dicendo, ma non il fatto che non potessi dire tutto anche a Tor.

«Mi fido di Tor.»

«Lo so, Rori, anch'io mi fido di lui. Ma ci sono molte battaglie alle porte e le cose potrebbero cambiare. Il nostro popolo è quasi estinto, mentre i lupi no.»

Rimasi attonita, mentre il suo sguardo si era fatto indecifrabile.

«Non ti sei mai chiesta perché abbiamo perso contro i lupi? Ci sono tante cose che non sai, sei giovane e stai appena iniziando a conoscere questo mondo e le creature che lo popolano.»

Aprii la bocca per ribattere, ma alla fine ci ripensai. Aveva ragione, sapevo poco o nulla di quel luogo. Nonostante ciò mi fidavo ciecamente di Tor, e questo non sarebbe mai cambiato, ne ero certa.

«Ti chiedo solo di non dire nulla a nessuno per il momento: lo faccio per il tuo bene. Ho la possibilità di vivere ancora come mago grazie al tuo buon cuore, alla compassione che una ragazza ha provato per un volatile, e non vorrei, per nessun motivo, che ti accadesse qualcosa di male» affermò prendendo la mia mano tra le sue e stringendola.

Quegli occhi d'acquamarina brillavano di una strana verità.

«Va bene, te lo prometto» risposi.

«Ti ringrazio» fece con sollievo, liberando la mia mano.

«E ora veniamo a qualche informazione interessante.»

I suoi occhi scintillarono mentre proseguiva:

«Ho parlato con un lupo che ha iniziato a mutare quindici anni dopo la nascita. Ciò che fa scattare la prima mutazione è un'emozione particolarmente forte. Di solito non trascorre molto tempo tra la prima e la seconda mutazione, quindi bisogna essere preparati. Il dolore subentra perché il corpo umano non è preparato allo scambio col corpo animale. Con il tempo, che non dovrebbe essere molto, il dolore svanisce del tutto.»

«Quanto tempo esattamente?» lo interruppi.

«Si parla di qualche anno, Aurora.» Sospirò.

«Che cosa?!» dissi con voce strozzata. «E qualche anno non ti sembra tanto tempo?»

«Be', in base alla vita media di un lupo no, non è molto, anzi. Rapportato, poi, all'immortalità di un mago, no Rori, non è per nulla tanto tempo» fece pacato.

«Abbiamo due modi diversi di misurare il tempo» replicai cupa.

«Ad ogni modo, la sensazione di dolore dovrebbe svanire piano piano, fino a scomparire.»

«Come farò a controllare la mutazione?» chiesi con apprensione.

«Riguardo al controllo, l'importante è non sopprimere le emozioni forti, perché questo non aiuterebbe. Si accumulerebbero per poi esplodere in un secondo momento. Bisogna che impari a tramutarle in calma: questo ti aiuterà anche a mutare quando lo desideri.»

In effetti era quello che mi era successo la sera precedente. Avevo cercato di sopprimere delle emozioni e, quando le avevo lasciate andare, era iniziato il disastro. Aveva senso!

«Tieni sempre presente che questo vale per i lupi e non è detto che per te valga la stessa cosa. Stando a ciò che ci ha raccontato Tor, che ha percepito il tuo dolore, nessun lupo soffre tanto, quando muta, anche quando inizia a mutare più avanti negli anni.»

«Sì, lo so, ma quello che hai detto ha senso: ieri stavo cercando di tenere a freno le mie emozioni perché non volevo che Tor le sentisse. Quando le ho lasciate uscire ho iniziato a mutare» rivelai sovrappensiero.

Ryu rimase in silenzio. Mi accorsi di aver detto qualcosa di cui non mi andava di parlare. Ma invece di fare domande, lui cambiò argomento:

«Hai già studiato la storia del nostro popolo?»

«Finora ho studiato molto di quello che riguarda la città di Imperia, le imprese dei vari Alfa e i popoli che vivono qui, tra i quali i maghi, ma non abbiamo approfondito.»

«Ovviamente tre settimane sono poche per insegnarti tutto. Fino ad ora abbiamo affrontato la magia pratica durante le lezioni, ma credo sia bene conoscere anche un po' di storia.»

«Certo!» affermai.

«Negli ultimi mille anni questo mondo è stato spesso scosso da guerre. I motivi, bene o male, sono sempre gli stessi: la sete di potere e la brama di ampliare i propri territori. Cinquecento anni fa, però, al fine di portare la pace, si creò una grande alleanza fra tre popoli: i Lorcan, i Lupi e i Maghi.»

«Un alleanza tra Lupi e Maghi?» chiesi in un sussurro senza potermi trattenere.

«Già, facemmo questa scelta perché noi tutti rischiavamo di finire sotto il dominio di un unico popolo, i Vaughan.»

Mi accigliai: non avevo ancora sentito il nome di un popolo simile.

«Non ho mai sentito di un popolo con quel nome. Che creature sono?»

«Non ne hai sentito parlare perché la loro civiltà è scomparsa per mano della Grande Alleanza: rasero al suolo la loro città e uccisero ogni Vaughan che era su questa terra.» La sua voce era pacata e lo sguardo perso nel vuoto.»

«Ma perché? Perché uccidere tutti?»

«Per paura, Aurora. I Vaughan erano un popolo forte, ma non avevano mostrato nessuna vena bellica fino a cinquecento anni fa. Con l'ascesa al trono di Nerio, però, le cose cambiarono» disse aggrottando la fronte come se cercasse di far ordine nei propri pensieri.

«Devi sapere che i Vaughan possedevano il dono della magia ed erano dei combattenti temibili grazie ai loro corpi duri come la pietra. Avevano sembianze umane, ma erano pressoché indistruttibili.»

«Corpi quasi indistruttibili...» ripetei incredula ad alta voce.

«Sì, la loro pelle resisteva al fuoco, le spade più comuni si spezzavano contro di loro, e molti incantesimi d'attacco erano inefficaci, rimbalzavano contro di loro.»

Sgranai gli occhi. «Rimbalzavano?!»

«In più erano immortali, a patto di non venire uccisi: la loro pelle era come uno scudo che li proteggeva, certo, ma non da qualunque cosa, ovviamente.»

«Con tutte queste capacità sembra un miracolo la vincita dell'Alleanza!»

«In effetti a quei tempi la fortuna ci favorì» ammise. «Nei secoli il popolo dei Vaughan crebbe moltissimo e quando Nerio salì al potere si ritrovò un esercito immenso ai suoi comandi.»

«Avere un esercito non vuol dire doverlo usare per forza» dissi.

«I Vaughan si erano sempre tenuti lontani dalle dispute degli altri popoli: nessuno li aveva mai visti combattere. Tuttavia con Nerio le cose cambiarono drasticamente e ben presto tutti si resero conto di quanto pericolosi fossero. Il loro re aveva deciso di voler dominare sul nostro mondo e ci stava riuscendo.»

Ryu si fermò di nuovo, ma non osai aprire bocca: ero troppo concentrata a memorizzare ogni dettaglio di quel racconto.

«I giganti di Afron, i Muir e i Lord di Ferro erano già caduti sotto il dominio di Nerio quando si formò l'Alleanza» riprese Ryu. «Sembrava un esercito invincibile quello dei Vaughan, ma l'Alleanza resistette e, nelle battaglie finali, gli How e il popolo delle Fate si unirono all'Alleanza, permettendo a essa di vincere nonostante i Fray e Nani si fossero schierati con gli avversari. Al termine della guerra ci fu un lungo e difficile Consiglio, con i rappresentanti di tutti i popoli. In questo Consiglio decisero che ogni Vaughan ancora vivo dovesse essere ucciso.»

«Questa è un'ingiustizia! Ucciderli tutti è stato un gesto da vigliacchi.»

«Lo so, Aurora, temevano ciò che sarebbe potuto accadere nel momento in cui un nuovo re sanguinario sarebbe tornato a capo dei Vaughan. Si erano accorti di quanto pericolosi potessero essere, così uccisero ciò che rimaneva di quel popolo, portandolo all'estinzione.»

«Dopo la conclusione di quella tremenda guerra si era creato un forte legame tra i diversi popoli che avevano combattuto fianco a fianco per così tanto tempo. La pace e l'armonia regnarono per quasi trecento anni e in quegli anni la forte intesa che era nata aveva portato tanti maghi a vivere lontano dalla

Capitale, Orias.

Molti vivevano anche a Imperia e lo stesso valeva per i lupi: tutti si spostavano tranquillamente oltre i confini del proprio regno» disse in un sospiro, come se stesse ricordando dei tempi a lui cari.

Ma questo non era possibile! Altrimenti quanti anni avrebbe dovuto avere, Ryu? Più di duecento, calcolai mentalmente.

«Poi, duecento anni fa, le cose cambiarono di nuovo, e in peggio» proseguì con una risata amara. «Alessa De Ceili era alla guida della nostra gente, nominata regina dal re precedente.»

«Quindi Alessa non solo era una maga potentissima, ma anche la regina del suo popolo» sussurrai a voce alta, riflettendo su quelle parole.

«Sì, per il nostro popolo la successione al trono era conseguente al grado di parentela con il re reggente, ma poteva succedere che il re scegliesse anche un mago col quale non avesse vincoli di sangue. Meurig non aveva figli: le nascite nel nostro popolo erano diminuite drasticamente negli ultimi cinquecento anni, le maghe stavano diventando sterili e nessun incantesimo poteva cambiare le cose. Anche per questo, a molti di noi era sembrato assurdo che l'unione tra un lupo e una maga avesse potuto generare una vita, quando si seppe la storia dei tuoi genitori.»

Il mio cuore prese a battere più veloce. Bryn e Nessa si erano amati moltissimo, questo l'avevo sempre saputo, ma solo ora capivo veramente le parole di zia Penny. Chissà se anch'io avrei mai trovato un amore così.

«In ogni caso, Meurig, nominò suo successore l'unica figlia del fratello, prima di ritirarsi dal trono» continuò Ryu. «Essendo un popolo immortale, non era detto che un nuovo re, o una nuova regina, salisse al trono a causa della morte di quello precedente, pur non essendo difficile che accadesse anche questo: gli attentati erano all'ordine del giorno, a palazzo.»

«Capisco» bisbigliai.

«Alessa era più che meritevole del posto che aveva ereditato: una maga estremamente potente, con un gran cuore e un'intelligenza brillante. Poi, pian piano, qualcosa in lei cambiò.»

«Ma perché?»

«Nei primi anni del suo trono aveva iniziato a frequentare assiduamente questa città. Il legame che aveva stretto con Sion, l'Alfa in quel periodo, si era trasformato in fortissima amicizia. Nessuno sa cosa accadde con precisione, anche se ci sono diverse storie al riguardo» e sospirò. «Fatto sta che un giorno la regina rientrò a Orias in fretta e furia. Per giorni, si dice, rimase chiusa nelle sue stanze senza vedere nessuno. Infine decise di scagliare la maledizione che conosci bene su Sion.»

Ryu si bloccò come se le parole appena pronunciate gli pesassero come macigni.

«Lui non reagì, mentre gli altri lupi reagirono per lui. Iniziò a crearsi astio tra i due popoli e né Sion né Alessa poterono impedirlo. Lei si rifiutava di togliere la maledizione e Sion sembrava averla accettata senza battere ciglio. Non diede mai l'ordine di attaccare i maghi, anzi incitava i lupi a calmarsi.» Gli occhi d'acquamarina si fecero torbidi mentre rimase in silenzio per un istante.

«Ma le cose stavano prendendo una brutta piega e Sion decise di andare a Orias per parlare con Alessa» riprese. «In un primo momento sembrò che qualunque cosa fosse accaduta la stessero appianando. Per togliere una maledizione la strada più facile è che essa venga tolta dal mago che l'ha lanciata, ma è anche la più lunga, perché necessita di un rituale che richiede tempo per essere preparato. C'era chi affermava con certezza che, dopo la partenza di Sion dalla capitale, Alessa stesse preparando il rituale per sciogliere la maledizione. Purtroppo, però, poco dopo il suo rientro a Imperia, Sion fu ucciso.

Il nuovo Alfa accusò il popolo dei maghi di aver mandato dei sicari e diede l'ordine di attaccare Orias e uccidere Alessa. E fu così che iniziò una nuova guerra, che terminò appena vent'anni fa, col quasi totale sterminio della nostra gente» concluse, girandosi finalmente a guardarmi.

Non sapevo cosa dire: il suo racconto mi aveva talmente colpita che era come se avessi vissuto anch'io tutto quello che mi raccontava. Avevo tante cose che mi frullavano in testa e un'infinità di domande, ma per il momento mi sarei fatta bastare quelle parole.

«Grazie, Ryu, per avermi raccontato queste cose, ora riesco a capire un po' meglio.»

Gli occhi azzurri scintillarono e mi sorrise con calore.

«Non preoccuparti, Aurora, ci sono ancora tante altre cose che devi capire, e le capirai col tempo, ne sono certo.»

Già, non potevo far altro che affrontare passo dopo passo quella nuova realtà.

«Quanti maghi sono sopravvissuti? E che ne è stato di Orias?»

«Non saprei, a parte noi due credo che i sopravvissuti siano una decina o poco più. Il padre di Tor diede ordine di sterminarci tutti, com'era stato in passato con i Vaughan. Orias invece fu abbandonata a se stessa.»

Percepivo una nota di rabbia nelle sue parole.

«Tu ti senti in debito con Tor, ma non devi farlo, Rori. So che può sembrare che i lupi abbiano subito un torto, con la maledizione lanciata da Alessa, ma lei non spezzò nessuna vita, mentre loro ci massacrarono. Certamente anche nel nostro popolo c'era chi voleva a tutti i costi portare avanti la guerra, con l'intento di annientare i lupi, ovviamente. Quello che credo è che da entrambe le parti ci fosse chi era mosso da intenti poco nobili.»

Anche se sapevo poco di quel mondo mi ritrovai a condividere le ultime parole di Ryu.

«Non fu per suo volere che Tor lo fece, ma dovette portare a termine gli ultimi ordini imposti dal padre: la distruzione della nostra specie. Non sentirti schiacciata dal peso della tua natura: vanne fiera, perché tu sei il risultato di ciò che c'è di buono in entrambi gli schieramenti, poco conta cosa pensano gli altri, tu sai chi sei» terminò, guardandomi con fermezza.

Le sue ultime parole stavano risvegliando uno strano fuoco dentro di me.

«Tor è un Alfa giusto. Sa bene che i lupi hanno molte vite innocenti sulla coscienza. Questa, però, non è una sua colpa. Ora sta facendo ciò che è in suo potere per sanare le malefatte di chi è stato al comando prima di lui. Così come tra i lupi, anche tra i maghi c'era chi agiva nel male, quindi non sarebbe giusto cercare un colpevole. Bisogna solo pensare a cosa si può fare di buono adesso» terminò, alzandosi dalla poltrona.

«E ora è meglio che vada e ti lasci riposare, domani ti aspetta una lunghissima giornata.»

Guardai verso la finestra. Il sole era appena tramontato e la giornata era volata.

«Sì, credo tu abbia ragione.» Sospirai.

Ma il suo racconto continuava a ronzarmi per la testa.

Ryu, invece di andare verso la porta, si avvicinò a me, e in un istante si chinò, dandomi un leggero bacio sulla guancia, rialzandosi subito dopo.

Sul bel volto comparve un caldo sorriso, mentre guardandomi disse:

«Buonanotte, Aurora.» Per poi avviarsi alla porta.

«Buonanotte, Ryu» mi ritrovai a dire alla sua schiena, che stava già scomparendo oltre la soglia.

Rimasi immobile per qualche minuto. Poi sollevai la mano a sfiorare il punto dove le sue labbra avevano toccato la mia pelle. Il suo gesto mi aveva sorpresa: Ryu non era mai stato affettuoso con me. Per quanto strano, il suo gesto d'affetto era stato piacevole. L'ultimo bacio della buonanotte che avevo ricevuto risaliva probabilmente a quando avevo cinque anni.

In qualche strano modo i legami che avevo intrecciato in quel mondo stavano diventando una specie di nuova famiglia per me. L'idea mi piaceva.

Quella sera sarei andata a dormire felice, nonostante tutto.

TOR

L'ultima riunione del Consiglio era durata più del previsto, ormai era sera quando percorsi i lunghi corridoi che mi avrebbero portato alle mie stanze.

Nonostante tutto ero tranquillo: sapevo che Ryu aveva controllato Rori per parte del pomeriggio. Inoltre contavo sul fatto che, se fosse mutata ancora, l'avrei sentita come la sera prima.

Volevo vederla, ma non aveva senso andare da lei. E poi, dalla camera accanto alla sua, potevo sentire ogni battito del suo cuore, quindi avrei aspettato l'indomani per poterle parlare. Quella mattina avevamo discusso a lungo: si era messa in testa di provare a controllare la mutazione. Ovviamente la cosa non era sbagliata, ma il ricordo della sua sofferenza era come una ferita profonda nello stomaco. Non sentivo il dolore che provava, ma potevo percepire quanto soffrisse.

La paura che potesse accaderle qualcosa, mentre cambiava forma, era grande, ma sapevo che non aveva senso rimandare.

Cercai di scacciare il ricordo del terrore cieco che mi aveva tramortito quando avevo sentito il suo cuore fermarsi: non era una cosa saggia soffermarsi su quei pensieri, avrebbero solo aumentato la mia apprensione.

All'ultimo decisi di fare una deviazione e imboccai un altro corridoio. Dopo qualche minuto raggiunsi la stanza di Ryu.

Sentii la voce del mago ancor prima di bussare.

«Avanti!»

Una volta superata la soglia trovai lo stregone in penombra, dietro una lunga scrivania nera piena di candele, libri e pergamene. Ero certo che quel mobile non facesse parte dell'arredamento della stanza, ma non aveva senso chiedergli come lo avesse portato lì.

Sospirai e mi diressi al divano: con un balzo mi sdraiai sui morbidi cuscini e stiracchiai i muscoli indolenziti. Ryu non badava a me, continuando a leggere e scarabocchiare.

«*Com'è andata oggi?*» chiesi infine.

Ryu alzò leggermente il capo per guardarmi e dopo alcuni secondi lasciò cadere quello che aveva in mano sulla scrivania dirigendosi verso un tavolino di cristallo vicino alla finestra. Anche quello non ricordavo d'averlo mai visto prima del suo arrivo.

Sul piccolo mobile erano sistemate alcune bottiglie e varie ampolle di diverse dimensioni.

Prese un bicchiere e una bottiglia con il collo a forma di spirale. Si girò verso di me in segno d'offerta, ma scossi rapidamente la testa.

Ryu si versò un abbondante bicchiere di Anima di Drago, un liquore forte che avevo identificato dall'odore pungente e difficile da trovare.

«Bene, direi. Abbiamo parlato di storia e il tempo è volato» disse e tornò a

sorseggiare la sua bevanda.
«*Capisco.*»
Lo guardai con attenzione: era diventato simile a un amico da quando era al castello e ora capivo come fosse facile andare d'accordo con i maghi, anche se sapevo che non tutti erano come Ryu.
«Ci sono stati altri attacchi?»
«*Sì, si stanno spostando, e dietro di loro lasciano distruzione. Altri villaggi di Fate e Lorcan sono stati distrutti. E anche un villaggio di lupi al confine*» risposi.
Il mago alzò la testa di scatto.
«Chi?»
«*Non ci sono superstiti che possano raccontare, né cadaveri di chi ha attaccato: solo Fate, Lorcan e lupi senza vita, donne e bambini compresi. Per il momento sappiamo solo chi sono gli alleati, ma per il resto stiamo combattendo contro un nemico invisibile.*»
«I primi villaggi dei lupi sono lontani dalle terre dei Lorcan e dalle Fate. Hanno coperto la distanza in pochissimo tempo, troppo poco per essere possibile.»
Il mago era diventato cupo.
«*Ci sono più eserciti. Alcuni perlustratori hanno trovato molte orme di Fray, ma anche se fossero loro… come ha fatto un esercito a scomparire nel nulla? Nessun Fray ha il dono di scomparire a suo piacimento.*»
«Quindi abbiamo a che fare con più eserciti che stanno cominciando ad attaccare qua e là piccoli villaggi. Una mossa che non capisco…»
«*Un senso c'è, solo che noi non lo cogliamo ancora*» ribattei cupo.
Chiunque avesse deciso di dare il via a nuove battaglie si era preparato bene e aveva studiato nei minimi particolari ogni mossa: nulla era lasciato al caso.
«*Come si può rendere un esercito invisibile?*»
«Non lo so, Tor. Se lo sapessi te lo direi, come ti ho già detto. Ovviamente è difficile che si possa fare una cosa simile con un incantesimo, ma non impossibile. Lo scarso afflusso di maghi fa propendere ancora di più verso il "molto difficile".»
Già. I maghi erano praticamente estinti. Ryu sapeva di qualche superstite, ma potevano anche essere morti.
«*Il Consiglio è molto preoccupato. L'unica cosa certa è che i Lord di Ferro, e probabilmente i Fray, sono coinvolti. Il messaggero inviato nelle terre dei Lord non ha ancora fatto ritorno. Questo è tutto ciò che ufficialmente sappiamo.*»
«È difficile prevedere dove e chi questo esercito invisibile attaccherà. O forse è più corretto dire che esso riesce a nascondersi ai nostri occhi.»
«*Esatto.*»
«Non sappiamo come fanno a scomparire nel nulla, quello che possiamo

affermare con certezza, però, è che devono essere molto numerosi per abbattere interi villaggi senza lasciare superstiti.»

Ora mi fissava.

«Quello che sto iniziando a temere è che questi piccoli attacchi, lontani dal reale obiettivo, siano solo un diversivo. Il loro vero obiettivo siete tu e Imperia. Darti il tempo di prepararti e radunare un esercito sarebbe stupido, quindi credo sia possibile che cercheranno quanto prima di colpire questa città.»

«*Non è così semplice per un esercito entrare a Imperia*» replicai, pur consapevole che aveva ragione.

Dovevamo muoverci in fretta, avevamo perso anche troppo tempo.

«Gli Anziani che vi hanno tradito non hanno ancora parlato? Giunti a questo punto dovreste provare a ottenere informazioni con ogni mezzo.»

«*Pensi sia così facile? Non sono dei cuccioli e sanno tenere a bada le loro emozioni. Sono ancora in vita solo perché speriamo di trovare un modo per farli parlare, ma se si ostineranno al silenzio, dopo il processo la loro pena sarà la morte. La colpa della quale si sono macchiati è troppo grave*» conclusi con furore.

«Certo, lo immaginavo, ma se l'Alfa impone un ordine diretto nessun lupo può rifiutarsi di obbedire. O non è così?»

«*Certo che è così, questo è il grande potere che hanno gli Alfa: piegare la volontà degli altri lupi. Ma ci sono dei limiti. Nessun lupo può sottrarsi a un mio ordine, purché sia in forma di lupo. E finché rimarranno in forma umana non posso costringerli a parlare.*»

«E non c'è modo di far loro assumere la forma di lupo?» insistette Ryu.

«*No, non c'è. Nessun lupo adulto muta contro la propria volontà. Men che meno dei membri del Consiglio che hanno imparato a dominare la loro natura quasi alla perfezione.*»

Credeva forse che non avessi vagliato ogni possibilità? Ma Ryu non era stupido, quindi non capivo il perché di quelle domande.

«Perché non hai imposto a Rori di fermarsi, l'altra sera?» chiese all'improvviso, sorprendendomi.

Ecco dove voleva andare a parare, compresi.

«*Non l'ho fatto, in un primo tempo, per una serie di motivi*» iniziai cauto.

Mi fidavo di Ryu, ma ugualmente non sapevo se fosse un bene rivelargli questo particolare. Alla fine, però, quello che stava a cuore a lui era la stessa cosa che era al primo posto per me: il bene di Aurora.

«*So che in passato altri Alfa hanno abusato di questa facoltà*» ammisi, «*ma a me non piace imporre il mio volere senza un buon motivo. Riguardo Aurora, speravo riprendesse il controllo e non ci fosse bisogno di arrivare a piegare la sua volontà: è una cosa che non mi piace fare, specie se è qualcuno a cui tengo.*»

«Capisco.»

«*Quando però ho visto che le cose si stavano mettendo male, vicino alla cascata, le ho ordinato di fermarsi»* spiegai vago, mentre Ryu mi guardava impassibile.

«Quindi dopo che ti ha attaccato le hai imposto di fermarsi?» chiese ancora.

Doveva aver intuito che qualcosa non quadrava.

«No, le ho imposto di fermarsi prima che oltrepassasse le mura d'acqua. Rincorrerla nel bosco sarebbe stato complicato» chiarii. *«Il mio ordine ha piegato la sua volontà, ma per un breve istante soltanto.»*

«Credevo fosse impossibile per un lupo svincolarsi da un'imposizione dell'Alfa!» esclamò.

«Credo che la sua duplice natura le abbia dato la possibilità di svincolarsi dal mio potere ed è stato a quel punto che mi ha attaccato. Ovviamente non ho reagito: non avrei mai potuto farle del male. È stato allora, credo, che è tornata in sé, ma subito dopo ha ripreso sembianze umane ed è svenuta» rivelai infine.

«Grazie per la tua fiducia, Tor» disse Ryu, sorprendendomi di nuovo.

«Immagino anche tu abbia pensato che questo particolare potrebbe creare ulteriori problemi all'immagine di Rori. Un metà-lupo che può mutare e che forse è capace di sottrarsi al potere dell'Alfa non è una cosa che è bene si sappia.»

«Già, è una cosa che dovrà rimanere tra noi e, appena avrò modo, cercherò di spiegarlo anche a lei.»

Non potevo dedicarle tutto il tempo che avrei voluto, vista la situazione attuale. E anche se non ci fosse stata una guerra di mezzo, i miei sentimenti per lei e la posizione che ricoprivo sarebbero stati comunque un grosso problema.

«Mi chiedo perché sia così importante per te… Certo, so bene che non sei tuo padre: la tua natura è molto diversa dalla sua. Aiutarla, per te, è come cercare di sanare qualcosa che è stato fatto in passato. Ma mi rendo anche conto che non è solo questo, o mi sbaglio?»

Dannazione al mago e al suo intuito, pensai. Dovevo stare attento.

«Tra i lupi succede, a volte, che si crei un legame particolare; non è comune, certo, un legame così forte, ma è ciò che è successo» risposi pacato, senza esitare.

«Quindi è un caso che Aurora sia anche una delle creature più affascinanti che abbia mai visto?» chiese imperterrito.

«Sì, e non mi piacciono queste insinuazioni.»

«Volevo solo capire, non era mia intenzione insinuare nulla. È molto legata a te, ma in un modo del tutto innocente, questo l'ho capito. Volevo sapere se per te fosse lo stesso: non ci sarebbe nulla di strano se fosse il contrario, anche se sarebbe un grande problema» disse, accennando un sorriso.

Chissà perché avevo la sensazione che il problema al quale si riferisse non fosse solo quello più ovvio.

«Ma le cose non stanno così, quindi non ci sono problemi» ribadii

spostandomi dal divano.

Quella conversazione era diventata insidiosa ed era meglio interromperla.

«Ora è meglio che vada, se ci saranno novità ti farò sapere» conclusi.

«Aspetta, volevo parlarti ancora di una cosa. E non sentirti offeso dalle mie domande, Tor» si affrettò a dire.

«Certo, ti ascolto» risposi cercando di rimanere calmo.

«Per il momento tutto ciò che ho a cuore è il bene di quella ragazza, non biasimarmi se sono stato troppo diretto: non è rimasto nulla se non lei, della mia gente.»

«Capisco perfettamente, non mi devi spiegazioni.»

«Lo so, ma preferisco essere chiaro. I pochi superstiti, se sono ancora vivi, sono dei vigliacchi che hanno trovato il modo di nascondersi. Aurora, invece, mi ha salvato e mi ha dato la possibilità di vivere ancora come quello che sono. Le devo la mia vita e il mio compito, ora, è proteggerla.»

La sua voce aveva un tono amaro.

Capivo molto meglio di quanto credesse.

«Non intendo cercare un colpevole per ciò che è successo tra i nostri popoli, quello che voglio è aiutarti a creare un posto dove poter vivere in pace.»

La verità delle sue parole era chiara ai miei sensi e il peso della menzogna mi schiacciava. Ma non potevo dirgli la verità. E poi, avrei fatto in modo che quella verità non sarebbe stata mai un problema.

«Lo so, grazie Ryu, di cos'altro volevi parlarmi?»

«Visto ciò che ci attende, ho pensato che sarebbe il caso di recuperare delle cose che potrebbero servirci. Immagino che a Imperia non ci sia molto materiale magico, quindi volevo sapere se potevo andare a Orias quanto prima per vedere se è rimasto qualcosa che possa tornarci utile.»

Era una cosa alla quale avevo già pensato, anche se la città era stata rasa al suolo del tutto e ai resti era stato appiccato il fuoco.

«Sì, è una buona idea, anche se non so cosa tu possa trovare di integro.»

«So bene che la città è stata distrutta: dopo l'ultima battaglia ho volato per molto tempo al di sopra di Orias, nella speranza di trovare qualche superstite. La mia ricerca è stata vana, ma so anche di alcuni laboratori che non sono stati distrutti.»

«Capisco. Allora quanto prima organizzerò un gruppo che ti scorterà a Orias aiutandoti nel trasportare ciò di cui hai bisogno.»

«Sarebbe opportuno che lo facessi quanto prima.» Sospirò.

«Certo, lo so... allora domani concorderemo un giorno.»

«Ti ringrazio, Tor.»

«Non ringraziarmi per queste cose, stiamo lavorando per lo stesso fine.»

«Già!» disse Ryu con gli occhi che, per un istante, si accesero di una nuova luce.

AURORA

Mi rigirai per l'ennesima volta nel grande letto.

Non riuscivo a riaddormentarmi in alcun modo: ero arrivata addirittura a contare le pecorelle!

Sospirai rassegnata e decisi di alzarmi.

L'aria era pungente e, nonostante di giorno facesse caldo, le notti erano fredde. Il clima era strano, da quelle parti.

Arrivai alla finestra con i piedi scalzi che formicolavano a causa del freddo della pietra. Non stava ancora albeggiando, anche se non doveva mancare molto.

Poi un'idea mi balenò in mente. Ma era prudente?

Decisi che non era il momento di pensarci: corsi all'armadio e infilai un paio di pantaloni e una maglietta di garza di un tenue azzurro con le maniche a sbuffo. Infilai calze e stivali ed ero pronta.

Ora non rimaneva che provare.

Pensai per un istante a Tor, nell'altra stanza. Sentivo il suo respiro regolare da quando mi ero svegliata. Stava dormendo profondamente e non si sarebbe accorto di nulla.

Alla fine, aspettare che anche Tor e Ryu potessero assistere non avrebbe cambiato le sorti della mutazione. Anzi, forse mi avrebbe agitata di più. Non sarebbe successo nulla di male se avessi provato a mutare per conto mio, mi dissi. D'altra parte avevo appreso tutta la teoria che mi serviva e, riguardo al mio cuore, se avesse deciso di fermarsi l'avrebbe fatto a prescindere dalla presenza di qualcuno nella stanza e non ci si sarebbe potuto fare nulla in ogni caso.

Ero tremendamente curiosa di provare a trasformarmi una seconda volta, anche se il ricordo del dolore mi frenava. Tuttavia avrei dovuto imparare a conviverci.

Così mi misi al centro della stanza e respirai a fondo diverse volte, per rilassarmi e concentrarmi. Avevo deciso di imparare a controllare quanto prima quel lato di me e qualche anno era troppo tempo da aspettare.

Richiamai alla mente il ricordo delle sensazioni della sera precedente, la sofferenza e lo strano dolore, ma non accadde niente. Continuai a provare con tutte le emozioni che mi venivano in mente, ma nulla fece scattare la mutazione.

Sbuffai per la frustrazione e mi sedetti ai piedi del letto: era più complicato del previsto. Alla fine non ero come Hulk, che si arrabbiava e si trasformava, pensai sorridendo tra me e me.

Doveva esserci un meccanismo che dovevo innescare e che mi avrebbe fatta trasformare. Ripensai a quella strana sensazione del mio corpo che scivolava dentro di me per far posto a quello del lupo. Non sapevo come fosse quest'ultimo, ma sapevo che c'era, ne ero consapevole più che mai.

Chiusi gli occhi e continuai a pensare a quel corpo sconosciuto, cercando di immaginare che si sostituisse al mio.

Uno strano pulsare alle tempie mi informò che qualcosa stava succedendo. Crebbe fino a divenire fastidioso, ma non doloroso. Cercai di controllare il mio corpo: volevo che il mio involucro venisse sostituito. Le tempie smisero di pulsare d'un tratto e in un istante mi sentii scivolare all'interno, mentre un'altra me scivolava all'esterno.

Rimasi immobile qualche istante.

Odori e suoni mi invadevano la testa come un vortice. Continuai a tenere gli occhi chiusi, cercando di mantenere il controllo. Solo allora mi accorsi di non essere sola: c'era quello strano istinto al quale avevo lasciato il comando la sera prima. Era molto prepotente e voleva guidarmi, ma questa volta non potevo lasciargli il controllo.

Aprii gli occhi e guardai la stanza da una prospettiva diversa.

Ero un lupo.

Cavolo, ero un lupo! Ora ero elettrizzata: la mutazione era andata a buon fine senza che provassi dolore e avevo anche il controllo della situazione.

Ero quasi in preda all'esaltazione. Avevo rinchiuso quell'istinto in un angolo della mente, dove non poteva disturbarmi mentre imparavo a conoscere questo nuovo corpo. Mossi qualche passo e mi resi conto che ero molto salda sulle quattro zampe, anche se mi sentivo un po' ingombrante.

Voglio vedermi, decisi.

Cercai di arrivare al bagno senza far rumore e al mio passaggio le candele della stanza si accesero, come delle lampadine con il sensore, pensai divertita. Il bagno era grande, quindi raggiunsi lo specchio sopra il lavabo senza difficoltà e mi specchiai.

Sentii un mugolio strano provenire dall'immagine che mi guardava dallo specchio. Ero stata io, che dovevo aver fatto qualche esclamazione sovrappensiero ma, invece delle parole, dalla mia gola era uscito un suono molto animalesco.

Mi guardai con attenzione: ero un lupo strano. I miei occhi non erano per nulla da lupo. Guardai meglio il mio riflesso.

Un enorme muso bianco con due grandi orecchie a punta occupava gran parte dello specchio. Qua e là vedevo qualche ciuffo di pelo un po' più scuro che ombreggiava il manto, ma per il resto ero ricoperta di una folta pelliccia bianca. Ero un lupo quasi del tutto bianco, notai stupita!

Gli occhi, invece, mi fecero pensare a zia Penny, con un gran groppo in gola che si formò all'istante. Erano di un viola cupo, molto simili a quelli della zia, anche se di una tonalità più fredda e scura della sua.

Rimasi imbambolata a studiare la mia immagine. Che strano scherzo della natura ero, pensai infine: da umana avevo gli occhi da animale, mentre da lupo... mi bloccai a quel pensiero. Possibile che da lupo avessi gli occhi da umana? Quindi avevo ereditato questi ultimi da mia madre? Allora questo voleva dire che zia Penny era veramente mia zia? Gli occhi viola non erano una cosa comune per un mago... o forse sì? Ma anche mio padre poteva assumere forma umana, quindi non aveva molto senso.

Mi sentivo in subbuglio. Decisi che era meglio accantonare quei pensieri e concentrarmi sul collaudo di questa forma. Il corpo, anche se agile, era ingombrante, mi accorsi mentre uscivo dal bagno.

Una volta tornata nella stanza da letto cominciai a concentrarmi su ciò che percepivo.

Il castello era pieno di rumori che non avevo mai sentito, per non parlare degli odori che continuavano ad assalirmi le narici. Era una sensazione così insolita che mi sembrava assai difficile farci l'abitudine.

Mi spostai nell'anticamera e sentii Tor così chiaramente che era come se fosse lì accanto a me. Il battito del suo cuore mi risuonò forte nelle orecchie quando mi concentrai su di lui. Era incredibile! Provai ad analizzare altri rumori. Il castello era pieno di vita, nonostante non fosse ancora l'alba.

Mi venne voglia di uscire di lì e provare a correre fuori, all'aperto: era come se il bosco oltre le mura mi chiamasse in un modo allettante e incalzante.

Quella voce che avevo rinchiuso in un angolo della mente si fece pressante, spronandomi a raggiungere la foresta. Ma non potevo farlo. Sarebbe stato stupido. Perciò mi sforzai di ignorare quell'istinto e decisi di continuare a testare le mie sembianze di lupo.

Provai a balzare sul divano e in un attimo atterrai sui morbidi cuscini.

Era fantastico: al posto delle gambe mi sembrava di avere delle molle!

Forse avrei potuto azzardare un giretto per il castello, pensai dopo alcuni minuti. Con l'udito e l'olfatto avrei evitato con facilità d'incontrare qualcuno.

Così scesi con cautela dal divano, attenta a non fare alcun rumore: non volevo che Tor si svegliasse. Ora comprendevo come faceva a sentire così chiaramente ogni mio spostamento quando era nei paraggi. Avrei dovuto fare molta attenzione, anche se il suo respiro continuava a essere profondo e regolare. *Chissà da quanto tempo non si faceva un bel sonno*, pensai con una fitta al cuore.

Sia lui che Ryu mi avevano vegliata per l'intera notte precedente, e probabilmente anche quella sera era rientrato tardi, dal momento che ero certa che non fosse ancora nelle sue stanze quando ero andata a letto.

Rimasi un secondo titubante accanto alla porta, indecisa se uscire o no.

Infine, cercando di fare attenzione, provai ad abbassare la maniglia, ma un rumoraccio mi invase le orecchie quando la mia zampa scivolò con un tonfo mentre la porta si apriva. Quel corpo era grosso e non era per niente facile da gestire. Tendendo le orecchie per accertarmi che Tor non mi avesse sentita, oltrepassai la porta come un ladro che si aggira furtivo in casa d'altri.

Trotterellai lungo i corridoi, curiosa di registrare quegli ambienti che ora sembravano ancora più strani.

TOR

Avevo dormito troppo. La mente era ancora intontita dal sonno quando guardai fuori dalla finestra. Stava per albeggiare.

Mi ero ripromesso di riposare qualche ora per poi riprendere a esaminare le pergamene con le mappe delle aree dei villaggi attaccati. Non potevo perdere tempo dormendo, quando non sapevo ancora contro chi avrei combattuto.

Balzai giù dal letto con lo stomaco tormentato dai crampi: mi ero dimenticato di mangiare, la sera prima, e ora il mio corpo si lamentava. Erano troppe le faccende da sbrigare e il cibo non era una priorità.

Mi fermai prima di raggiungere il tavolino dove si trovavano le mappe. Avevo la strana sensazione che mancasse qualcosa. Ma cosa?

Forse ero troppo intontito dal sonno, decisi. Dovevo sbrigarmi a esaminare le carte altrimenti non avrei avuto molto tempo da dedicare alla prova di Rori.

Rori... dannazione non la sentivo, ecco cos'era che mancava: la sua presenza!

In un lampo aprii la porta della camera accanto e la trovai vuota. Dov'era andata? Non la sentivo! Com'era possibile? Se si trovava nel palazzo avrei dovuto percepirla. Cercai di calmarmi e tornare lucido: non poteva essere sparita.

Poi uno strano gelo mi pervase, quando la trovai con i sensi.

AURORA

Dannazione, mi ero cacciata in un bel guaio.

Ero convinta che, in forma di lupo, avrei potuto evitare d'incontrare qualcuno, ma non mi ero accorta che il castello era popolato a quell'ora. Mentre cercavo di sfuggire ad alcune guardie che avevano quasi imboccato il mio stesso corridoio ero finita per allontanarmi troppo. La maggior parte dei lupi aveva forma umana, quindi non sarei passata inosservata.

Tornare sui miei passi, adesso, era improponibile: nei corridoi vi era un continuo viavai di gente. Non restava altro che proseguire e cercare una strada alternativa per tornare, prima che qualcuno mi notasse.

Forse avrei potuto cercare di raggiungere le cucine e sperare d'incontrare Elga, pregandola di aiutarmi, ma scartai subito quell'idea.

Ero lì, bloccata a pensare a cosa fosse meglio fare: non era il caso di muoversi senza avere un'idea di dove andare. E poi se anche qualche lupo mi avesse vista, cosa poteva farmi? Non ero mica una prigioniera, mi dissi.

Forse, allora, era meglio assumere forma umana, anche se l'idea di mutare nel bel mezzo di un corridoio, senza saper bene cosa mi aspettava, non mi allettava affatto.

Drizzai le orecchie: sembrava non ci fosse nessuno nei paraggi. Bene, era la mia occasione. Non feci in tempo a pensarlo che il muro alle mie spalle iniziò a sollevarsi.

Mi allontanai automaticamente mentre quattro figure emergevano da una scalinata nascosta da un passaggio segreto. Avrei tanto voluto essere invisibile.

Le figure varcarono la soglia del passaggio e si fermarono a guardarmi. Nessuno si mosse. Io, da parte mia, ero paralizzata, senza sapere cosa fare, appiattita contro il muro opposto.

«E tu cosa ci fai qui?»

Le parole vennero pronunciate da un uomo imponente dalle vesti scure e con le spalle coperte da un lungo mantello nero. Il volto, dai lineamenti duri, aveva assunto un'espressione smarrita: gli occhi scuri mi guardavano perplessi, come se avesse avuto davanti a sé un fantasma.

Al suo fianco c'era un altro uomo, che sembrava la sua versione più giovane. I lineamenti di quest'ultimo erano più belli, con un'ombra di barba sulla mandibola e cortissimi capelli castani.

Gli altri due erano meno imponenti, anche se era chiaro che avevano entrambi il fisico dei guerrieri. Il primo aveva capelli color paglia, legati in una lunga treccia, e uno sguardo glaciale. Era anche quello che mi incuteva maggior timore. L'ultimo, invece, aveva un viso gentile, ma gli occhi nocciola sembravano vuoti, senza luce.

L'istinto si fece sentire di nuovo, urlandomi di stare attenta e attaccare. Ma non aveva senso, dovevo far tacere quella voce o mi sarei cacciata nei guai.

Cercai di parlare, ma uno strano mugolio mi uscì dalla gola al posto delle parole facendo sobbalzare i presenti, ad eccezione dell'uomo biondo, che sembrava una statua di ghiaccio. Lui continuava a guardarmi immobile, come un serpente pronto a scagliarsi sulla preda.

Non sapevo come si faceva a usare la telepatia, non ci avevo mai provato, dannazione a me!

Avevo bisogno di rimanere calma, altrimenti mi sarei messa nei guai.

Spostai il mio corpo dal muro cercando di concentrarmi sull'uomo in nero, mi sforzai di parlargli con la mente, come se dovessi fare una conversazione telefonica.

«*Sono arrivata da poco e mi sono persa.*»

Wow, funzionava! Ero certa di esserci riuscita. Sembrava come una comunicazione via radio, anche se ciò che avevo detto era una frase idiota.

Il volto del mio interlocutore si scurì e l'espressione smarrita scomparve.

«Chi sei? Con chi credi di parlare? Intendi rivolgerti a me come a uno stupido?» mi apostrofò la sua voce bassa con una nota d'ira.

E che cavolo, non gli avevo dato una risposta brillante, d'accordo, ma era la verità.

Ero arrivata lì da poco, e ok, non mi ero esattamente persa, però... oh caspita, avevo capito: un lupo, nel castello della città dei lupi, era alquanto improbabile che si perdesse!

Anch'io, che ero inesperta, sforzandomi sarei riuscita a tornare alla mia camera, figuriamoci un lupo.

Bene, mi ero appena bruciata con le mie mani. O forse no, pensai.

Non è detto che i lupi conoscano ogni proprio simile, quindi il mio interlocutore doveva essere una figura importante, dedussi dalle sue parole. Ma io non intendevo fingere quello che non ero. Alla fine non avevo fatto nulla di male e fino a prova contraria non ero una ladra o una carcerata.

«*A dire il vero non mi sono propriamente persa, ma mi sono allontanata dalle mie stanze senza sapere con precisione dove stavo andando*» risposi, optando per la verità.

Io ero Aurora, non un lupo di Imperia.

«*E in effetti no, non so con chi sto parlando*» aggiunsi decisa.

Se possibile il suo volto si fece ancora più cupo e una finta risata gli uscì dalle labbra.

Guardò il lupo biondo. «Non mi sorprende che le cose stiano prendendo una brutta piega, vista la sottospecie di servi dei quali si circonda Tor. Non abbiamo mai avuto un Alfa peggiore.»

A quelle parole un picco d'ira mi scosse e ogni brandello di paura scomparve.

Quel tipo non mi aveva solo offesa, ma aveva offeso anche Tor. Doveva avere una grande considerazione di se stesso ed essere convinto che io fossi una totale idiota, dal momento che credeva non ci fosse il rischio che riportassi le sue parole a qualcuno. O forse era solo molto stupido, non era da escludere.

L'attenzione degli altri individui era rivolta al mio interlocutore, soltanto quello biondo continuava a guardarmi, senza mai distogliere lo sguardo.

«*Neppure io mi sorprendo della stupidità, quando la incontro. Credevo però che in un castello avrei trovato di meglio*» risposi piccata. «*Non è mia intenzione essere scortese con nessuno, ma non accetto che mi si dia della "sottospecie di serva" da un emerito sconosciuto, chiunque egli sia. Anche se, a mio avviso, solo un miserabile e uno stupido è capace di parlare così di Tor. E discutere con gli stupidi è solo una perdita di tempo*» conclusi.

Ero arrivata in quel mondo, avevo cercato di fare del mio meglio per non creare problemi e imparare ciò che potevo per aiutare quella gente, ma non avrei accettato insulti gratuiti, né tantomeno che qualcuno parlasse male di Tor! Ero pronta ad accettare che mi vedessero in modo diverso a causa della mia natura, ma questo individuo che avevo davanti non sapeva chi fossi, credeva di avere a che fare con un lupo qualsiasi, e mi aveva insultata.

Il volto dell'uomo era diventato paonazzo dopo un primo momento in cui era rimasto a bocca aperta. Anche gli altri avevano espressioni esterrefatte dipinte in volto, a parte ovviamente l'uomo di ghiaccio, il lupo biondo.

«*Immagino tu non sia una sottospecie di serva, a quanto pare*» disse quest'ultimo facendo un passo in avanti.

La sua voce era pacata ma decisa nel contempo.

«*Chiunque lavori al castello non è "una sottospecie di servo"*» ribattei decisa a mia volta.

Allora un sorriso comparve sulle sue labbra, spiazzandomi. Gli occhi di ghiaccio si erano fatti meno glaciali, mentre tutt'altra storia valeva per il lupo vestito di nero, che sembrava pronto a esplodere.

«*Ora basta! Cosa sta succedendo qui?*» ruggì la voce di Tor nella mia testa.

Per un attimo fui disorientata, poi vidi la sagoma del lupo nero stagliarsi all'altro capo del corridoio. Possibile che non mi fossi accorta che Tor stava arrivando? Dovevo essermi lasciata prendere dalla rabbia...

In un lampo Tor ci fu accanto e uno strano gelo calò.

Ora sì che avevo paura: sentivo la sua ira. Avevo fatto di testa mia e avevo provato a mutare da sola; come se non bastasse mi ero messa a gironzolare per il castello e avevo appena insultato dei lupi.

Già, in effetti non era strano fosse arrabbiato.

Guardai lentamente i suoi occhi ambrati, ma erano rivolti ai quattro lupi.

Si era piazzato davanti a me, costringendomi a indietreggiare ancora verso il muro, come a volermi fare da scudo.

«*Siete arrivati in anticipo*» disse Tor dopo un lungo attimo di silenzio.

«Esatto, ma solo noi quattro, gli altri raggiungeranno Imperia domani come previsto» fece il lupo biondo, l'unico che sembrava aver mantenuto una certa calma.

Gli altri erano a disagio, come se l'ultima cosa che si fossero aspettati fosse di incontrare Tor. Ma loro non potevano sapere che, con ogni probabilità, Tor era lì a causa mia: doveva essersi accorto che non ero in camera ed era venuto a cercarmi. Non sapevo se essere felice perché mi aveva appena tolto dai guai, o temere per la ramanzina che mi stava aspettando, più che meritata ovviamente.

«Niall, vuoi spiegarmi con precisione cos'è appena successo?»

«Abbiamo trovato questa lupa davanti al passaggio e Hough ha fatto sfoggio delle sue pessime maniere, tutto qua» fu la riposta. «È un piacere rivederti, mio Signore» aggiunse, chinando leggermente la testa.

«Cosa esattamente non è chiaro nelle mie parole? "Con precisione" è un termine che conosci, giusto?» continuò Tor. Era arrabbiato, notai.

Anche il lupo di ghiaccio, che avevo appena scoperto chiamarsi Niall, sembrava sorpreso.

La cosa mi allarmò: perché Tor era così arrabbiato? Stentavo a riconoscerlo nel sentirlo parlare in quel modo, duro e autoritario.

«Non capisco, mio Signore» continuò Niall, ma ora avvertivo che era allarmato.

«Si dà il caso che questa lupa sia la seconda volta che muta nella sua vita» proruppe l'Alfa.

«Non sa usare la telepatia e credo abbia sostenuto la sua prima conversazione in forma di lupo con voi. Tuttavia il fatto più rilevante è che, avendo deciso di ignorare l'aiuto che le avevo offerto, ha provato a farlo da sola, nonostante non sappia come sostenere le conversazioni in modo privato perché nessuno gliel'ha insegnato» continuò iroso. *«Pertanto, ogni parola che ha detto è stata udita da ogni lupo che era a portata d'orecchi. Quindi, ora, vorreste essere così gentile da spiegarmi esattamente cos'è successo?»*

Mi sentii gelare. Questo significava che la conversazione si era appena svolta come se avessi parlato attraverso un megafono!

Volevo dire qualcosa, ma mi bloccai all'ultimo: meglio rimanere zitta.

Cercai di scostarmi leggermente dal muro, ma a quella mossa tutti si girarono verso di me, Tor compreso. Quando il suo sguardo raggiunse il mio, la rabbia scivolò via dalle iridi ambrate e un'espressione lupesca di preoccupazione comparve sul suo muso.

«Tutto bene?» mi chiese.

Scrollai leggermente la testa in segno d'assenso. Non potevo fare altro.

L'Alfa sembrò comprendere la mia difficoltà.

Si girò di nuovo verso i nuovi arrivati.

«Ci sarà modo di parlarne in un altro momento. Inoltre si intuiva, senza troppa difficoltà, il senso di quello che stava accadendo» disse Tor, tornando in apparenza calmo.

«Ora ci sono altre priorità. Nel frattempo potete sistemarvi nelle stanze che vi sono state assegnate» disse poi, dando le spalle ai quattro lupi e

liquidandoli.

Rimasi impalata come loro a guardare le spalle di Tor che imboccavano il corridoio.

«*Andiamo Rori!*» udii la sua voce decisa mentre si fermava a guardarmi.

Trotterellai dietro di lui, in silenzio, attenta a non dire nulla.

Lungo i corridoi incontrammo diversi lupi, la maggior parte in forma umana. Nessuno di loro, però, mi guardava con disdegno; la maggior parte sembrava più che altro curiosa.

Arrivati alla mia stanza, varcai la soglia con immenso sollievo.

Il sole del mattino aveva inondato di luce l'ambiente.

Tor era fermo a pochi passi da me, guardandomi con attenzione. Nei suoi occhi erano dipinti stupore e ammirazione, notai meravigliata. Ma c'era anche dell'altro, che non comprendevo cosa fosse.

Non sapendo cosa dire, cercai di concentrarmi: chiusi gli occhi e richiamai l'immagine del mio corpo umano.

«*Aspetta!*» disse Tor.

Aprii gli occhi di scatto, ma capii che era troppo tardi: un acuto pulsare mi avvolgeva la testa e sentivo il mio corpo pervaso da un fremito. Con estrema leggerezza il mio corpo scivolò all'interno e un secondo all'esterno, mentre i miei occhi, per un istante, non videro più nulla.

Mi ritrovai a faccia in giù, con la testa appoggiata al morbido tappeto. Cercai di sollevarmi, ma uno strano intorpidimento mi avvolgeva.

Sentivo la presenza di Tor accanto a me.

«*Come va?*» sussurrò la sua voce.

«Non lo so» borbottai.

La gola grattava un po', ma lentamente il torpore stava passando.

Mi misi a sedere mentre il lupo nero torreggiava su di me con il muso proteso in avanti. Senza pensarci stesi le braccia e nascosi il viso nel suo morbido pelo. Ero scomoda, ma non ci badai. Quella sensazione mi inondava di calma e piacere. Era una specie di caldo abbraccio, anche se ero solo io ad abbracciarlo.

«Scusa» bisbigliai contro il suo manto.

Tor rimase in silenzio, senza muoversi, e per quanto fosse piacevole stare così, iniziai a preoccuparmi: era così arrabbiato?

Non percepivo rabbia in lui. A dire il vero non percepivo nulla. Che strano.

Mi scostai, mentre lui non accennava a muoversi.

«*Non ho mai sentito nessuno prendere le mie difese così come hai fatto tu, poco fa*» arrivarono infine le sue parole, calde e pacate.

Automaticamente rividi i quattro lupi e provai una sorda irritazione.

«Quel lupo vestito di nero è l'arroganza fatta persona. Ha lanciato offese pesanti. Come potevo stare zitta, Tor? Mi dispiace, ma lo rifarei!» conclusi stringendo le mani a pugno nel folto pelo.

«*Non devi scusarti, Rori, non sei stata tu a sbagliare. Ti sono grato per avermi difeso. Altra cosa è, invece, provare a mutare da sola senza il supporto di nessuno. Per fortuna è andato tutto bene. Non capisco perché la scorsa notte non sia andata allo stesso modo.»*

Anch'io me l'ero chiesto, ma non avevo trovato risposta.

«Riguardo la mutazione, non saprei. Oggi ho provato solo fastidio, ma nessun dolore. È stato come se, in un certo senso, sapessi cosa fare. Anche il controllo sul mio corpo non è stato difficile da ottenere» risposi titubante. «Per il resto mi dispiace, non riuscivo a dormire e così mi è venuta voglia di provare. Credo di essermi fatta prendere dall'entusiasmo di non aver provato dolore. Mi dispiace, Tor.»

In risposta, il suo muso si appoggiò alla mia spalla in uno strano abbraccio.

«Non importa, adesso. L'importante è che tutto sia andato bene e che tu mi prometta che non farai nulla di pericoloso senza avermi prima informato.»

Si era preoccupato, lo sapevo bene, e mi dispiaceva.

«Va bene.» Sospirai.

TOR

Stava diventando sempre più difficile starle lontano, pensai mesto mentre era abbracciata al mio collo. L'unica cosa positiva era che, come Alfa, avevo la capacità di schermare le mie emozioni, altrimenti sarebbe scappata a gambe levate dalla stanza.

Da quando avevo preso consapevolezza della vera natura dei miei sentimenti per lei, tutto era diventato più complicato. Il momento peggiore era stato quando il suo cuore aveva smesso di battere, la sera che aveva mutato. Il ricordo mi scosse ancora. Senza rendermene conto rafforzai la stretta sulla sua spalla, sentendola trasalire.

Avrei fatto tutto ciò che era in mio potere per aiutarla e proteggerla, mi sorpresi a pensare. Era strano come, in poco più di tre settimane, la mia esistenza fosse stata sconvolta da quei nuovi e potenti sentimenti.

Ora, la creatura esile e minuta che avevo davanti era al primo posto nel mio cuore, ma nessuno avrebbe mai dovuto saperlo. Men che meno lei: l'avrei solo spaventata.

Quando l'avevo localizzata, poco prima, avevo sentito che non era sola, e il timore principale era che qualche lupo, stupido e ignorante, avesse potuto ferirla per la sua natura. Mai avrei immaginato che sarebbe finita così.

Man mano che la raggiungevo sentivo con chiarezza che non era in forma umana e la cosa mi aveva procurato una paura ancora maggiore. C'era la forte possibilità che non avesse il controllo del suo corpo da lupo e, nel caso avesse fatto qualcosa di strano, i lupi avrebbero potuto attaccarla. Quando le sue prime frasi mentali avevano iniziato a raggiungermi, mi ero ripromesso di fare a pezzi personalmente chiunque fosse stato il suo interlocutore. Mentre il dialogo continuava, il mio cuore accelerava sempre più.

Una sensazione di orgoglio si era fatta strada in me quando la sua voce, da esile e incerta, era diventata rabbiosa e dura nel difendermi.

Nessuno di loro poteva immaginare che, se non fosse stato per il piacere di sentire Rori difendermi in quel modo, che aveva mitigato la mia rabbia, le cose sarebbero andate ben diversamente.

«Tor? Chi erano quei lupi?» mi chiese dopo un po', scostandosi.

Questa volta non la trattenni e, a malincuore, lasciai che sciogliesse l'abbraccio.

La guardai mettersi in piedi mentre aspettava la mia risposta.

Sapevo che non era un bene per nessuno dei due prolungare quei momenti di intimità, ma non potevo farne a meno.

«Fanno parte di alcune città di lupi che si trovano al di fuori di Imperia. Il loro arrivo era previsto per domani, ma a quanto pare alcuni di loro sono arrivati prima.»

«Capisco» si limitò a rispondere.

Sentivo però che era scossa.

«Quel Hough non mi piace» aggiunse, dura.

«Ogni lupo è diverso dall'altro, Aurora. Anche tra noi ci sono figure positive e altre meno. Hough, come anche altri lupi, non condivide alcuni miei modi di agire, ma è giusto che ognuno possa avere una sua opinione.»

«Certo, va bene avere una propria opinione, ma essere arroganti e denigrare il prossimo è un'altra cosa.»

Se avessi potuto sarei scoppiato a ridere di gioia nel sentire come ragionava quella sua testolina. Invece mi limitai a darle un colpetto sulla spalla con il muso.

«Lo so Rori, ma non ci è dato cambiare la testa e il cuore del nostro prossimo. Possiamo solo cercare di fare del nostro meglio e sperare che anche gli altri vengano toccati dalle cose positive che facciamo, come ti ho già detto.»

«Hai ragione.» Sospirò in risposta.

«Riguardo a domani, ti avevo detto che sarebbero arrivati dei lupi che vivono fuori da Imperia. Presto raduneremo un esercito e i loro rappresentanti sono qui per discutere di questa nuova minaccia.»

Mi fermai per darle modo di rispondere, ma si limitò a fare un cenno d'assenso con la testa.

«Dopo l'arrivo di tutti loro, domani sera, ci sarà un banchetto nella Sala Grande, a cui parteciperanno tutti i lupi che hanno un ruolo importante all'interno della città. Ci sarete anche tu e Ryu, come membri del nostro schieramento. Terminato il banchetto ci sarà una riunione alla quale vorrei partecipassi» concluse.

La sua espressione era incerta quando rispose:

«Ma, Tor, io non so nulla di queste cose. Tantomeno di guerre o simili! Vorrei poterti aiutare, questo sì, ma non sono un politico.»

«Non preoccuparti, vorrei solo che tu partecipassi, se te la senti, e che ti faccia una tua opinione delle cose, nulla di più. Per il resto, il momento di aiutarci verrà molto prima di quel che credi.»

«Cosa intendi con "molto prima di quel che credi"?»

«Ci sono stati diversi attacchi negli ultimi giorni, tra i quali uno a un villaggio di lupi al confine Nord.»

«C'è la possibilità che Imperia venga attaccata in qualunque momento, ma la cosa peggiore è che non sappiamo ancora contro chi combattiamo. L'esercito che ha attaccato finora non ha lasciato superstiti dietro di sé, né femmine, né cuccioli.»

Dovevo dirle la verità. Il pericolo era reale e alle porte, ormai.

Non sapeva nulla della guerra, quindi era arrivato il momento di parlare anche con lei di quello che stava succedendo.

«Durante le battaglie ci sono morti, ma anche molti feriti. Un mago che possa guarire i nostri soldati è un bene importantissimo. Sia tu che Ryu potrete aiutarci molto.»

Avevo già deciso che le avrei dato il ruolo di guaritrice, quando avrebbe imparato a controllare la magia: questo le avrebbe permesso di stare nelle retroguardie, al sicuro, e nel contempo dare un contributo fondamentale.

Quanto a Ryu, la sua magia d'attacco sarebbe stata utile in battaglia o nell'erigere barriere, visto che il nostro nemico, anche se sconosciuto, doveva essere molto potente.

«Certo. Ci sono però molte cose che ancora non capisco, riguardo questa guerra.»

Già, non era facile spiegarle tutto.

«Non preoccuparti, piano piano capirai, e se hai domande risponderò volentieri.»

In risposta mi regalò un caldo sorriso.

AURORA

Distolsi gli occhi dal libro di magia che avevo in mano per guardare Ryu.

Tor se n'era andato da più di un'ora, quando Ryu era comparso sulla porta della camera con un'espressione cupa.

Aveva saputo di quello che era accaduto all'alba con i quattro lupi e della mia "trasgressione". Al contrario di Tor, era stato duro nell'esprimere il suo disappunto per ciò che avevo fatto: secondo lui era stato un atto irresponsabile.

Dopo avermi sgridata per bene mi aveva messo tra le mani dei libri da studiare e si era chiuso in uno strano silenzio. Era chino sul tavolino, intento a scrivere con una lunga penna piumata, che ogni tanto intingeva in un calamaio.

In effetti capivo benissimo che quello che avevo fatto era stato pericoloso, ma ero anche contenta di com'era andata. Ora sapevo di poter mutare e controllarmi anche in forma di lupo.

Quanto alla telepatia, Tor mi aveva spiegato come fare e non vedevo l'ora di mettere in pratica i suoi insegnamenti.

Per il momento, tuttavia, non era il caso di fare richieste, visto lo scompiglio che avevo creato.

«Ryu?» chiamai.

Dovevo chiedergli una cosa che da un po' di tempo mi frullava in mente.

«Dimmi, Aurora» fece pacato senza sollevare la testa.

Era ancora arrabbiato, dedussi.

«Mi dispiace» dissi accantonando le mie domande.

Il bel volto si girò verso di me, gli occhi azzurri scintillavano alla luce del sole che inondava la stanza. L'espressione cupa era svanita, ma i lineamenti erano ancora seri. Aveva arrotolato le maniche della maglia grigia fin sopra i gomiti e notai che, nonostante non avesse un fisico massiccio, le braccia e il torace avevano muscoli ben delineati. I capelli color argento erano sciolti e leggermente scompigliati.

Non c'era che dire: il fascino di Ryu era indiscutibile.

«Lo so, Rori, il punto è che a te dispiace di avermi fatto preoccupare, non di aver fatto di testa tua» fece, continuando a osservarmi.

Mi aveva messo con le spalle al muro: possibile che fosse riuscito a capirmi così bene? Non potevo e non volevo mentirgli.

«Non sbagli» bisbigliai rammaricata, senza sapere cos'altro dire.

«Il fatto è che hai corso un rischio che si poteva evitare. Se avessi aspettato me e Tor avresti ottenuto lo stesso risultato senza incappare in altri guai. Ci sono molte cose che ancora non conosci, per questo ti chiedo di fidarti di me e cercare di ascoltare ciò che ti dico. Non voglio decidere per te, ma vorrei evitare che tu corra rischi inutili.»

A quelle parole mi sentii ancora più in colpa. In effetti aveva ragione e la sua riflessione non faceva una piega.

«Ti prometto che non farò più di testa mia. Lo sai che mi fido di te!» dissi.

Allora un sorrisino incurvò le sue labbra sottili.

Continuò a sorridere. «Bene, mi fa piacere sentirti parlare così. E ora fammi pure la domanda a cui hai accennato.»

«Non dirmi che sai leggere nella mente o qualcosa di simile.»

Ero sbalordita.

«No, Rori, semplicemente ho imparato a conoscerti, come tu hai imparato a conoscere me» fece divertito.

Era vero, anch'io avevo imparato a capire Ryu senza che parlasse, e la cosa mi piaceva.

«Stavo pensando al perché, durante la seconda mutazione, non abbia avuto grosse difficoltà e il dolore sia praticamente scomparso» spiegai. «Quello che mi è successo è ben diverso da quello che accade ai lupi che iniziano a mutare più tardi. Secondo te perché?»

Si fece pensieroso. «Prima di arrivare qui ti è mai successo di usare la magia o di poter fare cose diverse dagli altri?»

«A dire il vero, sono sempre stata più forte delle altre ragazze e capitava che qualche odore mi colpisse in particolar modo» risposi. «Ma sono cose piccole, che solo adesso hanno un senso per me. Prima di arrivare qui non mi era mai successo di desiderare qualcosa che poi si realizzasse. Solo qui le cose sono cambiate drasticamente.»

«Ti ricordi che all'inizio delle nostre lezioni avevi problemi a far fluire liberamente la magia e che ti ho parlato di un blocco?»

«Sì, certo» replicai.

«Nei maghi la magia inizia a manifestarsi liberamente sin da subito, per questo è una cosa naturale da gestire, per noi. Nessuno ti ha insegnato a respirare, giusto?» domandò piegando le labbra all'insù, come se fosse arrivato a chissà quale illuminazione.

«Ecco, per noi sentire e manipolare la magia è uguale. Quello che ci viene insegnato in seguito è come incanalarla: tramite un incantesimo, degli oggetti o dei rituali. Per il resto è una cosa che nessuno ci insegna. Lo stesso vale per i lupi: per loro mutare è una cosa naturale come respirare. Si perfezionano pian piano, certo, ma la mutazione di per sé fa parte di loro.»

Non capivo dove volesse andare a parare.

«Sì, ma io sono per metà uno e per metà l'altro.»

«Non esattamente, Aurora. Quello che io credo è che tu sia entrambe le cose: sei un mago, ma anche un lupo, con la differenza che, in te, entrambe le nature operano in simbiosi.»

«E questo cosa significa?»

«Semplicemente che quando diventi lupo non smetti di essere una maga e, nel contempo, quando sei una maga non smetti di essere un lupo. Non sei due metà, ma sei entrambe le cose.»

Le sue parole avevano senso, ma non capivo il nesso con la mia domanda.

«Questo non spiega la questione della mutazione...»

«Penso che su di te siano stati posti dei sigilli, Aurora, dei sigilli che hanno bloccato le tue capacità per permetterti di vivere nel modo in cui sei stata mandata.»

«Il primo sigillo, che ha iniziato a cedere, era quello sulla tua magia, e sei stata tu stessa a indebolirlo, quando il tuo potenziale magico ha continuato a crescere nel corso degli anni. Quando hai desiderato di salvare Tor, il tuo potere si è manifestato e ha spezzato parte del sigillo, così, una volta qui, finalmente la tua magia ha iniziato a manifestarsi. In parte però il "blocco" era ancora presente e si è spezzato definitivamente durante la lezione in cui hai creato le fiamme.

Riguardo il sigillo posto sulla tua natura di lupo, hai iniziato a scalfirlo qui, esercitandoti con Tor e stimolando le doti proprie dei lupi. La sera in cui hai mutato per la prima volta, le tue emozioni hanno funzionato da motore e ti hanno permesso di spezzare anche l'altro sigillo. Per questo, quando hai provato a mutare la seconda volta, non hai avuto più problemi e adesso percepisci, senza difficoltà, il fluire della tua magia. Tutto questo, però, è soltanto una mia teoria.»

Ero senza parole.

«Ma chi mi avrebbe imposto questi sigilli?»

«Qualcuno che voleva proteggerti e farti vivere una vita lontana da qui. Chiunque l'abbia fatto l'ha fatto per il tuo bene. Posso supporre sia stata tua madre: la sua magia era forte.»

D'un tratto mi sentivo svuotata e intontita.

Rimasi in silenzio per un bel po', mentre Ryu continuava a guardarmi. Poi il rumore di una sedia che si spostava mi fece sobbalzare, ma non feci in tempo ad alzare lo sguardo che Ryu era accanto a me e si stava sedendo alla mia destra, affondando nel morbido cuscino.

Una goccia mi cadde sul dorso della mano e un sapore salato mi arrivò alle labbra. Stavo piangendo senza rendermene conto.

Volevo dire qualcosa, quando mi sentii avvolgere dalle braccia di Ryu.

In un primo momento rimasi rigida nel suo abbraccio, ma lentamente il calore del suo corpo si trasmise al mio e iniziò a cullarmi in una sensazione rilassante. Così mi lasciai andare e le lacrime fluirono liberamente.

Non ero forte come credevo: avevo cercato di escludere molti pensieri vivendo ora dopo ora, ma a quanto pareva i miei nervi stavano cedendo davanti a quella realtà. Il peso di non aver saputo chi fossi per tutta la mia vita era d'un tratto soffocante e un nuovo singhiozzo mi fece tremare.

La mano di Ryu affondò nei miei capelli e spinse leggermente la mia testa verso l'incavo del suo collo. Accettai quel muto invito e nascosi la faccia, sentendomi libera di lasciar andare tutti quei sentimenti accumulati, mentre la sua mano continuava ad accarezzarmi con lentezza.

Sfogando tutta la mia frustrazione, ripensai a casa, a zia Penny e alla verità che avevo scoperto. Piangere non avrebbe cambiato le cose. Anche se da una parte avrei voluto che la mia vecchia vita non si fosse mai interrotta, c'era un lato di me che mi avrebbe sempre portata a cercare una verità che non avrei mai scoperto, se fossi rimasta a casa. Qualunque cosa avessi fatto non mi sarei mai sentita appagata veramente, perché sarei sempre stata consapevole che mi mancava qualcosa. Ora sapevo cosa e avevo la possibilità di conoscere me stessa. Mi ripromisi che quella sarebbe stata l'ultima volta che avrei pianto per la mia vecchia vita e per il peso di ciò che mi stava accadendo. Dovevo vivere, non piangere.

Alla fine, dopo un tempo che mi sembrò lunghissimo, trovai la forza di scostarmi da Ryu. Strofinai le guance con le maniche per togliere ogni traccia delle lacrime.

Gli ero grata per l'appoggio che mi aveva dato. Tutto ciò che desideravo adesso era starmene da sola, per mettere ordine nei miei pensieri.

Come se avesse veramente la capacità di leggermi nella mente, lui si sporse verso di me e mi accarezzò la guancia umida.

«È una buona cosa riuscire a sfogarsi, Rori. Il fatto strano è che tu ci abbia messo tanto per farlo.»

La voce di Ryu era calma.

«È meglio che io vada, ora, ma se hai bisogno non esitare a chiamarmi» sussurrò.

Gli rivolsi un sorriso tirato, sollevata che avesse deciso di lasciarmi sola. Senza di lui non avrei potuto sfogarmi, ma ora avevo bisogno di spazio, e sembrava comprenderlo perfettamente.

Si alzò, per poi dirigersi alla porta. Prima di uscire mi rivolse un sorriso incoraggiante.

«Se vuoi, sai dove trovarmi» ribadì prima di uscire.

Rimasi seduta come un automa sul divano finché non arrivò Elga con la cena.

Entrò nella camera più felice del solito, ma poco dopo il suo entusiasmo si spense.

Non chiese nulla, si limitò a lasciare il vassoio, colmo di prelibatezze, sul tavolo e a uscire veloce dalla stanza. Io continuavo a rimanere sul divano, incapace di pensare.

La cosa non mi dispiaceva affatto: in quel vuoto momentaneo potevo riposare. Non mi accorsi neppure quando mi addormentai, lo feci e basta, stanca, troppo stanca per continuare a rimanere sveglia e lucida.

Aprii gli occhi con il sole che mi illuminava la faccia e un grande viavai intorno a me. Mentre la sera prima sia Ryu che Elga si erano guardati bene dal rimanere, ora delle persone avevano fatto irruzione nella mia camera, come se io non fossi presente. Strofinai gli occhi assonnati, cercando di capire cosa stesse accadendo. Una figura alta e austera torreggiava su di me.

«Sono la sarta del castello e il nostro Signore mi ha incaricata di prepararle un abito per questa sera» m'informò con la sua voce squillante.

La donna che avevo davanti indossava un lungo vestito blu notte, con i polsini e il colletto di un pallido lilla, che le nascondeva la gola. La gonna aveva due profondi spacchi, come il vestito di Drina. Doveva essere un dettaglio che andava di moda in quel mondo, conclusi accigliandomi.

Da quando ero arrivata avevo sempre indossato i pantaloni: l'idea di mettere dei vestiti non mi allettava affatto.

La sarta aveva un viso spigoloso, pallido, e un naso affilato che conferiva un'espressione severa al volto. I capelli, di un castano spento, erano legati in un morbido nodo sulla nuca, mentre dai lobi pendevano due grandi orecchini a goccia tempestati di lucide pietre, tutte sulle tonalità del blu. Al collo portava diverse collane d'oro e ognuna di esse aveva un ciondolo.

La donna, dai freddi occhi grigi, con tanto d'occhialini dalla montatura quadrata, mi squadrava. Ero confusa e senza parole.

Nel frattempo, altre donne dai vestiti sgargianti e dal taglio simile a quello della sarta continuavano a portare bauli e cestini nella stanza, senza badare a me: si limitavano a lanciarmi occhiate curiose di tanto in tanto.

«Ovviamente il tempo che abbiamo a nostra disposizione è insufficiente per confezionare un abito nuovo, quindi dovremo limitarci ad adattarne uno, dopo che lo avremo scelto fra alcuni modelli» continuò dopo un lungo istante, imperterrita. Sembrava non avere il minimo timore di me, anzi, dal suo tono si sarebbe potuto dire che per lei ero alla stregua di una mosca fastidiosa.

«E ora, se non le dispiace, potrebbe mettersi in piedi? Bisogna che io valuti il suo fisico, anche se non credo ci vorrà molto» aggiunse, arricciando il naso.

A quelle parole pungenti mi svegliai del tutto e un leggero rossore mi colorì le guance.

Non capivo il perché della sua acidità nei miei riguardi, ma decisi che era il caso di non darci peso, anche se quell'invasione, priva del minimo riguardo, non mi piaceva per nulla.

Quando mi alzai la vidi sorridere, come se le cose stessero andando come avesse previsto.

I suoi occhi mi percorsero in maniera critica.

«Come hai detto che ti chiami? Non credo di aver problemi a darti del "tu". Tu, invece, puoi chiamarmi signorina Tara» disse poi, quasi sovrappensiero.

Un'enorme irritazione mi fece storcere la bocca:

«In realtà, vista la poca confidenza, per non dire che non ci siamo mai viste né presentate, darebbe dei problemi a me darci del "tu"» risposi.

Vidi la signorina Tara sobbalzare e la sua bocca aprirsi senza emettere suono.

Anche le altre donne si erano bloccate, quando dalla porta arrivò una risata soffocata.

Mi voltai e vidi Ryu ed Elga, entrambi sull'uscio, evidentemente divertiti da quella scena. Io, al contrario, ero irritata. Elga teneva in mano un grande vassoio con la mia colazione, mentre Ryu cercava di soffocare un'altra risata.

La signorina Tara si girò a sua volta verso i nuovi arrivati, guardandoli con disapprovazione.

«Oh carissimo, quale piacere rivederla. Sarei passata nel pomeriggio a portarle le vesti per questa sera» disse la sarta stupendomi e cambiando totalmente espressione.

Mi accorsi che la sua attenzione era rivolta a Ryu, il quale era riuscito a tornare serio.

«Elga, torna più tardi, ora non c'è tempo per il cibo: abbiamo un mucchio di lavoro da fare, qui» proseguì cambiando tono.

Il mio fastidio, se possibile, crebbe ancora.

Ma invece di obbedire all'ordine della sarta, Elga mi guardò, ignorandola.

«Cosa preferisce che faccia, signorina Rori?» domandò pacata.

Le sorrisi e la ringraziai con gli occhi per quel gesto di rispetto.

«Grazie Elga, lascia pure il vassoio sul tavolo, mangerò più tardi. A quanto pare ci sono incombenze estremamente importanti che mi aspettano» dissi con un'espressione grave che fece spuntare un sorrisetto complice sul volto della domestica.

Così ebbe inizio la mia giornata.

Dopo che Elga se ne fu andata, iniziai a provare una serie di vestiti sotto la supervisione della signorina Tara, che ogni volta mi infilzava con una quantità spropositata di spilli per cercare di adattare i vari modelli alla mia figura.

Ryu era rimasto, in veste di opinionista, per la scelta dell'abito.

Dopo aver provato una ventina di vestiti, uno più vistoso dell'altro, mi diressi per l'ennesima volta verso la camera da letto per cambiarmi. La sarta e Ryu se ne stavano nell'anticamera ad aspettare, e due ancelle della signorina Tara mi seguivano per aiutarmi. Mi sentivo ridicola con quegli abiti addosso: in realtà erano uno più bello dell'altro, ma nessuno di loro mi faceva sentire a mio agio. La sarta, al contrario, sembrava contenta nel vedere il mio fastidio dovuto alle incessanti prove, e continuava a parlare con voce dolce a Ryu. Quest'ultimo, invece, sembrava divertito da questo stupido teatrino.

Avevo appena indossato l'ultimo vestito, di un pallido turchese e con le maniche che mi fasciavano le braccia fino ai polsi. Mi piaceva. Il taglio era più semplice degli abiti precedenti, con il collo a barchetta che faceva intravedere le spalle e scopriva il collo, mentre il bustino era impreziosito da fiorellini dorati. La gonna lunga scendeva quasi fino alle caviglie e presentava i soliti due spacchi laterali. Il tessuto, leggero e morbido, era piacevole a contatto con la pelle. Anche se era un po' largo in vita, non sembrava aver bisogno di molte modifiche. Questa volta la cara signorina Tara non mi avrebbe usata come puntaspilli, mi dissi sollevata.

La veste mi piaceva e, tutto sommato, non mi stava male.

Quando mi presentai nell'anticamera, gli occhi di Ryu brillarono e persino lo sguardo critico della sarta assunse un'espressione di approvazione.

Dopo aver passato ore a provare vestiti, avevamo trovato quello giusto.

TOR

Ero vicino all'ingresso della Sala Grande, preparata a festa.

L'ambiente era illuminato da torce e candele che davano calore alla sala sfarzosa. Sulle ampie pareti erano appesi molti ritratti dei vari lupi Alfa, nonché miei antenati, che si erano susseguiti a Imperia. Gli arazzi, intrecciati con fili preziosi e colorati, ravvivavano l'ambiente, mentre enormi tavolate erano state disposte in tutta la sala, piene di cibo per gli ospiti, che stavano piano piano arrivando.

Ogni lupo che varcava l'ingresso mi raggiungeva per fare un breve inchino e scambiare qualche parola formale. Poi si faceva largo nella stanza, raggiungendo altri commensali. Tutti erano in forma umana, ad eccezione delle guardie ai vari ingressi.

Il clima era teso: quella non era un'occasione di festa, nonostante ci fosse un banchetto.

I rappresentanti dei vari Clan erano stati i primi ad arrivare e ora erano immersi in fitte conversazioni con i presenti. Mancavano ancora diversi membri del Consiglio e molti invitati, tra cui Aurora e Ryu.

Mi incupii a quel pensiero. I lupi che erano alloggiati al castello erano stati i primi ad arrivare, non capivo come mai quei due ci mettessero tanto.

«*Hai notizie del mago e di Rori?*»

Rivolsi la domanda a Salem, che era alle mie spalle.

«No, Tor, ma dovrebbero arrivare presto: non ci sono stati intoppi, per quello che so.»

Non risposi. Decisi d'interrompere il monitoraggio delle emozioni dei presenti per cercare di capire dove fosse Aurora. Mi accorsi subito che era vicina e mi rincuorai.

Dopo qualche minuto fecero la loro comparsa.

Ryu era al fianco di Rori e stava sorridendo mentre lei gli parlava.

Il mago, vestito di nero e rosso, portava una lunga spada legata alla cintura, e trasudava potere. All'interno del suo popolo doveva aver avuto un ruolo importante, anche se era stato sempre vago al riguardo.

Quando guardai Aurora, il mio cuore si fermò per un istante. I capelli erano raccolti in un'acconciatura elaborata sulla nuca, mentre qualche ciuffo ondulato era stato lasciato libero e le sfiorava le guance. La veste azzurra che portava le stava d'incanto: l'acconciatura e la scollatura del vestito facevano risaltare il candido collo, mentre il tessuto leggero delineava la sua armoniosa ed esile figura.

Incrociai gli occhi dorati e trattenni il respiro quando sorrise.

Cercai di riprendere il controllo: nessuno doveva capire.

Quando mi raggiunsero, Ryu avanzò sicuro, facendo un lieve inchino; lei rimase dietro di lui, un po' titubante, prima di affrettarsi a imitarlo.

«*È un immenso piacere avervi qui, questa sera. Mi auguro che questo possa essere l'inizio di una lunga e durevole collaborazione*» dissi.

In molti si erano accorti del loro arrivo e l'attenzione generale si stava concentrando su di noi. Parlai senza bloccare il pensiero, in modo che tutti potessero sentire.

La voce della loro presenza si era sparsa, e adesso tutti erano curiosi di vedere il mago e Aurora. Le mie parole erano chiare: non volevo che qualcuno dubitasse delle mie intenzioni nei loro riguardi.

«Ti ringrazio Tor, Signore dei lupi. L'augurio per noi è lo stesso. Inoltre, spero che la nostra presenza possa contribuire a dar vita a un nuovo inizio. Ci attendono giorni difficili, ma sono certo che, grazie a essi, si potrà veder meglio la luce e il valore di questo nuovo legame» fece Ryu con voce chiara, inchinandosi.

Poi offrì il braccio ad Aurora e la condusse nel salone.

Per un istante non pensai ad altro che alla fitta bruciante di gelosia che mi attanagliò lo stomaco.

Poi mi concentrai sulla stanza: un brusìo di voci frenetiche si stava alzando tra gli ospiti.

Il mio sguardo rimase fermo sui nuovi arrivati mentre si avvicinavano ai tavoli imbanditi.

AURORA

Ero rimasta calma fino a quando non avevamo varcato la sale.

Anche il dialogo formale tra Tor e Ryu non mi aveva stupita: Ryu mi aveva preparata a cosa saremmo andati incontro.

Ma ora che percepivo gli occhi di tutti puntati addosso, sentivo lo stomaco in subbuglio. Fu una piacevole sorpresa notare che sulla maggior parte dei volti presenti era dipinta un'espressione curiosa, non sprezzante o sconvolta, come invece mi ero aspettata.

Nessuno di loro mi guardava come se fossi uno scherzo della natura. Uno strano sollievo mi alleggerì il cuore.

Il braccio di Ryu strinse leggermente il mio per farmi coraggio e gliene fui grata. Cercai di rivolgergli un sorriso tranquillo, ma i miei occhi erano presi a osservare tutti quei lupi riuniti in un'unica stanza. Mi resi subito conto che ognuno di loro era al massimo della propria eleganza, mentre io vedevo un mucchio di gente con tanti vestiti stravaganti. Le donne avevano abiti vistosi e appariscenti, dai colori sgargianti, con gonne lunghe impreziosite da intarsi di perle e pietre e profondi spacchi laterali. Gli uomini invece erano, in prevalenza, vestiti di scuro, con lunghi mantelli che coprivano le spalle.

A confronto con quegli abbigliamenti il mio vestito passava inosservato, pensai soddisfatta. Non avevo certo bisogno di attirare l'attenzione più del necessario. Molte delle donne presenti avevano un aspetto giovane, anche se in realtà la loro età effettiva rimaneva un mistero e, nonostante la stravaganza, erano tutte molto belle.

Intravidi un gruppetto di persone vicino a noi e tra queste notai il lupo con il quale avevo discusso il giorno prima: Hough. Mi stava fissando con sguardo ostile.

«Come va?» chiese Ryu, distogliendomi in parte da quei pensieri.

«Bene» bisbigliai, continuando a osservare gli spazi sfarzosi, pieni di dipinti e arazzi con tavole imbandite di cibi che avevano un aspetto tutt'altro che invitante.

«A quanto pare la reazione generale è più positiva di quello che pensavamo, almeno per quanto riguarda i lupi qui riuniti.»

Fu allora che udii una voce familiare, alle mie spalle, che mi chiamava. Mi voltai di scatto nel riconoscere il proprietario.

«Ed!» strillai, incapace di trattenere un grande sorriso.

Il giovane lupo si stava facendo largo tra la gente, sorridendo.

Gli occhi grigi e lucenti mi fecero partecipe di quanto fosse felice nel rivedermi. Quando ci raggiunse esitai un secondo, ma poi lo vidi tendersi verso di me e non mi trattenni più: lo abbracciai con calore. Quando mi sfilai dal forte abbraccio non potevo fare a meno di sorridere raggiante.

Solo allora mi accorsi che al posto dei vestiti anonimi indossava una sorta di divisa, nera e blu, con tanto di mantello drappeggiato sulle spalle.

Non avrei potuto nascondere in alcun modo la felicità che provavo nel rivederlo.

«Che bello rivederti, zuccherino!» disse, mentre io scoppiavo a ridere divertita.

La sua presenza contribuì notevolmente a tranquillizzarmi: era un amico lì dentro e questa consapevolezza mi rendeva serena.

«Sembrano passati mesi!»

Poi notai una figura spuntare alle sue spalle.

«Drina!» esclamai.

Ero felice di vedere anche lei e, prima che potesse dire qualunque cosa, la abbracciai. Non sapevo perché, ma loro, che erano stati il primo contatto con quel mondo, erano diventati importanti per me. Persino Drina, nonostante il comportamento freddo e distaccato che aveva avuto nei miei riguardi.

Quando mi ritrassi, mi resi conto di quanto affascinante fosse: indossava una lunga veste dorata con ricami scuri. Le gambe affusolate erano esposte dagli spacchi laterali, mentre i capelli dorati erano acconciati in un'incantevole pettinatura. Era splendida.

«Quanto sei bella!» notai ammirata.

I suoi occhi mi guardarono smarriti per un istante, poi il suo volto si schiarì in un sorriso.

«È piacevole rivederti» disse con voce pacata ma gentile.

Nonostante il marasma di gente, avere i due lupi vicino mi faceva sentire quasi a mio agio.

«E io? Non sono affascinante?» intervenne Ed, fingendosi offeso.

«Certo che lo sei, e sono tanto, tanto felice di rivedervi entrambi!» esclamai sincera.

Alle mie parole sorrisero.

«Già, dopo il nostro arrivo a Imperia non ci siamo più viste, straniera» continuò Drina sorridendo.

Quella sera il suo tono era diverso, rispetto al nostro primo incontro: anche se distaccata, la punta acida che la distingueva era svanita.

«Ma noi sappiamo tutto quello che hai combinato nel frattempo» si intromise Ed, facendomi l'occhiolino e ghignando.

Cavolo, mi era proprio mancato, pensai. Spesso avevo ripensato al mio nuovo amico, chiedendomi quando ci saremmo rivisti. Avevo domandato a Tor più volte di poter incontrare Ed, ma lui mi aveva spiegato che dovevo pensare ad apprendere il più possibile durante le lezioni. Per rivederlo ci sarebbe stato tempo. Inoltre mi aveva spiegato che il giovane lupo aveva ricevuto un nuovo incarico che lo teneva impegnato.

Un leggero tossire mi distolse da quei pensieri. Ryu stava volutamente cercando di attirare la mia attenzione.

«Oh scusate, mi sono fatta prendere dalla foga. Lui è Ryu dei Laya. Ryu, questi sono Edgar e Drina» dissi facendo le presentazioni e lanciando un'occhiata di scuse a Ryu, che sembrava incuriosito dalle nuove presenze.

Dopo un breve scambio di convenevoli, Edgar e Drina furono rapiti dal racconto di Ryu sul nostro incontro e sull'incantesimo che l'aveva costretto in forma di rapace.

Era chiaro che erano già stati informati, ma apprendere i dettagli dalla fonte li aveva totalmente coinvolti, notai. Ero felice che andassero d'accordo. Pensandoci bene, a dispetto di tutto ciò che era accaduto, della scoperta della mia natura e delle ovvie conseguenze, nessuno di loro mi aveva guardata in modo diverso, e io mi sentivo grata per questo.

Tutt'altro stava accadendo alla gente intorno a noi, che continuava a guardarmi come un animale allo zoo. Ma ogni cosa stava procedendo bene: le mie paure più grandi non si erano realizzate.

A quel punto percepii, tra gli odori delle pietanze che mi arrivavano alle narici, alcuni profumi invitanti. Quella mattina non ero riuscita a mangiare, né per colazione né per pranzo, grazie alla signorina Tara, e ora lo stomaco stava brontolando.

«Vado a prendere qualcosa da mangiare» li informai.

Nessuno sembrò badare a me, presi da una nuova discussione sull'imminente guerra.

Mi spostai verso il tavolo dove i miei occhi non incontrarono nulla di appetitoso, pur rimanendo gli odori deliziosi.

L'elemento fondamentale nella dieta dei lupi era la carne, ormai l'avevo capito bene. Una varietà sconcertante di animali cotti al forno era il pezzo forte della tavolata. C'erano anche tartine di carne, paté di carne, spezzatini e un sacco di altre cose che non sapevo cosa fossero, ma che erano certamente a base di carne.

Perciò optai per il dolce e mi presi una fetta di torta di more che conoscevo bene ed era il mio dolce preferito da quando ero arrivata lì. Quando Elga aveva capito quanto mi piacesse aveva iniziato a portarmela spesso, considerai sorridendo.

Stavo per mettermi nel piatto la seconda fetta, quando una voce mi fece sollevare la testa.

«Ti piacciono i dolci?»

Incrociai stupita gli occhi di una donna affascinante, con lunghi capelli grigi che portava sciolti sulle spalle. Indossava un vestito blu notte che fasciava la sua figura alta e slanciata. Gli occhi avevano uno sguardo freddo ma non ostile.

«Non precisamente, o meglio, non ne sono golosa, ad eccezione della torta di more» risposi sincera.

Guardò il mio piatto e accennò un sorriso. «Ho notato.»

Sembrava gentile, ponderai sollevata.

«Io sono Glenda e mi fa piacere poterti incontrare, finalmente» continuò, studiandomi. «Ma immagino che tutti, qui dentro, siano stati curiosi di vederti, e sono convinta che tu li abbia stupiti più di quanto si aspettassero.»

Non capivo esattamente cosa volesse dire e non avevo la minima idea di chi fosse, quella donna.

«Io stessa ho dubitato della scelta del nostro Signore nel decidere di ospitare a palazzo una creatura come te.»

Alle ultime parole mi guardò con più attenzione, mentre io mi raggelai.

«E che creatura sarei, mi scusi? Lei che creatura è, saprebbe dirmelo? Preferisco mi si chiami Aurora, non creatura» ribattei decisa, cercando di rimanere tranquilla.

Quello era il modo di esprimersi dei lupi, ricordai, non dovevo lasciarmi toccare dalle sue parole.

Il suo sguardo divenne curioso.

«Certamente, Aurora, quello che intendevo era che avresti potuto serbare del rancore nei nostri riguardi. Per questo non avevo reputato che la scelta di Tor fosse saggia. Ora che ti ho conosciuta e ho avuto notizie del tuo comportamento, sento e capisco molte cose. È stata una piacevole sorpresa.»

La osservai per un istante e le parole mi uscirono da sole.

«Io, personalmente, mi fido di Tor e del suo giudizio, nonostante sia qui da poco. Mi stupisce che un abitante di Imperia parli e dubiti così» iniziai decisa.

«Forse uno dei problemi che hanno contribuito a portarvi alla situazione attuale è proprio questo: non riconoscete le cose buone e non sapete fidarvi di chi invece merita fiducia. Nel caso specifico, di Tor. Ho idea che oltre essere ciechi, voglia dire anche essere sciocchi, dubitare così di lui. Ma questa è solo la mia umile opinione.»

Ero un po' sulle spine, ma non avrei mai permesso a nessuno di dire certe cose riguardo a Tor in mia presenza.

La mia interlocutrice mi guardava con un'espressione diversa, indecifrabile.

«Sei molto giovane, ma c'è buon senso nelle tue parole. Mi piace. Devo dire che non ci sono dubbi in merito a chi vada la tua lealtà, diversamente da quello che si possa dire per più di qualche lupo.»

«Comprendo, in tal caso mi auguro che lei non sia tra questi» aggiunsi.

Gli occhi della lupa scintillarono.

«Ora capisco cosa voleva dire Drina.»

Se era vicina a Drina, doveva anche essere fedele a Tor, dedussi.

«La mia lealtà sarà sempre riposta nel nostro Alfa, non preoccuparti. Piuttosto, ho saputo che hai fatto molti progressi da quando sei qui, sia come maga che come lupa.»

Era informata dei miei progressi? Ma chi era questa donna? Vidi che si era accorta della mia perplessità.

«Sono un membro del Consiglio dei dieci. Il nostro Alfa ci tiene informati sui tuoi miglioramenti, e l'ultimo di questi, che riguarda la mutazione, sarebbe stato un po' difficile da tenere nascosto, vista la tua spettacolare uscita dal castello» mi informò sorridendo.

«Avevo perso il controllo e non ero preparata a mutare» risposi sulla difensiva, incupendomi al ricordo.

«Nessuno di noi l'avrebbe mai immaginato, quindi non preoccuparti se non l'hai fatto tu, dopo che ti era stato detto che non saresti mutata» cercò di tranquillizzarmi.

Allora le sorrisi per la prima volta. Era strana, ma non la sentivo ostile e in qualche modo mi piaceva.

«Ora devo lasciarti per sbrigare qualche formalità, mi ha fatto piacere averti conosciuta» disse, per poi darmi una carezza sulla testa, come fossi una bambina. Ma forse, in un certo senso, agli occhi di quella donna che chissà quanti anni aveva, lo ero.

«Anche per me è stato un piacere» risposi, comunque stupita dal suo gesto.

«Conoscevo tuo padre e devo dire che non gli somigli per nulla, ma quando apri bocca sei il suo ritratto. A più tardi, Aurora» mi salutò, facendomi l'occhiolino e voltandosi verso la folla.

Rimasi impalata con il piattino in mano per qualche istante.

Glenda aveva conosciuto mio padre ma, in effetti, da quello che mi aveva detto Tor, non era strano, e probabilmente molti dei presenti l'avevano conosciuto. Alla fine quello era il suo mondo e Imperia era la città dove aveva vissuto.

Avrei tanto voluto vedere com'era il suo viso, ma adesso capivo anche perché zia Penny non aveva mai potuto farmi vedere nessuna foto: semplicemente non esistevano. Forse qualche ritratto, pensai rattristata.

Automaticamente cercai Tor nella sala e lo vidi vicino alla porta, intento a parlare con diversi lupi che non avevo mai visto. Poi, come se avesse colto un muto richiamo, guardò nella mia direzione. Appena incrociai gli occhi ambrati il mio cuore divenne più leggero. Gli sorrisi.

«*Tutto bene?*» mi raggiunse il suo pensiero.

Feci segno di sì con la testa. Non era il caso si preoccupasse anche per me, quella serata era difficile e impegnativa di per sé, non aveva bisogno di altri pensieri. Gli lanciai un ultimo sorriso e mi voltai, decisa a mettere qualcosa sotto i denti.

Avevo appena finito di magiare la seconda fetta di torta e stavo valutando seriamente di spazzolarmene una terza, quando una mano mi porse un calice dorato. Guardai il proprietario della mano e riconobbi il lupo di ghiaccio.

La sua espressione non era molto diversa da quando l'avevo visto il giorno prima. Tuttavia il suo abbigliamento era cambiato: portava una camicia di un verde pallido, con piccoli ricami di filo argentato, e pantaloni neri che gli fasciavano le gambe muscolose. Le spalle erano coperte da un mantello leggero con la fodera argentata. A suo modo era elegante, anche se non riuscivo ancora a catalogare quel tipo di abbigliamento con una parola diversa da stravagante.

I capelli chiari erano legati in una treccia che gli sfiorava la schiena. Il volto bello, ma dai lineamenti duri, era impassibile, mentre gli occhi di ghiaccio mi guardavano curiosi. Le mascelle del lupo erano coperte da un'ombra di barba chiara, che nell'insieme gli conferiva un'aria ancora più autoritaria.

«Ho pensato che dopo la torta avresti gradito qualcosa da bere» disse, porgendomi il bicchiere.

Lo fissai guardinga, ma accettai il calice.

«Grazie» risposi automaticamente.

«Anche se ci siamo già incontrati, non c'è stato modo di presentarci come si deve. E credo tu non abbia una buona opinione di me. Volevo dirti che non tutti i lupi presenti ieri la pensano come Hough.»

La sua voce era distaccata e fredda come la ricordavo, ma gli occhi di ghiaccio avevano una luce diversa.

«Il mio nome è Niall Enda e sono a capo della città di Honora.»

Il nome della città mi suonava familiare: ero certa che Navar l'avesse menzionata durante le nostre lezioni, ma non ricordavo cosa mi avesse detto al riguardo.

Così, il lupo di ghiaccio era una persona importante. La cosa non mi sorprese. Tutto, in quel lupo, emanava potere, ma anche pericolo.

«Capisco, è anche vero però che nessuno di voi lo ha contrariato. A ogni modo il mio nome è Aurora e certamente non posso dire che sia stato un piacere conoscerti, ieri, ma ovviamente mi auguro che in futuro le cose possano andare meglio.»

Non avevo nessuna intenzione di fingere che l'accaduto fosse stato un piccolo incidente, ma ovviamente non potevo neppure giudicare lui e gli altri basandomi solo su quel fatto. Per quanto riguardava Hough, era un altro discorso. Un'idea su di lui me l'ero già fatta e per il momento me la sarei anche tenuta.

Gli angoli della sua bocca si erano sollevati in un sorriso.

«Devo dire che mi ero fatto molte idee su come potevi essere. La notizia che la figlia di un lupo e una maga è spuntata dal nulla da un altro mondo si è sparsa velocemente. Ma nessuna delle idee che mi ero fatto va neppure lontanamente vicina alla realtà. Sembri una piacevole rivelazione.»

La sua voce, anche se fredda, era sincera, e non sentivo alcun astio da parte sua. Dunque presi quelle parole come un complimento.

«Spero potrò dire lo stesso di te, dopo che ti avrò conosciuto» replicai pacata.

Era difficile capire quel lupo di ghiaccio.

Guardai il calice che avevo in mano, dal quale arrivava un profumo fruttato.

«Cos'è?» chiesi.

Certamente non era acqua.

«Vino delle Fate, non l'hai mai bevuto?» la sua voce aveva perso un po' di freddezza.

«No, non l'ho mai bevuto, e più precisamente non ho mai mangiato la maggior parte dei cibi che ci sono qui» risposi. «Per me sono, come dire, un po' strani. Non dimenticare che io provengo da un altro mondo, dove la maggior parte delle cose che ci sono qui non esistono o sono molto diverse.» Storsi la bocca, mentre i miei occhi cadevano sulla valanga di carne presente in tavola.

Portai il calice alle labbra e il liquido fresco mi invase il palato. La bibita era dolce e speziata, e anche un po' forte. Nel complesso aveva un gusto gradevole e decisi che mi piaceva.

Lo guardai. «È buono!»

Gli occhi del lupo mi esaminavano con estrema attenzione, mentre un'espressione stupita si rifletteva negli occhi azzurri, addolcendoli.

«Niall carissimo!» chiamò una voce alle spalle del mio interlocutore.

Una donna con un vestito rosa e pieno di merletti si stava avvicinando. I capelli corvini e gli occhi scuri risaltavano grazie alla veste colorata, ma nell'insieme non era particolarmente carina. Il volto, pallido e affilato, mi guardava con espressione arcigna. Due uomini la seguivano, entrambi alti e imponenti. Uno aveva i capelli neri e il volto dalle linee tondeggianti, dove piccoli occhi azzurri luccicavano inquieti, mentre il secondo aveva i capelli castani e un viso anonimo, con un nasone tozzo.

Un brivido freddo mi corse lungo la schiena quando incrociai lo sguardo dell'uomo dagli occhi chiari: aveva un che di angosciante.

«Vedo che ti stai intrattenendo col pezzo forte della serata» disse la ragazza mora raggiungendoci.

«Ti dispiace presentarci?» chiese, aggrappandosi al braccio di Niall.

Il lupo di ghiaccio pareva seccato dall'intrusione.

«Aurora, ti presento Kyla, figlia di Leon, uno dei membri del Consiglio, e suo cugino Emyr.» Indicò l'uomo dal naso tozzo.

«E poi…»

Non fece tempo a concludere la frase che l'uomo dai capelli neri fece un passo verso di me, afferrandomi la mano libera e chinandosi leggermente a sfiorarla con le labbra.

«Io sono Cor, un membro del Consiglio, ed è un immenso piacere poter fare la tua conoscenza.»

Rimasi esterrefatta da quel gesto: mi ero preparata a molte cose, ma quel genere di accoglienza era lontana anni luce dalle mie più rosee fantasie.

«Grazie, piacere mio» risposi a disagio, sfilando subito dopo le dita dalla sua presa mentre mi sorrideva con sguardo da predator.

Non capivo cosa stesse succedendo, né perché si stesse comportando così. Era un membro del Consiglio, quindi la cosa mi sorprendeva ancora di più. Un atteggiamento di approvazione così aperto nei miei riguardi era strano.

«Vedo che il pezzo forte della serata non ha deluso le nostre aspettative: sei una cosina curiosa, sai?» disse la lupa, soppesandomi con lo sguardo.

Ok, era una totale deficiente la mora che avevo davanti, o cosa?

Comunque decisi che era il caso di lasciare la loro compagnia quanto prima.

Ma dove cavolo era Ryu? Non doveva stare al mio fianco per tutta la serata?!

Intanto era calato un istante di silenzio: era chiaro che tutti erano in attesa di una mia risposta.

Cercai di farmi passare la voglia di tirarle un pugno sul naso mentre rispondevo:

«Credevo che "il pezzo forte della serata" fosse qualcosa di molto più importante di me. Comunque, anche dal mio punto di vista risultate delle persone alquanto curiose. Alla fine, stare tra voi è strano per me così come lo è per voi stare con me. Quindi potrei dire che il sentimento è reciproco» conclusi con un sorriso tirato.

La mia interlocutrice sgranò gli occhi per un istante.

Scoppiò a ridere. «Già, dici bene!»

Ma quanto scema era quella?

Dovevo andarmene di lì: quella situazione non mi piaceva per nulla.

«Ora vi chiedo scusa, ma devo raggiungere una persona. Sono certa che ci sarà modo di parlare ancora prestissimo. Mi ha fatto piacere conoscervi» dissi chinando la testa in segno di saluto e affrettandomi a voltarmi, prima che qualcuno potesse trattenermi.

Così li mollai lì, allontanandomi tra la gente: dovevo trovare Ryu.

Stavo andando a zigzag tra i lupi, cercando di passare inosservata, ma non era cosa facile. Sentivo gli occhi delle persone puntati su di me, quando all'improvviso una mano mi afferrò la spalla bloccandomi.

Era Hough. Il suo sguardo mi percorse maligno.

«E così ci rivediamo. Devo dire che non capisco come mai Tor abbia deciso di far partecipare anche te e quel mago» sibilò, mentre un'ondata di alcol proveniente dalla sua bocca mi colpiva le narici.

Bene, ero passata dalla padella alla brace.

«Non vedo proprio l'utilità di una ragazza, che è a malapena in grado di mutare, di venire in guerra con la nostra gente» continuò beffardo.

Non potevo mettermi a discutere con lui, né tantomeno aveva senso farlo. Quell'uomo era così ottuso che non avrebbe mai capito.

Cercai di liberare la spalla dalla sua presa, ma le dita massicce si strinsero ancora di più, facendomi male.

«Queste cose dovresti chiederle al tuo Signore, non a me. E se ora vuoi scusarmi, devo raggiungere una persona.»

Reagire alle sue provocazioni sarebbe stato da stupidi.

Una risata cattiva mi esplose nelle orecchie.

«E così non rispondi, adesso? Credevo avessi la lingua lunga» continuò incurante.

Con la coda dell'occhio notai che intorno a noi si stava formando un gruppetto di persone.

«Non ho paura di dire quello che penso a una specie di incrocio che non sarebbe mai dovuto nascere» dichiarò rabbioso.

Mi raggelai, mentre un'altra risata mi esplodeva nelle orecchie.

Diedi un altro strattone alla spalla, ma niente: la sua viscida mano aveva una presa salda.

«Che fai, vuoi scappare? Credo sia ora che qualcuno ti metta al tuo posto e ti dica le cose come stanno: tu non hai nessun diritto di stare qui.»

«Te l'ho detto una volta, e di solito non mi ripeto, ma nel tuo caso farò un'eccezione: non vale la pena parlare con gli stupidi» mi uscì dalla bocca senza che potessi bloccare la rabbia che provavo.

Il suo viso si contorse in un'espressione malvagia.

Mi scosse con violenza.

«E con questo cosa vuoi dire?»

Intorno a noi si alzò un mormorio.

«Hough, lasciala andare, adesso stai esagerando!» sentii esclamare qualcuno.

Ma gli occhi del lupo erano accecati dalla rabbia e qualunque liquore avesse avuto in corpo gli aveva annebbiato il cervello, facendogli perdere il controllo.

Eravamo in un angolo dell'enorme sala e con tutta quella gente era difficile notare quello che stava accadendo, tranne per coloro che ci erano attorno: Ryu non mi avrebbe trovata con facilità.

«Su, ti decidi a rispondermi, sottospecie di mostro?» Ghignò, dandomi un altro scossone che mi provocò una fitta al braccio mentre il mio osso si spostava con un rumore sordo. Strinsi i denti davanti a quel male improvviso e pungente.

Una rabbia sorda mi invase le orecchie: avevo appena deciso che l'avrei fatto schiantare contro il muro.

In quell'istante un urlo tremendo arrivò dal mio assalitore, mentre le fauci di Tor, comparso dal nulla, si chiudevano su di lui, scaraventandolo lontano.

Gli occhi ambrati luccicarono di un bagliore furioso.

In un istante Salem fu accanto a lui e, prima che Tor potesse lanciarsi di nuovo su Hough, si chinò su quest'ultimo, costringendolo ad alzarsi. Lessi un'espressione sconvolta sul volto dell'uomo, come se avesse compreso cosa aveva appena fatto. Del sangue sgorgava dalla ferita.

Il lupo nero tremava di rabbia e si girò subito verso di me.

«*Cosa ti ha fatto?*» mi chiese alterato.

«Niente di che, sto bene, è ubriaco e ha perso il controllo» risposi, cercando di stare calma e di non peggiorare la situazione.

Non avevo mai visto Tor così: sembrava deciso a massacrare Hough, ma al tempo stesso era preoccupato per me.

Intanto il mormorio intorno a noi crebbe.

Due braccia familiari mi strinsero, facendomi sussultare a causa del dolore bruciante che ora si irradiava lungo tutto il braccio.

Davanti alla mia reazione un ringhio bestiale uscì dalla gola di Tor.

«*Portalo nelle segrete, prima che lo uccida seduta stante!*» ordinò la sua voce potente, che, suppongo, risuonò nelle menti di tutti.

«*Se a qualcuno non fosse ancora chiaro, questa ragazza è sotto la mia protezione. Ha acconsentito ad aiutarci, in questi tempi difficili, nonostante tutto ciò che il nostro popolo ha fatto alla sua famiglia. Dunque, il prossimo lupo che disobbedirà al mio ordine e le torcerà anche un solo capello, o le mancherà di rispetto, ne pagherà le conseguenze. Non sarò così magnanimo una seconda volta!*»

Incrociai gli occhi ambrati, ancora furenti di rabbia.

Ryu, con garbo, mi fece muovere in avanti, mentre Tor si voltò, seguendo Salem che trascinava Hough fuori dalla sala. Io e Ryu li seguimmo e, appena varcata la soglia, mi lasciai andare a un sospiro di sollievo, ma in quell'istante la spalla iniziò a farmi molto male.

Tor mi affiancò, senza appoggiarsi come al solito.

«*Cosa ti ha fatto?*» mi chiese deciso un'altra volta.

«Credo mi abbia incrinato qualche osso» borbottai a denti stretti.

Non potevo mentirgli.

«Ci penso io, non preoccuparti» mi sussurrò Ryu.

Dopo un breve scambio di battute, Tor ci fece entrare in una stanza lì accanto.

Notai soltanto che una grande libreria era addossata alla parete: per il resto non riuscivo a concentrarmi su altro che non fosse il dolore martellante.

Una volta entrati, Tor si era fatto subito più vicino e non avevo potuto trattenermi dall'affondare la mano nel morbido pelo del collo.

«Mi dispiace Tor, ho cercato di non reagire per evitare confusione, ma sembrava aver perso la ragione. Ho tentato di andarmene, ma non voleva mollarmi» spiegai.

«*Lo so, Rori, non preoccuparti, la colpa non è tua.*» La sua voce però era strana.

Mi avevano fatta sedere su una sedia. Tor era alla mia sinistra mentre Ryu stava esaminando la spalla destra che si stava gonfiando a vista d'occhio.

«Ti farò un po' male, ma devo accertarmi del danno» m'informò.

Cercò di far scendere la scollatura a barchetta di lato e, mentre sussultavo per la fitta rovente, mi accorsi che chiazze violacee erano comparse intorno all'osso, che ora sporgeva in modo innaturale. Non mi ero accorta di essere così malconcia.

A quella vista Ryu sbarrò gli occhi e Tor ringhiò nel mio orecchio, mentre un forte pulsare mi invase il braccio.

«Rori, sai bene che non sono un guaritore e che ogni mago ha una predisposizione verso un lato della magia. Quindi non posso sistemarti subito la spalla, con questo tipo di ferita. Ti preparerò una pozione. Sistemare le ossa non è così semplice come far rimarginare i tessuti.»

Il suo sguardo era preoccupato.

«Avrei dovuto bruciare viva quella lurida bestia» aggiunse in un sussurro tagliente, ma sia io che Tor avevamo sentito benissimo.

«Dov'eri andata a cacciarti? Ti stavo cercando dappertutto!»

Così, tentando di non pensare al dolore pulsante, raccontai dei miei diversi incontri, prima con Glenda e poi con Niall, e di come ero riuscita ad andarmene dopo l'arrivo di Kyla e del suo seguito, per poi finire nelle grinfie di Hough.

Descrissi in breve cosa mia aveva detto e la mia unica risposta, che l'aveva fatto infuriare ancora di più.

Il mio racconto fece incupire entrambi. Avrei voluto che non si preoccupassero per me, ma non potevo mentire loro.

Dopo il mio racconto, Ryu era andato nelle sue stanze a preparare la pozione, mentre io ero rimasta sola con Tor.

«Non preoccuparti per me, ci sono cose più importanti stasera, e io sto bene. Perciò non c'è bisogno che rimanga qui anche tu, credo sia meglio che torni in sala a vedere come stanno procedendo le cose» lo rassicurai cercando di svuotare la mente e non pensare a nulla di preciso.

«Non essere ridicola: una delle cose per me importanti è qui. Riguardo al discorso che terrò più tardi, comunicherò ufficialmente la mia decisione di riunire l'esercito dei lupi a Imperia. Quindi il mio posto adesso è qui, fermo nelle mie posizioni.»

Il tono della sua voce era ancora strano. Guardava lontano, come se la stanza che aveva davanti non ci fosse, e si era scostato dal mio fianco. Quella distanza non mi piaceva. Così allungai ancora la mano, in un invito per farlo riavvicinare.

In risposta Tor rimase fermo e gli occhi d'ambra mi guardarono.

Poi, infine, fece un passo verso il mio palmo teso, e non potei evitare che un sospiro di piacere mi uscisse dalle labbra a quel contatto.

Ero un fascio di nervi e la spalla era un tormento, ma quel contatto aveva un effetto calmante così piacevole!

Tuttavia l'episodio con Hough era finito nel peggiore dei modi e io non riuscivo a togliermi dalla testa le sue parole.

«Aurora, ricordati che in presenza di altri non è possibile mostrare quanto sia profondo il nostro legame di amicizia. Potrebbero usarlo contro di noi.»

«Sì, lo so.» Sospirai. «È così strano il nostro legame?» chiesi senza pensarci.

«Sì, è un po' insolito anche per un lupo. Se poi pensi che io ricopro il ruolo di Alfa diventa un grande problema, visto che tu sei una creatura affascinante.»

Lo guardai senza capire. Cosa intendeva? Non credevo di essere poi così affascinante...

Mi accigliai quando afferrai l'unico senso possibile.

Assurdo: non l'avevo mai vista in quel modo, e adesso, più ci pensavo, più mi sembrava che una lampadina si accendesse nella mia mente.

Ritrassi la mano imbarazzata. Un forte disagio si stava insinuando nel mio cuore: Tor non era mica un cane e le mie manifestazioni d'affetto erano state sempre senza freni. A dire il vero non le avevo mai viste come un problema, anche perché la forma di lupo di Tor, probabilmente, mi portava a vederlo diversamente rispetto agli altri.

Per quanto volessi bene a Ryu, non mi comportavo allo stesso modo con lui. Quei pensieri mi incupirono: alla fine Tor era come Ryu, un uomo a tutti gli effetti, anche se le sue sembianze erano quelle animali.

«Scusa, non ci avevo mai pensato» bisbigliai imbarazzata, incapace di guardarlo negli occhi.

Era come se un velo fosse caduto, permettendomi di vedere le cose da un punto di vista diverso.

«Non volevo turbarti, ma semplicemente avvisarti, nel caso qualcuno entrasse.»

La voce di Tor mi raggiunse, ma le sue parole peggiorarono il mio disagio. Conscio del subbuglio di emozioni che provavo, mi sfiorò leggermente il braccio con la testa.

«Cosa succede?» domandò con voce pacata.

«È che io... io non l'avevo mai vista così!» dissi infine, stanca e mortificata.

«Non ho mai pensato che questo potesse essere un problema» continuai, voltandomi verso di lui e sventolando la mano in aria, per poi affondarla sopra il suo collo, a sottolineare le mie parole.

Adesso però era diverso, mi accorsi. Ero imbarazzata e, anche se quel gesto mi scatenò le solite sensazioni piacevoli, ritrassi subito la mano.

Perché mi sono sempre sentita così, con lui?, mi chiesi sorpresa. *Come mai non ci avevo mai pensato veramente?*

«Lo so che hai fatto solo ciò che ti sentivi di fare e che non ci hai mai pensato. Ora non preoccuparti, non è successo nulla, cerca di stare tranquilla.»

«Perché mi sento così con te? Perché ti ho sognato?» chiesi, guardandolo smarrita.

Non avevo mai pensato a quelle cose, le avevo catalogate come normali per la situazione anormale che mi ero ritrovata a vivere.

Lo sguardo di Tor divenne ancora più strano.

«Non te lo so dire, Rori, non ho una risposta sul perché mi sognassi» mi rispose, ma la sua voce si era fatta anomala.

Presa dalla confusione, senza pensarci mi tesi verso di lui per nascondere il viso nel suo manto. Quella sensazione era così piacevole... e mi faceva sentire a casa.

Tor era importante per me, pensai. Anche Ryu lo era, ma non mi sentivo così con lui. Perché il legame che avevo con Tor era così diverso da qualunque altro? Possibile che io...

L'idea di quella possibilità mi terrorizzava.

«Che succede?»

La sua voce adesso era preoccupata.

Ma come potevo spiegargli quello che non era chiaro neppure a me?

Ero confusa e spiazzata da quello che provavo, ma dovevo riprendere il controllo.

Il ritorno di Ryu con un miscuglio maleodorante pose fine alla conversazione.

Bevuta d'un fiato la pozione, tornammo in sala.

L'atmosfera era cambiata.

La spalla non mi faceva più tanto male, e anche se avevo capito che sia a Ryu che a Tor non piaceva l'idea, mi ero impuntata per rientrare: sapevo che era indispensabile farlo.

Ryu mi stava appiccicato, mentre Tor era andato al lato opposto della sala, seguito da Salem e da alcuni lupi che non conoscevo. C'era una strana tensione tra noi, ora, ed entrambi ne eravamo consapevoli.

Per fortuna poco dopo fu annunciato il discorso di Tor. Non vedevo l'ora che quella giornata finisse.

Tor parlò con voce grave della congiura verificatasi al mio arrivo a Imperia, dei diversi attacchi subìti da altri popoli, e infine di un villaggio di lupi distrutto e saccheggiato.

Al termine di questi resoconti, chiese la collaborazione di tutti i presenti nei preparativi per la guerra.

Un brusio iniziò a serpeggiare tra la folla: mi ero accorta che la notizia aveva sorpreso la maggior parte dei lupi. Probabilmente non era stata solo Kyla a sottovalutare quell'evento. Le cose erano ben più gravi, in realtà, e loro non se ne rendevano conto.

«Possibile che non fossero consapevoli di cosa li aspetta?» sussurrai a Ryu.

Ma lui non rispose, probabilmente non mi aveva neppure sentita, troppo attento a osservare le reazioni dei presenti.

Finalmente quella serata si concluse e Ryu mi riaccompagnò in camera.

Il dolore alla spalla era tornato, dunque ora mi stava spalmando un unguento con tocchi leggeri che però mi facevano sussultare ugualmente.

«Perché ho sognato Tor?» chiesi di punto in bianco.

Ryu si fermò per guardarmi sorpreso.

«Non ne ho la certezza, ma credo che, visto il forte legame che esiste fra i lupi e il loro Alfa, oltre che tra loro in generale, credo che in te si sia risvegliato una specie di richiamo verso di lui e verso questo mondo, portandoti a sognarlo» disse, dopo un lungo momento.

«Quindi io avrei sognato Tor in quanto Alfa; e se ci fosse stato un altro Alfa al suo posto, sarebbe stata la stessa cosa?» chiesi ancora.

Avevo bisogno di fare chiarezza su alcune cose.

«Ovviamente non ne ho la certezza, Rori, ma io credo di sì: hai sognato Tor in quanto Alfa e non in quanto Tor.»

«Ma allora perché c'è questo legame tra noi? Perché da subito mi è stato familiare?»

Ryu si accigliò per un istante.

«Credo che quelle sensazioni non siano legate al fatto che tu l'abbia sognato. Il legame l'hai sentito dopo che vi siete conosciuti, non mentre lo sognavi.»

Aveva senso: il suo ragionamento filava.

«Perché mi chiedi queste cose?» domandò, sistemandomi una garza sulla spalla.

«Stavo solo pensando... così» risposi vaga.

«Non sono pensieri che si fanno casualmente, questi» disse Ryu alzando un sopracciglio. «Lo sai che con me puoi parlare liberamente.»

«Sì, lo so, ma stavo semplicemente pensandoci, senza ragione.»

Ryu non sembrò convinto dalle mie parole, ma lasciò perdere.

TOR

Arrivai nella mia stanza a notte fonda.

Era andata peggio del previsto. A causa di Hough le cose si erano complicate e adesso c'erano diversi problemi da risolvere.

Avevo quasi perso il controllo. Se non fosse stato per l'intervento di Salem, avrei ucciso quell'essere ignobile.

I lupi presenti erano rimasti esterrefatti: non si aspettavano una reazione simile da parte mia. Ora, almeno, avevano capito che chiunque avesse trasgredito i miei ordini ne avrebbe pagato le conseguenze, e di questo ero soddisfatto.

I cinque lupi a capo delle città al di fuori di Imperia sapevano esattamente cosa fare.

Gli ordini erano stati dati e tra poche ore la Torre si sarebbe riempita di soldati e di lupi pronti a combattere. L'unico problema era che uno di quei capi si trovava nelle segrete.

Quella situazione era difficile. Nominare qualcun altro era un gran rischio, ora come ora, ma d'altra parte non potevo liberare Hough. Quello era un bel problema.

Poi c'era da organizzare la spedizione di Ryu e bisognava fare in fretta.

Infine c'era lei. Qualcosa era cambiato mentre eravamo rimasti soli. Non avevo capito cosa fosse successo in Aurora nei momenti precedenti al ritorno di Ryu con la pozione e l'idea mi tormentava.

Probabilmente avevo sbagliato a parlarle così chiaramente, ma possibile non si rendesse conto di come fosse? Tutti i lupi in sala erano rimasti affascinati.

Quando l'avevo vista fra le grinfie di quel lurido ero quasi impazzito all'idea che le avesse fatto del male.

Un leggero rumore alla porta mi distolse da quei pensieri. Ero stato così preso dai ricordi che non mi ero accorto che qualcuno stava arrivando.

Sobbalzai, quando mi accorsi chi era.

«*Entra pure*» invitai.

La porta si aprì e Aurora entrò, guardandosi intorno titubante.

«Scusa l'intrusione, so che è tardi, ma ti ho sentito tornare» sussurrò, guardandomi in modo diverso dal solito.

Le andai incontro senza esitare. Quella nuova tensione era ancora presente, ma non ci badai.

«*Come va la spalla? Ti fa male?*» chiesi.

«No, va meglio» rispose abbassando lo sguardo.

Si stava comportando in modo insolito ed era a disagio, lo percepivo.

Mi guardò con gli occhi dorati velati di preoccupazione. «Volevo sapere come stavi tu: so che dopo quello che è successo ci saranno dei problemi.»

Era questo quindi? Era lei a essere preoccupata per me, nonostante quello che aveva passato?

Sembrava anche nervosa, il che era strano.

«Tor...» iniziò, ma si interruppe.

Stava succedendo qualcosa, ma non capivo cosa. Le sue emozioni erano troppo confuse perché riuscissi a capire con precisione cosa la tormentasse.

Pareva più piccola e fragile che mai, adesso, con il viso pallido e le occhiaie. Si era cambiata gli abiti e indossava pantaloni scuri e una maglietta blu notte, con piccoli bottoncini sul davanti. I capelli, del colore dell'alba, erano sciolti sulle esili spalle.

La spinsi verso il divano.

«*Siediti e non preoccuparti.*»

Volevo metterla a suo agio e tranquillizzarla.

Ubbidì e quando si sedette mi rilassai. Avevo avuto la sensazione che stesse per cadere.

«Io, ecco... mi mancavi» bisbigliò infine guardandomi.

Eravamo a pochi centimetri l'uno dall'altra. Adesso che si era seduta torreggiavo su di lei, perciò mi sdraiai a terra, stupito dalle sue parole.

Forse aveva nostalgia di casa e, di conseguenza, stava cercando conforto in me, che per lei ero così familiare. Per questo le ero mancato.

«*Ti manca il mondo dove hai vissuto?*» domandai afflitto.

Questa volta scosse la testa, continuando a guardarmi in modo insolito.

«No, non mi manca casa; o meglio sì, mi manca, ma non sono venuta qui per questo.»

«*Non capisco allora. Se hai bisogno di me o vuoi parlare, sai che puoi farlo*» la incitai, dandole un buffetto sulla spalla sana.

«Lo so, Tor, ma sono venuta qui solo perché mi mancavi e volevo sapere come stavi. Tutto qua» fece con semplicità.

Sentivo la verità nelle sue parole. Era qui per me, ma perché mi parlava così, adesso?

Il legame che si era creato faceva sentire anche a lei la mia mancanza... probabilmente era così.

Si sporse verso di me, ma prima che la mano mi raggiungesse si fermò a mezz'aria. Incontrai le iridi d'oro: erano diverse. Gli occhi avevano una luce nuova, ma erano anche timorosi.

«Posso?» sussurrarono infine le sue labbra, con voce timida.

Cosa mi stava chiedendo? Se poteva toccarmi? Lo aveva sempre fatto, perché adesso mi faceva questa domanda? Cercai di sentire le sue emozioni e rimasi impietrito.

Non mi mossi, né dissi nulla. Tesi tutti i miei sensi nel cercare di comprendere meglio quelle emozioni. C'era imbarazzo, incertezza, paura, affetto, e tutti questi sentimenti erano rivolti verso di me.

Ciò che mi aveva stupito era quel sentimento d'affetto che aveva una sfumatura diversa dal solito e non capivo il motivo del suo imbarazzo.

«*Certo che puoi, perché non dovresti? Se avessi delle braccia sarei io ad abbracciarti, ma non posso*» sussurrai nella sua mente, aspettando una reazione.

I suoi occhi incatenarono i miei. Era come perdersi in un mare d'oro.

Un lento sorriso le incurvò le labbra, lasciandomi di stucco.

«Allora troverò un modo per spezzare questa maledizione, così potrai farlo veramente» fece senza incertezza.

Le sue parole potevano significare molte cose, ma quello che sentivo da parte sua, unito a quella frase, mi fece fremere il cuore come se una scossa l'avesse appena colpito.

Una strana elettricità si stava creando intorno a noi, facendomi venire i brividi.

Poi lei si alzò e, senza esitare, mi cinse il collo con il braccio sano.

«Per me sei importante» sussurrò.

Tremai. Le sue parole erano troppo belle per essere vere. O, per lo meno, non potevano significare veramente quello che il mio cuore desiderava.

Le sue dita affondarono nel mio pelo e mi strinse forte. Avrei tanto voluto possedere un corpo umano e non lasciarla più andare via.

«*Potrei abituarmi a questi abbracci e non poterne fare più a meno, quindi stai attenta*» le avvisai, senza potermi trattenere.

«Fallo pure, non ho nessuna intenzione di smettere.»

Non mi ero mai sentito così in tutta la mia vita. Speravo solo di non svegliarmi e scoprire che era stato solo un sogno.

Lo stomaco era un groviglio di emozioni e una strana eccitazione mi percorse ogni centimetro del corpo. Sentivo il cuore martellarmi nel petto come un folle.

Amavo Aurora con tutto me stesso, mi ero innamorato di lei subito, appena l'avevo vista, senza rendermene conto.

Sapevo che il mio sentimento per lei poteva essere un problema, ma forse, se anche per lei era lo stesso, avrei potuto sperare in una cosa che fino a quel momento avevo reputato impossibile.

Dovevo essere cauto però, non volevo in alcun modo rischiare di farle del male.

Nonostante questo, la sensazione di felicità che lentamente mi stava avvolgendo era inarrestabile.

Ciò che avrei fatto sarebbe stato attendere, decisi. Avrei atteso che lei facesse le sue scelte.

Intanto continuava ad abbracciarmi e io non potevo che restarmene immobile e incredulo.

Alla fine si scostò leggermente.

«Forse è meglio che vada, adesso, e ti lasci riposare.»

«*Forse, ma puoi anche rimanere, se lo desideri.*»

Non riuscivo più a frenarmi: era come se volessi vedere, avere la conferma che ciò che sentivo e le sue parole fossero reali.

«E se qualcuno si accorgesse che sono qui?»

«Per il momento non è bene che questo accada, ma se vuoi che rimanga con te lo farò.»

Avevo perso il controllo, ormai. Tutto quello che volevo era stare con lei.

AURORA

Mi svegliai con la consapevolezza di non essere sola, affondando il viso nel collo del mio lupo che mi aveva di nuovo fatto da cuscino. Questa volta, però, le cose erano diverse rispetto alla prima notte che avevo passato in questo mondo.

Non sapevo di preciso cosa fosse il sentimento che provavo per lui, ma sapevo che era forte e diverso da qualunque altro provato in vita mia.

«*Buongiorno*» mi richiamò la voce che ormai conoscevo alla perfezione.

Stavo troppo bene per pensare ad altro se non all'istante che vivevo.

«'Giorno» borbottai senza scostarmi di un millimetro.

Una risata allegra risuonò nella mia testa.

«Perché ridi?» domandai accigliata.

«*Perché sono felice*» rispose.

La sera prima ero andata nella sua stanza. Mi ero resa conto di quel garbuglio di sentimenti nuovi che provavo e sapevo di doverne parlare con qualcuno.

Era lui che sentivo più vicino di chiunque altro ed ero certa che mi avrebbe capita. L'idea mi terrorizzava, ma sapevo anche che era l'unica scelta da fare se volevo rimanere sana di mente in tutto quel marasma di vicende ed emozioni.

Tor era colui che sentivo più vicino a me, però era anche il diretto interessato, la persona alla quale erano rivolti quei sentimenti che mi stavano mandando in tilt. Nonostante mi fidassi ciecamente di Ryu, quando avevo pensato di parlarne con lui la sera prima le parole si erano fermate in gola senza voler uscire, così avevo lasciato perdere.

Tra incertezza e paura avevo aspettato il ritorno di Tor. Quando l'avevo sentito nel corridoio mi ero bloccata. Era passato qualche minuto prima che mi decidessi a raggiungerlo.

Un imbarazzo mai provato prima mi aveva assalita, ma dopo un primo momento di incertezza avevo deciso di dire la verità su come mi sentivo, senza cercare una spiegazione precisa a quei sentimenti.

Sorprendendomi, lui aveva espresso dei sentimenti simili ai miei, e allora era stato come vedere il sole dopo la tempesta. Non capivo bene il perché, né il come, di quelle emozioni, ma sapevo di non poterglie nascondere.

Così, alla fine, mi ero accoccolata accanto al mio lupo, tornati nella mia stanza, e avevo preso subito sonno. Finalmente mi ero addormentata in pace, forse per la prima volta da quando ero arrivata in questo mondo.

Ora, però, affrontare ciò che ci circondava sarebbe stato un po' più difficile, ne ero consapevole, ma nel contempo mi sentivo più forte che mai.

Invece di rispondere lo fissai. I profondi occhi ambrati erano bellissimi, immersi nel folto manto nero, ma ovviamente non era il lupo che mi affascinava, bensì l'animo che si celava dietro quelle sembianze.

Tutto di Tor mi piaceva: le sue parole; il suo pensiero; come fosse pronto a combattere per ciò in cui credeva, nonostante fosse in disaccordo con il pensiero dei suoi predecessori; il suo buon cuore e l'animo gentile, con la capacità, allo stesso tempo, di essere deciso nelle proprie posizioni.

Mi ero sentita legata a lui quando ci eravamo incontrati per la prima volta: legata in una specie di assurda alchimia che non comprendevo. Col tempo avevo imparato a conoscere e capire molti lati del suo carattere e dei nuovi sentimenti avevano iniziato a germogliare nel mio cuore. Non li comprendevo ancora del tutto, ma ero consapevole fossero speciali.

«Solo perché hai una persona in più che ti vuol bene?» chiesi scherzosa.

«No, Rori: perché una persona speciale per me mi ha detto che sono importante per lei» arrivò la sua risposta pronta.

Mi pareva di essere un imbecille a sentirmi così felice mentre arrossivo.

Allora provai a cambiare posizione, per guardarlo meglio, ma una fitta fastidiosa alla spalla mi fece storcere la bocca.

«Che succede? La spalla ti fa male?»

«Un poco, ma nulla di che, non preoccuparti.»

A dispetto delle sembianze di lupo, ero diventata bravissima a leggere le espressioni quasi umane dipinte sul suo muso. E adesso capivo che non era per nulla convinto della mia risposta.

«Oggi cosa succederà?» chiesi, cercando di cambiare argomento e di porgli anche un quesito che per me era pressante: cosa fare ora?

«Come sai, Hough è a capo di una delle cinque città e, dopo quello che è accaduto ieri, bisognerà sostituirlo. Quindi tra qualche ora mi riunirò col Consiglio e troveremo un rimpiazzo. In seguito bisognerà suddividere i lupi che giungeranno a Imperia: una parte andrà alla protezione dei confini e delle città; un'altra parte rimarrà a proteggere il cuore del nostro popolo: Imperia.

Spero solo che le cose non peggiorino prima del previsto.» Sospirò.

«Quanto a te, se vuoi, potrai accompagnare Ryu a Orias. Deve recuperare delle cose e bisogna che lo faccia quanto prima.»

Ero senza parole.

Ryu sarebbe andato a Orias, quella che era stata la casa di mia madre, e io avrei avuto la possibilità di andare con lui.

Senza pensarci gli buttai le braccia al collo, elettrizzata, ignorando la nuova fitta alla spalla. Ma quel gesto impulsivo mi provocò dei brividi lungo la schiena e dovetti staccarmi, imbarazzata.

Ci misi alcuni secondi, prima di guardarlo di nuovo, ma dalla sua espressione compresi che anche lui stava provando qualcosa di simile.

«Rori, promettimi che starai attenta» bisbigliò infine.

«Certo, non preoccuparti» risposi. «E riguardo a noi, invece?» continuai mentre sentivo le guance arrossire.

Era strano parlare così, ma non avrei saputo quali altre parole usare.

«Non è un momento sereno per il nostro popolo, anzi. Ma non intendo ingannare nessuno. Forse, nell'immediato, non è saggio dar sfoggio del forte legame che c'è tra noi, ma non c'è neppure bisogno di nasconderlo del tutto.»

Il suo sguardo non si spostò dal mio e lessi una qualche nuova, ferma convinzione in quegli occhi caldi.

«Non ci resta che affrontare le cose giorno per giorno, Aurora.»

Stavano accadendo tantissime cose.

«Il viaggio fino a Orias non dovrebbe durare molto: in mezza giornata sarete lì e se partite prima di pranzo domani sera sarete di ritorno» proseguì Tor.

«Così tanto?» chiesi stupita.

«Le nostre terre sono vaste, ma in realtà Orias è vicina a Imperia.»

«Il concetto di distanza e tempo che avete tu e Ryu è decisamente diverso dal mio» borbottai.

Lo sentii ridere divertito e mi ritrovai a sorridere a mia volta.

Avrei tanto voluto sentire il suono della sua voce, pensai di punto in bianco senza poterlo evitare.

TOR

Un nodo allo stomaco si formò quando, dalla finestra della Sala d'Oro, vidi il gruppo partire.

Da quando ci eravamo incontrati, quasi un mese prima, non ci eravamo mai separati. Sapevo che non poteva accaderle nulla: Orias non era l'obiettivo di nessuno, era una città fantasma e sarebbero sempre rimasti all'interno dei nostri territori.

E poi, c'erano ben dieci lupi a scortarli.

«Quindi siete certo? Il figlio di Hough?»

«Esatto. Il ragazzo è diverso dal padre, e invece di spalleggiarlo, i suoi sentimenti di vergogna per le gesta di Hough sono chiari. Useremo questi sentimenti a nostro vantaggio. Lo nominerò capo della città, dandogli così modo di far vedere quanto diverso sia dal genitore.»

«Potrebbe sembrare anche un gesto stupido dare fiducia al figlio di un lupo che ha così apertamente mancato di obbedire a un Vostro ordine» contestò Leon.

«Sì, ne sono consapevole, per questo la nomina sarà ufficiale e lo farò stasera stessa, davanti a tutti i lupi, spiegando che darò alla discendenza di Hough la possibilità di riscattare il nome del padre, concedendogli nuovamente fiducia tramite il figlio.»

«Capisco» borbottò ancora Leon con espressione più tranquilla.

«In questo modo risulterò fermo nelle mie posizioni, ma anche magnanimo nei confronti dei membri della famiglia che non hanno colpe per le gesta di uno di loro. Inoltre, così facendo, metterò il senso di responsabilità dell'intera famiglia e del nome di Hough sulle spalle del figlio, ma gli darò anche la possibilità di riscatto. Questo dovrebbe far sì che, da parte sua, ci sia il massimo impegno nell'eseguire ogni mio ordine» terminai.

«In più non andremo a stravolgere gli equilibri della città, perché gli abitanti vedranno come capo il figlio di Hough e non un estraneo» aggiunse Glenda con voce soddisfatta.

«Esatto.»

«Possiedi un acume invidiabile, mio Signore, e hai trovato anche la soluzione più giusta a questo caso» approvò la lupa.

«Già, a quanto pare il nostro Alfa sta prendendo solo decisioni che si rivelano giuste» aggiunse Navar.

«Vi ringrazio, ma è senz'altro anche merito dei consigli di tutti voi.»

«Riguardo Aurora, invece? Sembra che molti lupi abbiano cambiato idea dopo averla vista. Devo dire che io stesso non ero convinto della Vostra scelta, mio Signore» si intromise Cor, con i piccoli occhi che scandagliavano tutti i presenti in cerca di una reazione.

«Già il fatto che nella prima discussione con Hough, senza volerlo, abbia reso le sue parole a portata delle orecchie di tutti, ha giocato a suo favore. Non solo ha difeso se stessa dagli insulti di quello stupido, ma anche Voi e chiunque sia al Vostro servizio alla Torre. Per non dire poi di come appare: un fiorellino così minuto e grazioso. Non invoglia certamente a pensare che possa essere una minaccia. Tuttavia…» proseguì, interrompendosi come se volesse richiamare l'attenzione ancora di più. «L'unico che ha perso di credibilità è stato Hough, ovviamente. C'è un altro aspetto, però: la ragazza possiede tutte le qualità positive che possono esserci utili, anche se immagino sia anche molto impulsiva, visto il suo modo di mettersi a gironzolare per il castello durante la seconda mutazione.»

Cor si fermò in modo ancor più teatrale, guardando uno a uno gli altri membri del Consiglio.

«Oltre a ciò, non ci sono dubbi che il suo potenziale sia buono, anzi: il fatto di avere dalla nostra parte chi usa la magia rappresenta un indubbio vantaggio» riprese. «Tuttavia la domanda cruciale è: ci possiamo fidare? Non si rivolterà contro di noi? Alla fine, è inutile negarlo, tutti voi sapete che a Bryn è stato fatto un torto e siamo stati noi a ucciderle sia la madre che il padre» concluse guardandomi.

Rimasi immobile, con il cuore che, per un istante, aveva smesso di battere.

Questa informazione era nuova. Nessuno mi aveva mai detto una cosa simile! Quello che sapevo era che non si conosceva con esattezza per mano di chi fossero morti i genitori di Aurora.

«Cor, se eri in possesso di un'informazione simile perché non me ne hai

parlato?» ringhiai.

«Ma, mio Signore, tutti noi eravamo presenti quando Vostro padre, furioso, dette l'ordine di trovare e uccidere il capitano e la maga. Ovviamente in via non ufficiale: del resto, l'ordine formale era quello dell'esilio.»

«Dopo l'arrivo della ragazza sono riuscito a trovare un lupo del gruppo incaricato dell'uccisione di Bryn. L'unico lupo sopravvissuto. Sembra che alcuni maghi siano intervenuti all'ultimo, portando in salvo la bambina e massacrando molti di noi.»

«Quindi mi stai dicendo che siamo stati noi a togliere la vita ai suoi genitori? E tu mi stai informando di questo solo ora?»

«Mio Signore, l'ho scoperto da poco con certezza. Ora, vista la situazione, se mai scoprisse la verità, la ragazza cosa farebbe? Sembra che il suo potere abbia delle buone potenzialità. Potrebbe essere una valida alleata, ma anche una nemica da temere.»

Il volto pallido di Cor era attento, mentre le labbra sorridevano leggermente.

Ancora giochetti, pensai afflitto cercando di ritrovare la calma davanti a quella nuova rivelazione.

Ero quasi certo che Cor avesse tenuto appositamente questo particolare per sé, per poi metterlo in tavola al momento opportuno.

Guardai i presenti e nessuno appariva sorpreso dalle parole di Cor, quindi sapevano! Sentivo il cuore pesante all'idea che mio padre si fosse macchiato anche di quel crimine. Dare ad Aurora quella notizia sarebbe spettato a me ed era mio dovere farlo quanto prima. Ma come avrebbe reagito?

Poi, un'idea nuova e magnifica prese vita come la primavera che sorge dopo secoli d'inverno. E se…

«Ovviamente sarò io stesso a informarla. Confido che lei capisca che l'ordine che è stato impartito non ha a che fare con me, né con l'Imperia di oggi.»

«Già, ma chi ci garantisce che non sarebbe come allevare una serpe in seno?» intervenne Ajar.

«Ho intenzione di chiederle di diventare la mia compagna» ribattei lasciandoli esterrefatti.

Sette volti che conoscevo alla perfezione erano stati gelati da ciò che avevo appena rivelato. La cosa non mi sorprese, anzi, ero pronto a qualunque conseguenza.

Dovevo stare attento, però: le mie parole successive avrebbero potuto mettere le basi per una nuova era o distruggere tutto.

«Non lo farò subito, le lascerò ancora del tempo per ambientarsi e capire cosa vuole. Ci aspettano tempi difficili, ma poi le chiederò di stare al mio fianco. Lei è lupo come ognuno di noi, questo le dà pieno diritto di poter stare al mio fianco. Nel contempo è anche una maga, quindi, in questo modo, sarebbe come sanare una parte di quell'antico rancore che c'è stato fra i

nostri popoli. Ovviamente, se dovesse accettare la mia proposta, non ci sarebbe alcun dubbio sulla sua lealtà.»

«Vi rendete conto di cosa avete appena detto, mio Signore?» proruppe Leon. «Capisco il senso da un punto di vista strategico, ma questo vorrebbe dire stravolgere il nostro popolo! Vorrebbe dire averla a capo della nostra gente, avere in futuro delle creature nelle cui vene non scorre solo il sangue dei lupi! Come potete pensare che si possa accettare una cosa simile?»

«Forse sei tu che non vedi che il problema non sussiste. Quale modo migliore di questo ci sarebbe per unire nuovamente ciò che un tempo è stato diviso?» sostenni.

«Riflettete e vedrete che le mie parole hanno senso.

Ad ogni modo, ciò che è stato detto è solo un'ipotesi: lei sarà libera di scegliere, quando glielo proporrò. Inoltre, non dimenticare che, in passato, ad alcuni lupi sono già state donate delle capacità magiche dal popolo che abbiamo finito per annientare. Tu stesso e Ghion siete dei discendenti di quei lupi. Quindi, se anche la mia proposta fosse accettata, questo renderebbe una futura progenie solamente più forte! Un'altra cosa è certa però: non intendo prendere nessuna compagna all'infuori di lei, al momento» conclusi.

«E ciò che è stato detto oggi, mi aspetto che rimanga qui. Non dovrebbe esserci bisogno che io lo dica, ma vista la situazione è giusto farlo.

Quanto alla nomina dei tre membri che andranno a sostituire i traditori, mi riservo ancora del tempo per decidere.»

Gli occhi di tutti mi guardavano impressionati ma, ad eccezione di Leon, dal quale sentivo provenire un forte astio, negli altri leggevo solo stupore.

«Mio Signore, io posso già dirti che hai il mio appoggio in questa scelta» disse Glenda.

Il suo sguardo tagliente era attento e un sorriso le aleggiava sulle labbra.

«Ti ringrazio Glenda, mi fa piacere che tu approvi.

E ora, credo che ognuno di noi abbia molto da fare. Ci riuniremo dopo la nomina del sostituto di Hough.»

Era stato un annuncio importante quello che avevo appena fatto, ma ero convinto dei miei sentimenti e ogni minuto che passava vedevo in quel nuovo, possibile quadro, una speranza, un nuovo futuro e qualcosa che non avrei mai creduto di poter ottenere per me stesso: la felicità.

Era notte fonda quando rientrai nella mia camera e tutto era andato per il meglio.

La nomina di Idris, figlio di Hough, come capo della città di Ynyr, si era svolta senza intoppi. Il ragazzo mi era grato per quell'opportunità, l'avevo percepito. Sapevo che la sua natura era diversa da quella di Hough.

Se possibile le mie percezioni sulle creature e sull'ambiente circostante stavano crescendo sempre più. Mi ero accorto che non avevo nessuna difficoltà a leggere con precisione chi avevo davanti, qualora l'avessi voluto.

Fino alla sera prima non vedevo l'ora di tornare nelle mie stanze, solo per sentire il battito del cuore della ragazza che stava nella camera accanto.

Adesso, invece, ero inquieto. Sapevo che l'indomani l'avrei rivista, ma sentivo la sua mancanza come un peso opprimente sul cuore. Avrei voluto accompagnarla, vedere le sue espressioni stupite mentre scopriva e vedeva cose nuove, ma ovviamente non era stato possibile.

Dopo qualche ora di sonno, la mia giornata ebbe inizio.

Avevo deciso di seguire personalmente la disposizione dei lupi nell'organizzazione dei diversi gruppi dell'esercito. Salem e Drina erano a capo delle truppe che sarebbero rimaste a Imperia. John e Konrad, invece, sarebbero andati a Honora, al cui comando c'era Niall, considerato uno dei lupi più temibili che avessero fatto parte dell'ultimo grande esercito. Iodoc ed Edgar sarebbero stati a capo della formazione in partenza per Ynyr. Per quanto riguardava le restanti tre città, Mael, Alun e Annis, non ero certo delle proposte che mi aveva fatto Salem in merito a chi mettere al comando dei rispettivi tre schieramenti.

Così, dopo innumerevoli discussioni, prendemmo una decisione. Ormai, però, la giornata stava volgendo al termine, e Rori non era ancora tornata a Imperia. Probabilmente ci avevano messo più del previsto ma, man mano che il tempo passava, provavo sempre una maggior inquietudine.

Avevo provato a distrarmi seguendo i lupi più inesperti nel campo d'addestramento, ma era servito a poco.

Anche se non avevamo ricevuto notizie di attacchi, non ero tranquillo.

Il sole era tramontato da qualche ora, quando iniziai ad avere paura.

AURORA

Mi resi a malapena conto che il sole stava scomparendo oltre l'orizzonte.

Non avevo la forza per continuare a cercare di tenere gli occhi aperti, ma le immagini continuavano a tormentarmi appena li chiudevo.

Cercai di spostarmi leggermente, ma qualcuno mi colpì, ancora e ancora, sulla schiena e sulla testa. Ormai mi sembrava un miracolo che fossi ancora viva. Il mio corpo aveva sopportato molto più di quello che avrei mai pensato possibile.

Non riuscivo a sentire nulla se non dolore, le ossa rotte e la carne lacerata. Il gusto e l'odore del sangue erano dappertutto. Non mi ero neppure accorta che avevo le guance rigate dalle lacrime, fino a quando il sapore salato non mi arrivò sulle labbra.

Così avevo ancora la forza di piangere, pensai. Ma quelle lacrime non erano per il male.

Il massacro al quale avevo assistito, la violenza brutale di quegli animali, mi aveva fatto vomitare più volte, mentre, dopo lo scontro, avevano ammassato i corpi della nostra scorta per poi scuoiarli e in parte mangiarli.

Ryu era ancora vivo: mentre assistevo a quello spettacolo grottesco, avevo sentito il suo respiro debole che lentamente si stava spegnendo. Aveva cercato di difendermi fino all'ultimo, ma non aveva potuto fare molto contro un esercito di bestie prive di alcuna anima.

Un'onda oscura e rabbiosa ammantava il mio cuore, come l'aura che probabilmente circondava Lucifero nelle viscere infernali, ma non potevo fare nulla, ero impotente.

Cercai con tutte le mie forze di rimanere sveglia, ma sentivo che l'oblio dell'incoscienza mi stava avvolgendo la mente. Sarei morta anch'io così? Divorata e dilaniata da quelle creature? mi chiesi, prima che le tenebre calassero del tutto.

Fui svegliata da un rumore ritmico che non voleva smettere. Continuava fastidiosamente a sciogliere il buio intorno a me.

Cosa diavolo era? Non potevo riposare neppure da morta?

Poi mi accorsi che il rumore veniva dal mio corpo.

Era il mio cuore, che non aveva ancora smesso di battere, dopotutto.

Tor

Aurora

Fine
prima parte...

Il Cuore del Lupo

II Parte

Il Fiore della Notte

IL CUORE DEL LUPO

Parte II

AURORA

A tratti riprendevo lucidità.

Sapevo di essere viva, per il resto c'era solo buio infinito. Il dolore che possedeva il mio corpo si faceva così intenso e bruciante, in certi istanti, da farmi riemergere da quel mare di ossidiana. Nonostante avessi gli occhi aperti, vedevo solo una distesa nera e angosciante, fatta di oscurità e nulla. Vuoto.

Quel buco nero era come averlo appiccicato addosso, al pari del dolore che continuava a mordere la pelle. Non capivo più dove iniziassero e finissero le mie membra. Ero certa che una sofferenza così pungente non potesse rimanere confinata solo nel corpo. Sembrava un essere vivo.

In quei momenti il cuore accelerava, battendo il ritmo della paura cieca e soffocante. Quell'emozione devastante e selvaggia era adrenalina nelle vene.

All'improvviso sentii una brezza leggera muoversi dentro di me. Dentro il mio corpo. Nella palla di dolore che ero diventata. Era come una fresca carezza quando bruci di febbre. Andava a placare il tormento rabbioso.

Mi aggrappai alla frescura con tutta me stessa, era il mio puntino luminoso nell'oscurità. Chiamai le lingue d'aria implorandole di non lasciarmi. Non volevo. Non potevo permettere che se ne andassero. Erano l'unica cosa che faceva scemare il dolore.

Rimasero, e il sollievo con loro.

Pregai la brezza di spostarsi e abbracciarmi tutta, perché ogni millimetro di me soffriva.

Infine mi riaddormentai.

Non avevo idea del tempo trascorso quando una goccia fredda cadde sulla mia fronte, scendendo pigra fino al naso e svegliandomi.

Quella scia umida era quasi piacevole. Si faceva strada sulla pelle in una linea piena d'intervalli, come una lumachina che di continuo drizza le antenne, variando sempre un po' la rotta. Avevo le palpebre aperte, eppure un'oscurità totale m'inghiottiva.

Il buio era così denso che presi in considerazione l'idea di aver perso la vista.

L'aria che respiravo era umida e densa, un'aria che s'insinuava nelle ossa appesantendoti come piombo. *I sensi stanno riprendendo a funzionare,* pensai, catturando diversi rumori indecifrabili.

Mossi gli arti, incerta.

Nonostante il corpo fosse pesante come un macigno, il dolore era del tutto svanito. Provai a muovere le mani, mentre le dita affondavano in una poltiglia viscida e fangosa.

Dopo diversi minuti, compresi di essere circondata da terra umida e che mi trovavo in un posto chiuso. Tutto il resto era ignoto e oscuro.

Avvolta da una notte senza fine, ero cieca. A dire il vero, non ero del tutto convinta che i miei occhi funzionassero o che li avessero lasciati al loro posto, durante lo scontro alle rovine. Ricordi confusi si erano fatti strada nel cervello, come piccole lucciole che si spengono e riaccendono a intermittenza. Immagini vivide e orrende esplodevano per qualche istante, prima che le ricacciassi, sconvolta, nell'ombra.

Sentivo le mani incrostate e un forte odore di sangue invadeva le narici. Sapevo che quel sangue era mio: aveva tinto i vestiti di un rosso brillante, lo ricordavo bene. Nonostante ciò, le numerose ferite erano scomparse. *Incredibile!*

Tastai ancora una volta, frastornata, i punti dove ricordavo ci fossero le lesioni più importanti, ma le dita trovarono solo stoffa a brandelli e pelle intatta. Un miracolo.

Non molto prima, avevo creduto di essere morta e poi finita in qualche girone infernale, un regno di dolore… Invece ero viva.

La carne, che era stata brutalmente lacerata, adesso era perfettamente integra. *Se non è un sogno, com'è possibile tutto questo, e dove mi trovo?*

Richiamai alla mente gli ultimi ricordi. *Devono avermi portata con loro.* Non c'era altra spiegazione.

Gli odori e i suoni che mi circondavano erano sconosciuti. Niente di ciò che avevo intorno era familiare. E forse, tutto sommato, non m'interessava sapere dove fossi. Sentivo un gran vuoto dentro. Era come se qualcuno mi avesse staccato un filo che da sempre mi alimentava. Non ero preparata a ciò che avevo vissuto a Orias. Nella mia ingenuità, mai avrei creduto che un male così oscuro e brutale potesse esistere.

Scacciai decisa i ricordi che iniziavano a fluire come una valanga. Non volevo vederli, era semplicemente troppo.

Trascinai il corpo nel buio, mentre i sensi si risvegliavano del tutto. L'unica risposta logica a quel miracolo era la magia. Dovevo averla usata inconsciamente per curarmi. Era la sola risposta sensata. Probabilmente una parte di me aveva desiderato sopravvivere, a ogni costo.

Risi a quel pensiero, finendo per tossire convulsamente. La gola era secca come il deserto e avevo una gran sete. Da quanto ero lì?

Non riesco a capire dove sono, figuriamoci a definire il tempo. Che stupida...

Analizzai i rumori che mi circondavano. Sentivo delle voci lontane, ma avrei dovuto mutare per capire meglio la situazione. I sensi del Lupo erano mille volte più acuti di quelli umani.

Trasformarmi però era fuori discussione, almeno per il momento. Mi sentivo sfinita come se avessi corso per giorni. Il mio corpo tremava solo allo sforzo di trascinarsi sul pavimento di terra. Tutto ciò che potevo fare senza fatica era respirare.

Passò del tempo, ore credo, mentre continuavo a stare appoggiata alla parete di terra, raggiunta nell'oscurità.

Lentamente la spossatezza aveva abbandonato gli arti, ma la gola secca reclamava con insistenza qualcosa che placasse la graffiante arsura. Intorno a me c'erano solo pareti umide e fredde. Niente acqua. Non riuscivo a capire in quale inferno fossi finita. *È come essere in una buca o in una tomba,* pensai macabra.

A un tratto udii chiaramente dei passi e delle voci non troppo distanti. Si avvicinavano rapide nella mia direzione, mentre una tenue luce compariva a distanza.

Quando arrivò davanti a me, sbarrai gli occhi accecata. Almeno adesso sapevo di non aver perso la vista.

Riuscii a distinguere qualche immagine e compresi perché ero circondata da pareti umide. C'era terra ovunque! Solo terra.

Due figure, illuminate dalle torce, erano arrivate a pochi metri di distanza da me.

Serrai i pugni fino a sentir male.

Sapevo che le unghie avevano inciso la pelle, ma non m'importava. All'improvviso era come se qualcuno avesse riattaccato la spina invisibile che era stata scollegata. Per la prima volta in vita mia, provai un sentimento oscuro come immaginavo fosse il fuoco infernale. L'odio mi attanagliò con le sue spire come una pianta infestante, pronto a soffocare ogni altra emozione. Per un lungo istante, rimasi intontita da quel che provavo, che esplodeva devastante nella testa e nel cuore.

Un ammasso di pelo bianco e sudicio stava in piedi davanti a me, sulle due zampe posteriori.

Era alto quasi due metri nel suo robusto corpo di animale. Nella parte alta, si curvava leggermente in avanti e un muso di Volpe spuntava al posto del volto. Lunghi canini scintillavano tra le mascelle socchiuse, come un muto monito. Le orecchie, piccole e appuntite, erano ritte sulla sommità del capo, mentre la bestia mi guardava con occhi gialli e crudeli.

Accanto a lui c'era un suo simile in forma umana.

Il volto di quest'ultimo era affilato, incorniciato da unti capelli bianchi, corti sulla nuca. Il viso giovane, distorto da un ghigno grottesco, contrastava con la candida capigliatura sporca. I lineamenti erano quasi belli, ma lo sguardo malvagio, che traspariva dagli occhi scuri, imbruttiva il viso come solo il male sa fare.

Entrambi avevano grandi cinture di cuoio legate in vita e due spade dalle lame affilate, all'apparenza pesantissime, pendevano a ogni lato.

«Ho vinto la scommessa, la femmina è ancora viva!» esclamò il Fray, rivolto al compagno in forma animale.

«Il Generale sarà contento» ghignò, portando la torcia verso di me e illuminando le sbarre di ferro che ci separavano.

Erano venuti da una specie di galleria, presi nota. Subito dopo sbarrai gli occhi per l'ondata di luce che mi avvolse.

«Argh già, avevi ragione. I Maghi sono come le pulci, non muoiono mai» rispose l'altro, esplodendo in una grassa risata.

Aveva parlato nonostante avesse la forma di un mostro-volpe.

La sua voce però era strana. Innaturale.

Ogni parola aveva un suono secco e ruvido, simile a quello di una motosega che incide il legno. Quindi mi credevano una Maga? Quelle bestie mi avevano risparmiata per chissà quale ragione, ma non avevo nessuna intenzione di permettere loro di farmi ciò che volevano.

Intanto una rabbia sorda e prepotente iniziò a mescolarsi all'odio, come due metalli che si fondono nello stampo di un artigiano, unendosi per forgiare un oggetto nuovo.

Spostai una gamba per saggiarne la stabilità e si allertarono immediatamente.

«Non ti conviene fare giochetti con la tua magia, non siamo abituati a fare prigionieri» mi avvertì quello in forma umana.

Tese in avanti un braccio dalla cute pallida, avvicinandosi alle sbarre.

La pelle dell'arto era in parte ricoperta da una maglia grigia, la stoffa pesante si era scurita in diversi punti a causa dello sporco.

Appoggiò vicino alle sbarre quella che sembrava una bottiglia.

Le mie gambe stavano benissimo, e il nuovo fuoco che avvinghiava dolorosamente il cuore mi faceva sentire solida e potente.

Non avevo paura di loro, ma ciò non toglieva il fatto che dovevo stare molto attenta. Lentamente mi trascinai verso i cilindri di metallo che mi imprigionavano. Non c'era bisogno che sapessero come stavo veramente.

Risate sguaiate esplosero dalle loro gole, rimbombandomi nelle orecchie.

«Guarda, striscia come un verme! Forse potevamo tenerne in vita anche qualche altro di loro, così ci divertivamo» ghignò maligno il Fray volpe-mostro, spostandosi in avanti con uno scintillio crudele nello sguardo.

«Mi sarebbe piaciuto torturare un Lupo, ma vorrà dire che mi accontenterò di lei».

Serrai le mascelle per evitare di reagire. *Così sono l'unica sopravvissuta.* I miei occhi, che insieme alla mente avevano assistito alla lotta, lo sapevano già. Eppure, una piccola parte del mio cuore aveva ugualmente sperato l'impossibile.

Afferrai la bottiglia, ricacciando nel profondo le immagini dello scontro. Sollevando il contenitore, l'odore d'acqua arrivò invitante alle narici.

Buttai giù una lunga sorsata, ma la gola secca fece andare di traverso il liquido, facendomi tossire e sputacchiare.

La scena diede vita a una nuova serie di risate crudeli. Ovviamente.

«Presto torneremo con il Generale a giocare un po' con te» m'informarono prima di andarsene e lasciarmi nuovamente al buio.

Le loro minacce non mi spaventavano.

Era come se qualcosa dentro di me si fosse rotto. Sapevo che avrei dovuto essere terrorizzata per ciò che mi aspettava, tuttavia non riuscivo a pensare a nient'altro se non a un modo per fargliela pagare. Il volto di Ryu grondante sangue era inciso a fuoco nella mia memoria.

Come tutto il resto.

Cercai di non soffermarmi troppo su quelle immagini. Il dolore minacciava di portarmi alla follia.

Trascorsero altre ore e intanto avevo fatto il *check-up* completo del corpo.

Dovevo trovare un modo per uscire da lì, però avevo bisogno che il fisico reggesse e della magia. Continuando a bere a piccoli sorsi, ero riuscita a riprendere vigore, anche se ero tutto fuorché in forma.

Mi accoccolai sulla terra fredda cercando di riposare. L'immagine del mio Lupo, richiamata in automatico dalla mente, mi cullò come una dolce carezza. *Chissà se lo rivedrò*, pensai mentre sentivo serrarsi la gola.

Le viscere si contorsero come serpenti, davanti alla consapevolezza che sarebbe stato molto difficile. Sapevo di non dovermi rassegnare. Era l'unico modo per sopravvivere.

Avrei trovato il modo per fuggire o sarei morta nel tentativo, decisi. Ora più che mai, comprendevo cosa volesse dire una guerra. Avevo la certezza che chi manovrava gli attacchi era al pari di un demone infernale.

Dovevo trovare un modo per aiutare Tor a fermare quella follia e vendicare ogni vita innocente spezzata! E Ryu.

Passò un'infinità di tempo prima che sentissi nuovamente dei passi sul terreno duro e vedessi tornare la luce delle torce.

Erano i due che mi avevano portato l'acqua. Ghignando, si avvicinarono alle sbarre con una chiave in mano.

«Ora andiamo a fare un giretto dal Signor Generale, vuole interrogarti di persona» rise quello in forma umana, facendo scricchiolare il metallo.

La porta si aprì lentamente, con un forte cigolio. Era esattamente ciò che aspettavo.

Mi ero nascosta nell'angolo più distante dall'uscita, in modo da avere qualche metro a disposizione. Adesso potevo finalmente dar vita al piano.

Per un attimo pregai con tutto il cuore che ciò che avevo in mente fosse realizzabile.

Balzai in avanti richiamando il corpo del Lupo. In un istante quest'ultimo ubbidì, uscendo, mentre l'altro corpo scivolava all'interno. Puntai quello in forma di Volpe con le zanne scoperte. Era grande come me, ma io ero più massiccia.

Quando ci scontrammo, cadde all'indietro, sbilanciato dal mio peso. Affondai senza esitare i denti nel collo e un latrato di dolore esplose dalla gola del mostro. Non ci pensai neanche un momento.

Sentivo le zanne scivolare come il coltello nel burro, affondando sempre di più, mentre la vittima si dimenava cercando di afferrarmi. Non sarebbe servito a nulla. Sapevo di avere la sua vita in pugno.

Serrai maggiormente la presa e tirai. La testa del Fray si staccò con uno schiocco, mentre il mio cuore sussultava.

Avrei ucciso qualsiasi Volpe senz'anima si fosse messa tra me e la libertà con estremo piacere.

Ruotai di scatto verso l'altro.

Era rimasto impietrito e solo in quell'istante realizzava cosa stava accadendo. Ero molto veloce e il fattore sorpresa aveva giocato a mio favore. Nessuno di loro si aspettava di avere a che fare con un Lupo. Era l'unica carta da giocare per riuscire a conquistare la libertà.

Una volta uscita da lì, avrei trovato il modo di raggiungere Imperia e annientare quelle creature. Ogni schifoso Fray. L'avevo giurato a me stessa.

Non sapevo nulla del luogo dove mi trovavo, ma avrei trovato comunque un modo per scappare.

Mi scagliai sul secondo, ma questo riuscì a evitarmi. Era rapidissimo, nonostante la forma umana.

Richiamai la sensazione fresca dentro di me. Sapevo cosa fare, anche se non avevo mai provato a farlo in quella forma. Nelle ore successive al mio risveglio, ero riuscita a pianificare nei dettagli la mia fuga, decidendo quali incantesimi usare.

Canalizzai la magia nella parola che pronunciai con la mente: *Scindera*.

Tagli profondi comparvero sul corpo dell'avversario. Era come se una decina di coltelli affilati fossero affondati nella sua carne, facendola a brandelli. Non avevo mai fatto prove pratiche di magia con le sembianze di Lupo, ma ero certa di potercela fare. Ryu era stato un eccellente maestro. Avevo memorizzato moltissimi incantesimi semplici, ma efficaci in battaglia.

Speravo solo che l'uso della magia non mi togliesse rapidamente le scarse energie racimolate.

L'essere davanti a me stava intanto cadendo a terra, e in un attimo gli fui addosso. Serrai le fauci sul suo collo.

La vita lo abbandonò come un soffio di vento che scuote le foglie, in un breve istante.

Scivolai veloce lungo la galleria, che ora non era più buia. Gli occhi del Lupo vedevano quasi tutto.

Sentivo il mio passo felpato spostarsi rapido e leggero sul terreno, mentre un nuovo fuoco m'infiammava.

Avevo appena ucciso due creature, eppure non provavo alcun rimorso. Solo un enorme vuoto si stava facendo strada nel muscolo che batteva rapido contro il costato.

Una fredda insensibilità s'insinuò sotto la pelle, al pari di un veleno che si diffonde lentamente e intacca tutto ciò che sfiora.

Man mano che proseguivo, la galleria si divideva in tantissime altre. Sembrava quasi di essere in una città sotterranea dalle vie deserte o in una specie di labirinto.

Imboccai un altro sentiero, era illuminato da torce poste su entrambi i lati delle pareti. Estesi i miei sensi di Lupo il più possibile.

Non ero abituata a farlo e i risultati furono pessimi. Sapevo però che, più avanti, avrei trovato altre Volpi. Le sentivo.

Alla fine imboccai un nuovo tunnel sulla sinistra, dove sembrava ce ne fossero di meno. Ero alla ricerca di una via d'uscita, ma stavo andando alla cieca. Non riuscivo a individuare nulla che mi aiutasse ad andare fuori di lì, dannazione!

A breve avrei raggiunto i Fray e mi preparai allo scontro.

Appena li raggiunsi, investii a tutta velocità l'unico dei cinque in forma animale. Usai l'incantesimo testato poco prima sugli altri due e, al contempo, mi scagliai sul quarto. L'ultimo fuggì, urlando parole incomprensibili.

Dovevo sbrigarmi a trovare una via d'uscita.

Sentivo il cuore battere come la pallina di un flipper impazzito che schizza da tutte le parti, facendomi male alle ossa.

L'adrenalina pompava a più non posso mentre sbucavo in uno spiazzo che collegava cinque gallerie: dove mi trovavo?! Cos'era quel posto?!

Delle Volpi spuntarono da un tunnel alle mie spalle, dietro di loro si stagliò una figura umana decisamente imponente.

Era un uomo alto, dai lineamenti duri. Cortissimi capelli neri e un'ombra di barba gli coprivano le mascelle squadrate, conferendogli un'aria scura.

Indossava una specie di armatura nera e un mantello rosso sangue ghermiva le spalle larghe. Chi era, o meglio, cos'era?! Non poteva essere una Volpe, sapevo che i Fray in forma umana avevano tutti i capelli bianchi.

Chiunque fosse, mi accorsi con orrore che i Fray gli ubbidivano. Era un pessimo segno.

«Stupidi idioti, non sapete neppure distinguere un Lupo da un Mago!» proruppe, rivolto ai sei Fray che erano arrivati davanti a lui nello spiazzo.

Ora le Volpi mi stavano accerchiando come un branco di iene con la preda.

«Sapevo che era quasi impossibile aveste trovato un Mago. Probabilmente l'unico che c'era ve lo siete mangiato» continuò con voce più calma.

Sembrava non fosse minimamente preoccupato della mia presenza. Io, invece, ero rimasta pietrificata dalle sue parole.

Tutto quello che mi passava per la mente era il viso di Ryu. Lo avevano mangiato…

Un vortice scuro come la tormalina, straripante di dolore e ira, si allargava dentro di me a ogni respiro. Presto mi avrebbe inghiottita del tutto. Lo sentivo.

Lo stomaco prese a contorcersi convulsamente, come se avesse deciso di voler uscire dalla mia bocca.

L'uomo mi guardò per un istante, con un'ombra di curiosità nello sguardo.

Non mi soffermai molto sulla sua espressione, avevo appena deciso che l'avrei ucciso. Con ogni probabilità era una delle creature a capo, se non altro, di una parte dei Fray e dell'esercito nemico. Quindi anche responsabile dei loro massacri.

Avevo davanti a me un essere che portava morte e distruzione. Una piaga per quel mondo. Se l'avessi eliminato, forse sarei riuscita, in piccolissima parte, a fare breccia nel loro schieramento.

Cercai di restare lucida, ma era difficile con il fiume di emozioni che mi travolgeva come un cataclisma. Ero una bomba pronta a esplodere.

Un ringhio basso mi partì dalla gola, mentre valutavo il modo migliore per attaccare. Dovevo mantenere la calma, senza lasciarmi travolgere dalla rabbia.

Se era alla testa anche solo di un manipolo di Fray c'era un motivo, e la mia esperienza in battaglia era nulla.

Percepivo un'enorme forza arrivare da lui. Il potere oscuro che trasudava da ogni centimetro del corpo mi fece rabbrividire.

Era un avversario mortale, lo sapevo. Il mio istinto di lupo urlava di stare in guardia e fuggire appena possibile.

Intanto altri Fray stavano arrivando dalle gallerie. Non avevo tempo da perdere.

Mi spostai nella sua direzione e vidi un lento sorriso incurvargli le labbra. Aveva capito di essere il mio obiettivo.

«E pensi veramente di essere alla mia altezza?»

«*No, non sarò mai in grado di competere con esseri come te. Ma ti ucciderò ugualmente*» ringhiai nella sua mente.

Scattai in avanti. A pochi passi da lui, scartai sulla sinistra, evitandolo, mentre pronunciavo l'incantesimo che avevo usato con i Fray.

Ero pronta a prenderlo alle spalle nel momento in cui le ferite fossero comparse.

Con mio immenso stupore, qualche scintilla si creò intorno al lui, senza provocare altre conseguenze. In quel momento però la sua espressione mutò.

Si girò rapidissimo, trafiggendomi con lo sguardo. In risposta ringhiai, lanciandomi su di lui.

Rotolammo a terra e una fitta di dolore m'invase il fianco. Nel mio assalto ero riuscita ad addentargli la spalla, affondando i denti nell'armatura e perforando il metallo.

Sentivo le zanne a contatto con la carne, ma questa risultò insolitamente dura sotto il mio morso.

Dovevo sfruttare il momento, lui non sapeva di cosa fossi capace.

Richiamai un incantesimo diverso, il mio preferito. Lingue di fuoco si materializzarono all'istante, bruciando e scaraventando a terra i Fray che erano a pochi metri da noi.

Un crepitio di fiamme e fumo esplose, riempiendo lo spazio fino al soffitto. L'uomo, che era ancora imprigionato sotto di me, sembrò invece a malapena risentirne.

Dopo un attimo, il mio corpo massiccio di Lupo venne scaraventato con violenza contro la parete.

L'impatto mi tolse il fiato, facendomi accasciare al suolo.

Ero ferita, compresi vedendo del sangue macchiare la terra intorno a me.

Spostai lo sguardo all'avversario.

Impugnava una lunga spada dalla lama insanguinata e stava a qualche metro di distanza, con un'espressione impossibile da decifrare.

Ero certa che non avesse un'arma, prima dell'attacco. Come aveva fatto a prenderla?

Cercai di rialzarmi, ma avevo difficoltà a muovere le gambe. L'uso della magia mi stava togliendo le forze. In più la ferita appena inferta aggravava la situazione.

«Chi sei?» chiese cupo.

Con un'ultima spinta mi tirai su, mentre un ringhio vibrante si levò dalla mia gola. Indirizzai la brezza dentro di me verso la ferita.

Ricordavo l'incantesimo che mi avrebbe curata: *Sanat*, pronunciai.

Il mio avversario era forte, ma non avevo nessuna intenzione di perdere. Una rabbia cieca mi aveva guidata fin lì. L'odio per le creature che avevano ucciso e massacrato i miei compagni e Ryu aveva preso possesso di me.

Il taglio, intanto, si era quasi rimarginato.

Era potente. L'incantesimo che avevo lanciato non aveva avuto alcun effetto. Com'era possibile? Doveva avere su di sé uno scudo magico che lo proteggeva, non c'erano altre possibilità. In compenso ero riuscita a ferirlo con le zanne.

Allora mi venne un'idea. Ricordai uno degli ultimi incantesimi studiati e lo pronunciai mentalmente. *Robusticaret.*

Rami nodosi e catene apparvero dal terreno, avvolgendo le gambe dell'avversario, imprigionandolo.

Senza esitare, mi lanciai in avanti, andando a segno.

Le fauci si chiusero pochi centimetri sotto il suo collo, mentre pregustavo la vittoria.

Nonostante la mia presa, la lunga spada riuscì a trafiggermi una seconda volta. Caddi all'indietro come se mi avesse dato un colpo in testa, mentre la pelliccia si tingeva nuovamente di rosso.

Ero esausta.

Cercai di rimettermi in piedi provando a medicarmi, ma c'era qualcosa di strano. Questa volta la brezza dentro di me non riusciva a rimarginare la ferita e l'orrore mi tolse il fiato.

«Non potrai guarirti. Ho posto un incantesimo su quel fendente» m'informò aspro.

Il suo volto aveva cambiato espressione.

Un incantesimo: quindi era un Mago! Ma com'era possibile? Avanzai con l'intento di attaccare ancora, ma la vista prese ad annebbiarsi.

Lo sconosciuto abbassò la spada, che scomparve in un lampo rosso. Poi sussurrò parole sconosciute e, con un *crack*, le catene e i rami si spezzarono.

Si era liberato.

Nonostante stessi perdendo, anche lui era provato dal nostro scontro. Una magra consolazione.

«Se non muti, morirai. Solo in forma umana sarai in grado di rimarginare quelle ferite» disse con voce incolore.

Il mio corpo stava cedendo, ne ero consapevole, ma non potevo mollare. Le immagini della battaglia a Orias m'invasero il cervello, dandomi la forza di avanzare ancora.

L'uomo si mosse verso di me, agile come un felino. Troppo veloce perché potessi evitarlo, in quelle condizioni.

Facendo riapparire la spada, mi colpì con l'ennesimo fendente, questa volta ferendomi la schiena.

Le zampe tremarono violentemente, ma imposi al corpo di resistere. Dovevo restare in piedi. In forma umana sarei stata troppo vulnerabile.

«Muta, sciocca, o morirai!» urlò, sorprendentemente vicino.

Quindi voleva che mutassi affinché sopravvivessi? Non capivo.

«*Altrimenti morirò… Credi che abbia paura di questo?*» lo schernii con sarcasmo.

Raccolsi le ultime energie e gli balzai alla gola.

«*Anche fosse, tu verrai con me*» lo informai, mentre le zanne affondavano piacevolmente nella sua carne dura.

Avevo gli occhi neri dell'avversario a pochi centimetri dai miei, e quello che vidi nelle iridi scure non era malvagità, piuttosto un odio smisurato che mi fece boccheggiare. Era così simile al mio...

Le braccia muscolose si strinsero intorno alla mia gola, evitando che il morso gli fosse fatale.

«Ma io oggi sopravvivrò. Quindi dovrai mutare, altrimenti non potrai portarmi negli Inferi con te» replicò con un sorriso.

Liberandosi, mi trafisse con un altro fendente, facendomi volare contro la parete.

Non mi sarei rialzata, lo sapevo. Forse aveva ragione, morendo adesso non avrei potuto vendicare nessuno. Se c'era anche una minima possibilità di rivedere le persone che amavo, l'avrei persa. Morire così era una cosa stupida e inutile. La mia vita non sarebbe valsa a nulla.

I Lupi che avevo visto cadere avevano combattuto per qualche cosa. Ryu aveva combattuto per difendermi. E io, cosa stavo facendo? Dovevo sopravvivere se volevo avere la possibilità di fare qualcosa di utile.

Richiamai, senza difficoltà, l'altro corpo e il Lupo scomparve dentro di me.

Mi ritrovai accasciata al muro. I capelli, ancora impiastricciati di sangue rappreso, mi ricadevano fastidiosamente sugli occhi.

Nella cella non ho trovato niente per legarli, pensai scioccamente.

Il dolore che sentivo in quel momento era forte e pulsante, ma avevo provato di peggio, a Orias. Il mio corpo umano aveva resistito agli attacchi dei Fray durante la battaglia, opponendosi a un dolore capace di portare alla follia.

E forse, in realtà, un po' impazzita lo ero quando il male era diventato così devastante da convincermi che neanche un osso sarebbe rimasto integro. Avevo urlato fino a perdere la voce. Infine avevo pregato, pregato di morire.

Richiamai con infinita difficoltà la brezza e mi alzai tremando.

Fissai le iridi nere dell'uomo che adesso torreggiava su di me. I suoi occhi erano strani, mentre mi osservava.

Quando i tagli profondi smisero di bruciare, seppi che ero riuscita a rimarginare la carne. In compenso, una debolezza schiacciante mi faceva girare la testa e la vista si annebbiava.

Tutto il corpo era scosso da tremiti violenti. Non volevo crollare, non ancora, almeno.

Poi persi l'equilibrio e piombai in avanti, la mente veniva ancora una volta inghiottita dalle tenebre.

Riemersi dal buio con un persistente vociare nelle orecchie.

Quando aprii gli occhi, una lieve luce illuminava l'ambiente dove mi trovavo. Le ultime immagini che avevo registrato presero a sciamare nel cervello come vespe impazzite.

Ricordavo ogni particolare della breve battaglia con l'uomo vestito di nero. Senza ombra di dubbio era un Mago e molto potente per giunta.

Cosa ci faceva un Mago con i Fray? Non riuscivo a trovare una risposta decente.

Mi sedetti senza provare alcun male, solo un'enorme stanchezza opprimeva ogni parte del corpo. Era come se al posto della carne avessi del piombo attaccato allo scheletro.

Ero stata nuovamente rinchiusa in una cella e il mio piano era fallito miseramente. Eppure ero sopravvissuta ancora una volta.

Una torcia era fissata alla parete, illuminava la terra intorno a me.

Mi trovavo in una sorta di buco sotterraneo. Le sbarre massicce, questa volta, davano su un corridoio lastricato di pietre; mi trovavo in una cella diversa da quella in cui mi avevano confinata in precedenza.

I polsi erano imprigionati da grossi bracciali in ferro, ricoperti di incisioni che non riconoscevo. Il metallo scuro era pesante e fastidioso. Cos'erano quegli affari?

Il brusio di voci che veniva dal corridoio mi distolse dai pensieri.

Riconobbi il tono ruvido dei Fray in forma animale, ma non capivo cosa stessero dicendo. Lentamente il vociare si fece sempre più distante.

Mi alzai con cautela per testare la stabilità delle gambe.

Non avevo troppa difficoltà a stare in piedi, anche se mi sentivo come uno stelo di paglia in balia di un uragano.

Passarono ore, ma nessuno dei miei carcerieri si fece vedere. Questa volta mi avevano lasciato due ciotole nella cella: una con dell'acqua e l'altra colma di una poltiglia gialla, maleodorante.

Avevo rifuggito il ricordo della battaglia, o meglio, del massacro di Orias, da quando mi ero risvegliata.

Adesso però le immagini continuavano ad assalirmi. L'enorme matassa di spilli che pungeva la gola si fece così opprimente da non poter essere ignorata.

Ero partita felice da Imperia, nonostante la consapevolezza dell'imminente guerra e lo scontro con Hough.

L'ostilità del Lupo e le parole maligne che mi aveva rivolto sembravano dei complimenti, in confronto a ciò che avevo vissuto nella Capitale.

Storsi le labbra al ricordo.

Non sapevo da quanto fossi prigioniera, ma non doveva essere passato più di qualche giorno dacché avevo lasciato la Torre. Eravamo partiti in dodici. Dieci Lupi, Ryu e io. Una lacrima ruzzolò lungo la guancia, bagnandomi le labbra.

Sembrava impossibile fossero tutti morti. Mi sentivo incapace di concepire l'idea che non ci fossero più. Il pensiero che non avrei rivisto Ryu, il suo sorriso, o che non avrei più sentito i suoi rimproveri, mi sembrava inafferrabile.

Un singhiozzo risalì la gola, mentre le lacrime scendevano ora copiose.

Era trascorso poco meno di un mese da quando ci eravamo incontrati, ma lo sentivo vicino come un fratello o un amico che si conosce da una vita.

Era una di quelle stranezze che accadono solo quando incontri delle persone veramente speciali. Anime con le quali senti un legame viscerale e illogico da subito.

Ryu rappresentava una parte di una nuova famiglia in questo mondo. Ero stata catapultata in una realtà magica, totalmente diversa da quella in cui avevo trascorso la vita. Scoprire la mia vera natura mi aveva sconvolta e spaventata ma, al contempo, avevo trovato pace. Ora sapevo chi ero. Senza il supporto e l'affetto di Ryu probabilmente le cose sarebbero state molto diverse. E ora non c'era più.

Provavo lo stesso per Tor, anche se i miei sentimenti per lui erano più complicati.

Il nostro viaggio era iniziato come una splendida piccola avventura, nella mia testa. Ero stata euforica all'idea di partire.

In parte il mio stato d'animo era dovuto a Tor. Ero riuscita a confidargli il magma di emozioni che avevo scoperto di provare per lui.

Non ero mai stata innamorata, né sapevo cosa si provasse a voler bene in quel modo. Da sempre guardavo a quel tipo di sentimenti con distanza, come se non mi appartenessero.

Certo, a scuola notavo qualche ragazzo carino. Eppure non capivo le compagne di classe perennemente in preda a emozioni sconvolgenti, ogni volta che vedevano il ragazzo per il quale avevano una cotta. Amelia compresa.

Ora, forse, comprendevo. La differenza però era che il ragazzo che mi piaceva non era un ragazzo, bensì un Lupo.

Probabilmente per questo non mi ero accorta che Tor fosse così importante per me. Tuttora, se ci penso, mi pareva impossibile potersi innamorare di un Lupo.

Tor però non era solo un Lupo, malgrado ne avesse sempre le sembianze. Infatti era una maledizione a imprigionarlo in eterno nella sua forma animale.

Anche se i miei occhi potevano vedere solo la sua forma, riuscivo a sentirne l'animo. Percepirlo per ciò che era al di là del suo aspetto.

Sentivo chiaramente il suo lato umano. Era proprio quella parte di Tor che aveva suscitato in me emozioni così nuove.

Senza contare poi la strana e assurda alchimia che si era creata da subito. *Vorrei poter affondare il viso ancora una volta nel suo collo e dimenticare tutto*, mi dissi, nascondendo la faccia tra le mani.

Sapevo che, probabilmente, non avrei più potuto farlo.

La brutale realtà si stava facendo sempre più chiara. Poter uscire viva da quel posto sarebbe stato difficile, per non dire impossibile.

Un sussurro nel cuore continuava a bisbigliare di non darmi per vinta. E non avrei mollato.

Alla nostra partenza, Tor ci aveva assegnato dieci Lupi come scorta. Dieci guardie del castello, ricordai, mentre lo stomaco sussultava all'idea di quelle vite spezzate.

Lo avevo salutato al mattino presto, dopo aver passato la notte cullata dal piacere della sua vicinanza.

Le restanti ore, prima della partenza, le avevo trascorse con Ryu. Ci eravamo preparati all'imminente viaggio e mi aveva istruita su cosa avremmo dovuto cercare.

Entrambi mi avevano proibito di viaggiare in forma di Lupo, a causa della spalla ancora un po' contusa. Qualsiasi ferita riportata sul mio corpo umano sarebbe comparsa su quello del Lupo, e viceversa.

D'altronde, prima di partire, non avevo ancora scoperto che avrei potuto curarmi da sola con una tale efficienza. *Il dolore e la morte hanno fatto crescere la mia magia*, conclusi amara.

Raggiunto lo spiazzo del castello, avevo trovato una specie di carrozza in nostra attesa. Un veicolo a quattro ruote con la struttura in legno e ferro, a forma di barchetta.

L'esterno era intagliato con disegni di rami e foglie che si inerpicavano sul mezzo, lasciando fuori solo grandi lastre di vetro che fungevano da finestre. Il tetto era di un metallo lucido, anch'esso inciso.

Al traino c'erano due creature che non avevo mai visto. La struttura fisica assomigliava a quella di un orso, a grandi linee, con il tronco ampio e massiccio.

Le zampe tozze e grosse, che reggevano il busto voluminoso, erano più lunghe rispetto a quelle dell'animale che avevo come punto di riferimento.

Anche il collo era allungato. Il muso largo sporgeva in avanti come quello di una renna. Sulla sommità esterna del capo si trovavano occhi tondi e dolci.

Gli animali erano anche dotati di piccoli cornetti! Insomma, delle creature così insolite da farmi pensare alla possibilità che i Lupi potessero condurre qualche tipo di esperimento in laboratori segreti.

Le orecchie ovali, piccole rispetto all'animale, si muovevano di continuo come due antenne intente a catturare ogni rumore. La pelliccia corta e folta, di un caldo marrone, ricopriva il corpo delle creature. Per concludere, una lunga coda oscillava placida a destra e a sinistra con un artiglio acuminato alla fine.

Una specie di Hummer in versione animale, pensai, ritrovandomi a sorridere per il bizzarro paragone.

Gli animali erano stati legati con delle redini in modo da poter trainare il cocchio.

Quelli erano Eril, mi aveva spiegato Ryu. Non un incrocio creato in laboratorio o un mix tra un grizzly, una renna e sa solo Dio cos'altro: gli Eril erano degli erbivori che popolavano le foreste e si muovevano in branco. Solitamente venivano usati per trasportare carichi pesanti, vista la loro capacità di sopportare pesi. A dispetto della mole, tra l'altro, sapevano essere decisamente veloci. Così, la nostra spedizione alla volta di Orias aveva avuto inizio.

Per uscire da Imperia ci eravamo serviti di un passaggio a me nuovo, molto più grande rispetto a quello che avevo percorso con Ed al mio arrivo.

Ci eravamo mossi lungo una galleria che passava sotto la cascata e sbucava su di un sentiero largo come una strada cittadina.

Gli Eril, nonostante la stazza, avanzavano rapidi sul terreno, quasi fossero dei cavalli. Gli scossoni della carrozza mi avevano divertita, era stato un po' come essere sulle giostre.

Uno dei Lupi era in forma umana e conduceva la nostra vettura, seduto a cassetta. Si trattava di un giovane Lupo alto e imponente, con corti riccioli rossi che gli addolcivano il volto largo. Jagu si chiamava, ed era stato gentile con me nell'aiutarmi a salire.

Nessuno di quei Lupi mi aveva guardata male o altro. Sembravano solo curiosi e la cosa mi aveva resa felice. Quattro di loro erano posizionati ai nostri fianchi, gli altri aprivano la strada.

Ryu mi aveva spiegato che avremmo percorso il sentiero principale che collegava le più grandi città, chiamato Passo dei Mercanti.

Durante le lunghe ore di viaggio, avevo trascorso la maggior parte del tempo con il naso appiccicato al vetro. I paesaggi che scorrevano come un film davanti ai miei occhi erano sembrati così fantastici che, per un istante, avevo creduto di trovarmi in una versione fighissima di *Alice nel Paese delle Meraviglie*.

Boschi con alberi immensi e maestosi si erano alternati a colline verdeggianti. Nel sottobosco crescevano piante colorate di svariate forme. Alcune somigliavano a stelle, altre avevano petali così lunghi da sembrare tanti steli verdi con la parrucca. Gli arbusti erano di tutte le dimensioni. Fiori grandi come angurie cedevano il posto ad altri, piccoli come un'unghia.

Querce dalla corteccia bianca come il latte davano spazio ad alberi dai tronchi imponenti e bitorzoluti, che sfumavano dalle tonalità più calde del marrone a uno straordinario verde azzurro.

Dopo qualche ora ero persino riuscita a scorgere una catena montuosa stagliarsi all'orizzonte.

Finalmente, dopo aver passato l'ultima collina, avevamo raggiunto Orias. O meglio, ciò che ne restava.

Le rovine della città, che era stata la casa di mia madre, sorgevano ai piedi di un alto colle. Ciò che restava della Capitale era circondato da un fiume le cui acque erano tinte di uno spettacolare viola-blu.

Ai miei occhi, quel corso d'acqua era sembrato un guardiano silenzioso, intento a vegliare e a custodire qualcosa di prezioso.

Mentre procedevamo lungo un ponte malmesso che attraversava il canale, Ryu si agitò accanto a me.

Nel tragitto avevamo parlato poco. Totalmente rapita da ciò che scorgevo al nostro passaggio, avevo trascorso le lunghe ore di marcia in un mutismo reverenziale, ipnotizzata dal paesaggio.

Ogni tanto avevo interrotto il silenzio, tempestando Ryu di domande su animali che intravedevo nella boscaglia. Mi aveva sempre risposto con un leggero sorriso sulle labbra.

Sicuramente era stato difficile per lui tornare in quella che era stata la sua casa. In quel momento, affamata di conoscenza e curiosa all'inverosimile, non ci avevo pensato.

La cosa che mi aveva affascinata da subito fu un'altissima costruzione in rovina che si ergeva nel cuore di Orias.

«Quello è il Palazzo del Vespro» mi aveva informata, accorgendosi di dove fosse rivolto il mio sguardo. «E presto capirai perché si chiama così» aveva aggiunto, facendomi l'occhiolino.

Man mano che ci eravamo addentrati tra le rovine, il palazzo si faceva più vicino. Per gran parte era distrutto. La pietra, da un lato, era tinta di nero, come parte delle macerie, a testimonianza dell'incendio che i Lupi avevano appiccato per bruciare tutto al termine dell'Ultima Battaglia.

Ogni cosa, laggiù, urlava quanto dolore avesse visto quella terra.

Nello sguardo di Ryu avevo letto solo una profonda tristezza. A dispetto dell'abisso di sentimenti che, molto probabilmente, aveva provato, la sua espressione era sempre rimasta tranquilla.

Nel percorrere le vie deserte, mi ero accorta di quanto fosse grande la Città dei Maghi. Probabilmente superava Imperia.

Passate le prime costruzioni, avevo creduto che in breve avremmo raggiunto il Palazzo del Vespro. Invece la strada da percorrere fu molto lunga. Il sole, intanto, aveva iniziato a tramontare.

Mentre la sfera giallo-arancione scendeva dietro l'orizzonte, le rovine del castello avevano iniziato a cambiare colore.

La pietra del palazzo, da grigia, era diventata sempre più luminosa, sino a tingersi di un caldo rosso.

Ero rimasta incantata davanti a quella visione.

«Il Palazzo del Vespro porta questo nome perché, al tramonto, la pietra del Monte Vulcano, con cui è costruito, si tinge di rosso» aveva spiegato Ryu.

Dopo un tempo che era sembrato interminabile, avevamo finalmente raggiunto il palazzo scarlatto.

Quando ero scesa dalla carrozza, il cuore aveva sussultato come un cavallo imbizzarrito. Mi ero sentita piccola e insignificante circondata da quei ruderi.

Per la notte avevamo allestito un campo all'interno del castello. Ryu mi aveva proibito di andare in giro a curiosare, dicendo che avrei avuto tutto il tempo per farlo l'indomani.

Così ci eravamo sistemati in una delle sale in rovina. S'intuiva chiaramente che era stata una sala magnifica, nonostante la polvere e lo stato disastroso delle pareti.

Il mio giaciglio era accanto a quello di Ryu, mentre i Lupi avevano sistemato i loro a ridosso dell'uscita principale.

Per cena avevo mangiato un po' di carne secca e del pane, mentre Ryu non aveva toccato cibo. Si era limitato a bere qualche bicchiere di uno strano liquore verde scuro, tirato fuori dalla bisaccia.

Quando ne aveva offerto ai Lupi, avevano accettato sorpresi. Sembrava che nessuno di loro si aspettasse gentilezza da parte sua.

D'altro canto stando lì, nel bel mezzo della città distrutta, il ricordo della guerra passata era stato vivido più che mai.

La tensione nei Lupi era palpabile.

I loro sguardi nervosi avevano continuato a scrutare Ryu con diffidenza da quando eravamo arrivati. La città era il simbolo della sconfitta e dello sterminio dei Maghi per mano loro. Il fatto di essersi ritrovati proprio lì, con un Mago come compagno di viaggio, doveva averli messi decisamente a disagio.

Però, come me, anche Ryu sapeva che i nostri compagni non erano responsabili di ciò che era accaduto a Orias.

Nonostante ciò, in quell'occasione aveva dimostrato, ancora una volta, il suo valore.

Era stato sempre cortese con i rappresentanti del popolo che aveva sterminato la sua gente e coloro che aveva amato, proprio lì, dove tutto testimoniava il dolore che la sua gente aveva vissuto.

La città aveva sicuramente evocato in lui innumerevoli ricordi colmi di sofferenza. Eppure c'era stata solo gentilezza e premura nei suoi modi e nel suo sguardo. Non avevo mai sentito una parola scortese nei confronti della nostra scorta, anzi.

Nel mio piccolo, mi ero detta che non avevo alcun diritto di lamentarmi per quel poco che avevo patito poiché, se paragonato alla sofferenza di Ryu e di molti altri, era ben poca cosa.

Quando si era sdraiato accanto al mio giaciglio, avevo teso la mano cercando la sua.

Intrecciando le dita a quelle più lunghe e calde del Mago, avevo deciso che non lo avrei mai lasciato solo.

Prima di addormentarmi, mi era parso di vedere un leggero e malinconico sorriso aleggiargli sulle labbra, nel tenue bagliore lunare.

Ripensando adesso a quei momenti, rimpiansi di non aver detto di più, o fatto qualche cosa di meglio. Ero stata solo capace di assillarlo con domande stupide.

Alla fine, quella accudita e aiutata ero stata sempre io, per lui avevo fatto ben poco.

Se mai fossi uscita viva dalla prigione, avrei trascorso ogni giornata cercando di fare del mio meglio in ogni singolo istante.

Avrei fatto tutto ciò che potevo per rendere, almeno in parte, il bene enorme che mi era stato dato da quando ero in quel mondo chiamato Arkan. O meglio, da quando ero tornata nel mio mondo.

Spostai le gambe, cercando di trovare una posizione più comoda nella cella fredda e lugubre.

Finalmente le lacrime si erano esaurite. Gli occhi asciutti pulsavano fastidiosamente.

Un lungo brivido di freddo mi scosse le ossa.

Lì dentro si gelava. Indossavo solamente una camiciola in cotone fatta a brandelli e dei pantaloni neri, anch'essi in pessimo stato.

Solo i piedi, che calzavano stivali alti di morbida pelle, se ne stavano un po' al caldo.

Chiusi gli occhi, appoggiando la testa alla parete.

Quando mi ero svegliata, la mattina dopo il nostro arrivo a Orias, avevo notato che alcuni Lupi erano spariti. Ryu era distante e parlava con Jaug.

Quest'ultimo sembrava molto nervoso.

«Li sento, sono vicini e sono tanti! Padaric ha perlustrato i dintorni, ma non riusciamo a capire dove si trovino. È come se ci stessero circondando, eppure non riusciamo a vederli!» diceva concitato a Ryu.

Quando il mio sguardo si era spostato sul bellissimo volto del Mago, avevo compreso immediatamente che la situazione era grave.

La mascella era rigida e contratta. Il volto, dalle linee sottili e affascinanti, pallido e tirato. Mi era bastata un'occhiata alle iridi d'acquamarina per capire che avevamo un grave problema.

Ero saltata su, avviandomi veloce nella loro direzione.

Non avevo fatto in tempo a raggiungerli, che un fortissimo boato era esploso dall'ingresso.

Ricordavo bene quel suono, il suono della battaglia.

Avevo sentito quei rumori subito dopo il mio arrivo in quel mondo, quando Tor si era battuto con i Lord di Ferro. Gli stessi suoni che mi avevano accolta poco dopo aver superato le porte della Torre.

In un istante, mi ero ritrovata Ryu accanto, ma non c'era stato tempo per far nulla.

Un centinaio di mostri-volpe erano entrati da ogni direzione, lanciando urla e ringhi. Era stata la prima volta che vedevo un Fray e non lo avrei mai dimenticato.

Ryu mi aveva cinto le spalle, cominciando a sussurrare parole che non capivo.

In un attimo, un muro di fiamme blu ci aveva circondati, dividendoci dagli aggressori. Intanto diversi Fray si erano lanciati su Jaug, che aveva assunto forma di Lupo. La scena era stata agghiacciante.

Quattro Lupi avevano lottato poco lontano da noi, ma le Volpi erano troppe.

Mi ero resa conto che, per quei mostri, non era neppure un vero combattimento, stavano giocando come il gatto con il topo.

Ridevano mentre assalivano in dieci un solo Lupo, staccandogli brandelli di carne, per poi fermarsi con i pezzi tra le fauci e mangiarli con macabra tranquillità.

Quando il mio cervello capì il senso di quella scena, fui costretta a piegarmi per vomitare. Sembrava che per loro fosse una specie di buffet con cibo vivo.

Alcuni di loro avevano provato ad avvicinarsi a me e a Ryu, ma le fiamme non lo avevano permesso.

Impotenti, eravamo rimasti a guardare quella scena raccapricciante, dove diversi Lupi venivano smembrati e divorati da vivi.

Io ero bloccata a terra a vomitare per gran parte di quel massacro. Il tutto, ripensandoci, doveva essere durato molto poco. Loro erano a centinaia.

C'erano Fray ovunque, ricordai. In quei momenti, i minuti erano sembrati ore interminabili.

Ero stata come in *trance*, mentre vedevo le scene di un film muto perché, alla fine, mi ero tappata le orecchie per non ascoltare le urla strazianti e i gemiti di dolore dei Lupi.

Ryu mi aveva chiamata più volte, prima di riuscire a scuotermi.

«Rori, non potrò tenerli lontani per molto, tirati su!» alla fine la sua voce era riuscita a far breccia nella mia mente paralizzata.

Era pallido. Lo sforzo di tenere le fiamme così alte si stava facendo sentire.

Molti Fray, intanto, ci avevano circondati. Cercavano un modo per far breccia nelle mura di fiamme ma, a ogni tentativo, Ryu sussurrava parole intrise di magia e il malcapitato veniva lanciato in aria, come se ci fosse stata una gigantesca mano invisibile a scaraventarlo in alto, per poi farlo ricadere al suolo senza vita.

«Siamo Maghi!» aveva iniziato a urlare Ryu. «Potremmo servire la vostra causa, se non ci uccidete!»

Non avevo capito subito il perché di quelle parole. Ora però comprendevo. Quello sarebbe stato l'unico modo per poter rimanere in vita dinnanzi alla furia dei Fray.

Intanto una Volpe più alta e grossa degli altri si era fatta largo per avvicinarsi a noi, spintonando malamente i compagni.

«E anche se fosse, siete in due. A noi ne basta uno» aveva ghignato con voce graffiante.

«Dicono che la carcassa di Mago sia ottima» aveva aggiunto, tirando fuori dalla bocca una lunga lingua violacea per leccarsi le zanne.

Risate sguaiate erano esplose tutt'intorno. Ryu mi aveva afferrata per una spalla, stringendomi forte al suo fianco.

«Aurora, devi essere forte adesso! Tu devi sopravvivere! Non so come faremo, ma qualsiasi cosa accada, rimani ferma in ciò che sei, credi in te come ci credo io e sopravvivi!»

Gli occhi d'acquamarina bruciavano di un fuoco che non avevo mai visto, riportandomi alla lucidità.

I capelli d'argento erano scompigliati intorno al viso e, nonostante la tragicità di quel momento, non avevo potuto fare a meno di notare la sua bellezza. Strideva come unghie sulla lavagna in quel contesto brutale.

Per un attimo, guardando le sue iridi, avevo trovato la forza di riprendere la calma.

«Quando farò scomparire le fiamme, dovrai correre. Usa ogni incantesimo che hai memorizzato per farti strada, e raggiungi l'ultima sala in fondo al corridoio. Lì dovrai incanalare la tua magia in un solo incantesimo: *Auxilet*. Si aprirà un passaggio segreto, un passaggio che solo un Mago può varcare».

L'avevo guardato, incapace di rispondere.

«E tu?» avevo chiesto infine, tremando come una foglia.

«Non preoccuparti per me, li terrò a bada e poi troverò un modo per raggiungerti. Non dimenticare, ora il mio compito è quello di proteggerti» aveva sussurrato, «cerca di credere in me».

Il suo viso si era chinato sul mio e le labbra sottili si erano posate con delicatezza sulla mia fronte, per poi scostarmi da sé. Un piacevole calore si era diffuso per un breve istante in tutto il corpo, quietandomi.

Gli occhi si erano poi riempiti di lacrime inutili nel guardare i suoi, del colore del cielo. Sapevo che stava per accadere qualcosa di tremendo.

In fondo al cuore, in un modo impossibile da comprendere, avevo sperato. Avevo creduto che sarebbe andato tutto bene, come una stupida bambina.

«Vai!» mi aveva urlato, nello stesso momento in cui le fiamme scomparivano.

Era caduto un lungo silenzio, prima che i Fray si lanciassero su di noi. In quella frazione di secondo, finalmente, le mie gambe si erano decise a spostarsi.

Travolta dal terrore, avevo cercato di raggiungere il corridoio, muovendomi a zig-zag tra i mostri che si paravano davanti a me. La mia statura e la rapidità della parte di Lupo erano state d'aiuto per raggiungere il corridoio. Infine avevo richiamato le fiamme per farmi strada.

Dopo una corsa sfrenata, che era sembrata durare una vita, ero arrivata finalmente all'ultima stanza! A un passo dal varcarne la soglia, mi avevano afferrata alle spalle, trascinandomi a terra.

Nell'istante in cui avevo provato a rialzarmi, un fortissimo dolore si era irradiato lungo la schiena, facendomi rotolare al suolo.

Disperata, avevo tentato di mettermi in piedi, ma le gambe non avevano voluto ubbidire. Allora mi ero accorta che una di quelle creature torreggiava su di me, con una lunga spada insanguinata in pugno.

Non ero più riuscita a muovermi. Ci avevo messo un po' a capire cosa fosse accaduto.

Con un unico fendente, mi aveva spezzato la colonna vertebrale. Il dolore pazzesco, esploso lentamente poco dopo, mi aveva tramortita. I denti battevano così forte fra di loro che avevo creduto si spezzassero.

Risate sguaiate erano risuonate nelle mie orecchie, mentre avevano preso a trascinarmi. Le ossa dei polsi e delle braccia si erano spezzate con schiocchi sordi, sotto la crudele presa dei Fray.

Nel tragitto per riportarmi alla prima sala, mi avevano morsicata, strappato lembi di carne dai fianchi, presa a pugni e calci. Tornata al punto di partenza, vidi Ryu riverso al suolo con i Fray ghignanti intorno.

L'impulso di raggiungerlo mi aveva spronata a fare altri tentativi per rialzarmi, ma le gambe non si erano mosse.

Davanti all'impotenza fisica, mi ero concentrata sui sensi di Lupo. Le orecchie avevano sentito un lento respiro provenire dalla sua gola.

I pugni e i morsi brutali, intanto, erano continuati. Le ossa si erano spezzate ancora e ancora, sotto i colpi impietosi. Il sapore salato delle lacrime si era mescolato a quello del sangue.

Infine, avevo iniziato a pregare. Avevo pregato con tutta me stessa affinché il mio cuore smettesse di battere.

Ero rimasta a Orias fino al tramonto, in uno strano stato che oscillava tra veglia, tenebra e dolore.

Sgranai gli occhi per interrompere quelle immagini che avevano il potere di ferire come pugnali. Non avrei più pianto, ormai avevo esaurito le lacrime.

Il freddo della cella si faceva sempre più pungente e mi aiutava a rimanere vigile.

Da un po' non udivo alcun rumore, ma prima o poi sarebbero tornati, e questa volta avrei trovato un modo per andarmene.

Dovevo farlo, a ogni costo.

Intanto il tempo passava e nessuno si faceva vivo. Mi sentivo meglio, ma sapevo che il mio corpo era ancora debole. Non mangiavo un pasto decente da quando ero prigioniera e le energie consumate erano tante.

Il freddo cresceva in quel dannato buco, togliendomi il sonno e la possibilità di recuperare le forze. *Forse, però, usando la magia...*

Mi concentrai cercando di materializzare le fiamme per riscaldarmi. Nell'istante in cui pronunciai l'incantesimo, i bracciali di ferro s'illuminarono di una luce rossa, e un dolore intenso mi penetrò il corpo.

Ci misi qualche istante a riprendermi.

Cos'era successo? Inspirai a fondo mentre venivo scossa dagli ultimi spasmi. Sentivo ogni centimetro della pelle pulsare e bruciare.

Incredula e intontita mi concentrai ancora una volta.

Quando pronunciai nuovamente le parole intrise di magia il dolore provato poco prima ricomparve, irradiandosi ovunque. I bracciali invece brillavano nella penombra.

Crollai al suolo.

Quel male che addentava la carne era lento ad andarsene.

I cerchi di metallo dovevano essere la causa di tutto. Erano quasi sicuramente degli oggetti magici, avevo letto qualcosa al riguardo, mi venne in mente.

Solitamente oggetti simili erano usati sui Maghi che venivano imprigionati. Quindi non avrei potuto utilizzare la magia fino a che indossavo quelle specie di manette. Fuggire sarebbe stato molto complicato.

Nei successivi minuti, cercai di sfilarli fino a lacerare la pelle, ma niente. Erano due cerchi perfetti, senza chiusura. Sa Dio con quale incantesimo me li avevano infilati. Le mie conoscenze magiche erano troppo scarne per poterli togliere da sola.

Dopo altri tentativi inutili, mi aggrappai a un'idea.

Richiamai il corpo del Lupo. Un solo istante e mutai senza problemi, ritrovandomi i bracciali sulle zampe anteriori.

Niente. Anche in quella forma non riuscivo a levarli.

Provai a mordere il metallo con le zanne affilate, ma i cerchi resistettero. Girai nervosa e frustrata nella cella angusta.

Almeno adesso, grazie alla pelliccia del Lupo, non sentivo freddo. Infine, mi accucciai in un angolo e presi sonno stremata.

Ripresi coscienza di soprassalto, con la sensazione di non essere sola. Gli occhi del Lupo frugarono la penombra al di là delle sbarre, individuando immediatamente una figura alta e scura.

Riconobbi il Mago contro il quale mi ero scontrata. I Fray lo avevano chiamato Generale. Sentivo il suo sguardo freddo su di me, come se avessi una spada puntata alla gola.

Non provai paura. Anzi, la rabbia che rimescolava nel mio animo cominciò a pungere le viscere.

Immersi lo sguardo negli occhi neri, con il desiderio di poter saggiare ancora una volta la sua carne.

«Sei una creatura curiosa» mi apostrofò secco, «un Lupo che usa la magia come te è veramente una cosa insolita, per non dire sconcertante. Qual è il tuo nome?»

Istintivamente mi alzai, sgusciando dal corpo del Lupo per ritornare in quello umano. Lo feci senza riflettere, probabilmente perché mi sentivo più padrona di quel corpo che dell'altro, stupendomi al contempo di quanto mi risultasse naturale mutare. In qualche modo, in quei pochi giorni, ero cambiata.

Il freddo nella cella si era fatto ancora più intenso. Rabbrividii. Ormai i vestiti a brandelli non mi proteggevano da nulla.

Cercai di rimanere calma. Lì ogni cosa mi era sconosciuta, se avessi voluto trovare un modo per andarmene avrei avuto bisogno di avere la mente lucida.

«Perché credi che ti debba rispondere?» chiesi a mia volta, in tono pacato.

Un ghigno storse il volto del Generale.

«E cosa ti fa credere che avrai una seconda chance per rispondere in tranquillità a una domanda? Mi dirai tutto ciò che voglio sapere. Che ti piaccia o no» concluse impassibile.

Non dubitavo fosse capace di qualsiasi cosa, ma non provai paura davanti a quella minaccia. Era come se una parte di me si fosse rotta, e quella frattura mi lasciava immune a molte emozioni.

«Sei giovane, troppo giovane e diversa rispetto gli altri Lupi. Non capisco perché ti abbiano mandata a Orias insieme a dei soldati, se non per il fatto che sei diversa» continuò, sorprendendomi.

I suoi occhi scuri mi osservavano come se avesse davanti un bizzarro enigma. E probabilmente aveva ragione a guardarmi così.

«Ora hai due possibilità, se vuoi vivere. La prima è collaborare con noi di tua spontanea volontà e poi diventare nostra schiava. La seconda è farti estorcere con la forza ciò che sai, e diventare nostra schiava. In realtà c'è anche una terza soluzione, molto semplice: morire».

Quindi, la situazione era questa. Perfetto. Eppure, insensatamente, il mio cuore batteva a un ritmo regolare.

«Io non so nulla» risposi, «sono giovane, come hai detto, e non credo di essere diversa. Altri Lupi hanno ereditato capacità magiche».

Come un fulmine a ciel sereno, mi era venuta quell'idea. L'informazione che Edgar aveva deciso di confidarmi si stava rivelando vitale. Mi aveva raccontato che, nei secoli passati, quando i Maghi ancora combattevano al fianco dei Lupi, avevano fatto dei doni ai guerrieri più meritevoli. La magia era tra questi. Si tramandava con il sangue e, anche limitandosi a una piccola scintilla di potere, era ugualmente un tesoro inestimabile. Negli anni però, col mutare del tempo, questo dono si era sopito nelle generazioni successive.

«La schiavitù non mi spaventa» aggiunsi, «nessuno può rendere schiavo il mio spirito. Riguardo la morte, quando sarà la mia ora, verrà a prendermi. Non ho paura di lei, fa parte della vita» conclusi la frase bluffando solo in parte, mentre il Generale scoppiò in una risata esagerata.

«Sei convinta che io ti creda?» chiese, facendo un passo verso le sbarre per guardarmi con attenzione.

In risposta, rimasi immobile, sostenendo lo sguardo: «No, non lo penso affatto» ghignai, «ho visto la stupidità e la crudeltà dei Fray. Suppongo che chi li comanda non sia da meno. Quindi non credo che tu possa arrivare a cogliere la verità, quando la senti» conclusi spavalda.

Era stupido, lo so, ma non feci in tempo a trattenere quelle parole.

Gli occhi neri scintillarono.

«Dimmi il tuo nome, cane» disse severo mentre un bagliore comparve nelle iridi scure. Non riuscivo a cogliere il significato di quella luce, ma ero certa non preannunciasse nulla di buono.

In risposta, serrai le mascelle e lo guardai truce.

Mosse appena la bocca e i bracciali s'illuminarono; un dolore potentissimo mi avvolse, facendomi cadere in avanti.

Le ginocchia colpirono il terreno duro e nuove fitte risalirono le gambe.

Il male durò qualche secondo ma era così forte che, quando smise, mi lasciò inebetita. Un liquido denso e caldo prese a scendere dal naso.

Issandomi in piedi, asciugai il rivolo di sangue che era arrivato sino al labbro superiore.

«Se mi hai già detto tutto, non vedo che difficoltà tu possa avere nel rivelarmi il tuo nome».

In effetti, non sarebbe stato un problema dirgli come mi chiamavo, ma l'idea di dare anche solo una piccola informazione a quell'essere mi ripugnava.

«Avete ucciso e mangiato i miei compagni e amici, state uccidendo senza pietà, dando vita a una nuova guerra. Quindi, perdonami, ma l'idea di sentire il mio nome sulle labbra di uno di voi mi disgusta. Credevo che i Maghi fossero migliori di così».

Un sorriso sfacciato e crudele comparve sul suo viso severo.

«Sei molto coraggiosa, o molto stupida, per parlare in questo modo.

Non so ancora quale dei due sia il tuo caso, comunque non sono un Mago, ragazzina».

Sgranai gli occhi davanti alla rivelazione. Se non era un Mago, cos'era? Aveva usato la magia contro di me e, anche ora, aveva attivato i bracciali usando un incantesimo. Com'era possibile?!

Ripensai ai popoli studiati con Navar, ma nessuno di quelli che conoscevo rispecchiava le caratteristiche dell'uomo che avevo davanti. Poteva essere solo un Mago.

«Se arriveranno Aris e gli altri, non avrai questo trattamento. Ti conviene rispondere alle mie domande adesso» continuò, dopo aver lanciato un'occhiata verso il tunnel.

«Se non sei un Mago, quindi, cosa sei?» chiesi invece.

«Le domande le faccio io e ti conviene iniziare a rispondere». La sua voce si era fatta più tagliente e ferma. Le labbra si mossero di nuovo e la porta della cella si aprì.

Con passo svelto, raggiunse le sbarre ed entrò nello spazio angusto, dove l'alta figura sembrava ancora più grande.

Rimasi impalata dove stavo, senza capire cosa stesse succedendo.

Eravamo a pochi centimetri di distanza, mentre mi studiava con attenzione. Quello strano luccichio comparve ancora negli occhi scuri. Poi allungò una mano e, prima che potessi spostarmi, mi afferrò la testa con entrambe le mani in una morsa ferrea e feroce.

Sussurrò parole cariche di magia e un lento formicolio mi partì dalla nuca. Immagini di zia Penny miste a quelle del mondo in cui mi trovavo iniziarono a vorticarmi davanti agli occhi, come uno sciame di video legati alla mia vita, e non potevo fare nulla per bloccarli. Dopo qualche minuto, tutto finì e la sua presa venne meno.

Mi sentivo intontita, ma notai ugualmente che il volto del Generale era esterrefatto. Stava immobile come una statua, con lo sguardo fisso su di me.

Passarono diversi istanti e sembrò tornare in sé, ma la sua espressione era completamente cambiata.

«Sono stato fortunato a trovarti per primo e forse, tutto sommato, sei stata fortunata anche tu, Aurora» disse, guardandomi con lo sguardo di chi sapeva.

Un lento sorriso compiaciuto gli curvò le labbra, mentre un serpente di ghiaccio mi saliva la spina dorsale. Sapeva tutto! Doveva avermi letto nella mente, in qualche modo.

«Ora le cose sono più chiare» terminò, voltandosi per uscire dalla cella.

«A presto» sussurrò senza voltarsi, scomparendo lungo il corridoio mentre le sbarre si richiudevano alle sue spalle.

Continuai a guardare imbambolata il punto dove la figura vestita di nero era svanita. Chi era, o meglio, cos'era quell'uomo che i Fray chiamavano Generale? Doveva avere un certo potere tra i ranghi del nemico, ma da come aveva parlato c'erano sicuramente altri sopra di lui.

Sbarrai gli occhi all'idea che un avversario ben più forte e crudele di quell'uomo manovrasse un esercito di Fray.

Non ebbi il tempo di riflettere sui fatti appena accaduti, che cinque Volpi in forma animale arrivarono davanti alla cella.

Uno di loro era particolarmente grosso e imponente. Fu proprio lui ad aprire la porta, intimandomi di uscire. Combattere non sarebbe servito a nulla, vista la situazione.

Lasciai che mi trascinassero e spintonassero lungo il corridoio sotterraneo. Non sapevo cosa mi aspettava; probabilmente, per il momento, mi volevano viva. Altrimenti sarei già stata inserita nel menù della sera.

L'unica cosa che potevo fare era seguirli e cercare di scoprire il più possibile su quel posto, in modo da sfruttare le informazioni a mio vantaggio.

Continuai a soffocare l'impulso omicida di lanciarmi loro addosso, incassando in silenzio i colpi che mi assestavano durante il tragitto.

Dalla mia bocca non uscì neppure un lamento, quando uno di loro mi colpì con violenza brutale alle costole per farmi accelerare.

Il dolore al costato m'informò che, con ogni probabilità, doveva avermi incrinato qualche osso. Era strano, ma era come se mi fossi abituata al dolore.

Intanto i Fray continuavano a spintonarmi e a ridere divertiti, mentre incespicavo. Parlavano in una lingua che non comprendevo e sghignazzavano tra di loro.

Camminammo a lungo. A ogni bivio prendevamo il cunicolo sulla sinistra, presi nota. La cosa strana però era che invece di salire verso la superficie, scendevamo.

A un tratto i muri di terra si fecero più alti e rocciosi e, infine, sbucammo in un'enorme grotta sotterranea dalle pareti immense, mentre il suolo e il soffitto erano ricoperti di stalagmiti e stalattiti.

Torce di diverse dimensioni illuminavano l'ambiente, creando un'atmosfera inquietante. Una zaffata d'aria gelida e pesante m'investì la faccia, facendomi rabbrividire.

Se nel cuore della terra esiste l'inferno, penso assomigli a quel posto.

Uno spiazzo mastodontico, pieno di costruzioni di ogni tipo, si aprì davanti a noi. Un piccolo fiume sotterraneo si snodava nell'antro.

L'acqua scura e densa sembrava un lunghissimo anaconda che si sposta con lentezza, appesantito dal pasto appena divorato.

Gli edifici in legno e pietra, di varie dimensioni, spuntavano tra le stalagmiti e le rocce lungo tutta la vallata sottostante. Le gigantesche pareti grigie erano ricoperte da fori circolari, alti pressappoco tre metri. Sembravano l'apertura di grotte più piccole.

Eravamo in una specie di città costruita sottoterra, dove Volpi e Lord di Ferro si muovevano laboriosi, spostando pietre e allenandosi a combattere all'interno di piccoli recinti.

Oltre alle Volpi e alle bestie alate, individuai creature che non avevo ancora incontrato. Trasportavano terra e rocce dai piccoli fori che spuntavano, praticamente ovunque, dalle pareti dell'enorme grotta.

In un certo senso, sembrava quasi un gigantesco alveare con molteplici aperture e passaggi. Un nuovo pensiero mi distolse dall'analisi dell'antro: era lì che si nascondeva l'esercito nemico?

Una delle Volpi mi spintonò, facendomi proseguire lungo uno dei sentieri che scendevano fino al punto più basso.

Quando mi spostai, vidi che la grotta si snodava in avanti, forse addirittura per chilometri, ed era piena zeppa di Fray e Lord. Erano talmente tanti che sembravano un esercito di formiche!

Rulli di tamburi e rumori sconosciuti si levavano da quell'ambiente macabro, vibrandomi nella testa.

Lì sotto c'era un tale vociare chiassoso che sembrava di essere nel regno dei troll, mille volte più tetro e spaventoso di quello che avevo visto nei film.

Possibile che Tolkien avesse trovato un modo per visitare questo mondo?

Il sentiero dal quale eravamo arrivati usciva da uno dei tanti fori che si vedevano sulle pareti.

La mastodontica grotta invece continuava a snodarsi come un fiume vivo sottoterra. Con orrore, compresi che il nemico aveva un esercito immenso, lì sotto! Quindi tutti quei fori, in realtà, erano passaggi sotterranei che portavano chissà dove…

Quando arrivammo vicino alla base della grotta, distinsi per la prima volta delle donne Fray in forma umana. Come gli uomini, avevano capelli candidi e occhi dal taglio a mandorla che davano al viso una bellezza fredda.

Tutte quelle che scorgevo erano belle, dal fisico esile e longilineo. La pelle lattea era messa in luce da tuniche scure, che rimarcavano quella candida e inquietante bellezza.

Le creature che mi colpirono di più però erano minute e vestite di stracci, alte come bambini, sulle cui spalle spuntavano ali azzurre, simili a quelle di una farfalla.

La pelle rosea di queste era annerita probabilmente dalla fatica. Diversi lividi e ferite chiazzavano parti di pelle esposta di quei piccoli corpi.

A capo chino, ammassavano sassi e terra su enormi carrelli, a loro volta issati su nastri metallici che entravano e uscivano dalle gallerie. Sembrava una bizzarra catena di montaggio.

I loro volti dai lineamenti delicati stridevano con l'ambiente scuro e cupo: erano Fate.

Non ne avevo mai vista una, se non raffigurata nei libri di Navar.

Sembrava impossibile che quelle esili braccia potessero sollevare pietre enormi come sacchi di patate; invece, era proprio quello che stava accadendo davanti ai miei occhi.

L'unica nota colorata, in quella scena cupa, erano le loro testoline, che sbucavano come tanti funghi. Avevano chiome blu, rosa, lilla, verde e giallo. Un piccolo arcobaleno in una distesa grigia.

Era chiaro fossero malnutrite e stremate. Più di un centinaio di piccole creature lavoravano come tante api laboriose per quei mostri.

Quando raggiungemmo il punto più basso della grotta, un tanfo di sudore e sporcizia invase le mie narici, facendomi salire un conato di vomito.

I Fray che mi stavano scortando si erano disposti ai miei fianchi, continuando a strattonarmi verso le costruzioni. Al nostro passaggio, le teste dei Fray e dei Lord si giravano a guardarci, alcuni ghignavano, altri ringhiavano.

Poco distante da me, un Fray in forma umana, alto e massiccio, con un riso maligno dipinto in faccia, mi sputò addosso ridendo, mente il compagno diceva: «Luridi Lupi schifosi, bisogna ucciderli tutti!»

L'affermazione fece partire uno scroscio di risate e acclamazioni.

Abbassai la testa, serrando la mascella. Mi forzai di sopprimere il violento istinto di lanciarmi su di loro. Anche le donne Fray si unirono alle risate, in modo diverso però, più composto.

Incrociai lo sguardo di una di loro e mi resi conto che era veramente bella. La pelle candida, in contrasto con la veste scura, risplendeva. La tunica era fermata in vita da una catena dorata, le braccia magre erano esposte. La cosa che mi colpì però era lo sguardo acuto e intelligente che brillava negli occhi scuri.

Stava davanti a una costruzione in pietra che spiccava tra le altre, alta e colossale, con grandi colonne ritorte davanti a un ingresso ad arco. Era uno strano palazzo sotterraneo, dalle linee ricurve e dai massicci cornicioni.

La donna mi lanciò una lunga occhiata e parve infastidita.

I Fray, intanto, mi indirizzarono verso la costruzione.

Allora la femmina si diresse alle grandi porte in ferro, spalancandole, per poi precederci all'interno.

Varcata la soglia, un lungo corridoio illuminato da diverse torce si aprì davanti a noi. Colonne intarsiate erano poste a ridosso dei muri, per metà inglobate nella parete, e una volta a crociera si stendeva sopra il corridoio.

Il pavimento era coperto da sfarzosi tappeti, intrecciati con fili rossi e dorati, dando l'impressione di essere in una dimensione parallela rispetto alla grotta.

Lungo il corridoio c'erano quattro porte e intravidi una scala che portava al piano superiore.

Le Volpi mi diressero sino a una tenda di velluto dall'aria pesante che delimitava l'ingresso con una stanza.

Ci fermammo pochi metri prima dei tendaggi, mentre la donna Fray entrò da sola.

Qualche secondo più tardi, una voce profonda e cupa urlò: «Siete in enorme ritardo!»

«Ma, mio signore...» s'intromise un balbettio.

«Zitta! I sentieri per Imperia dovevano essere completi prima della luna nuova. Se battono la fiacca, aumentate le frustate, ma sbrigatevi: la mia pazienza ha un limite!»

S'interruppe, mentre una melodiosa voce femminile lo blandiva: «Aris, caro, se aumentiamo il ritmo, quelle esili creature moriranno».

«E con ciò?!»

«L'idea di sfruttarle si è rivelata ottima, da morte non servono a nulla. Qualche mese di ritardo conta poco a questo punto».

Il silenzio calò per qualche istante.

«Perdonatemi Aris, mio Re, il Generale Taran ha ordinato di condurre qui la prigioniera» disse la voce di un'altra donna.

Doveva essere la femmina Fray che ci aveva preceduti.

«Falla entrare, cosa aspetti!» tuonò la voce maschile, facendomi contorcere le viscere.

Le tende si scostarono e una delle Volpi alle mie spalle mi spinse con violenza oltre la soglia.

Non feci in tempo a registrare nulla dell'ambiente che un'altra manata calò sulla mia schiena, gettandomi a terra.

La lurida Volpe mi aveva colpita con l'intento di farmi cadere!

Le costole, forse rotte, mi tolsero il respiro mentre sbattevo contro un tappeto rosso.

«Stai giù, Lupa schifosa» ringhiò dietro di me.

Ogni centimetro del mio corpo vibrò, ma non per il dolore, bensì per la furia cieca che contenni a malapena. Intanto una fragorosa risata esplose nella stanza.

Alzai lentamente la testa e scorsi quattro figure in un ampio salone illuminato da torce e candele.

Al centro era posizionato un lungo tavolo scolpito in lucida pietra nera, sul quale erano sparsi rotoli di pergamena e diverse caraffe in cristallo, contenenti del liquido viola.

Una figura bassa e massiccia con indosso un'armatura nera era seduta a capotavola. Nella mano paffuta reggeva un calice dorato, che faceva oscillare con pigra lentezza.

Le dita tornite erano adorne di grandi anelli che luccicavano inquietanti nella penombra.

L'uomo aveva il cranio rasato e due tondi occhi azzurri, nei quali vedevo riflessa una fiamma spietata. Ma fu il bagliore folle che vi scorsi a farmi torcere lo stomaco.

Quelle iridi mi fissavano colme d'odio, il volto rotondo era contratto in un ghigno diabolico. Denti sorprendentemente candidi luccicavano dietro labbra bluastre e sottili.

Accanto a lui stava una donna minuta, dal viso allungato. Gli occhi azzurri e tondi della femmina erano simili a quelli dell'uomo. Portava solo una cotta di maglia argentata sopra una veste rossa, riccioli scuri e lucenti le incorniciavano il viso.

A qualche metro di distanza c'era la femmina Fray, all'altro capo della tavolata era seduto il Generale, con un'altra femmina Fray accucciata a capo chino. Sembrava un cane che siede servile ai piedi del padrone.

Lo spettacolo mi diede la nausea. La cosa peggiore era che le figure lì riunite emanavano una forza e una malvagità tale che boccheggiai. Sembrava di essere al cospetto del Maligno con a fianco qualche Duca e Conte infernale.

A un tratto l'idea di poter scappare da quel posto mi sembrò una stupida illusione.

Nonostante la rabbia che mi bruciava il petto, avevo appena compreso che non avrei mai potuto fronteggiare un nemico simile, e probabilmente neppure Tor e i Lupi.

I Fray che avevo visto finora erano più di migliaia, forse milioni. Senza contare quelli sparsi nei vari cunicoli o negli antri della grotta che non conoscevo.

Nonostante avessi preso coscienza di questa nuova realtà decisi che, se avessi dovuto morire, avrei portato con me il maggior numero possibile di Fray.

Per ora, l'unica cosa sensata era aspettare e vedere cosa avessero intenzione di fare. Poi, al momento opportuno, avrei scelto.

Intanto l'uomo che la Fray aveva chiamato Re si alzò, e fece qualche passo verso di me.

«E così le nuove generazioni di Lupi hanno ritrovato l'antica scintilla magica dei loro avi» disse, studiandomi.

Arrivò sorprendentemente rapido a qualche centimetro di distanza.

Con uno scatto fulmineo, mi afferrò per i capelli, girandomi la testa all'indietro. Quel mostro era veloce come un serpente a sonagli. Gli occhi da pesce mi guardavano con profondo disprezzo.

Serrai i pugni cercando con tutte le forze di non reagire.

«E tu avresti ucciso dei guerrieri del mio esercito? Sembri a malapena in grado di stare in piedi...»

Scosse divertito la mia testa, aumentando la presa sui capelli come fossi una bambola con cui giocare.

Sotto quella stretta, avvertii delle ciocche staccarsi, mentre il dolore s'irradiava bruciante sulla nuca.

«Adesso ho capito perché la vuoi, Taran. Non è niente male, nonostante puzzi di bestia» sentenziò.

«Dovresti pensare di più alla guerra che alle femmine. Una volta sottomessi tutti questi parassiti, potrai trastullarti con loro quanto vorrai» concluse lasciando la presa, mentre una morsa gelida mi chiudeva la gola.

«Trovo siano più piacevoli le loro urla quando le frusti, rispetto a quelle che emettono sotto il peso del tuo corpo» continuò con una risata perversa.

Tremai per la rabbia e l'orrore; il cuore si trasformava in un blocco di ghiaccio.

Nessuno dei presenti gli rispose e sembrò alquanto insoddisfatto.

«Beh, posso sempre divertirmi un po' con lei, così sentiamo come guaisce questa femmina di Lupo!»

Sbarrai gli occhi, inorridita.

Non feci in tempo a pensare a nulla che un violento manrovescio mi fece scattare la testa all'indietro. Morsicai la lingua per non urlare, nell'istante in cui il mio corpo cadeva. Quella creatura aveva una forza inaudita ed era stato come se la mia faccia si fosse scontrata con del cemento armato.

Avevo la vista annebbiata e un dolore rovente mi avvolse il viso;

annaspavo nel tentativo di rialzarmi.

«Uh, sembra che questa femmina non voglia farci sentire la sua voce» ghignò.

Quindi è questo che vuole?

Bene, sarei morta piuttosto che dargli soddisfazione. E se le cose si fossero messe male, avrei trovato il modo di togliermi la vita. Non avrei concesso a quei mostri di gioire del mio male.

Arrivò senza preavviso il secondo colpo, ancora più violento del primo. Avevo la sensazione di essere lanciata addosso a un tir in corsa.

Per un istante la mente si spense. Scintille si accesero come tanti fuochi d'artificio, diramandosi nel sistema nervoso e facendomi boccheggiare.

Il gusto ferroso del sangue mi riempiva la bocca e la tempia sanguinava. Avvertivo il calore del liquido denso e scarlatto che mi tingeva la guancia, scendendo in rivoli copiosi lungo il collo. Eppure non fiatai.

Un calcio allo stomaco, seguito da una serie di colpi alle costole e sulla schiena, mi spedirono contro il muro.

Soffocai le grida che montavano in gola con tutte le forze. Non dovevo cedere.

Sapevo che tra poco avrei perso la lucidità. Sentivo la mente scivolare lentamente verso il buio.

Cercai di tirare su la testa, ma intravidi un nuovo manrovescio.

Con l'ultimo brandello di forza tirai su il braccio, cercando di proteggermi.

Udii con agghiacciante chiarezza il rumore inconfondibile delle ossa che si spezzano, ricadendo a terra.

È la fine.

Serrai la mascella, disperata. Soffocai i gemiti che tentavano di fendere le labbra come onde che si schiantano sulla scogliera.

Mi stava uccidendo.

La consapevolezza si fece chiara nella mia mente inebetita dal male. Anche se era la fine, non gli avrei dato la soddisfazione di sentirmi urlare. Mai.

Gli occhi vedevano solo chiazze indistinte e il dolore pulsante raggiunse picchi talmente intensi da lasciarmi tramortita.

La mia presenza stava scivolando verso un baratro nero.

Fu allora che, ubriaca di dolore, sentii una sedia scostarsi.

Una voce maschile parlò con noncuranza: «Se la riduci così, poi non potrò più giocarci, Aris. Forse l'hai colpita troppo forte togliendole il fiato, per questo non può neppure gridare».

Calò un istante di silenzio.

«Credo tu abbia ragione, Taran» sghignazzò il mio aguzzino, «forse ho esagerato. Cominciavo a pensare fosse muta, ma credo sia come dici tu» concluse soddisfatto.

«Ora portala via, sta imbrattando il tappeto con il suo lurido sangue di bestia. Fanne pure ciò che vuoi, te la regalo, alla fine ti sei meritato una nuova schiava».

Lo sentii spostarsi, prima di aggiungere: «Ah, potrai giocarci quanto vuoi, dopo che avrà finito la giornata di lavoro con gli altri schiavi, ovviamente. Ora è tua e tua sarà la responsabilità di ogni gesto di questa sgualdrina».

Furono le ultime parole che udii prima di abbracciare l'oscurità.

Rinvenni lentamente.

Cercai di aprire gli occhi, avvertivo le palpebre pesanti e un dolore insopportabile in tutto il corpo.

Del liquido amaro mi scese in gola, facendomi tossire.

Sentivo quello che sembrava metallo freddo premermi contro le labbra e mi sforzai di guardare.

Scorsi degli occhi scuri vicinissimi ai miei, erano duri ma belli, e una luce cupa brillava negli specchi d'ossidiana.

Un braccio mi sollevò, gradualmente, e il dolore aumentava.

«Fa' piano. Non ci tengo a farti morire soffocata, dopo le noie che ho avuto per tenerti in vita».

Sentivo la mente vuota e non riuscivo a riconoscere chi avevo di fronte.

«Ora manda giù, lentamente» ordinò la voce.

Ero stanca, molto stanca.

Ubbidii a quell'ordine senza pensarci. Una mano mi teneva premuto sulla bocca quello che ora mi sembrava un calice di metallo, aiutandomi a bere.

Man mano che il liquido scendeva lungo la gola, riprendevo lucidità. Poi il calice venne scostato e qualcuno mi circondò le spalle, facendomi sfuggire un lungo lamento.

Venni sollevata, per poi essere adagiata su qualcosa di morbido. A ogni movimento il mio corpo tremava dal male, un male infinito.

Mi trovavo in uno strano dormiveglia e sentivo tutto il corpo scottare. Avevo la vaga sensazione ci fosse qualcuno vicino a me, a volte più di una persona. Ogni tanto sentivo una sensazione fresca sulla fronte che mi dava sollievo, ma non riuscivo a capire dove mi trovassi e non ricordavo cosa mi fosse successo.

Non so quanto tempo fosse trascorso prima che il mondo intorno tornasse definito. Gran parte del dolore era passato, solo il braccio continuava a pulsare e il petto mi doleva a ogni respiro.
«Come sta?» chiese una voce.
«Meglio, la pozione ha abbassato la febbre e guarito le ferite, rimangono solo le ossa».
«Bene, quando starà meglio chiamami».
«Mio Signore, siete sicuro che ne valga la pena? È una creatura insignificante, le taglierebbe la gola alla prima occasione».
«Queste cose non ti riguardano, Keeryn. Fai ciò che ti ho ordinato».
Poi si fece ancora buio.

Mi svegliai piano piano e, in automatico, cercai di mettermi a sedere.
Ci rinunciai dopo un istante. Era come se mille aghi mi pungessero ovunque, dentro e fuori dal corpo. Il braccio destro sembrava finito in un tritarifiuti. Cos'era successo?
Guardai intorno tentando di mettere a fuoco l'ambiente. La testa pesante e le tempie che pulsavano dolorosamente non mi aiutavano di certo a concentrarmi.
Niente era familiare. La stanza era grande, con un armadio scuro addossato alla parete e una cassapanca accanto. Pareti di pietra grigia erano illuminate da diverse candele.
Il mio sguardo sfiorò una scrivania ampia, dove rotoli di carta erano impilati uno sopra l'altro, formando una piccola piramide.
Accanto c'era un letto enorme, ricoperto da pelli d'animale e diversi cuscini in broccato rosso. Solo allora mi resi conto di trovarmi su di un morbido giaciglio fatto di coperte ai piedi del letto.
Con un piccolo tonfo la porta si aprì di colpo, facendomi sobbalzare.
Una Fray dalla veste blu e dai lineamenti perfetti entrò con passo sicuro.
Sbarrai gli occhi confusa.
Dopo un interminabile secondo di vuoto e panico, i ricordi presero a riaffiorare tutti insieme. Fu come mettere le dita in una presa di corrente.
Cercai di tirarmi su, ma il corpo sembrava fatto di pietra e ogni movimento mi costava uno sforzo immenso.
«Stai giù!» ordinò decisa la donna Volpe, raggiungendomi con passo sicuro.
I suoi occhi mi guardarono ostili.

«Non provare a spostarti di lì» sbuffò, «e comunque sei ancora debole, non andresti lontano» aggiunse con voce sprezzante.

Per quanto avessi una voglia folle di saltarle al collo e andarmene da quel posto a gambe levate, non ero così stupida da provarci. Non ancora, almeno, e non certo in quelle condizioni.

«E poi, così facendo, la fatica che ho fatto per curarti andrebbe sprecata» precisò.

Rimasi immobile e non mi presi la briga di rispondere.

Con passi decisi puntò un piccolo mobile che non avevo notato, in cima al quale erano disposte per grandezza diverse ampolle.

Ne afferrò rapida una, per poi tornare verso di me. Si accucciò con un unico movimento fluido, afferrando un calice che stava lì vicino.

Del liquido scuro e denso uscì dalla bottiglia, riempiendo il bicchiere fino all'orlo.

«Bevi, dopo ti porto del cibo».

La guardai senza accennare a spostarmi.

Un'espressione infastidita percorse i lineamenti della femmina: «Se non continui a bere la pozione, le ossa non guariranno».

Quindi si era presa veramente cura delle mie ferite. Avevo il vago ricordo di qualcuno che mi faceva bere, sistemava i cuscini sotto la schiena e appoggiava con cura un oggetto fresco sulla fronte.

Tesi il braccio per prendere il calice.

«Grazie» sussurrai in automatico.

Il suono che uscì dalla mia gola era irriconoscibile. Una voce flebile e gracchiante risuonò nei timpani.

In tutta risposta, la Fray storse la bocca e si diresse alla porta senza una parola.

Non passò molto prima che la porta si riaprì: invece della Fray c'era un uomo. Lo riconobbi all'istante. Era la creatura che avevo creduto un Mago, colui che i Fray chiamavano Generale. Gli ero stata data come schiava da una delle creature più schifose e crudeli che esistessero.

«Finalmente ti sei svegliata, Aurora».

La voce era fredda e pacata, ma quando pronunciò il mio nome il tono divenne provocatorio.

Giusto, lui sapeva.

Poi si fece largo nella mia mente una frase, una frase che mi era rimasta impressa durante l'incontro con Aris, il loro Re. O forse, era meglio dire il Re dei mostri.

Lo guardai in silenzio, cercando di leggere il suo viso, ma non riuscivo a capire quali fossero le intenzioni che nascondeva.

«Sai, credo di aver capito una cosa su di te. Non sapevo se fossi stupida o coraggiosa, ora sono convinto tu sia estremamente stupida» sorrise, lasciando intravedere una fila di denti candidi.

«E la parte migliore» aggiunse, «è che ci vuole veramente del coraggio, per essere così stupidi».

Un sorriso beffardo continuava ad aleggiargli sulle labbra. Si stava prendendo gioco di me, ma c'era anche dell'altro.

Socchiusi gli occhi cercando di analizzare velocemente la situazione. Forse avevo una speranza.

«Perché mi hai aiutata?» gracchiai, senza girarci intorno. Potevo sbagliarmi e, in quel caso, avrei voluto saperlo subito.

Il suo sguardo si fece attento.

«Quindi è questo che credi?» chiese, avanzando.

Era veramente imponente e le vesti scure aumentavano quell'alone di autorità che lo avvolgeva.

«Il tuo Re pensa che io sia un Lupo, *un lupo nel cui sangue scorre il potere magico tramandato dagli avi*» scandii bene le parole.

«Ma» continuai «tu sai che non è così. Quindi mi chiedo, perché? Perché non hai detto la verità al tuo Re?»

Non sapevo nulla di quel posto né di quelle creature, eppure uno strano istinto continuava a dirmi che ora dovevo essere diretta, se volevo capirci qualche cosa e portare a casa la pelle.

Cercai di restare calma mentre mi osservava in silenzio.

Gli occhi scuri scintillarono ancora in quel modo strano, come avevano fatto durante il nostro incontro nella cella.

«Ho visto la tua vita, i tuoi ricordi, il tuo arrivo in questo mondo, tutta la tua storia. So tutto di te. Mi sei sembrata diversa da come appari ora».

Soppesai quelle parole.

In effetti mi sentivo diversa. Ciò che ero stata prima, prima d'Imperia, era come un sogno, una bolla di sapone. Mi venne quasi da ridere a quel paragone.

Avevo la sensazione fossero trascorsi anni da quando avevo vissuto con Amelia. Era come guardare la vita di un'altra ragazza.

Non mi riconoscevo neppure nell'Aurora che aveva trascorso un breve periodo tra i Lupi.

Qualcosa dentro di me, nel cuore e nell'anima, era cambiato nel tempo di un respiro. Non avrei saputo definire il secondo preciso, ma quando mi ero svegliata dopo la battaglia alle rovine, sentivo che una parte di me era scomparsa per sempre. Qualcosa di nuovo invece era sorto al suo posto.

Sembrava folle, eppure era così. Ora, guardando intorno, vedevo tutto in modo diverso, come se il mondo fosse cambiato. E sapevo che non era il mondo, bensì io a essere differente.

Un'estranea nel mio stesso corpo.

Un lungo brivido mi penetrò fino a toccare il cuore, avvolgendolo in una spirale ghiacciata. Quei pensieri mi spaventavano.

Provai paura per la prima volta da quando mi ero svegliata lì, nel sottosuolo. Paura e terrore puro.

Mi sforzai di allontanare le sensazioni appena sorte.

Serrai il pugno del braccio ferito, concentrandomi sul dolore che, lentamente, si irradiava fino alla spalla in spirali acute.

Quel male era reale, e mi ancorai a esso per riprendere il controllo.

«La vita a volte fa anche questo» risposi infine pacata.

«Capisco. Allora diciamo che mi sembri una creatura che vale la pena tenere in vita, almeno per il momento».

Intravidi ancora i suoi denti bianchi, quando le labbra carnose sorrisero.

«E Aris non è il mio Re, l'unico Re che io abbia mai avuto è Nerio» continuò in un sussurro.

Boccheggiai, sgranando gli occhi.

Quel nome era famigliare. Mi sforzai di ricordare dove l'avessi già sentito; era come se lo avessi sulla punta della lingua, senza riuscire a pronunciare la parola.

Poi, come un fulmine che esplode nel cielo, un ricordo comparve nella mente.

Ryu mi aveva parlato di un'alleanza, nata cinquecento anni addietro per combattere un unico popolo, un popolo che era stato poi sterminato per paura; creature fortissime che possedevano il dono della magia. Erano dei combattenti temibili grazie ai loro corpi duri come la pietra. Aveva senso...

Ricordai le parole di Ryu: «Avevano sembianze umane, ma erano pressoché indistruttibili. La loro pelle resisteva al fuoco, e molti incantesimi d'attacco erano inefficaci, rimbalzavano contro di loro».

Aveva decisamente senso. Durante il nostro scontro, le fiamme non avevano avuto alcun effetto sul Generale e la mia magia non l'aveva neppure scalfito!

E poi erano immortali. Quindi qualcuno di loro era riuscito a sopravvivere allo sterminio?

«Voi siete Vaughan!» esclamai, incapace di trattenermi.

Il volto del Generale si scurì e vidi un muscolo guizzare sulla mascella squadrata.

«Noi siamo tutto ciò che è rimasto del nostro popolo. Solo noi quattro».

Gli occhi neri, per un istante, si velarono di emozioni indecifrabili.

«Aris aveva una posizione di potere tra di noi e adesso si è autoeletto Re».

Il suo sguardo affondò nel mio.

«La sua magia è potente, ma questo non fa di lui il "mio" Re, ragazzina» affermò. «I Fray l'hanno seguito senza esitare diverso tempo addietro, e anche i Lord di Ferro si sono uniti a lui in questa vendetta contro i Lupi».

Distolse lo sguardo, spostandosi un po'.

«In un primo momento era allettante l'idea di trovare un modo per vendicarsi» proseguì, «ma ora le cose stanno cambiando. Aris non vuole più vendicarsi, desidera controllare tutti i popoli di questo mondo ed è arrivato ad allearsi persino con alcuni Lupi, pur di ottenere il potere».

Il disgusto era stampato in ogni cellula del Vaughan.

Sbarrai gli occhi: quel mostro a capo di tutti i popoli? L'idea mi faceva venire il vomito. Eppure ancora non avevo la risposta che cercavo.

«Non capisco. Perché mi hai aiutata?»

Sorrise appena, mentre si sporgeva in avanti e afferrava una ciocca di capelli che mi cadeva lungo il braccio. Erano sporchi di terra e sangue.

Il suo volto, vicinissimo al mio, mi fece trattenere il respiro. Quando riuscii a riempire di nuovo i polmoni, un odore d'ambra e legno mi invase le narici.

Gli occhi del mostro catturarono i miei per qualche istante, come se potessero vederci chissà che.

«Io non ti sto aiutando. Solo non sono come Aris e non mi piace quello che ho visto negli ultimi secoli. Non provo piacere nell'uccidere o nel recare dolore come lui. Tu sei una creatura interessante ai miei occhi e non volevo cadessi nelle sue mani. Comunque sono certo che potrai essermi molto utile, in futuro».

Non capivo.

«Cosa ti fa credere che io accetti una situazione del genere e mi metta a fare quello che vuoi?»

«Semplicemente perché non hai scelta. Nella tua posizione puoi solo ubbidirmi, perché l'alternativa che hai è Aris o la morte».

Spostò lo sguardo sulla ciocca che teneva in mano e, dopo qualche istante, la lasciò cadere.

«Adesso ti ordino di fare un bagno, puzzi come una bestia» proruppe. «Keeryn ti darà una mano. D'ora in poi sarai al mio servizio. Ma non preoccuparti, io mi prendo cura delle cose che mi appartengono» finì, scostandosi.

«Io non appartengo a nessuno» replicai aspra, ignorando le offese.

«Il mio nome è Taran, sei libera di usarlo» si fermò e un ghigno gli storse la bocca, «ovviamente preceduto da "mio Signore". Ci vediamo più tardi, Aurora» concluse, come se non avessi aperto bocca.

Girò rapido, per sparire dietro la porta.

Pochi istanti dopo apparve la femmina Fray e mi aiutò ad alzarmi.

Sostenendomi, mi condusse in una stanza da bagno che si trovava in una camera attigua. Ero sorpresa da tutta la fatica che facevo nello stare in piedi. Le gambe traballavano e la testa girava come una giostra.

Cercai di sfilarmi i vestiti, ma era troppo difficile a causa del braccio ferito. Allora la Fray, sbuffando, mi diede una mano.

La stanza era sorprendentemente grande e una bella vasca interrata in pietra scura stava a ridosso di una delle pareti. Colma d'acqua fumante, in quel momento mi sembrava la cosa più bella del mondo.

Quando m'immersi tremando, fu come essere in paradiso.

«Torno tra qualche minuto» m'informò la Fray, uscendo senza guardarmi.

Le fui grata per quel momento d'intimità che mi concesse. Afferrai una saponetta, che era sul bordo della vasca, e iniziai a strofinare i capelli.

Tutto in quell'ambiente era scuro, a parte la cornice argentata dello specchio appeso alla parete di fronte.

Strofinai forte la cute col braccio sano, mentre l'acqua diventava rapidamente torbida. Man mano che passavo il sapone sul corpo, vedevo quasi ovunque lividi violacei e tagli. Senza contare che avevo perso peso. Vedevo le ossa sporgere sotto la pelle come mai prima. Ero veramente in uno stato pietoso.

Compresi quanto pessimo fosse guardando la mia immagine allo specchio mentre uscivo con cautela. Il bagno era durato poco, avrei potuto rimanere di più in ammollo, ma l'acqua era diventata così sporca in breve tempo da spingermi a uscire.

Specchiandomi, guardai il viso pallido e smunto. Un enorme livido scuro segnava tutta la mascella sino al collo. Grandi occhi gialli cerchiati da ombre nere e violacee mi guardavano.

Stentai a riconoscermi. I lunghi capelli bagnati, scuriti dall'acqua, ricadevano in onde scomposte, facendo risaltare il volto bianco e incavato.

Gli zigomi erano più che mai pronunciati e le labbra gonfie per i colpi ricevuti avevano un aspetto tremendo. Avrei potuto usare la magia per guarirmi, ma i bracciali che avevo ai polsi me lo impedivano. A ben pensarci, anche senza sarei stata troppo debole e malmessa per potermi curare.

Sospirando, afferrai un telo appoggiato sul lavandino di pietra.

Presi a frizionare il corpo bagnato e finalmente pulito. Dovevo fare attenzione perché ogni tocco più forte faceva scattare nuove fitte. Avevo quasi finito quando la Fray tornò, reggendo in mano una veste grigia. Era una specie di tunica dalle maniche lunghe e ampie, aperta sul davanti. Il tessuto era grezzo e graffiava la pelle mentre lo infilavo.

Una cintura in corda veniva annodata in vita appena sotto il seno. Il vestito era un po' grande, con il risultato che la scollatura divenne più profonda, ma almeno adesso avevo qualcosa di integro addosso. Infine calzai di nuovo gli stivali.

La volpe mi riaccompagnò al giaciglio, sorreggendomi lungo il tragitto.

«Grazie» sussurrai.

«Non devi ringraziare me, ma padron Taran. È stato lui a ordinarmi di aiutarti» rispose con voce piatta.

Poi si diresse al mobile dove c'erano le bottiglie. Prese una ciotola fumante che mi piazzò davanti al naso.

«Mangia! Hai bisogno di nutrirti se vuoi sopravvivere».

Accettai il cibo in silenzio, portando poi alla bocca il primo boccone.

Era una specie di minestra e aveva un gusto strano e pungente, ma immersi rapida di nuovo il cucchiaio. Ora mi rendevo conto di quanta fame avessi.

«Finisci di mangiare e poi riposa, tornerò più tardi con la pozione. Devi continuare a prenderla o la febbre salirà ancora» ordinò Keeryn prima di andarsene.

La sensazione di avere lo stomaco finalmente pieno mi riempì di una strana felicità. Ero grata per quel pasto caldo, come non lo ero mai stata per nulla in vita mia.

La testa aveva ripreso a girare fastidiosamente, così mi distesi in cerca di sollievo. Richiamai ancora una volta il racconto di Ryu.

Parlando dei Vaughan, mi aveva spiegato che erano un popolo forte, ma non avevano mai mostrato alcuna vena bellica, fino a cinquecento anni prima. Con l'ascesa al trono di Nerio, le cose erano cambiate. Nei secoli, il popolo dei Vaughan era cresciuto moltissimo e, quando Nerio aveva preso il potere, si era ritrovato un esercito immenso ai suoi comandi. Soldati dalle doti straordinarie, immortali, a patto di non essere uccisi: la loro pelle era come uno scudo che li proteggeva, ma non da tutto ovviamente.

I Vaughan si erano sempre tenuti lontani dalle dispute degli altri popoli e nessuno li aveva mai visti combattere. Con Nerio le cose cambiarono e presto tutti si resero conto di quanto fossero temibili.

Così, al termine della guerra, fu indetto un consiglio con i rappresentanti di tutti i popoli. Venne decretato che ogni Vaughan ancora vivo dovesse morire. Li avevano sterminati tutti per paura.

Lo stomaco si contorse. Riuscivo a capire l'odio del Generale, ma non giustificava il male che quei demoni stavano portando.

Ero in uno strano dormiveglia, quando il cigolio della porta fece breccia nella coltre scura addensatasi nella mente.

Avevo la sensazione che ci fosse qualcuno nella stanza, ma il corpo era troppo debole per muoversi.

Quella strana sonnolenza continuava ad appesantirmi la testa e non trovai la forza per sollevare le palpebre. Passarono diversi minuti ed ero quasi certa di aver fatto uno strano sogno, quando qualcosa mi sfiorò il viso.

I miei occhi si aprirono di colpo. Stavo sicuramente sognando. Mi specchiavo in iridi azzurre come il cielo in primavera, così chiare e profonde da sembrare irreali. Occhi ipnotici di una bellezza infinita affondavano nei miei.

Risultava difficile immaginare che la creatura che aveva incastonate quelle iridi di cristallo non fosse un angelo. Non riuscivo a vedere nulla se non quegli occhi che avevano incatenato i miei.

Poi tutto finì.

In un istante ebbi la sensazione che delle catene invisibili mi avessero sciolta dalle loro spire, permettendomi di vedere anche tutto il resto.

Quello che stava davanti a me mi lasciò attonita. Forse stavo delirando.

«Aris ti ha conciata proprio male» sussurrò la creatura.

La sua voce era calda e pacata.

Strizzai gli occhi, cercando di verificare se ciò che vedevo fosse autentico. Sembrava proprio di sì.

La sua mano era posata sulla mia fronte e si mosse leggera per togliermi i capelli dagli occhi.

Quel gesto lento e attento era reale. Sentivo la pelle liscia delle sue dita su di me. Ero così stupita ed esterrefatta che non riuscivo a emettere suono.

Provai a deglutire, mentre la donna mi guardava con il volto inespressivo, anche se i suoi occhi sembravano due sfere che racchiudevano magia pura.

«Non sforzarti, non ti farò del male. Volevo solo vederti» continuò la sua voce, come una carezza.

Non voleva farmi del male? Per quanto angelica potesse sembrare, mi aveva già fatto qualche cosa, ne ero quasi certa.

Aveva imprigionato la mia mente per qualche minuto con quegli occhi, azzerandomi in un modo che non riuscivo a comprendere. Non sapevo cosa mi avesse fatto, ma se si trovava in quel posto non poteva portare nulla di buono con sé.

Cercai di scostarmi e spostai lo sguardo. Ignorai il dolore al braccio mentre tentavo di mettermi seduta.

«Hai paura? Non volevo spaventarti» continuò, mentre ritraeva la mano.

I suoi occhi però non mi lasciarono.

Il Lupo dentro di me lanciò un basso ringhio che mi scosse il petto, era come se l'altra me volesse uscire per poter attaccare il nemico.

L'istinto continuava a urlarmi che era una minaccia. Tutto ciò che i miei occhi vedevano era invece una giovane dal volto delicato, con splendidi capelli biondi intrecciati che le incorniciavano i lineamenti angelici.

La sua bellezza strideva lì dentro, sembrava un puntino d'oro in una foresta buia. La sua pelle chiara faceva risaltare ancora di più gli occhi magnetici.

«Non ti farò del male, puoi stare tranquilla» bisbigliò.

Avrei voluto rispondere, ma non sapevo cosa dire. Non capivo più nulla.

«Immagino tu sia spiazzata, ma non c'era un modo giusto per presentarsi all'interno di tutto questo» proseguì, allargando le braccia come a sottolineare il luogo in cui ci trovavamo.

«Mi chiamo Ide e, credimi, non ti farò del male».

Era accucciata accanto al mio giaciglio senza accennare ad alzarsi. La sua posa non era minacciosa, nonostante il fisico magro e alto mi sovrastasse. All'apparenza era più giovane del Generale. Sembrava una ragazza di venticinque anni, in realtà sapevo bene che c'erano diversi secoli dietro quelle sembianze.

Tutto in lei cercava di trasmettermi gentilezza, come a volermi far capire di non essere una minaccia. Eppure il Lupo dentro di me era sempre più inquieto.

«Perché mi stai dicendo queste cose?» riuscii a dire con voce rauca.

«Perché è la verità» asserì, mentre una luce si accese nelle iridi surreali.

«Allora cosa mi hai fatto poco fa? E non capisco che senso abbia dire queste cose a una prigioniera».

Non ci stavo capendo nulla, ma sapevo che dovevo stare molto attenta.

«Quindi sei riuscita a sentirlo? Non è nulla che ti possa arrecare danno, stai tranquilla, mi è solo difficile da controllare» si fermò, come se non sapesse se continuare o no.

«Il mio dono è anche la mia maledizione, posso vedere e leggere l'anima di chi ho davanti, ammesso che ce l'abbiano. E da queste parti non è una cosa scontata».

Trattenni il fiato. Leggere l'anima? Cosa significava?

«Cosa sei?» chiesi invece.

«Faccio parte di una razza quasi estinta» sospirò, mentre un'ombra malinconica e triste le annebbiava lo sguardo.

«I Vaughan?» mi uscì dalle labbra.

«Taran si è comportato bene e ti ha spiegato, a quanto pare» sussurrò più a se stessa che a me.

«Sì» continuò, «appartengo al popolo dei Vaughan, ma non tutti i miei simili sono come Aris, quindi puoi stare tranquilla. Come ti ho già detto, non ti farò del male».

«Allora perché sei qui?»

Ero più che diffidente e mi sembrava il minimo.

Un lento sorriso vuoto le incurvò la bocca.

«Perché ero curiosa di vedere che tipo di Lupo fosse riuscito a far emergere la misericordia in Taran. La credevo estinta in lui». Il suo sguardo si perse nel vuoto, come immerso nei ricordi.

«È cambiato molto in questi secoli, come tutti noi, del resto. Mi ha sorpresa che il suo lato buono si sia risvegliato proprio con te, un rappresentante del popolo che odia con tutto sé stesso. I Lupi gli hanno portato via tutto».

«Ho visto cosa siete e le tue parole non mi interessano».

Il suo sguardo mi soppesò.

«Se proverai a scappare o a ribellarti, ti uccideranno, o peggio. Anche io so bene cosa siamo, devi stare molto attenta» concluse alzandosi.

Non capivo. Cosa voleva quella donna?

«Perché mi stai dicendo queste cose, che senso ha?»

«Te l'ho detto prima. Non siamo tutti come Aris, anche se combattiamo al suo fianco».

Valutai quelle parole. Era quasi impossibile da credere.

«Anche se fosse vero, è come dirmi che c'è una goccia d'acqua in una distesa di fango».

«In parte, forse, è vero, ma le cose sono molto più complesse di come appaiono ai tuoi occhi. Non mi hai ancora detto il tuo nome».

«Perché dovrei? Non hai forse frugato nella mia mente? Dovresti conoscerlo…»

Sorrise con una tale tristezza che mi spiazzò.

«Leggere l'anima non equivale a leggere la mente e, per quanto la mia magia mi consenta di farlo, non ho intenzione di violare la mente di nessuno. Se non vuoi dirmelo, va bene».

Ero stupita, sembrava veramente diversa anche se non capivo il discorso sull'anima. Ero anche certa che fosse un nemico potenzialmente molto pericoloso, nonostante le apparenze.

«Ora devo andare, mi ha fatto piacere incontrarti» aggiunse, attirando ancora il mio sguardo.

«Era diverso tempo che non vedevo una creatura come te. Sarebbe un peccato morissi. Ti consiglio di non fare stupidaggini cercando di fuggire» ribadì.

Poi sembrò ripensarci e aggiunse: «Almeno per il momento».

Rimasi senza fiato. Cosa mi stava dicendo? Cercai veloce una risposta, ma aveva già voltato le spalle e raggiunto rapida la porta.

«Aurora…» mi ritrovai a sussurrare alla sua schiena. «Mi chiamo Aurora».

La figura magra e longilinea si bloccò.

«Allora arrivederci, Aurora» aggiunse prima di scomparire, lasciandomi con un vortice di pensieri confusi e di nuovo sola.

Passarono ore, ma nessuno entrò più nella stanza.

Mi accoccolai tra i cuscini e la sensazione di caldo tepore sprigionata era così piacevole che mi venne da piangere. Era vivido il ricordo del terreno duro e spigoloso nella cella e delle ultime sofferenze vissute.

Crogiolarsi in quella sensazione calda e morbida era un'emozione paradisiaca. Intanto il mio cervello lavorava, cercando di catalogare gli ultimi avvenimenti.

Tutte le informazioni che avevo ottenuto stavano sfrecciando come macchine da corsa durante una gara. Incessanti e con un gran rumoraccio.

Coloro che dall'ombra tiravano i fili di questa guerra erano i Vaughan.

In quattro erano sopravvissuti allo sterminio del loro popolo: il Generale, Ide, Aris e, con ogni probabilità, la donna mora che avevo visto accanto a quest'ultimo.

Aveva gli occhi così simili a quelli dell'orrendo mostro-Re, che avrebbero potuto essere tranquillamente parenti.

Quattro demoni crudeli e senza scrupoli, dotati di poteri immensi. Loro erano a capo dell'esercito di Fray e Lord di Ferro. Avevo la certezza che le truppe nemiche viste finora sovrastassero per numero i Lupi d'Imperia.

Un brivido percorse la colonna vertebrale come una scarica elettrica. La situazione era pessima.

Aris aveva riunito un esercito e fatto sorgere una città nel sottosuolo. Così si nascondevano dagli occhi del mondo.

Da quello che ero riuscita a sentire, avevo capito come facevano a spostarsi non visti. La risposta era molto logica e semplice, a pensarci adesso: usavano dei tunnel sotterranei che avevano scavato.

Tutti quei cunicoli, che si diramavano sottoterra, dovevano coprire enormi distanze.

Mi rendevo conto che un simile piano richiedeva una grande preparazione. E tanto, tanto tempo.

Chissà da quanto avevano progettato l'attacco. Certamente, per costruire quei passaggi, c'erano voluti diversi anni, rimuginai. D'altronde erano rimasti in silenzio per ben cinque secoli! Di tempo per pianificare ed eseguire le cose ne avevano avuto.

Erano riusciti a piazzare delle spie persino a Imperia. Lupi che avevano tradito il loro stesso popolo, e avevo la brutta sensazione che ce ne fossero molti di più rispetto a quanti Tor credeva.

Dopo aver visto i Vaughan con i miei occhi, non stentavo a credere che fossero pronti a tutto pur di raggiungere i propri scopi.

Ora però c'era un problema molto più pressante dello scoprire i loro piani. Dovevo trovare un modo per sopravvivere.

Anche se il Generale mi aveva presa come schiava e "salvata" da Aris, sa Dio cosa mi aspettava.

Dovevo capire come muovermi e trovare un modo per fargli abbassare la guardia, dopodiché avrei potuto escogitare un piano per scappare.

Non sapevo che intenzioni avesse il mio nuovo aguzzino, né come intendesse muoversi. Sicuramente era certo potessi tornargli utile in qualche modo, altrimenti non si sarebbe preso la briga di salvarmi.

La scelta di tenere segreta la mia natura andava a mio vantaggio, almeno speravo.

L'unica cosa sensata da fare era cercare di assecondarli senza creare problemi. Poi avrei deciso in base a come si sarebbe evoluta la situazione.

Ripensai alla donna bionda, Ide. Chissà che ruolo aveva lì dentro. Molto probabilmente si era mostrata gentile per raggiungere un secondo fine, forse voleva fare in modo che mi fidassi di lei.

Le sue parole erano senza senso, ma di una cosa ero certa: non mi sarei mai fidata di una creatura che faceva parte di quell'esercito.

Avevo visto cosa facevano e di cosa erano capaci. Chiunque facesse parte di quelle truppe, non poteva essere altro che un mostro.

Cambiai posizione e il braccio iniziò a pulsare. Ero messa veramente da schifo. Ero tutto fuorché preparata a combattere, e si vedeva.

Quel poco che avevo appreso grazie agli insegnamenti di Tor, non sarebbe bastato in uno scontro vero.

Taran mi aveva battuta senza difficoltà e, anche usando la magia, non ero riuscita a ottenere molto.

Era lampante quanto fossi impreparata a fronteggiare un nemico simile. Mi ero limitata a sconfiggere qualche Fray.

Ripensai allo scontro con le Volpi. Avevo tolto la vita e non avevo provato nulla. Solo uno strano vuoto si era formato dentro di me, nell'istante in cui i denti erano affondati nella carne, pronti a spezzare la loro esistenza.

Anche se erano dei mostri, credevo che un gesto simile avrebbe portato delle conseguenze in me. Invece, nulla.

Avevo affrontato i Fray con la rabbia e la vendetta nel cuore. Ripensandoci non provavo alcun rimorso.

Non sapevo se quello fosse un bene o un male, ma per il momento era meglio sorvolare su quei pensieri. La cosa fondamentale era riprendere le forze e rimanere vigile. Acquisire il maggior numero possibile d'informazioni sul nemico, e con il resto avrei fatto i conti più avanti.

Chiusi gli occhi e scivolai nel sonno.

Mi svegliai di soprassalto allo sbattere della porta.

Dopo un istante, il Generale entrò nel mio campo visivo. Con gesti secchi tolse il mantello, lasciandolo cadere sul letto, per poi dirigersi al piccolo mobile.

C'erano diverse bottiglie sistemate in cima e si servì un abbondante bicchiere di un liquido ambrato.

L'odore era così forte che arrivò sino a me, facendomi arricciare il naso.

Mi spostai con cautela, cercando di sedermi mentre lo studiavo. Svuotò il calice argentato in un unico lungo sorso, per poi servirsi di nuovo.

Con il secondo bicchiere tra le dita, mi osservò, questa volta sorseggiando il contenuto.

«Aris è stato superficiale e ti è andata bene, ma le cose potrebbero complicarsi da un momento all'altro».

La voce era cupa e una sensazione fredda prese a stringermi le viscere.

«Mi sto già pentendo della mia scelta» aggiunse.

Non capivo a cosa si riferisse, quindi decisi di rimanere zitta. Si avvicinò continuando a guardarmi, come se gli avessi appena infilato una spada nelle costole.

«Così come ho fatto io a leggerti la mente, chiunque di loro può farlo» chiarì.

Sgranai gli occhi mentre la morsa fredda aumentava.

«Al momento Aris è preso dal grande attacco a Imperia, che progetta da secoli» continuò beffardo. «Ha preso le mie parole per buone e, ovviamente, quegli stupidi Fray non sono in grado di distinguere un frutto da un ortaggio, figuriamoci di capire la tua natura».

Si zittì, come se cercasse di far ordine nei propri pensieri.

«Ma quanto ci vorrà prima che gli venga in mente di verificare di persona che tu non possieda informazioni interessanti? Informazioni forse ancora più appetibili di quelle che provengono dalle sue spie?» grugnì. «Soprattutto visto che le comunicazioni con gli infiltrati si sono drasticamente ridotte».

Serrò la mascella, affondando gli occhi d'ossidiana nei miei.

«Potrebbe voler verificare di persona quello che sai. Se questo accadesse, pretenderà la mia testa per avergli mentito».

«Puoi sempre darmi a lui adesso» replicai in tono ironico.

Un sopracciglio scuro del Generale si alzò, dando spazio poco dopo a un cipiglio.

«Anche se ti consegnassi adesso, verrebbe a conoscenza che, in un primo momento, avevo deciso di tenergli nascosta la tua natura, e ci sarebbero conseguenze molto spiacevoli in ogni caso».

La voce era rabbiosa e il suo ragionamento non faceva una piega.
«Potrei sempre eliminarti, però. Da un morto non ricaverebbe nessuna informazione» se ne uscì poi. «Inventarmi una scusa sul perché ho deciso di uccidere la mia nuova schiava non sarebbe un problema» terminò con un sorriso arcigno.

La sensazione gelida di poco prima si era tramutata di colpo in un iceberg.

Quindi mi avrebbe uccisa?

Sicuramente, per come aveva descritto la situazione, era la scelta più ovvia. Cercai di pensare a qualcosa, ma la mente era in tilt e i neuroni si stavano fondendo davanti a quell'ennesimo colpo. Forse stavo per morire.

Con una lunga falcata, raggiunse il mio giaciglio.

Flettendo le lunghe gambe si abbassò, fino a sfiorarmi il fianco. Nonostante si fosse chinato, la sua figura riusciva ancora a torreggiare su di me.

Avere quel Vaughan così vicino, mi faceva percepire la forza che il corpo immortale trasudava. Il viso aveva assunto un'espressione incuriosita.

«Non dici nulla fanciulla? Non provi a scappare?»

«Che senso avrebbe? Se anche riuscissi a fuggire da questa stanza, non andrei lontano. Ammesso riuscissi a raggiungere uno dei cunicoli, non sarei in grado di trovare la via d'uscita».

Le parole uscirono fredde e pacate, avevo l'impressione che la mia stessa voce non mi appartenesse. Eppure quella era la verità e non potevo fare molto per cambiarla.

«Quindi ti arrendi così? Non provi a sopravvivere lottando o cercando di convincermi a risparmiarti?»

«Non credo che le mie parole abbiano alcun potere su una creatura come te. Se vuoi uccidermi, lo farai. Se decidi di farlo, non ti renderò le cose facili e non ti supplicherò di risparmiarmi la vita».

Gli occhi scuri continuavano ad analizzarmi come se avesse avuto davanti un piccolo mostriciattolo da studiare.

«Sottovaluti il potere delle parole, mia cara! Le parole possono avere un enorme peso, al pari della magia. Possono infondere un coraggio sovrumano, donare forza, speranza o uccidere un uomo nell'animo. Queste, ovviamente, se dette dalla persona giusta e nel modo giusto» ribatté, «ma in effetti hai ragione: le tue parole non avrebbero alcuna importanza per me».

Rimasi in silenzio. C'era del vero in quello che aveva detto, ma non capivo dove volesse andare a parare.

Ora che eravamo così vicini, notai che gli occhi scuri erano cerchiati da profonde occhiaie e il volto era tirato, come se non dormisse da giorni.

L'armatura nera che portava solo sul petto e sulle braccia sembrava pesantissima e, anche per il resto, era vestito interamente dello stesso colore, dagli stivali alti, ai pantaloni che gli fasciavano le gambe muscolose. Tutto in lui emanava potenza e pericolo.

Era troppo vicino, sentivo il Lupo dentro di me inquieto e pronto ad attaccare.

Strano, da quando ero prigioniera riuscivo ad avvertire perfettamente anche quel lato di me, nonostante fossi in forma umana. Era come se la percezione della mia natura si fosse notevolmente acuita, senza che me ne rendessi conto.

«Perché non hai detto ad Aris cosa sono?» chiesi invece.

Era una domanda azzardata, ma vista la situazione non avevo nulla da perdere. E poi ero curiosa.

Negli occhi del Generale comparve ancora quel guizzo strano. Sembrò soppesare la mia domanda per un lungo momento.

«Perché non condivido molte sue scelte e, se avesse scoperto la tua natura, saresti diventata il suo nuovo giocattolo preferito» la bocca era tesa in una smorfia amara. «Conoscendolo, avrebbe fatto in modo che tu gli ubbidissi nel modo più totale. Poi ti avrebbe usata in battaglia contro il tuo amato Lupo. So che non capisci, ma credimi, avrebbe trovato il modo per fare di te la più fedele e umile delle serve. La sua mente perversa è geniale nell'escogitare il modo migliore per ottenere ciò che vuole».

Sbarrai gli occhi inorridita davanti a una prospettiva simile.

Ricacciai nella nebbia l'immagine di Tor che aveva evocato. Non riuscivo ad afferrare il pensiero che non ci saremmo rivisti, altrimenti avrei sentito che quel buco nero, che lentamente si stava aprendo dentro il cuore, mi avrebbe inghiottita.

«E perché avresti voluto risparmiarmi tutto questo?»

L'espressione vuota e desolata che comparve in Taran mi lasciò imbambolata.

«Forse perché sono stufo di vedere vite innocenti spezzate dalle sue mani, e la depravazione di Aris dilagare ovunque» ringhiò.

«Quello che ho sempre voluto è vendicare la mia gente e la mia famiglia per lo sterminio insensato di cui siamo stati vittime. Ci eravamo arresi! Avevano vinto su tutta la linea, ma hanno voluto trucidarci tutti perché avevano paura di noi».

I suoi occhi scuri bruciavano di un fuoco straripante d'ira. Poi la fiamma si spense di colpo.

«Quello che ho visto nella tua mente, coloro che ti hanno dato la vita, facevano parte di due fazioni opposte. Tuo padre ha rinunciato alla sua gente, alla sua famiglia, pur di stare con colei che amava. Questo nonostante facesse parte di un'altra razza, una razza in guerra con la sua. Darti in pasto ad Aris sarebbe stato come sputare su un gesto così nobile, e finora senza eguali in questo mondo».

Un sospiro gli sfuggì dalle labbra.

«Ho visto molte cose nella mia vita, ragazzina, ma mai un gesto simile. Ciò che rappresenti, la tua esistenza stessa, è la testimonianza di qualche cosa di così grande che le menti più comuni non riescono neppure a immaginare, figuriamoci sentire».

Mentre parlava, le sue iridi d'ossidiana brillavano come stelle nere.

«Forse la mia tempra sta venendo meno, ma non ho avuto il coraggio di condannare a morte una vita innocente e frutto di un amore simile. Specialmente dopo aver visto la tenacia e la stupidità che ti scorre nelle vene».

Inspirai a fatica mentre i polmoni bruciavano. Le sue parole mi avevano così sconvolta da farmi dimenticare di respirare.

Lo guardai con attenzione, ma ciò che lessi in quello sguardo antico era una triste sincerità.

Non potevo credere che quelle parole fossero uscite proprio dalla sua bocca. La bocca di un Vaughan! Lui, che avrebbe guidato dei Fray in battaglia, pronti a sterminare e divorare chiunque avessero trovato al loro passaggio, ora mi aveva rivelato questi pensieri.

Vedevo chiaramente anche un altro lato della creatura che mi stava davanti, un lato che mai avrei creduto potesse possedere.

«Sembri sorpresa, Aurora» affermò piatto. «Non eravamo tutti dei mostri come Aris. Nessun popolo è solo buono o cattivo. Così come tra i lupi che reputi così nobili esistono il male e la corruzione, anche tra gli altri popoli si può trovare l'uno e l'altro. Non ci sono creature solo buone o solo cattive».

Non sapevo cosa dire, più parlava più ero sconvolta dalle verità che ascoltavo.

«Quello che è successo a noi sopravvissuti è diverso. Il rancore e l'odio ci hanno divorati per secoli. Tu non hai idea di cosa abbiamo visto. Le guerre nascono per svariati motivi, ma mai nobili. Nessun alto ideale si porta avanti con una guerra, l'ho capito quando è stato troppo tardi. Ma questa è un'altra storia» concluse.

«Lasciami fuggire, allora, così non avrai sensi di colpa e nessuno scoprirà che hai mentito!» esplosi, con la speranza che iniziava a germogliare.

Il suo sguardo si fece attento e penetrante.

«Tu credi che, senza un aiuto, avresti qualche possibilità di uscire da qui? Sei convinta che Aris sia così stupido da non capire che sei fuggita perché qualcuno l'ha tradito? E poi non ho mai detto di volerti aiutare, ragazzina».

«E allora cosa pensi di fare?» chiesi secca.

Avevo sperato per un istante che una parte di quell'incubo stesse per finire. Per un attimo mi ero illusa. Il fatto che Taran possedesse una specieanima, non toglieva che si trovasse nello schieramento che stava per dar vita a un nuovo tremendo spargimento di sangue.

«Ti darò la possibilità di sopravvivere, fino a quando non deciderò cosa fare di te. Per questo dovremmo fare un patto. E, vista la situazione, credo ti convenga accettare».

Ecco, mi aveva stupita ancora.

«Prenderò il tuo silenzio per un sì» proseguì, «e tenendo conto che hai appena iniziato ad apprendere le arti magiche, la tua magia curativa è sorprendente. Indubbiamente hai un talento innato come guaritore, dovresti solo imparare a sfruttare questa capacità».

S'interruppe per alzarsi e raggiungere il mobile, riempiendosi ancora il bicchiere.

«Peccato che, al momento, questa capacità sia del tutto inutile per ciò che ho in mente. Non so se questo piano avrà successo, tutto dipende da te. Imparerai a controllare la magia, in modo da riuscire a oscurare la tua mente davanti a chiunque sia in grado di penetrarvi».

S'interruppe ancora, come se stesse avendo dei ripensamenti, ma poco dopo continuò: «Per riuscirci, dovrai destreggiarti nelle arti magiche a un livello nettamente superiore all'attuale. E nel minor tempo possibile. In cambio del mio immenso dono, tu mi giurerai fedeltà. Eseguirai ogni ordine senza fiatare o provare a fuggire».

Fece una lunga pausa, vorticando il calice che teneva in mano.

«Se mi darai la tua parola mettendoti al mio servizio e consegnandomi la tua libertà, allora proverò a farti sopravvivere. L'unica alternativa che hai la conosci: è la morte. Quindi pensaci bene».

Per cui la mia scelta era giurare fedeltà a un Vaughan sanguinario o morire? Cosa stava accadendo della mia vita… Serrai i pugni e la fitta che aspettavo arrivò, pronta a distogliermi dal terrore che montava nello stomaco.

Consegnargli la mia libertà?

Aveva dimostrato di avere un'anima, certo, ma dentro di lui c'era anche un lato oscuro, dove Mr Hyde pareva uno scolaretto innocente in confronto. Quante vite aveva spezzato senza battere ciglio? Non osavo pensarci. Un Vaughan che era la versione più oscura di Dottor Jekyll e Mr Hyde.

Non avevo mai giurato in tutta la mia vita, se non di trovare un modo per vendicare la morte di Ryu e le vite innocenti che i Fray avevano spento davanti ai miei occhi.

Adesso mi trovavo a dover scegliere se giurare fedeltà a chi aveva ordinato di spezzare quelle vite o morire? Non sarei mai stata capace di fare una cosa simile, lo sapevo. Certo, avrei potuto fingere di accettare e, al momento opportuno, tradire il mio giuramento, ma in quel caso non sarei stata migliore di lui. Altrimenti cosa mi avrebbe distinta da quei mostri?

Lasciare che mi uccidesse significava smettere di lottare e voltare le spalle a tutti coloro che mi avevano aiutata fino ad allora, a costo della vita.

«Ho giurato a me stessa che avrei vendicato le vite che avete tolto. Promettendoti fedeltà, infrangerei quel giuramento. Anche tu sei responsabile di quelle morti. Dovrei giurare lealtà a chi odio?»

Una sua risata vibrò prepotente.

«Quello che posso fare è promettertuti che non fuggirò per il momento, o meglio, fino a quando non troverò un modo per farlo senza che tu possa esserne incolpato. In cambio del tuo aiuto, farò ciò che mi chiederai fintanto che sarò qui. Non potrei mai giurarti fedeltà né promettri che non proverò a scappare, senza dire una menzogna» mi trovai a rispondere.

Era la verità, e quelle erano le uniche parole che la mia bocca era in grado di articolare.

Una sua grassa risata esplose nella stanza, mentre il Generale si avvicinò.

«La tua stupidità è veramente senza eguali, ragazzina! Credi di essere nella posizione di dettare condizioni? O che una simile offerta possa andarmi bene?»

«Non sono così stupida da crederlo. Ti ho solo detto cosa posso e cosa non posso fare. Ti ho detto la verità. Se non ti basta, vorrà dire che oggi morirò» replicai pacata.

Avevo preso la mia decisione. Se avesse rifiutato, ne avrei accettato le conseguenze. Ma non senza lottare. Questo mai.

Il suo viso era contorto dalla rabbia mentre si faceva sempre più vicino.

«Anche se dovessi sopravvivere oggi, il tuo modo di pensare ti porterà a morire molto presto. Non c'è spazio per la sincerità e per le creature che non sanno piegarsi davanti al più forte, in questo mondo».

«Io la penso in modo diverso, Taran. In ogni luogo c'è spazio per ciò che decidiamo noi. Con le nostre azioni e con le nostre parole. Dipende da noi se portiamo luce o distruzione, dolore o gioia, verità o menzogna. È questo che ci rende differenti. Se accettassi quello che mi chiedi, non sarei diversa da voi. Non voglio temere la morte né gettare al vento la mia vita. Però sceglierò sempre di vivere nel modo in cui credo».

Avevo scelto e le parole sgorgarono come un fiume.

Pensai a Tor, avrei veramente voluto rivederlo ancora una volta. Infine scacciai quel pensiero, pronta ad affrontare la realtà. Guardai il Generale, in attesa.

La sua espressione era cambiata, non c'era più rabbia, solo un gelo pungente illuminava gli occhi scuri.

«Quindi vorresti dirmi che te ne starai buona buona e farai ciò che ti dico? Eseguirai ogni mio ordine senza fiatare o provare a uccidermi, ma appena troverai un modo per fuggire senza che io venga compromesso, lo farai senza esitare, giusto?»

Le sopracciglia scure del Vaughan s'inarcarono in modo ironico mentre intravedevo di nuovo quel lampo strano nello sguardo.

«Esattamente» borbottai.

«E cosa ti fa credere che sarai mai in condizioni di poter fuggire da qui, a meno che qualcuno non voglia farti scappare?»

«La speranza è l'ultima a morire» risposi decisa.

Non riuscivo a capire dove volesse andare a parare.

Il suo volto si fece pensieroso e, alla fine, un lento sorriso addolcì i suoi lineamenti duri. Quel sorriso non sembrava portare nulla di buono.

«Va bene, ragazzina, accetto ciò che mi proponi a una condizione. Voglio la tua parola che non userai mai la magia a meno che non te lo dica io e, anche quando elaborerai il tuo piano di fuga, dovrai scappare senza impiegarla. A quanto pare, grazie alla tua stupidità, la tua parola vale quanto la tua vita. Quindi dovrebbe essere una garanzia sufficiente» il sorriso aumentò. «Se accetti, ti libererò dal vincolo dei bracciali e avremo stipulato un patto. Ma ricorda, dovrai fare tutto ciò che ti ordino. Sarai la mia schiava. Cosa dici, adesso?»

«Farò tutto ciò che mi dirai di fare, se questo non comprende uccidere o fare del male a qualcuno».

«Ah! Ma guarda un po', stai già ponendo altre condizioni?» mi derise.

Cercai di non lasciarmi toccare dalle sue parole: «No, sto solo specificando».

«Quindi per il resto accetti? Mi dai la tua parola?»

Sicuramente uscire da lì senza magia sarebbe stato molto più difficile, se non impossibile, e sapevo che prometterglii di fare tutto ciò che voleva era rischioso, ma non avevo scelta. Avevo già tirato la corda al limite.

«Accetti anche le condizioni?» mi assicurai.

Il sorriso non si spense mentre rispondeva: «E sia, ragazzina».

Inspirai a fondo per qualche istante. Avevo l'orribile sensazione di essere sul patibolo.

«Va bene, hai la mia parola».

«Allora abbiamo appena stretto un patto, Aurora!» esclamò con un guizzo negli occhi.

Si fece ancora più vicino e sussurrò parole sconosciute, mentre i bracciali che avevo ai polsi s'illuminarono per qualche istante.

«Ricorda, non dovrai usare la magia per nessuna ragione, a meno che non te lo dica. Le tue ferite dovranno guarire da sole, altrimenti capiranno».

Il tono freddo e scostante era tornato.

«Sarai la mia nuova schiava e quando non lavorerai sarai al mio fianco, così avrò modo di tenerti d'occhio. Infine apprenderai tutto ciò che puoi nel minor tempo possibile».

La voce s'interruppe e udii una porta sbattere da qualche parte.

«Ora riposa, avrai qualche ora prima che torni per iniziare il lavoro, approfittane».

Con gesti rapidi raggiunse il letto, drappeggiò le spalle con il mantello e si avviò alla porta, senza più degnarmi di uno sguardo.

Quando la porta si chiuse, la morsa fredda allo stomaco non era ancora sparita. Che fine stavo per fare?

TOR

Erano passati giorni interminabili da quando qualcosa in me era cambiato.

Avevo la sensazione che il cuore si fosse paralizzato in un unico istante di dolore che si ripeteva all'infinito. Ogni giornata era diventata un viaggio all'inferno che iniziava all'alba e terminava quando riuscivo a riposare.

Il viaggio nelle tenebre però riprendeva nell'istante in cui le mie palpebre si sollevavano e ritornavo alla realtà. Un'agonia che avvolgeva con le sue dita infuocate la mente e il cuore era diventata la mia compagna fedele.

«Mio Re, gli informatori sono tornati, cosa devo riferire?»

Il Lupo in forma umana stava vicino allo stipite della porta. I rinforzi metallici che si diramavano sul legno di quercia andavano a formare elaborati decori, nei quali il mio sguardo si era perso. Percepivo la sua agitazione mista a paura con una chiarezza così nitida che, per un istante, pensai appartenesse a me. Era la seconda volta che mi faceva la stessa domanda. Aveva varcato la soglia della stanza con esitazione, ponendomi un unico interrogativo cui non avevo ancora risposto.

Mi trovavo in una delle camere accanto alla sala del Consiglio. Ormai era diventata la mia stanza. Il divano in broccato verde, che si trovava accanto all'ampia scrivania in legno scuro, era più che sufficiente per dormire qualche ora. La tappezzeria, di un verde brillante come la foresta in primavera, mi calmava leggermente i nervi sempre tesi. Però sapevo bene che non sarei mai riuscito a stare veramente in pace, neppure per un istante. Non fino a quando le cose fossero rimaste così.

L'avevo capito, ormai.

Era notte fonda e la luce delle candele, posizionate nel grande lampadario di cristallo, creavano ombre scure che si muovevano tutt'intorno come fantasmi. Mi rendevo conto di risultare minaccioso agli occhi del soldato, immerso in quell'ambiente scuro con il mio pessimo stato d'animo. Dentro ero così dilaniato da riuscire a stento a contenere la rabbia e la frustrazione, diventate una costante ormai da troppi giorni.

Sapevo che i Lupi intorno a me sentivano la potenza di quelle emozioni a malapena trattenute. Avevo la sensazione di poter radere al suolo una città con la mia sola forza imbrigliata.

«Riferisci di raggiungermi immediatamente. Puoi andare».

Il Lupo ebbe un fremito alle mie parole e gli occhi marroni si sgranarono di colpo. Capì che stavo continuando a usare il tono diretto e imperativo dell'Alfa.

Più il mio stato d'animo peggiorava, maggior potere acquisiva quella caratteristica. Era come se fosse diventato il mio tono abituale. Mi ero accorto che, nell'ultimo periodo, aveva un lieve effetto anche sui Lupi in forma umana. Il mio potere era cresciuto oltre ogni aspettativa. Nessun Alfa, nella nostra storia, aveva raggiunto capacità simili.

Guardai il giovane dal fisico da guerriero affrettarsi a uscire, come se eseguire l'ordine fosse una questione di vita o di morte. Che cosa strana. Ero diventato più forte, ma tutto quel potere non mi avrebbe dato l'unica cosa che volevo.

Bloccai il pensiero.

Non potevo permettermi di perdere lucidità, mi era costato troppo raggiungere quello stato di controllo. Dal giorno in cui avevo creduto d'impazzire, era passato più di un mese ormai.

La parte peggiore era che, ogni giorno che passava, anche se adesso riuscivo a contenere la mia rabbia, era peggiore di quello precedente. Mai avrei creduto di poter provare un tale dolore senza che qualcuno mi trafiggesse con una spada o mi dilaniasse la carne. Per la prima volta nella mia vita avevo sentito, avevo visto e sperato la felicità. Per un istante mi era stato concesso di vivere il paradiso in terra. Una cosa che non avrei mai creduto potesse esistere. Tanto meno che potesse esistere per me.

Avevo trovato la persona più preziosa al mondo e, poco dopo, mi era stata strappata via.

Un ringhio sordo prese vita all'istante nella mia gola, a quel ricordo. *Non sono stato in grado di proteggerla*. L'idea mi stava uccidendo. Lentamente i pensieri che avevo incatenato iniziarono a liberarsi. Allora avvertii dei Lupi che si stavano avvicinando.

Un cauto colpo sul legno annunciò il loro arrivo.

«*Avanti!*»

Al mio invito la porta si aprì senza esitazione. Edgar entrò deciso in forma umana, alle sue spalle c'erano due Lupi della sua unità dei quali non ricordavo i nomi. Il ragazzo scherzoso e spensierato era sparito. Il volto si era indurito e gli occhi grigi, che erano sempre stati colmi di una luce allegra e viva, ora erano freddi.

L'avevo nominato a capo dell'esercito che era andato a proteggere una delle cinque città, e la sua era stata la prima a essere presa d'assalto. Cinque giorni addietro, chiunque avesse iniziato quella guerra aveva finalmente attaccato.

L'attacco ci aveva spiazzati perché eravamo convinti mirassero a

Imperia. Il loro obiettivo invece era stata la città di Inyr e l'avevano rasa al suolo. La maggior parte degli abitanti e dell'esercito che si trovava lì morì.

Orde di Fray e Lord di Ferro erano comparsi dal nulla alle porte della città, attaccando con violenza. Il figlio di Hough non aveva pensato a preparare una via di fuga, limitandosi a concentrare le sue energie sulla difesa. Così aveva condannato troppe vite innocenti, o meglio, "avevo" condannato, perché ero stato io a metterlo al posto del padre.

Edgar e Iodoc erano riusciti a portare in salvo appena una manciata di Lupi.

Capendo che Inyr era spacciata, avevano deciso di agire da soli, trasgredendo gli ordini di Idris, figlio di Hough. Quella scelta era stata la salvezza dei pochi superstiti.

Fortunatamente Edgar era in gamba ed era riuscito a salvare delle vite. Durante l'attacco, aveva visto la sua prima vera battaglia e, come la maggior parte delle volte accade, questo lo aveva segnato.

«*Bentornato, Ed, che novità portate?*»

«Mio Re» fu la sua risposta mentre abbassava leggermente la testa in segno di rispetto. Ciocche castane e ondulate, più lunghe sulla fronte, gli sfiorarono le sopracciglia scure. Era un giovane dal volto affascinate e con il corpo forgiato da duri allenamenti, che aveva fatto battere il cuore a molte Lupe. La fiamma di vitalità che lo aveva sempre contraddistinto ora sembrava ghiacciata.

Avanzò deciso per raggiungermi. I due Lupi alle sue spalle, restando a distanza, sembravano titubanti nel muoversi.

«Abbiamo trovato delle tracce di Fray, un drappello di soldati a qualche chilometro dai confini di Orias. La cosa strana è che, oltre alle impronte delle Volpi, c'erano segni di una creatura che aveva come cavalcatura un animale con zoccoli mai visti». Gli occhi grigi mi guardavano come se stessi per mettermi a ridere.

«Iodoc è dell'idea che le orme siano troppo confuse per dire che si tratti di un animale mai visto, ma io credo che sia così. Sono certo si trovassero nelle vicinanze della Capitale dei Maghi, appena qualche ora prima del nostro arrivo». Inspirò a fondo, continuando a guardarmi deciso.

«A un certo punto, le tracce si sono interrotte. È come se i Fray fossero spariti nel nulla. Le orme di un singolo guerriero, quello che aveva la cavalcatura sconosciuta, ci hanno condotto proprio a Orias. Lì abbiamo perso anche lui.

Analizzai quelle nuove informazioni.

«*Cosa pensi di questo misterioso guerriero? Che impressione hai avuto?*»

Gli occhi grigi sembravano esitare a rispondere.

«*Ed, mi fido di te e del tuo istinto, ho bisogno di sapere le tue impressioni quando hai visto quelle orme. Ora sei tu i miei occhi fuori dal castello*» lo incitai con un pensiero privato.

«Ho avuto l'impressione che cercasse qualche cosa a Orias, ma il fatto curioso è che si è mosso solo. Questo mi fa pensare che, chiunque sia, possa avere un ruolo di comando. C'è qualcuno che non conosciamo a manovrare l'esercito delle Volpi e dei Lord. Non sappiamo né chi, né in quanti siano, ma credo che chiunque abbia fatto quel percorso abbia ordinato ai Fray di abbandonarlo. Se ha veramente impartito quell'ordine è anche collegato ai capi di questa guerra».

Il suo sguardo era fisso nel mio e sapevo che era il primo a dubitare di quell'ipotesi, ma capivo anche le sensazioni che l'avevano portato a formularla.

«Iodoc non condivide questa possibilità, mio Re. Credo sia giusto dire anche questo. Lui non c'entra, nel caso si rivelasse veramente una supposizione sbagliata».

«*Quindi avete perlustrato anche Orias?*»

«Sì, mio Signore, ma non abbiamo trovato nulla» si affrettò a rispondere, abbassando la testa. Sapevo che aveva intuito la mia speranza dietro quella domanda.

«*Credo che la tua intuizione abbia un fondo di verità. A Orias c'è qualcosa che ci sfugge. Durante l'attacco alla spedizione, loro si trovavano lì per una ragione, non perché sapessero dei nostri Lupi, almeno credo. Se fosse così, è stato un motivo preciso a condurli là, ed è lo stesso motivo che ha portato il tuo guerriero a procedere solo. È una teoria, ma ha senso*» risposi, rimuginando e stando attento a non menzionare quel nome che aveva il potere di farmi tremare.

«Che ordini ci dai, mio Signore?»

La sua voce era tremendamente formale, ma capivo il perché.

«*Riposatevi per questa notte, al castello. Domani tu e Iodoc formate una nuova unità e partite, cercando di scoprire il più possibile riguardo a questa ipotesi. Setacciate tutti i confini vicino alla Capitale e vedete cosa riuscite a scoprire*».

«Certo, mio Signore! Grazie per la fiducia» rispose chinando il capo e congedandosi.

«*Fai attenzione, Ed*» dissi solo a lui, prima che uscisse.

Un sorriso gli incurvò le labbra ma non si fermò, si limitò a fare un impercettibile segno con il capo prima di sparire dietro la porta.

Rimasi a guardare il punto dove Edgar era scomparso, senza riuscire a muovermi. Non potevo permettermi di cedere davanti a ciò che aspettava il mio popolo. Eppure avrei voluto che un altro si prendesse la responsabilità di guidare i Lupi.

Questa era l'amara verità. Era proprio questa consapevolezza che faceva di me un pessimo Re, lo sapevo.

La situazione era molto grave, il nostro nemico invisibile stava lentamente portando a segno un colpo dopo l'altro. E io, invece di concentrarmi sulle strategie e organizzare la difesa, lottavo per non farmi travolgere dalla sofferenza per la sua perdita.

Ero stanco di combattere e permisi finalmente ai ricordi di invadermi. Mi cullai in quel vortice di immagini bellissime e dolorose, incapace di fare altro.

Rividi i suoi occhi guardarmi spaventati la prima volta che ci incontrammo. Ripercorsi il viaggio alla volta d'Imperia e il nostro legame crescere ogni giorno di più dentro le mura del castello.

Sentivo gli occhi bruciare come se avessero bisogno di sfogare il loro dolore, ma non potevo. A me non era permesso piangere, semplicemente perché un Lupo non può farlo.

Con gli occhi della mente la vidi partire felice di raggiungere Orias e, dentro di me, mi maledissi per quella scelta stupida e avventata.

Avrei dovuto prevedere i pericoli che potevano nascondersi in un viaggio simile. Ero stato superficiale e sconsiderato.

Quando il gruppo non aveva fatto ritorno a Imperia, era stato troppo tardi per poterli salvare. Mi ero diretto alla Capitale con una numerosa scorta, nonostante il Consiglio fosse stato contrario all'idea che mi muovessi in prima persona fuori dalla città.

Avevamo raggiunto la Capitale alle prime luci dell'alba. I ruderi silenziosi ci avevano accolto preannunciando, con un silenzio innaturale, la triste verità.

L'odore di morte aveva impregnato l'aria intorno al palazzo del Vespro e i segni di lotta erano ovunque. I resti dei corpi, in parte divorati, dei nostri Lupi, ammucchiati sulla scalinata principale, testimoniavano il dolore e lo scempio che era avvenuto non molte ore prima. Il dolore sordo e pungente che era nato dentro di me in quel momento non mi aveva più abbandonato.

Avevo cercato tra i corpi smembrati e le carni grondanti sangue il suo. Mi ero sentito come un disperato che sta affogando e cerca l'aria, ma invano. Il ricordo di quegli attimi si faceva a volte nebuloso.

Mai avrei creduto di essere capace di provare sentimenti tanto oscuri. Se avessi posseduto solo un barlume di magia, ero certo che avrei maledetto in ogni modo possibile coloro che si erano macchiati di quello strazio.

Dopo aver vagato per ore alla disperata ricerca di Rori tra i ruderi del castello, si era fatta strada la speranza che, in qualche modo, fosse riuscita a sopravvivere.

Poi avevamo trovato il Mago all'interno del palazzo. Il suo corpo testimoniava tutta la sofferenza che aveva patito: ricoperto di sangue era a malapena riconoscibile.

Era stato scoperto riverso in una pozza scarlatta, all'ultimo piano del palazzo, distante dal cuore della battaglia, anche se sul corpo ne portava i segni.

Quando l'avevamo trovato, ero così sconvolto che non avevo percepito il suo debole e quasi impercettibile respiro. Era stato Salem ad accorgersi che era ancora vivo.

La speranza che in qualche modo fosse riuscito a metterla in salvo si era fatta largo in me, dandomi un barlume di lucidità. Avevamo setacciato ogni angolo della Capitale alla sua disperata ricerca, ma del corpo di Aurora non c'era traccia. Ciò mi aveva fatto intravedere la possibilità che fosse nelle mani del nemico, e quindi ancora viva.

Quella speranza mi aveva dato la forza di affrontare le ore successive e di tornare a Imperia.

Il Mago stava morendo e il soccorso fornitogli nella Capitale sembrava del tutto insufficiente per farlo sopravvivere. Dopo il nostro ritorno, la sua vita era rimasta appesa a un filo per giorni, prima che il curatore ci annunciasse che sarebbe sopravvissuto. Finora non aveva ripreso conoscenza.

Il curatore ci aveva spiegato che, oltre alle ferite riportate, aveva usato troppo potere magico e la sua stessa magia lo aveva quasi consumato.

Era l'unico che poteva darci delle risposte su dove fosse Aurora, invece giaceva privo di sensi nella sua camera.

Nell'eventualità che, in qualche modo, fosse riuscito a nasconderla, avevo lasciato dei Lupi a pattugliare Orias e i confini limitrofi, ma di lei non c'era alcuna traccia.

Questo rendeva più concreta l'ipotesi che fosse nelle mani del nemico.

Il pensiero mi fece salire un altro forte ringhio, che stavolta non fui in grado di trattenere. Poco importava, ormai ero solo.

Con ogni probabilità avevano scoperto la sua natura, perciò avevano deciso di tenerla in vita. Ma a quale scopo? Cosa le stavano facendo? L'idea mi dilaniava.

Le sentinelle erano ovunque nei nostri territori, pronte a segnalarmi qualsiasi movimento sospetto; eppure, ad ora, non avevamo scoperto nulla di più sul nemico, né dove nascondesse il suo esercito.

Eravamo, per la prima volta nella storia, in balia degli eventi.

Iniziai a vagare per la stanza. Avevo pensato e ripensato a qualche collegamento, senza però trovare nulla.

In preda alla rabbia ero arrivato quasi a uccidere uno dei tre membri del Consiglio che ci avevano traditi, cercando di strappargli qualche informazione.

Non era servito a nulla. Sembravano temere molto di più il nemico che si nascondeva nell'ombra. E credevano in lui.

«Il tuo tempo sta finendo, Tor, non hai scampo! Loro ti uccideranno e creeranno un nuovo mondo. Una Nuova Era anche per noi Lupi. Spezzando finalmente questo stupido e inutile potere dell'Alfa che vincla la nostra gente da sempre. Ci libereranno da te!»

Queste erano state le parole intrise di veleno di Dymfna, la Lupa che una volta aveva fatto parte del Consiglio e che, in preda all'ira, avevo aggredito.

Era questo che volevano, liberarsi del potere dell'Alfa. Per questo avevano venduto la propria gente e aiutato un nemico che avrebbe portato morte e distruzione?

Che stupidi. Nessuno più di me voleva che il ruolo di Alfa non mi spettasse o non esistesse, ma faceva parte della nostra natura, dell'ordine delle cose.

Ogni Alfa che si era susseguito nella storia era diverso dal precedente. C'erano stati Re degni del loro nome, e altri che avevano portato vergogna ai loro avi e al popolo.

Erano veramente così sciocchi da credere che, uccidendo l'Alfa, chi fosse salito al potere avrebbe portato gioia e benessere?

Una creatura che era pronta a prendere il trono per mezzo di una guerra, percorrendo una strada lastricata di sangue e sofferenza, strappando il popolo alla pace con l'idea di costruire una società migliore, non poteva essere un buon Re.

Non che io credessi di esserlo, ma sicuramente ciò che avevo fatto finora era sempre stato in funzione del popolo. Avevo cercato di rimediare ai danni che erano stati fatti nel passato con tutto me stesso.

Forse, la <u>prima</u> volta che avevo pensato veramente a me era stata <u>prima</u> che Aurora partisse.

Lì avevo creduto, e sperato, che in questa vita avrei potuto essere felice. Ero stato presuntuoso e avventato, questa era la verità. Mi ero fatto prendere dall'euforia di quei sentimenti, rapire dalla dolcezza delle sensazioni che mi avevano cullato così tanto da rendermi cieco davanti al pericolo.

La mia idiozia era stata la causa della morte di ben dieci guerrieri e delle condizioni di Ryu. Con le mie azioni avevo condannato una creatura innocente. Una creatura che conosceva molto poco di sé stessa e nulla di un mondo che era stato solo capace di farle un torto enorme.

La responsabilità degli ultimi fatti era mia. Lei si era fidata di me.

I sensi di colpa mi schiacciavano ogni giorno di più. Sapevo che continuare a pensare a tutto ciò non mi avrebbe portato a nulla, se non alla rovina. Eppure non riuscivo a evitare quei pensieri.

L'unica cosa che potevo e dovevo fare era trovare un modo per salvare i Lupi, e trovare Aurora. Guardai il divano. Erano troppe ore che non dormivo e la stanchezza mi stava rendendo debole.

Stesi il corpo sui morbidi cuscini, con la speranza di poter riposare senza sogni.

Era dalla scomparsa di Aurora che avevo iniziato a sognare. Le visioni oniriche erano curiose, mi trovavo sempre all'interno del castello, ma i Lupi che vedevo non mi erano famigliari. Anche il castello, in qualche modo, era diverso.

Piccoli particolari, quadri e mobili che non avevo mai visto, abbellivano le pareti del palazzo. Questi sogni insoliti, ero convinto fossero legati allo sconvolgimento che provavo, perché avevano un che di diverso rispetto ai sogni normali.

Continuavo a vedere una donna dagli occhi d'ametista che rideva e scherzava con la servitù e i soldati. Vestiva sempre abiti regali, che davano splendore alla pallida bellezza lunare del suo viso.

In qualche modo, nei sogni, sapevo che non apparteneva al nostro popolo. Il volto mi era famigliare, ma non ricordavo dove l'avessi vista.

In preda a questi pensieri confusi, presi sonno.

Stavo percorrendo i lunghi corridoi che mi avrebbero condotto alla sala d'armi. Dovevo allenarmi, altrimenti mio padre si sarebbe infuriato ancora.

Aumentai il passo, tenendo la testa bassa mentre incontravo diversi soldati con le spalle drappeggiate da lunghi mantelli blu.

Stavo per raggiungere la sala, quando passai davanti a una delle due arene che i soldati usavano per allenarsi. Intorno al perimetro circolare, dove due Lupi si stavano affrontando, c'era un gruppetto che guardava lo scontro.

La maggior parte dei curiosi era in forma umana, e in molti portavano i colori blu della Guardia di Palazzo. Spiccavano qua e là anche i colori delle Guardie del Consiglio, di un rosso intenso.

Alcuni ridacchiavano, altri parlottavano tra loro, senza però togliere per più di qualche secondo lo sguardo dagli sfidanti.

Scrutai nella direzione che mi avrebbe portato alla sala d'armi, dal lato opposto.

Esitai. Ero curioso di vedere i due Lupi che combattevano. Dall'arena si udivano bassi ringhi e il frastuono dei corpi che si scontravano con violenza.

Stavano facendo sul serio!

Non resistetti alla tentazione di dare una sbirciata.

Quando mi avvicinai lentamente alle spalle degli spettatori, vidi finalmente i due Lupi.

Erano veramente enormi. Dovevano essere dei guerrieri formidabili, vista la loro stazza. Oltretutto facevano parte della Guardia.

Quello più grosso era marrone con sfumature nere e sembrava avere la meglio sull'altro che stava arretrando verso il limite del campo. Conoscevo bene le regole: se l'avversario oltrepassava quella linea, perdeva.

La sconfitta avveniva anche per resa, o se uno dei sfidanti riusciva a fare in modo che l'altro non si rialzasse.

Solitamente, negli allenamenti, non si arrivava mai a tanto. Ora però la sfida sembrava avere tutte le caratteristiche di uno scontro serio. In tempi passati, venivano organizzati con regolarità tornei dove i guerrieri si misuravano tra loro. Erano aperti al pubblico e venivano tenuti nell'arena principale, quella più grande.

I Lupi, a quei tempi, si accalcavano con foga tra gli spalti per potervi assistere.

Con l'inizio della guerra contro i Maghi, le competizioni si erano interrotte. In tempi di pace, veniva organizzato un grande torneo ogni anno, dove tutti i Lupi avevano modo di partecipare.

Era quello che attraeva la gente. Ogni Lupo aveva il diritto d'iscriversi al torneo, non solo i guerrieri più forti o le guardie di palazzo.

In numerosi accorrevano da ogni parte del regno per partecipare o solo assistere. Le gare si svolgevano nell'arco di dieci giorni, dieci giorni di festa, dove i vincitori di ogni sfida venivano acclamati dalla folla. Ma solo uno avrebbe trionfato.

Ora però non c'erano preparativi per un torneo simile. Ma era chiaro che i due sfidanti non si stavano semplicemente allenando.

Il Lupo che stava indietreggiando era più asciutto di quello bruno. Eppure s'intuiva la potenza dei muscoli sotto il manto bianco, tesi e pronti a scattare.

Il suo sguardo era fermo, e non sembrava minimamente preoccupato della situazione in cui si trovava.

Il manto così chiaro in un Lupo non era comune, ma neppure raro. Quel pensiero mi colpì come se stessi dimenticando una cosa fondamentale.

Avanzai con cautela, cercando di non dare nell'occhio; cura probabilmente inutile, perché tutti i presenti erano presi dallo scontro.

Sapevo che, se mio padre mi avesse scoperto a ciondolare per il castello tra le guardie, si sarebbe infuriato. Conoscere l'esito dello scontro però era di punto in bianco la cosa più importante.

Proprio quando sembrava che il Lupo bianco stesse per uscire dal perimetro, invece di svincolarsi ai lati dell'avversario, spiccò un balzo altissimo in avanti, saltando il Lupo marrone come fosse un ostacolo.

Non aveva posato neppure tutt'e quattro le zampe a terra, che stava già ruotando su sé stesso.

Anche l'altro era intento a voltarsi, ma era lento.

Il Lupo bianco gli piombò addosso con un poderoso secondo salto. Lo scontro tra i due corpi provocò un suono sordo. Le mascelle aguzze del Lupo chiaro si abbassarono rapide, vicinissime al collo dell'altro, afferrandolo poi in una presa salda. Con uno strattone, sollevò con la forza dei muscoli del collo e del torace l'avversario, scaraventandolo, come fosse un fuscello, al di fuori della linea.

Il tutto si svolse in pochi istanti. La sua velocità era incredibile! Decisamente fuori dal comune.

Un lungo silenzio calò tra gli spettatori, mentre il vincitore si scrollava la polvere di dosso, scuotendo la testa. Infine si diresse verso l'avversario ancora a terra.

Mentre copriva la distanza che li separava, con grazia, uscì dal corpo di Lupo per prendere sembianze umane.

Aveva raggiunto l'avversario che, con difficoltà, si stava mettendo in piedi.

Il Lupo bianco era un uomo alto, con il fisico asciutto e muscoloso. Onde castane gli incorniciavano il volto regolare, gli zigomi pronunciati sottolineavano la forma leggermente allungata degli occhi bruni.

Portava l'uniforme blu della Guardia di Palazzo e riconobbi in lui l'uomo con cui mio padre spesso s'intratteneva.

Ora stava porgendo la mano all'avversario, che era mutato a sua volta, sorridendo in modo amichevole.

Il Lupo sconfitto indossava vesti rosse, che rivelavano la sua appartenenza alla Guardia del Consiglio. Il suo corpo umano era alto e massiccio, e corti capelli scuri gli conferivano un'aria cupa.

«Questa volta ero convinto mi avresti battuto, Haugh!» esclamò il Lupo bianco, allegro.

L'altro gli scansò la mano tesa con un sorriso complice.

«Ti ho solo lasciato vincere, come ogni volta, non vantarti troppo!»

Uno scoppio di risate si alzò dal gruppo di spettatori, mentre il brusio riprendeva come per magia.

Cercai di ascoltare il resto della conversazione provando ad avvicinarmi, ma mi accorsi che, accanto a me, c'era qualcuno.

Voltandomi sorpreso, riconobbi immediatamente la donna dagli occhi d'ametista, con il volto pallido e affascinante.

Indossava una veste di un tenue lilla con le finiture dorate, mente gli occhi viola mi guardavano con intensità.

Si era avvicinata senza che me ne accorgessi, ma com'era possibile? Il suo sguardo penetrante continuava a scrutarmi, come se volesse leggere ogni pensiero della mia mente.

Indietreggiai d'istinto.

Allora, un lento e triste sorriso le curvò le labbra. Stava sorridendo solo con quelle, perché gli occhi rimasero freddi e senza luce.

«Lui è stato l'unico finora» sussurrò.

Lui cosa? Chi era quella donna?

I capelli castani che le incorniciavano il viso le conferivano un'aria spettrale. Averla così vicino m'inquietò.

«L'unico tra tutti voi, e quanti ce ne sono stati prima di te? Molti. Eppure non hanno compreso nulla. Peccato sia appartenuto alla famiglia sbagliata».

Mi svegliai di colpo, come se una frustata fosse scesa sulla mia schiena.

Spostai malamente il peso, ero del tutto intontito e caddi. Dov'ero?

Guardai intorno e riconobbi la stanza del castello. Cosa mi era successo?

Buttai uno sguardo al divano accanto a me. Mi ero addormentato, conclusi. Quei dannati sogni erano tornati. Mentre mi mettevo in piedi, rividi le immagini del sogno e compresi ciò che mi era sfuggito. Non era semplicemente un sogno, ma un ricordo del quale mi ero dimenticato!

La scena che avevo visto nel sogno era accaduta veramente, qualche anno prima dell'ultima battaglia con i Maghi.

Scrollai la testa, come se il gesto potesse migliorare le cose, e tornai sul divano. Mi sentivo strano e stanco.

Quel Lupo, quello che si batteva, all'epoca per me era solo un Lupo. Ora lo conoscevo sotto un altro nome: era il padre di Aurora. Come avevo potuto dimenticare?

E l'altro era Hough. Dovevano essere stati amici oltre che compagni, ma allora perché aveva trattato così Rori?

Che domanda stupida!

Evidentemente era uno di quei Lupi che si erano dimostrati contrari all'unione del Capitano con la Maga.

Ripercorsi più volte con la mente il sogno appena fatto. Come avevo potuto dimenticare?

Ripensai anche alla donna, non riuscivo a ricordare però chi fosse. Il suo volto mi era famigliare, ma il resto era tutto fumoso.

E poi, perché sognare anche lei? Ero certo di non averla incontrata, quel giorno. Forse alcuni ricordi dimenticati avevano iniziato a sovrapporsi tra loro. Alla fine anche le sue parole non avevano alcun senso per me.

Era meglio chiudere quei sogni fuori dalla testa. Avevo molto altro a cui pensare, conclusi, guardando la scrivania e le pergamene che la ricoprivano.

«*È passato un mese dalla presa di Inyr e tutto ciò che sappiamo sul nemico è che possiede un'armata ben più numerosa delle nostre?!*» proruppi in un ringhio sordo.

Avevo fatto nuovamente riunire il Consiglio, la situazione era grave.

Qualcosa non quadrava. Il nemico sembrava sapere perfettamente com'erano schierate le nostre truppe, e si muoveva di conseguenza.

La strategia più sensata sarebbe stata attaccare la città più vicina a Inyr per rafforzare il terreno guadagnato; invece, quella notte era stato effettuato un altro attacco, ma a quella più distante: Honora.

Questa volta, tuttavia, eravamo riusciti a difendere la città. Pagando un caro prezzo però. Le vite perse erano molte, ma avevamo respinto il nemico.

Niall si era dimostrato all'altezza della sua nomina e non aveva commesso errori, come invece aveva fatto Idris.

Honora, nelle condizioni attuali, non avrebbe retto a un secondo assalto.

Avevano una fonte molto vicina al Consiglio, se non addirittura all'interno di esso, non c'era altra spiegazione.

Tutte le decisioni che prendevamo rimanevano segrete sino all'ultimo, quindi era impossibile che le spie, sicuramente presenti al castello, potessero fornire informazioni di cui non erano a conoscenza.

«Sembra che tra di noi ci sia un traditore» esordì Glenda in tono pacato, ma tagliente.

«Non c'è altra spiegazione, mio Re, ed è anche una spia stupida, se permettete. Si è giocata la sua carta vincente troppo presto. Ora che sappiamo come stanno le cose, si potrà agire di conseguenza».

Un silenzio di tomba calò tra i presenti, prima che gli sguardi oltraggiati di tutti pugnalassero la Lupa.

«Come osi dire una cosa simile?» proruppe Samuel. «Noi tutti ci siamo battuti contro quei luridi traditori! Come osi insinuare tu, femmina, che uno solo di noi possa tradire il nostro Re e il popolo!»

La sua voce infuriata lasciava trapelare un profondo astio nei riguardi di Glenda, ma era risaputo.

«Oso eccome, Samuel! Come spieghi altrimenti che il nemico sappia con tale precisione ogni nostra mossa e dove sono schierate le difese nelle varie città?» domandò tagliente, mentre un grigio sopracciglio s'inarcava.

«Noi soli, insieme all'Alfa, conosciamo le tattiche concordate e i cambiamenti nelle truppe che vengono eseguiti ogni giorno, proprio al fine di evitare che i traditori possano rivelare informazioni».

Il suo volto rimase fermo mentre continuava: «È un'ipotesi plausibile che ci sia un membro del Consiglio che ci ha traditi. Forse, durante l'assalto al nostro Re, ha deciso di restare nell'ombra».

Gli occhi nocciola di Samuel scintillarono, ma fu zittito dalle parole logiche.

Spostò con una mossa stizzita la lunga treccia grigia che gli ricadeva sulla spalla, abbassando lo sguardo.

«Se il Consiglio è inaffidabile, le sorti della guerra sono segnate» sentenziò Leon.

Il sangue iniziò a palpitarmi nelle vene come lava.

La rabbia repressa, per anni di oltraggi subiti, prese a ribollire in tutto il corpo. Era ora che ognuno di loro capisse qual era il posto che gli spettava.

Potevano non ritenermi degno del mio ruolo, non approvare le mie decisioni e non condividere le mie idee. Ma io ero l'Alfa! E fino a quando avessi detenuto quel ruolo, non avrei permesso che il mio popolo potesse soccombere in battaglia. Questo era il mio dovere e la mia volontà. Avrei lottato per la nostra gente sino all'ultimo respiro. Per ogni vita.

Contenendo l'ira, mi spostai dal posto a capo della tavolata, e lentamente raggiunsi la sedia di Leon.

«*Tu, Lupo, e tutti voi. Credete che io non possa sostituirvi?*» iniziai duro.

Sentivo il timbro di comando dell'Alfa forte e chiaro come non mai nella voce, ma non ci badai.

Mi era quasi impossibile evitarlo in quel momento. Che sentissero pure cos'ero diventato.

«*Ogni membro del Consiglio ha il solo e unico scopo di consigliare l'Alfa. Nessuno di voi è indispensabile. La maggior parte dei presenti, nell'arco di questi anni, mi ha solo causato problemi. Con la vostra arroganza, credete che stare seduti lì vi dia il permesso di fare ciò che volete? Siete Lupi, come ogni Lupo* d'Imperia! Ho ascoltato troppi oltraggi da parte vostra senza dire una parola!»

Posai lo sguardo su ognuno di loro, prima di continuare.

«Ma il valore che avete, lo avete dimostrato. Tra di voi si annidano serpi e non tollererò più giochi subdoli. Imperia non cadrà sino a quando l'Alfa sarà in piedi. Il Consiglio invece è caduto ormai da tempo. Tutto quello che la maggior parte di voi ha saputo fare, in questi anni di pace, è stato tessere le proprie trame. Dovreste operare per il bene del popolo, non per i vostri interessi. E tutto questo ora finirà!»

Vidi Leon sbiancare. Sentivo la sua paura, la paura di chi era stato smascherato. Non era lui il traditore, certo. Ma aveva tradito in altro modo, cercando di operare per i propri interessi prima di ogni altra cosa.

Sapevano perfettamente cosa avevano fatto in tutti quegli anni. E anche io.

Tornai al posto dell'Alfa.

«Ho governato Imperia senza la maggior parte di voi fino a ora, e non sarà un problema farlo di nuovo. Invito tutti coloro a cui non sta bene ciò che dico ad andarsene. Se rimarrete, non tollererò più questi atteggiamenti e non esiterò a farvi raggiungere i vostri compagni nelle segrete!»

Guardai ognuno di loro, estendendo i miei sensi al limite in cerca di una reazione che potesse indicare un eventuale traditore. Ma nessuno sembrava esserlo.

Certo, potevo sbagliarmi. Eppure, in una situazione simile, dove li avevo colti di sorpresa, tenere nascoste certe emozioni sarebbe stato difficile.

Non ero in grado di leggere nella mente, ma ero in grado di percepire la più piccola sfumatura di ciò che provavano. I miei sensi si erano acuiti a un livello tale da sbalordire me per primo.

Nessuno di loro parlò.

Erano troppo sconvolti dalle mie parole, lo sapevo. Oltretutto, sentivo la loro paura.

Non avrei mai voluto raggiungere un punto simile, ma non mi avevano lasciato scelta. Stavamo rischiando troppo.

«Bene, deduco che nessuno di voi voglia andarsene. Avete troppa paura di perdere quelle sedie, a quanto pare. Siete disposti persino a onorare me come Alfa pur di averle» conclusi ironico.

Furono in pochi a continuare a tenere lo sguardo alto, fisso su di me. Ma in quel momento seppi che di loro mi sarei potuto fidare.

Dopo la riunione con il Consiglio, ero tornato per la prima volta nelle mie stanze. Guardai il salotto blu e i ritratti dei miei genitori appesi alla parete.

Sentivo ancora il suo odore, lì dentro. Erano gli spazi che avevano ospitato Aurora durante la sua permanenza al castello. Da quando se n'era andata, avevo vietato a chiunque di entrare.

Era un gesto sciocco, ma non volevo che togliessero dall'ambiente le piccole tracce che aveva lasciato. Ovviamente la servitù non aveva capito il perché del mio strano ordine, e la cosa mi andava bene. Nessuno, a parte il Consiglio, sapeva.

Certamente i Lupi avevano intuito che tenevo ad Aurora. Conoscevo la loro idea: ritenevano che, in qualche modo, sarebbe potuta tornarmi utile in guerra.

Pensavano che la sua alleanza con noi mi servisse principalmente per promuovere con forza la mia politica di pace. Nessuno sospettava che quella era solo una piccola parte della verità.

Il tormento che provavo si fece più intenso.

Non avevo la certezza che fosse viva, o cosa le stessero facendo in quelle lunghe settimane di prigionia.

Erano trascorsi più di due mesi ormai, anche se mi sembrava ieri che aveva lasciato il palazzo.

Ryu era l'unico che, con l'uso della magia, avrebbe potuto trovare un modo per raggiungerla, ma era ancora incosciente.

Il suo corpo stava riprendendosi lentamente.

Non avevamo idea di come guarire un Mago in quelle condizioni. Secondo i luminari della medicina consultati, era un miracolo non fosse ancora morto, e quell'innaturale sonno non dava molta speranza.

D'altra parte, i Maghi avevano il dono dell'immortalità, anche se potevano essere uccisi.

Mi diressi alla vetrata, inalando quel leggero odore di gelsomino che si sentiva nell'aria. Avevo mandato a chiamare Edgar e Drina.

Salem era già partito alla volta di Honora per aiutare Niall.

Mi ero convinto che fosse tempo di cambiare drasticamente strategia. Avrei guidato personalmente, per quanto possibile, le difese nelle varie città.

Sapevo che il Consiglio era contrario a causa del pericolo al quale mi avrebbe esposto e, questa volta, aveva ragione.

Spostandomi da Imperia ero vulnerabile, ma così facendo mettevo in gioco una nuova mossa. Solitamente il Lupo Alfa rimaneva protetto tra le mura del castello, mentre impartiva gli ordini. Io invece sarei sceso in prima linea.

Chiusi gli occhi per un istante. Quando mio padre era sceso sul campo di battaglia contro i Maghi, aveva pagato con la vita quel gesto.

«Lui però aveva un erede!» mi aveva fatto notare prontamente Leon.

Nonostante ciò, ero convinto dell'efficacia di questa scelta. I miei spostamenti li avrei comunicati all'ultimo, e le decisioni prese sarebbero rimaste segrete fino a quando non avessi io stesso impartito gli ordini di persona.

Vista la situazione in cui ci trovavamo, era l'unica cosa che potessi fare per ridurre al minimo il rischio che informazioni essenziali cadessero nelle mani del nemico. Un nemico di cui sapevamo molto poco.

L'armata dei Fray, che aveva raso al suolo Inyr, aveva sconvolto tutti noi. Mai avremmo creduto che, da qualche parte, potessero nascondersi tante Volpi.

I nostri avversari avevano evidentemente pianificato da tempo questa guerra, trovando il modo di rendere invisibile agli occhi del mondo un'armata immensa. Le loro truppe erano composte da guerrieri addestrati alla perfezione, macchine di morte in carne e ossa.

Per creare un esercito simile, c'era bisogno di tempo. Moltissimo tempo.

Sapevo che questi avversari erano forse i più pericolosi che avessimo mai dovuto affrontare.

Avevo preso anche un'altra decisione quel giorno, una decisione che forse ci avrebbe fatto apparire deboli ma, vista la gravità della situazione, non c'era scelta.

Ghion sarebbe partito per le terre dei Lorcan. In veste di ambasciatore avrebbe parlato con il Re, esponendo la situazione e chiedendo il loro aiuto.

Glenda invece avrebbe parlato con il Gran Consiglio dei Muir, nelle Terre Azzurre. Il loro viaggio sarebbe stato lungo, ma avevamo bisogno di aiuto.

Oltre ai Lupi, diversi popoli abitano questo mondo. Ma non tutti erano pronti a combattere. I Lord di Ferro si erano già schierati. Le uniche potenze che avrebbero potuto rispondere a una nostra chiamata alle armi erano queste due.

Ero certo che, con ogni probabilità, anche loro avrebbero avuto bisogno di noi. Se mai il nostro nemico avesse avuto la meglio, non si sarebbe fermato.

Non veniva riunita un'armata simile solo per distruggere un unico popolo e senza alcuna ragione apparente. Quasi certamente mirava alla conquista di molti territori.

Si preannunciavano tempi di morte e guerre.

Adesso era essenziale stringere le nostre alleanze il prima possibile, sperando che il nemico non ci avesse preceduti.

Fui distolto da quei pensieri, percependo la presenza di Drina e Ed.

Dopo pochi minuti, un leggero bussare li annunciò.

«*Entrate*».

Drina varcò per prima la soglia.

Il volto era più pallido del solito e i capelli biondi, legati in un nodo sulla nuca, sottolineavano il viso stanco. Portava una veste scura che aderiva al corpo magro, mentre la lunga gonna aveva due profondi spacchi che le facilitavano i movimenti.

L'unica nota colorata era il mantello blu della Guardia che le avvolgeva le spalle.

Anche Ed, dietro di lei, indossava vesti scure tipiche dei soldati, ma il suo mantello era nero.

Non portava i colori della Guardia per il semplice fatto che era appena rientrato dalla missione.

Anche il suo odore era mascherato. Gli esploratori facevano uso di unguenti speciali, capaci di nascondere il loro odore, permettendogli così di non lasciare tracce.

«Mio Re» sussurrò Drina mentre s'inchinava con grazia.

«*Vi sarei grato se mi risparmiaste queste stupide formalità, almeno quando siamo tra di noi.*»

Un sorriso tirato comparve sul volto di Ed.

Lo guardai con attenzione. Nell'aspetto c'erano piccoli cambiamenti, ma la cosa più sconvolgente era la tristezza mista a rabbia che emanava.

Il giovane con la battuta sempre pronta sembrava ormai un'ombra del passato. Il bel viso, illuminato da occhi grigi dal taglio affascinante, era ora inespressivo.

«Come desideri» rispose Drina pacata, mentre Ed si guardava intorno come in cerca di qualcosa.

Distolsi lo sguardo.

«*Vi ho convocati per annunciarvi un cambio di programma. Domattina partiremo solo noi tre*» esordii infine. Ed sobbalzò come se lo avessi trafitto con la spada e Drina sgranò gli occhi.

«*Nuove decisioni sono state prese. E ciò che vi dirò resterà tra di noi. D'ora in poi ci sposteremo insieme, senza dare nell'occhio. Nessuno saprà quando uscirò o tornerò a Imperia. Voi mi farete da scorta ed evitate di chiedetemi dove andremo*».

«Tutto questo è molto pericoloso». Sentivo il disappunto nella voce della Lupa.

«*Non sta a voi decidere*» la bloccai freddo, «*quello che ho in mente è un piano complesso, ma andrà a buon fine*».

«Quindi partiremo soli, senza scorta in tempo di guerra? Proprio nel momento in cui ogni nemico cerca di arrivare a te per ucciderti?» chiese dubbioso Ed.

«*Come ho già detto, non sta a voi decidere*» mi trovai a ripetere infastidito, con il marchio dell'Alfa vibrante nella voce.

Vidi i loro volti cambiare, gli sguardi si abbassarono. Della complicità di un tempo e del nostro rapporto d'amicizia sembrava rimasto poco.

«*Fidatevi di me, non è mia intenzione morire. Ci sono troppi traditori tra di noi e non possiamo fidarci di nessuno. Non posso rivelarvi la meta, ma sarete proprio voi ad accompagnarmi perché ho fiducia in entrambi*».

Gli occhi di Ed brillarono, mentre Drina continuava a guardarmi impassibile.

«Perfetto, capo, allora si va in missione segreta suicida!» esclamò infine il giovane Lupo.

Quella frase sciolse la tensione di colpo.

La sensazione di normalità che quelle parole scherzose portarono con sé fu come aria fresca dopo essere stati rinchiusi.

«Smettila, Ed» borbottò Drina, ma un piccolo sorriso le illuminò il viso.

Quello di bacchettarlo era sempre stato il suo "ruolo".

«Il vecchio Sal non si unirà alla "rimpatriata della morte" del gruppo?» chiese ancora Ed, con un ghigno. «Lo sapevo che quel vecchiaccio avrebbe trovato un modo per svignarsela» sospirò in tono drammatico.

«*Non preoccuparti, non avrai tempo per sentire la sua mancanza*».

«In effetti, lo immaginavo, ma non credo che questa sia esattamente una buona notizia» sospirò rassegnato. Ora Drina sorrideva apertamente e Ed sembrava quasi il Lupo di un tempo.

«*Allora, adesso che sapete, andate a prepararvi. Si parte alle prime luci dell'alba. Vi conviene fare un buon sonno, perché probabilmente sarà l'ultimo per parecchi giorni*».

«Agli ordini, mio Re! Prontissimi per la nuova "missione suicida senza sonno"!» rispose Ed, esplodendo in una risata contagiosa.

Gli animi si erano finalmente alleggeriti, come per magia. Drina aveva chinato il capo in segno di congedo e si stava avviando alla porta quando Ed esordì:

«Il Mago come sta?»

Quelle parole fecero sparire la leggerezza appena creata.

«*Il suo corpo sta guarendo, ma è vivo per miracolo*» iniziai. «*Potrebbe non risvegliarsi, ha usato troppo potere magico in battaglia, o almeno così ha detto il curatore*».

«Ma se dovesse svegliarsi sarebbe in grado di ritrovarla?»

Quella domanda fu come un pugno allo stomaco.

Il suo sguardo malinconico e il dolore che vidi riflesso negli occhi grigi mi colpì come acqua gelida.

Non ero l'unico a soffrire per la sua mancanza. Guardai Drina e vidi, persino nel suo viso, riflessa la sofferenza.

Anche loro erano legati a lei. Ognuno di noi lo era, in modo diverso.

«*Credo di sì*» risposi. Era tutto quello che potevo dire.

«Bene, allora appena il Mago esce dal letargo, andiamo a riprenderla!» esclamò sorprendendomi.

Il volto giovane era deciso e credeva in ciò che diceva.

«Sono certo che è viva e vegeta, anzi, giurerei che sta complicando tremendamente la vita al nostro nemico! Ve la immaginate a fare la prigioniera buona e remissiva? Non credo proprio. Forse troverà addirittura un modo per fuggire, vedrete!» esclamò con gli occhi che brillavano.

Quelle parole, invece d'incoraggiarmi, mi gelarono. Vidi il volto pallido di Drina sbiancare ancor di più.

«Su, Ed, andiamo!» borbottò, avviandosi alla porta. Anche lei aveva colto il significato che aveva rivelato Ed con le sue parole, senza che se ne rendesse conto.

«È sempre scorbutica come una zitella» si lagnò Ed, storcendo la bocca in una smorfia prima di seguirla.

Quando la porta si chiuse alle loro spalle, la frase di Ed non aveva ancora lasciato la mia mente.

Un gelido orrore mi pervase e un'angoscia senza fine s'infilò nelle viscere.

Ed aveva ragione, se era loro prigioniera avrebbe sicuramente reagito. Non sarebbe rimasta passiva e mite nelle loro mani.

Questo significava che, con ogni probabilità, avrebbero cercato di mettere a tacere la sua indole temeraria. Creature simili potevano farle qualsiasi cosa, probabilmente praticavano le peggiori torture come bevendo un calice d'acqua.

La nausea m'invase a ondate, e l'impotenza davanti a quella verità mi fece sanguinare il cuore.

Avrei voluto urlare, correre a cercarla, uccidere tutte quelle luride creature e portarla in salvo!

Ma non ero in grado di farlo.

La piena consapevolezza di quale rischio corresse nelle loro mani mi stava uccidendo. La cosa strana era che iniziavo veramente a sentire un malessere fisico pervadermi a ondate.

Cercai di riprendere lucidità, ma la disperazione e l'orrore all'idea di cosa potessero averle fatto era semplicemente troppa.

Sentivo le zampe deboli e la testa pulsare. Mi trascinai verso la camera accanto.

Balzai sul letto, affondando nelle morbide coperte.

Il suo odore mi assalì le narici, sprigionato dalla stoffa. Lentamente il malessere venne meno, come se la fragranza di lei avesse il potere di guarirmi.

Rimasi fermo, anche se il male era passato. Non volevo smettere di sentire quel profumo di gelsomino e miele. Scivolai nel sonno senza accorgermene.

Riconobbi i giardini della Torre, sebbene fossero diversi.

I roseti e le fronde degli alberi, dai tronchi enormi, si stagliavano contro un cielo limpido.

Una calda brezza spirava, alleggerendo l'aria densa e afosa. Faceva caldissimo. Doveva essere estate.

Mi guardai intorno, ma non c'era nessuno.

Mossi qualche passo e notai che il giardiniere di corte aveva cambiato parecchie cose.

Tantissime erano state le volte in cui mi ero rifugiato in quei luoghi, eppure adesso mi sembravano diversi.

Vidi una stoffa colorata spuntare da dietro un tronco imponente.

Avanzai con cautela, fino a scorgere una figura femminile, seduta ai piedi del grande albero.

Teneva il capo chino e le ombre delle foglie le oscuravano i lineamenti. Si vedevano solo i capelli castani che le scendevano ordinati lungo le spalle.

Rimasi immobile, nascosto tra i roseti. Non sapevo cosa fare.

Poi un singhiozzo soffocato scosse l'esile figura. In quell'istante sentii un fortissimo dolore levarsi dalla donna, un dolore lacerante, che straziava l'anima. Quelle sensazioni risuonarono dentro di me come un uragano. Conoscevo quella sofferenza.

Rimasi lì per un tempo che mi parve interminabile, fermo tra i cespugli a guardare la sua angoscia.

Avevo paura di rivelarle la mia presenza, così mi ero limitato a osservarla. A guardare in lei il riflesso della mia angoscia.

Una figura alta e slanciata le spuntò di colpo accanto, facendola sussultare.

Era un uomo. Un Lupo, intuii, il cui volto rimase nell'ombra.

Tese la mano verso la donna, ma questa scattò in piedi e si allontanò da lui.

Quando il suo viso fu illuminato dai caldi raggi del sole, riconobbi la donna dagli occhi d'ametista. Le guance erano bagnate dalle lacrime e i lineamenti contorti in una maschera di dolore.

L'uomo si fece avanti, tendendo ancora la mano in un muto richiamo.

«Perché?» chiese lui con voce addolorata.

«Mi hanno informato che hai deciso di partire».

Un altro singhiozzo scosse il corpo della giovane, mentre faceva un passo indietro.

Cercò poi di asciugare il viso e rizzò leggermente le spalle.

«Aspetti un altro figlio da lei...» si limitò a dire con voce piatta. Sentivo vibrare il supplizio e il risentimento in ogni sua parola.

L'uomo fece un altro passo nella sua direzione, esponendosi alla luce. I capelli, di un biondo pallido, scintillarono sotto i raggi del sole.

Il suo volto mi era famigliare, ma non ricordavo il nome del Lupo. Ero certo di averlo già visto da qualche parte.

Era un guerriero, e si vedeva dal fisico, anche se le vesti non erano quelle di un soldato. Portava pantaloni chiari e una semplice camicia bianca di ottima fattura.

Le maniche arrotolate davano l'impressione che avesse appena lasciato un qualche lavoro tedioso di studio, e la mano macchiata d'inchiostro dava valore alla mia ipotesi.

Il suo volto si contorse in una smorfia amara, e lasciò cadere di colpo la mano.

«Lei è la mia sposa» disse con amarezza.

Allora la donna fece un altro passo indietro, come se l'avesse colpita fisicamente. Sentivo quello che provava. Lei aveva sperato che lui negasse.

«Avevi detto di amarmi!» proruppe con rabbia. «Mi hai mentito e illusa, come hai potuto farmi una cosa simile?»

L'uomo alzò la testa di scatto.

«Io ti amo più della mia stessa vita, lo sai! Ma dovevo darle dei figli, è mio dovere farlo».

«Come puoi dire una cosa simile, dicendo poi di amarmi?» chiese rabbiosa.

Lentamente il dolore che provava stava facendo largo all'ira.

«Avrei rinunciato al mio popolo per il nostro amore, stavo per farlo! Tu invece te ne vai da un'altra dicendomi che è tuo dovere?» lo accusò con voce gelida.

«Il mio amore è vero e lo sai! Sai che il mio sentimento è sincero come lo è il tuo per me. Non ho amato nessun'altra all'infuori di te, nonostante non mi sia concesso. Il mio amore è pari, se non superiore, al tuo» disse, tendendole ancora una volta la mano.

«Come osi! Con che coraggio puoi dirmi una cosa simile dopo quello che hai fatto?»

Gli occhi viola erano stretti in due fessure.

«Ti ho dato tutta me stessa e ora sei capace di mentirmi in questo modo?»

Una risata isterica fendette l'aria.

«Non ti sto mentendo! Sai che è così, darei la mia vita per te! Il mio amore è forte come lo è il tuo per me».

«Spero che un giorno tu non debba pentirti di queste parole, perché dovrai provarlo!» sentenziò la donna in tono tagliente e un lungo brivido mi corse lungo la schiena.

Di punto in bianco la scena svanì, inghiottita da una nebbia nera che si alzò rapida.

Mi ritrovai a guardare una parete di pietra scura, immerso nella penombra.

Sbalordito, osservai intorno, notando subito due figure al lato opposto della stanza.

Mi trovavo in un ambiente spazioso, illuminato solo dalla fioca luce delle candele che erano sistemate sui mobili.

Aveva l'aria di essere la camera di un castello.

Pesanti tende in velluto viola oscuravano le finestre. La fredda pietra del pavimento era ricoperta da tappeti intrecciati in fili argentei, di un pallido azzurro.

Non diedi peso al resto, perché cercai di distinguere le due sagome vicine a un'enorme scrivania in pietra bianca, ricoperta di simboli.

Era così grande che sembrava quasi una tavolata. Pozioni fumanti e pergamene erano disposte in bell'ordine.

Scorsi la sagoma di un Lupo in forma animale e un'umana, esile, accanto a lui.

Mossi qualche passo in avanti e riconobbi all'istante la donna dagli occhi viola. Era vestita di nero e il volto era segnato da profonde occhiaie.

Il Lupo dal manto grigio, che stava davanti a lei, era particolarmente imponente.

«Perché mi hai fatto questo, Alessa? Comprendo la tua rabbia e so di meritarmela. Ma quest'azione ha coinvolto tutto il mio popolo. In molti hanno atteso un pretesto per potervi dichiarare guerra, e tu lo sai! Non hai punito me con questa maledizione. Hai solo fornito loro un motivo per attaccarvi. Non potrò tenerli a bada per molto ancora!» la voce del lupo era intrisa di dolore.

«Io non ti ho fatto nulla, ho solo provato le tue menzogne» arrivò la risposta tagliente.

«Avresti potuto spezzare questa maledizione tu stesso, a patto che il tuo amore fosse pari o superiore al mio, come dicevi fosse. Ma così non è stato» continuò con una triste risata. «Era l'unico modo che avevo per poterti credere ancora, e ci avevo sperato!»

Le sue parole erano pregne di una disperazione così forte che mi fece tremare.

«Ti sarebbe bastato amarmi e il mio incantesimo si sarebbe spezzato poco dopo averti colpito, ma questo non è successo. Ora la maledizione continuerà a vivere con te e la tua progenie. Ogni Alfa erediterà la tua maledizione. L'unico modo per poterla spezzare sarà provando amore per qualcuno che appartiene al popolo della magia. Un amore sincero e profondo com'è il mio per te, Sion. Un amore che a me non è stato concesso, ma in cui ho creduto ugualmente».

S'interruppe scossa da un singhiozzo.

«L'amore ti ha maledetto e l'amore è l'unico mezzo che può salvarti. Solo questo sentimento, provato per un essere così diverso da voi, potrà renderti il tuo corpo umano» concluse.

«Capisco. Il mio dolore è immenso all'idea di non saperti amare abbastanza, ma così facendo provocherai la perdita di vite innocenti in entrambi gli schieramenti!»

«Non siamo noi a volere una guerra, Re dei Lupi. Se questo accadrà, la responsabilità sarà tua, perché non controlli il Consiglio».

La nebbia scese di colpo, strappandomi alla scena senza poter ascoltare altro.

Ora mi trovavo in un'altra stanza. Era famigliare. Mi girai e vidi il mio letto con un grande Lupo nero addormentato sopra le coperte.

Mi resi conto che stavo guardando me stesso! Il respiro si bloccò in gola.

«Non mi spiego come sia possibile, ma sei riuscito a fare ciò che in molti secoli nessuno della tua specie è stato in grado di fare».

Una voce tranquilla mi raggiunse alle spalle.

Cercai con lo sguardo la donna che aveva appena parlato. Sapevo a chi apparteneva quella voce, l'avevo udita fino a pochi istanti prima.

Incrociai ancora una volta gli occhi d'ametista. Il suo aspetto però era diverso. Il suo corpo era quasi trasparente, sembrava uno spettro.

«Quello che vedi è tutto ciò che è rimasto della Maga di un tempo. Finalmente è giunto il momento che anche questo pezzo della mia anima, costretto a vagare per secoli in questo mondo, trovi riposo».

Il suo sguardo era fisso nel mio e la vidi sorridere.

«Ho aspettato così a lungo che mi ero rassegnata. Alla fine mi sono convinta che questa fosse la giusta punizione per colei che aveva dato vita a una guerra con il proprio egoismo».

Ogni parola era intrisa di una tremenda tristezza.

«Ho messo davanti a ogni cosa il mio amore, dimenticando che ero anche una regina. Avevo delle responsabilità nei riguardi della mia gente. E non ho saputo onorarle. Il mio gesto avventato ed egoista ha causato la disfatta dei Maghi».

La sofferenza era incisa nei lineamenti spettrali.

«Quando me ne resi conto, era troppo tardi» proseguì, «ma ho avuto la mia punizione. Un pezzo di me è rimasto legato a questo mondo quando lanciai la maledizione su Sion. Sono stata costretta a vedere tutto. A vivere il dolore che ha provato la mia gente, vederla trucidare, senza potere far nulla».

Ero senza fiato davanti a quella rivelazione.

«Quando il mio corpo fisico morì» proseguì la sua voce, «non riconobbi subito la sciagura della mia sorte, ma ben presto compresi cosa volessero dire la solitudine e il dolore di esistere così. Ora, finalmente, qualcuno è stato in grado di spezzare la maledizione. Tu provi ciò che io provavo un tempo e ti compatisco per questo. I tuoi sentimenti saranno la tua condanna, alla fine. Come lo sono stati per me. Ti ho fatto vedere affinché tu possa capire. La speranza che uno di voi arrivasse a provare dei sentimenti sinceri come i tuoi, per qualcuno nelle cui vene scorre il sangue del mio popolo, l'avevo persa. Forse, nonostante tutto, c'è speranza per i Lupi. Te lo auguro con ciò che rimane del mio cuore: spero che lei possa ricambiare» conclude in un sussurro, sparendo davanti ai miei occhi.

Il buio calò ancora.

Mi destai, avvertendo un debole cinguettio provenire dalla finestra.

Era l'alba!

Avevo dormito troppo e, probabilmente, Ed e Drina mi stavano già aspettando. Cercai di muovermi, ma il corpo era strano e pesante.

La luce del mattino mi accecò per un istante, mentre socchiudevo le palpebre. Spostai una zampa, ma questa rispose in modo diverso. Voltai il muso, e quello che vidi mi paralizzò.

Una gamba umana spiccava tra le coperte invece del corpo di Lupo.

Cercai di sollevarmi e, al posto delle zampe anteriori, mi ritrovai a guardare delle braccia.

Rimasi pietrificato. Travolto dalle emozioni.

Cosa mi era successo? Che senso aveva?

Ricordai.

Ricordai i sogni che avevo fatto e la donna dagli occhi viola. Era veramente possibile? Guardai ancora il mio corpo, e ciò che vidi fu solo pelle.

Chiusi gli occhi per un interminabile istante.

Non poteva essere vero, stavo sicuramente sognando. Non avevo il coraggio di guardare ancora.

Un energico bussare mi riscosse, costringendomi ad affrontare le cose. Spostai con cautela quel corpo che mi era del tutto sconosciuto.

Ero impacciato come un cucciolo che muove i primi passi.

Il trambusto alla porta cessò.

Estesi i miei sensi, ma ciò che percepivo era come avvolto dalla nebbia. Non riuscivo a "vedere" con i sensi del lupo.

Non ero abituato a vivere il mondo da quella prospettiva così strana e cieca, eppure aveva un che di estremamente affascinante.

Poi udii chiaramente la porta cigolare e dei passi decisi farsi avanti.

Non ebbi tempo di fare molto, prima di vedere la figura di Edgar stagliarsi sulla porta della camera da letto.

La sua espressione sbigottita fu presto sostituita da una allarmata e pericolosa.

«E tu chi diavolo sei? Cosa ci fai nelle stanze del nostro Re?!»

Non sapeva chi fossi? Ci misi qualche secondo per elaborare tutte quelle informazioni.

«Eeeh...» un verso ruvido uscì dalla mia bocca al posto della parola che avevo in mente.

Non avevo mai usato le corde vocali e il primo tentativo fu un fallimento colossale. Non sapevo come dar voce ai miei pensieri!

Il volto del giovane Lupo si rabbuiò.

«Mi stai prendendo in giro? Come ti permetti di stare qui, così?!» continuò con voce irosa.

«Eeedgaar!» pronunciai infine.

Quella parola ero certo sembrasse più strana a me che a lui.

Ed però sembrava proprio non capire. Il suo viso s'incupì ancora di più.

«Pensi sia divertente? Cosa ci fai qui in quello stato?!» la sua voce era rabbiosa e alterata.

Spostai ancora il mio corpo o, per lo meno, provai a farlo e in risposta Ed fece un passo indietro.

Non era facile parlare, dannazione!

Non avevo molta scelta, dovevo far capire al Lupo cos'era appena successo, prima che reagisse in modo avventato.

«Iiio sono Toorr» riuscii ad articolare con la gola che grattava.

«Lla maaledizionee spezzzzata» biascicai come un bimbo.

Cercai di far forza sugli arti traballanti per alzarmi.

L'espressione di Ed si trasformò. La diffidenza era sparita quindi, o almeno stava prendendo in considerazione le mie parole.

«Tor?» balbettò.

Si bloccò un lungo istante, inspirando pesantemente.

«L'odore è lo stesso!» esclamò sconvolto.

«Ma com'è possibile? Come hai fatto?»

Cercai di mettermi in piedi, nonostante gli arti poco famigliari.

Le mie dita nude toccarono la pietra del pavimento, e rimasi attonito a quel freddo. Non avevo mai percepito un tale gelo nello spostarmi per le stanze.

Il corpo umano era una cosa totalmente sconosciuta, eppure mi apparteneva. L'idea, nonostante la situazione, mi elettrizzò. Provai a issarmi alla stregua di un ubriaco, forse un po' lo ero, in effetti. Ciò che stava succedendo aveva il potere di darmi l'ebbrezza che, solitamente, dà un liquore.

Vedendomi in difficoltà, Ed si fece avanti nel tentativo di sorreggermi. Una parte di me gliene fu grata, ma un'altra si sentiva vulnerabile e debole.

Il volto di Edgar, intanto, era cambiato ancora. I suoi lineamenti erano imperscrutabili e uno strano sorriso aleggiava sulle sue labbra. Non sembrava nutrire più dubbi su chi fossi. Quella era una nota positiva.

«Dovrò andare ad avvisare D che nessuno ha attentato alla tua vita, prima che decida di verificare di persona e ti trovi qui così. Mi sa che le prenderebbe un colpo» ghignò poi, ritrovando il solito umorismo.

Avrei voluto rispondergli, ma mi limitai ad annuire.

«Eeee meggglio tu nooon lo dica a nessssuno, perrr ora» gracchiai, notando un piccolo miglioramento.

In risposta, Ed mi guardò per un lungo istante. Gli occhi grigi del ragazzo erano vicinissimi ai miei.

«Non credevo che questo momento sarebbe mai arrivato, ma non hai idea di quanto sia felice per te, mio Re!» esclamò. «E di quanto poco regale sia il tuo aspetto in questo momento» concluse ridacchiando.

«Giià immagggino» risposi con la nota più allegra che mi riuscì.

La sonora risata di Ed m'investì le orecchie come un fulmine.

Erano passate più di due ore dal mio risveglio e mi trovavo ancora nelle stanze che avevo ceduto ad Aurora.

Drina ci aveva raggiunti subito dopo che Ed era andato a cercarla. Anche lei, esterrefatta, era stata resa partecipe dei recenti avvenimenti.

Mi guardai nello specchio del bagno. Non conoscevo l'immagine che ricambiava lo sguardo, eppure quell'uomo ero io.

Gli occhi, nel riflesso, erano di un blu stranissimo. A tratti si scurivano fino a diventare quasi neri, rendendomi inquieto mentre li osservavo.

Era il volto di un estraneo.

Non sapevo se le mie iridi si potessero definire belle; sicuramente erano insolite, della tonalità del cielo di notte illuminato dalla luna piena. Capelli neri mi cadevano scomposti ai lati del viso e sulle spalle.

Nello specchio vedevo un giovane uomo dai lineamenti decisi, con la mascella squadrata. Un naso pronunciato e dritto era chiaramente visibile, dopo aver eliminato la foltissima barba, per la prima volta nella mia vita.

Fino a poco prima, infatti, una scura e lunga peluria aveva ricoperto la bocca, che ora osservavo con curiosità. Era così diversa dalle zanne alle quali ero abituato, così rosea e carnosa.

Senza accorgermene portai l'indice al labbro inferiore per saggiarne la morbidezza. Tutto, nel mio corpo, era sconosciuto, anche la semplice sensazione di quel tocco.

Con la mano sfiorai i capelli nerissimi, le cui onde scompigliate solleticavano il collo, dandomi un'aria selvatica.

Per il momento non li avrei tagliati del tutto. Avevo permesso a Drina di accorciarli in buona parte e, anche così, mi arrivavano alle spalle.

Quei capelli lunghi e neri mi ricordavano il Lupo che ero stato per tutta la vita. Tenuti in quel modo, mi davano una sensazione più famigliare quando guardavo il mio riflesso.

Una nuova domanda mi balenò in mente. Quella figura alta e asciutta, dove i muscoli si tendevano sotto la pelle, sarebbe piaciuta alla ragazza che mi aveva rubato il cuore?

Alla fine, avevo ottenuto quell'aspetto per lei. *Quando mi vedrà, come reagirà?*

In un certo senso il suo giudizio mi terrorizzava, d'altro canto ero curioso di vedere la sua reazione.

Perché ora sapevo, ero certo, che l'avrei trovata! Non sapevo spiegarmi come, ma sentivo che era viva. Sapevo che era viva!

L'idea di cosa stesse vivendo mi lacerava, ma il pensiero che fosse in vita, anche se imprigionata chissà dove, leniva quel male.

«Mio Re, ti ho preparato altri vestiti e l'unguento per mascherare l'odore» mi arrivò la voce di Drina dalla camera adiacente.

Possedevo il corpo umano che avevo sempre desiderato, ciò che ero arrivato a bramare con maggior forza dopo averla incontrata.

Stavo lì, in quel corpo, solo per lei, eppure non poteva vedermi, tutto a causa mia, perché ero stato incauto. Non meritavo tanto, ne ero certo.

Alessa aveva detto di compatirmi, che un amore forte come il suo sarebbe stato una condanna. Eppure il mio amore per Aurora si era rivelato essere una salvezza. Quel sentimento mi aveva dato ciò che nessun altro sarebbe stato in grado di donarmi.

Conoscerla mi aveva permesso di trovare una parte di me che credevo persa per sempre. Non condividevo le parole di Alessa.

Solo il fatto di poterla amare mi dava gioia, e non avrei mai preteso da lei gli stessi sentimenti che provavo io. Se mi avesse ricambiato, sarei stato l'essere più felice del mondo. Per il resto, poterle stare accanto, vederla contenta, era l'unica cosa che contava insieme al benessere del mio popolo. Quelle due cose mi avrebbero già riempito e appagato.

Avevo spezzato la maledizione grazie a ciò che provavo e, ora, possedevo un'opportunità che non avrei mai sperato di avere. Volevo solo starle accanto e vederla serena. Mi sarebbe bastato. Forse Alessa aveva sbagliato, ma non nell'amare, bensì nel giudicare e pretendere qualcosa da colui che amava.

Ognuno di noi ama a proprio modo, era vero. Io amavo nel mio: credevo che l'amore fosse la felicità di chi si ama. Ed era tutto ciò che volevo.

Ora però non avevo nessuna delle due cose che più bramavo. Il mio popolo era minacciato. Morte e dolore avevano toccato i Lupi, mentre Aurora era nelle mani di bestie assetate di sangue e potere.

Tutto ciò che avevo erano la speranza e un'incrollabile fede in ciò che di positivo potevo ancora fare.

Non mi sentivo arrogante in quel momento, ma ero certo di poter ribaltare le sorti di quella guerra, in qualche modo.

Da sempre avevo deciso di guardare le cose che mi erano state date e non quelle che mi erano state tolte. Gli ostacoli erano fatti per essere superati. Senza quelli, non sarei stato il Lupo che ero.

Stavamo correndo un rischio enorme, ma avevamo anche l'opportunità di diventare più forti e più uniti, per poter far fronte a un nemico temibile.

Io credo in questo.

Le parole di Alessa mi avevano fatto riflettere, ma sentivo che non mi riguardavano.

Per quanto il nostro sentimento potesse essere forte allo stesso modo, era totalmente diverso in un altro. Ciò che provavo non esisteva senza Aurora, e di questo le ero semplicemente grato. Mi aveva permesso di amare.

Anche se per lei non fosse stato lo stesso, non avrebbe scalfito i miei sentimenti. Ero sempre stato pronto a starle accanto in qualsiasi modo lei avesse voluto. Come amico, compagno, confidente, purché fosse felice.

Mi avrebbe appagato più di ogni altra cosa.

Volevo vivere insieme a lei ciò che di bello era in grado di offrire un mondo fatto di guerra e corruzione, ma anche di un arcano fascino e luce, di cui lei stessa faceva parte.

Il resto era superfluo.

Aurora, al momento, non provava ciò che sentivo io, lo sapevo, eppure non mi interessava.

Ciò che ti riempie di gioia quando ami è la felicità di chi ami, pensai guardando i miei occhi umani.

Con quell'idea, mi spostai dalla camera da bagno.

Arrivato nell'altra stanza, trovai gli occhi di Drina e quelli di Ed fissi su di me. Ero il primo a essere sconvolto da quella forma, ma anche della fortuna nell'aver mutato nel momento migliore.

«Sei sicuro di voler procedere con il piano?»

Soppesai per un istante la domanda di Drina.

«Nessuno saprà chi sono con queste sembianze. Quindi sì, il mio ordine rimane invariato: non rivelate a nessuno che la maledizione è stata spezzata. La sorte è a nostro favore. Il maleficio si è infranto quando ne avevamo più bisogno. Con l'unguento che maschererà il mio odore, e un po' di fortuna, questo piano potrà solo portarci del bene».

Guardai il mio braccio e lo flettei, saggiandone la mobilità.

«E poi, mi sto abituando rapidamente a questo corpo e al suono delle parole. Non è così male. Parlo meglio di Edgar, ormai» conclusi, sorridendo per la prima volta nella mia vita.

AURORA

Spostai un altro sasso con le membra doloranti. Le zanne facevano male. Sentivo il corpo di Lupo allo stremo, ma sapevo che quella fatica mi avrebbe dato presto tregua. Mancava poco al termine della giornata.

Dovevo farmi forza e continuare. Le Fate, all'apparenza fragili intorno a me, continuavano a sollevare pietre con perizia. Non potevo essere da meno, né cedere adesso.

Continuai a scavare lungo la galleria scura.

Stavo lavorando per il nemico, *ma presto troverò il modo per fuggire*, rimuginai, mentre sollevavo con le fauci l'ennesimo masso.

Lavoravo nei cunicoli in sembianze animali ormai da così tanto tempo che mi sembrava di aver fatto solo quello nella vita. Riuscivo a fare il lavoro di dieci o quindici Fate.

Taran mi allenava durante la notte, quando tutti pensavano che gli schiavi dormissero distrutti dalla fatica. Durante il giorno, mi aspettava il lavoro nelle gallerie: ero stata assegnata a quelle principali, che avrebbero condotto il nemico dritto a Imperia.

Non sapevo se ridere o piangere della sorte che mi era toccata, ma di una cosa ero certa: ero viva per il barlume di luce presente in Taran.

Nonostante i secoli di odio e rancore avessero seppellito gran parte della sua anima, c'era del bene in lui. Anche se provava a nasconderlo in ogni modo. A sé stesso in primo luogo.

Far emergere quel suo lato avrebbe potuto portare delle conseguenze positive non solo a me, ma anche nel contrastare Aris, mutando le sorti della guerra.

Al momento però non sapevo come fare. Così mi limitavo a ubbidire a ogni ordine e, durante le lunghe ore di lavoro, cercavo di escogitare un modo per cambiare la situazione.

Da quando ero lì, dormivo così poco che mi sembrava quasi impossibile stare ancora in piedi. A volte mi era concessa solo un'ora di sonno o poco più, per fortuna c'era il tonico di Taran.

Era un liquido prezioso, ma indispensabile per permettermi di stare sveglia tante ore di fila. Lavoravo di giorno; mi allenavo e praticavo la magia di notte.

Taran mi aveva spiegato che era estremamente difficile creare quel fantastico elisir, per il semplice fatto che occorreva molto tempo e gli ingredienti erano difficili da recuperare.

Fortunatamente, nei suoi lunghi anni di vita, ne aveva messo da parte una bella scorta.

Avevo scoperto che il lato della magia che gli riusciva meglio era creare oggetti magici. Ormai era l'unico Fabbricatore rimasto, a parte alcune Fate.

Oltretutto, anche i tonici e le pozioni erano il suo forte. Aris, ovviamente, se ne serviva come se Taran fosse una gallina.

La caratteristica magica principale di Aris era invece la magia d'attacco. Il suo potere era così grande e devastante che gli aveva fatto ottenere un gran clamore tra la sua gente.

La sorella di Aris, Ker, era una formidabile stratega.

In passato aveva guidato le truppe dei Vaughan sotto il dominio di Nerio. Ide invece era capace di evocare barriere inespugnabili.

Per il momento nessuno di loro era ancora entrato apertamente in gioco, stavano aspettando l'attacco a Imperia per mostrarsi al mondo.

Sapevo che avevano attaccato già due delle città dei Lupi. Il secondo colpo non era andato a buon fine, rendendo Aris furibondo.

Erano stati costretti a cambiare i piani, posticipando l'attacco a Imperia. Comunque, vista l'importanza marginale che avevano avuto per Aris quei due attacchi, la sua ira si era presto quietata, portandolo a concentrarsi con maggior foga sull'obiettivo principale.

Infatti, l'assalto alle due città era volto solamente a indebolire l'esercito dei Lupi.

Avevo scoperto molte cose interessanti durante i colloqui di Taran e Ide, ai quali avevo avuto la fortuna di assistere.

Per come stavano le cose in quel momento, nonostante non fossi un'esperta, capivo che la vittoria dei Vaughan era praticamente certa. Avevano impiegato secoli a pianificare quella guerra e ad addestrare un enorme esercito di Fray.

Le loro spie erano infiltrate un po' ovunque, non solo tra i Lupi.

Con la presa d'Imperia, Aris avrebbe segnato l'inizio del suo dominio sul mondo.

Taran sembrava certo che non avrei trovato un modo di fuggire e così, lentamente, aveva iniziato a raccontarmi sempre più cose durante l'addestramento.

Il nostro strano rapporto aveva trovato un suo equilibrio.

Vedevo che era soddisfatto dei risultati che stavo raggiungendo e la paura che Aris scoprisse la verità era sempre più lontana.

Per il Generale ero principalmente una creatura curiosa, della quale scoprire le caratteristiche. Spesso mi faceva sentire un esperimento, ma anche un'allieva. La piega che aveva preso la mia prigionia però non serviva solo a lui.

La sua curiosità "da ricercatore" dava modo anche a me di comprendere le mie capacità, permettendomi di migliorare e crescere non solo nelle arti magiche.

Da una parte quei giorni di schiavitù erano letteralmente un inferno e sembravano un vortice senza fine. Ogni giorno era vissuto al limite per scoprire quello nuovo. Lì sotto si perdeva la concezione del tempo. A volte era persino difficile ricordare come fosse il mondo esterno. O il calore del sole.

Però c'era anche l'altro lato. Ero la prima a meravigliarmi della velocità con cui facevo progressi durante il duro addestramento. Taran sembrava estremamente soddisfatto. Credo che, in un certo senso, lo gratificasse la mia crescita sotto la sua guida.

Negli ultimi tempi aveva sperimentato le mie capacità magiche mentre avevo forma di Lupo, e ciò che avevamo scoperto aveva spiazzato entrambi. Ero veramente migliorata.

L'unica pecca era la facilità con cui esaurivo le forze.

Un Mago aveva molta più resistenza di me nell'usare la magia. Anche i Vaughan stessi ne avevano, nonostante il potere magico costituisse solo uno dei diversi elementi che caratterizzavano la loro forza.

La grande domanda che mi assillava da un po' era come avessero fatto a sfuggire allo sterminio. Finora non avevo osato chiedere a Taran, ma aspettavo l'occasione giusta per introdurla.

Adesso che avevo imparato a conoscerlo, mi faceva meno paura. Anche se ero più che mai conscia del suo enorme potere.

«Muoviti, cane!» urlò un Fray nerboruto in forma umana. «Se batti la fiacca, ti frusterò ancora con immenso piacere» ghignò.

Serrai i denti e chinai la testa, aumentando il ritmo. Dentro mi sentivo bruciare, ma sapevo che l'unica cosa sensata da fare era continuare a lavorare.

TOR

Eravamo partiti da Imperia in ritardo ma, vista la causa, non mi crucciai troppo.

In un certo senso, era stato un sollievo tornare a essere Lupo, adesso che eravamo fuori dalle mura. Non ero abituato al corpo umano, né a mutare. Fortunatamente non avevo trovato grosse difficoltà nel gestire la mutazione.

Con Ed e Drina avevamo concordato il programma per le ore successive.

Ero uscito dalla città in forma umana per non dare nell'occhio. Nessuno, a parte il Consiglio, era informato sulla mia partenza prevista all'alba, lontana da occhi indiscreti.

Grazie alla forma di uomo, ero riuscito a varcare le mura d'acqua passando per un Lupo qualsiasi. Una volta raggiunto il bosco, finalmente, avevo ripreso sembianze animali.

Dovevamo muoverci rapidamente, usando i sentieri poco battuti all'interno della foresta. Il passo principale sarebbe stato più corto, ma ovviamente ci avrebbe esposto a troppi rischi.

«*Tor, mi dispiace dirlo, ma ti preferisco quando sei Lupo*» arrivò il pensiero di Ed.

«*Edgar, stai zitto!*» proruppe Drina.

«*Ehi, Drina, non volevo mica offendere il nostro Re! Volevo solo dire che è strano vederlo con l'altro corpo. Ovviamente sono felicissimo che la maledizione sia stata spezzata, anche se non capisco come sia possibile che, dal giorno alla notte, sia finita così*» borbottò.

In effetti ero stato vago e scarno sul perché avevo ripreso sembianze umane.

Mi ero limitato a dire che Alessa mi era apparsa in sogno, dicendomi che avevo spezzato la maledizione.

«*Sinceramente, Edgar, credo che abbia poca importanza il perché*» lo rimbeccò prontamente Drina.

«*In realtà mi sento più a mio agio in forma di Lupo. Quindi capisco cosa mi stai dicendo. A parte questo, ora ho la possibilità di spostarmi nelle varie città senza che nessuno sappia chi sono*».

«*Presto si accorgeranno della tua assenza al castello e la voce arriverà anche ai traditori*» intervenne Drina.

«*È inevitabile, ma nessuno saprà dove mi trovo. Le spie nelle città, non *riconoscendomi, non potranno informare il nemico della mia posizione»* ribadii il concetto che avevo già ampiamente discusso.

«*Sarà difficile farti passare inosservato a lungo, nessuno dei Lupi a capo delle città riconosce il tuo volto e, al contempo, saranno diffidenti con un estraneo*» insistette.

«*Per questo ci siete voi, Drina: garantirete per me. Tutti conoscono il vostro ruolo*» conclusi, stufo di dover ripetere le stesse cose.

La Lupa marrone sembrava agitata e non era da lei.

«*Scusami, Tor, ma non credo che esporti a un pericolo simile sia la scelta giusta. Loro mirano a eliminarti. Senza il nostro Alfa, il popolo è spacciato. Anche lasciare da sola Imperia è pericoloso. L'obiettivo è la città principale, e non so quanto la cascata possa reggere davanti a un nemico simile. È strano non abbiano ancora colpito*» aggiunse tetra.

«*Evidentemente hanno qualche difficoltà che gli impedisce di attaccare Imperia*» sospirai, «*per questo adesso hanno puntato le altre città, per indebolirci prima del colpo di grazia. Se riusciremo ad annientare parte del loro esercito, potremo usare la stessa strategia a nostro vantaggio, sperando che i Lorcan e i Muir decidano di aiutarci. Così, quando attaccheranno Imperia, troveranno un esercito altrettanto forte ad attenderli. Per quanto i Fray siano spietati e addestrati, un Lupo da solo vale quattro di loro in battaglia!*»

Le mie parole misero fine a ulteriori domande.

Avanzammo spediti per qualche ora, senza che nessuno sollevasse altre questioni.

Cercai di svuotare la mente e ampliare i sensi in modo da poter percepire un eventuale nemico in arrivo, ma sembrava tutto tranquillo.

Sapevo che il mio piano era avventato ma, vista la gravità della situazione, era la decisione più giusta da prendere. Per la prima volta nella storia, eravamo in balia di un nemico fortissimo e sconosciuto. L'esercito di Fray che aveva riunito non era l'unico problema. C'erano anche i Lord di Ferro che, in battaglia, erano dei temibili avversari.

Inoltre, chiunque avesse progettato di attaccarci aveva elaborato quel piano da molto tempo, ed ero certo che non fossimo l'unico obiettivo. Ora che il popolo dei Maghi era praticamente estinto, di guerrieri pronti a reagire ne erano rimasti pochi.

I Lorcan, che venivano anche chiamati Bestie dei Cieli, sapevano essere dei guerrieri formidabili, ma ormai vivevano in pace da secoli. Si erano tenuti alla larga dalle dispute del passato, e i Muir erano un popolo pacifico, poco incline alla guerra.

Questo era ciò che rimaneva dei Grandi Imperi di un tempo.

Gli How stavano rintanati nelle foreste delle loro terre, lontani da tutti, mentre i Nani si limitavano a tollerare le altre genti.

Non avremmo ricevuto alcun aiuto da loro.

I Giganti delle terre di Afron, o quel che ne rimaneva, erano temibili avversari, ma anche particolarmente aggressivi e poco inclini ad avere qualche tipo di alleato.

Un'innaturale sterilità aveva oppresso questo mondo negli ultimi secoli, come se il tempo si fosse bloccato. Le femmine di queste terre erano state toccate da un'insolita infertilità, cosa che non fu invece per i Fray, viste le orde di Volpi che erano state ben nascoste così a lungo.

Nessuno di noi aveva notato questo fatto. Quell'elemento, adesso, iniziava a saltarmi agli occhi più che mai. Qual era il vero potere del nostro nemico? Da quanto tramava nell'ombra e di cos'era veramente capace?

I Lupi, presi dalla disputa con i Maghi, non si erano interessati a mantenere particolari rapporti con gli altri, investendo quasi tutte le risorse in una guerra senza senso, che aveva portato morte e distruzione.

Da quando avevo preso il posto di Alfa, mi ero impegnato per ricreare un equilibrio, ma la strada era ancora lunga e difficoltosa.

All'interno del nostro popolo c'erano così tanti schieramenti, dove ognuno alla fine pensava solo a sé stesso. Spesso la strada che avevo scelto mi era sembrata impossibile da percorrere, ma non avevo scelta, era l'unica in cui credevo. Ero ben consapevole di cos'era accaduto in passato e non avrei mai potuto ripetere gli errori dei miei avi.

Mentre le zampe scivolavano rapide lungo il sentiero che si snodava nella foresta, assaporai quella sensazione di libertà che mi dava il poter correre tra la vegetazione.

Guardai oltre i cespugli il Lupo grigio che mi saettava accanto.

Edgar sembrava tornato quello di un tempo, anche se ero certo non fosse così. Stava cercando in tutti i modi di rallegrare, come suo solito, l'atmosfera. Gli ero grato per questo. Il costante battibeccare con Drina alleggeriva il viaggio.

«*Oh, ma ci pensate? Il vecchio Sal non sa che Tor può mutare, gli verrà un colpo!*» esplose quest'ultimo di punto in bianco.

«*Non diremo a nessuno che posso mutare, per il momento. Con Salem parlerò appena avrò modo*» sospirai, «*è meglio che nell'immediato non sappia nulla, renderà il tutto più credibile. Una mia decisione repentina di nominare un Lupo, che ho istruito personalmente, a rappresentarmi nelle altre città creerà scalpore. Però, proprio perché quest'ultimo non ha vincoli né legami con gli altri, ai miei occhi è visto come più affidabile. Sembrerà una cosa sensata, ma alzerà parecchio disappunto*» risposi pensoso.

Mi fidavo ciecamente di Salem, ma sapevo che era meglio agire così, per il momento.

«*Uh, che pessima notizia! E io che pregustavo l'idea di vedere una qualche emozione sul viso del vecchio*» si lamentò Ed. «*Comunque l'idea è abbastanza contorta da risultare come l'ultima trovata dell'Alfa per battere il nemico*» ghignò.

Scoppiai a ridere divertito. Edgar era veramente insostituibile.

«*Lo informeremo presto, non preoccuparti, farò in modo che tu sia presente*» risposi.

Il resto del viaggio continuò tranquillo. Man mano che ci avvicinavamo a Honora, i miei compagni si facevano silenziosi.

Viaggiammo fino a sera e per gran parte della notte, concedendoci solo qualche breve sosta. Alle prime luci dell'alba scorgemmo all'orizzonte le mura altissime della città.

Honora sorgeva a ridosso della Montagna del Cielo, il monte più alto nelle nostre terre. Le leggende narravano che, sulla cima del monte, vivessero due divinità: quella dell'aria e quella della pietra.

Erano gli antichi antenati del popolo della magia che, stufi del nostro mondo, si erano nascosti in cima al monte, dove si limitavano a guardare ciò che accadeva sotto di loro. Non tolleravano di essere disturbati, per questo chiunque vi si avventurava non faceva più ritorno.

In realtà era una vecchia leggenda che veniva tramandata come storia per i cuccioli, in modo che non si allontanassero.

Guardai il grande monte roccioso, la cui vetta era sempre nascosta dalle nuvole.

Era veramente imponente, ma la caratteristica più importante della montagna era la pietra che veniva ricavata dalle sue miniere. Una pietra così dura da reggere un incantesimo d'attacco.

Proprio con quella pietra erano state costruite le altissime mura della città.

Honora non era grande come Imperia, tuttavia aveva poco da invidiarle. Il Palazzo di Giada era meno imponente di quello della città principale. Un'unica torre s'innalzava solitaria sopra i tetti delle abitazioni, che si aprivano a ventaglio intorno a essa.

Il castello si trovava proprio a ridosso di una delle pareti della montagna. La costruzione massiccia e maestosa era ricavata interamente dalla pietra di cui portava il nome.

Per la struttura del palazzo era stata usata la giada dal colore latteo. I cornicioni e le varie decorazioni sulle finestre squadrate erano ricavati da quella di colore verde.

Ricordavo perfettamente gli interni freddi ma affascinanti, per la maggior parte ricavati da entrambe le colorazioni di pietra.

Era una costruzione spettacolare. Anche da così lontano, si distingueva l'alta facciata del castello.

Davanti all'immenso ingresso c'era una grande e lunga scalinata che, da cucciolo, mi aveva colpito durante la prima visita con mio padre.

Il giardino pensile che faceva parte del palazzo era costeggiato dalla scalinata monumentale. All'epoca mi era sembrata un'ardua cosa dover percorrere tutti quei gradini.

«*Ora dovremo mutare, è troppo rischioso per me avvicinarmi in questa forma. Non avverto nemici, ma ho una strana sensazione. Durante l'attacco sono riusciti a raggiungere inosservati le mura*» rimuginai.

«*I rapporti dicono che sembrava che l'esercito si fosse materializzato dal nulla*».

«*Com'è accaduto ad Inyr*» sussurrò Edgar.

Poi, come resosi conto di aver espresso quel pensiero anche nelle nostre menti, concluse in tono più allegro: «*Ha inizio la grande recita!*»

Non sapevo se ridere o disperarmi mentre avanzavamo.

Impiegammo poco più di un'ora per raggiungere le mura esterne, chiamate anche Fortezza di Diamante, per la loro capacità di respingere i nemici.

E, infatti, avevano dimostrato la loro efficacia ancora una volta durante l'ultimo attacco.

Inspirai a fondo prima di arrivare all'occhio attento delle guardie disposte sulle torrette.

La nostra recita, se così si poteva chiamare, era iniziata.

AURORA

«Vuoi veramente che Dyu ti prenda a frustate ancora una volta?» mi giunse la voce di Yud.

Era un Fray più giovane rispetto alla media e sembrava estremamente curioso nei miei riguardi.

«Sto facendo il mio lavoro, non vedo che problema ci sia» risposi in tono sottomesso, mentre mi affrettavo a spostare una grande pietra al mio fianco.

«Non prendermi in giro, cane! Ti ho vista che stavi scrutando le gallerie!» esclamò contrariato.

Quei termini non m'infastidirono, ormai ero abituata agli insulti e sapevo che, per molti di loro, era un modo normale di esprimersi.

Nei giorni di prigionia avevo imparato a conoscere le Volpi che, per la maggior parte del tempo, erano anche i miei carcerieri.

Con sorpresa avevo scoperto che le femmine erano molto diverse. Di una bellezza fredda e sfuggente, erano capaci di farsi vedere miti e fragili, ma in realtà nascondevano sotto le loro arti ammaliatrici una gran furbizia, da sfruttare a loro vantaggio.

Yud era giovane rispetto alle Volpi che continuavano ad allenarsi incessantemente nei campi e nei ring della Valle delle Rocce, come chiamavano la grande vallata nella grotta principale.

Quelli come lui venivano assegnati alla sorveglianza, e affiancati di tanto in tanto da Volpi adulte, come Dyu. Quest'ultimo era una mia eccelsa conoscenza.

Odiavo quel Fray con tutta me stessa. Passava il suo tempo libero a torturare le Fate solo per il piacere di farlo e, appena possibile, trovava una scusa per potermi frustare.

La nostra "amicizia" era nota da quando, dopo una delle prime giornate nelle gallerie, aveva trovato estremamente divertente colpirmi mentre lavoravo, ma non solo. Si era divertito a torturare una Fata, amputandole le ali in più fasi.

Aveva riso, dicendo che non le servivano per lavorare. All'epoca avevo reagito con furore, riuscendo a prendermi un suo occhio come trofeo.

Subito dopo però le Volpi di guardia mi avevano fatta quasi a pezzi ed era stato solo grazie all'intervento del Generale che ero riuscita a scampare all'inevitabile.

Da allora avevo imparato a lavorare a testa china nonostante le torture e gli insulti. Sentirmi così impotente mi divorava come un cancro, eppure non potevo farci nulla.

Intravidi con la coda dell'occhio la figura bassa e tozza del giovane Fray in forma umana. All'apparenza aveva pressappoco la mia età, ma anche loro, come i Lupi, avevano un margine di vita decisamente più alto rispetto al mio punto di riferimento.

Portava una lunga spada dalla lama larga, legata al fianco sinistro. In mano teneva arrotolata una grossa frusta che, con cadenza regolare, schioccava sulla schiena di chi gli capitava a tiro.

Il volto tondo e paffuto aveva un che di meno grottesco rispetto agli altri Fray.

Sembrava però che solo le femmine fossero dotate di bellezza fisica in quel popolo di assassini, a parte casi rari.

Sentivo gli occhi della guardia, che sapevo essere di un azzurro slavato, fissi su di me. Cercai d'ignorarlo, continuando con foga a smistare pietre.

Ogni giorno percorrevo chilometri per arrivare al punto dove avevo interrotto il giorno prima.

Ero sicuramente poco distante da Imperia in quel momento, peccato fossi sottoterra, sorvegliata a vista.

Intravidi i piedi della Volpe, che calzavano stivali scuri, spostarsi intorno a me. Alzai la testa mentre spostavo un'altra pietra, incrociando il suo sguardo pallido. Mi soffermai un istante sui suoi capelli bianchi legati in una piccola coda sulla nuca.

«I tuoi occhi sono diversi da quelli degli altri cani» lo sentii affermare di colpo.

Cercai di rilassarmi e lasciar passare la piccola sensazione di paura che mi salì in gola.

«*Malformazione*» biascicai, cercando di assumere un tono indifferente. «*Non tutti escono perfetti, ma immagino che un esperto come te lo sappia!*» continuai.

Che sfortuna era mai quella? L'unico Fray maschio dotato d'intelligenza doveva farmi da guardia!

«Hai voglia di sentire la frusta?» ringhiò in risposta.

Caspita, aveva colto persino la mia nota ironica! La sua intelligenza era decisamente sopra la media.

Non risposi e continuai a lavorare in silenzio. Qualsiasi cosa avessi detto, sarebbe stato peggio.

«Non capisco cosa ci veda d'interessante in te il Generale» osservò, girandomi intorno.

«Una femmina di Lupo molto strana, direi, e anche poco intelligente. Invece di pensare a te, stavi per farti ammazzare dal vecchio Dyu per salvare una stupida Fata».

«Ti ho detto: una malformazione. Anche cerebrale, ovviamente».

«Certo, questo è ovvio» rispose ghignando sotto i baffi, «ma non sono stupido, c'è qualcosa in te che mi sfugge...»

Cavolo, i Fray si stavano evolvendo! Mi faceva piacere per loro, ma in quel momento avrei voluto un carceriere stupido come al solito.

Dovevo già stare attenta con le femmine che giravano nella Valle, che avevano occhi attenti e che, a parte le serve di Taran, erano tutte fedeli ad Aris.

Mi aveva sorpreso scoprire che venivano usate come sentinelle in superficie; quindi, non avevano solo il ruolo di belle statuine al servizio dei Vaughan: si occupavano anche dell'organizzazione delle truppe, delle provviste e di organizzare i lavori nella città sotterranea.

Coordinavano tutto, lì sotto, e facevano in modo che ogni ordine di Aris venisse eseguito alla perfezione.

I maschi invece si allenavano incessantemente, migliorando le loro doti da macellai.

«Ti tengo d'occhio, cane. Se provi a fuggire chiamerò Dyu, prima d'informare il Generale» continuò imperterrito. «Dimmi, che ci faceva una femmina insignificante come te a Orias?»

Continuai a lavorare, facendo finta di nulla.

Perché quel Fray mi faceva domande? Bloccai la paura, era controproducente.

«Rispondimi!» sibilò, srotolando la frusta.

«Non lo so, stavo eseguendo gli ordini, facevo da scorta» risposi in tono mite.

«Immagino. Solo degli stupidi Lupi possono usare una femmina per fare il lavoro di un maschio».

Sospirai di sollievo.

Forse l'evoluzione dei Fray era stata rimandata, dopotutto. Yud non era poi così intelligente e intraprendente come avevo creduto.

Per fortuna la mia risposta gli bastò e non fece altre domande.

Al termine della lunga giornata, notai un nuovo fermento nella Valle; sembrava che i Fray si stessero preparando ad attaccare ancora.

Una volta ripresa forma umana, mi accodai alle Fate in attesa della cena.

Gli spazi assegnati agli schiavi erano negli angoli a ridosso delle pareti fredde, ricoperti da un po' di paglia.

Loro dormivano lì, e anche io, per qualche ora.

Sentivo una fitta al cuore nel guardare le esili creature ridotte in quello stato. Molte di loro erano morte sotto le crudeli torture dei Fray, e quelle ancora vive avevano uno sguardo vuoto, sembravano dei piccoli automi.

Le Fate non erano esseri immortali, ma invecchiavano con una lentezza strabiliante. Chi aveva cent'anni era considerata una ragazzina.

La maggior parte di loro aveva quell'età. Le più vecchie e incapaci di lavorare erano state uccise, perché non fruttavano nulla.

Elerry era una delle poche con cui parlavo, le altre si limitavano a ignorarmi. Lei era l'unico legame che avevo creato lì dentro.

Era la Fata alla quale Dyu aveva amputato le ali, tagliandogliele con mosse lente e crudeli, una alla volta. Nelle poche ore di sonno, sognavo quelle urla strazianti, insieme a scene confuse di corpi martoriati e dilaniati dai Fray.

Grazie al cielo c'era il tonico perché, in quelle ore di delirio, non ero in grado di recuperare neppure un briciolo di energia.

Le creature minute intorno a me erano grandi come dei bambini dalle sembianze di donna. I visini allungati e le orecchie appuntite erano un elemento caratteristico del loro aspetto, come lo erano anche le chiome variopinte.

«Non hai una bella cera» mi arrivò la voce flebile della mia amica, mentre ci sistemavamo sulle stuoie.

«Nessuno di noi ce l'ha» sospirai.

«Sì, ma tu sei quella messa peggio» insistette.

Una risata mi risalì la gola, nel voltarmi a incrociare gli occhi verdi come le chiome degli alberi in primavera.

Il viso, annerito e magrissimo, era un chiaro segno di ciò che aveva vissuto. Lividi violacei e tagli spiccavano sulle esili braccia lasciate scoperte dai vestiti laceri e sporchi. Non riuscivo neppure a distinguere cosa fosse stata un tempo quella veste. Ora erano solo stracci lerci.

«Io? Voi siete qui da molto più tempo, non preoccuparti per me».

La piccola testolina, dai capelli di un viola pallido, venne scossa con foga in segno di diniego.

«Non so cosa ti stia facendo quel mostro ogni notte, ma ti sta prosciugando. Il tuo corpo non reggerà per molto. Con tutto il lavoro del giorno che hai sulle spalle, poi!»

«Non preoccuparti, reggerò fino a quando non troverò un modo per farci uscire da qui» risposi decisa.

Vidi la sua fronte corrugarsi e poi distendersi mentre sospirava: «Se trovi il modo di andartene, non preoccuparti di noi. So che appena potrai tornerai a prenderci, al momento rischieremmo di essere solo un peso durante una fuga».

I miei occhi erano secchi perché avevo esaurito le lacrime, eppure ebbi una gran voglia di piangere.

Stesi la mano a cercare la sua, più piccola, per stringerla.

Non dissi nulla, non ce n'era bisogno, entrambe sapevamo cosa pensava l'altra. Non avevo mai avuto un'amicizia nella quale mi servissero così poche parole per comunicare.

La maggior parte del giorno non ci era concesso fiatare, ma in un gesto, o solo con gli occhi, riuscivamo a comprenderci. A volte mi sembrava di essere da sempre lì insieme a lei, come se fosse l'unica vita che avessi mai conosciuto.

Intanto diverse femmine volpe si stavano avvicinando al nostro gruppo con enormi pentoloni di una brodaglia maleodorante. Era la nostra cena.

Dopo la lunga giornata nella quale potevamo bere solo dell'acqua, mi sembrava la cosa più bella dell'universo.

In realtà quel cibo era molto nutriente, lo preparavano le femmine. Sapevano bene che, nelle condizioni in cui lavoravamo, senza un po' di cibo con qualche sostanza si sarebbero trovati senza schiavi.

Mentre una fila scomposta di testoline colorate si creava davanti ai miei occhi, pregai che la mia opportunità di fuggire potesse presentarsi al più presto.

Per quanto fosse difficile concludere le gallerie che portavano a Imperia, ormai mancava poco. Forse trenta, quaranta giorni al massimo, se i lavori continuavano spediti.

Spinsi Elerry davanti a me nella fila, mentre aspettavamo il nostro turno.

Con la coda dell'occhio avevo visto dei Fray avvicinarsi. Erano i soliti gruppi che controllavano a rotazione gli schiavi, ma in questo c'era anche quell'animale di Dyu.

Quella lurida Volpe aveva un debole per Elerry. Dal giorno in cui le aveva tolto le ali, coglieva ogni occasione per accanirsi su di lei.

Quando ci sorpassò, senza accorgersi della nostra presenza nella fila, tirai un sospiro di sollievo. In forma umana, non davo tanto nell'occhio ed ero riuscita a coprire la testolina viola con il mio corpo.

Guardai la fata davanti a me e vidi le esili spalle tremare convulsamente, il volto era tirato e si mordeva con frenesia le labbra.

Era terrorizzata.

Sapevo che, facendo a mia volta del male, o usando la violenza fine a sé stessa, non avrei dimostrato nulla, se non di essere come loro. Però promisi a me stessa che avrei trovato un modo per togliere un cancro orrendo come

Dyu da quel mondo. Non per vendetta, per rabbia o per giustizia. Avrei semplicemente annientato il male. Era l'obiettivo che mi ero prefissata e ciò che avrei provato a fare fino all'ultimo respiro.

Non perché mi sentissi speciale o forte, tutt'altro, solo ero convinta che fosse la mia strada: cercare di fermare Aris e i Fray. Non importava se fossi morta tra un'ora o tra mille anni, adesso avevo uno scopo.

Morire percorrendo quel sentiero era una vita ben spesa.

Strinsi leggermente la spalla della Fata davanti a me, in un muto incoraggiamento.

Quella sera, quando venne a prendermi come al solito dopo cena, Taran aveva il volto più cupo che mai.

Rimasi in silenzio fino a che non ci trovammo davanti alla costruzione in pietra scura che ormai avevo imparato a conoscere.

Era la dimora di Taran nella Valle.

Il piccolo palazzo che ci stava di fronte era una struttura massiccia, con una breve scalinata all'ingresso e un portico. Era molto simile al luogo dove avevo incontrato Aris la prima volta e che avevo scoperto essere una delle dimore del Re.

Ognuno dei Vaughan possedeva una propria abitazione principale nel sottosuolo, e quella che avevo davanti era di Taran. I Vaughan vivevano nel benessere più assoluto, anche se sottoterra.

Un brivido mi scosse le spalle. Ovviamente c'era anche il lato meno bello del vivere lì: umidità a rotta di collo e freddo pungente erano il clima perenne che regnava.

L'illuminazione era creata da torce e candele. Non era minimamente paragonabile alla luce del sole e sempre troppo poca per i miei gusti.

Mi sembrava di essere una talpa. Credevo fosse sera perché avevamo smesso di lavorare, ma non ne avevo la certezza. Il sole era solo un sogno da quando ero lì.

«Muoviti, Aurora!» intimò la voce di Taran, che stava già entrando.

Mi ero persa in quelle considerazioni, senza rendermi conto che ero rimasta lì impalata. Percorsi i gradini a due a due, fino ad arrivare all'ingresso dalla porta ovale.

Entrai sgusciando lungo il corridoio, che sapevo portava alla sala principale, dove eravamo diretti. Intravidi la scala interna che conduceva ai piani superiori e alla stanza da letto che mi aveva ospitata le prime notti, mentre mi stavo riprendendo dalle ferite che Aris mi aveva inferto.

Varcai la soglia dell'ampio ingresso ad arco che dava sul salone.

Istintivamente i miei occhi corsero al soffitto dalla volta a crociera, per verificare se Taran avesse sistemato i danni che avevo causato la sera prima.

Ero stata maldestra nel creare un oggetto magico, con il risultato che questo, troppo carico di magia, mi era esploso tra le mani.

Ora sembrava che non ci fossero più tracce dei danni che avevo creato nella volta.

Una lunga tavolata in pietra rossa era sistemata verso la fine della sala. Su di essa erano appoggiate armi di ogni genere e diversi oggetti magici, insieme ad ampolle fumanti e bottiglie dal collo attorcigliato.

Per il resto il salotto era vuoto.

Il Generale aveva fatto spostare i mobili per consentirci di usare quegli spazi come ring. Torce e candele illuminavano la stanza e, sotto la loro luce, notai una figura seduta a capo del tavolo in granato rosso, intenta a studiare delle pergamene.

La riconobbi all'istante e cominciai a intuire il perché del malumore di Taran.

La figura alta e scura del mio maestro si avviò al lato opposto del tavolo, dov'era seduta Ide.

Dopo qualche istante, i suoi occhi, che erano come lembi di cielo, si alzarono dal foglio per incrociare i miei.

«Bentornata, Aurora» mi salutò.

«Grazie» bisbigliai avanzando.

Ide era una creatura che non riuscivo a comprendere. Era totalmente fuori posto lì. Non sembrava neppure appartenere alla razza di Taran.

Il suo volto bellissimo sorrise malinconico: «Dovrai sopportare la mia presenza anche questa sera. Io e Taran dobbiamo fare del lavoro per Aris» annunciò la sua voce melodiosa.

«Credevo avesse cambiato idea sulla città» giunse la voce aspra del Generale.

«Lo sai meglio di me che non aver portato a segno il colpo è intollerabile per lui. Abbiamo agito troppo presto, i tunnel arrivavano appena sotto le mura» sospirò.

«Già, la Fortezza di Diamante ha retto al nostro assalto. È stato molto diverso per quanto riguarda Ynyr. Credo sia stata l'unica città, nella storia di mille anni, presa in una notte» rispose cupo Taran.

I due continuarono a parlare mentre mi avvicinavo al tavolo in cerca del tonico, come fosse la mia unica ragione d'esistere.

Ero più sfinita del solito.

«Sei sicura che il nuovo attacco andrà a buon fine?» continuò intanto il Generale.

«Sì» arrivò la semplice risposta di Ide.

«Hanno concluso una delle gallerie per Honora che arriva esattamente all'interno delle porte principali. Basteranno poche Volpi, useremo le femmine. Entreranno nella città e apriranno l'ingresso per far passare una parte dell'esercito, creando così un varco. Nel frattempo, il resto dell'esercito si preparerà con le catapulte dal lato opposto della città. Da lì lanceranno le nuove pozioni, che prepareremo questa sera, per distruggere le mura».

Mentre parlava era tornata a studiare le pergamene.

«Le femmine? E credi che riusciranno ad aprire le porte della città senza che le guardie provino a fermarle? Moriranno. Non sono in grado di combattere».

«Taran, credi veramente che Ker non ci abbia pensato?» la voce incolore di Ide lo rimbeccò.

«Creerò delle barriere intorno a loro, non dureranno molto, purtroppo, ma il tempo necessario per arrivare all'interno della città e aprire le porte. Poi probabilmente moriranno lì». Nella sua voce si udiva una nota amara.

Strinsi i pugni. Perché si comportava così? Non riuscivo a capire perché non se ne andasse da quell'inferno. Lei era molto diversa da loro, eppure permetteva che Aris la usasse come strumento di morte.

Taran era un'altra cosa. Lui aveva il cuore colmo d'odio che annebbiava il buono in lui, ma lei no.

Lei sapeva che quella guerra era uno sbaglio e non voleva farne parte.

Non accettavo e non capivo il suo "non ho scelta". Sentivo chiaramente il senso di disgusto che provava nei confronti di Aris.

Dal giorno in cui ero stata portata lì, avevo iniziato a conoscerla. In seguito avevo scoperto che, nonostante avesse la sua dimora come gli altri Vaughan, era spesso ospite di Taran.

C'era una profonda amicizia tra i due e Taran, ovviamente, le aveva rivelato la verità su di me.

All'inizio avevo il terrore di quella donna dalle sembianze d'angelo. Poi, con il passare dei giorni, avevo cominciato a conoscerla.

Il suo sguardo era sempre vuoto e distante. Solitamente si aggirava tra gli schiavi, prendendosi cura delle loro ferite. Era stata lei a curare Elerry e me dopo l'episodio con Dyu.

Ogni cosa in lei trasudava grazia e regalità. E anche il suo cuore era così, mi ero resa conto.

Eppure faceva tutto ciò che Aris diceva, serviva fedelmente e senza fiatare quella specie di re dei mostri.

Non capivo né conoscevo le loro storie, ma intuivo ci fosse una fortissima ragione per la sua scelta.

Sospirai mentre portavo il calice argentato alle labbra, guardandola con la coda dell'occhio.

La sua pelle sembrava splendere alle luci delle candele, i pallidi capelli dorati erano intrecciati con semplicità, conferendole un'aria regale.

I pantaloni scuri, che aderivano alle lunghe gambe magre, sottolineavano la figura snella; la tunica azzurra, che indossava sopra, le arrivava sino a metà coscia. Una cintura dorata era legata intorno all'esile vita. Il suo era un abbigliamento semplice, eppure era bellissima. Ogni suo movimento aveva una grazia dolce, senza tempo.

Sollevò gli occhi per incrociare i miei e, ancora una volta, mi chiesi se non fosse in realtà un angelo.

«Come sta la Fata?»

«Come il resto delle Fate» mi limitai a dire.

Con fare circospetto, mi fece segno di raggiungerla e portarle il tonico.

Lanciai un'occhiata a Taran alle mie spalle e mi accorsi che era intento a scrivere e a borbottare davanti a una pergamena.

Quando la raggiunsi, si versò un po' del prezioso elisir.

«Hai trovato un modo per andartene?» chiese in un sussurro.

Guardai gelata il suo viso. Perché mi faceva quelle domande?

«Non ancora» sussurrai a mia volta.

Annuì in segno d'assenso, come se si aspettasse le mie parole.

Guardò nella direzione di Taran, prima di parlare: «Durante l'attacco a Honora, prima che tutte le truppe escano, potresti trovare un modo, se sarai attenta. Pensaci bene! Hai la soluzione davanti gli occhi, nella Valle!»

Un brivido di adrenalina mi corse lungo la schiena.

Mi stava aiutando?! Potevo fidarmi?

Ci pensai per qualche istante. *Sì*, conclusi.

Taran era ancora immerso nelle pergamene e non si era accorto di nulla. Mi allontanai da lei, portando il tonico con me, quando mi fece segno di andare.

Raggiunsi rapida la spada che usavo di solito durante l'allenamento. Ormai quell'oggetto apparteneva alla mia magia, pensai soddisfatta.

Impugnai l'arma e sentii il metallo acquistare calore, la sua forza irradiarsi lungo il mio braccio. La sensazione era piacevolissima. Era come se l'arma si fosse fusa con me, rendendomi più potente.

Finalmente avevo la chiave per la mia fuga. Davanti agli occhi, nella Valle... *Ma cosa voleva dire?* Iniziai a rimuginare sulle parole di Ide.

«Ragazzina, inizia ad allenarti! Cosa stai aspettando? Puoi cominciare anche senza di me!» ringhiò Taran, distogliendomi da quei penserei.

Per il momento era meglio procedere con l'addestramento, conclusi.

Tirai un fendente a un nemico immaginario, mentre la spada veniva immediatamente avvolta da fiamme dorate, accendendosi come una torcia. Contemporaneamente sanai le piccole ferite della giornata, quelle meno evidenti, ovviamente.

Sono migliorata parecchio, mi dissi. Ma quella conoscenza sarebbe bastata per scappare? E poi, non avrei potuto usare la magia fin quando non fossi stata fuori all'aria aperta. L'avevo giurato.

TOR

«Tss! Quello stupido Lupo borioso! Chi si crede di essere per trattarci così?» Edgar era rabbioso, mentre dava voce ai suoi pensieri in un bisbiglio.

«Ed...» lo ammonii.

In tutta risposta, si alzò dalla sedia in legno dove si era appena accomodato.

«Vado a ordinare» borbottò.

Ormai era sera e ci eravamo appena spostati dal palazzo di Giada per raggiungere una delle locande più vicine.

Le cose non erano andate come avevo sperato. Almeno avevano creduto alla mia recita.

Osservai l'ambiente chiassoso della locanda. La maggior parte dei Lupi presenti erano soldati del palazzo, arrivati lì per distendere i nervi con qualche calice di vino di Fata. Per il resto l'atmosfera era cupa, come quella che avvolgeva la città.

Parte del muro era stato compromesso, nonostante i nemici non fossero riusciti a penetrare la fortezza. I morti erano tantissimi, molti erano anche i feriti.

Gli abitanti della città si erano rintanati nelle abitazioni in pietra, chiusi nel dolore. Honora si presentava in modo molto diverso rispetto a Imperia. La ricordavo come un luogo che aveva un che di dolce, con i ruscelli e i piccoli ponti in pietra che si alternavano alle abitazioni massicce e alte, addossate l'una all'altra in piccole scie.

Era sempre stata una delle città più belle tra le cinque. Ora invece risultava fredda e tetra.

La paura della gente era palpabile. Avevano subito un grande colpo e sapevano che non avrebbero retto a un altro attacco della stessa portata.

«Se dovessero attaccare ancora mentre siamo qui, non dovrai mutare, altrimenti il piano andrà in fumo».

La voce di Drina interruppe il flusso di pensieri.

«Sì, lo so. Speriamo non accada, perché dubito che Honora reggerà».

Gli occhi di Drina scintillarono: «Credevo che, dopo l'arrivo di Salem, la preparazione della difesa sarebbe migliorata, invece ho visto parecchie falle. Certo, è difficile, ma Niall e Sal devono sistemare subito le cose. So che non si aspettano di subire altri attacchi nell'immediato, quindi si occupano principalmente dei feriti, ma se così non fosse?»

Ero stato colto anche io dagli stessi dubbi, e l'indomani avrei parlato ancora con Niall.

«Domani sistemeremo le cose rivelando a Salem chi sono, così si deciderà a darmi ascolto».

Ero sorpreso che, nonostante avessero creduto tutti alla nostra messinscena, nessuno di loro volesse veramente prendere in considerazione il mio ruolo di "portavoce dell'Alfa".

John e Konrad, i fratelli di Ed che avevo nominato a capo dell'esercito di Honora, sembravano del tutto indifferenti alla mia posizione. Lo stesso valeva per Salem e Niall.

Comprendevo i meccanismi che si erano messi in atto, portando inevitabilmente a questi atteggiamenti. Il fatto però che non dessero peso alla figura di Ed e Drina mi aveva stupito.

Specialmente in Sal e Niall.

«Penso sia la convinzione che nessun Lupo si possa più veramente fidare dell'altro ad averci portato a questo» asserì Drina.

«Da quando il Consiglio ti ha tradito, tra la gente è successo il finimondo. Dopo la caduta di Inyr le cose sono peggiorate, portando ogni Lupo ad agire tendenzialmente da solo, per paura che il compagno fosse un traditore. Questo atteggiamento ci rende deboli e vulnerabili. Solo se i Lupi saranno uniti potremo vincere».

Sapevo perfettamente che aveva ragione, ma non riuscivo a trovare un modo per cambiare la situazione.

«Già, i soldati sono consapevoli che, in battaglia, potrebbero trovarsi le zanne del compagno alla gola, invece che intente a coprirgli le spalle. Com'è accaduto durante i precedenti attacchi» risposi tenendo la voce bassa e sporgendomi in avanti per non farmi sentire.

Drina si tirò indietro di colpo, mentre sentivo alzarsi da lei una sensazione d'imbarazzo.

La fissai sorpreso.

Ogni ora che passavo nel corpo umano, riuscivo a percepire sempre meglio quello che mi stava intorno. E, piano piano, avevo imparato a sfruttare i miei sensi di Lupo anche in quella forma. Rimanevano sempre abbastanza annebbiati rispetto alla forma animale, ma erano comunque più sviluppati a confronto di quelli di qualsiasi altro Lupo. Del resto, loro non avevano passato la propria esistenza ad affinarli, come avevo fatto io.

Prima di poterle chiedere cos'era successo, Ed fece ritorno e Drina distolse lo sguardo.

Ancora incupito, Edgar riprese posto al tavolo quadrato, sistemandosi alla mia sinistra, mentre Drina stava ancora rigida di fronte a me.

«A ogni modo è assurdo che il vecchiaccio stia in un castello e noi invece relegati qui, in una locanda!» iniziò Ed.

Niall ci aveva congedati dal palazzo, dicendo che tutte le stanze libere erano state messe a disposizione dei feriti e degli abitanti di Honora che avevano perso le abitazioni.

Era stato un modo molto chiaro per farmi capire quanto prendesse in considerazione il mio ruolo, e Salem non aveva battuto ciglio al riguardo.

«Non è quella la cosa grave» risposi guardando i suoi giovani occhi grigi, «bensì che Niall non riconosca la mia autorità nonostante la nomina e la vostra testimonianza. Quindi mi sarà difficile intervenire senza dover rivelare la mia identità».

Sapevo che era un gran problema anche perché, visto il vantaggio che avevo ottenuto grazie al mio corpo umano, sarebbe stato stupido gettare al vento una possibilità simile.

«Allora, come si fa?»

«Non lo so ancora, Ed. Al momento questo è solo uno dei molti problemi che dovremo risolvere».

Il clima che il nemico era riuscito a creare tra di noi era un altro grosso guaio.

Anche se, a conti fatti, il numero di Lupi che effettivamente avevano dimostrato di stare dalla parte nemica era irrisorio, la maggior parte di loro possedeva una posizione di rilievo. Per non parlare poi dei membri del Consiglio.

Oltretutto questo aveva portato a una profonda diffidenza verso ogni Lupo. Nessuno si fidava più di nessuno, rendendoci deboli e togliendoci la possibilità di lottare al meglio. Ero certo che tutto fosse stato pianificato con cura.

In quel momento una giovane femmina si avvicinò al nostro tavolo con due enormi vassoi tra le mani.

«Ecco a voi!» disse sorridendo, mentre sistemava i piatti di spezzatino e pasticcio di carne. Quando si avvicinò, fui colpito dal suo profumo troppo dolce e intenso. Tutto, in quella cameriera, faceva in modo di richiamare l'attenzione.

Aveva un fisico formoso e la veste rossa che aderiva alle sue linee metteva in evidenza ogni centimetro del corpo.

Il viso largo, dai tratti comuni, era sorridente; i vivaci occhi nocciola continuavano a incrociare i miei. I capelli castani le scendevano liberi lungo la schiena come un mantello scuro. Mentre mi serviva uno dei piatti, si fece così vicina da permettere al suo corpo di sfiorarmi la spalla.

Si ritrasse con lentezza, senza distogliere lo sguardo dal mio.

«Da dove venite? Non vi ho mai visti da queste parti» disse in tono dolce, continuando a guardarmi. L'atteggiamento mi sconcertò. Non ero abituato alle attenzioni femminili. Solitamente mi guardavano con un misto di timore e una specie di reverenza.

«Siamo soldati d'Imperia, arrivati da poco per aiutare le difese di Honora» mi limitai a rispondere.

«Immaginavo, si vede che sei un guerriero!» esclamò con uno strano luccichio negli occhi, mentre continuava a studiare il mio corpo.

«Io mi chiamo Mairi e sono sempre qui per il servizio della cena. Se hai bisogno, chiedi pure di me. Sarò lieta di rendermi utile, se posso. Aiutare dei Lupi valorosi mi farebbe molto piacere» concluse, lanciando un'occhiata a Edgar e Drina.

Il suo sguardo soppesò Ed per qualche istante, per spostarsi nuovamente su di me.

«Grazie, al momento tutto ciò che ci serve è un pasto caldo» s'intromise Drina, liquidando la conversazione.

La femmina mora sembrò infastidita dalla sua intromissione e continuò a guardarmi come se si aspettasse anche una mia risposta.

«Sei gentile, grazie, ma come ha detto la mia compagna, abbiamo tutto ciò che ci serve» aggiunsi, guardando lo spezzatino fumante.

Era una situazione totalmente nuova per me.

«Grazie a voi per l'aiuto che ci state dando» rispose, allungando la mano per sfiorarmi la spalla con fare civettuolo.

«Se avete bisogno, sapete dove trovarmi» concluse, avviandosi poi al grande bancone nell'angolo della sala.

Appena fu sparita, Ed esplose in una sonora risata che a stento aveva trattenuto fino ad allora.

«Questa mi mancava proprio per concludere la giornata in bellezza» borbottò con voce allegra.

«Drina, ti avevo avvisata che in forma umana ci avrebbe causato un altro tipo di "problema"» ghignò.

«Chiudi il becco, Ed. Questi non sono problemi. Di femmine impertinenti e stupide è pieno il mondo» si limitò a rispondere, per poi dedicare la propria attenzione al piatto che aveva di fronte.

Le attenzioni insolite mi avevano sorpreso, ed erano state fonte d'imbarazzo.

Non potei evitare di chiedermi cosa avrebbe pensato Aurora del mio aspetto umano.

La risposta mi giunse spontanea: probabilmente nulla.

Il suo affetto per me era nato quando mi aveva conosciuto in forma di

Lupo, quindi il mio corpo non doveva avere particolare valore per lei, conclusi senza sapere se esserne felice o no.

Il mio aspetto non mi avrebbe portato alcun vantaggio.

AURORA

Mi sentivo tremendamente inquieta. Era passato un altro giorno e non avevo fatto altro che pensare alle parole di Ide, senza però comprendere in che modo credeva sarei riuscita a fuggire.

La Valle, quel mattino, era in fermento. Sembrava una pentola lasciata sul fuoco a bollire.

I Fray e i Lord di Ferro, che avrebbero fatto parte del plotone diretto a Honora, si stavano radunando.

Dieci erano le gallerie che avrebbero percorso e che portavano alla città. Ognuna di loro sbucava in posti diversi.

Durante gli allenamenti delle due sere precedenti, avevo ascoltato con attenzione le considerazioni di Ide e Taran.

Avevo anche notato che la Vaughan si era soffermata su diversi punti più volte. Intuivo che era per fornirmi le informazioni di cui avevo bisogno ma, nonostante mi fossi martoriata il cervello, non riuscivo a trovare un modo per uscire da lì.

Mi sentivo più che mai in gabbia. Questa volta però si aggiungeva la frustrazione di sapere che avevo la chiave della mia cella a portata di mano. Eppure non riuscivo a vederla, dannazione!

Sia Taran sia Ker sarebbero stati presenti nelle vicinanze di Honora per coordinare l'attacco. Nessuno dei due però avrebbe affrontato il campo di battaglia.

Quindi, quella sera, la mia lezione era sospesa, mi aveva informata il Generale.

Un'assurda stretta al cuore mi aveva schiacciata, quando lo avevo salutato, verso l'alba, poche ore prima.

Faceva parte del nemico, eppure senza di lui non sarei mai sopravvissuta né avrei avuto la possibilità di apprendere tutto quello che ora sapevo.

Ero certa che il suo cuore fosse buono, anche se era la sete di vendetta ad avere la meglio.

Spostai un altro sasso e ripresi a rimuginare su cosa potessi fare, ripassando mentalmente tutte le informazioni.

La giornata proseguì insolitamente veloce, senza però che concludessi nulla.

Elerry si era accorta che c'era qualcosa di strano in me, ma non avevo avuto modo di parlarle e adesso continuava a scrutarmi preoccupata.

Inesorabile, arrivò la sera.

Mutai come al solito all'uscita della galleria. Elerry mi si affiancò silenziosa, ma non parlò per non attirare l'attenzione delle guardie.

Percorremmo in silenzio la Valle dove le truppe avevano già iniziato a spostarsi lungo le gallerie.

Guardai impotente la mia possibilità di fuga scivolarmi tra le dita. Ormai era tardi e non avevo saputo sfruttare l'indicazione di Ide.

Sentivo gli occhi bruciare per la frustrazione. Nonostante la distanza tra noi e Honora fosse estremamente ridotta, servendosi delle gallerie rispetto al percorso in superficie ci volevano ugualmente più di sei ore di marcia.

L'esercito, che stava finendo di smistarsi nei cunicoli, avrebbe attaccato poco prima dell'alba, quando la città era ancora addormentata.

«Cosa succede?» mi giunse il bisbiglio di Elerry, mentre percorrevamo la vallata.

Lanciai un'occhiata intorno con attenzione, cercando di vedere dove fossero i Fray.

Bisbigliai: «Ide mi ha fatto capire che avrei potuto trovare un modo per uscire di qui, questa sera». Avevo usato un tono così basso che temetti non mi avesse sentita. Incrociando il suo sguardo esterrefatto e terrorizzato, capii che invece aveva udito.

Sapeva che Ide era diversa. Era stata lei a prendersi cura delle sue ali, ma vidi ugualmente la diffidenza comparirle negli occhi. Capivo cosa stava pensando.

«Comunque non importa, non ho la minima idea di come fare» bisbigliai ancora.

Girai di botto la testa quando vidi un gruppo di guardie avvicinarsi.

Marciammo in silenzio lungo il resto della navata, fino al posto degli schiavi. Quella sera le femmine erano già lì ad attenderci con la cena.

Ci mettemmo rapide in fila per il pasto tanto atteso.

I miei occhi continuavano a saettare verso le bocche dei vari tunnel dove i soldati stavano finendo di entrare.

Intanto urla e grugniti provenivano dal lato opposto della Valle, dove le catapulte si stavano muovendo verso di noi.

Un'unica galleria era abbastanza ampia per far passare quegli arnesi di morte, che ora erano in grado di frantumare le mura di Honora.

«E come pensava che potessi farcela?» chiese ancora la Fata accanto a me.

Scossi la testa in risposta, mancava poco al nostro turno.

Finalmente una femmina di Volpe allungò una ciotola fumante nella mia direzione.

Mi attardai per aspettare che anche Elerry venisse servita e, poco dopo, camminavo al suo fianco verso le stuoie di paglia.

«Potrebbe averti mentito».

«E a che scopo? Non ci ricaverebbe nulla. Sai anche tu che lei non è come loro».

Abbassai lo sguardo sulla ciotola che tenevo in mano, mentre prendevamo posto vicino alla parete.

Avevo visto l'ultimo drappello di uomini imboccare le gallerie.

Certo ora sapevo, senza dubbio, che conducevano a Honora, ma ognuna di loro si snodava in diversi cunicoli. Senza una mappa non sarei mai stata in grado di uscire da lì.

E poi come avrei fatto a percorrere un tratto così lungo senza essere vista? Il mio olfatto era inutile, lì c'era tanfo di Volpe ovunque. Non avrei potuto seguire nessuna traccia.

Ammesso che fossi riuscita a raggiungere quei passaggi, sarebbe stato tempo perso.

Girai automaticamente la testa, mentre i Fray avanzavano e tiravano i grandi arnesi in ferro e legno, ricoperti da enormi teli scuri che li proteggevano nel trasporto.

«Deve esserci un modo, tu devi provare!» la voce di Elerry si era fatta decisa. Il suo sguardo continuava a scrutare la vallata, come se lì potesse trovare la risposta che mi era sfuggita per ben due giorni.

Le porsi la mia ciotola. Avevo mangiato solo la metà del contenuto.

«Non ho fame» borbottai. Era una bugia, ma sapevo che lei ne aveva più bisogno di me.

Era più magra che mai, con le ossa degli zigomi che sporgevano e le braccia scheletriche.

Mi guardò per un istante, alla fine prese quel che rimaneva del mio pasto mentre una piccola lacrima argentata le ruzzolava lungo la guancia.

Le lacrime delle Fate avevano delle proprietà molto particolari. Elerry mi aveva raccontato che, dopo averle catturate, i Fray si erano divertiti parecchio nel raccogliere quel liquido così prezioso.

Serrai per la milionesima volta i pugni.

Anche se quella sera non fossi scappata, avrei dovuto trovare un modo per fare qualcosa.

«La catapulta!» esclamò all'improvviso la Fata con un gridolino elettrizzato, per poi abbassare la testa di colpo, guardandosi intorno circospetta.

Mi voltai in automatico verso gli enormi aggeggi, estremamente vicini ormai. Non capivo cosa volesse dirmi.

Gli occhi verdi luccicavano mentre mi afferrava il braccio, stringendolo.

«Ti puoi infilare sotto il telo della catapulta e nessuno ti noterà! Arriverai dritta nella città dei Lupi insieme all'esercito» la sua voce era concitata ed elettrizzata.

Ci misi un po' prima che il senso delle sue parole facesse breccia nella mia mente.

Rimasi paralizzata per una frazione di secondo, cogliendo la verità della sua affermazione.

«Ma come faccio a raggiungerle senza che mi vedano?» chiesi, mentre il mio cervello valutava una serie di ipotesi scartandole una dopo l'altra.

Non trovando una risposta, guardai disperata la testolina viola in cerca d'aiuto.

Gli occhi verdi mi guardarono spaesati.

Le catapulte si stavano avvicinando, circondate da Lord di Ferro e Fray. Non avrei mai potuto nascondermi senza prima farmi vedere.

Però, se Ide mi aveva detto che potevo fuggire, doveva esserci un modo. La galleria che avrebbero imboccato era poco distante dalle stuoie degli schiavi. Sembrava che la mia opportunità mi fosse stata servita su di un piatto d'argento. Non potevo assolutamente lasciarla scappare!

«Proverò ad avvicinarmi più che posso» annunciai decisa.

«Come farai a nasconderti? Ti vedranno!»

«Non lo so, Elerry, ma devo provarci».

Mi sporsi verso di lei e la strinsi per un istante. In quel fugace abbraccio misi tutta me stessa, cercando di trasmetterle forza e speranza. Le esili braccia ricambiarono la stretta per un secondo, poi mi spinsero ad andare.

«Resisti, tornerò a prenderti, te lo giuro...» le sussurrai all'orecchio, prima di lasciarla e sgusciare lungo la parete.

Mi spostai rapida tra le piccole Fate, cercando di non dare nell'occhio. Sentivo il battito spasmodico del cuore, nella testa e nelle orecchie.

Le Fate avevano iniziato a notare i miei movimenti insoliti, tuttavia nessuna di loro fiatò. Si limitavano a guardarmi e lasciarmi passare.

Arrivai presto al termine della larga fila di corpicini minuti, che si snodava lungo la parete.

Mi sistemai in un angolo, guardando i Fray avanzare.

Non ero mai stata felice come in quel momento di essere sottoterra e della scarsità di luce che questo comportava.

Poco più di cinquanta metri mi separavano dalle catapulte. Adesso i Fray iniziavano a percorrere la salita che li avrebbe condotti all'imbocco della galleria.

Era praticamente impossibile passare inosservata.

Dieci enormi marchingegni, poggiati su una specie di carro in legno, erano circondati dai soldati. Sarebbe stata morte certa per me, se mi avessero trovata.

Taran era già partito alla volta di Honora e non ci sarebbe stato nessuno a salvarmi dalle grinfie dei Fray, questa volta.

Cosa potevo fare per raggiungerli? Avevo una via d'uscita a pochi passi da me e non sapevo come arrivarci! Man mano che procedevano, la mia possibilità sfumava.

Come posso fare?

Gettarsi così, verso le catapulte, sperando che, grazie a un miracolo, non mi vedessero, era un suicidio. E anche se ci fossi riuscita, non avrei potuto intrufolarmi sotto il telo davanti agli occhi delle Volpi.

È la fine, pensai, quando anche l'ultimo carro prese a inerpicarsi lungo la salita.

Poi un forte scricchiolio invase di colpo i miei timpani.

Cercai di capire da dove venisse quel rumore, guardandomi attorno con il terrore che mi scoprissero.

Uno schianto rimbombò nella grotta.

La mia mente si fece vuota.

Quando i miei occhi registrarono che l'ultimo carro era sfuggito di mano alle guardie, scivolando all'indietro di una trentina di metri, per poi sbattere contro una sporgenza rocciosa, il fuoco mi esplose nelle vene.

Dopo qualche secondo di confusione e urla, i Fray e i Lord addetti alle altre catapulte ancorarono i carri e si precipitarono ad aiutare i compagni.

Non pensai, mi mossi senza rendermene conto.

Il Lupo dentro di me prese il controllo. I suoi riflessi aiutarono il mio corpo umano a muoversi come una scheggia, percorrendo in un lampo la distanza che mi separava dai carri ancorati.

Fossi stata alle Olimpiadi, le avrei vinte di sicuro! I centometristi sembravano tartarughe al mio confronto.

Pregai che gli occhi di tutti rimanessero saldi sul carro sfuggito di mano, mentre raggiungevo il mio obiettivo.

Balzai sulla struttura in legno della prima catapulta che raggiunsi, cercando veloce un posto dove rintanarmi, in mezzo alla struttura metallica dell'arma.

Il telo scuro, fortunatamente, la copriva del tutto da entrambi i lati. Solo un piccolo strappo nella stoffa lasciava penetrare uno spiraglio di luce.

Sentivo i polmoni bruciare e mi resi conto che avevo trattenuto il respiro fino ad allora. Inspirai un'ampia boccata d'aria, dando sollievo ai miei poveri organi.

Qualcuno mi aveva vista? Non lo sapevo.

Mi appiattii come un coniglio nell'erba alta, contro la base del carro.

Passarono diversi minuti nei quali le urla continuarono incessanti, ma nessuno venne a prendermi.

Mi preparai mentalmente a ogni eventualità. Se mi avessero scoperta, avrei venduto cara la pelle.

Forse ero passata inosservata e pregai con tutta me stessa fosse così.

Attesi per un tempo che sembrò infinito, prima di sentire le Volpi tornare e riprendere a tirare i carri.

Il cuore stava per avere un infarto, ne ero certa. Il suo battito rincorreva il ritmo della gioia pura.

Non mi hanno vista!

Forse quella che mi era sembrata un'illusione stava diventando più reale che mai: la mia fuga stava avendo inizio.

Passai le ore successive con il cuore che si era trasformato in un canguro con il singhiozzo, e un'angoscia così forte che non se ne sarebbe andata neppure con la disinfestazione.

Non mi ero mossa di un millimetro durante tutte le ore di marcia, nonostante il corpo avesse iniziato a fare male e mi sentissi come una mummia in un sarcofago. Il terrore che si accorgessero di me era troppo per farmi muovere anche solo di un soffio.

Stavo stringendo i denti così forte che ero certa ne avrei perso qualcuno. Eppure avrei resistito.

Gli scossoni del carro continuarono per diverso tempo, prima che le ruote del mezzo si fermassero.

Sentivo voci concitate tutt'intorno, ma non osavo ancora spostarmi.

A volte trattenevo il fiato così a lungo da rischiare di soffocare, quando sentivo le Volpi spostarsi a pochi centimetri dal telo.

Poi il carro si inerpicò di botto lungo una salita e rischiò di sbalzarmi dal mio nascondiglio.

Affondai le unghie nel legno, per evitare di uscire.

Le schegge mi penetrarono la carne, ma non sentivo dolore, solo l'adrenalina che scorreva come un fiume in piena.

Dopo diversi minuti di pendenza, il carro fece un nuovo sobbalzo, tornando in posizione orizzontale. Una paradisiaca zaffata d'aria mi arrivò alle narici.

Era aria pulita e tiepida!

Non riuscivo a crederci, gli occhi presero a bruciare per l'emozione.

Sembrava impossibile, ma ero finalmente all'aria aperta dopo una lunga reclusione all'inferno.

Cercai di mantenere la calma, per quanto possibile. Non ero ancora libera. Le catapulte si trovavano nel cuore dello schieramento nemico, e io con loro.

Conoscevo il piano dei Vaughan. Ide e Taran ne avevano ripassato i dettagli innumerevoli volte, durante le ultime due notti.

Le prime ad attaccare sarebbero state le truppe dal lato opposto rispetto al mio, quelle alle porte principali di Honora.

Il piano prevedeva di lasciare che i Lupi si raggruppassero nel punto d'ingresso, cercando di respingere il nemico penetrato nella città.

Le catapulte avrebbero iniziato ad abbattere le mura di Honora solo dopo aver ricevuto il segnale. Il via sarebbe variato in base al tempo che i Lupi avrebbero impiegato a reagire e a concentrarsi nella zona stabilita.

A quel punto, le armi d'attacco avrebbero dato il colpo di grazia, creando una nuova breccia.

Il problema era che i Fray avrebbero dovuto preparare le catapulte in attesa del segnale, quindi il telo sarebbe stato tolto e la mia presenza rivelata.

Cosa potevo fare per raggiungere Honora?

Sapevo che quegli arnesi venivano piazzati a pochi metri dall'obiettivo. Quindi, nel momento in cui avrebbero scoperto l'arma, sarei dovuta correre verso le altissime pareti in pietra, e trovare poi un modo per superarle.

Ovviamente evitando le Volpi e i Lord dai quali ero circondata.

Avevo l'elemento sorpresa dalla mia parte e la distanza era breve. Ma come affrontare le mura?

In forma di Lupo sarei stata un bersaglio molto visibile, anche se il mio manto poteva potenzialmente confondersi con quello delle Volpi.

In forma umana invece ero debole e lenta. Sicuramente però avrei dato meno nell'occhio.

Ora potevo usare la magia, il mio vincolo con il Generale era sciolto.

Una fitta mi fece trasalire quando pensai a lui. Dovevo prendere una decisione.

Passate le mura, c'era una battaglia ad attendermi. E non era certo mia intenzione tirarmi indietro, davanti alla lotta con i Fray.

Sapevo però che era più importante avvertire i Lupi dei piani del nemico. Altrimenti aver fatto tutto ciò che avevo fatto, per poi morire in battaglia pochi minuti dopo esser fuggita, non avrebbe avuto senso.

Non potevo morire adesso, non prima di aver liberato Elerry e le Fate! Dovevo farcela…

Nel frattempo sentivo la catapulta spostarsi e l'aria penetrare sotto il telo.

Respirare quel profumo di aria fresca era come avvistare un'oasi nel deserto quando si sta morendo di sete.

Richiamai la magia e sanai le piccole ferite della giornata. Era l'unica cosa che potessi fare mentre aspettavo. Udii un boato in lontananza. Un rumore simile a quello che avevo sentito a Orias, ma mille volte più potente.

Brividi ghiacciati scesero lungo la schiena, l'adrenalina pompava nelle vene come un uragano.

Feci qualche movimento cauta, saggiando la mobilità del corpo.

La battaglia era iniziata e le catapulte non erano ancora in posizione. Questo giocava a mio vantaggio.

I Vaughan potevano molte cose: essere geniali strateghi, avere un esercito invincibile; ma non potevano controllare tutto fino al secondo, e il gruppo addetto alle catapulte era parecchio in ritardo.

Ora si stavano spostando velocemente. Avevano fretta di posizionare le armi.

Udivo borbottii e ringhi confusi, misti a incitazioni, tutt'intorno a me.

Il carro si bloccò. Mi preparai.

Passarono altri interminabili istanti mentre il boato della battaglia infuriava come una tempesta.

Il telo si spostò di colpo.

Una zaffata di aria tiepida, tipicamente estiva, m'invase il viso.

Riempii i polmoni di quell'odore che non avevo mai saputo apprezzare veramente. Poi mi spinsi giù dal carro atterrando sul terreno erboso, accucciandomi.

Sentivo ogni muscolo teso al limite sotto la pelle, mentre delle esclamazioni di sorpresa si levavano intorno.

Ero circondata dalle Volpi.

Il braccio però era andato a cozzare proprio contro ciò che cercavo. Sentivo il freddo metallico di una spada contro la pelle.

Non guardai neppure, il corpo si mosse da solo.

Ero come una tigre alla quale avevano appena aperto la porta della gabbia, dopo una vita di reclusione.

La mano trovò il manico famigliare dell'arma che avevo imparato a usare.

Sfoderai la spada di un Fray sorpreso e impietrito. Poi, nella frazione di un instante, affondai la lama nel suo ventre.

Non mi fermai neppure per un attimo.

Avanzavo rapida mulinando l'arma, colpendo con forza qualsiasi corpo avessi a tiro. Le Volpi non capivano cosa stesse accadendo. Erano troppo stupide.

Grazie al mio corpo umano e alla statura potevo serpeggiare spedita tra di loro. Spinsi le gambe al massimo, avevo quasi raggiunto le mura.

A un passo dalla meta, una lama nemica affondò nella mia spalla. Strinsi i denti e continuai.

Mura altissime si stagliavano sopra di me. Cercai la concentrazione per un istante, mentre l'adrenalina si riversava nel corpo come un fiume che abbatte la diga.

Rapida, strappai un lembo di tessuto nel momento in cui un altro colpo mi feriva la schiena.

Evocai le fiamme creando una barriera che mi separasse per qualche istante dalle Volpi.

Legai veloce il tessuto alla spada.

Infusi la magia calda e potente che sentivo scorrere in ogni centimetro del corpo nell'oggetto che avevo in mano, mutandone la forma.

Le leggi della trasfigurazione le conoscevo alla perfezione.

Dal metallo potevo ricavare solo un oggetto di metallo e dal tessuto solo uno di tessuto, ma unendoli avrei potuto creare un lungo arpione metallico con una corda di stoffa legata intorno.

Prendendo lo slancio, scagliai l'oggetto appena creato verso l'alto.

Ci ero riuscita al primo colpo! *Taran sarebbe fiero di me*, non potei far a meno di pensare.

Ma non avevo tempo per esultare.

Schivai un altro fendente sulla sinistra, per poi slanciarmi in su. Intrapresi l'arrampicata.

Ero stata ferita ma non sentivo nulla, solo il cuore che batteva come un tamburo e le tempie pulsare.

Il corpo era leggero e mi issai senza molta fatica.

Con pochi passaggi delle braccia sulla stoffa, ero già fuori dalla portata del nemico. Non mi voltai a guardare, dovevo solo continuare.

Quando giunsi in cima e rilassai le membra, il dolore m'invase come una fiammata.

I polmoni bruciavano e i muscoli sembravano lava. Non ci badai. Ero abituata a quelle sensazioni, oltretutto avevo sperimentato di peggio.

Saltai oltre la muraglia come un paracadutista che si lancia nel vuoto, mentre richiamavo il Lupo.

Mutai ancora in aria e, con un tonfo, le zampe toccarono il terreno. Presi a correre verso le costruzioni che avevo davanti.

Ero libera. Libera!

Condussi con la mente la brezza leggera che serpeggiava dentro di me verso le ferite. La pelle si rimarginò e il bruciore scomparve.

Speravo con tutto il cuore di reggere abbastanza. Ero riuscita a usare la magia per quasi un'ora di fila durante gli allenamenti, però sempre grazie al tonico e non in quelle condizioni.

A ogni modo, dovevo farcela ugualmente.

Ordinai alle zampe di fermarsi prima di raggiungere le prime case. Sapevo chi dovevo cercare, ma non ero certa di dove trovarlo.

Avevo conosciuto il Lupo a capo della città durante la mia permanenza a Imperia. Ricordavo l'uomo dagli occhi di ghiaccio. Niall.

Dove poteva trovarsi? Guardai il castello che si stagliava nella notte. Forse era lì.

A ben pensarci non mi era sembrato un Lupo che avrebbe lasciato combattere gli altri al suo posto. D'altra parte, se Honora avesse perso la propria guida, sarebbe stata spacciata.

Ripresi la mia corsa dopo aver deciso: sarei andata al castello.

Se anche non avessi trovato lui, probabilmente lì ci sarebbe stato qualcuno che deteneva un ruolo di comando, qualcuno a cui raccontare le mie preziose informazioni.

Mentre delle urla si alzavano dalle abitazioni, saettavo rapida tra di esse. Diversi abitanti della città, in forma umana, correvano nella mia stessa direzione. Cercavano un rifugio.

Qualora le mura avessero ceduto, non ci sarebbe stato alcun luogo dove cercare protezione. Mi bloccai.

Le catapulte non erano ancora state messe in funzione, forse avrei potuto avvertirli. Cambiai rotta, continuando a correre. Avrei raggiunto le porte principali.

Sentivo le zampe bruciare il terreno, mentre le urla e il rumore della battaglia ruggivano tutt'intorno.

Raggiunsi il punto in cui i Fray erano riusciti a entrare.

Con piacere notai che i Lupi stavano contenendo l'orda di Volpi e Lord di Ferro.

Dovevano chiudere quella breccia, perché presto ce ne sarebbero state molte altre. Costeggiai l'ammasso di corpi che combatteva. Un mare di creature e sangue.

I Lupi stavano arrivando da ogni direzione in forma animale. Portavano una specie di armatura che copriva loro il petto e la schiena.

Provare a comunicare con uno qualunque di loro, in quella situazione, sarebbe stato più difficile del previsto.

Un nuovo gruppo di Lupi si avvicinò di corsa, pronto a lanciarsi sul nemico.

Senza pensarci troppo, mi mossi rapida nella loro direzione, bloccandogli la strada.

«*Sul versante opposto hanno posizionato le catapulte che apriranno un varco! Stanno cercando di attirarvi tutti qui*» urlai disperata nelle loro menti.

«*Cosa stai blaterando, femmina? Spostati!*» urlò di rimando il Lupo a capo del manipolo.

«*Vi annienteranno se non ci sarà nessuno a bloccarli da quella parte*» continuai, in preda alla disperazione. Ma cosa avevano? Perché non mi ascoltavano?!

«*Aurora! Sei tu*» sentii una voce familiare urlare nella mente.

Guardai a sinistra. Un grande Lupo grigio si stava avvicinando, seguito da altri soldati.

Era il primo Lupo che avevo visto mutare nella mia vita, e non avrei mai potuto dimenticarlo.

«*Ed!*» strepitai.

Sembrava una di quelle apparizioni divine che si vedono nei film, quando il protagonista è sul punto di morte. Durante la prigionia, non mi ero permessa di pensare a coloro che avevo lasciato. Era una sofferenza troppo grande.

Inspirai a fondo e ripresi il controllo come avevo imparato a fare. Uccidendo ogni emozione.

«*Stanno per attaccarvi dall'altro versante con le catapulte! Apriranno un varco, questa volta hanno trovato il modo d'infrangere la pietra*» affermai decisa, avanzando veloce verso di lui.

«*Come fai a saperlo? Da dove vieni?*» chiese, bloccandosi a qualche metro da me.

«*Non c'è tempo per questo, devi avvisare di mandare dei Lupi su quel lato. Stanno cercando di attirarvi tutti qui. Muoviti!*» ordinai con forza, senza bloccare il pensiero.

Vidi il Lupo grigio sobbalzare per poi riprendersi di colpo.

Prese a impartire ordini decisi e secchi. Un gruppo di Lupi si diresse al palazzo, un altro si spostò verso le catapulte.

Sul suo muso volteggiarono emozioni contrastanti. Mi aveva sempre stupita il modo in cui si poteva leggere il "volto" dei lupi in forma animale.

«*Stai bene?*» chiese infine in un sussurro.

«*Sono viva, e questo basta per essere felice. Ma sono anche in possesso d'informazioni che potranno servire. Bisogna che io spieghi le cose a qualcuno il prima possibile e che vengano riferite a Imperia*».

Non pronunciai il suo nome, mi limitai a quello della città.

Non volevo pensarci, semplicemente non potevo farlo. Avevo rinchiuso ogni cosa in una cassaforte blindata dentro di me e non avevo alcuna intenzione di aprirla.

Lessi smarrimento in quegli occhi di Lupo. Ma non c'era tempo per altro. Non sapevo esattamente quanta autonomia avessi ancora. Quella sera avevo saltato la mia razione di tonico.

«*Drina sta venendo da questa parte con altri uomini, dobbiamo intercettarla e mandarla dall'altro lato. Poi andremo al palazzo*» disse infine.

Con un piccolo passo, coprì la breve distanza che ci separava. Mi regalò un lieve colpetto con il muso sulla spalla.

«*Sapevo che avrei rivisto la mia amica zuccherosa. Ci ho sempre creduto*» sussurrò, prima di scattare in avanti.

Fortunatamente non facemmo molta strada prima d'incrociare la Lupa marrone, che ebbe pressappoco la stessa reazione di Ed.

«*Sono felice di rivederti…*» mi arrivò il suo pensiero, prima che scattasse nella direzione delle catapulte, alla testa di diversi Lupi.

Stavamo correndo spediti verso il castello, quando le mie narici captarono un odore che conoscevo molto bene. Guardai intorno, alla ricerca del nemico.

Scorsi un impercettibile movimento tra i cespugli.

Non ci pensai un secondo. Balzai sulla femmina di Volpe nascosta, ringhiando. Atterrai di peso su di lei e, afferrandola con le fauci, la feci volare in aria.

Girai rapida, mentre questa piombava tra me ed Edgar. Ero stata sfortunata in passato, ma non quel giorno. La sorte stava girando.

Ripresi forma umana, coprendo poi la distanza che mi separava da lei. Riconobbi nel viso grazioso della Volpe una delle serve predilette di Aris.

C'era una galleria che sbucava oltre le mura, lo sapevo bene, ma non avevo idea di dove si trovasse. In lei vidi l'opportunità di scoprirlo. Sapevo che non avrebbe mai parlato, però non potevo sprecare la mia magia per cose troppo complicate. Dovevo provare a farmelo dire.

«C'è una galleria sotterranea che sbuca all'interno delle mura e lei sa dov'è. Dobbiamo farci dire il luogo in cui si trova, prima che i Fray inizino a riversarsi dentro la città» informai Ed.

La donna mi guardò con odio e strinse gli occhi: «Tu, lurida! Avevo detto al mio Signore che dovevamo eliminarti!»

Avanzai, colpendola con un manrovescio.

«Sai cosa voglio sapere. Dove si trova?»

«Non te lo dirò mai!» ringhiò.

Chiusi gli occhi; dovevo risparmiare le forze, non potevo usare la magia.

«Ti pentirai della tua scelta. È l'ultima volta che te lo chiedo, dove si trova?» in risposta, mi sputò addosso. Non avrebbe parlato, lo sapevo.

Incrociai lo sguardo di Ed e la gola si seccò.

Negli occhi gialli lessi qualcosa d'indescrivibile, compresi dopo qualche istante. Probabilmente vedeva un cambiamento in me e non solo fisico. Anche se, ne ero certa, solo quest'ultimo bastava per sconvolgere chiunque mi avesse incontrata prima della prigionia.

Eliminai quei pensieri improduttivi chinandomi sulla femmina. Alla fine la magia risultò essere l'unica strada.

Non sarei diventata un mostro come loro, non potevo torturarla.

Le poggiai una mano sulla testa mentre iniziò a dibattersi per poi afflosciarsi di colpo. Frugai nella sua mente e mollai la presa sconvolta da quante informazioni vi fossero.

Non potevo farmi prendere da quelle novità, strinsi freneticamente i pugni e decisi.

Con un potente schiaffo, intriso di magia, la colpii alla nuca. In un istante il suo corpo si afflosciò a terra.

«L'ingresso è vicino, dobbiamo far crollare il passaggio prima che se ne servano» informai Edgar e sgusciai di nuovo nel corpo di Lupo.

Corsi verso i cespugli. Il mio amico mi seguì in silenzio, per qualche minuto.

«*Che galleria è? E come pensi di farla crollare?*» chiese infine con voce incolore.

«*I Fray si spostano sottoterra, hanno una specie di labirinto che gli permette di andare ovunque, nel sottosuolo*» sospirai.

«*La galleria la faremo crollare con la magia. La tua*» lo informai.

Avevo imparato molto con il Generale, anche a usare la dote di un altro a mio vantaggio.

Raggiungemmo veloci il punto dove un grande cespuglio nascondeva un cunicolo più stretto rispetto agli altri, e che era stato scavato da poco.

Mutai ancora.

«Prenderò in prestito la tua capacità, se me lo permetti» dissi, cercando di pensare a come potessi fare.

«*Non ci sto capendo nulla, Rori, cosa vorresti fare?*»

«Ti spiegherò più avanti, se sopravviviamo a questa notte. Promesso» mi limitai a dire con un mezzo sorriso.

«*Fai pure quello che vuoi, allora. Mi fido ciecamente*».

Feci un passo verso di lui, con gli occhi che bruciavano per le parole che aveva appena pronunciato. Affondai la mano nel suo pelo, ai lati della testa.

In un istante entrai nella sua mente. Cercai di non guardare altro, se non la scintilla magica che era in lui. La richiamai e le infusi forza, per poi impartirle i comandi.

In un attimo il suolo intorno ai nostri piedi tremò. Un lunghissimo pezzo di terreno venne smosso, mentre la bocca della galleria veniva inondata di terra.

Quando staccai la mano da lui, mi resi conto che ero praticamente al limite. Feci un passo indietro, e barcollai come ubriaca.

«*Rori! Che succede?*» mi arrivò la voce ovattata di Ed.

Strinsi i pugni. Non potevo cedere, dovevano sapere o il nostro sforzo non sarebbe servito a nulla.

«Sto bene, sono solo esausta e ho usato troppa magia da quando sono scappata. Dovrò solo dormire un bel po', quando tutto sarà finito» risposi, cercando di tranquillizzarlo.

«*Non provare a mutare! Ti porto io a palazzo…*»

Le sue parole ebbero il potere di toccare un tasto che mi fece tremare.

Anche lui era sfinito, lo vedevo.

Elerry era quella messa peggio, eppure mi aveva aiutata in tutti i modi. Tutti si erano sacrificati per aiutarmi, ora era il mio turno.

Non avrei permesso a nessuno di portare ancora i miei fardelli. Dovevo farcele da sola.

Per me stessa, per dar modo a ciò che ero diventata, nel bene e nel male, di venire alla luce. Solo facendo emergere ciò che ero avrei potuto lottare e percorrere la strada che avevo scelto.

Ritornai a essere Lupo.

«*Posso farcela*» bisbigliai, scattando in avanti.

Sentivo la terra sotto le zampe, granulosa e dura. Udivo la lotta alle mie spalle e, in modo inspiegabile, sapevo che quella notte ero chiamata a dare tutto il mio meglio. Avevo la possibilità di fare qualcosa. Ero sopravvissuta.

Tante erano state le volte in cui mi ero trovata sul punto d'invocare la morte. Satura delle torture e del dolore. Schifata fino alla nausea da ciò che i miei occhi avevano visto. Eppure, ora, ero lì.

Non potevo non essere consapevole di ciò che volesse dire. Avevo la possibilità di poter aiutare e di impedire che altri massacri avvenissero per mano dei Vaughan.

Forse, grazie alle mie informazioni, potevano essere risparmiate delle vite. Se mai Aris fosse giunto al potere, ero certa che le tenebre avrebbero avvolto quel mondo.

L'aria che mi scorreva tra la pelliccia era troppo calda per essere solo una brezza primaverile.

Sobbalzai scioccata: probabilmente era già estate! O fine estate?

I giorni della mia prigionia si erano accavallati l'uno sull'altro senza che me ne accorgessi. In superficie, la vita era andata avanti. Non sapevo esattamente quanto tempo avessi passato sottoterra e non importava. Avevo la mia possibilità. Adesso.

Non avrei permesso che tutto ciò che avevo vissuto, e i sacrifici fatti da molti perché sopravvivessi, venissero sprecati.

Mentre tornavamo sul sentiero principale, mi accorsi che tantissimi Lupi stavano correndo verso il palazzo. Era il popolo di Honora.

Donne, bambini, anziani e uomini. Tutti stavano cercando rifugio.

Sobbalzai quando dei tuoni sovrastarono il rumore della battaglia. Quei tuoni però erano strani.

Ci misi un attimo a capire che si trattava di tutt'altra cosa: tamburi potentissimi fendevano l'aria della notte.

Guardai verso il palazzo.

Nel buio, un esercito di Lupi stava uscendo da entrambi i lati del castello come un fiume silenzioso.

Non avevo mai visto un esercito in vita mia, se non le orde di Fray. Ma quelli erano mostri, non guerrieri. Rimasi sopraffatta dal potere che emanava lo schieramento di Honora.

Sarebbe bastato? La tensione mi stava divorando.

Pregai con tutto il cuore che quel popolo potesse proteggere la propria città, quella notte.

I soldati di Honora, in forma animale, marciavano rapidi seguendo due Lupi imponenti verso le mura delle città. I loro corpi d'animale erano protetti da armature argentee che catturavano la luce di una pallida luna piena, risplendendo nel buio.

Lunghi e vibranti ululati si levarono come grida di guerra. Era la voce di Honora.

L'armata uscì dal castello come un gigantesco anaconda, avvolgendo nelle proprie spire ogni costruzione, prima con una strana lentezza, poi prendendo sempre maggior velocità.

C'era un che di profondamente solenne in quella scena. Qualcosa che capivo, ma non esistevano parole da me conosciute per poter descrivere.

«*Aurora, dobbiamo andare!*» urlò Ed.

Come mai lui non era con loro? Sapevo che doveva essere a capo di una parte dell'esercito, Edgar era un capitano! Lo era anche Drina, rammentai. Eppure, quando l'avevamo incrociata, era alla testa di appena un manipolo di uomini.

Loro erano dei capi, avrebbero dovuto guidare l'attacco insieme agli altri. Perché non era stato così?

Non chiesi nulla. In quel momento non aveva senso fare domande. La priorità era raggiungere il palazzo.

Non ero un guerriero addestrato da tutta la vita. A mio modo però avrei aiutato a difendere la città e nessuno me lo avrebbe impedito.

Ripresi a muovermi accanto al magma di persone che stava andando nella nostra stessa direzione.

Era difficile spostarsi tra la gente presa dal panico, nonostante la maggior parte di loro avesse forma umana.

Poi la folla si bloccò.

Lupi che urlavano e ringhiavano continuavano a spingermi senza sosta. Sentivo grida strazianti, bambini che piangevano terrorizzati. Perché si erano fermati?

«*Devono aver bloccato l'ingresso. Se vogliono farli scappare lungo il passaggio nella montagna, avranno bisogno di diluire il flusso di gente*» m'informò Ed, alle mie spalle.

«*Che passaggio? Di cosa diavolo stai parlando?*» borbottai, cercando di evitare il gomito di un Lupo nerboruto che continuava a strepitare davanti.

«*Dal castello si accede a un passaggio nella montagna. Da lì si può far evacuare la città. Il percorso è stretto e questa gente è in preda al panico. Proveranno a metterli in fila per farli passare*» spiegò.

Non sapevo se quella fosse una buona o una cattiva notizia. Sicuramente era un bene che avessero la possibilità di mettere in salvo la popolazione, ma eravamo anche bloccati sulla scalinata.

Quanto ci sarebbe voluto per arrivare al castello? Troppo tempo, conclusi.

«*Non possiamo raggiungere l'interno da un'altra parte?*»

«*No, Rori, sarebbe troppo complicato cercare un'altra strada*».

Nonostante avessimo forma animale, non riuscivamo in alcun modo a farci strada tra la ressa.

«*Se rimaniamo qui, non servirà a nulla ciò che ho scoperto! Potremmo morire prima di riuscire a dare le informazioni a qualcuno che le porti a Imperia. Un messaggero deve partire subito!*» ansimai.

«*Bisogna aprire un varco, in qualche modo!*»

Certo, lo sapevo, ma come fare? Se avessi tentato di usare la magia, forse sarei crollata nel tentativo. A quel punto però dovevo provare.

Cercai di concentrarmi, ignorando il frastuono e le urla angoscianti intorno.

Dovevo richiamare le ultime forze.

Il terrore intorno a noi stava aumentando come fiamme che bruciano la sterpaglia. Inspirai a fondo e chiusi gli occhi. Nell'aprire una strada, non avrei dovuto fare del male alla gente e la cosa sembrava quasi impossibile.

Allora pregai. Pregai con tutto il cuore e l'anima per quelle persone. Per il popolo dei Lupi, per Ryu che era morto nel proteggermi, per chi non sarebbe sopravvissuto quella notte.

Pregai e basta.

Sentivo il sangue scorrere nelle vene. Percepivo ogni centimetro della mia carne pulsare sotto lo sforzo di concentrare la mia magia nell'incantesimo.

Ma prima dovevo informare almeno Ed. Poteva succedere di tutto e dovevo condividere le informazioni.

«Quando si aprirà il varco, se dovessi crollare, vai avanti e comunica questo: dietro questa guerra ci sono quattro Vaughan. Sono gli unici sopravvissuti. Hanno un esercito di Fray e Lord di Ferro. Attaccheranno dalle viscere della terra, dove hanno costruito un regno. Sono in milioni e hanno spie dappertutto, anche tra gli altri popoli. I cunicoli che hanno scavato nel sottosuolo sono ovunque e si diramano per chilometri» bisbigliai.

C'era molto altro ovviamente, ma quelle erano le informazioni fondamentali. E poi non potevo morire, dovevo andare a prendere Elerry.

Mentre continuavo a concentrarmi sentivo la mia carne scaldarsi. Era come se stesse risucchiando l'aria intorno a me. Bene.

Avevo già provato a farlo durante gli allenamenti, ma quell'elemento mi era particolarmente difficile da usare.

Però era anche l'unico che avrebbe evitato di ferire i Lupi intorno.

Mi stavo caricando come una batteria, risucchiando direttamente l'elemento. Quando mi sembrò che stessi per scoppiare, lo canalizzai con la mente davanti a me.

In un istante, un vortice d'aria partì dal mio corpo, scaraventando di lato chiunque fosse sulla traiettoria. Una linea si creò tra la gente che si stava spostando spaventata, incapace di comprendere.

«Ed, muoviti!» sbraitai, mentre le lingue d'aria che avevo evocato si stavano dissolvendo, lasciando al loro posto un passaggio tra le persone.

Il Lupo grigio si riscosse e partì. Io gli fui dietro in un attimo.

Gli altri, disorientati, si tennero lontani dalla linea invisibile che aveva tracciato il mio vortice, fino al palazzo.

Quelle dannate scale non finivano mai! Avevo la testa annebbiata e la vista prese ad appannarsi.

Un ultimo sforzo, Rori, dai, mi dissi.

Le zampe tremavano, ogni muscolo tirava e bruciava.

Infine arrivammo davanti alla porta. Intanto i Lupi che si erano spostati avevano ripreso ad accalcarsi.

Due guardie in forma umana sbarravano l'ingresso con le spade impugnate.

«*Fateci passare, sono il Comandante delle Guardie che ha accompagnato il portavoce dell'Alfa!*» tuonò Edgar.

Gliene fui grata, perché non sarei stata in grado di spiaccicare parola. Ero impegnata a convincere le mie zampe a non mollare.

«Nessuno può passare, adesso. Se apriamo le porte la gente impazzirà provando a seguirvi. Dovete aspettare che inizi l'evacuazione» rispose uno dei due.

Cercai di mettere a fuoco le immagini davanti a me e vidi che le immense porte in pietra verde erano sbarrate. Dannazione. Eravamo chiusi fuori.

Tutto prese a vorticare selvaggiamente. Mi resi a malapena conto che stavo cadendo in avanti.

No, no, no! Non potevo cedere.

Mi parve di sentire Edgar urlare, mentre il mio cuore batteva all'impazzata.

Una fitta nebbia stava avvolgendo la mia mente. Tentai di resistere, ma non riuscivo a distinguere più nulla.

Poi il buio mi accolse.

Stavo sognando? Non saprei dire, era tutto scuro.

Sentivo urla e voci che si alternavano. Non poteva essere un sogno, di solito i sogni sono belli. Quelle urla non lo erano, per nulla.

Mi persi ancora.

Qualcosa di caldo e piacevole mi fece riaffiorare dal buio. Cos'era? Non avrei saputo dirlo, ma era piacevole.

Sembrava quasi una carezza, o forse lo era davvero?

Mi scocciava aprire gli occhi per controllare, stavo troppo bene. Non avevo quasi più un ricordo di cosa volesse dire stare bene. E poi non avrei saputo se fossi veramente capace di aprirli.

Così lasciai che la mente tornasse all'oscurità.

TOR

«Quanti giorni sono passati? Stiamo perdendo tempo. Ha ragione Niall, Tor» insistette Drina.

«Non spetta a voi decidere» la mia voce tremava alle mie stesse orecchie.

«Devi tornare a Imperia e parlare con il Consiglio. È vitale! Le informazioni che ci ha dato Ed, se vere, bisogna che le ricevano quanto prima».

Non risposi.

Erano passati due interminabili giorni dall'attacco. Drina aveva ragione su questo. Il Consiglio doveva sapere.

La mia recita stava continuando e, a parte Niall e Salem, nessuno sapeva che la maledizione era stata spezzata.

Avevamo difeso Honora, anche se le perdite erano state tantissime.

Con ogni probabilità, il contributo di lei era stato fondamentale per riuscire a fermare le maledette catapulte. Il fattore tempo era stato decisivo, consentendoci di attaccare i Fray prima che azionassero quei dannati ordigni. E ora volevano che me ne andassi, lasciandola priva di sensi da due giorni? Lì, sola, in una città sconosciuta, dopo tutto ciò che aveva passato?

Rabbrividii.

Non l'avrei fatto. Mai.

Infine, decisi: «Fai preparare una vettura, partiremo domattina, portando Aurora con noi».

Non volevo farle affrontare un viaggio in quelle condizioni, ma sicuramente a Imperia i curatori avrebbero potuto assisterla, e meglio di com'era stato fatto fino ad allora. I feriti erano moltissimi e non potevano badare solo a Rori.

«Quindi vuoi farle affrontare il viaggio così? È ancora in forma di Lupo, sarà difficile spostarla» contestò.

Mi stavo stancando di quella conversazione e volevo tornare da Rori.

Ero stupito di come Drina potesse essere così insensibile nei suoi riguardi. Aveva passato quasi tre mesi di prigionia ed era riuscita a fuggire. Da sola, dannazione!

E tutto quello che ha fatto dopo è stato solo cercare di aiutarci. Questo per me era chiaro, ma avevo sentito delle sottili insinuazioni.

«Tor, so cosa pensate tu ed Edgar, ma una persona che ha vissuto ciò che ha passato lei, può anche tornare con la mente annebbiata. Ed ha detto che non sembrava la stessa. E se...»

«Ed ha detto che non è più la stessa, non che è pazza!» ringhiai, scattando in avanti.

La Lupa sussultò e fece un passo indietro.

«Va bene, mio Re. Volevo solo prepararti all'eventualità di non ritrovare la ragazza che abbiamo conosciuto. Avverto Salem della partenza di domani».

Il suo volto era pallido e tirato, come quello di tutti probabilmente. La battaglia era continuata fino al sorgere del sole, poi finalmente le truppe del nemico si erano ritirate.

Nessuno aveva avuto la forza di esultare.

I Lupi caduti, e la città, avevano richiesto la lucidità e la forza di chi era sopravvissuto.

Guardai la schiena di Drina mentre usciva dalla stanza, senza dire una parola.

Edgar mi aveva descritto nei dettagli l'incontro con Aurora. Serrai i pugni fin quando il dolore alle braccia umane non sopraggiunse.

Lasciai vagare lo sguardo nell'anticamera arredata con mobili intagliati di giada verde e bianca, senza realmente vederli.

La mia paura più grande era che, come Ryu, anche lei avesse usato troppo potere magico. Sapevo perfettamente che le conseguenze sarebbero state devastanti.

Interruppi quei pensieri.

Era solo il secondo giorno, presto si sarebbe svegliata. Doveva essere così!

M'incamminai deciso verso la porta che dava sulla camera da letto. Passata la soglia, la vidi immobile. Esattamente come l'avevo lasciata poco prima.

Nella stanza predominavano il bianco e l'oro. I tendaggi, in broccato avorio, dai disegni complessi ricavati da fili dorati, erano aperti, lasciando filtrare la luce. L'ossatura del letto a baldacchino, dove giaceva, era ricavata dalla giada bianca. Lo stesso valeva per il massiccio armadio accostato alla parete e i comodini posti ai lati del letto, sui quali spiccavano grandi candelieri.

Non si era mossa di un centimetro da quando l'avevamo adagiata lì. Le era salita la febbre, ma curarla in quella forma era complicato.

Poterla guardare mi sembrava ancora irreale. Mi sentivo a metà tra un sogno e un incubo.

Da una parte il mio cuore urlava di gioia per averla ritrovata, dall'altra tremava per la paura che non riaprisse gli occhi.

Mi lasciai cadere sulla poltrona accanto al letto.

La mia mano andò sola a cercare il manto bianco. Affondai le dita nel collo, come aveva fatto lei tante volte con me, mesi prima.

Vederla in quello stato, immobile, come morta, faceva sanguinare il cuore.

Quando i miei occhi si erano posati sul suo corpo riverso al suolo, nell'ingresso del palazzo, avevo creduto d'impazzire.

Il ricordo di quei primi momenti era vago.

Poi avevo realizzato che fosse veramente lei, non un sogno. Per diversi minuti la battaglia era totalmente sparita dalla mia testa. Il resto era scomparso. Non importava. Da allora non l'avevo mai lasciata per più di qualche ora. Il terrore che potesse svanire nel nulla non mi abbandonava mai.

In realtà, fosse stato per me, non l'avrei lasciata affatto. Neppure durante le poche ore che mi ero allontanato. Ma il mio dovere, come Alfa, non me l'aveva consentito.

Anche adesso, una parte di me stentava a credere che la stessi toccando veramente.

Non so per quanto rimasi lì a vegliarla, quando dal nulla il suo corpo di Lupo si mosse.

Trattenni il respiro.

«Rori? Va tutto bene, sei al sicuro. Presto ti riprenderai» la mia voce tremava come quella di un cucciolo.

Sollevai la mano e, come per magia, il suo muso si mosse in cerca del mio palmo.

Tremai.

Le dita sfiorarono il suo manto e, in risposta, la sentii spostarsi ancora.

Sgranai gli occhi.

Come in preda a una forza sconosciuta, mi avvicinai di più.

«Riesci a sentirmi? Prova a mutare, Rori, dopo starai meglio, vedrai. Muta, Rori. Ti prego. Se mi senti, prova a mutare».

Rimasi immobile con i muscoli tesi come se dovessi mutare io stesso. Ma non si mosse più.

Spostai ancora la mano. Nulla.

Serrai la mascella impotente e sentii gli occhi inumidirsi. Per tutta la vita non avevo versato lacrime. Da quando l'avevo ritrovata, invece, sentivo che pulsavano costantemente sotto le palpebre.

Un leggero colpo alla porta mi fece sobbalzare.

Non mi ero accorto che qualcuno si fosse avvicinato. Lei mi faceva questo effetto.

«Entra, Edgar».

La porta si aprì lesta, dopo il mio invito. Voltai la testa verso di lui senza alzarmi.

Ed era sfinito.

Il viso aveva un'espressione troppo seria da associare alla giovinezza. In quei mesi il suo corpo si era irrobustito, i lineamenti affilati e la luce negli occhi di ferro era cambiata. Solo i capelli castani continuavano a ricadergli in ciuffi scomposti sulla fronte.

«Come sta?» chiese, avvicinandosi con lo sguardo fisso su di lei.

«Si è mossa, ma è rimasta sempre incosciente» grugnii, tornando a guardarla.

Ed rimase in silenzio.

«Ho parlato con Drina. È venuta a cercarmi» disse poi.

I muscoli delle braccia si contrassero. Cosa voleva ancora Drina?

«Tor, non so cosa le sia successo, ma Rori è cambiata. È diventata più forte e riesce a usare la magia in entrambe le forme» iniziò Ed, gelandomi.

Anche sa avevo già preso in considerazione l'ipotesi che potesse usare la magia anche da Lupo, il fatto che altri lo sapessero non era una cosa positiva. Questo dettaglio, Ed l'aveva omesso nel primo racconto.

«Drina mi ha fatto un sacco di domande» proseguì, «non so cosa le sia preso, ma ho avuto la sensazione che cercasse un motivo per trovare qualche cosa che non va in Aurora».

Non ero in forma di Lupo, ma un ringhio fendette la mia gola ugualmente.

«Non c'è nulla che non vada in lei!» latrai. «L'unica cosa che non va è che si trovi in queste condizioni perché non abbiamo saputo proteggerla!»

Perché io non ho saputo proteggerla.

«Già» sospirò Ed, «comunque lei mi è sembrata diversa, ma in un certo senso era la stessa, capisci? La sua mente non si è persa stando con i Fray. Ne sono certo».

Si passò una mano tra i capelli con espressione combattuta.

«Ho omesso dei dettagli quando ti ho raccontato come sono andate le cose. Non molti, ma solo perché c'erano anche altri Lupi che ascoltavano». I suoi occhi, ora, guardavano fermi i miei.

«Non credevo fosse saggio e volevo parlartene in privato» proseguì, tornado a guardarla.

«Drina però continuava a farmi domande specifiche. A lei ho risposto».

«Certo, capisco» mi limitai a rispondere, invitandolo a proseguire.

«È diventata molto forte, Tor. Non so come abbia fatto a diventare così, ma ho avuto la sensazione che Drina desse un valore negativo a tutto questo. Mi ha chiesto se, secondo me, credessi possibile che fosse passata dalla parte del nemico» storse la bocca come disgustato da quella domanda.

Se avessi avuto la Lupa bionda tra le mani le avrei torto il collo.

«Io mi fido di lei» riprese con gli occhi che lampeggiavano «e queste teorie sono veramente stupide, per come la vedo».

«Certo, lo so» risposi cupo.

Quella storia non mi piaceva.

«Sì?» chiese Edgar sorpreso. «Quindi non hai intenzione di lasciarla qui?» continuò con espressione strana.

Mi veniva quasi da ridere.

«Perché, anche se tu volessi» continuò, «io vorrei chiederti il permesso di rimanere. È un'amica. Le voglio bene e non si merita di esser lasciata da sola a Honora. Anche se solo per il momento. Dopo quello che ha passato, non sarebbe giusto!» affermò deciso.

Un miscuglio di rabbia e sconcerto si riversò nelle mie vene come un uragano.

Stavo per rispondere quando il Lupo bianco si mosse ancora.

Entrambi portammo immediatamente gli occhi su di lei.

«Rori?» sussurrai per la millesima volta.

Poi, di colpo, accadde.

Vidi il corpo del Lupo scivolare e ricomparire quello della ragazza che amavo. Era lei, anche se il suo aspetto umano era cambiato.

La rabbia montò come il mare in tempesta, quando posai gli occhi sulle sue braccia scheletriche. Era coperta da brandelli di stoffa che, forse un tempo, erano stati una veste.

La pelle esposta era chiazzata di scuro e gli arti erano spaventosamente magri. I lunghi capelli chiari, arruffati e sporchi, le ricadevano scomposti intorno al viso.

Sembrava una bambola rotta.

Il volto, di un pallore mortale, era tirato e incavato, profondi cerchi violacei le segnavano gli occhi chiusi.

Mi protesi verso di lei in trance.

Emozioni contrastanti si liberarono come una tromba d'aria inarrestabile. Gioia. Sollievo. Dolore. Paura. Rabbia. Amore.

Quando le mie dita sfiorarono la pelle del viso, le palpebre si sollevarono di scatto e affondai in quelle pozze dorate, come un assetato sull'orlo della morte.

Tutto svanì.

Di colpo non c'era più nulla, solo quei soli che non potevo smettere di ammirare. Ringraziai con tutta l'anima e il cuore che mi stessero guardando ancora.

Io ed Edgar eravamo rimasti come due cubetti di ghiaccio, immobili, quando spostò lentamente la testa e interruppe il contatto visivo.

«Ed?» sussurrò, con voce così flebile che stentai a riconoscere.

Entrambi continuammo a stare immobili come se il tempo si fosse fermato.

Poi gli occhi d'oro mi guardarono ancora, con una luce indecifrabile. Allora compresi! Quel dettaglio, così semplicemente ovvio, mi era sfuggito. Non sapeva chi fossi. Come avrebbe potuto?

Il suo sguardo s'incupì, continuando a fissarmi.

«Dove sono?» biascicò con voce impastata, come se ogni parola le costasse una fatica immensa.

Edgar rinvenne di colpo e si spostò in avanti.

«Ehi, zuccherino, ben tornata tra i vivi! Siamo a Honora e... Abbiamo vinto!» parlò con voce talmente diversa che, per un istante, mi sembrò fosse apparso un altro Edgar.

Sul viso le s'infransero una moltitudine di emozioni diverse. Ombre dalle mille forme le comparvero nello sguardo, e poi cedettero spazio al vuoto. Era come se, per un lungo momento, ci avesse abbandonati.

La paura si accese. Quello che vidi sul suo viso e che non riuscivo a comprendere mi terrorizzava a morte.

Poi una scintilla fredda le balenò nelle sfere gialle.

«Hai riferito? Imperia... Tor... Sanno?» chiese, con la voce che continuava a spezzarsi.

Dannazione, ecco il suo primo pensiero, nonostante fosse a malapena viva.

Sentirle pronunciare il mio nome cancellò la fitta acida e la paura che mi vorticava nello stomaco. Un'onda calda mi lambì il cuore.

«Imperia e l'Alfa sono stati informati, non temere» mi sentii rispondere, come se una parte di me avesse lasciato il corpo.

Avevamo concordato che nessuno doveva sapere della maledizione. Con Salem e Niall ne avevamo discusso a lungo. *Neppure lei*, aveva detto Salem, dopo la battaglia. Capivo il motivo che lo spingeva a consigliarmi così, ma era ben diverso da quello per cui io avevo accettato.

Le stai mentendo. Una vocina continuava a sussurrarmi quelle parole nella mente.

Edgar mi guardò accigliato.

Ovviamente non capiva che senso avesse non rivelarle chi fossi. Avevo usato il consiglio di Salem per paura, lo sapevo.

Avevo paura di come avrebbe reagito, di non affrettare le cose, d'influenzarla. Volevo darle modo di conoscermi in quella forma. Come uomo.

Poi le avrei detto la verità.

Desideravo capisse cosa volesse veramente, con i suoi tempi. C'erano cose che non potevo controllare, e che era stata costretta a vivere, ma quella sì. Lì potevo decidere.

Doveva scegliere, senza nessuna influenza o timore, se voler bene anche al mio lato umano. Ero sempre io, certo, ma con quella forma avrebbe conosciuto nuovi lati di me, lati che prima non potevano esistere.

Io stesso li stavo scoprendo per la prima volta. Quel corpo mi conferiva il modo di esprimermi nella mia totalità.

Rori mi stava ancora osservando. Poi lo sguardo si fece vuoto e sbatté le palpebre, come se fossero di colpo diventate troppo pesanti.

«Rori?» chiamò Ed, quando gli occhi si chiusero. «Ehi, zuccherino?» sussurrò con voce dolce.

Gli occhi non si riaprirono. Era sprofondata di nuovo nell'incoscienza.

Cosa sto facendo? Una scarica gelida mi percorse la spina dorsale e pregai di non aver commesso un altro sbaglio con quella bugia.

AURORA

Stavo vagando nel buio quando il mio corpo fu scosso da strane vibrazioni.

La nebbia che teneva in pausa il cervello stava lentamente svanendo.

Più le scosse si facevano chiare, maggiore era la sensazione che mi fossero familiari.

Ero stranamente certa che la risposta a quei movimenti fosse connessa con qualcosa che non volevo ricordare.

Mi sentivo stanca, terribilmente stanca. E la mente non voleva abbandonare le tenebre.

Nell'oscurità stavo bene.

Il corpo sobbalzò con maggior forza, lacerando la sensazione ovattata. Cercai di trattenere la nebbia, ma scivolava via veloce.

Una voce urlò. Non capivo le parole e non riconobbi la voce. In compenso, adesso avvertivo le mie membra con chiarezza.

Lievi sobbalzi e scossoni si alternavano come fossi sulle montagne russe. Sentivo anche un'altra sensazione.

Morbida e dolce. Mi avvolgeva la testa e le spalle.

Cercai di collegare gli elementi, ma non ci capivo nulla. Sapevo di essere da qualche parte, ma dove? Gli ultimi lembi di buio mi stavano lasciando e ciò che mi circondava affiorò con prepotenza.

Sollevai le palpebre per richiuderle immediatamente, quando una luce accecante mi bruciò gli occhi.

Ora distinguevo i rumori.

Gli scossoni e il trambusto intorno a me si erano attutiti di colpo.

«La sosta sarà breve, quindi vi conviene riposare!»

Una voce femminile frantumò gli ultimi tentativi di rimanere in quel delizioso mondo fatto di nulla.

Avevo già sentito quella voce.

Poi la terra sotto di me si mosse. La terra si muoveva? Ma cosa…

Socchiusi gli occhi, dando loro il tempo di abituarsi alla luce, puntini dorati mi macchiavano la vista.

Spostandomi, ebbi la sensazione che per metà fossi appoggiata su qualcosa di solido e, per l'altra metà, su un terreno caldo e morbido. Era piacevole.

Quando i puntini luminosi si dissolsero, intravidi il contorno di una figura sopra di me.

Strinsi gli occhi e mi spostai, cercando di sfuggire al raggio dorato che m'investiva in pieno la faccia. Quella che sembrava una testa si chinò in avanti, togliendomi dalla traiettoria della fastidiosa lama di sole. Impiegai un lunghissimo istante prima di realizzare cosa stessi guardando. Un istante molto, molto lungo.

Mi stavo specchiando in due sfere dalle mille sfaccettature di blu.

Boccheggiai.

Iridi, che racchiudevano pagliuzze di zaffiro miste a sodalite e lapislazzuli, erano fisse nelle mie. C'erano anche tanti piccoli fili argentei vicino alle pupille. Incredibile.

Non avevo mai visto tutte le tonalità del cielo notturno in uno sguardo. In realtà, non credevo possibile esistessero occhi simili. Eppure, in quel preciso istante, mi stavano fissando con tanta intensità da togliere il fiato.

Cercai di mettere a fuoco anche il resto, ma era difficile interrompere il contatto con quegli abissi ombreggiati da lunghe ciglia nere.

Dopo diversi secondi di smarrimento e semi-ipnosi, spezzai la catena invisibile, registrando anche il resto.

I lineamenti erano duri e leggermente affilati. Splendidi. Gli zigomi scolpiti e il naso, con una leggera curva, avevano un non so che di estremamente intrigante.

L'ovale era squadrato e la bocca, dalle labbra piene, storta in un piccolo sorriso. Onde d'ossidiana incorniciavano il volto che sembrava un'opera d'arte. Là, dove la luce del sole giocava con i capelli corvini, si creavano delle affascinanti sfumature blu.

Il mio sguardo scese lungo il collo dalla pelle chiara, posandosi sulle spalle ampie. I muscoli definiti erano tesi sotto la stoffa leggera di una semplice maglia grigia.

Quando tornai nuovamente agli occhi, un guizzo cupo e un'ombra di preoccupazione erano chiaramente stampati sul viso dell'esemplare maschile più affascinate che avessi mai visto. E stava praticamente a un palmo dal mio naso. Dall'aspetto, sembrava avesse più o meno l'età di Ryu.

Ryu...

Un dolore bruciante mi penetrò il cuore e la mente.

Bastò afferrare quel nome per riportarmi alla realtà. La mia vita emerse dal buio come una frustata. Serrai gli occhi, quando i ricordi si fecero largo violenti.

«Tutto bene?» mi richiamò una voce calda e profonda.

Sollevai le palpebre, rendendomi conto di dove fossi.

Il cuore guizzò nel petto come un'anguilla. Mi trovavo praticamente per metà sdraiata in braccio a Mr Notte.

Era un Lupo. Ne ero quasi certa, anche se aveva un odore strano.

Girai la testa e vidi le mie gambe appoggiate ai sedili, che adesso sapevo essere quelli della strana carrozza che usavano i Lupi. Ci avevo già viaggiato, quando ero partita per Orias. Con Ryu.

Trattenni a stento una risata isterica, mentre una fitta acida risaliva lo stomaco. Dovevo riprendere il controllo e capire cosa stesse succedendo.

Provai a sollevarmi, ma una presa delicata e ferma come l'acciaio m'impedì di farlo.

«Stai ferma, Rori. Fidati. Non sei ancora in grado di alzarti».

Lo shock fu così grande che rimasi bloccata come un palo e in quel momento Mr Notte mi sistemò meglio tra le sue braccia.

I movimenti erano cauti, mentre mi posizionava la testa più in alto, vicino al torace, nel tentativo di farmi stare più comoda, probabilmente.

In effetti avevo la sensazione che le ossa fossero piombo e non ero certa di potermi muovere un granché, ma questo non voleva dire che uno sconosciuto potesse permettersi di maneggiarmi con tale leggerezza, come fossi la sua bambolina.

Nonostante la debolezza, sentivo le guance scottare e il sangue scorrere più velocemente.

«Va meglio?» chiese ancora la voce profonda e avvolgente.

Inspirai a fondo.

Dovevo riflettere e non reagire d'impulso, altrimenti avrei usato le poche energie per schiantare quel Lupo fuori dalla carrozza. Mi stava tenendo come fossi qualcosa di suo, cavolo!

Sta cercando di prendersi cura di te, Rori, mi dissi. Sicuramente cercava di farmi viaggiare più comoda, ma quella naturalezza e la confidenza che aveva nel toccarmi mi facevano scottare le guance. E io detestavo essere toccata da estranei.

I Fray mi avevano strattonata e spintonata come fossi stata il loro giocattolo per troppo tempo.

Sapevo che il tocco del Lupo era totalmente diverso, eppure mi dava fastidio. Nel caso specifico era pure imbarazzante.

Inspirai a fondo e buttai lentamente l'aria fuori dai polmoni.

«Lasciami andare» mi sentii ringhiare.

Mr Notte reagì come se gli avessi appena tirato un pugno sul naso.

Certo, non ero stata gentile, ma poteva aspettarselo. Non avevo la più pallida idea di chi fosse e quella posizione, anche se comoda, era troppo intima.

Le braccia intorno a me tremarono, ma lui non allentò la presa. Il suo sguardo divenne torbido mentre continuava a guardarmi e, per un momento, scorsi una cosa stranissima in quegli occhi, come se... Mi stavo sbagliando, sicuramente.

«Sei al sicuro, adesso. Stiamo andando a Imperia» m'informò con dolcezza. «Stai tranquilla».

Un lungo brivido caldo risalì la schiena.

Era come se la sua voce avesse il potere di toccare qualcosa che avevo sepolto in profondità. Scacciai quella sensazione così bella e insensata.

In risposta mi spostai ancora, ma le sue braccia mi tenevano ferma.

La rabbia iniziò a montare. Non avevo idea del perché mi sentissi così. O forse sì, lo sapevo... Ero stufa di ricevere ordini dopo la lunga schiavitù.

Arrabbiarmi però non avrebbe portato a nulla di buono. Quel Lupo era solo gentile. Non poteva sapere cosa si agitasse dentro di me.

«Voglio sedermi prima che tu mi spieghi chi sei e cos'è successo dal mio arrivo a Honora» dissi fredda, mentre le parole mi graffiavano la gola.

Un muscolo guizzò sulla mascella del mio interlocutore e gli occhi si velarono di tristezza.

Il cuore si strinse davanti a quella reazione. Non si meritava un atteggiamento simile dopo la premura dimostrata. Eppure era stato più forte di me.

«Non mi piace essere toccata» aggiunsi.

La rabbia si stava afflosciando come un palloncino bucato.

«Certo, capisco» arrivò la sua voce, e le braccia allentarono la presa.

«Però non puoi ancora alzarti. Sei troppo debole».

Mi sentii sollevare e rimasi imbambolata, mentre Mr Notte si alzava, tendendosi in avanti.

Adagiò il mio corpo con cura sulla panca dal lato opposto, facendo in modo che la mia schiena poggiasse sulla parete di legno.

I suoi movimenti erano lenti e fluidi, come se reggesse una piuma, non una persona.

Lo guardai posizionarmi sul sedile senza parole. Poi il mio cervello assimilò il gesto e provai uno strano dispiacere.

Adesso mi stava di fronte in silenzio, dopo essersi accomodato davanti a me. Era veramente alto, con un fisico asciutto e muscoloso.

Dalla mia nuova postazione, avevo piena visuale del suo corpo. Le gambe lunghe erano fasciate da pantaloni scuri che si tendevano sui muscoli delle cosce. I fianchi stretti e le spalle larghe erano coperti da uno strano ibrido tra una maglia e una camicia. Il tessuto era morbido e un po' aderente. Al posto dei bottoni, aveva delle strisce in pelle nera che s'intrecciavano, tenendo uniti i due lembi di stoffa. Il collo aperto lasciava intravedere le clavicole e non potei evitare di fissare quel punto.

Con fare inquieto, si passò la mano tra le onde scure, che gli ricaddero scomposte intorno al viso fino a sfiorargli le spalle.

Non avevo ancora visto un Lupo brutto. I fisici possenti, e una qualche irragionevole fortuna genetica, avevano conferito a quel popolo una bellezza selvaggia.

Ma lui, il Lupo che avevo di fronte, era bello da togliere il fiato. Non di una bellezza statica o curata, semmai il contrario. Aveva un che di selvatico che urlava il suo fascino autentico da ogni centimetro del corpo statuario. *È anche gentile*, sussurrò una voce nella mia testa, che misi subito a tacere.

«Dopo il tuo arrivo a Honora, la battaglia è proseguita fino al mattino, quando le truppe del nemico si sono ritirate» disse, interrompendo le mie considerazioni.

«Edgar ci ha raccontato del vostro incontro e ha fornito tutte le informazioni» continuò, «sono passati tre giorni dall'attacco alla città. Stamani siamo partiti per tornare a Imperia, lì faremo il punto della situazione».

Stava parlando senza guardarmi, con gli occhi fissi sulla finestra.

«Adesso ci siamo fermati per una sosta» proseguì, «ma ormai manca poco al nostro arrivo. Sei stata priva di sensi per più di due giorni e il tuo corpo è provato. Quindi, di altre cose parleremo più avanti. Ora sei al sicuro». Con quelle ultime parole tornò a guardarmi.

Incontrando lo sguardo inquieto del Lupo, qualcosa dentro di me tremò.

Non perché fosse bello da svenire, ma per la luce che riflettevano quei cieli blu. Aveva un che di famigliare e dolce. Era come se quella luce mi carezzasse ovunque con un calore che non riuscivo a spiegarmi.

«Sono l'ambasciatore dell'Alfa. Lo rappresento in tutto e per tutto al di fuori dalle mura d'Imperia» riprese.

«Il mio nome è Caimerius, ma puoi chiamarmi Caim».

Un sorriso leggero gli incurvò gli angoli della bocca, mentre continuava a guardarmi.

«Sono felice che ti sia svegliata, finalmente».

La mia bocca si spalancò, mentre sentivo le guance tornare a scottare. Quell'ultima frase...

Non riuscii a finire il pensiero, quando la porta della carrozza si aprì e una voce famigliare mi arrivò alle orecchie.

«Come sta Au...?» Edgar s'interruppe nel momento in cui il suo sguardo incontrò il mio.

Una gioia pura s'impadronì del mio cuore, mentre guardavo gli occhi grigi e stanchi del mio amico. Erano successe tante cose. Troppe.

Mi sentivo diversa, e anche lui lo era. Lo leggevo nelle iridi di tempesta.

A quel compagno che avevo ritrovato appena varcate le mura di Honora, e con il quale avevo trascorso una piccola parte della battaglia, mi univa un legame saldo. Vero.

Ciò che avevamo condiviso durante lo scontro, se possibile, aveva reso la nostra amicizia ancora più profonda. I sentimenti che non avevo potuto e voluto esternare in quell'occasione, semplicemente perché non era stato possibile, ora ribollivano.

Parte delle emozioni che ero stata costretta a seppellire negli abissi del cuore stavano uscendo, adesso che ero veramente libera. E viva.

Mi resi conto di essermi lanciata verso di lui solo nell'istante in cui le mie braccia afferrarono le spalle di granito, abbracciandole.

Per fortuna ricambiò immediatamente la stretta, perché mi resi conto, inorridita, che il corpo non riusciva a stare in piedi da solo.

Il calore del suo abbraccio scacciò immediatamente un po' del gelo che popolava le mie ossa. Mi sollevò poco dopo, quando si rese conto che stavo per afflosciarmi su di lui.

«Ehi, zuccherino, grazie di aver resistito» mi sussurrò tra i capelli. «Ho avuto una fottuta paura di aver perso la mia preziosa amica. Non farmi più questi scherzi».

Tremai in quell'abbraccio e gli occhi bruciarono per un istante. «Grazie, Ed» bisbigliai.

Con quella parola volevo dirne tante di cose, ma seppi che aveva capito quando aumentò la presa.

Poi gli occhi si appannarono, ma non per la gioia. Quello scatto aveva messo alla prova il mio fisico ancora esausto.

Mi sfuggì un lamento e le braccia lasciarono il suo collo, incapaci di mantener la posizione.

In un attimo fui sollevata da Edgar e Caim scattò in avanti.

La fronte s'imperlò di sudore e la testa prese a girare come una giostra.

«Lascia, la prendo io!»

Fui avvolta ancora una volta dalle braccia di Mr Notte. Ero debole e, in fondo, stavo veramente comoda nella sua stretta.

«Non pensavo di essere messa così male» ansimai.

«Ti avevo avvertita» rispose la voce di Caim. «Posso?» chiese poi.

Avevo capito a cosa si riferisse, ma tanto mi aveva già abbracciata e sollevata di nuovo.

Almeno aveva domandato, questa volta, e non fu mia intenzione protestare. Ero un ammasso di gelatina e i muscoli tremavano per la debolezza.

«Non avrebbe dovuto alzarsi, è troppo debole, l'avevo avvisata» ringhiò aspro Caim. Parlava con Ed.

«Ho visto. È stupefacente solo il fatto che sia stata in grado di alzarsi».

Intanto Caim si era seduto e mi stava sistemando contro di lui in modo che la mia testa poggiasse tra la sua spalla e il torace. Mi sentivo un moscerino sul parabrezza di un camion, stando così, su quel gorilla di Lupo.

«Vado a prenderle un po' d'acqua» annunciò Ed con voce inquieta.

Sentii la porta chiudersi pochi secondi dopo.

«Come va?» la sua voce era velluto. Possibile che quel Lupo non avesse neppure una cosa brutta?!

Storsi le labbra: «Meglio».

«A me non sembra».

«Meglio di qualche secondo fa» borbottai.

«Posso?» chiese ancora.

Non capivo. Da quando mi aveva sdraiata contro di sé, mi ero sentita veramente meglio, come se il mio corpo sapesse che, adesso, c'era qualcuno che lo sosteneva in tutto e per tutto, rannicchiandosi contro di lui.

Le palpebre si erano fatte pesanti e faticai a rispondere.

«Se dicessi di no cambierebbe qualcosa?» replicai senza pensare realmente a ciò che dicevo, strascicando le parole. L'istinto mi diceva che non mi avrebbe messa sul sedile da sola.

«E sì, puoi» aggiunsi, mentre chiudevo gli occhi.

Una lieve risata scosse l'ampio petto contro il quale premevo la guancia e, per un istante, mi strinse più forte.

Poi Ed tornò, ma la mia mente era già avvolta da una cortina di fumo. Un oggetto freddo mi fu accostato alle labbra e l'acqua invase la mia bocca. Mandai giù lentamente. Adesso ero troppo stanca anche per bere.

«Ho sonno» squittii.

«Allora dormi, Rori» intimò la voce di velluto, mentre la sua mano calda e gentile mi carezzava il viso.

TOR

«Il Consiglio sarà riunito a breve. Drina si sta occupando di tutto, come hai chiesto».

Edgar mi stava alle spalle mentre parlava. Aumentai la presa su di lei che dormiva tra le mie braccia, mentre avanzavo nei corridoi famigliari della Torre.

Il suo sonno era innaturale, troppo pesante, e la paura fredda di non vedere più quei laghi d'oro non voleva lasciarmi.

Raggiunsi quelle che erano state le sue stanze, come in trance. Con un colpo di spalla spalancai la porta, entrando. La sentii muoversi, ma non si svegliò.

Dopo aver passato l'anticamera con veloci falcate, arrivai alla camera da letto con Edgar alle calcagna e la depositai con cura sul materasso.

Spostando le morbide lenzuola, la adagiai lì.

Gli occhi del giovane Lupo la stavano guardando, e fui costretto a scacciare la gelosia che mi mordeva il cuore.

«Bene» risposi infine, «aspetterò che il curatore la visiti prima di raggiungerli. Tu intanto occupati del resto».

«Sarà difficile nascondere che la maledizione è stata spezzata adesso che siamo tornati» se ne uscì Edgar.

Lo sapevo perfettamente, ma non c'era molta scelta.

«E poi» sospirò, «come farai con Rori? C'era un legame tra di voi, si aspetterà di vederti. Perché vuoi mentirle? Non lo trovo giusto. Non a lei».

La sensazione che le viscere ghiacciassero tornò.

«Ho le mie ragioni, Ed. Per il momento è meglio fare così, fidati».

Capii, dalla sua espressione, che non ne era convinto. Poi, con un leggero cenno della testa, si congedò, lasciandoci soli.

La situazione era critica, lo sapevo perfettamente. Eravamo in piena guerra, Ghion e Glenda non erano ancora tornati. Bisognava riorganizzare le truppe tenendo conto che c'erano spie ovunque. E c'erano le informazioni di Aurora: i Vaughan.

Doveva raccontarmi al più presto tutto ciò che sapeva, ma al momento non era nelle condizioni di farlo. In più c'era la preoccupazione per lei che non mi abbandonava un istante.

Per una frazione di secondo, il peso di tutto questo mi sembrò troppo. Eppure non avevo alternative, non potevo fare altro che andare avanti.

AURORA

Ero stata quasi stregata dai tendaggi pesanti che fissavo immersa nella penombra. Nonostante la spessa e preziosa stoffa, caldi raggi dorati penetravano nella stanza che un tempo mi aveva già ospitata.

Tentai per la milionesima volta di mettere ordine nei pensieri che mi annientavano come l'apocalisse. Ero sveglia da un bel po', ma non avevo ancora visto nessuno, né fatto chiarezza nel vortice che avevo in testa. Quanto avevo dormito questa volta? Non ne avevo la più pallida idea. Però era il momento di alzarsi.

Non potevo perdere tempo, Elerry stava ancora soffrendo. Si trovava nel regno del Maligno e chissà Dio come stavano andando le cose lì, dopo il fallimento a Honora. Certamente Aris era su tutte le furie.

Sollevai il busto cauta.

Il corpo non sembrava né affaticato né pesante questa volta.

Piegai il braccio, studiando la mano come se potesse darmi le risposte che cercavo e poi, sbuffando, scostai le lenzuola.

Quando i piedi nudi sfiorarono il pavimento, rabbrividii al contatto con la pietra fredda. Una parte di me però esultò per la piccola conquista.

Testai con cautela la mia stabilità: le gambe erano solide. In effetti non mi sentivo affatto debole. Semmai il contrario.

Sembrava che le energie fossero tornate. *Comunque è meglio essere cauti.* Non avevo dimenticato il malessere durante il precedente risveglio, né Mr Notte.

Doveva essere un Lupo che deteneva un ruolo rilevante. Strano non averlo mai incontrato prima.

Tutto sommato, ripensandoci, non era così insolito. Chissà quanti Lupi c'erano a Imperia e nelle cinque città. Quindi era sciocco stupirsi che le nostre strade non si fossero incrociate.

Qualcuno doveva avermi cambiato i vestiti, presi nota, dirigendomi al bagno. Sicuramente era stata Elga a infilarmi quella camiciola leggera.

Una volta raggiunto l'obiettivo, non avevo resistito alla grande vasca. Potermi lavare era stata un'emozione sublime, e finalmente ero riuscita a togliere tutto lo sporco che mi impiastricciava i capelli.

Qualcuno aveva provato a darmi una ripulita, ma non era paragonabile a un vero bagno.

Dopo quell'operazione di disinfestazione batterica, mi sentivo come nuova. Quasi in splendida forma.

Con lo stomaco che brontolava, rovistai nel grande armadio a muro.

Perfetto. I vestiti che mi aveva portato Elga tempo addietro erano ancora lì. Sovrappensiero, notai che c'erano anche degli abiti da uomo. Che strano.

Dopo aver infilato dei pantaloni scuri e una leggera maglia in garza azzurra, stavo così bene che mi sembrava un sogno.

Faceva molto caldo e sperai che quei vestiti non mi facessero sudare. La temperatura era alta e di indumenti dalle maniche corte non ne avevo trovati.

Studiando con Navar, avevo appreso che le stagioni, in quel mondo, erano molto più lunghe. A giudicare dal caldo, doveva essere piena estate.

Nonostante le spesse mura di pietra, anche dentro il castello l'aria era densa e afosa. A ogni modo non mi sarei lamentata. Amavo il caldo.

Un brivido si spostò lungo la spina dorsale al ricordo del freddo pungente e costante che c'era sottoterra.

Ritornai in bagno alla ricerca di qualcosa con cui legare i capelli, ma non scovai nulla di utile. In compenso osservai la mia immagine allo specchio. Stentavo a riconoscermi.

I capelli ricadevano in onde disordinate sulle spalle. Erano più o meno come li ricordavo, forse un po' più lunghi.

Il viso invece si era affilato di parecchio e gli zigomi spiccavano decisi sotto la pelle tesa. Avevo perso peso. Gli occhi erano riposati e sembravano più grandi e luminosi, ma una luce fredda brillava nelle iridi gialle.

Il mio sguardo era cambiato.

C'era qualcosa di misterioso e affascinante nella ragazza che mi studiava nello specchio, anche se una durezza alla quale non ero abituata traspariva dall'insieme.

La bocca rosea e le guance erano arrossate dal bagno, eppure nell'insieme la pelle bianca, finalmente pulita, aveva una bella tonalità chiara.

Era da tanto che non vedevo il mio riflesso e, per la prima volta, mi resi conto che ero abbastanza carina, nonostante l'eccessiva magrezza. Quella nuova luce nello sguardo non mi dispiaceva affatto, anzi. Sapevo essere lo specchio di ciò che ero adesso.

Mi ero ritrovata e finalmente capita. Sapevo chi ero e cosa volevo fare. Questo mi dava un'enorme soddisfazione, anche se avevo fatto un viaggio all'inferno per scoprirlo.

Distolsi lo sguardo, spazzolandomi veloce i capelli prima di uscire.

Mi avviai all'anticamera e rimasi immobile davanti al piccolo salottino, indecisa sul da farsi. Serrai un istante i pugni prima di avviarmi alla porta.

Ero a un soffio dal raggiungerla, quando si aprì.

Mi trovai a fissare il volto sorpreso di Drina. Le iridi azzurre della bionda bellezza si scurirono prima che avanzasse.

«Ti sei svegliata, finalmente» esordì, studiandomi.

Non capivo quella cautela, come temesse facessi qualche cosa di strano. Per esempio, arrampicarmi sui muri e sputare palle di fuoco dalla bocca.

Ci misi un po' a rispondere: «Sì, mi sento bene adesso».

«Si vede, ne sono felice».

Mi accigliai.

«Dove stavi andando?» chiese poi, fredda.

Il mio istinto si attivò all'istante. C'era qualcosa di strano. Il suo volto era tirato e profonde occhiaie le cerchiavano gli occhi, anche se restava comunque bellissima come la ricordavo.

Il vestito che portava aveva lo stesso taglio di quello che un tempo mi aveva prestato, lungo, con i due spacchi laterali. Il colore invece era cambiato in un tenue lilla.

«Mi è venuta fame» improvvisai, cercando di rimanere tranquilla mentre il mio stomaco brontolava, dando forza a quella mezza bugia.

«Non c'è bisogno che tu esca, ti farò portare del cibo, prima di avvisare che ti sei svegliata».

Era strana, molto strana.

«Va bene» mi costrinsi a rispondere.

«Il Consiglio non vede l'ora di parlarti, quindi preparati» aggiunse, prima di fare un leggero cenno con la testa e uscire.

Rimasi impalata davanti alla porta chiusa. Non capivo.

Certo non mi aspettavo che mi saltasse al collo abbracciandomi, ma quel comportamento era strano. Sembrava quasi temesse qualcosa. Ma cosa?

La mia mente, durante la prigionia, si era abituata a lavorare come un computer, che analizza ed elabora dati.

Sapevo che i dettagli erano fondamentali. Quello che era appena successo mi aveva acceso una spia rossa nel cervello.

Ero seduta sulla morbida poltrona da quasi mezz'ora, quando avvertii dei passi rapidi nel corridoio. Dopo l'incontro con Drina ero tornata vigile come se fossi ancora sottoterra.

Per un secondo avevo sperato che fosse lui, ma i sensi di Lupo avevano subito dissolto ogni speranza.

Mr Notte sobbalzò quando, passata la soglia, il suo sguardo mi raggiunse.

Era veramente alto e il suo fisico scultoreo sembrava quello di un attore di un film d'azione.

Gli occhi blu brillarono quando affondò nei miei e rimase così, immobile, per un lunghissimo istante.

Interruppi il contatto visivo, alzandomi. In risposta lo vidi spostarsi veloce nella mia direzione, come temesse potessi cadere.

Sollevai rapida la mano verso l'alto per bloccare quella premura.

«Sto bene, adesso» mi affrettai a dire.

Sorpreso, si fermò a pochi passi da me, senza togliermi gli occhi di dosso.

Inclinai la testa di lato, incuriosita. Quella sensazione famigliare era tornata e non ne capivo la ragione. Anche i miei battiti erano aumentati, come se il corpo reagisse a qualcosa che sfuggiva alla mia comprensione.

«Sono contento di vederti in piedi» sussurrò.

Era sincero, lo percepivo.

Al contrario di Drina, sembrava veramente felice, nonostante non ci conoscessimo affatto.

Si spostò verso il tavolino senza togliermi gli occhi di dosso; solo allora mi accorsi del vassoio che reggeva tra le mani.

«Se ti sentirai in forze, dopo mangiato, incontreremo il Consiglio» m'informò, scoprendo le portate.

Incontreremo? Accigliata, studiai il cibo.

Sul vassoio c'era un'enorme quantità di carne stufata con diversi contorni di verdure, il cui profumo delizioso s'infilò invitante nelle narici. Sul piatto vicino c'era della carne salata con carpaccio di funghi e carote viola. Una scodella in porcellana, adorna di complessi intrecci argentei, ospitava la zuppa di carne, che temevo fosse una mia eccelsa conoscenza. Infine il dolce.

Quel vassoio era certamente opera di Elga.

La salivazione aumentò davanti a quel ben di Dio, mentre un profumino delizioso invase l'ambiente.

«Sto bene» lo rassicurai. «Non ricordo neppure l'ultima volta che mi sono sentita così in forze, incontrare il Consiglio non sarà un problema».

Un muscolo serpeggiò sulla mascella squadrata. Non riuscivo a percepire molto di quel Lupo. Strano. Avevo imparato a usare i sensi ed ero capace di sentire abbastanza bene chiunque mi fosse così vicino. Con Caim, per la maggior parte del tempo, era come avere un muro davanti.

«Siediti e mangia, quando avrai finito ne parleremo».

Storsi la bocca.

Doveva smetterla di darmi ordini in quel modo. Sbuffando, mi rimisi seduta, mentre lui si accomodava nella poltrona accanto.

Non mi tolse gli occhi di dosso un secondo, mentre divoravo una fetta di dolce con mousse ai frutti di bosco e panna. Avevo scartato a priori la carne.

Non che non trovassi quelle pietanze di mio gusto, anzi. Ma avevo deciso di mangiare quello che più mi piaceva. Era il primo vero cibo che mettevo nello stomaco da quando avevo lasciato Imperia.

Sapevo che le cose potevano cambiare in qualsiasi istante e non mi aspettavo nulla, né volevo illudermi. Quindi, nel caso non ci fosse stato un domani, almeno avrei mangiato la mia portata preferita. Al cibo sano avrei pensato in seguito.

Non spiccicai parola. Non avevo alcuna intenzione d'intrattenere una conversazione con lui.

A metà della seconda fetta, ero già piena. Lo stomaco non era più abituato a mangiare grandi quantità di cibo. Abbandonai sul piatto ciò che rimaneva del dolce, afferrando il calice d'acqua.

«Non mangi più?»

Alzando lo sguardo, incontrai il suo viso accigliato.

«Non sono abituata a mangiare così tanto» risposi con un'alzata di spalle.

Quasi mi pentii di quelle parole, quando un'ombra scura offuscò i bei lineamenti. Quel Lupo era un enigma.

Poi un'idea mi balenò in testa e uscì di bocca senza che me ne rendessi conto.

«Potrò parlare con Tor?»

Dannazione! Mi ero costretta a rinchiudere quel nome e il groviglio di emozioni che portava con sé in un angolo molto buio del cuore. Adesso che mi trovavo lì, prima o poi l'avrei rivisto, lo sapevo. Ma perché affrettare le cose? Una parte di me era proprio stupida.

«Non importa» mi affrettai ad aggiungere, «immagino sia molto impegnato, vista la situazione».

Tormentai il labbro inferiore con i denti, mentre mi davo dell'idiota per l'ennesima volta. Non potevo permettermi di pensare a quelle cose. L'obiettivo era un altro.

Tornai a guardare il Lupo davanti a me e quasi mi strozzai con l'acqua che avevo ripreso a sorseggiare.

Gli abissi blu erano torbidi e riflettevano un bagliore pericoloso, mentre contraeva la mascella come fosse un tic. Che aveva quel Lupo?

«Quanto ho dormito?» chiesi, cercando di cambiare argomento.

Gli occhi blu si calmarono e mi guardò come se non afferrasse il senso della domanda.

«Da quando siamo arrivati, per quanto tempo sono stata priva di sensi?» specificai, scandendo le parole e parlando molto lentamente, come se avessi a che fare con una persona lenta a capire.

Quando gli occhi di Mr Notte si ridussero a due fessure, lasciai andare il ghigno che cercava di uscire. Non mi diede molta soddisfazione, il volto era tornato impassibile in un lampo.

Sospirai, tornando mentalmente alla questione principale. Il fattore tempo era essenziale adesso. Quanto era passato dall'attacco a Honora? Si erano già mossi? Sicuramente Aris sì.

«Due giorni, ma non ci sono novità rilevanti» rispose come se mi stesse leggendo nella mente.

Quindi erano passati cinque giorni dall'attacco, cinque giorni nei quali Elerry era rimasta nel sottosuolo, mentre io dormivo come un ghiro.

Strinsi i denti.

«Aurora, prima d'incontrare il Consiglio vorrei che mi raccontassi…»

Sgranai gli occhi. Cosa? Perché mai avrei dovuto parlarne prima con lui?!

«So che non mi conosci, ma sostituisco l'Alfa e non hai ancora incontrato Tor perché, al momento, non si trova a Imperia. Il Consiglio lo ha convinto a spostarsi in un posto sicuro per evitare che rischiasse la vita in caso d'attacco».

Scoppiai a ridere senza rendermene conto.

«Impossibile!» esclamai. «Mi stai mentendo, Tor non lascerebbe combattere gli altri al suo posto».

Oppure mi sbagliavo? Un dubbio improvviso mi rovesciò lo stomaco.

«Perché dici questo?» chiese invece Caim. «Se l'Alfa cade, il popolo dei Lupi è spacciato».

Aveva ragione, in effetti.

«Bene, quindi dovrei raccontare a te quello che so, giusto?»

Il bel viso annuì.

Avevo scoperto molte cose e, tra queste, la fondamentale era che dovevo stare molto attenta di chi fidarmi. C'erano diversi Lupi che servivano Aris. Che lui fosse tra questi?

«So come ti senti, posso capirlo. Ma puoi fidarti di me. È stato Tor a darmi il potere di decidere in sua vece. E fidati, lo incontrerai presto» sussurrò con dolcezza.

Sapeva come mi sentivo? Ne dubitavo.

Anche se percepiva qualche emozione, non aveva la benché minima idea di come stessi veramente. Avevo deciso di combattere i Vaughan e quella piaga di Aris, la mia motivazione era fortissima. Lui non aveva idea di cos'era stata la prigionia.

Ripensai al mio arrivo in quel mondo, a quanto era stato fatto per me... Mi fidavo di Tor.

Se lui riponeva così tanta fiducia in questo Lupo, tanta da permettergli di prendere decisioni durante la sua assenza, dovevo fidarmi anche io. D'altra parte non c'era molta scelta, se volevo liberare le Fate.

Allora, decisi.

Inspirai a fondo, prima di richiamare le immagini di Orias.

«Avevamo raggiunto la Capitale in tranquillità, accampandoci poi tra le rovine del palazzo per la notte» iniziai.

«Non ho avuto tempo di vedere molto a Orias, fummo attaccati poco dopo il sorgere del sole. All'improvviso i Fray ci avevano circondati, ma lo scontro durò poco. Erano in troppi: un centinaio o più e noi solo in dodici. Si sono divertiti a banchettare con la scorta, mangiandoli, alcuni ancora vivi».

Un sorriso amaro mi storse le labbra. Vedevo chiaramente quella scena con gli occhi della mente, ma non faceva più così male. La guardavo in modo diverso adesso.

Lasciai che le emozioni sparissero come avevo imparato a fare, mentre continuavo.

«Ryu ha provato a salvarmi, a farmi scappare. Si è sacrificato distraendoli, per un momento ho creduto di farcela, ma alla fine mi hanno presa» sospirai. Voleva sapere? Bene, avrei parlato.

«Dopo avermi spezzato la schiena, hanno scoperto che avevo un buon sapore, così alcuni di loro hanno deciso di nutrirsi anche di me. Hanno mangiato la mia carne, come hanno fatto con gli altri. Ma io sono stata fortunata. Non sono arrivati a uccidermi, anche se in realtà, in certi momenti, l'avrei preferito».

Buttai l'aria fuori dai polmoni in un lungo respiro.

«Alla fine, mi hanno portata con loro perché mi credevano una Maga. Un trofeo per il loro Re».

Appoggiai la testa contro il soffice schienale del divano, e chiusi gli occhi.

«Non ho ricordi del tragitto, so solo che mi sono risvegliata in una cella sotterra. Ogni Mago ha una propensione verso un tipo di magia: la mia è quella curativa. Inconsapevolmente, mentre deliravo, ho fatto rimarginare le ferite e il mio corpo è sopravvissuto. Una parte di me ha voluto rimanere in vita a tutti i costi».

Continuavo a tenere gli occhi serrati mentre raccontavo.

Raccontai di Taran e del primo misero tentativo di fuga, di come avesse scoperto il mio segreto e deciso di tenerlo per sé, di Aris e del primo incontro, seguito dal patto con il Generale.

Parlai del rapporto che si era creato tra me e Taran e del suo lato buono.

Descrissi le gallerie e raccontai delle Fate e di Elerry. Aggiunsi qualche episodio colorito con i Fray, ovviamente non tutti. Spiegai il ruolo delle femmine di Volpe, gli confidai dei piani che riuscivo a sentire durante l'addestramento, la soddisfazione di Taran nello studiarmi e nel farmi apprendere le arti magiche e il combattimento. Descrissi Ide e la sua natura gentile. Poi la fuga.

Avevo finito da qualche secondo, mentre tenevo ancora la testa appoggiata e gli occhi chiusi.

Non avevo raccontato tutto.

Alcune cose desideravo rimanessero solo mie, altre invece non avevo proprio voglia di descriverle.

Caim non parlava e io non avevo altro da dire. Così rimasi lì.

Nel silenzio della stanza, mi accorsi di sentirmi più leggera. Condividere ad alta voce la prigionia mi aveva alleggerita un po', nonostante avesse inevitabilmente acuito il male che i ricordi portavano con sé.

Poi qualcosa di caldo mi sfiorò la guancia, e solo allora mi accorsi che si era spostato al mio fianco. Aprii gli occhi di scatto incontrando le sue iridi blu, deglutendo a vuoto. Quegli abissi magnetici avevano assunto quasi totalmente la tonalità di zaffiro. *È come perdersi nell'immensità del cielo mentre guardi le stelle*, pensai senza fiato.

Il Lupo era a pochi centimetri da me, la sua mano calda e ruvida mi sfiorava la guancia in una lenta carezza. Eppure non era quella la cosa più sconvolgente, bensì il tormento misto a dolore dipinto nei suoi occhi. Dolore vero. Lo riconoscevo e potevo sentirlo. Quel Lupo stava soffrendo per me. Ma perché?

Ora aveva girato la mano, facendo in modo che il dorso delle dita disegnasse piccole figure dalla forma indefinita sulla pelle. Sembrava che, con quel gesto dolce e ritmico, volesse alleviare le mie sofferenze. E in effetti, la carezza calda che mi faceva sfarfallare il cuore stava facendo scemare il male sordo, reso più vivido dal ricordo.

Oltre a me, sentivo lui. E Caim stava soffrendo. Lo sentivo sulla pelle e nelle ossa e il muscolo nel petto si strinse davanti a quella verità.

M'immersi negli abissi del colore del cielo notturno, senza poter resistere. Cosa mi stava succedendo? Non ne avevo idea. Però, in quel momento, a una parte di me non importava affatto.

La sua mano si spostò con infinita lentezza verso la tempia, per poi sfiorarmi i capelli. Mi toccava come fossi qualcosa di fragile e prezioso, affondando il palmo tra le ciocche. La sensazione dovuta a quel gesto mi fece rilassare contro di lui, e un brivido di piacere abbracciò il corpo.

Con movenze pigre si spostò per seguire il contorno della mascella. Brividi mai provati si stavano arrampicando lungo la schiena mentre mi abbandonavo totalmente, rapita da quelle movenze. Avrei voluto continuasse per sempre, mai nella vita mi ero sentita così.

Le punta delle dita si erano spostate ancora, seguendo il mio profilo e lasciando dietro di sé un delizioso formicolio.

Non riuscivo a scostare lo sguardo dal suo, né a pensare. Quegli occhi mi avevano incatenata.

Socchiusi le labbra sorpresa, quando la sua mano lasciò il mio viso proseguendo sotto il mento.

Un nuovo calore mi lambì la carne, mentre Caim raggiungeva l'incavo del collo. Non mi mossi di un millimetro, ero prigioniera di quel tocco.

Adesso gli occhi del Lupo si erano accesi di una luce diversa, che fece battere il mio cuore a un ritmo sconosciuto, mentre la mano tornava al volto.

Tracciò piccole linee tonde sulla mascella e, questa volta, la pelle si scaldò come se la sua mano bruciasse.

«Posso?» sussurrò con voce densa e roca, mentre continuava in quella carezza.

Deglutii senza capire cosa mi stesse chiedendo veramente. Mi stava toccando come nessuno prima e non avevo mosso un dito per fermarlo.

Era come essere in preda a una strana febbre, le sensazioni che provavo mi paralizzavano, spegnendo il cervello. Era sconvolgente e bellissimo al contempo.

Poi quei movimenti si spostarono verso la bocca. Ebbi un fremito quando ne tracciò il contorno. Ma la sensazione fu troppo, troppo intensa.

Scattai a sedere come una molla, spezzando la paralisi.

Boccheggiando, mi allontanai.

Non riuscivo a capire cosa fosse appena successo, e le guance presero a scottare.

Il muscolo, nel mio petto, stava continuando a muoversi al ritmo di una musica silenziosa, potente e incalzante. Avevo ancora addosso la sensazione delle sue dita, nonostante ora fossero distese lungo i suoi fianchi.

Le stavo fissando come fossero l'arma di un delitto e non ero certa di voler incrociare quegli occhi capaci di stregare.

«Scusa, non volevo spaventarti, solo esserti di sostegno» arrivò la sua voce.

I miei occhi scattarono verso l'alto per guardarlo come fosse un alieno. *Sostegno?*

«Volevo solo, non so... Non so cosa volessi esattamente, ma non intendevo fare nulla di male, credimi» continuò.

Sentivo fisicamente gli occhi sgranarsi, forse stavano per uscirmi dalle orbite.

Cosa mi stava dicendo? Che gli avevo fatto pena e si era sentito in dovere di consolarmi?

Le sue iridi si erano tinte per la maggior parte del colore della sodalite, il viso era inquieto.

C'era stato dolore puro, poco prima, in quegli specchi blu. Era rimasto toccato dal mio racconto, lo sapevo. Sapevo che, a modo suo, aveva voluto consolarmi, e io probabilmente ero rimasta vittima del suo fascino per qualche minuto. Era andata così, di sicuro.

Mi sentivo un'idiota.

Cos'ero andata a pensare? Dovevo rimediare e subito.

Passai nervosa una mano tra i capelli: «Non preoccuparti, non mi hai spaventata. So che era un gesto di gentilezza».

Accennai un sorriso: «Non c'è bisogno che ti dispiaccia per me. Se non avessi vissuto quei giorni, non sarei ciò che sono adesso, quindi va bene così».

«Nessuno dovrebbe vivere un'esperienza simile!»

«Lo so, però quell'inferno mi ha fatto comprendere molte cose e mi ha permesso di crescere. Quindi non dispiacerti per me».

Caim era inquieto più che mai, e non riuscivo a capire cosa pensasse.

«Ciò che hai vissuto è colpa nostra, e anche se adesso sei al sicuro, non rende la cosa meno grave».

Sul serio? Aveva appena incolpato i Lupi per la mia prigionia? Lo guardai attentamente: non stava scherzando. C'era un profondo senso di colpa nel suo sguardo.

Quel Lupo era veramente un enigma.

Inclinai la testa, studiandolo.

«Non avete nessuna colpa per quello che mi è successo. Come avreste potuto prevederlo? È un'assurdità pensare che sia stato colpa di qualcuno».

«Tor avrebbe dovuto sapere che era pericoloso. Non doveva esporre te e gli altri a un rischio simile».

Sentivo la bocca aprirsi per lo stupore. Stava veramente incolpando

Tor?

Una scintilla di rabbia m'infiammò il sangue.

«No, che non avrebbe dovuto!» ringhiai. «Tor non ha la sfera magica e non sapeva come stessero le cose. Orias si trova dentro i confini, non aveva motivo di credere che potessimo subire un attacco».

«Lui è l'Alfa! Quelle vite erano una sua responsabilità, doveva essere più accorto».

La voce di Caim era secca e rigida, credeva fermamente in ciò che diceva.

Scoppiai in una risata forzata: «Tor non è Dio e neppure un veggente. Se gli sei così vicino, dovresti conoscere il suo valore e non attribuirgli colpe che non ha».

Ora non ero più così certa di aver fatto bene a fidarmi di lui.

«Non sai quello che dici! Come Alfa era suo dovere tenerti al sicuro. Invece della spedizione siete sopravvissuti in due, e non certo per merito suo!»

«Se sento un'altra volta una cavolata simile, giuro che ti faccio vedere cosa ho imparato con Taran…» la voce morì di colpo.

Una parola stava rimbalzando nel mio cervello come una pallina da ping pong. Avevo capito bene?

«Cos'hai detto?» chiesi.

Non era possibile, dovevo aver sentito male.

Caim mi guardò per un momento senza capire, poi la sua espressione cambiò.

«In quanti siamo sopravvissuti?» lo incalzai, con la voce che tremava.

Era diventata una risposta vitale. Sapevo che i Fray non avevano fatto altri prigionieri. Forse uno dei Lupi si era allontanato prima dell'attacco ed era riuscito a sopravvivere.

«Il mago, Ryu, lo abbiamo trovato in fin di vita nel castello. È sopravvissuto anche lui».

«Ryu è vivo?» balbettai con la mente in stato confusionale. Ma com'era possibile? Perché non me l'aveva detto subito?!

«Sì, è vivo».

Ero sconvolta. I miei occhi scandagliavano i suoi in cerca della verità, ma non stava mentendo. Ryu era vivo.

Sentivo il cuore nel petto come se si fosse frantumato e ricomposto, talmente forti erano le emozioni che sentivo. *Ryu è vivo!*

La camera si stava annebbiando. Però non era nebbia ciò che vedevo, bensì lacrime che mi appannavano la vista; me ne accorsi solo quando gocce umide strisciarono lungo le guance.

TOR

Ero fermo davanti alla porta.

Mi sentivo un intruso in quel momento. Quella sensazione faceva male come un'arma che fende la pelle.

Rori era china sul corpo immobile del Mago, i singhiozzi le scuotevano le esili spalle. Le dita pallide toccavano il suo volto come, non molto prima, le mie avevano toccato il suo.

Una miscela acida stava risalendo lo stomaco, e non potevo fare nulla per evitare di sentirmi così. Nulla.

Una parte di me sapeva che era molto legata a lui. Sapeva che il miscuglio di gioia e dolore che provava era legittimo. Eppure un'altra non lo tollerava.

Quel fuoco di sentimenti che provavo per lei ora mi stava bruciando, e la gelosia scorreva nelle vene come veleno.

Ormai eravamo lì da molto, ma non aveva ancora accennato ad alzarsi, né proferito parola. Non avevamo molto tempo ancora, il Consiglio ci stava aspettando.

Una parte di me voleva disperatamente strapparla da lì con quella scusa, ma sapevo che non sarebbe stato giusto. Allora decisi.

«Andrò solo alla riunione, tu rimani qui. Mi hai già raccontato quello che dobbiamo sapere, quindi non c'è bisogno che tu venga».

La sua schiena si drizzò, ma non rispose. La vidi annuire in silenzio, senza voltarsi.

«Quando avrò finito tornerò a prenderti» conclusi, costringendomi ad andare.

Stavo per passare la soglia quando la sua voce bisbigliò: «Grazie, Caim».

Mi affrettai lungo il corridoio cercando di scacciare l'immagine di lei china su Ryu.

Era mio compito pensare a cosa dire al Consiglio, non a Rori.

Dopo avermi raccontato della prigionia, avevo perso il controllo. Ero stato a un passo dal fare qualcosa di molto stupido. Lo sapevo perfettamente. Per fortuna lei non aveva capito.

Da uomo avevo la possibilità di toccarla e starle vicino come avevo sempre desiderato. Adesso che ne ero in grado, non potevo farlo. Mi ero costruito la mia prigione da solo, ma sapevo che per lei era meglio così.

Ero arrivato davanti alle porte della Sala D'oro. Esitai un istante sulla soglia.

Il Consiglio sapeva della maledizione, li avevo informati al mio ritorno. Ma quanto avrei dovuto rivelare della prigionia di Aurora? Intanto era fondamentale fugare i loro dubbi su di lei.

Le insinuazioni che avevo sentito al nostro arrivo avevano scatenato la mia ira. Adesso, dopo aver ascoltato il suo racconto, ero fermo più che mai a reagire con decisione davanti a quelle stupidaggini. Inspirai a pieni polmoni, prima di oltrepassare la porta.

Mi ero appena seduto sulla sedia dell'Alfa, quando brontolii di disappunto si levarono dagli anziani consiglieri. Non mi ero ancora abituato alla sensazione di potermi sedere a quel posto. Per la prima volta dopo secoli, un Alfa sedeva di nuovo lì, nella sua forma umana. Sulla sedia che gli spettava.

«La ragazza?» chiese Leon, senza giri di parole.

«Sta bene. Adesso è con il Mago».

Gli occhi neri dell'anziano luccicarono mentre il suo volto pallido e rugoso si storceva in una smorfia.

Con la mano ossuta sistemò le onde grigie che gli erano scese sugli occhi, scuotendo la testa.

«Credevo che l'avremmo incontrata. Drina ci ha riuniti per questo».

Lanciai un'occhiata alla porta chiusa, vicino alla quale stava immobile la Lupa bionda.

Da quando eravamo tornati, avevo permesso sia a lei che a Edgar di assistere alle nostre riunioni, come avevo fatto con Salem in passato.

Sal si trovava ancora a Honora, con il compito di seguire la ripresa della città, mentre Niall era venuto con noi a Imperia.

Edgar, Drina e Niall erano dei validi guerrieri e comandanti. Volevo averli vicini per tanti motivi. In più erano gli unici di cui non dubitavo, anche se non mi piaceva l'ostilità di Drina nei confronti di Aurora. Ma potevo capire le sue paure.

«Ha parlato con me, quindi possiedo le informazioni nei dettagli».

«Se permetti, mio Re, forse sarebbe il caso che anche noi avessimo modo d'interrogarla» s'intromise Cor, «probabilmente degli occhi più vecchi sono in grado di cogliere cose che a quelli giovani e troppo magnanimi sfuggono».

Ero preparato e la sua insinuazione non mi stupì. Conoscevo il vero senso di quelle parole. Loro sapevano cosa significava lei per me. Erano gli unici, per il momento.

Mi ero pentito un'infinità di volte di averla esposta a un rischio simile, rivelandolo proprio a loro. Ma non potevo cambiare le cose.

«Avrete modo d'incontrarla al più presto, ma ho già verificato che le vostre paure più grandi non fossero reali. Non dimenticate che io posso sentire i Lupi come nessun altro può» sorrisi pacato. «Quindi potete stare tranquilli, non mi è sfuggito nulla».

Cor sembrò ricordare solo in quel momento che i miei sensi erano ormai in grado di cogliere ogni cosa.

«Certo, capisco. Quindi è vero, stiamo combattendo contro un gruppo di Vaughan?»

La sua voce era grave e sembrava preferisse l'idea che Aurora fosse pazza a quella di avere come nemico gli ultimi rappresentanti di quel popolo.

«Sì. Dietro questa guerra ci sono quattro di loro. Gli ultimi. Al comando c'è un Vaughan di nome Aris».

Vidi Leon sobbalzare, gli altri si limitarono a reazioni più leggere. Avrei voluto che Ghion e Glenda fossero lì, ma non erano ancora tornati.

«La ragazza lo ha visto?»

Sentivo la paura nelle parole di Leon.

Annuii piano. «Sì, ha visto tutti loro».

Riportai ciò che mi sembrava più importante e opportuno del racconto di Rori, prima di una successiva riunione.

«La situazione è grave, bisogna trovare le gallerie che portano alle città e distruggerle» esplose Cor.

«La ragazza ha distrutto parte della galleria che porta a Honora» s'intromise Drina.

La guardai attento. Giusto, aveva parlato con Ed.

Edgar aveva rivelato anche a me del suo talento e di come lei l'avesse sfruttato in quell'occasione, mentre Rori non ne aveva fatto parola.

Sapevo perché, non avevo dubbi su di lei. Aveva mantenuto il segreto di un amico.

«E come avrebbe fatto?» chiese Cor, accigliato.

«Con la magia. Sembra che abbia imparato a padroneggiare il suo potere, in questo tempo».

Avevo omesso il particolare dell'addestramento con il Generale nel mio racconto. Non volevo si sapesse quanto fosse diventata forte, almeno non subito. Poteva essere una carta vincente e spiattellarlo in giro non era saggio. Specialmente quando c'erano le orecchie dei traditori in agguato e avevo paura che uno degli anziani potesse farsi sfuggire qualcosa.

A quanto avevo capito, Aris non sapeva nulla di tutto ciò. Dubitavo che quel Generale lo avesse informato, adesso che era fuggita. Non sarebbe stato nei suoi interessi.

Fulminai la Lupa con lo sguardo, intimandole di tacere.

«L'addestramento con il Mago, qui a Imperia, ha dato i suoi frutti, superando le aspettative» intervenni.

«Ciò che faremo è mandare delle unità di Lupi a individuare il maggior numero di gallerie possibili. Invieremo dei messaggeri alle altre città per informarli come si sposta il nemico» era la prima cosa da fare.

«Riorganizzeremo le truppe. Ora è di vitale importanza trovare anche degli alleati. I Fray sono stati ben addestrati e sono numerosi. Hanno aspettato per anni solo questo momento».

«Devo dire che la ragazza sta avendo un ruolo importante in questa guerra. Senza di lei, staremmo ancora brancolando nel buio e probabilmente Honora sarebbe caduta, come Ynyr» la voce di Navar fendette l'aria per la prima volta.

«La sua mente è acuta e brillante, ho avuto modo io stesso di capirlo durante le nostre lezioni. Non mi stupisce che sia riuscita a liberarsi da sola» continuò l'anziano, «ho visto in lei lo stesso fuoco che c'era in Bryn. Un fuoco che non teme la morte. Ma l'odio che nutre per il nemico non toglierà ai suoi occhi il peso di ciò che abbiamo fatto» sospirò, come se un fardello invisibile gli stesse opprimendo le spalle.

«Abbiamo spezzato la vita dei suoi genitori, ed è stato tuo padre a dare quell'ordine, Tor. Ci siamo macchiati di un crimine molto grave».

Una morsa gelida schiacciò il mio cuore. Non lo avevo dimenticato, non avrei mai potuto.

«Se permetti, mio Re» s'intromise Cor, «forse questo non è il momento opportuno per rivelarle queste cose. La prigionia l'avrà sicuramente provata e il suo obiettivo, ora, è combattere il nemico con noi e liberare le Fate».

Fece una lunga pausa guardando il resto del Consiglio, prima di continuare.

«È un Lupo capace di usare la magia, che conosce e odia i Vaughan. Ha una padronanza notevole del potere curativo, ciò significa che i Lupi feriti in battaglia possono guarire in un attimo. Forse è capace di alzare barriere magiche e chissà cos'altro. Dovremmo indagare su questo e non appesantirla con verità che non cambierebbero il presente».

«Già» rispose Navar, «dovremmo trovarle un posto tra le nostre truppe, invece di metterla di fronte a una verità simile proprio adesso».

Non concordavo con loro. Aveva il diritto di sapere e spettava a me dirglielo. Ma forse il momento per farlo poteva aspettare. Ne aveva passate abbastanza per ora, su quello ero d'accordo.

AURORA

Doveva esserci un modo! Stavo girando per la stanza di Ryu come una tigre in gabbia.

Dopo che Caim era uscito, mi ero ripresa. Avevo cercato tra i libri di magia che erano ancora presenti nella stanza, ma nulla.

Non trovavo uno dei testi di magia curativa.

Secondo i Lupi, Ryu era stato consumato dal suo stesso potere magico, che lo aveva ridotto così. Non poteva essere, non del tutto almeno, altrimenti sarebbe morto. Lo sapevo bene. Me lo avevano spiegato Ryu per primo e Taran poi, cosa sarebbe potuto accadere in casi simili.

Era in una specie di coma senza che fosse attaccato a un respiratore, ma doveva esserci un modo per rianimarlo e io l'avrei trovato!

Avevo permesso ancora una volta alle emozioni di prendere il controllo quando avevo scoperto che Ryu era vivo. Adesso basta! Quelle stupide emozioni mi toglievano lucidità, dovevo agire, non mettermi a piagnucolare. Ma dov'era quel dannato libro?!

Poi mi bloccai. E se…

Senza esitare, imboccai la porta, richiudendola rapida alle spalle. Percorsi i corridoi che avevo imparato a conoscere durante la mia permanenza al castello, senza badare ai Lupi che incontravo.

«Ehi, tu!» esclamò una voce sconosciuta, quando passai la grande volta che precedeva la stanza alla quale ero diretta.

Girai la testa, e i miei occhi si posarono su un Lupo massiccio in forma umana.

«Cosa ci fai qui? L'accesso a quest'ala non è consentito».

«Cosa?»

Quella parte del castello era il lato che ospitava i membri del Consiglio e dove si trovava la biblioteca di Navar.

Avevo studiato con lui proprio in quella stanza, tra le pareti ricolme di libri. A fianco ce n'era una più piccola, dove si erano svolte invece le lezioni con Ryu.

«Non ho ricevuto ordini del tuo passaggio dal Consiglio. Non puoi stare qui».

Mi accigliai, osservando il Lupo con indosso l'uniforme rossa e nera. Era imponente. Il volto largo e la barba corta gli davano un aspetto rude, mentre i capelli castani, tenuti cortissimi, insieme alla stazza, mi ricordavano un lottatore di wrestling.

«Devo andare in biblioteca» mi costrinsi a dire in modo pacato, anche se in realtà avevo voglia di mandarlo a quel paese e proseguire. C'erano cose più importanti da fare che mettermi a discutere con lui.

«Non m'interessa dove vuoi andare. Non puoi stare qui senza permesso».

Dannazione, non potevo mettermi a litigare.

«Il tuo nome qual è?» chiese con sguardo circospetto.

Bene. Pregai di non essermi appena messa nei guai, perché non ne avevo nessuna voglia.

«Aurora...» mi limitai a rispondere.

Il suo viso rimase impassibile, il mio nome non gli diceva niente.

Per la prima volta mi accorsi che non m'importava assolutamente nulla di cosa potessero pensare i Lupi, o chiunque altro, riguardo la mia natura. Qualcosa in me era decisamente cambiato.

«Bene, Aurora, adesso ti conviene tornare da dove sei arrivata, se non vuoi passare dei guai».

Il Lupo non era particolarmente ostile, ma semplicemente ligio al suo lavoro. Non mi avrebbe fatta passare.

Imprecai mentalmente.

«Lasciala passare, mi assumo io la responsabilità» esordì una voce alle mie spalle.

Ruotai come una trottola e incrociai uno sguardo di ghiaccio che avevo già visto.

Il Lupo se ne stava appoggiato sullo stipite di una delle porte sparse lungo il corridoio.

Lo riconobbi all'istante.

Niall, il lupo biondo che era a capo della città di Honora, stava lì, davanti a me. Cosa ci faceva a Imperia? Corrugai la fronte spiazzata, mentre abbandonava la sua posa pigra per raggiungerci.

«Mi fa piacere vederti sveglia e vivace, Aurora» disse, fermandosi a un passo da me.

«L'ultima volta non avevi un bell'aspetto, ma non credo tu possa ricordartene».

Immaginai si riferisse a quando ero stata priva di sensi a Honora. Quindi era tornato a Imperia con noi?

Un lento sorriso gli incurvò le labbra, addolcendo i suoi lineamenti spigolosi e duri. I capelli color paglia erano legati in una lunga treccia, come ricordavo. Il volto però era molto più stanco e segnato rispetto al giorno in cui lo avevo visto al banchetto.

«Posso avere il piacere di farti compagnia in biblioteca?» chiese poi, mentre con una mano faceva segno alla guardia di andarsene.

Questo ubbidì senza una parola. A quanto pareva, non c'erano dubbi che conoscesse bene Niall e il ruolo che deteneva.

Studiai per un secondo il Lupo biondo vestito di scuro. Portava stivali alti e pantaloni grigi, nei quali era infilata una semplice camicia nera, le cui maniche erano arrotolate fino ai gomiti.

Sospirai: «Certo, accomodati».

Il sorriso si allargò, prima che ci avviassimo.

«Posso chiederti come mai sei qui?» chiese, tenendomi aperta la porta della biblioteca.

La stanza era avvolta dalla penombra e un piacevole odore di carta mi diede il benvenuto. Amavo quel profumo.

«Sto cercando un libro sulla magia curativa. Mi serve…»

«Per il Mago» concluse lui al mio posto.

«Già…» sussurrai.

«Avrei voluto farlo prima, ma non c'è stata occasione. Grazie per quello che hai fatto per la mia città».

Mi accigliai.

«Non mi sembra di aver fatto nulla di che. Se non ricordo male, sono svenuta sulle scale del palazzo».

Gli occhi di un pallido azzurro mi fissavano penetranti, ma continuavo a non capire che aiuto potessi aver mai dato.

«Potevi tranquillamente pensare a te stessa, quando sei riuscita a fuggire. Metterti in salvo. Nessuno ti avrebbe biasimata» disse lentamente, «ma hai voluto avvisarci delle catapulte e hai distrutto la galleria che portava in città. Sono in debito con te per questo».

Anche se, in effetti, quelle cose le avevo fatte, non mi sembrava un gran merito. Non avevo combattuto sul campo.

«Non c'è bisogno che mi ringrazi» sospirai avviandomi agli scaffali, «voglio fermare i Fray come lo vuoi tu».

La sua espressione tornò imperscrutabile.

«Se mi spieghi com'è fatto questo libro, in due lo troveremo prima!»

Mi voltai per un secondo. Quel Lupo mi aveva tolto dai pasticci e mi stava aiutando. In più non percepivo alcuna minaccia da lui.

Così, dopo avergli descritto il tomo, ci mettemmo a cercare.

Passammo svariati minuti in silenzio, infine mi chiese della prigionia.

Non mi sorprese, ma non ero neppure disposta a riferire a tutti della mia permanenza nell'inferno personale di Aris, come fosse stata una gita al luna park. A ogni modo non trovai nessun buon motivo per non raccontargli qualcosa.

Presi a parlare per sommi capi, tralasciando diverse parti. Descrissi come si svolgevano le giornate sottoterra, raccontai dei Fray e diedi varie informazioni utili da un punto di vista strategico.

Parlai della fuga in maniera più approfondita, del viaggio sulla catapulta e dell'ingresso in città.

Alla fine gli avevo rivelato forse metà delle cose che avevo detto a Caim e non avevamo ancora trovato il libro.

«In quel testo c'è veramente il modo di guarire il Mago?»

Un lamento mi sfuggì dalle labbra, mentre appoggiavo la fronte sulla pila di testi che avevo davanti.

«Non lo so, ma voglio scoprirlo».

«Come mai sei a Imperia?» chiesi, riprendendo a frugare gli scaffali con lo sguardo.

«Sembra che Tor non si fidi più di nessuno, forse io rientro ancora nelle sue grazie. Così mi trovo qui, in attesa che riordini le truppe. Salem intanto ha preso il mio posto a Honora».

Non lo vedevo in faccia, ma non ne avevo bisogno per capire che non era molto contento di aver lasciato la città.

Poi mi fece una domanda che mi spiazzò: «Credi che attaccheranno ancora Honora?»

Perché lo stava chiedendo a me? Era strano che volesse la mia opinione su un argomento simile. Caim non mi aveva chiesto nulla e non mi stupivo. Non avevo esperienza in fatto di guerra. Ma ci pensai su ugualmente.

«Non credo» risposi, scuotendo la testa mentre afferravo l'ennesimo libro. «I primi attacchi miravano a indebolirvi e, per Aris, erano solo un passatempo nell'attesa che le gallerie per Imperia fossero ultimate. Adesso che le cose sono cambiate, e sa che probabilmente siete a conoscenza di chi c'è dietro questa guerra, cambierà tattica».

«E cosa credi farà?» incalzò.

Non ci avevo mai realmente pensato, e ora mi sforzai di analizzare le cose: «Forse riunirà tutti gli alleati. Ne ha diversi anche tra gli altri popoli. Poi attaccherà per chiudere la partita».

Già, mi pareva quasi di vederlo, furioso per il fallimento e pronto a riunire il suo esercito per far sparire Imperia da tutte le mappe di Arkan.

«Al prossimo attacco mirerà a Imperia e a Tor. Probabilmente agirà in modo da vincere su tutta la linea. Non lascerà nulla dietro di sé, vuole che i Lupi siano la sua prima grande vittoria. Poi spazzerà tutti i popoli che si opporranno e costruirà il suo personale Regno del Terrore» conclusi con una risata tirata.

«Ma è solo una mia ipotesi» mi affrettai ad aggiungere.

A ripensarci, nascondere Tor in un posto sicuro era stata un'ottima scelta.

«Quanto tempo ci resta prima che attacchi?» continuò Niall mentre scartavo un altro libro.

«Non saprei, le gallerie per Imperia erano quasi finite. Ma adesso che le cose stanno così non è detto che le sfrutti, oppure lo farà solo in parte. Poi deve riunire gli alleati e non ho idea di quanto gli occorra. Sempre se decide di fare così» ipotizzai. Questa volta non si sarebbero mossi prima che ogni cosa non fosse stata perfetta.

«Forse, da adesso, una decina di giorni, ma è solo un'ipotesi» conclusi scrollando le spalle.

«Però le tue ipotesi hanno senso» disse, allungando un braccio da dietro la mia schiena.

Guardai giù e strinsi gli occhi. Le sue dita tenevano un libro dalla copertina logora che conoscevo.

«L'hai trovato!» strillai, ruotando su me stessa.

Quando incontrai gli occhi azzurri di Niall la mia bocca si aprì stupita. Il suo viso aveva perso la solita freddezza, mentre un sorriso sghembo gli incurvava le labbra. Senza quel gelo nel volto, il Lupo che avevo davanti era proprio bello.

«Grazie per aver risposto alle mie domande, è un piacere parlare con te!»

Quel sorriso raggiunse gli occhi chiari, mentre mi tendeva il tomo.

Non potei evitare di sorridere a mia volta.

«Grazie a te per l'aiuto e per averlo trovato» risposi felice.

«Ora andiamo, ti accompagno alle stanze del Mago. Non vorrei mai che un'altra guardia si mettesse a infastidirti. Anche se qualcosa mi dice che dovrei correre a salvare la guardia, non te» rivelò, scoppiando a ridere.

E per la prima volta, dopo mesi, sorrisi anch'io.

Percorremmo i lunghi corridoi che conducevano alla stanza di Ryu, parlando di come spezzare quel sonno innaturale. Mi sorprese scoprire che Niall aveva una vasta conoscenza sul tema della magia, nonostante fosse un Lupo, in particolare proprio riguardo a quella curativa. Mi spiegò che a Honora c'erano diversi laboratori dove i Lupi creavano pozioni e unguenti. Le ricette erano state date loro dai Maghi nei secoli di pace.

Infine arrivammo alla porta e, senza esitare, entrai, per poi bloccarmi dopo un passo. Niall, che era alle mie spalle, andò a sbattere contro la mia schiena.

Caim stava vicino alla scrivania scura nell'anticamera, con un'espressione di tempesta stampata in faccia.

Accanto a lui, con un'esile mano appoggiata al bicipite del Lupo, c'era una ragazza dai capelli rossi. La carnagione lattea della giovane era valorizzata da un leggero vestito blu, impreziosito da perle rosa che rifinivano il bordo dello scollo e il corpetto. La veste le aderiva al corpo pieno di curve come una seconda pelle. Spacchi laterali, per i quali avevo capito che le femmine di Lupo avevano un'ossessione, lasciavano intravedere un'abbondante porzione di pelle. Per non dire che aveva praticamente le gambe nude. Per concludere, un ampio scollo a V metteva in mostra il seno abbondante.

Il viso era come quello di una bambolina: l'ovale delicato, un piccolo nasino all'insù e la bocca a cuore. Gli occhi di un verde pallido, che fino a un secondo prima erano incollati alla faccia di Caim, adesso si erano spostati a guardare me e Niall.

Non feci in tempo a muovere un muscolo che il volto di Caim si distese in un'espressione di sollievo, muovendosi rapido verso di noi.

«Dove sei stata? Ti avevo detto che sarei tornato a prenderti, dovevi rimanere qui!» esordì con un filo di rabbia nella voce.

Intanto la Lupa rossa sembrava decisamente scocciata per il nostro arrivo.

Una scintilla si accese nelle vene.

«Non mi pare che tu sia il mio padrone, né io una prigioniera. O sbaglio?» ringhiai infastidita. Ma chi si credeva di essere?!

Certo, era stato gentile con me e avevo deciso di fidarmi di lui, ma questo non gli dava il diritto di darmi ordini.

«Era solamente andata a cercare un testo in biblioteca per curare il Mago» s'intromise Niall, spostandosi al mio fianco. «Ci siamo incontrati e l'ho riaccompagnata, non ha fatto nulla di male».

La sua voce era tornata fredda come il ghiaccio e, mentalmente, diedi un punto al Lupo iceberg per avermi difesa.

Un muscolo fremette sulla guancia di Caim.

«Non era ciò che volevo dire, comunque non importa. L'importante è che stia bene».

Eh? Inspirai lentamente.

«Ti avevo già detto che sto bene, non ho bisogno di una balia» sbuffai, «non mi sembra che andare a prendere un libro o cercare di curare Ryu sia un crimine» insistetti, sventolandogli il testo sotto il naso.

«A dire il vero, curare il Mago è compito mio».

Tutti e tre ci voltammo a guardare la ragazza dai capelli rossi che aveva appena parlato. La sua voce dolce e melodiosa aveva anche un che di finto.

C'era qualcosa in lei che non mi piaceva. Era bellissima certo, una bambolina perfetta, ma nei suoi occhi vedevo una luce scaltra.

«Rori, lei è Sive, uno dei curatori del castello» spiegò Caim, facendo un passo verso la ragazza. Questa, in risposta, gli sorrise come avesse appena visto un'apparizione divina.

«Piacere di conoscerti» dissi con un sorriso tirato. Non avevo nessuna ragione per essere sgarbata con lei.

«Quindi, capisci, non c'è bisogno che tu faccia nulla. Prendermi cura dei feriti è compito mio, avresti dovuto ubbidire a Caim e lasciare queste cose a chi è capace» puntualizzò la giovane in tono altezzoso, senza rispondere al saluto. Intanto la sua mano si era appoggiata nuovamente al bicipite di Mr Notte, che le era tornato accanto.

Non sapevo cosa ci fosse tra i due e non m'interessava. Era chiaro che lei pendeva dalle sue labbra, come probabilmente ogni femmina del castello. Ma non era un problema mio.

Sul fatto di chi si dovesse prendere cura di Ryu, era un altro discorso.

Un desiderio selvaggio di dirle ciò che pensavo mi assalì, ma una parte di me sapeva che non era il caso, quindi mi limitai a guardarla in tralice per un secondo, per poi ignorarla.

«Comunque vorrei rimanere con Ryu, per adesso» chiarii, «desidero tentare qualche pozione» informai Caim, evitando accuratamente di guardare Sive.

«Se vuoi posso darti una mano» mi arrivò la voce di Niall.

Stavo per accettare, quando Mr Notte s'intromise: «Non credo sia il caso, se non vuoi riposare dovremo parlare di altre cose».

«Ryu è più importante adesso, e poi ti ho già detto tutto ciò che so».

Per me il discorso era chiuso, decisi, raggiungendo la scrivania e appoggiandovi il libro.

«Come ti ho già detto» s'intromise ancora Sive, «mi sto occupando io del Mago. Dubito tu possa fare qualcosa per lui. Ora devo sostituirgli le bende, quindi devi andartene. Non crearmi fastidio».

Mi bloccai. La voce della rossa era aspra e trattenni l'istinto naturale di risponderle in malo modo.

«Le bende per cosa?» chiesi invece gentile, voltandomi a guardarla.

I suoi occhi mi squadrarono da capo a piedi con sufficienza.

«Il Mago ha diverse ferite profonde, dove pezzi di carne sono stati asportati. Se non sostituisco i medicamenti, c'è il rischio che s'infettino. Ma questo non ti riguarda».

Lo sapevo perfettamente, avevo visto quelle ferite.

«Bene, se è per questo che sei venuta non hai motivo di sostituire nulla» replicai pacata. «Quelle ferite sono guarite».

«Impossibile!» esclamò stringendo gli occhi.

«Forse non sei un curatore così bravo, visto che ci ho messo qualche istante a farle rimarginare» ghignai soddisfatta.

Calò un secondo di silenzio, prima che strepitasse: «Stai mentendo!»

«Sive, adesso basta!» disse Caim, staccandole la mano dal suo bicipite.

Finalmente! Ero certa che tra un po' le dita pallide della ragazza si sarebbero fuse con il muscolo, tanto gli stava appiccicata.

«Non preoccuparti, puoi sempre controllare che Caim non abbia qualche ferita. Di Ryu mi occupo io» aggiunsi con voce angelica.

Il viso candidò andò in fiamme, mentre gli occhi lampeggiavano.

«Stai mentendo!» latrò voltandosi di scatto, e muovendosi poi in direzione della camera da letto.

Guardai i due Lupi che erano rimasti immobili nella stanza come me. Quella ragazza non mi piaceva per nulla.

Dopo qualche secondo, mi riscossi e schizzai dietro di lei. Entrai appena in tempo per vederla strappare con violenza le lenzuola dal corpo inerme di Ryu.

La ragazza aveva perso le staffe e, in quel preciso istante, le persi anch'io.

Credo che il teletrasporto sarebbe stato lento in confronto al balzo che feci per raggiungerla. In un istante le ero accanto, mentre le afferravo il braccio che aveva scostato brutalmente le lenzuola.

«Prova a toccarlo così un'altra volta, o solo pensare di farlo, e ti giuro che di te non rimarrà neppure la cenere».

Non urlai, non strepitai, non misi rabbia nelle parole. Solamente verità.

Sive stava immobile nella mia presa. Era una Lupa, quindi non poteva essere debole nonostante il suo aspetto da bambolina, ma io ero più forte.

Avevo imparato a misurare la forza di un avversario, e lei non rientrava nemmeno tra gli ultimi posti in una classifica di potenza. Non sarebbe stata in grado di sostenere uno scontro fisico.

Intanto i suoi occhi avevano preso a muoversi come lancette tra me e Ryu.

Sapevo bene cosa guardava.

Il torace del Mago, non molto prima, era avvolto da diverse bende che coprivano la pelle là dove mancavano interi pezzi di carne. Adesso il suo busto era perfetto.

L'epidermide, chiara e intatta, copriva i muscoli tonici e asciutti dell'addome. Gli addominali, scolpiti come quelli di una statua greca, rivelavano una forza indubbia, mentre si muovevano lievemente assecondando il respiro. Il corpo era guarito del tutto.

Due braccia mi afferrarono all'improvviso le spalle, sollevandomi letteralmente da terra per avvolgermi in un abbraccio di schiena.

«Lasciala andare, Rori...» sussurrò Caim al mio orecchio.

Troppo stupita per quella mossa, lasciai la presa senza rendermene conto.

«Grazie, Caim» disse Sive con una vibrazione inquieta nella voce.

Grazie? Ma era uno scherzo? Quella stava trattando una persona inerme come fosse un pezzo di legno, solo perché le era saltata la mosca al naso, e chi veniva bloccata ero io?!

«Vattene, Sive!» la voce di Caim era diventata gelida. «Sei stata tu a provocarla. Ora è meglio se te ne vai».

La rossa boccheggiò un istante, dopodiché ruotò su se stessa e sparì dietro la porta.

Non so se avessi più voglia di applaudire o picchiare il Lupo che mi stava ancora immobilizzando.

«Puoi lasciarmi, non inseguirò la tua preziosa curatrice urlando vendetta perché ha appena trattato Ryu come un oggetto».

I muscoli delle braccia si contrassero un secondo, ma non lasciò la presa. Avevo la schiena appoggiata al suo corpo di granito e, nonostante non fosse una sensazione spiacevole, mi stavo innervosendo. Ero perfettamente conscia delle parti dove i nostri corpi erano a contatto e una lieve tensione prese a strisciarmi nella pancia.

«Ora capisco perché è riuscita a scappare» disse Niall, fuori dal mio campo visivo.

Intanto, lì dove i palmi di Mr Notte mi tenevano, un delizioso formicolio prese a diffondersi.

Ondeggiai come un serpente a quella sensazione e, finalmente, si decise a depositarmi a terra.

Mi voltai a fronteggiare il viso di Caim. Era impassibile come la maggior parte delle volte.

«Non avresti dovuto minacciarla in quel modo» si limitò a dire.

«Forse non hai assistito alla stessa scena che ho visto io, altrimenti non diresti così» risposi, indietreggiando.

«Credo che la curatrice se la sia cercata, la reazione di Rori è più che comprensibile. Sive sembrava inoltre più interessata ad altro che a curare il Mago» intervenne Niall.

Altro punto per il Lupo di ghiaccio.

La confusione balenò nel volto di Caim. Veramente non aveva capito?

O era molto ingenuo o molto bravo a recitare, conclusi.

«Se mai venissi ferito in battaglia, premurati di farmi curare da un'altra persona» aggiunse Niall, facendomi l'occhiolino.

Sgranai gli occhi mentre una risata mi risaliva in gola. Veramente il Lupo di ghiaccio mi aveva fatto l'occhiolino? Incredibile. Forse non era poi così glaciale come credevo.

«Vedo che voi due andate d'accordo, mi fa piacere» disse infine Caim. «Riguardo Sive, le parlerò più tardi».

Non risposi, mi voltai e raggiunsi Ryu. Con attenzione sistemai le coperte che erano state scostate e guardai il bel viso. Sembrava dormire, ma non era così.

Il cuore si strinse in uno spasmo doloroso.

«Aurora, dobbiamo parlare. Adesso. Poi potrai tornare da Ryu» mi riscosse la voce di Caim.

Mi voltai a guardarlo e annuii: «Va bene» acconsentii.

Ero di nuovo nel piccolo soggiorno della mia stanza, con gli occhi di Caim puntati addosso. Aveva spedito Niall a controllare dei soldati, prima di accompagnarmi qui.

«Quindi?» chiesi sulle spine.

«Non preoccuparti, non ci vorrà molto, poi potrai tornare da Ryu».

Già, me lo auguravo. Non sapevo perché, ma quel Lupo mi rendeva nervosa.

«Ti unirai al nostro esercito, quando affronteremo i Vaughan?» si decise a parlare.

Veramente mi stava facendo una domanda così stupida?

«Certo. Farò qualsiasi cosa sia in mio potere per fermare Aris. Mi sembra ovvio».

Sospirò: «Nulla è scontato, Rori. Una decisione simile non è da prendere alla leggera. I Lupi muoiono in battaglia».

Ora la sua espressione era velata di tristezza, e di qualcos'altro che non riuscivo a decifrare.

«Ho preso questa decisione tempo fa, quindi non preoccuparti, ci ho pensato bene».

«E che ruolo credevi di poter avere all'interno del nostro esercito?» chiese, inarcando un sopracciglio scuro, mentre si accomodava sulla poltrona accanto alla mia.

«Ho imparato a combattere e so usare la magia. Anche se non ho un addestramento di anni alle spalle, credo che saprò cavarmela» risposi di colpo, titubante.

«Hai diverse qualità. La tua magia potrebbe curare molti Lupi e potresti sfruttare il tuo lato di Maga per creare qualche barriera».

Mi bloccai. Non ero capace d'innalzare barriere, ci avevo provato con Taran, ma quel tipo d'incantesimi erano ancora troppo difficili. E poi non ero portata.

Però sapevo combattere. La mia magia d'attacco era cresciuta sorprendentemente da quando mi ero risvegliata sottoterra. Riguardo la magia curativa, mi risultava facile come respirare, ma questo voleva dire dover rimanere nelle retroguardie.

«Non sono capace d'innalzare barriere, ma so combattere».

Un sorriso pigro incurvò le labbra carnose e, per un istante, rimasi ipnotizzata a guardarle. Quel Lupo era veramente bellissimo. Non mi stupiva affatto il comportamento di Sive nei suoi riguardi. Chissà come cadevano ai suoi piedi le femmine.

«Dici di saper combattere?» la sua voce mi riscosse.

Sembrava dubbioso. Certo non ero un Lupo addestrato a combattere da tutta la vita, ma avevo imparato a cavarmela.

Annuii in silenzio.

«Allora, se per te va bene, verificherò le tue capacità. Poi decideremo in che modo impiegare i tuoi talenti, vuoi?»

Lo guardai stupita. Voleva farmi una specie di test per vedere cosa sapevo fare? Una prova pratica prima di "assumermi" tra le schiere dei Lupi?

«Non penserai che ti assegni un incarico prima di verificare cosa sei in grado di fare?»

Mi sentii un'idiota a quelle parole. Non volevo essere arrogante, ma probabilmente era sembrato così.

Alla fine lui non conosceva nulla di me e si trovava a prendere decisioni importantissime per conto di Tor. Doveva sapere con chi aveva a che fare, prima di dargli un qualsiasi ruolo. Che stupida.

Ora ero incerta. Quello che avevo imparato sarebbe stato sufficiente per combattere al loro fianco? Una vocina mi diceva di sì, ma non ne ero più così convinta.

«Mi sembra giusto» acconsentii.

«Bene! Ti senti in forze, hai detto, vero?»

Lo guardai di sottecchi.

«Sì».

In risposta si alzò sorridendo: «Allora, se vuoi seguirmi, mi farai vedere di cosa sei capace».

TOR

«Vuoi combattere in forma umana?» chiese, sgranando gli occhi d'oro.

Avevamo raggiunto uno dei cortili interni dell'ala ovest, dove c'erano due grandi arene e diversi ring che i soldati usavano per allenarsi.

Avevo scelto uno dei perimetri più grandi. Diversi Lupi ci stavano osservando, ma non potevo mandarli via.

«Per ora limitati ad affrontarmi in questa forma» risposi pacato.

Il viso che amavo si contorse in una smorfia. Mi concentrai in modo da carpire ogni sua emozione.

Sapevo perfettamente che non era felice della mia scelta e credeva la sottovalutassi. Ne ero consapevole, ma non potevo mutare.

Dover combattere con sembianze umane non era comunque un problema, sapevo perfettamente di essere molto forte anche in quella forma. L'Alfa era l'unico che possedeva quasi totalmente la forza del Lupo, pur mantenendo sembianze umane.

Per quanto percepissi che il suo potere era aumentato, dubitavo fosse in grado di sostenere un vero combattimento. Volevo farle capire che non era pronta a battersi sul campo.

«Quando vuoi, puoi attaccare» la incitai sorridendo.

Un brivido mi corse lungo la schiena mentre guardavo il corpo armonioso di Rori prepararsi allo scontro, assumendo la posizione di guardia.

I lunghi capelli chiari le ricadevano in onde lucide sulle spalle, baciati dai caldi raggi estivi. Gli occhi del colore del sole avevano assunto una sfumatura dura, mentre si concentrava. I lineamenti delicati, di una bellezza conturbante, erano tesi mentre tormentava il labbro inferiore con i denti.

Quell'immagine mi fece salire lungo lo stomaco il calore che avevo iniziato a provare da quando l'avevo ritrovata. Non potei evitare di chiedermi che sapore avesse la sua bocca e come sarebbe stato mordicchiare quel labbro roseo al suo posto. La gola si seccò, mentre un desiderio sordo e totalmente nuovo strisciava in me.

Inspirando profondamente, ripresi il controllo, scacciando quei pensieri. Rori stava per attaccare.

Eravamo a qualche metro di distanza. Sapevo di poter schivare i suoi colpi e che la magia d'attacco era difficile da usare. Ne avevo parlato con Ryu, tempo addietro.

Un sorriso tirato le incurvò le labbra, prima di lanciarsi in avanti.

Scartai di lato, sentivo dove voleva colpire.

Mentre si muoveva rapida nella mia direzione, mutò in un lampo. Aveva imparato a controllare il Lupo alla perfezione. Non me lo aspettavo.

In pochi istanti mi fu addosso e le fauci, coperte dal pelo bianco, si chiusero a pochi centimetri dalla mia testa. Evitai il morso per un soffio.

Era veloce. Forse l'avevo sottovalutata, ma ero comunque tranquillo mentre l'adrenalina mi scorreva rapida nelle vene. Lo scontro mi piaceva.

Non le diedi tempo di girarsi per attaccare di nuovo, che le balzai alle spalle.

Afferrai il collo del Lupo in una stretta ferrea, mentre con l'altra mano tenevo premuto il muso verso l'alto, evitando che mi azzannasse.

Cercò di liberarsi, ma ero più forte.

Un istante dopo il suo corpo mi sgusciò tra le dita, ritrovandomi la sua forma umana premuta contro il torace che sfuggiva verso il basso.

Una fitta lancinante invase le mie costole, facendomi sfuggire un lamento. Il suo pugno si era abbattuto su di me.

Feci appena in tempo a spostarmi per evitare un rapido calcio. Quei colpi erano potenti, troppo potenti per il suo esile corpo. Come tutti i Lupi aveva mantenuto parte della forza del lato animale anche in forma umana, eppure non era possibile che colpisse con tale potenza!

Mi allontanai per prendere distanza.

«Sei forte anche in forma umana» disse studiandomi. «Quindi non mi farò troppi scrupoli» mi avvertì con un sorrisetto intrigante.

Evitai per un soffio una fiammata che fece crepitare l'aria accanto a me.

Scattò ancora. Stava per usare un altro incantesimo, lo sentivo. Non ero immune alla magia, ma non credevo che le sue capacità fossero migliorate tanto. L'avevo sottovalutata.

Si muoveva a una velocità sconvolgente e schivai a stento i calci e i pugni che arrivavano in rapida successione. Dovevo riuscire a bloccarla.

Stavo per scansare un nuovo pugno, quando un dolore acuto mi squarciò la carne. Spostai lo sguardo verso il basso, per scoprire che dei tagli profondi erano comparsi sull'addome. Aveva usato un incantesimo! Intanto era già pronta a colpire ancora.

Schivai le fiamme, che esplosero in un lungo serpente di fuoco tentando di avvolgermi. Invece di indietreggiare, attesi il colpo successivo.

Senza difficoltà intercettai il calcio diretto alla mia testa, afferrandole al volo la gamba. Un dolore fortissimo s'irradiò lungo il braccio, ma non mollai la presa. Il Lupo dentro di me stava ruggendo selvaggiamente, desideroso di uscire. Serrai i denti, mettendolo a tacere, tirando invece con forza e facendole perdere l'equilibrio. In un istante mi lanciai su di lei mentre atterrava di schiena sul terreno sabbioso dell'arena.

La stavo bloccando sotto di me, inchiodandola con il mio peso. Un braccio le avvolse le spalle in una presa ferrea, mentre con l'altro raggiunsi il collo. La mano si chiuse intorno alla gola, senza stringere.

La sentivo ansimare, schiacciata dal mio corpo. Si mosse cercando una via d'uscita, ma la mia stretta era più forte. Mentre cercava di spezzare la presa, sentivo un potere innaturale nelle sue braccia e stava quasi per liberarsi. Allora serrai leggermente la mano intorno alla gola, facendole capire che l'avevo in pugno.

«Non hai vinto» ringhiò. «Se non temessi di ferirti seriamente, non sarebbe finita così».

Dannazione, qualcosa nella sua voce mi diceva che era vero.

«Volendo potrei spezzarti il collo prima che tu faccia alcunché» replicai. Ma avevo capito perfettamente che era in grado di usare la magia in maniera devastante. Lo provava il mio corpo ferito.

Un brivido mi fece tremare quando il bruciore al torace aumentò. Non si era fatta molti scrupoli a procurarmi quelle ferite. Certo non erano gravi, ma i tagli dovevano essere profondi. Cercai i suoi occhi e, quando affondai nei laghi d'oro, il dolore sparì.

Di punto in bianco ero pienamente consapevole dell'esile e morbida figura sotto di me. Rori si dimenò cercando una posizione più comoda, con il risultato di far aderire ancor di più i nostri corpi. Quel contatto era fuoco. Sentivo il calore che partiva dal basso ventre salire lungo la colonna vertebrale.

Brividi caldi mordevano ora la carne, mentre lo sguardo cadde sulle labbra rosee socchiuse. Sentivo la tensione crescere a un ritmo incalzante, insieme a una brama mai provata. Il desiderio di assaggiare la bocca che tanto amavo, eppure ora sconosciuta, per un attimo divenne devastante.

La mano appoggiata al collo si mosse sola verso la nuca per affondare le dita tra i capelli chiari. Un gemito roco mi risalì la gola. Sentivo le ciocche morbide come seta tra le dita, mentre la sua fragranza di gelsomino e miele mi penetrava le narici. Inebriante. Tutto in lei mi ottenebrava la mente come un forte liquore.

Quelle sensazioni mi stavano togliendo la ragione. Un desiderio feroce m'impose di spostare la testa più vicino alla sua.

Rori stava immobile come una statua sotto di me, mentre i nostri fiati si mescolavano l'un l'altro. Con lo sguardo accarezzai ancora le labbra piene, mentre una fame, che sentivo per la prima volta, attanagliava il mio stomaco. Spostai le mani tra i suoi capelli come in preda a una strana febbre e, al contempo, la bocca si avvicinò lentamente alla sua.

Accorciando la distanza millimetro dopo millimetro, sentivo lo stomaco fremere e la bocca schiudersi, pronta ad assaporare ciò che bramava con una fame divorante. C'era solo un centimetro o poco più a separarci ormai, e desideravo quel contatto con tale intensità da sentire un male fisico.

Un frastuono di voci esplose intorno a noi, riscuotendomi come acqua gelida.

Incrociai i suoi occhi. Le iridi che amavo avevano assunto la tonalità dell'oro rosso e i sensi mi dicevano che non aveva paura, ma che era anche lei vittima di sensazioni sconosciute.

Il sollievo m'invase quando capii che ciò che provava non era sgradevole, ma imprecai mentalmente rendendomi conto che ero stato a un passo dal rovinare ogni cosa!

Interruppi il contatto tra di noi con un gesto rapido delle braccia, flettendole sul terreno accanto a lei, dandomi poi lo slancio per tirarmi su. Una volta in piedi le fitte al petto tornarono.

Ero intontito e non a causa del male.

Quando la guardai aveva le guance rosse e sentivo chiaramente il suo disagio.

«Credo di aver capito ciò che mi serviva» mi costrinsi a dire per sciogliere la tensione. Dovevo fare finta di nulla, non avevo alternative.

Intanto i Lupi intorno sghignazzavano, alcuni compiaciuti e altri meno. Avevano scommesso sull'incontro.

Quando mi voltai di nuovo a guardarla, il groviglio di emozioni dentro di lei non si era ancora placato. Dovevo portarla via da lì, c'erano troppi occhi indiscreti. Le afferrai la mano per aiutarla a rialzarsi.

Una volta fuori dall'arena, puntai una delle uscite che ci avrebbe condotto dentro il palazzo.

Rori mi seguiva senza fiatare mentre percorrevamo i lunghi corridoi del castello.

Concentrai la mia attenzione sul dolore pulsante, per evitare di pensare alla sensazione che mi dava avere le sue dita strette tra le mie. Era incredibile e meraviglioso avvolgere la sua piccola mano. Quel gesto così naturale era diventato di colpo anche essenziale, nonostante non l'avessi mai fatto prima.

Non mi ero preoccupato delle emozioni che avrei potuto avvertire con il mio corpo umano, avendola accanto. Adesso invece avrei dovuto eccome. Stavano diventando un problema e rischiavo di rovinare tutto, maledizione!

Raggiunta la camera, spalancai la porta, lasciando la presa su di lei.

M'imposi il solito distacco.

«Grazie per avermi mostrato parte delle tue capacità, sono piacevolmente sorpreso» dissi, evitando il suo sguardo.

Avevo paura d'incrociare gli occhi che amavo. Sentivo chiaramente ciò che provava, e quella confusione che si levava forte da lei era causa mia. Non volevo fare altri danni. Il rimorso per aver perso il controllo, e aver quasi rischiato di compiere un gesto estremamente stupido, mi stava soffocando.

«Ora devo lasciarti, passerò più tardi. Intanto sentiti libera di andare dove vuoi, avvertirò le guardie» conclusi, voltandomi e pronto a scappare.

«Aspetta!» mi fermò, e il mio corpo ubbidì prontamente alla sua voce.

«Ti ho ferito» aggiunse.

Mi girai lentamente. «Non importa, Rori, era uno scontro e ti ho chiesto io di combattere. Non è nulla di grave».

Ora il suo viso era pallido e le emozioni che provava erano troppo confuse per riuscire a distinguerle.

«Ecco, io non volevo farti male veramente. Posso rimediare?» chiese incerta.

Mi acciglai, non capivo cosa stesse cercando di dirmi.

«Forse vuoi che ci dia un occhio Sive? Comunque ci metteresti meno a guarire, se lo faccio io».

Ora capivo. Quella proposta mi sorprese, ma cosa c'entrava Sive?

«Hai usato abbastanza magia per oggi, tenendo conto che ti sei svegliata poche ore fa. Non va bene che ti indebolisca».

«Sto bene» protestò.

Il viso si era disteso e una luce ferma si faceva largo in lei.

«Non sarà certo quel po' di magia che ho usato a essere un problema. Ero abituata a farne uso in condizioni peggiori».

Un brivido freddo mi scosse. Ogni volta che pensavo a cosa avesse vissuto in quegli ultimi mesi, era come se qualcuno mi stesse strappando la pelle. In più, quello che mi aveva raccontato certamente non era tutto.

Mi diedi dello sciocco per aver pensato che la prigionia non avesse inciso in modo forte su di lei. Ovviamente non nel modo in cui aveva temuto Drina, ma aveva influito.

In certi momenti sembrava la stessa ragazza che era comparsa dal nulla nella radura, in altri era un'estranea.

Durante lo scontro, non aveva usato su di me la magia in modo "forte", eppure mi aveva ferito senza esitare, né si era mostrata troppo dispiaciuta subito dopo. La carne lacerata non era certo un graffietto.

Tuttavia questo non cambiava di una virgola i miei sentimenti per lei.

Se possibile, da quando l'avevo ritrovata, si erano intensificati. Il difficile adesso era rapportarsi con Rori. Per lei ero un estraneo.

«Va bene» acconsentii, «cosa devo fare?»

«Siediti e leva la camicia» intimò, indicando la poltrona più piccola in broccato blu, «io torno subito» mi avvisò, sparendo dietro la porta della camera da letto.

Dopo aver aperto i primi bottoni, sfilai l'indumento come fosse stata una maglia, accomodandomi sulla morbida seduta.

Appallottolai il tessuto, tamponando le ferite brucianti. Stavano sanguinando parecchio.

Avevo due profondi tagli diagonali, che scendevano dalla clavicola sinistra fino al centro del torace, e altri tre verticali sulla pancia.

Erano abbastanza profondi, anche se non così tanto da essere gravi.

Un fruscio mi fece alzare la testa. Rori se ne stava vicina alla porta con un asciugamano stretto tra le mani, mentre gli occhi scorrevano il mio addome e le guance erano tornate a colorirsi.

La mettevo a disagio.

C'era anche dell'altro, percepii, mentre il cuore iniziava una marcia incalzante contro le costole.

Poi fece un lungo respiro e mi raggiunse. Mi sentii bruciare e gelare al contempo, quando s'inginocchiò accanto a me e prese a pulire le ferite con l'asciugamano, studiandole come se non ne avesse mai vista una.

Non mi guardò e non disse nulla. Lasciò andare il morbido telo sul tappeto e si sporse verso di me.

«Non farà male...» sussurrò, con la voce che tremava mentre le piccole dita affusolate si posavano sulla ferita più in alto, vicino alla clavicola.

Non mi accorsi che stavo trattenendo il respiro fino a quando i polmoni non arsero.

La sensazione della sua pelle sulla mia era come una scossa forte e dolce. Desiderai non avesse mai fine.

Le labbra di lei si mossero mentre percorreva la ferita in lunghezza.

Dalle mani affusolate si diffuse un piacevole calore; una fioca luce dorata scaturì dalle dita e il taglio scomparve. La mano passò a quello successivo e lo seguì con medesima dolce lentezza. Venne immediatamente rimarginato.

Un sorrisetto storse la bocca piena, mentre la mano si spostava verso il basso a cercare gli altri tagli. Teneva sempre lo sguardo in giù, dipinta in viso un'espressione concentrata.

I muscoli dell'addome si contrassero sotto le sue dita e questa volta un altro tipo di calore si diffuse in me. Serrai i pugni per evitare di muovermi.

Sentivo il desiderio viscerale di toccarla.

Stavo impazzendo, non c'erano altre risposte sensate.

Rori mi stava solo sfiorando per potermi curare e io non capivo più nulla. Un verso gutturale risalì lungo la mia gola, facendola sobbalzare.

La testa chiara scattò in su.

«Hai male?»

«Un po'» mentii. Non sapevo come giustificare ciò che mi stava succedendo.

«Mi dispiace, non volevo farti male» bisbigliò tornando a dedicarsi alla ferita, «tra qualche istante avrò finito».

Inspirai pesantemente. Se avesse saputo che tutto ciò che volevo era che continuasse a toccarmi, probabilmente sarebbe scappata a gambe levate. O forse avrebbe richiamato le fiamme per bruciarmi, pensai sorridendo.

«Fatto!» raccolse l'asciugamano e si tirò su.

«Grazie».

«Non ho fatto nulla, e poi sono stata io a ferirti».

Sollevai appena la testa per guardarla e mi persi. Come ogni volta.

Non so quanto tempo passò, ma non riuscivo a muovermi. Sapevo di doverlo fare, eppure non ne trovavo la forza. Quel legame che c'era, quella vicinanza che avevo sentito dal primo istante, ora era più forte che mai. Come mesi prima, rimasi intrappolato dal piacere di averla vicina, anche se questa volta non mi stava sfiorando né affondando le mani nel mio manto.

«Non ci siamo mai visti in passato, vero?» ruppe il silenzio con voce incerta.

Era come avere una pietra in gola, non riuscivo a rispondere. Non potevo rispondere! Il "no" che avrei dovuto dire non voleva uscire. Sentivo il corpo tremare.

«Certo che no!» continuò indietreggiando. «Scusa, forse mi ricordi qualcuno che ho conosciuto».

Una ristata stridula le uscì dalle labbra, mentre scuoteva la testa come a scacciare qualche idea stupida.

«Ora vado da Ryu. Se mi cerchi, sarò lì».

Con passi rapidi si allontanò, sparendo dietro la porta.

Continuavo a guardare, come inebetito, il punto in cui, fino a qualche istante prima, stava Aurora. Avevo creato un inferno personale con le mie stesse mani.

AURORA

Ero raggomitolata contro lo schienale della poltrona color panna. Guardavo i fili dorati intrecciati in linee elaborate, che impreziosivano la stoffa chiara.

Con la punta dell'indice tracciai il disegno di un piccolo fiore dai petali larghi. Stavo ripetendo quel gesto da qualche minuto come fosse la missione della mia vita.

La luce nella stanza stava scemando. Si era fatta sera. Avrei dovuto alzarmi per posizionare le candele, ma non ne avevo voglia.

E così avevo passato il mio primo giorno da libera e sveglia. Era volato.

Cinque invece erano i giorni trascorsi dalla mia fuga. Cinque giorni nei quali Elerry e le altre Fate erano ancora prigioniere. Cinque giorni nei quali non avevo fatto assolutamente nulla di utile. Nulla per combattere e fermare Aris.

Certo, i Lupi adesso sapevano... Ma io non avevo fatto nulla per modificare la situazione. Non ero stata neppure capace di trovare un modo per rianimare Ryu.

Sollevai lo sguardo, posandolo sul profilo del Mago, immobile nel letto dalla grande testiera rivestita di tessuto dorato. Le stanze del castello erano tutte sfarzose, arredate con salotti e tendaggi in stoffe ricche e pregiate, mobili intarsiati davano sfoggio di sé. La Torre era un palazzo immenso e opulento, dove diversi stili s'intrecciavano per arricchire e impreziosire gli interni.

Studiai il viso che non avevo più sperato di vedere. I lineamenti delicati e bellissimi avevano un'immobilità innaturale; le palpebre, chiuse, nascondevano gli occhi del colore d'acquamarina.

Volevo con tutta me stessa rivedere quegli occhi, eppure non ero stata capace di trovare un modo per destarlo dal sonno. Avevo cercato nei libri di magia curativa. E non c'era assolutamente nulla!

Nessun testo parlava di un sonno simile e di come curarlo. Sospirai.

Sembrava quasi che la magia di Ryu fosse sparita. Non avvertivo alcun potere dal suo corpo. Era come se il bagliore magico in lui si fosse addormentato.

Appoggiai il mento sulle ginocchia piegate, mentre abbracciavo le gambe. Non sapevo dove sbattere la testa.

Poi, le iridi del colore del cielo notturno, mi tornarono in mente.

Un lunghissimo brivido caldo mi avvolse dal nulla. Quel dannato

Lupo, che avevo conosciuto da appena qualche giorno, aveva il potere di mandarmi in tilt e non capivo perché!

Scacciai decisa il suo bel viso dalla mente, continuando a guardare Ryu.

Sembrava proprio che la sua magia fosse andata in letargo, *un po' come la scintilla magica di Ed*. Sospirai per la milionesima volta.

Poi, come una piccola lampadina, un'idea si accese nel mio cervello.

E se... No, assolutamente no!

Era improbabile che, facendo come pensavo, cambiasse qualcosa. Ma provare non costava nulla.

Mi alzai dalla sedia per poi sedermi sul bordo del letto. Era solo un'idea stupida, sapevo di non doverci sperare troppo, ma tanto valeva provare.

Appoggiando le mani sulle tempie di Ryu, mi concentrai, richiamando il potere magico dentro di me.

Stavo per violare la sua privacy, ma avrei tentato di non guardare. Sentivo il mio corpo scottare e pronto ad agire.

Quando espirai lentamente, la mia energia entrò in lui.

Iniziai subito a frugare, in cerca della fiamma magica che era parte del Mago. Schivai diverse immagini che si aprivano al mio passaggio, non erano informazioni su di lui, quelle che cercavo.

Non riuscivo a trovare la fiamma e le mani avevano preso a tremare. Quella magia richiedeva molto potere e non avrei resistito a lungo.

Stavo per mollare, quando raggiunsi quello che cercavo. Mi concentrai maggiormente, richiamando altro potere che infusi nella fiamma.

Questa si destò all'istante, come quando il vento ravviva il fuoco. Stava crescendo rapida, diramandosi ovunque.

Sorpresa, mi ritrassi, mentre le mani avevano iniziato a scottare fastidiosamente.

In un attimo fui fuori, ma stavo boccheggiando per la fatica. Sentivo le dita bollenti ancora appoggiate ai lati del viso di Ryu. Avevo tenuto gli occhi chiusi e continuai a farlo mentre cercavo di riprendermi. Ryu, intanto, rimaneva immobile come una statua. Dannazione!

Avevo risvegliato il suo potere magico, lo percepivo chiaramente adesso, eppure lui era immobile nel letto.

Bloccai il singhiozzo che mi stava salendo in gola. Dovevo smetterla di piagnucolare.

Anche se non c'ero riuscita, avrei trovato un modo per svegliarlo, non mi sarei data per vinta.

Decisa, aprii gli occhi e il cuore si fermò.

Non mancò un battito, si fermò proprio. Si arrestò per un lunghissimo, interminabile istante.

Stavo guardando due magnetiche iridi d'acquamarina.

Il mondo scomparve. C'era solo la consapevolezza che quegli occhi erano aperti.

«Aurora?»

La voce era roca, eppure bellissima. Il mio cuore invece stava esplodendo come i fuochi d'artificio a Capodanno.
Quella voce, la "sua" voce, mi aveva appena confermato che non stavo sognando.

Le mie braccia si afflosciarono, spostandosi dal suo viso, mentre piccoli puntini luminosi mi offuscavano la vista. Stavo per avere un infarto dalla felicità?

Quando il mondo tornò normale, Ryu mi stava ancora guardando. Questa volta aveva la fronte corrugata, anche se un piccolo sorriso gli incurvava le labbra sottili.

Il mio corpo si lanciò in avanti e avvolsi, per quanto possibile, le spalle ampie in un abbraccio, mentre nascondevo il viso nell'incavo del collo.

Tremavo come una foglia. Sembrava fossi preda di un pianto disperato, nonostante gli occhi asciutti. Ormai ero convinta che il mio fisico non funzionasse più a dovere, dopo la reclusione. Quella ne era la riprova.

Mi sentii avvolgere da un bellissimo calore, quando rispose all'abbraccio.

Nessuno dei due disse nulla, non ce n'era bisogno. Rimasi semplicemente lì, vivendo e assaporando quell'istante di felicità.

Non mi sembrava ancora vero che Ryu fosse accanto a me, eppure quegli occhi che, ogni tanto, incontravano i miei, mi dicevano di sì. Avevo passato mesi credendolo morto. Nonostante adesso fosse a pochi passi, avevo paura che scomparisse nel nulla da un momento all'altro.

Quella notte avevo dormito poco e male, ma non ero stanca. Gli incubi erano tornati.

La sera prima, dopo aver parlato con lui per ore, Caim infine ci aveva interrotti.

Era venuto a cercarmi. Dire che fosse rimasto sbalordito quando aveva trovato Ryu sveglio, era poco.

Dopo aver parlato per un po', ero stata spedita da entrambi a letto. Le mie proteste non erano valse a nulla. Se non fosse stato per Ryu, me ne sarei infischiata degli ordini di Mr Notte, che era tornato tremendamente distaccato.

Quella mattina mi ero alzata all'alba e, dopo essermi vestita e lavata, mi ero fiondata nelle camere di Ryu, con il terrore irrazionale di trovarlo ancora addormentato.

Basita, avevo trovato Caim e Ed intenti a studiare diverse mappe sparpagliate sulla scrivania nell'anticamera, mentre Ryu sfogliava un libro. Nessuno dei tre era parso sorpreso di vedermi.

Dopo un caloroso abbraccio da parte di Edgar, mi avevano relegata sul divano, ordinandomi di mangiare.

Il tavolino di cristallo, al centro della stanza, era imbandito di cibo. Stizzita, mi ero messa a fare colazione.

Era passata più di un'ora e stavo mangiucchiando una mela, dopo aver ingurgitato una valanga di pietanze. I Lupi amavano la carne a ogni pasto quindi, al castello, le colazioni salate erano ordinaria amministrazione.

Il mio stomaco era riuscito a far posto a un piattino di uova strapazzate, nelle quali erano inglobati pezzetti di carne non ben identificata. Poi ero passata alla carne salata, polpettine verdi sconosciute ma buonissime, pane tostato con paté e un'enorme fetta di torta di carne. Tutto buonissimo e avevo la pancia così piena che sentivo la cintura dei pantaloni tirare con insistenza.

Avevo preso a sbocconcellare la mela solo per tenermi impegnata, vista la difficoltà che avevo nel seguire i discorsi dei tre che nessuno si degnava di spiegarmi.

Certo, non conoscevo quelle terre e non ero una stratega, ma essere ignorata e messa in un angolo come fossi un soprammobile era irritante. In più, l'idea delle Fate ancora confinate sottoterra non mi dava tregua.

Ryu sembrava aver accettato la presenza di Caim e il ruolo che ricopriva, senza fare una piega.

Ora le tre teste erano chine su una mappa lunga più di un metro.

«Devono essere sbucati da un posto in questa zona» stava dicendo Ed, indicando qualcosa sulla carta. «I primi Fray hanno colpito qui e qui, facendo breccia nelle mura di Inyr».

Inyr era stata la prima delle cinque città a essere assaltata, lo sapevo bene. Aris, quel giorno, era stato felicissimo di poter finalmente colpire.

Gli assalti fatti prima di Inyr, nei villaggi sui confini, erano piccoli e diversi, mentre le Fate erano state colpite con l'intento d'impadronirsi di alcuni oggetti magici in loro possesso.

Era stata Elerry a rivelarmelo. Solo in un secondo momento avevano deciso di sfruttare le sopravvissute come schiave.

«L'imboccatura delle gallerie è ben nascosta, fino a ora non siamo stati in grado d'individuarne nessuna» aggiunse Caim rivolto a Ryu.

Mi accigliai. Possibile che fosse così idiota da pensare che i Vaughan nascondessero l'imboccatura delle varie gallerie con un po' di foglie?

Sapeva perfettamente chi fossero i Vaughan, dannazione! Ma no, sicuramente non lo credeva…

«I perlustratori hanno battuto diverse tracce» aveva ripreso Caim, «e non hanno portato a nulla».

Un ghigno mi uscì dalle labbra prima che me ne rendessi conto. Le tre teste si voltarono all'unisono, ma solo Ryu mi guardava curioso. Caim e Ed, invece, mi studiavano come se mi fossi messa a dire parolacce.

«Cosa c'è di così ovvio che ci sfugge, Rori?» chiese Ryu pacato.

A volte ero proprio convinta che sapesse leggermi nel pensiero.

«Le gallerie» iniziai, mentre sentivo la bocca piegarsi in un sorriso. «Molto probabilmente l'imboccatura ha uno scudo magico. Non so nulla al riguardo, ma dubito che Aris nasconda quegli imbocchi alla bell'e meglio» spiegai.

«E poi, santo cielo, sono Vaughan potenti, per loro usare la magia è come per voi mangiare carne!» esclamai indicando il tavolino imbandito.

Forse il mio paragone non era di quelli più azzeccati, ma rendeva l'idea.

«Già, ci stavo pensando anche io» annuì Ryu.

Caim e Ed, invece, sembravano stupiti. Non ci avevano pensato per davvero!

Il bel volto di Caim si torse in una smorfia: «Perché non ci ho pensato prima?» ringhiò, sbattendo un pugno chiuso sull'elegante scrivania scura.

«Perché pensi come un Lupo» risposi senza pensarci, ma era vero.

Ryu sgranò un istante gli occhi e poi fece qualche passo verso di me: «Interessante…»

Tutti e tre mi stavano guardando seri.

«Cosa intendi?» chiese Caim.

«Che cercate di prevedere le mosse del nemico, ma non provate a pensare come il nemico nel farlo. Quindi perderete. È inevitabile, se continui a ragionare così» dissi con un lungo sospiro teatrale.

In realtà volevo solo infastidire Mr Notte, anche se una parte di quello che avevo detto era verità. Non volevo assolutamente che i Lupi perdessero e credevo in loro.

Un muscolo guizzò sulla guancia di Caim: «Non sai cosa stai dicendo, Aurora».

Touchée. Era vero: io di strategie di guerra sapevo poco o nulla, ma conoscevo Aris più di loro. E non ero così stupida o ingenua come, a quanto pareva, lui era convinto che fossi.

«Conosco Aris più di te. E cercare di prevedere le mosse più sensate non ti aiuterà a vincere questa guerra» risposi secca.

Mi stavo scocciando. Non avevo ancora deciso se Mr Notte mi stava simpatico o antipatico, nonostante quello strano senso di famigliarità che avevo in sua presenza e l'attrazione irrazionale verso di lui.

Per non parlare poi del suo fascino, al quale mi ero resa conto di non essere del tutto immune, ma questo non contava.

Ryu soffocò una risata.

«Credo abbia ragione» aggiunse poi serio. «Non stiamo pensando come loro, per questo non abbiamo capito subito che gli imbocchi delle gallerie, molto probabilmente, sono protetti dalla magia».

«Se così fosse» s'intromise Ed, «come facciamo a trovarli?»

«Vi occorre un Mago o degli oggetti magici che possano individuare e spezzare le barriere» risposi sovrappensiero.

Stavo ripassando mentalmente le cose che conoscevo su quel tipo di magia. Ero anche quasi certa che Aris avesse usato Ide per innalzarle.

«Un Mago ci sarebbe» disse Ed guardando Ryu.

Cercai di non sentirmi offesa, ma ero stufa marcia che mi trattassero come la ragazza di mesi prima, che non conosceva nulla di quel mondo né di se stessa.

Non dissi nulla e diedi un altro morso alla mela. Non avrei cavato un ragno dal buco intromettendomi ancora. Semplicemente non mi reputavano all'altezza di quei discorsi.

Un lato di me lo capiva. Sapevo che Ed lo faceva anche per proteggermi, ma non mi piaceva. Era inutile voler combattere con loro, se mi trattavano come una bambina che vuole fare i giochi da grandi.

Intanto avevano ripreso a parlottare.

«Vado nella mia stanza» dissi alzandomi, «sono stanca» aggiunsi.

Ryu si accigliò, mentre Ed e Caim parvero subito molto preoccupati.

«Ti ho detto che avresti dovuto riposare!» tuonò quest'ultimo.

Strinsi i denti. Quel Lupo mi stava decisamente antipatico, decisi.

Pretendeva di sapere tutto e continuava a darmi ordini, non lo sopportavo! C'era anche un altro lato di lui, ovviamente. La preoccupazione che provava nei miei riguardi era dolce in un certo senso, ma spinsi quei pensieri in un angolo.

«Certo, hai ragione» mi limitai a rispondere, avviandomi alla porta.

Non mi voltai a guardarli mentre uscivo rapida e imboccavo il corridoio.

Avevo bisogno di chiarirmi le idee e decidere cosa fare. *Ma dov'è Tor?* Pensai e un enorme nodo si formò in gola. *Dov'è il mio Lupo?*

Improvvisamente fui stanca e stufa di quella situazione. Stanca di tenere quel nome segregato nel profondo.

Non era a lui che dovevo pensare, ma sentivo il bisogno del calore che portava con sé il suo ricordo.

Senza neppure accorgermene avevo raggiunto le mie stanze. Arrivata alla porta finestra, mi affacciai al bancone. Non mi sembrava vero di poter guardare la città da lì, invece di scorgere terra e rocce ovunque. Quel paesaggio era spettacolare.

Pensai a Taran. Una stretta allo stomaco mi fece tremare, sapevo che il suo cuore era solamente colmo d'odio. Lui non era come Aris.

A suo modo, era sempre stato buono con me. Gli dovevo la vita e mi ero affezionata a lui. Forse con l'aiuto di Ide avrei potuto convincerlo... Mi bloccai. No, non potevo.

Nella mente della femmina di Volpe, a Honora, avevo trovato molte risposte. Tra queste c'era il perché Ide combattesse per Aris. La tristezza e un profondo senso d'ingiustizia mi mordevano come una tagliola.

Ci misi un po' a riprendermi da quei pensieri. Continuai poi a rimuginare sulla situazione attuale.

I Lupi non volevano il mio aiuto o, più precisamente, non credevano fossi in grado di aiutarli. In parte capivo il perché, ma d'altro canto ero frustrata. Desideravo combattere anche io quella guerra. Mi sentivo coinvolta più che mai. C'erano amici per i quali volevo lottare, persone che amavo e una strada in cui credevo.

In più temevo che, nonostante sapessero che erano i Vaughan a muovere i giochi, non avrebbero saputo fronteggiarli.

Se volevo fare qualche cosa, avrei dovuto agire per conto mio. Ovviamente era stupido pensare che, da sola, sarei stata in grado di fare molto. A meno che non volessi morire, o peggio.

Sospirai. Speravo di trovare una soluzione, ma non riuscivo a vederla. Comunque non mi sarei data per vinta.

Caim aveva parlato della possibilità di usare la mia magia per curare i Lupi feriti in battaglia ed era una cosa positiva. L'unico problema era non essere capace di servirmi della magia per ore come i Maghi. Avevo acquisito una notevole resistenza, rispetto a qualche mese prima, ma era sempre troppo poco se paragonato alla durata di una battaglia.

La cosa che mi premeva maggiormente era liberare Elerry e le altre Fate, ma non avevo idea di come fare.

Avvertii la presenza di qualcuno nel corridoio, prima di sentire un leggero bussare alla porta.

«Avanti!» esclamai felice quando la riconobbi.

Elga entrò con un sorriso titubante.

Ci misi appena un istante a raggiungerla, prima di buttarle le braccia al collo.

Il tintinnare del vassoio che teneva in mano mi fece mollare la presa di colpo. Non mi ero accorta che lo reggesse tra le mani, tanto ero felice di rivederla.

Quella Lupa mi era entrata nel cuore. Era stata una delle mie prime conoscenze dopo essere arrivata al castello e si era sempre dimostrata gentile. Neanche una volta mi aveva fatto pesare la mia diversità.

«Che bello potervi rivedere, signorina Rori» la sentii dire.

«È lo stesso per me, Elga» bisbigliai. Solo allora mi accorsi che aveva le lacrime agli occhi.

Posò il vassoio, scostando il coperchio veloce. Altro cibo! Questa volta però c'erano ben quattro fette di torta, oltre alla valanga di carne.

Gli occhi cerulei mi guardavano come se ancora non riuscissero a credere di vedermi.

«Siete riuscita a scappare da sola, vero? Tutta la Torre ne parla!»

Mi irrigidii. Parlavano della mia fuga?

«Non è stata una gran cosa, sono solo scappata» minimizzai.

Il volto della ragazza sembrava dire il contrario: «Siete sopravvissuta e avete portato informazioni fondamentali al castello!» esclamò.

«Eh?» mi uscì dalla bocca, mentre la guardavo sbalordita.

«Sì, sì, Sua Signoria Caim ha tenuto un discorso nella sala grande, dopo il vostro arrivo» squittì felice.

Stava spostando il suo peso da una gamba all'altra, con fare elettrizzato. Se si fosse messa a saltellare per la stanza non mi avrebbe sorpreso.

«Sua Signoria ha detto che avrebbe sostituito il nostro Re per un po'. E poi ha detto di voi, che siete stata meglio di qualsiasi Lupo e che dobbiamo portarvi rispetto per ciò che avete fatto per noi».

Un largo sorriso pieno di felicità e orgoglio si stampò sulla sua faccia.

La mia bocca si aprì ma non uscì nulla. Le parole erano rimaste in gola. Caim aveva detto veramente una cosa simile?

«Io lo facevo già, di portarvi rispetto» continuò soddisfatta, «lo sapevo che eravate speciale».

Gli occhi presero a pulsare, mentre ero rimasta incredula davanti a quelle parole.

«Grazie, sei una vera amica...» bisbigliai.

Se possibile, il suo sorriso divenne ancora più grande.

«Sai quando tornerà a palazzo il Re?» chiesi poi.

Elga scosse la testa: «Sua Signoria Caim è gentile, e poi è meglio che il Re stia in un luogo sicuro».

Qualcosa in lei mi diceva che il fascino di Mr Notte aveva fatto un'altra vittima.

Alla fine parlammo ancora per qualche minuto, poi Elga uscì con la promessa di portarmi qualche vestito nuovo nel pomeriggio.

La mattinata era volata e io non avevo concluso nulla, se non pensare che quel Caim fosse un vero enigma.

A momenti mi stava antipatico, in altri ne ero affascinata. La prigionia doveva avermi lesionato i neuroni, non c'era altra spiegazione.

Tornai alla porta finestra che dava sul balcone, dovevo decidere cosa fare. Elerry era la mia priorità e una serie d'idee iniziarono a formarsi. Certo, erano piani complessi, ma realizzabili.

Rientrai dal balcone. Mi ero ricordata di una cosa importante, che non avevo detto a Caim. I Vaughan tenevano le rovine di Orias come una specie di magazzino per il materiale magico. E poi Taran ci teneva Blue.

Avevo visto diverse volte quella creatura. Ne ero rimasta affascinata, anche se era un po' scorbutico. Detestava stare sottoterra, così Taran lo teneva nascosto a Orias. Un'altra cosa, che non avevo ancora rivelato a nessuno, era che il Generale aveva iniziato a insegnarmi l'arte del Fabbricatore. Ero già in grado di realizzare qualche oggetto tra i più semplici, anche se quella pratica mi toglieva le forze con una rapidità mostruosa.

Avevo rivelato a Caim e Ryu che ero riuscita ad apprendere il modo per oscurare la mia mente, ma non avevo detto loro che ero anche in grado di entrare nella mente degli altri.

In realtà, sono due cose che vanno di pari passo. Non sapevo se Ryu ne sapesse qualcosa, perché mi era parso sorpreso quando gli avevo rivelato che i Vaughan possono guardare nelle persone usando la magia.

Mi bloccai un istante. Qualcuno si stava avvicinando alla stanza e non ci misi molto a capire chi fosse.

«Avanti» dissi, prima che avesse tempo di bussare.

Mi fermai a qualche passo dalla porta, mentre Ryu varcava la soglia. Le gambe lunghe del Mago erano fasciate da pantaloni scuri, e gli stivali in pelle che calzava toccavano il polpaccio.

Una maglietta nera, in cotone, gli aderiva al busto e alle spalle ampie. I capelli color argento erano legati sulla nuca, mentre gli occhi, azzurri come il cielo in primavera, riflettevano una luce calda. Il viso dai lineamenti affilati e affascinati non sembrava per nulla provato, anzi, era più bello che mai.

Raggiungendomi, mi studiò con attenzione:
«Sei ancora stanca?»

Rimasi un istante imbambolata a guardarlo, prima di scuotere la testa.

Era veramente bellissimo. A ben pensarci, il fascino di Ryu non aveva nulla da invidiare a quello di Caim. Però erano due tipi di bellezza totalmente opposta, un po' come il giorno e la notte.

«Bene, ora siediti. Dobbiamo parlare di cose importanti» annunciò.

Con un braccio mi cinse le spalle, spingendomi leggermente verso il divano. Quel contatto era così piacevole che mi fece scendere un caldo brivido lungo la schiena.

Quando mi accomodai, Ryu, invece di andare verso la poltrona accanto alla mia come aveva sempre fatto in passato, si lasciò cadere al mio fianco.

Bene, non mi sarei di certo lamentata! Ero stata una specie di polipo da quando si era svegliato. Averlo così vicino era piacevole.

«Abbiamo vagliato diverse strategie da adottare insieme a Caim» iniziò, mentre appoggiava la schiena contro la morbida imbottitura.

«A quanto pare, quel Lupo segue la politica di Tor alla lettera e mi ha coinvolto nel Consiglio di guerra».

Il Consiglio di guerra?

«Si tratta di un gruppo di Lupi che hanno il compito di consigliare l'Alfa o, in questo caso, il sostituto» spiegò. «Si riuniranno tra un'ora e Caim vuole che vi presenziamo entrambi».

«Anche io?» chiesi sorpresa.

«Sì, Aurora, anche tu. Sei l'unica che ha avuto un contatto diretto con il nemico e possiedi una mente brillante, oltre a tutti gli altri talenti».

Un leggero imbarazzo mi fece scottare le guance. Non ero abituata ai complimenti, anche se le parole di Ryu mi facevano piacere.

«Capisco, ma non ho avuto l'impressione che Caim volesse la mia opinione su queste cose» risposi accigliata, «mi aveva parlato della possibilità, semmai, di sfruttare la mia magia curativa».

«E non ti sta bene?»

«Non è questo Ryu. Quello che vorrei è ovviamente aiutare i Lupi, oltre che andare a prendere Elerry».

Cominciai a rigirarmi una ciocca tra le dita, cercando di trovare le parole giuste: «Sinceramente ho l'impressione che, per Caim, le Fate non siano una priorità. Quanto a me, credo voglia impiegare le mie capacità curative perché non crede che io sia in grado di fare altro».

Sentivo lo sguardo di Ryu fisso su di me, anche senza guardarlo.

«Tu invece sei convinta di poter fare di più?»

La sua voce era pacata, ma lessi ugualmente una punta di curiosità.

«So di non essere un Lupo addestrato e di non sapere nulla di strategie di guerra, ma ho imparato molto con Taran» dissi decisa, fissando lo sguardo nel vuoto, mentre immagini dei Vaughan presero a vorticarmi nella mente. «Desidero fare di più che stare a guardare gli altri battersi. Poi devo andare a prendere Elerry».

Mi girai a fissare gli occhi d'acquamarina.

«So che in battaglia si muore. Lo so perfettamente».

Avevo visto cosa volesse dire una guerra e le immagini che portava con sé erano incise a fuoco nel mio cuore.

«Là sotto, ho preso una decisione» annunciai serrando i pugni, «ho visto la morte e la sofferenza, ho provato il dolore che si prova quando perdi coloro a cui tieni e ho deciso. Non m'importa quanto tempo avrò da vivere, se pochi minuti o anni. Semplicemente non conta, purché io impieghi ogni parte di me per combattere Aris».

Gli occhi di Ryu erano adesso fissi nei miei, mentre i suoi bei lineamenti si tendevano.

«È questo che voglio Ryu e, se per Caim non è una priorità liberare le Fate, lo è per me».

Avevo il terrore che quelle creature non avrebbero resistito ancora a lungo.

«Le loro vite, per me, contano moltissimo. Ogni vita ha un valore inestimabile, che sia una Fata, un Lupo o un Mago. Non c'è differenza».

Le iridi d'acquamarina avevano assunto una tonalità più scura, mentre sollevava una mano e con movimenti lenti mi sistemava la ciocca che stavo tormentando dietro l'orecchio. Il suo palmo aperto si posò sulla mia guancia, mentre un sorriso triste gli incurvava le labbra.

La sua pelle, contro il mio viso, sprigionò un piacevolissimo calore. Era come se quella carezza volesse placare qualcosa che mi sfuggiva. Dopo un lungo istante, fece scivolare via la mano e nel suo sguardo scorsi comprensione. Aveva capito cosa volessi.

«Hai ragione, per i Lupi liberare le Fate non è una priorità. Quello che vogliono è trovare un modo per annientare i Vaughan» e spostò lo sguardo dal mio, per fissare il vassoio colmo di cibo.

«Devono pensare alla salvezza dell'intero popolo. E, anche se può sembrare crudele, cercare un modo per salvarle, invece di focalizzarsi su come riuscire a battere il nemico, comporterebbe quasi sicuramente la perdita di questa battaglia».

Stava ancora guardando nella direzione del vassoio, ma il suo sguardo era vuoto.

«Capisco le scelte di Caim, e credo che al suo posto farei lo stesso» proseguì, «ma comprendo anche quello che mi stai dicendo tu. Alla fine, è giusto che ognuno scelga come vivere e per cosa lottare».

Tornò a guardarmi.

«Anche io ho fatto le mie scelte. Starò al tuo fianco qualsiasi strada tu voglia percorrere. Proverò ad aiutarti e ti proteggerò a costo della vita, quindi non sei sola».

La luce che gli ardeva nelle iridi mi scosse nel profondo.

«Se avessi voluto intraprendere una strada simile, prima di Orias, sicuramente avresti provato a dissuaderti. Adesso hai una consapevolezza che prima non avevi. Sai cosa comporta la scelta di liberarle. Hai vissuto sulla tua pelle il dolore che questa guerra sta portando con sé. Quindi so che le decisioni che prenderai saranno giuste».

Una morsa stringeva il mio cuore, mentre lo ascoltavo. Mille emozioni mi vorticarono nel petto, come una nidiata di farfalle.

Scattai in avanti, cingendogli il collo. Mi aggrappai a lui come fosse uno scoglio in mezzo al mare in tempesta, mentre appoggiavo la fronte sulla sua spalla.

Le sue braccia mi circondarono in un istante.

Rimasi lì per molto tempo, con mille parole che mi vorticavano sulla punta della lingua, ma non volevano uscire.

Alla fine, bisbigliai: «Grazie».

In quella piccola parola misi tutta me stessa.

Una risata roca gli sfuggì dalle labbra. Aveva appoggiato il mento sulla mia testa, mentre continuava ad abbracciarmi.

«Sono io che devo ringraziarti, Aurora, mi hai ridato la vita per la seconda volta».

Capivo il senso di quella frase, ma dentro di me sentivo che a essere in debito ero io.

Mi scostai dal calore delle sue braccia, anche se controvoglia.

Da quando l'avevo ritrovato, il legame tra noi, se possibile, era cresciuto. Volevo bene a Ryu come a una persona carissima che si conosce da una vita. Un fratello, un amico e un familiare. In un certo senso l'affetto che provavo era così grande che sentivo essere in grado di riunire in sé tutte e tre le cose.

Sicuramente l'intensità con cui avevo vissuto gli ultimi mesi li rendeva uguali a molti anni passati in quel mondo che da sempre avevo chiamato casa.

La sua mano mi carezzò la testa: «Adesso andiamo alla riunione e vediamo che piani hanno i Lupi, poi decideremo cosa fare. Va bene?»

Annuii in silenzio, con un piccolo sorriso.

Non ero sola. Insieme a Ryu avrei trovato un modo per liberare Elerry. Ora ne ero certa.

TOR

Ero appoggiato a una delle larghe finestre della Sala Rossa, dando le spalle alla stanza. I Lupi si stavano radunando. Non avevo bisogno di guardare per sapere chi stesse entrando.

Li sentivo.

Quella sala dava sull'ingresso principale del castello.

Da lì vedevo la città e le mura di cascata in lontananza. Tutto sembrava così tranquillo, come se la guerra non esistesse. Immagini della città di Honora, dopo l'attacco, si sovrapposero a Imperia per un lungo istante.

Rabbrividii.

Solitamente quegli spazi venivano usati per convegni particolari dove, oltre al Consiglio, presenziavano altri Lupi. La Sala D'oro invece era riservata esclusivamente agli anziani e all'Alfa.

Le stanze in cui mi trovavo mi sembravano tetre. Un rosso cupo padroneggiava indiscusso. L'enorme tavolata, al centro dell'ampio spazio, era pronta ad accogliere potenzialmente ben trenta Lupi. La corniola nella quale era scolpita era di un brillante rosso sangue. Anche le sedie squadrate, dall'aria pesante, erano ricavate dalla medesima pietra. Lo schienale di quella a capotavola, che spettava all'Alfa, aveva diverse incisioni che raffiguravano Lupi in battaglia. Piccole incisioni parlavano di coraggio e del valore che tanti antenati avevano dimostrato.

Tutto lì narrava del nostro popolo.

Tappeti di una tonalità più scura coprivano il pavimento freddo, mentre quadri e arazzi impreziosivano le pareti alte.

Non mi erano mai piaciuti i ritratti dalle cornici dorate, che raffiguravano i diversi Alfa passati insieme alle compagne. Avevano un che di lugubre.

I pesanti tendaggi alle finestre erano invece della stessa punta di rosso della tavolata. Fili dorati e color avorio impreziosivano il tessuto, diramandosi in fantasie eleganti.

Le candele, nei cinque immensi lampadari di cristallo, erano accese nonostante fosse giorno, appesantendo l'atmosfera.

Quella sala, nell'insieme sfarzosa e fredda, era stata una delle preferite da mio padre. Le cristalliere che poggiavano alle pareti grigie le aveva fatte sistemare lui.

Contenevano svariati liquori e bottiglie pregiate di Vino di Fata. Anche il massiccio mobile alla fine della stanza ospitava libri e pergamene che erano stati di sua proprietà.

Non avevo fatto spostare nulla, ma non per una questione affettiva: non m'interessava. Alla fine dei conti, gli oggetti non davano fastidio e io non mi ero mai trovato a dover usare quella sala.

Gli anziani erano stati i primi ad arrivare. Ghion e Glenda avevano finalmente fatto ritorno alla Torre, la sera prima. Non fosse stato per le notizie che portavano, sarei stato più felice di rivederli. I due consiglieri erano anche preziosi amici e Lupi dei quali mi fidavo.

Il Consiglio degli anziani, per ora, era costituito da sette Lupi al posto dei dieci che la legge prevedeva. Non avevo ancora sostituito i tre membri che ci avevano traditi e, per il momento, le cose sarebbero rimaste così. Non avrei assegnato i posti correndo il rischio di avere altri traditori all'interno di un organo così importante.

Nonostante mi fidassi dei miei sensi, sarebbe stato meglio non rischiare, vista la situazione. I sette membri rimanenti erano perfettamente in grado di adempire ai doveri del Consiglio.

I rappresentanti del popolo dei Lorcan, arrivati con Ghion a Imperia, erano già presenti.

Al loro arrivo avevamo parlato a lungo.

Quella notte non c'era stato tempo per dormire e, al termine del colloquio, mi ero recato con Edgar nelle stanze del Mago.

Era stata una fortuna che Aurora avesse trovato un modo per guarirlo proprio adesso. Le sue capacità strategiche e magiche ci sarebbero state d'aiuto. Ed ero certo di potermi fidare di lui.

Avevamo trascorso la mattinata nelle sue stanze a discutere su come potessero diramarsi le gallerie dei Vaughan nel sottosuolo.

Non mi aveva sorpreso vedere Rori presentarsi poco dopo l'alba alla porta di Ryu.

Strinsi i denti, senza accorgermene. Sentivo mille aghi trafiggermi il cuore ogni volta che li vedevo insieme.

Teneva moltissimo a lui, e una sorda gelosia mi pizzicava senza sosta.

Era stato un sollievo vederla uscire dalla stanza. Con lei presente non ero riuscito a concentrarmi. Il mostro verde continuava a divorarmi e mordeva con maggior foga ogni volta che lei cercava il Mago con lo sguardo. Questo era così frequente che non mi sarei stupito se le fosse venuto il torcicollo.

Concentrato a gestire quelle emozioni, non avevo dato molto peso alle sue parole, sbagliando. Avevo invece tirato un sospiro di sollievo quando si era decisa a ritirarsi.

Non ero felice della sua stanchezza e, anche adesso, la preoccupazione che fosse ancora troppo presto per lei di rendersi così attiva era sempre viva. Eppure il nostro piccolo scontro e il suo aspetto energico e splendido dicevano che stava bene. Solo l'eccessiva magrezza le dava un aspetto fragile.

A ogni modo, le considerazioni che aveva fatto erano acute. Molto probabilmente non avrei potuto evitare di coinvolgerla in maniera importante in questa guerra. Aveva del potenziale.

Lo sapevo perfettamente, eppure speravo di poterla rinchiudere in un posto sicuro, lontano dai pericoli. Tuttavia era una sciocca illusione.

Non me lo avrebbe mai permesso e le sue capacità si stavano rivelando troppo importanti. Conosceva il nemico, possedeva un buon intuito e sapeva usare la magia curativa a livelli eccellenti. Ryu aveva confermato che il potere curativo che era riuscita a sviluppare non era cosa comune, nemmeno per un Mago a tutti gli effetti. Si era fatta forte, molto più forte di qualsiasi mia aspettativa.

Il cuore si gonfiava d'orgoglio quando ci pensavo. Non fosse stato per il mio desiderio insano di rinchiuderla in un luogo segreto e sicuro, avrei gioito maggiormente per le sue conquiste.

Tornai con la mente alla situazione.

Diversi villaggi, lontani dalle città principali delle Bestie dei Cieli, erano stati attaccati dal nemico, sembravano quindi propensi a stringere un'alleanza. Si erano resi conto che le circostanze erano serie.

Cosa ben diversa era stata con i Muir, i quali avevano rifiutato ogni discorso riguardo un'eventuale guerra.

Una fitta acida risalì lo stomaco. Sarebbe bastato l'aiuto dei Lorcan?

Re Urien, il sovrano dei Lorcan, chiamati anche Bestie dei Cieli, aveva inviato a Imperia il figlio e il Primo Consigliere.

Questi erano stati scortati da un centinaio di uomini che si erano accampati poco lontano da Imperia.

I due Lorcan occupavano ora i posti centrali della tavolata scarlatta, chiusi nel silenzio.

Mi ero stupito della giovanissima età del principe Areon e mi stavo ancora chiedendo perché avesse mandato proprio lui, nonostante sapessi che veniva chiamato il Principino Illuminato.

Le bizzarre credenze dei Lorcan non erano una novità, ma ora non stavamo giocando, eravamo in guerra!

Per il Primo Consigliere invece era tutt'altro discorso: era un Lorcan anziano e competente nel suo lavoro a palazzo. Sapevo che deteneva molto potere, guadagnato in anni di fedeli servigi presso la corte.

Lasciai vagare lo sguardo fuori dalla finestra, come se quel paesaggio tranquillo potesse rasserenare anche il mio animo.

All'appello mancavano ancora i capi delle Cinque Città, Aurora e il Mago.

Edgar e Drina, che avrebbero fatto anche loro parte del Consiglio di Guerra, erano davanti alle porte della Sala Rossa.

Insieme a loro c'era anche Cara, Comandante della Guardia del Consiglio, una Lupa talentuosa e formidabile combattente.

Infine mi voltai per guardare la sala anche con gli occhi, non solo con i sensi.

I due Lorcan non passavano certo inosservati.

Il mio sguardo analizzò il giovane principe. Doveva avere pressappoco tredici anni di vita. Troppo pochi per sedere a quella tavolata, nonostante fosse considerato una specie di divinità dalla sua gente.

Aveva i tipici colori dei Lorcan, pelle olivastra e lisci capelli neri. Il corpo esile, anche se tonico, non sembrava pronto a combattere.

Vestiva solo dei semplici pantaloni di pelle, mentre il torace era coperto da una camicia smanicata in seta blu. Sulle braccia nude erano esposti simboli neri disegnati sulla pelle che attiravano lo sguardo come calamite. Accovacciato sulla spalla del ragazzo, se ne stava un corvo bianco. Gli occhi neri dell'animale brillavano come diamanti impuri.

Muoveva la piccola testa a scatti, guardandosi intorno come se sapesse perfettamente dove si trovava e perché il suo padrone fosse lì.

Le mani dalle dita appuntite e velenose del ragazzo erano piegate in una posa placida sul tavolo. Aveva tutta l'aria di annoiarsi a morte.

L'opposto era per il Primo Consigliere Edin Eira, che stava rigido e attento al fianco del giovane.

Il volto rugoso aveva una posa fredda, mentre gli occhi scuri scrutavano con attenzione i presenti.

I capelli neri, che nei Lorcan non cambiavano mai colore, erano legati sulla nuca accentuando l'aria austera. Al contrario, quelli lunghissimi del principino ricadevano liberi sulle spalle come una coperta scura.

Eravamo in ritardo.

Corrugai la fronte mentre estendevo i sensi per capire chi stesse arrivando.

M'irrigidii leggermente quando riconobbi la presenza di Rori e Ryu nei corridoi. I cinque Lupi a capo delle città invece erano ancora distanti.

Trattenni il fiato quando li vidi varcare la soglia.

Tutta la mia attenzione fu catturata da lei, che si guardava intorno curiosa. Non sentivo alcuna paura in Rori e questo mi quietò.

Poi, con lo sguardo, percorsi l'esile figura e per un attimo la mente venne oscurata.

Si era cambiata.

Le gambe magre e armoniose erano fasciate da pantaloni neri che le aderivano al corpo, mentre ai piedi calzava stivali alti che segnavano i polpacci affusolati.

Sopra i pantaloni portava una camicia in organza di seta di un viola chiaro. Le maniche morbide si allargavano dai gomiti in giù, sino a chiudersi sui polsini con inserti in pizzo. La stoffa vaporosa dell'indumento le scendeva morbida fino ai fianchi.

L'esile vita era segnata da una larga cintura in pelle, legata sopra la camicia. La striscia scura era impreziosita da piccoli pezzi di onice e ametista che andavano a disegnare fiori dai petali viola.

I primi bottoni della camicia erano slacciati, esponendo le linee della clavicola e lasciando intravedere la morbidezza del seno.

Accarezzai con lo sguardo le braccia lattee che si intravedevano sotto la stoffa, per poi risalire al viso.

I lineamenti cesellati erano rilassati. Delle occhiaie profonde non c'era traccia, mentre gli occhi d'oro dal taglio affascinante studiavano incuriositi i presenti.

I lunghi capelli chiari le ricadevano in lucenti onde, sciolti sulle spalle, fino a toccare l'esile vita. Solo un semplice fermaglio in madreperla raccoglieva le ciocche ai lati del viso, bloccandole morbide sulla nuca.

Era una visione.

La bocca piena e rosea sussurrò qualcosa, mentre Ryu la indirizzava verso la tavolata, poggiandole una mano sulla spalla.

Il movimento del Mago spezzò il mio momento di adorazione, richiamando all'istante il mostro geloso che aveva preso ad albergare dentro di me.

Allora mi accorsi che l'ingresso dei due non era passato inosservato, richiamando l'attenzione di tutti i presenti.

Il principino aveva abbandonato la posa annoiata e si era rizzato a sedere con uno scatto.

I Lorcan sapevano sia di lei sia del Mago. Avevo raccontato del prezioso aiuto che entrambi avevano fornito e chiarito che il loro ruolo poteva essere molto importante, nel corso della guerra.

I due si accomodarono al lato opposto della tavolata rispetto ai Lorcan, e sobbalzai quando il principe Areon si alzò in piedi, fissando Rori. Li raggiunse con fare deciso e un'espressione concentrata stampata in viso. Una volta arrivato loro accanto, scostò la sedia vuota vicina a quella di Aurora.

Non si sedette. Continuò a guardarla per un lunghissimo istante, mentre l'attenzione di tutti era rivolta al giovane.

La sorpresa era dipinta sul viso del Primo Consigliere, che guardava il ragazzo con occhi sgranati, come probabilmente stavano facendo tutti quanti nella sala.

Un lento sorriso storse la bocca del principino, mentre continuava a guardarla come se avesse appena visto un miracolo.

«Allora è vero!» esclamò infine. «Esisti veramente» continuò, allungando un braccio per prendere tra le dita una lunga ciocca di capelli.

Sembrava volesse verificare che fosse davvero reale.

Strinsi i denti, perfettamente consapevole che le mani dei Lorcan erano anche armi estremamente pericolose.

Le loro dita, lunghe e appuntite, terminavano in sottili artigli più affilati della lama di una spada. E velenosi.

«Già, a quanto pare» rispose lei, sorridendogli e studiandolo a sua volta.

Il desiderio di raggiungerli e strapparla dagli artigli velenosi del principe mi assalì prepotente.

Feci violenza a me stesso, bloccando il corpo già pronto all'azione.

«Magnifico!» esclamò ancora il ragazzo, lasciando finalmente cadere la ciocca.

Sospirai di sollievo.

Ero certo che, se non le avesse tolto le mani di dosso, la mia resistenza avrebbe avuto vita breve. Stavo già pensando ai mille modi per comunicare a Re Urien come suo figlio, inaspettatamente, fosse andato a sbattere contro una parete.

«Ho sempre sognato di avere una sorella come te» continuò, lasciandosi cadere sulla sedia accanto a quella di Rori. «Sono felice che i miei desideri si siano finalmente realizzati» aggiunse con un sorriso compiaciuto.

«Ovviamente mi dispiace conoscerti in queste circostanze» proseguì imperterrito, «ma non importa. Sapevo che, venendo qui, avrei incontrato una persona per me importante. Per questo ho insistito con il Re per venire» rivelò, allungando ancora la mano.

Le sue dita sfiorarono il braccio di Aurora, come a voler saggiare la morbidezza della pelle sotto la stoffa impalpabile.

Il mio cuore mancò un battito.

«Principe Areon!» tuonò il Primo Consigliere. «Non è questo il modo di comportarsi in un contesto simile».

Il volto del ragazzo si storse in una smorfia mentre toglieva la presa da lei per guardare infastidito Edin.

«E non è compito tuo dirmi cosa posso o non posso fare, Consigliere» rispose Areon aspro.

«Io so cos'è giusto. Sto solo conoscendo una creatura che sapevo già di dover incontrare» concluse infastidito.

Il gelo calò nella stanza. Solo Aurora continuava a guardare il principe tranquilla.

Poi i Lupi mancanti fecero il loro ingresso, distogliendo l'attenzione dai due.

Presero rapidamente posto, in silenzio.

Niall andò a sedersi accanto a Ryu, dopo aver salutato Rori con un largo sorriso.

Tra i due si era creata una certa confidenza e la cosa mi stupì. Il Lupo a capo di Honora era schivo e distaccato, un guerriero temibile e una guida giusta per la sua città.

Era anche molto razionale e attento nello stringere legami. Solitamente teneva un atteggiamento neutro con la maggior parte dei Lupi. Non si esponeva, a meno che non avesse un interesse politico rilevante. Era un calcolatore, ma era leale a me e a Imperia.

Osservai gli altri.

Rodan, a capo della città di Mael, incrociò il mio sguardo.

Il Lupo dai pallidi occhi azzurri mi guardava con fermezza. Lessi preoccupazione sul suo viso circondato da ricci ramati. La barba corta e folta gli conferiva un'aria dura e severa.

Sapevo bene il perché di quello sguardo. Non voleva stare a Imperia, lasciando sola la città di Mael quando c'era il rischio di un nuovo attacco.

Tutti loro avrebbero preferito rimanere a organizzare personalmente le truppe nelle rispettive città. Lo sapevo, ma ero quasi certo che il prossimo obiettivo fosse Imperia. Ormai non mancava molto all'attacco successivo.

La porta della sala venne chiusa mentre Drina, Edgar e Cara, gli ultimi membri del Consiglio di Guerra, prendevano posto.

Scostai la mia sedia, accomodandomi. La riunione ebbe finalmente inizio.

AURORA

Ryu mi aveva preparata.

Sapevo che avrei dovuto raccontare della prigionia e descrivere il nemico nel modo più dettagliato possibile. Quello che non mi aspettavo era di dover prendere subito la parola.

Alla fine è la cosa più sensata, conclusi, mentre sentivo gli occhi dei presenti puntati su di me.

Caim mi aveva invitata a iniziare dopo aver presentato ogni membro del Consiglio di Guerra.

La sua voce era fredda e distaccata, ma ugualmente bellissima, con quelle tonalità profonde che sembravano quasi calde carezze.

Possibile non avesse nulla di brutto, quel Lupo?

Cercai di non pensare a lui, richiamando invece le immagini dei mesi passati durante i quali ero stata "ospite" di Aris.

Mi sentivo tranquilla nel raccontare, partendo dal mio risveglio nella cella. Descrissi il primo tentativo di fuga e l'incontro con il Generale. Parlai delle gallerie e dell'enorme grotta sotterranea dove si annidava l'esercito nemico, capeggiato dai quattro Vaughan.

Cercai di fornire più particolari possibili. Spiegai che ero sopravvissuta grazie al patto stretto con il Generale, precisando il suo interesse per la mia natura.

Avevo concordato con Ryu cosa fosse meglio tacere. Erano piccoli dettagli. Sapevamo quanto fosse essenziale fornire il maggior numero possibile di informazioni. Era vitale, se volevano affrontare il nemico.

Conclusi parlando della fuga e del successivo arrivo a Honora.

«Grazie, Aurora» arrivò la voce di Caim, quando ebbi terminato.

«Ora voi tutti avete un'idea di chi stiamo combattendo e di quanto grave sia la situazione» proseguì in tono grave Mr Notte.

Tirai un sospiro di sollievo quando gli occhi dei presenti si posarono su di lui.

Mi ritrovai a osservare finalmente le creature riunite nella stanza, mentre Caim si lanciava in una serie di considerazioni su come si diramassero le gallerie nel sottosuolo.

Riconobbi Glenda e Cor, i due membri del Consiglio che avevo incontrato prima della prigionia, durante il banchetto.

La Lupa dallo sguardo tagliente stava ascoltando attenta il sostituto dell'Alfa. I lunghi capelli grigi le ricadevano scomposti sulle spalle; le vesti scure marcavano il pallore e le occhiaie che segnavano il viso affilato. Aveva un che di spettrale. Era molto più stanca e provata di come la ricordavo.

Cor sedeva accanto a un Lupo dal volto spento, circondato da lunghi capelli stopposi. I due avevano un aspetto giovane rispetto agli altri membri. Cor, con la sua carnagione bronzea e i capelli nerissimi, non aveva per nulla l'aspetto di un "anziano".

Ghion e Navar, anche loro seduti al lato opposto rispetto al mio, mostravano chiaramente di non essere più nel fiore degli anni.

Entrambi erano stati miei maestri, durante la prima permanenza al castello. Tor aveva assegnato loro il compito d'istruirmi su questo mondo e sui popoli che vi dimoravano.

Ghion era anche il padre di Edgar e uno dei membri del Consiglio nel quale l'Alfa riponeva maggior fiducia.

Sedeva alla sinistra di Caim, con il corpo massiccio appoggiato allo schienale della sedia in pietra rossa.

La stoffa scura della camicia, dalla fattura elegante, si tendeva sopra i poderosi bicipiti. Nonostante i capelli castani fossero striati di grigio, il corpo era ancora quello di un guerriero. Gli occhi grigi, così simili a quelli di Ed, erano concentrati su Mr Notte.

Navar invece era l'esatto opposto.

Il corpo magrissimo e allampanato aveva una posa curva mentre, chino in avanti, studiava delle pergamene che aveva sparso davanti a sé.

I capelli grigi ricadevano scomposti e arruffati sul viso magro e pallido. Con cadenza regolare, la mano ampia del Lupo andava a sistemarsi gli occhiali dalla montatura dorata, che continuavano a scendergli sul grosso naso.

La camicia azzurra, con tante nuvolette bianche disegnate sopra, aveva le maniche arrotolate sino ai gomiti. Con fare attento, scarabocchiava qualcosa al margine della pergamena che fissava come un enigma. Avevo dimenticato quanto il suo guardaroba fosse il più bizzarro che avessi visto alla Torre.

Tra l'altro, era uno dei pochi della razza dei Lupi che non aveva per niente l'aspetto di un guerriero.

Altri due Lupi, di una certa età, sedevano allo stesso lato.

Anche loro erano dei membri del Consiglio degli anziani. Non ci avevo mai parlato però, e solo dopo la presentazione di Caim avevo scoperto i loro nomi: Leon e Samuel.

Accanto a loro sedeva il Lorcan più vecchio.

Avevo studiato il loro popolo con Navar e sapevo che potevano essere dei preziosi alleati. Il volto austero dalla pelle olivastra era concentrato su Mr Notte.

Una leggera pressione al braccio distolse la mia attenzione, facendomi voltare.

Gli occhi scuri del giovane Lorcan affondarono nei miei, ma non era stato lui a toccarmi. Il corvo, dalle piume candide, si era sistemato sul mio avambraccio disteso.

Avevo appoggiato le braccia sul tavolo, e ora il corvo bianco ci si era appollaiato sopra.

«Gli piaci» sussurrò la voce frizzante del ragazzino.

Avevo provato un'immediata simpatia per quel giovanissimo principe. Quando mi aveva sfiorata, avrei voluto fare lo stesso. Aveva un che di mistico, che emanava da ogni centimetro del corpo esile.

Sgranai gli occhi mentre l'animale si sistemava meglio, affondando le unghie nella pelle sotto il velo di stoffa.

Non avevo mai visto un corvo da vicino e questo era decisamente grande!

Il volatile, lungo una cinquantina di centimetri, non aveva affatto l'aria innocua. Non fosse stato per l'affermazione del principe e i modi svogliati del pennuto, mi sarei preoccupata.

Adesso si stava sistemando le piume con fare pigro, concentrato nel momento dedicato all'igiene personale.

«Siamo sicuri che non mi abbia scambiata per il suo bagno privato?» chiesi, continuando a studiare dubbiosa il pennuto.

Una risata argentina risalì la gola del giovane, mentre Ryu tossicchiava alla mia destra.

Solo allora mi accorsi che avevamo attirato l'attenzione.

Girai rapida lo sguardo verso Caim, che ci stava fissando truce.

«Aurora, so che non conosci le nostre terre, ma avresti un'idea di dove si trovi la grotta sotterranea dei Vaughan?» chiese poco dopo.

Mi aveva già fatto quella domanda. Sospirai. Dovevo ripetere tutto a favore dei presenti.

Cercai di non pensare all'animale che ora si dimenava come un matto, gonfiando le piume.

Feci mente locale.

«Sicuramente non è lontanissima da Orias» iniziai, «ma in che direzione o in che posto esatto sia, non saprei proprio».

«Se riuscissimo a individuarla, saresti in grado di farla crollare come hai fatto con la galleria a Honora?» continuò incalzante.

Un gelo sibilante prese a salirmi la schiena. Volevano far crollare le gallerie e la grotta... Certo, era la cosa più sensata.

«Così facendo, però, le Fate moriranno».

Sapevo che per loro non erano una priorità, ma erano disposti a condannarle a morte certa? Io assolutamente no. Comunque dovevo rispondere dicendo la verità.

«In ogni caso, dubito di poterlo fare. Ovviamente potrei provarci, ma vorrebbe dire usare molto potere magico. Troppo per me» sospirai, «ma forse Ryu ne è capace» conclusi, voltandomi a guardare il diretto interessato.

Non ne avevamo mai parlato, ma sapevo che con poca probabilità sarebbe stato in grado di manipolare la terra. Solitamente i Maghi sono capaci di destreggiarsi molto bene in uno, massimo due settori. Io stessa non ne sarei stata capace, se non attraverso Ed.

«No, non è una cosa che rientra tra le mie capacità» asserì Ryu.

«Eventualmente, se la ragazza è in grado di far muovere il terreno, si potrebbe procedere per zone, coprendo così interi perimetri!» esclamò il Primo Consigliere.

«No, non si può fare. Procedere per tentativi vorrebbe dire consumare un enorme potere magico e forse per nulla» risposi. «Non ho una tale forza».

Mi sistemai una ciocca di capelli mentre analizzavo veloce il resto.

«Inoltre» precisai, «sicuramente le gallerie, almeno in parte, sono protette da scudi magici, quindi sarebbe più sensato cercare di abbatterli e trovare i diversi ingressi».

«Hai visto con i tuoi occhi questi scudi?» chiese il Lorcan anziano, inarcando un nero sopracciglio.

«No, ma sarebbe stupido pensare il contrario, conoscendo il nemico e tenendo conto che nessuno, finora, ha mai trovato l'ingresso di una galleria» borbottai.

Possibile che, nonostante avessi raccontato loro dei Vaughan e delle capacità di ognuno di loro, non fosse una cosa ovvia?

«Aurora ha ragione» s'intromise Caim, «la nostra priorità è trovare un modo per spezzare questi scudi e individuare le vie nel sottosuolo».

«Quasi certamente il tempo a nostra disposizione non è molto» affermò Ghion. «Con ogni probabilità porteranno un attacco su più fronti, cercando di annientarci».

Corrugai la fronte mentre il mio nuovo amico stava strofinando il grosso becco sul mio braccio, lucidandolo per bene. Sì, mi aveva decisamente scambiata per il suo bagno.

«Da parte mia non credo agiranno così» mi sfuggì.

Ero di nuovo al centro dell'attenzione, ma non importava. Mi trovavo lì per cercare di fermare Aris, come ognuno dei presenti. Non ero seduta alla tavolata per fare la bella statuina. Mi avevano voluta nel Consiglio, quindi avrei detto la mia.

«Non hanno bisogno di attaccare su più fronti per annientarvi» spiegai. «Aris vuole Imperia. Tutto quello che ha fatto finora è stato un diversivo. Sa che, colpendo questa città e l'Alfa, i Lupi avranno perso».

«Imperia non è l'unica città importante per noi Lupi, anche se venisse distrutta, non segnerebbe la nostra fine» ribatté Ghion.

Diversi presenti annuirono in silenzio, concordando con l'anziano.

«So perfettamente che questa non è l'unica città» replicai pacata, «ma ciò che rappresenta non è paragonabile a nessun'altra. Imperia è la città dell'Alfa e il cuore stesso del vostro popolo. Se cade, il nemico avrà ottenuto una vittoria simbolica schiacciante!»

Feci una pausa guardando decisa gli occhi grigi di Ghion. «Quanto credete ci vorrà prima che prenda le restanti città? Dopo una sconfitta simile, i Lupi si sentiranno persi e sarà difficile reagire davanti a un esercito della portata dei Vaughan».

Aggiunsi: «Ovviamente è solo la mia opinione».

«È un'opinione che ha senso» s'intromise Glenda.

«Ha molto senso» concordò il Primo Consigliere.

«Non abbiamo molto tempo per discutere su tutte le diverse opinioni, però» affermò Navar. «Quanto tempo abbiamo prima del prossimo attacco? Molto poco. Troppo poco per metterci a cercare gallerie e procedere per tentativi» concluse.

«E allora cosa proponi?» lo apostrofò Glenda.

Navar rimase in silenzio per un attimo, raddrizzandosi sulla sedia.

Sistemati gli occhiali dalla montatura tonda, disse: «Semplicemente di prepararci ad accoglierli».

«Vorresti dire che dovremmo starcene qui ad aspettare che ci attacchino?» esclamò l'anziana.

«Esatto» assentì, scuotendo la testa in avanti.

«Lo avevo detto che stare sempre tra quei libri lo avrebbe rincitrullito più di quel che è» sbuffò Leon.

Navar borbottò, muovendo una mano all'altezza del viso, come a scacciare una mosca fastidiosa.

«Visto il racconto della nostra Aurora, tutto porta a supporre che il prossimo obiettivo sarà Imperia».

Fece una pausa mentre puntava lo sguardo su di me.

«Anche se così non fosse, su una cosa siamo tutti concordi: quando Aris colpirà, lo farà con tutta la sua forza».

Deglutii quando un'immagine di quest'ultimo si materializzò nella mente. Subito una serie d'informazioni iniziarono a frullarmi in testa come una bufera. Era quello che avevo scoperto nella mente della Fray a Honora.

Il gelo mi scosse all'istante. Quel Vaughan era un mostro.

Scacciai decisa i fatti che avevo tenuto per me. Non erano di rilevanza per la guerra, ma grazie a essi avevo capito molte cose. Aris era il male allo stato puro.

«Quindi» proseguì Navar, «quando ci attaccheranno, anche i Vaughan saranno presenti».

«E con questo? Avere i quattro Vaughan sul campo rende la situazione solamente più grave!» esclamò il Primo Consigliere.

«Sappiamo perfettamente che forza possiedono quelle creature e, se hanno pianificato questa guerra per secoli, lo scontro sarà brutale» concluse il Lorcan.

«Certo» annuì Navar, «ma non capite? Come per loro la presa d'Imperia e la morte dell'Alfa segnerebbero la vittoria indiscussa, così la loro morte metterebbe fine alla guerra».

«Interessante» affermò Caim, incitandolo a proseguire.

«Quando attaccheranno, anche i Vaughan saranno presenti, stando alle parole di Aurora, che condivido. Quindi ci offriranno anche la possibilità di eliminarli» proseguì il consigliere.

«Ovviamente non sarà semplice. Ma se, invece di cercare di stanarli, ci concentrassimo sulle difese e organizzassimo un piano per eliminare Aris durante l'attacco, i Fray si troverebbero senza una guida» concluse.

Quello che Navar stava dicendo poteva essere la soluzione. Anzi, era una grande idea, anche se uccidere Aris mi sembrava molto difficile. Molto.

«E la guerra sarebbe vinta» aggiunse Ghion con un sorriso.

Partì subito una fitta conversazione su come organizzare le truppe, mandare messaggeri alle altre città e sulla scelta di un gruppo, il cui compito sarebbe stato cercare e affrontare i Vaughan durante la battaglia.

Dopo più di due ore di discussioni, la prima riunione del Consiglio di Guerra si concluse.

Avevo le viscere annodate. Si era deciso che un piccolo gruppo, con Ryu a capo, tra due ore sarebbe partito per Orias.

Il Mago doveva recuperare del materiale magico e poi c'erano anche i magazzini dei Vaughan da localizzare. Mi ero proposta di far parte di quella spedizione, ma Caim aveva fermamente respinto la richiesta, dicendo che dovevo incontrare i curatori del castello.

Insieme a loro avrei organizzato le scorte di medicinali e recuperato tutto ciò che poteva servire per curare i feriti durante la battaglia.

Quello sarebbe stato il mio ruolo. Stare nel castello a medicare e sanare le ferite.

A niente erano servite le mie parole di protesta.

Affondai le unghie nei palmi.

Secondo lui, il mio talento nel guarire era anche la mia dote più forte, mentre di esperienza in battaglia ero "misera". Quindi non ero certo in grado di competere con un Lupo con anni di addestramento alle spalle.

«Semmai potresti creare difficoltà» aveva detto, zittendomi.

Nonostante sapessi perfettamente che ero diventata molto brava a usare la magia curativa, desideravo combattere. Per tanti motivi.

E non volevo che Ryu tornasse da solo a Orias.

Sapevo che Caim aveva ragione ed era la cosa più logica da fare, assegnarmi quel ruolo. Ma ero anche capace di battermi.

E non avrei lasciato Ryu solo sul campo di battaglia. Tanto meno ad affrontare Aris.

Per ogni Vaughan erano stati decisi sei guerrieri. Ventiquattro guerrieri che avevano il compito di raggiungere e uccidere i Vaughan durante lo scontro.

Grazie alle mie informazioni su ognuno di loro, avrei aiutato Ryu a preparare oggetti magici. Questi oggetti avrebbero aiutato a combattere contro le capacità di ognuno di loro. Ma sarebbe bastato?

In più, Ryu e Caim avrebbero fatto entrambi parte dei gruppi assegnati a fronteggiare i Vaughan.

A dire il vero, la maggior parte dei membri del Consiglio di Guerra avrebbe fatto parte di quei gruppi.

Ovviamente gli anziani erano esclusi, così come il principe e il Primo Consigliere. Gli altri avrebbero affrontato il nemico.

Per ogni unità ci sarebbero stati dei Lorcan.

«I più valorosi e potenti guerrieri del popolo» aveva detto il Consigliere.

E poi c'erano le Fate. Per gli altri membri del Consiglio non erano un problema perché, se il piano avesse avuto successo: «Si sarebbero potute liberare in seguito, senza difficoltà» aveva detto Caim.

La sala si stava svuotando rapidamente. Tutti avevano ordini precisi da eseguire.

Anche Ryu si era dileguato dopo avermi detto che ci saremmo visti prima della sua partenza. Caim era uscito rapido dietro di lui, probabilmente per definire le ultime cose su Orias.

Di Tor invece nessuno aveva detto nulla.

Immediatamente lo stomaco divenne un groviglio di nodi. Avevo la sensazione di aver appena ingoiato del cibo disgustoso.

Sarebbe davvero rimasto lontano dal suo popolo prima di un attacco simile? Certo, capivo la logica. L'Alfa non poteva assolutamente morire. Non nel suo caso almeno, non avendo eredi.

Ma anche quella situazione strideva. Possibile che non avessi capito veramente com'era fatto Tor?

Ripensai a lui e al tempo trascorso insieme. Sembrava una vita fa.

Per tanti giorni avevo richiamato l'immagine del Lupo nero. Giorni a cui se n'erano alternati altri, durante i quali avevo rinchiuso lui e i sentimenti che provavo nell'angolo più buio del cuore.

E adesso cosa stavo facendo? Stavo evocando quei ricordi nel momento peggiore!

Quando ero scappata avevo fatto una promessa. Una promessa a qualcuno e a me stessa. Sapevo quali erano i miei obiettivi. Il resto avrebbe aspettato.

Le Fate avrebbero potuto non sopravvivere fino alla battaglia. Ogni ora che Elerry passava in quell'inferno sotterraneo era un rischio.

E poi, per quanto potessi sperare che il piano riuscisse, c'era sempre la possibilità che le cose andassero diversamente. Non potevo lasciarla laggiù.

«Possiamo accompagnarti?»

Mi riscossi di colpo. Seduto accanto a me c'era ancora il giovane principe. La stanza si era svuotata del tutto.

«Come, scusa?»

Un largo sorriso illuminò il viso magro del ragazzino.

«Edin ha detto di tornare alle mie camere, ma noi preferiamo stare con te» rispose tranquillo. «Devi recarti dai curatori, giusto?»

C'era qualcosa di strano in lui. Gli occhi di cioccolato riflettevano una profondità che non avevo mai visto nello sguardo di un ragazzino.

«Noi ti accompagneremo» proseguì senza aspettare risposta.

Spostai lo sguardo sul corvo, che adesso stava appollaiato sulla spalla del giovane, fissandomi.

Mi ritrovai ad annuire lentamente: «Va bene».

I Lorcan avevano un che di esotico e affascinante. Il loro non era un fascino crudo che trasudava forza come quello dei Lupi. I lineamenti affilati emanavano mistero e grazia, ma non per questo li percepivo meno pericolosi.

Sapevano essere temibili in battaglia, anche se non erano un popolo sanguinario. In passato, avevano sempre preferito tenersi fuori dalle dispute, ricordai. Avevo trascorso una giornata intera a studiare i Lorcan, chiamati anche Bestie dei Cieli, con Navar.

Se pensavo a Caim o agli altri Lupi, mi veniva in mente una spada imponente dalla lama larga, capace di abbattere con un solo fendente.

Guardando questo ragazzo e il Primo Consigliere immaginavo un fioretto, un'arma dalla lama sottile e affilatissima, capace d'infilzare il cuore dell'avversario ancor prima che se ne rendesse conto.

«Allora, andiamo» m'incitò, mettendosi in piedi. «Così parliamo un po'».

Faticavo a tenere a bada la mente mentre percorrevamo i corridoi dalle pareti altissime. Erano successe tante cose in pochi giorni.

Nonostante i mesi passati sottoterra fossero stati come una visita da Lucifero, mi ero abituata, in un certo senso, a quella vita.

Una volta tornata, le cose accadevano rapidissime. Tante e forse troppo veloci. In certi momenti avevo la sensazione che il mio cervello stesse per friggersi.

La rabbia e un obiettivo preciso mi avevano condotta a Honora. Pronta a tutto. Allora avevo pensato di essere forte come non mai. Eppure, adesso che non ero più prigioniera, mi sentivo impotente.

Dovevo collaborare con gli altri per raggiungere i miei obiettivi e tutto era più complicato di quel che credevo.

«Ci hanno raccontato la tua storia» mi arrivò la voce del principe.

Camminava al mio fianco con fare tranquillo, mentre il corvo continuava a stargli appollaiato sulla spalla.

Nei corridoi della Torre, i Lupi si muovevano rapidi e silenziosi, un misto di soldati e servitori intenti ad adempiere ognuno ai propri doveri.

«Puoi chiamarmi Areon, se ti fa piacere» continuò. «E così, non sei soddisfatta del ruolo che ti è stato assegnato?» anche se era una domanda, suonava come una affermazione.

Sentivo una piacevole calma provenire dal Lorcan. La seta blu della camicia faceva risplendere la carnagione scura, mentre tatuaggi che raffiguravano simboli sconosciuti gli coprivano le braccia. Era così giovane, eppure aveva un che di antico che non riuscivo a spiegarmi.

«Puoi chiamarmi Rori» mi decisi a rispondere. «E no, non sono molto felice».

Non era una cosa saggia parlare così liberamente con un estraneo, ma era un ragazzino. In più mi era piaciuto da subito. Forse il corvo un po' meno.

«Sei sicuro che non passerai dei guai ad andartene così in giro?»
Un'espressione stizzita gli contorse i lineamenti:
«Sono il Principe!» esclamò, «E non mi farò rinchiudere nelle mie stanze. Poi sono qui per un motivo» rivelò con un sorriso enigmatico.
«Quindi, oltre ad assumere forma di Lupo, sei in grado di usare la magia?»
Annuii lentamente.
«Nei tre mesi passati con il nemico, uno di loro ti ha addestrata, giusto?»
Annuii di nuovo, senza capire cosa volesse dire.
«E sei riuscita a far crollare una galleria con il tuo potere?»
Forse fa solamente le domande che fanno i bambini, mi dissi, prima di annuire ancora.
«Ovviamente non ti ho vista batterti, ma un elemento con delle capacità magiche e fisiche come le tue credo sarebbe utile in battaglia» concluse corrugando la fronte.
Non stava facendo domande infantili… Stava facendo delle valutazioni.
«Può darsi, ma come ha detto il portavoce dell'Alfa, non ho l'esperienza né tanto meno un addestramento di anni come il tuo popolo o quello dei Lupi».
«Sì, questo è vero» concordò, mentre scendevamo una lunga scalinata. Sapevo dove si riunivano i curatori.
Erano due ampie stanze al pianterreno, dalle quali si poteva accedere alle cantine. In queste ultime venivano conservate erbe, unguenti e pozioni, tenuti al fresco e al buio per aiutarne la conservazione. Le due stanze invece erano colme di libri di medicina.
All'interno della città c'era anche un "ospedale lupesco", che solitamente ospitava pochissimi pazienti. Infatti, gli abitanti d'Imperia avevano la capacità di guarire molto rapidamente dalle ferite e si ammalavano di rado. Tutto questo l'avevo appreso dalle lezioni tenute da Navar.
«Ho la sensazione che, se un Vaughan si prende la briga di addestrare qualcuno, è perché ha delle capacità interessanti».
Sembrava che stesse parlando più a se stesso che a me. Il principe aveva dipinta sul volto un'espressione così concentrata e seria che strideva sul giovane viso, come un Fray vestito di rosa.
«Certo, era incuriosito dalla tua natura, lo capisco» continuò, «ma rimane il fatto che un addestramento di qualche mese con un Vaughan può valere qualche anno di accademia a Imperia».
E con questo cosa stava insinuando?
«Non saprei e comunque non ha importanza ormai. Caim ha deciso

così» tagliai corto, anche se dentro di me era tutto fuorché chiuso l'argomento.

«Mi dispiace per le tue amiche, però» riprese con voce piatta.

Sussultai per bloccarmi di colpo un istante prima di girarmi a guardarlo: «Scusa?»

Gli occhi scuri di Areon brillarono. Avevo capito a chi si riferiva. Lo sapevo e basta.

«È molto probabile che le Fate rimarranno vittime di questa guerra».

Il suo tono era incolore e la freddezza nella voce mi gelò.

«Come fai a dirlo?» mi sentii domandare mentre il sangue si ghiacciava nelle vene.

Il Lorcan rimase immobile per un lunghissimo istante. Le iridi scure, puntate nelle mie, avevano una tale intensità che sembravano attraversarmi.

La sensazione di avere a che fare con un ragazzino era scomparsa, una nuova percezione strisciava piano verso di me. Qualcosa di diverso, a cui la mente non riusciva a dare un nome.

La mano di Areon si tese a catturarmi una ciocca di capelli, per poi farsela scorrere tra le dita.

Non capivo. Di colpo tutto in lui strideva.

«Perché l'ho visto, Rori» rispose in un sussurro.

«Posso vedere il futuro, ma non ciò che voglio» spiegò. «Il futuro che vedo non è sempre immutabile. Con le nostre azioni presenti, possiamo alterarlo».

Inspirai profondamente, quando i polmoni presero a bruciare. Avevo smesso di respirare.

«Quindi perderemo e loro moriranno?» ansimai.

«Non lo so» disse, scuotendo lentamente la testa. «Ciò che vedo sono solo alcune immagini che non raccontano il quadro completo».

«Le hai viste morire?» chiesi, avvertendo una pesantezza insopportabile in mezzo al petto.

«Ho visto la loro fine, sì» annuì, «ma non è detto che accada. Quel che è certo è che, se le cose continueranno come abbiamo pianificato fino adesso, moriranno».

Con gli occhi della mente rividi Elerry.

«Non lo permetterò» ringhiai, «non so come ma non le lascerò morire. Mai!»

Un lento sorriso incurvò le labbra del principe: «Ne sono certo».

«E sono qui per aiutarti» continuò. «Ti ho vista, sai? Non sapevo dove o come, ma sapevo di doverti trovare».

«Scusa?» biascicai.

«Sembra che tu dovrai fare qualcosa d'importante per me e il mio popolo, un giorno. Ma perché questo accada, ora dovrò aiutarti».

Lo guardai sconvolta.

«Lo so, lo so, sono solo un ragazzino ancora, ma mi stai già adorando. E, fidati, sono in grado di fare molte cose» m'informò sicuro di sé.

«Adesso andiamo, siamo in ritardo».

Afferrò rapido la mia mano, conducendomi poi lungo le scale.

«Ti aiuterò a salvare le Fate» continuò mentre ero ancora stordita dalla rivelazione. «Ah, e non raccontare a nessuno di questa conversazione, ovviamente» concluse con un largo sorriso.

Quella Sive era una vipera. Adesso ne ero più che certa.

Me ne stavo raggomitolata sul divano nelle mie stanze, con la pergamena di Ryu stretta tra le dita. Tornata dalle sale dei curatori, ero andata immediatamente al largo armadio di legno intarsiato nella stanza da letto, in cerca di una coperta leggera.

Stando per diverse ore nelle sale dove venivano conservati medicinali e pozioni, un freddo umido si era insinuato nelle ossa, avviluppando tutto il mio corpo in un bozzolo di brividi.

Strano. Alla fine avevo passato tre mesi sottoterra ma non avevo risentito del gelo e dell'umidità... *Che stupida!* Certo che no, assumevo ogni giorno il tonico di Taran. Quell'elisir aveva molte caratteristiche, era una bevanda magica che dava vigore e toglieva freddo e fatica. Non sarebbe stato male averne un po' sottomano, in quel momento...

Il mio sguardo si posò ancora sulla pergamena che reggevo in mano e avevo trovato sul tavolino nell'anticamera. La grafia di Ryu, decisa ed elegante, diceva: *Sono passato a salutarti prima di mettermi in viaggio e mi hanno informato che non volevi essere disturbata da nessuno. Sarò di ritorno prima che te ne accorga. Ryu.*

Serrai i denti fino a sentire una dolorosa tensione. L'unica risposta a quelle righe era la Lupa rossa! Non avevo detto nulla di simile quando mi ero avventurata nelle sale sotterrane per visionare le scorte. Fortunatamente Areon si era dimostrato un valido aiuto, specie al nostro arrivo tra i curatori, quando Sive aveva iniziato a tempestarmi di frecciatine e occhiate altezzose.

Il giovane principe si era intromesso di tanto in tanto, smorzando la mia crescente rabbia nei confronti della femmina. Per la maggior parte del tempo, mi aveva aiutata a concentrarmi sulla verifica del materiale. I Lupi non avevano di certo le capacità curative di un Mago, ma non se la cavavano male. Durante il mio addestramento intensivo, avevo imparato parecchio anche sulle pozioni. Ovvio, non ero brava come un Mago che da sempre si esercita, eppure mi risultava facile e piacevole ricavare intrugli fumanti. Mi sentivo come un piccolo chimico all'opera.

Adesso però ero combattuta dal desiderio di andare a fronteggiare la Lupa rossa, e la consapevolezza che un gesto simile non avrebbe portato a nulla.

Appoggiai la pergamena sul tavolino davanti al divano, per evitare di accartocciarla. Era meglio concentrarmi su altro e non pensare a Ryu che era da poco partito per Orias. Senza di me.

Svuotai la mente con fatica e la direzionai vero altri pensieri.

Con Areon avevamo già abbozzato un piano. Ero rimasta senza parole davanti alle novità che avevo scoperto. Ovviamente, prima di prendere una decisione definitiva, dovevamo parlarne con Ryu, al suo ritorno.

L'immagine di Mr Notte mi balenò davanti agli occhi. Di sicuro non avrebbe preso bene ciò che stavamo progettando, anche se il piano non avrebbe portato a grandi cambiamenti durante lo scontro. Avrei provveduto a preparare le migliori pozioni sananti, nel tempo concesso. I Lupi ne erano sprovvisti; quella che avevo appreso era una formula di Taran. Quindi di medicinali per curare i guerrieri feriti ne avrebbero avuti. Per quanto riguardava il combattimento e l'affrontare i Fray e i Vaughan, anche lì non ci sarebbero state modifiche. Non ero stata assegnata a nessuna unità. In relazione a Ryu, gli avrei chiesto di rimanere a ricoprire il ruolo che Caim gli aveva assegnato. Imperia aveva bisogno di almeno un Mago e lui aveva un incarico importante durante lo scontro. Non avrebbe potuto seguirmi.

Sospirai, lasciando uscire lentamente l'aria dai polmoni, e chiusi gli occhi. A breve avrei dovuto rimettermi all'opera con le pozioni, quindi era vitale lasciar scivolare via il fastidio nei riguardi della Lupa.

Dopo diversi minuti d'immobilità, mi decisi ad alzarmi dai morbidi cuscini in broccato blu.

Abbandonata la coperta sul divano, mi diressi alla camera da letto. Rovistai nell'armadio in cerca di qualche abito particolarmente comodo. Certo, trovare una tuta lì dentro era fuori discussione. Eppure, per il lavoro che mi aspettava, avevo bisogno di sentirmi bene nei vestiti; la camicetta che indossavo, insieme alla larga cintura, era fastidiosa.

Dopo qualche minuto, trovai qualcosa di ragionevolmente adatto. Afferrai gli indumenti, dirigendomi alla porta accanto al letto. Mi sarei concessa un rapido bagno per togliere le ultime tracce di gelo e rigenerarmi. Quel piacere del quale ero stata privata per così tanti mesi ebbe il potere di rilassarmi e darmi vigore.

TOR

Oltrepassata la porta, mi fermai. Con lo sguardo frugai i volti dei curatori riuniti nell'ampia sala in cerca del suo. Il salone che ospitava le librerie a muro, poggiate alle pareti grigie, era gremito di Lupi specializzati nell'arte della guarigione.

Li avevo fatti riunire al castello in vista dell'imminente attacco. Lo stesso ordine era stato impartito in ognuna delle cinque città. Certo, eravamo convinti che il primo obiettivo sarebbe stata Imperia e, per questo, la maggior parte delle truppe erano state richiamate qui. Ma ovviamente anche le restanti città si stavano preparando a potenziali attacchi.

Avevo definito alla perfezione la nostra difesa e i vari schieramenti. Ora bisognava solo far sì che tutto ciò che avevamo pianificato si svolgesse nel migliore dei modi. Il Primo Consigliere aveva chiesto l'invio di una parte dell'esercito dei Lorcan, che sarebbe arrivato a giorni.

Sapevo che tutti stavano facendo del loro meglio per eseguire le direttive. Secondo i calcoli, non avevamo più di una settimana prima dell'attacco, quindi era vitale che tutto fosse esattamente come avevamo stabilito al più presto.

Lei era l'unica cosa che mi preoccupava. L'avevo sentita. Mi aveva odiato nel momento in cui ero stato costretto a mandare nuovamente Ryu a Orias. Era una decisione che però dovevo prendere: solo lui poteva fare ciò che serviva. Sapevo che lei non avrebbe capito, né tanto meno accettato il fatto che non poteva seguirlo. Le sue abilità curative erano preziose e doveva assolutamente stabilire un contatto con i curatori, per poi dirigere quel settore di vitale importanza al momento.

«Caim!» esclamò una voce femminile, distogliendomi da quelle riflessioni.

Ruotai la testa fino a scorgere la sagoma sinuosa di Sive che si stava muovendo nella mia direzione. Il volto regolare e delicato sorrideva raggiante, gli occhi verdi cercavano i miei.

I capelli del colore del fuoco le scendevano lungo la schiena, brillanti come li ricordavo. Non avevo mai visto una chioma di una sfumatura rossa come quella. Era splendida. E ne era perfettamente consapevole.

Quando mi fu accanto, una mano candida si posò sul mio braccio: «Posso esserti d'aiuto in qualcosa?»

Distolsi lo sguardo dal viso affascinante. Era bella, certo, ma la sua bellezza non mi colpiva minimamente. Forse l'unica cosa che mi sorprendeva erano quei modi nei miei riguardi da parte di una femmina. Non ero affatto avvezzo a quel tipo d'attenzione.

«Stavo cercando Aurora» la informai, mentre i sensi mi dicevano che non era lontana.

Una smorfia storse il viso di Sive, che mollò la presa sul braccio. «Certo, immagino avrai da definire molte cose con lei, visto il ruolo che ricopre».

La voce aveva una nota acida che non mi sorprese. Ricordavo perfettamente il loro primo incontro.

«È di là, in una delle cantine, a preparare unguenti sconosciuti» borbottò arricciando il naso. «Sembra che solo lei sappia preparare delle pozioni» aggiunse con voce dura.

Sapevo che Rori non aveva un carattere semplice, ma non era affatto arrogante. Più probabilmente l'affermazione di Sive era dovuta all'astio nato durante il loro primo incontro.

«È per mio ordine che sta svolgendo questa mansione» le ricordai, «ciò che ha appreso può essere di vitale importanza in questo momento. Quindi conto su un totale sostegno da parte di tutti i curatori».

«Certo, Caim, sono onorata di poter eseguire i tuoi ordini» la voce della Lupa si era fatta nuovamente dolce, mentre continuava a guardarmi da sotto le lunghe ciglia.

Un tuono improvviso ci fece sussultare e del fumo scuro si propagò nella stanza.

Il corpo si mosse da solo. Scattai in avanti mentre urla confuse arrivavano dalla camera adiacente, collegata alle cantine. Nonostante la nube scura, vedevo diversi curatori correre nella direzione opposta alla mia.

Mi precipitai all'entrata in pietra ovale che precedeva la scalinata. Il fumo dall'odore pungente si stava diradando rapidamente grazie a una folata di vento. Non mi soffermai a pensare come fosse possibile che quelle lingue d'aria spirassero all'interno della Torre, limitandomi a scendere le scale a rotta di collo. Lei era lì sotto.

«Ti avevo detto di non toccare quelle ampolle!»

La voce di Rori invase l'aria. Era arrabbiata, ogni vibrazione nelle parole lo rivelava chiaramente.

Avevo finalmente raggiunto l'ultimo scalino. La scena che avevo davanti era appannata dal grigio che permeava l'aria, nonostante il fumo stesse svanendo a una velocità incredibile per essere l'effetto di un processo naturale.

Gli archi delle volte a crociera, che si aprivano sul soffitto, ospitavano diversi lampadari dagli elaborati intrecci metallici. Alle pareti ve n'erano di altri a muro, dai medesimi decori, nei quali erano state accese le candele. L'ambiente, privo di finestre, era quindi ben illuminato, nonostante non ci fosse luce solare.

I ripiani e librerie che riempivano la stanza erano colmi di pozioni, unguenti ed erbe mediche. Al centro, una lunghissima tavolata in pietra grigia era cosparsa di intrugli fumanti racchiusi in ampolle di ogni misura e forma. Qua e là, tomi pesanti spuntavano come funghi in mezzo all'erba.

Le cantine si snodavano in un intricato labirinto di corridoi e stanze, quasi ovunque sotto la Torre. C'erano diversi accessi a quelle zone sotterranee. Infatti quel luogo era suddiviso in varie aree. Ognuna di queste era dedicata a una mansione specifica. Quella in cui mi trovavo era a uso esclusivo dei curatori.

Cinque teste si voltarono a osservarmi nel momento in cui si accorsero della mia presenza.

Rori, poco prima, stava guardando storto Gustav. Era uno dei curatori più rinomati d'Imperia. Ovviamente al suo fianco c'era il piccolo seguito di Lupi che studiavano l'arte da lui praticata, e lo affiancavano in quelle che erano le sue mansioni. Era il loro maestro.

Una fitta acida mi trafisse, notando come uno dei tre giovani apprendisti guardasse Rori. Istintivamente cercai lo sguardo di lei e, quando lo incatenai al mio, qualcosa nel petto si spostò, come un macigno che sta per andarsene. Mi sembrava di non averla vista per settimane, invece erano passate solamente poche ore.

Mentre affondavo nelle sfere di luce d'oro, mi sembrava che avessero appena rimesso a posto un organo asportatomi a mia insaputa. In sua presenza mi sentivo completo. Come se solo lei potesse riempirmi tutto. Dentro e fuori. Questo era l'effetto che aveva su di me.

«Caim...» borbottò piatta.

Non sembrava particolarmente felice di vedermi e il mio cuore gioioso precipitò in un baratro di delusione. Sapevo che nutriva del rancore per essermi opposto alla sua partenza con Ryu. Non riusciva a capire l'importanza del ruolo che le avevo assegnato. E, anche se una parte di me era felice di non averla esposta ai pericoli al di fuori dalle mura, quel fattore non aveva minimamente influenzato la mia decisione. Ne avevo parlato con Ryu. Iniziare immediatamente con le scorte di medicinali era una priorità assoluta. Se fosse andata a Orias, sarebbe stata solo un'accompagnatrice.

«Sua Signoria, Caimerius!» Gustav mi guardò preoccupato. «Abbiamo avuto un piccolo incidente, ma fortunatamente siamo riusciti a sistemare il tutto» si affrettò ad aggiungere.

«In realtà qualcuno ha voluto infischiarsene delle mie raccomandazioni e stava per far esplodere la cantina!» s'intromise Rori.

Il curatore si drizzò come punto sul vivo, mentre una mano corse nervosa a sfiorarsi i baffi.

«In realtà, non è propriamente così, signorina».

Gustav era un Lupo particolarmente alto, dal fisico asciutto. La barba, tenuta a punta, gli sfiorava il petto, mentre i baffi, le cui estremità si arricciavano andando a disegnare due cerchi, gli conferivano un'aria ricercata. Il volto allungato e la fronte alta davano al Lupo una nota severa. I capelli scuri, con qualche filo di grigio, rivelavano che aveva da un po' passato il fiore degli anni.

«C'è stata una piccola incomprensione. Daniel, il mio assistente, è stato poco attento nel riportarmi le istruzioni della signorina».

Uno dei tre giovani Lupi che affiancava il curatore divenne paonazzo e abbassò la testa senza dire nulla.

«Veramente? A me sembra di aver capito che non ti fidavi della ricetta per sanare i tessuti e hai voluto modificarla» lo rimbeccò Rori, piccata.

«Quella miscela contiene degli ingredienti delicati, come vedi, ma se fatta con la dovuta cura è capace di sanare le ferite da taglio in qualche secondo» spiegò.

«Avevo solo chiesto di non mescolarle né di fare aggiunte, perché sarei stata io a farlo. Nella parte finale bisogna infondere la magia come legante, in modo che gli elementi di base vengano leggermente modificati. Altrimenti, come avete visto, può diventare un intruglio esplosivo!»

Gustav venne zittito. A quanto pareva, aveva qualche difficoltà ad accettare la guida di Rori. Non era una sorpresa. Anzi era una delle ragioni per cui mi trovavo lì.

«Confido ciecamente nelle capacità curative della signorina e desidero che anche voi vi affidiate a lei» intervenni. «Negli ultimi mesi ha appreso molto da chi ha secoli di conoscenza nell'arte magica, una conoscenza che va sfruttata appieno» continuai.

Sapevo che nel castello giravano molte voci; la prigionia di Rori e la sua successiva fuga non erano un segreto, ma nessuno sapeva altro, all'infuori dei membri del Consiglio di Guerra, che conosceva tutta la verità, con dovizia di particolari. Ai Lupi d'Imperia non avremmo dato spiegazioni in merito, ovviamente. Curatori inclusi.

«Confido che tutti voi saprete affiancarla, consigliarla e seguire le sue indicazioni al meglio» chiarii con voce dura.

Spostai nuovamente lo sguardo su di lei, leggendole la sorpresa negli occhi, e il cuore si strinse in una morsa fastidiosa. Non capivo. Non riuscivo a capire come vedesse Caim.

Al contrario, vedo benissimo il modo adorante con cui guarda Ryu. Serrai la mascella a quel pensiero. Sapevo benissimo che lei non provava ciò che sentivo io, ma se il suo cuore avesse scelto un altro l'avrei accettato. Per quanto dolorosa, l'idea di saperla felice avrebbe placato il male. Nonostante ciò, non avrei perso senza lottare. Nel modo giusto, ma avrei combattuto per lei, rispettandola.

«E ora, se non vi dispiace, ho bisogno di parlare con Rori» li informai.

I Lupi si mossero, ma alzai la mano per bloccarli: «Posso chiederti di seguirmi?»

In risposta, la vidi accigliarsi, ma si spostò ugualmente facendo il giro della tavolata. Quando mi fu vicina, salutai i presenti con un cenno del capo, voltandomi poi verso le scale senza aggiungere una parola.

Mentre uscivamo dalla prima stanza, la sentivo alle spalle e mi limitai a camminare senza dirle nulla. Percorremmo i corridoi e le scalinate che portavano ai piani superiori, in silenzio. Sentivo l'agitazione dentro di lei. Possibile che la infastidissi così tanto? Non lo sapevo. Quello che sapevo per certo era che ciò che provava per Caim era molto diverso da ciò che nutriva per Tor.

Questo mi dilaniava. Ma sicuramente il tempo per conoscermi come Caim era stato poco. Una parte di me avrebbe voluto rivelarle la verità, ma l'altro lato sapeva perfettamente che non era il momento. Diverso sarebbe stato se l'avessi informata subito. Ormai però avevo scelto e non potevo tornare indietro.

Sentivo la suola degli stivali battere sulla pietra dietro di me, in un ritmico ticchettio. Mi fermai davanti alla porta delle sue stanze, permettendomi di lanciarle una lunga occhiata.

Si era cambiata dopo la riunione. Non sapevo però se fosse un bene o un male che la camicia dal tessuto impalpabile di poche ore prima fosse stata sostituita. Una maglia, di un leggero cotone blu intenso, le copriva il busto. Un tempo doveva aver avuto le maniche, notai, osservando i bordi irregolari del tessuto tagliato intorno alla sommità del braccio.

Le ha strappate? La cosa non mi avrebbe stupito. Nastri argentei impreziosivano il tessuto semplice, legando la fila di occhielli che seguiva una linea verticale al posto dei bottoni, e fissando insieme, sul davanti, i due lembi di stoffa. Il colletto dritto e aperto esponeva le clavicole mettendo in risalto il collo latteo.

Il desiderio di saggiare la morbidezza di quella pelle si accese all'istante, costringendomi a reprimerlo. La maglia aderiva al busto e ai fianchi sottolineando la figura esile e armoniosa. Pantaloni in pelle scura le fasciavano le gambe, infilati in stivali che arrivavano ai polpacci. La tenuta doveva essere comoda, lasciandole una piena libertà di movimento e, al contempo, dandole sollievo dal caldo che nelle ultime ore era aumentato.

Non era insolito vedere una Lupa con indosso dei pantaloni, ma il più delle volte queste preferivano vesti aderenti con lunghi spacchi sulle gambe, che le lasciavano libere negli spostamenti. Avevo sempre trovato intriganti quei vestiti, eppure ora mi dovevo ricredere. Rori sembrava prediligere un altro tipo di vestiario e, per gli Dei, non avevo mai visto nulla di più bello!

I capelli chiari erano raccolti in una lunga treccia a spina di pesce che scendeva lungo la schiena, esponendo l'ovale armonioso allo sguardo.

Incrociai i suoi occhi gialli che mi osservavano curiosi, ma non disse nulla. Con un sospiro entrai nelle camere, che prima di conoscerla erano state mie. Con tutte le stanze del castello non avevo mai capito perché l'avessi portata lì, al nostro arrivo. Successivamente era stata una scelta naturale cederle quegli spazi.

Lasciai le congetture, puntando al salottino. La stanza era inondata di luce dorata che filtrava dalle ampie vetrate aperte.

«Credevo avessimo chiarito tutto, prima e durante il Consiglio» disse, lasciandosi cadere sui soffici cuscini del divano.

Incontrai il suo sguardo attento. Aveva un potere disarmante su di me, ne ero pienamente consapevole. Ma sapevo bene di dover tenere a freno quelle emozioni. Ora più che mai.

Da quando l'avevo rivista nella mia forma umana, sensazioni e desideri estranei erano comparsi come un uragano. Senza preavviso e devastanti. In certi momenti mi sembrava che fossi impazzito, prendendo in considerazione che la preoccupazione per questa guerra mi avesse dato il colpo di grazia, facendomi ammattire. Non trovavo altra spiegazione per quel radicale cambiamento.

Anche ora, a guardarla, m'infiammavo di un fuoco sconosciuto, che si mescolava al desiderio infinito di vederla stare bene. La sua serenità era primaria e sapevo perfettamente che, in quel momento, non si sentiva in pace.

Del resto, come avrebbe potuto? Per gran parte non ero io il responsabile del suo stato d'animo, ma volevo chiarire almeno l'inquietudine e il disappunto che provava nei miei riguardi. Avvertivo il bisogno che capisse la mia scelta.

«In realtà, non è così» iniziai.

Perse la posa placida all'istante, drizzandosi a sedere. Con un lento sospiro, mi avviai alla poltrona accanto alla sua, accomodandomi.

Mi stava guardando circospetta, ma non disse nulla.

«So che sei arrabbiata perché ho lasciato andare Ryu da solo a Orias. E so perfettamente che temi per le Fate».

Distolsi gli occhi dai suoi per potermi concentrare: «Capisco che non è semplice per te comprendere. Ti sei trovata a vivere troppe cose negli ultimi mesi. Eventi ai quali non eri minimamente preparata. Eppure sei riuscita a fronteggiare tutto con tenacia, affidandoti a ciò che sentivi nel tuo intimo. Dico bene?»

Mi azzardai a lanciarle un'occhiata e la sua espressione concentrata fece correre un brivido lungo la mia schiena. Non era un bene.

Spostai lo sguardo per la stanza, senza vedere veramente. Rori non accennava a rispondere, quindi proseguii: «Sei sopravvissuta a una situazione estrema e, oltre a sopravvivere, sei riuscita a migliorarti e a crescere. Hai tratto del bene da una condizione intrisa di male, senza perdere te stessa».

Mi bloccai, cercando di trovare le parole giuste per continuare. Era difficile esprimermi così apertamente, ma sapevo di doverlo fare. Volevo che capisse. Che iniziasse a fidarsi di Caim e magari arrivasse a provare qualcosa anche per lui.

«Tutto ciò che hai vissuto ti ha arricchita, ma anche cambiata. Ho capito come sei: metti gli affetti al primo posto. È giusto. Ma se dovessi scegliere tra la vita di un intero popolo per salvare una manciata di creature, e se questa fosse una decisione che spettasse a te, nominata alla guida e alla protezione di queste genti, cosa faresti?»

La sentii sussultare mentre emozioni confuse presero a vorticare dentro di lei.

«So perfettamente cosa significa una singola vita. Darei il mio cuore per chi amo e non m'importerebbe di nessun altro. Quindi comprendo. Ma voglio che tu sappia che non ho dimenticato le Fate. Ho cercato una soluzione che potesse portarci alla vittoria e che lasciasse buone probabilità di poterle salvare».

Adesso ciò che si dibatteva in Rori era sempre più forte, ma non la guardai. Dovevo finire.

«Sono stato investito della responsabilità di guidare e difendere i

Lupi ed è ciò che sto cercando di fare, Rori».

Spostai una ciocca scura che mi era scesa sugli occhi, cercando le parole successive.

«Non ho voluto che accompagnassi Ryu perché sono convinto che organizzare i curatori e creare unguenti che solo tu sai fare, capaci di sanare le ferite in pochi istanti, sia importantissimo» ed era la pura verità. «Durante una guerra ci sono migliaia di feriti e altrettanti morti. E anche se riempissi tutte le cantine d'Imperia con il necessario, non sarà comunque sufficiente per tutti. La battaglia che sta per iniziare non ha nulla a che vedere con lo scontro a Honora».

Serrai i pugni. Il ricordo del campo di battaglia e le vite spezzate che non avevo saputo proteggere era vivido.

«Quello è stato uno scontro fulmineo, in confronto. E so che per Ryu non è facile tornare alla Capitale. Ma ha scelto di lottare, come hai fatto tu. Sapeva a cosa andava incontro. È un guerriero. Permettigli di portare avanti la sua scelta senza opprimerti di paure. Abbi fiducia in lui».

Nutrivo un profondo rispetto per quel Mago. Il suo valore superava di gran lunga quello di moltissimi Lupi.

Il modo in cui aveva da sempre agito gli faceva onore. Faceva onore a tutti i Maghi.

«Ho voluto che tu rimanessi a Imperia perché sono certo che quello che puoi fare qui sia di vitale importanza, e non hai molto tempo» sospirai.

«Infine, dopo ciò che hai passato, saperti tra le mura del castello mi fa stare più sereno. Ma non è il motivo per il quale ti ho fatta rimanere, né tanto meno la tua idea sciocca che non ti reputi all'altezza di andare con Ryu». Le ultime verità uscirono senza che potessi trattenerle.

Imprecai mentalmente. Avevo detto il vero, certo, ma forse mi ero fatto sfuggire troppo?

Un lunghissimo silenzio calò tra di noi. Sapevo che adesso doveva essere lei a parlare.

«Perché non mi vuoi sul campo di battaglia?» chiese la sua voce in un sussurro.

Voltai la testa per guardarla finalmente e annegai. Annegai nei suoi occhi pieni di domande e confusione.

Improvvisamente compresi. Anche solo guardarla mi sarebbe bastato. Avrei potuto passare l'esistenza osservando il suo viso e, con esso, ogni singola sfumatura d'oro delle iridi.

Il sentimento di cui ero colmo e che mi nutriva come l'aria che respiravo era vitale, irrazionale eppure totale, potevo chiamarlo solo con un nome: Amore.

Mi sentivo vivo nella mia interezza per la prima volta. E questo perché Amavo. Ogni cosa aveva un sapore e una luce diversa, da quando c'era Rori.

In tutti gli anni trascorsi avevo solo cercato di adempiere al mio ruolo. Al meglio, ovviamente. Ma non era stato un vero esistere fino a quando i nostri sguardi non si erano incontrati, quel giorno nella radura. Da quel momento tutto era cambiato. Io ero cambiato. Ero cambiato a poco a poco, mentre m'innamoravo sempre più profondamente. Ora vivevo e guardavo il mondo in modo nuovo. Migliore.

«Perché, Caim?» m'incalzò la sua voce.

«Perché non voglio che rischi la tua vita» risposi con semplicità.

Rori scattò in piedi come una molla.

Guardando i suoi occhi sgranati mi resi conto della rivelazione avventata. Ovviamente per lei era insensata una risposta simile. Conosceva poco Caim.

La sorpresa infatti era dipinta nei suoi lineamenti, mentre una miriade di emozioni si frantumavano nello sguardo giallo.

«Ti ha ordinato Tor di agire così?» se ne uscì con un filo di disappunto nella voce.

Sentivo la bocca asciutta e le ginocchia tremare nell'alzarmi a mia volta. Non sapevo se ridere o disperarmi per quella situazione.

«No, Rori, è stata una mia decisione. So che può sembrare insensato, ma tengo alla tua vita e non voglio esporti a un pericolo simile».

Avevo deciso di continuare con la verità e il cuore batteva a un ritmo forsennato, forse stava per schizzarmi dal petto.

«Non ha senso, perché, Caim?»

Il suo tono era diffidente, mentre le emozioni che provava erano troppe e confuse per riuscirle a distinguere.

Poi scoppiò in una risata tirata: «Non c'è bisogno che t'inventi queste scuse per paura di dirmi che non mi reputi all'altezza».

Le sue mani corsero nervose ai capelli catturando una ciocca sfuggita alla lunga treccia, tormentandola. «So benissimo che probabilmente non ti sono neppure simpatica».

Inspirai a fondo. Dovevo calmarmi. Alla fine non potevo aver detto una cosa così strana, anche se ora stava travisando tutto.

«Perché invece credi che non possa essere così? Ai miei occhi sei una creatura bellissima e ti trovo molto più che simpatica».

Le sue labbra rosee si aprirono come per dire qualcosa, ma nessun suono uscì dalle corde vocali. Una confusione assoluta, proveniente da lei, mi assalì.

Il muscolo nel petto si torse per il dispiacere. Come un sonnambulo, incapace di governare il proprio corpo, mi avvicinai fin quasi a sfiorarla. Era bastato un passo. Un solo passo.

L'avevo a pochi centimetri da me e tutto ciò che vedevo era lei.

Volevo quietarla. Sapevo di poterlo fare anche se non riuscivo a capire come. Il mio corpo però sembrava sapere, voleva starle più vicino, ancora.

Il suo viso sconcertato era inclinato all'indietro per permetterle di guardarmi.

Dovevo colmare ulteriormente la distanza che ci separava.

Sollevai la mano per toccarle la guancia in una carezza. Era sorprendente come solo quel semplice gesto mi facesse chiudere lo stomaco.

Una tensione sorda prese a crescere lentamente.

Seguendo la linea del mento con le dita, arrivai alla bocca. Quelle labbra socchiuse in una muta espressione di stupore erano la cosa più invitante che avessi mai visto.

Sfiorai cauto la rosea pienezza.

Invece di ritrarsi, Rori rimase immobile. Lo stomaco si chiuse per la tensione quando avvertii in lei un desiderio simile al mio. Fu la goccia che spezzò ogni freno.

Mi chinai con infinita lentezza, senza interrompere il contatto visivo. I nostri respiri si mescolavano, mentre un desiderio bruciante m'infiammava. Volevo assaporare quella creatura unica, ma non sarebbe stato giusto.

La cosa che mi dava ancor più piacere del contatto, che volevo da così tanto, era sentirla preda del mio stesso bisogno.

Quando le spostai la mano sulla gola le sfuggì un sussulto roco e quella vibrazione fu troppo. Cancellai i centimetri che ci separavano, accarezzandole la bocca con la mia.

Mi sentivo come un eremita che da tutta la vita si sposta per il mondo alla ricerca di quell'istante.

Avrei voluto ruggire per il piacere di quel semplice contatto. Sembrava follia che un bacio potesse suscitare tali emozioni, eppure stava accadendo. La sua morbidezza contro di me, mentre il suo gusto mi penetrava lentamente, era qualcosa di sublime.

In quel preciso istante, la consapevolezza di ciò che stavo facendo scivolò via come una conchiglia trascinata dalle onde del mare. Tutto intorno si annullò. Prese vita un mondo nuovo.

Il piacere morbido e lento che mi regalava si estese irradiandosi in tutto il corpo. Possibile avesse quel potere, un bacio? Evidentemente sì. La sensazione delle sue labbra umide, sotto le mie, era come un incantesimo. Non avevo mai sentito nulla di così dolce e pieno.

Volevo sentire di più e la bocca si schiuse. Avevo bisogno di percepire con maggior profondità quella sensazione paradisiaca.

Mentre la assaporavo come un affamato, la mano affondò nelle ciocche chiare sulla nuca.

Spesso avevo desiderato e sognato di poterlo fare. Prima, quando tutto questo non mi era concesso ed ero condannato ad avere sembianze di Lupo, e poi, con la speranza nel cuore, da uomo.

Eppure la realtà non era minimamente paragonabile all'immaginazione.

Sussultai quando le braccia di lei mi cinsero le spalle e la bocca si aprì invitante. Se quello era un sogno, volevo dormire in eterno.

Le dita affusolate affondarono nei miei capelli mentre m'inebriavo del suo gusto. Brividi caldi esplosero lungo la schiena, mentre un fuoco d'eccitazione bruciava il sangue. Con le dita che tremavano, tracciai ancora la linea del collo. Un'eternità di volte avevo desiderato poterlo fare, viverlo, e adesso sembrava un dono troppo grande.

La cosa che mi faceva quasi impazzire di gioia e desiderio però era la sua risposta. Quel suo muto sì. L'attrazione che aveva per me.

Le braccia sottili strinsero maggiormente la presa, mentre la bocca esplorava la mia.

Mi sentivo incapace di controllare le mani, che scesero a cercare il suo corpo. Ne seguii i contorni come se dovessi disegnarla.

Le braccia nude di lei sotto le dita mi facevano desiderare di più. Ero ubriaco di Rori e non ne avrei mai avuto abbastanza.

Quando le mani che amavo s'infilarono sotto la camicia, persi definitivamente ogni briciola di lucidità e, con un gemito, la portai sul divano di broccato.

La sua risposta fu immediata.

Raggiunsi quasi la follia. Quelle emozioni erano qualcosa d'inaspettato e devastante. Un paradiso in terra. Sentirla contro di me, sapere che mi desiderava come la desideravo io, m'iniettava gioia nel cuore.

Eppure c'era una vocina da qualche parte che mi stava dicendo che qualcosa non andava bene. Cercai di scacciarla… Ma tornava pressante.

Con uno sforzo immane, scostai le sue labbra reggendole il viso. Ciò che vedevo era stupore allo stato puro, misto a desiderio e confusione.

Anche Rori era pervasa dalle mie stesse emozioni. Ma lei non sapeva. Non sapeva chi fossi veramente. Non sapeva molte cose.

Permisi alle mie dita di carezzarle la guancia.

Con movimenti lenti, arrivai alle spalle. Avvertivo il battito forsennato contro le sue costole, quando sfiorai la clavicola. Solo toccarla mi faceva ardere.

Volevo di più. Volevo sentirla sulla pelle. Non avevo mai immaginato potesse esistere un desiderio simile ed entrambi ne eravamo vittime.

Toccai le labbra turgide dai baci, beandomi di poterlo finalmente fare.

«Non ti ho chiesto se posso» dissi, sorpreso dalle mie stesse parole.

I laghi di sole si allargarono per una frazione di secondo.

«Non ho idea del perché, ma tu puoi» arrivò la sua risposta.

Il mio cuore s'infranse e si ricompose in qualcosa di nuovo. Provava emozioni forti nei miei confronti, senza saperne il perché.

Perché le stai mentendo, rispose la voce dentro di me.

La carezzai ancora, disegnando linee indefinite lungo le guance. Ma non potevo fermarmi. Raggiunsi la curva della gola e la vidi socchiudere gli occhi. Vederla reagire così alle mie carezze mi mandò in estasi, mentre fiamme dirompenti si accendevano nei lombi.

Raggiunsi lo scollo della maglietta come un affamato. La sentivo tremare di piacere nel mio abbraccio, mentre le dita sfioravano il seno in una lieve carezza.

Non ero più padrone di me. Sentivo il suo desiderio e tutto ciò che volevo era appagarlo.

La bocca di Aurora cercò la mia e un gemito le risalì la gola prima di baciarmi. Quel suono mi fece tendere tutti i muscoli in uno spasmo di piacere.

Mordicchiò il labbro inferiore prima d'intrecciare la lingua alla mia. Quel contatto era una fiamma nella quale bruciai felice. Avrei potuto stare così con lei per cento vite.

Poi un frastuono assordante esplose intorno a noi. Istintivamente la strinsi a me, alzandomi in piedi. I sensi erano tornati vigili e la mente presente, come se il sangue si fosse congelato. Ero un po' intontito, ma capivo che stava accadendo qualcosa. Un'ondata di terrore mi penetrò, ma non nasceva da me. Veniva da tutto intorno a noi. Sentivo il panico e la paura serpeggiare tra i Lupi. Un altro forte tuono, più potente del precedente, fece tintinnare le finestre. Il rumore assordante proveniva da fuori, ma l'esplosione fu così potente da raggiungere il palazzo.

Allora compresi, tramortito dall'orrore.

I Vaughan ci stavano attaccando…

Ryu

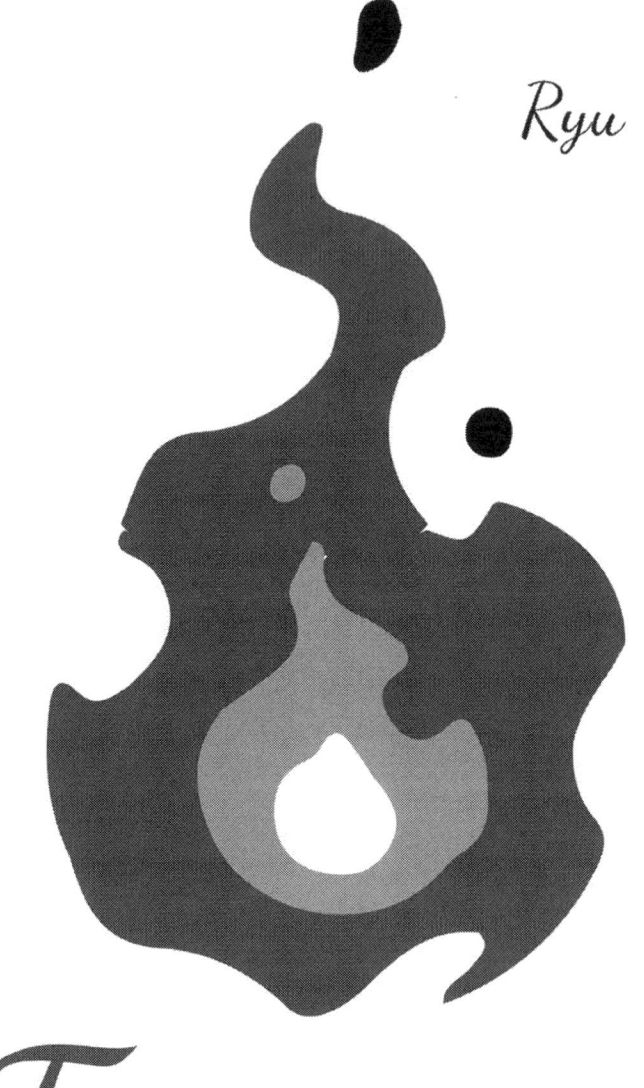

Fine
Seconda parte...

IL CUORE DEL LUPO

III PARTE

LA CADUTA DELL'ALFA

PROLOGO

RYU

Gli occhi di rubino erano agganciati ai miei.

Il suo alito, denso come i banchi di nebbia nelle paludi del nord, impregnava l'ampio spazio sotterraneo. Nuvolette dalle molteplici forme si addensavano intorno alle grosse narici sporgenti.

Stava annusando rumorosamente l'aria. Forse aveva fame? Chissà con cosa lo nutriva il nemico...

Un brivido di gioia esplose in scoppiettanti scintille estatiche lungo la schiena. Non fosse stato per la mancanza di tempo e la natura del nostro viaggio, nulla avrebbe impedito al mio lato di accademico di fare un'approfondita ricerca sull'animale che avevo davanti. Eppure non avrei mai potuto lasciarlo lì…

Era straordinario, assolutamente incredibile. La sua specie si riteneva estinta dall'Era delle Divinità, antenati del nostro popolo, il popolo dei Maghi.

Invece eccolo: nascosto nella penombra dei sotterranei del palazzo del Vespro, proprio nel cuore di Orias. In passato dovevano averlo schermato con degli scudi, ma ora si sentivano talmente sicuri da lasciarlo senza alcuna magia a proteggerlo dagli occhi del mondo.

Per mia immensa fortuna, ovviamente.

Peccato che quelle creature si legassero solamente a un padrone.

Quando me ne parlò, fu difficile credere ad Aurora senza farmi sorgere il dubbio che l'avesse confuso con un altro essere. Ora, invece, lo avevo davanti agli occhi!

Il suo corpo massiccio e muscoloso brillava nonostante la scarsa luce. Le scaglie indistruttibili, dai molteplici poteri curativi, catturavano le flebili lingue di sole che penetravano l'ambiente, tingendole di un blu perlaceo. Certo non era piccolo, ma sapevo di diversi esemplari, descritti nei trattati, grandi addirittura quanto un colle. Avevo letto ogni testo scovato con fatica.

Qualcuno alle mie spalle tossicchiò: «Non vorrei dire, ma sono ancora convinto che dovremmo andarcene».

La tensione nella voce del giovane Lupo alle mie spalle era aumentata.

«Non ci farà nulla se rimarremo tranquilli» bisbigliai.

«Ecco, infatti» borbottò Edgar. «Io non sono per niente tranquillo».

Un sospiro mi sfuggì tra le labbra.

«Sono creature miti, nonostante le sembianze. Ho letto tutti gli scritti del professor Tristan Aengus, storico ed esperto di dragh-ayami».

«Se lo dici tu… A me sembra che il tuo drago che-ne-so-che ci stia guardando con un certo appetito. E poi, la parola "mite" stride guardando quelle zanne grandi come il mio braccio».

In effetti, forse, definirlo mite era stato un po' troppo, ma era necessario tranquillizzare i Lupi. Dovevo escogitare un modo per portare con noi quel drago. Una creatura simile ci sarebbe stata indubbiamente di aiuto.

«Blue!» lo chiamai. Aurora mi aveva rivelato che il Generale lo chiamava così.

L'enorme testa, ricoperta da squame brillanti, oscillò; le iridi rosse si posarono ancora una volta su di me e il drago distolse l'attenzione da Edgar.

«Ti va di uscire da qui e venire con noi?» chiesi tranquillo.

Gli occhi scintillarono in risposta, catturando la luce come pietre preziose.

«Non sentirti offeso, Mago, ma credo che tutto quel dormire possa averti rimbecillito» si agitò Ed, con voce stridula. «Non dirmi che vuoi veramente portare quel coso con noi?»

Lo ignorai. Blue capiva tutto. Erano creature molto intelligenti e adoravano il potere magico. Per questo, prima della loro presunta estinzione, non era strano vederli accompagnare i più potenti rappresentanti del nostro popolo.

Oltretutto era possibile creare un vincolo magico con loro, a patto che ci fosse una sintonia energetica.

Posso giocare questa carta...

L'idea prese vita come una nuova primavera e, se tutto fosse andato per il meglio, avrei adottato un piccolo drago.

IL CUORE DEL LUPO

Parte III

AURORA

Avevo il cervello bloccato. La vista era incerta, offuscata.
«Aurora...»
Per un momento considerai l'ipotesi che il mio spirito si fosse staccato dal corpo, consentendomi di vedere il mondo come un'anima spettatrice.
«Aurora!»
Sì, doveva essere così. Era esattamente ciò che era successo poco prima con Caim. Non potevo essere in me.
Le sue parole, quelle emozioni, il desiderio...
Staccarmi da lui mi aveva procurato quasi un dolore fisico, dannazione! Come se ogni parte di me avesse, di punto in bianco, scoperto il bisogno vitale di averlo accanto. Quasi come se l'universo stesso, all'improvviso, avesse deciso che lui era diventato la mia aria.
Con ogni probabilità, ero del tutto impazzita.
Bene.
In ogni caso, non era il momento di pensarci. *I Vaughan ci stanno attaccando!*
E io ero sotto shock. O almeno, era l'unica spiegazione che mi davo, visto il mio stato.
Stavo raggiungendo le stanze dei curatori come un automa, seguendo gli ultimi ordini impartiti da Caim, prima che uscisse a rotta di collo dalla stanza.

Era stato il nemico a richiamarci alla realtà e, oltre ad aver scelto il momento meno opportuno per attaccare, ci aveva colti impreparati.

Avevano deciso di colpire e non eravamo assolutamente pronti! Quella verità si dimostrò agghiacciante, unita alla consapevolezza di ciò che era accaduto poco prima con Caim...

Scrollai la testa, esasperata.

«Aurora!»

Un ruggito esplose nelle mie orecchie, mentre dita sottili mi afferravano il braccio per scuoterlo con sorprendente forza.

«Devi ascoltarmi. Riprenditi!»

Sollevai la testa di scatto, incontrando due pozze scure e magnetiche. «Areon?»

In risposta il principe sbuffò spazientito: «Finalmente! Non abbiamo tempo, dobbiamo muoverci».

«Non capisco, dove vuoi andare?»

Era forse impazzito anche lui?

«Siamo sotto attacco, dannazione!» riprese. «Per il momento le mura di cascata stanno reggendo, ma dobbiamo muoverci se vogliamo uscire senza rimanere bloccati!»

Lo stomaco si aggrovigliò. Non afferravo il senso delle sue parole. Dovevo ritrovare assolutamente la lucidità o rischiavo di peggiorare la situazione.

«Dobbiamo andare a prendere le Fate, ricordi? Questo attacco cambia le cose, ma forse, per noi, è quasi meglio così».

Meglio? Quel ragazzino era totalmente fuori di zucca. D'altra parte, l'essere principi non includeva nel "pacchetto regale" anche la sanità mentale. Tutto sommato, però, visti gli ultimi eventi, non stava a me giudicare.

Certo dovevo salvare Elerry, ma come poteva pensare all'idea di andarcene proprio ora?! I Lupi avevano bisogno di noi!

Forse hanno più bisogno di me che di lui, decisi, lanciando un'occhiata all'esile figura del ragazzino.

Le parole di Caim riguardo alla guerra erano piombo sul cuore. Aveva ragione.

Fino ad allora, era stato una buona guida e io mi ero comportata da stupida arrogante.

Sicuramente, lavorando con i curatori, avremmo potuto salvare diversi Lupi. Andandomene, invece, avrei abbandonato tutti loro. Avrei provato a salvare altre vite, ma non ne avevo certezza. Mentre rimanendo a Imperia...

«Ho la pozione» proseguì Areon, interrompendo il fiume di pensieri. Poi, la sua mano piccola e ossuta sventolò sotto il mio naso una lunga fiala ricolma di liquido viola.

«Ricorda, però: non abbiamo molto tempo. Dovremo essere rapidi sottoterra».

Un gruppo di soldati ci sfrecciò accanto. La paura che emanavano fece serpeggiare un lungo brivido tra le ossa anche a me.

Areon abbassò la voce: «Ho altre due bottigliette, ma non so se basteranno. Sperando siano ancora vive, ovviamente».

Le sue parole erano metallo affilato contro la carne. Stava solo analizzando le cose, eppure quella frase bruciava come una spada rovente appoggiata alla pelle. In quante erano morte dalla mia fuga? Avevo promesso di tornare per loro... *Ho giurato*!

Allora, decisi.

I Lupi erano guerrieri e la mia presenza tra i loro ranghi non avrebbe decretato le sorti della guerra. Le Fate, invece, avevano solo me.

Urla e ruggiti si alzavano tutt'intorno a noi, come un uragano che si fa più feroce in ogni istante.

Lupi in forma animale e umana si muovevano rapidi e chiassosi, avvelenati dal terrore. Un nuovo tuono esplose e il vetro della finestra poco distante tintinnò. Stavano usando le catapulte per colpire le case e il castello d'Imperia, dai margini della cascata.

Senza bisogno di dire altro, scambiai una lunga occhiata con il principe dei Lorcan, prima di seguirlo.

Correvamo lungo i corridoi grigi della Torre, e una matassa amara mi tagliava il respiro.

Li stavo abbandonando proprio durante l'attacco. I curatori se la sarebbero cavata anche senza di me, eppure la consapevolezza che stavo per lasciarli in un momento simile era lacerante.

«Ora prenderò la pozione e tu dovrai mutare» m'informò Areon, bloccandosi.

Lo fissai per un secondo. Gli occhi scuri avevano una luce profonda e antica. I lisci capelli corvini ricadevano liberi sulle spalle, incorniciando l'ovale dai tratti affilati e mettendo in risalto la pelle olivastra.

Il giovane principe dei Lorcan, chiamati anche Bestie dei Cieli, era un ragazzino. Quella consapevolezza, però, strideva con ciò che percepivo in lui.

Intanto, attorno a noi e fuori dal castello, la difesa dei Lupi stava prendendo vita. Un popolo di guerrieri, questo erano: avrebbero respinto il nemico come a Honora, ne ero certa. Dovevo crederci, altrimenti l'idea di lasciarli mi avrebbe soffocata.

Le mura di cascata non erano un ostacolo facile da superare neanche per Aris. L'enorme parete d'acqua che custodiva Imperia, come un vecchio guardiano borbottante, era pregna di magia, per questo avevano iniziato con le catapulte: era un modo per colpire e danneggiare i Lupi, colti alla sprovvista, fino a che la cascata avesse retto. Evidentemente non avevano ancora concluso i tunnel. Secondo i miei calcoli, avremmo dovuto avere più tempo…

Purtroppo i Vaughan avevano cambiato i piani. Ma perché?

Di una cosa ero certa: qualsiasi programma fosse in atto, se avessero attaccato Imperia sarebbe stato per distruggerla.

Serrai i pugni e rividi, per un istante, gli occhi ambrati che mi avevano condotta in questo mondo. Dov'era lui? Poi l'immagine di Caim si sovrappose a quella del Lupo nero. Cosa mi era preso? Cos'erano quelle sabbie mobili di sentimenti?

Areon mi richiamò, afferrandomi il braccio: «Devo bere la pozione prima di uscire da qui. L'unica macchia in questo nuovo piano è che non sarà semplice lasciare la città».

Beh, l'idea che sarebbe stato semplice non mi aveva sfiorata neanche nel piano originale, a dire il vero. Figuriamoci ora, con una guerra in corso e i Vaughan a distanza ravvicinata. Il pensiero di avere Aris a pochi passi da me mi dava i brividi.

«La battaglia ci aiuterà ad arrivare alle mura inosservati, il difficile verrà dopo» aggiunse il principe.

TOR

«I Lupi sono schierati a difesa dei passaggi, e i soldati Lorcan, accampati fuori dalla città, stanno affrontando l'armata nemica sul versante ovest».

Ghion era teso, mentre continuava con il resoconto. Il terrore che emanava era come una frustata in faccia.

Tutta Imperia era in preda al panico.

«Devo mutare e guidare i Lupi, hanno bisogno del loro re!» ringhiai.

Poco prima, tutto il Consiglio degli Anziani si era opposto al mio desiderio di scendere in battaglia.

Il nemico ci aveva colti impreparati. I Lupi erano nel panico e, a differenza di Honora, dove c'era stato Niall a guidarli, qui avevano uno sconosciuto.

Caim, nonostante l'appoggio del Consiglio, era un estraneo e Tor sembrava essersi rintanato chissà dove. Certo, per un Re senza eredi come me, scendere in battaglia significava rischiare uno stravolgimento nelle gerarchie, se mai fossi caduto.

Dai tempi dei primi Lupi, ogni Alfa era erede diretto di quello precedente. Se fossero riusciti a uccidermi, il popolo non avrebbe sopportato un simile cambiamento. Ma io non avevo nessuna intenzione di morire, non ora che l'avevo ritrovata. Non adesso che...

«Solo in sembianze di Lupo potrò guidarli e infondere forza» aggiunsi duro. «Oggi i Lupi non perderanno e l'Alfa scenderà in battaglia».

Serrai le dita del mio corpo umano mentre, con lo sguardo, scorrevo a uno a uno i volti dei consiglieri. Gli anziani avevano paura. Nessuno di noi aveva memoria di una situazione simile, ma in qualche modo ce l'avremmo fatta.

«Così sia, mio re!» esordì Glenda.

«Il Primo Consigliere dei Lorcan assicura che le loro truppe saranno qui tra due giorni; il drappello inviato a Orias dovrebbe far ritorno all'alba».

Già, Ryu e i Lupi inviati a Orias avrebbero dovuto far ritorno l'indomani. Non potevamo però sapere se fossero stati attaccati nella Capitale o lungo il tragitto. Tutto era un'incognita. Secondo i piani, sarebbero dovuti tornare a Imperia la mattina, ma avrebbero trovato i Vaughan ad accoglierli.

Della spedizione facevano parte una cinquantina di Lupi, a scorta di tre vetture adibite al trasporto del materiale che Ryu doveva recuperare nella Capitale.

Erano un pugno di guerrieri che, data la situazione, avrebbero attaccato dal versante opposto un esercito composto da migliaia di Fray e Lord di Ferro. Non potevamo basare le nostre difese su un drappello che, pur composto da valorosi combattenti, poteva non arrivare in tempo.

Sapevo che i Lorcan, che stavano combattendo al di là delle mura, non avrebbero resistito a lungo.

I nemici erano troppi.

Quante vite erano già state spezzate?

Un tormento insopportabile mi opprimeva. *Perché io? Perché proprio ora?*

Dopo aver impiegato anni nel tentativo di creare un'armonia e ristabilire le basi per una pace duratura, ero stato chiamato a fronteggiare una guerra senza eguali. Che destino beffardo...

Serrai i denti. Quella situazione, all'apparenza senza speranza, per un momento intaccò ogni parte di me con lo sconforto.

La nostra sorte sembrava segnata. Il sibilo doloroso della sconfitta annunciata si mescolò al sangue come veleno, uccidendo ogni speranza.

Poi, mi riscossi.

Era questo che la vita mi chiedeva di affrontare? Era questa la mia prova? Un destino che voleva Imperia rasa al suolo?

Bene. Anche se fosse stato così, avrei annientato quel destino. Non avrei permesso che il nostro popolo soccombesse. Mai avrei consentito a me stesso di smettere di credere. Avrei creduto sempre, anche nell'impossibile!

Ogni giorno abbiamo modo di cambiare le cose: avrei lottato per le nostre vite, contro qualsiasi nemico.

Da secoli, ovunque, in ogni mondo, la luce combatteva le tenebre. Io non sarei stato da meno e avrei lottato, stravolgendo le nostre sorti. Avrei lottato per il mio popolo e per colei che amavo, ci saremmo battuti e avremmo vinto.

«Sapete cosa dovete fare» dissi, infine, mentre l'adrenalina montava.

AURORA

Le zampe di Lupo volavano lungo i corridoi, verso le porte dell'ala est. Cercavo di tenere la mente ferma sull'obiettivo.

Eravamo a pochi metri da una delle uscite della Torre, l'immenso castello d'Imperia.

La città dell'Alfa era custodita da un'enorme cascata che si snodava in cerchio, formando un muro d'acqua, uno scudo all'apparenza inespugnabile donato dai Maghi durante i secoli di pace, l'epoca precedente alla maledizione lanciata da Alessa.

Il palazzo era avvolto, inoltre, da alte mura in pietra grigia, e tutt'intorno spuntavano le abitazioni dei Lupi, immerse tra alberi dai tronchi possenti.

Prima di raggiungere la cascata, avremmo dovuto passare la fortezza interna inosservati, e successivamente le case.

Non sembrava una cosa complessa, visto il panico che serpeggiava. I soldati si stavano riunendo e disponendo a protezione della capitale. Nessuno avrebbe badato a un Lupo che correva tra la folla.

Areon era rannicchiato contro il mio collo, aggrappato al manto bianco. La pozione, assunta poco prima, aveva fatto sì che il corpo del Lorcan prendesse la sorprendente caratteristica, all'apparenza, di fondersi con l'ambiente. Pochi minuti prima avevo visto il giovane principe cambiare colore, fino a diventare indistinguibile dal muro vicino al quale aveva assunto il liquido violaceo. Si era trasformato in una specie di camaleonte: non era del tutto invisibile, ma risultava come una parte sfocata di ciò che avevo davanti agli occhi.

La pietra grigia scivolava sotto le zampe, fino a portarmi a varcare le grandi porte ovali. Nessuno dei Lupi incontrati nel tragitto aveva badato a noi. Ai loro occhi risultavo solo un Lupo che si dirigeva verso il nemico. Certo, non ero un soldato: si vedeva chiaramente dal mio manto sprovvisto di armatura scintillante, che invece copriva il busto della maggior parte dei guerrieri. Ma nessuno ci aveva fatto caso.

Come arpioni, le unghie affondavano nel selciato terroso mentre ci immergevamo tra le costruzioni, ignorando i boati e i Lupi che si stagliavano al nostro fianco.

Noi avevamo un obiettivo e loro avevano il loro.

Dovevamo raggiungere l'ingresso posteriore. Non perché fosse meno sorvegliato, bensì perché quell'uscita da Imperia ci avrebbe concesso di raggiungere i margini della cascata più velocemente. Infatti, la città era circondata: da qualsiasi parte avessimo deciso di uscire, ci sarebbe stato il nemico ad aspettarci.

L'uscita alla quale eravamo diretti era un tunnel intriso di magia. E, come tutti i passaggi, solo dei Lupi, o creature accompagnate da uno di loro, avrebbero potuto varcarli. Quindi i Vaughan e l'allegra compagnia erano esclusi a priori. Gli accessi per loro erano sigillati e fortunatamente con me funzionavano, anche se ero Lupo a metà.

«Rori, cerca di ricordare che hai un passeggero a bordo» borbottò Areon.

Mi limitai a grugnire in risposta. Non era facile ignorare le urla di donne e bambini che si ammassavano in direzione del palazzo, in cerca di un rifugio. Al contempo, pozioni esplosive venivano scagliate dalle catapulte, schiantandosi tutt'intorno.

Intanto, le acque della cascata ruggivano, ormai vicinissime. Sapevo che, in caso di necessità, si sarebbero dovute risvegliare, ma al momento non sembravano fare nulla di diverso dal solito.

Con la coda dell'occhio scorsi una parte dell'esercito che correva nella nostra stessa direzione. Poco più avanti, altre unità di Lupi in forma animale fluivano dalla Torre per dirigersi verso il nemico.

Per un istante, qualcosa sfrecciò sopra le nostre teste, poi un'esplosione assordante mi bloccò: zolle di terra e sangue macchiarono l'aria. Una pioggia rossa composta da liquido scarlatto e brandelli di corpi prese a scendere dal cielo. Fui costretta a reprimere i conati di vomito che nascevano violenti davanti a quell'orrore.

La pozione esplosiva, lanciata da una delle catapulte, aveva colpito i Lupi che stavano avanzavano alle nostre spalle proprio nel cuore dello schieramento.

Quegli intrugli sono opera di Taran e Ide, pensai con il cuore che doleva.

Fortunatamente nessuna creatura poteva varcare i limiti della cascata, ma non valeva lo stesso principio per gli oggetti.

Le truppe, colpite in pieno, ci misero pochissimo a ricomporsi.

Come macchine, incuranti dei morti, i Lupi si schierarono nuovamente, riprendendo a muoversi come un solo uomo.

Avevo visto la crudeltà dei Vaughan e sentito sulla mia pelle il dolore e la paura che si prova durante uno scontro. Vedere il valore e la determinazione di quel popolo mi tolse il fiato. Erano soldati. Addestrati alla guerra. Pronti a difendere la propria gente. Pronti a tutto.

Al pari di una secchiata gelida, le parole di Caim mi tornarono alla mente.

Io non ero un soldato addestrato, aveva ragione, compresi. Non ero pronta a tutto.

Se mai mi fossi trovata tra quelle fila, non ero certa che sarei stata capace di avanzare, incurante dei compagni che morivano al mio fianco. O di quelli ridotti a brandelli. Ma una battaglia significava anche questo.

«Aurora, muoviti! Non possiamo fermarci, e tu non puoi fare nulla per loro, adesso!» mi richiamò Areon, come se sapesse leggere il pensiero.

«Lo so» bisbigliai.

Eppure, mentre riprendevo a correre, il cuore si strinse in una tagliola. Le urla, intanto, crescevano senza sosta. Dense, acute, disperate, combattive. Sentivo la follia e il dolore di quella guerra come mai prima.

«Dov'è il pennuto?» chiesi, nel tentativo di rimanere concentrata sulla missione.

Per procedere con il piano era indispensabile il corvo bianco del principe. Purtroppo, usciti dal castello, l'avevo perso di vista.

«Ormai non manca molto» aggiunsi.

«Si chiama Syd!» borbottò Areon. «Non preoccuparti, quando raggiungeremo il passaggio arriverà» aggiunse sicuro.

Pregai che avesse ragione. Syd era la nostra unica via di fuga dall'armata nemica, e doveva trovarsi al nostro fianco prima di entrare nel passaggio. Nessuno poteva varcare le mura senza un Lupo, neppure in volo.

Ed era un bene, altrimenti il nemico si sarebbe servito dei Lord di Ferro per penetrare la città.

Mi ero stupita che, durante gli attacchi precedenti, fossero stati pochissimi Lord ad avere attaccato insieme ai Fray. In effetti, non erano un popolo numeroso e, vista l'affluenza di Lord in quel momento, forse volevano risparmiare le truppe per la battaglia decisiva, conclusi.

Li vedevo volteggiare sopra i limiti della cascata come tanti avvoltoi.

Avevo visto, per la prima volta, quelle creature mesi prima, al mio arrivo in questo mondo.

I tre Lord di Ferro che avevano attaccato il Lupo nero erano riusciti a terrorizzarmi. Si trattava di esseri alti e imponenti, il cui corpo massiccio, dalla forma umanoide, era interamente coperto da una corazza di ferro. La pelle grigiastra e i volti affilati avevano un che d'inquietante. La cosa che però, all'epoca, mi aveva lasciata totalmente esterrefatta erano le grandi ali bianche che spuntavano dalle loro spalle.

Durante la mia prigionia ero riuscita a conoscere anche loro. Li avevo visti combattere e allenarsi nei vari ring sotterranei, adibiti per l'addestramento delle truppe.

Scoprii, ben presto, che le ali conferivano ai guerrieri dai corpi massicci un'agilità a dir poco sorprendente. Fortunatamente non erano così numerosi come le Volpi, ma anche poche centinaia di Lord potevano fare la differenza, durante una battaglia.

Ormai eravamo arrivati. Rallentai a qualche metro della cascata, dove le fila di soldati, in forma animale, erano pronte a combattere. Qualcosa sfrecciò al mio fianco per poi piombarmi sulla schiena, mentre zampette dagli artigli affilati si chiudevano sulla mia pelliccia.

Syd era arrivato.

«Cosa ti avevo detto!» giunse il gridolino del principe. «Ora dovrai farti strada tra di loro, ma stai attenta!» mi avvertì.

Lo sapevo bene. Dovevo procedere spedita tra le schiere di Lupi e, se qualcuno avesse provato a fermarmi, avrei dovuto fare uso della magia per avanzare.

Il cuore martellava nel petto come un tamburo, intento a suonare una marcia decisa e incalzante. *Sta intonando il ritmo del patibolo,* pensai macabra.

Poi inspirai lentamente, cercando di prepararmi a tutto ciò che sarebbe seguito.

Non avevo idea di come avrebbero reagito i Lupi nel vedermi penetrare tra le loro fila serrate. Di una cosa ero certa: non sarebbe stato semplice. Certo, ero un Lupo come loro, all'apparenza, ma avrebbero potuto fermarmi ugualmente. Sarei stata qualcuno che spezza le truppe, una mossa da traditore.

«Preparati, Areon, e tieniti forte» bisbigliai nella sua mente, accantonando le paure.

Il corpo si mosse nell'istante preciso in cui un ululato tremendo squarciò l'aria, e quasi ruzzolai al suolo. Le gambe si erano inchiodate di loro spontanea volontà.

«Ma sei impazzita!» strillò Areon, che aveva rischiato di cadere.

La sua voce però mi giunse lontana. Non perché non lo sentissi, bensì per il semplice fatto che ogni più piccola parte di me era stata catturata da quel suono: l'ululato.

Quando voltai la testa, accaddero più cose nel medesimo istante.

La cascata davanti a noi prese a vociare con maggior forza, l'acqua cambiò colore fino a tingersi di un pallido azzurro iridescente. Il guardiano silenzioso prese vita, allontanandosi dal terreno. Si stava espandendo verso il cielo!

Dapprima con placida lentezza, come un liquido denso e corposo che viene versato e si fa strada piano piano fuori dal contenitore, poi prese velocità: la cascata si estese intorno a noi, andando a formare una cupola d'acqua iridescente che ricopriva l'intera città.

Nello stesso istante, il mio cuore si fermò. Fermo. Immobile. Zitto.

Il sangue invece correva come lava appena eruttata, ogni cellula del corpo pulsava. Stavo per morire d'infarto? Nonostante stessero accadendo tutte queste cose, il mio sguardo era fermo su di un unico punto.

Un'enorme sagoma del colore d'ossidiana che si stagliava a capo di una parte dell'esercito, in procinto di avanzare, sul lato opposto al nostro.

Non avevo bisogno d'incrociare i suoi occhi per sapere.

Iridi calde del colore dell'ambra appartenevano a quel Lupo. Il Lupo nero che mi aveva condotta lì. Lo stesso che mi aveva permesso di capire chi ero e il cui ricordo, per tante notti, mi aveva confortata durante la prigionia: la creatura per la quale erano nati sentimenti fortissimi e nuovi.

Nel rivederlo adesso, dopo mesi di agonia, avevo quasi paura di pensare il suo nome, per il timore che potesse svanire nel nulla ancora una volta.

Era lì, a qualche metro da me, come un fantasma che decide di mostrarsi.

Il grosso muso si girò nella nostra direzione e lo sguardo ambrato toccò il mio, mentre il cuore riprendeva a battere con asfissiante lentezza.

Il mondo, invece, si paralizzò.

Tutto era sbagliato. Solo il battito del mio cuore, ora diventato di colpo un centometrista, aveva un che di sensato. Stava impazzendo pure lui. Passava dalla paralisi alla corsa sfrenata in un battito di ciglia.

Mille impressioni si frantumarono negli occhi del Lupo per cui sentivo qualcosa di unico e speciale. Quel sentimento esisteva semplicemente perché esisteva lui. Non saprei spiegare il motivo, ma in quel momento compresi che era così.

Era bastato guardarlo, affondare lo sguardo nel suo, per far schizzare allo scoperto ciò che provavo. Quel qualcosa aveva il sapore pazzesco di un cocktail composto da liquori pregiati, zucchero e miele.

E, in quel momento, non potevamo essere più lontani. Com'era possibile?

Ogni parte del mio corpo aveva bisogno di raggiungerlo. Sfiorarlo per un istante. Toccarlo, accarezzarlo, per il tempo di un respiro.

Forse mi sarebbe bastato...

«AURORA!» ruggì Areon.

La sua voce infranse quella follia, riportandomi ai bordi della cascata.

«Devi andare! ORA!»

Già, lo sapevo. Era la mia occasione.

Girai lo sguardo, sussurrando nella sua mente: *«Mi dispiace».*

Con un misto di disperazione e gioia, il corpo riprese velocità. Non potevo voltarmi o sarei stata perduta.

Come un bolide, mi avventai verso i soldati che, sorpresi, si spostarono per farmi passare.

Raggiunsi l'imbocco che mi aveva condotta per la prima volta a Imperia insieme a Ed, senza neppure accorgermene. Un sordo stridio mi feriva le orecchie.

Prima di lanciarmi verso la scalinata nascosta, lanciai un ultimo sguardo alle mie spalle.

Quello che vidi, in parte, mi ferì.

Tor stava immobile. Fermo nella stessa posizione in cui, pochi istanti prima, ci eravamo sfiorati con gli occhi.

Cosa credevo? Che mi avrebbe rincorsa?

Da brava stupida, idiota, infantile, una piccola parte l'aveva desiderato, anche se sapevo perfettamente che, in tal caso, sarebbe stata la fine per il piano.

Per la prima volta non riuscivo a capire le emozioni che turbinavano nelle iridi d'oro rosso. Solo il dolore riflesso era chiaramente distinguibile.

Non sapevo cosa dire. Avrei voluto parlargli. Spiegare. Ma le parole non avevano intenzione di formarsi nella mente.

Poi, come rianimatosi di colpo, si mosse verso di me.

La paura e l'angoscia presero il sopravvento e, infine, mi lanciai nel passaggio.

Areon stava continuando a strillare qualcosa, ma non ero in grado di afferrarne le parole.

Vederlo dopo così tanto tempo mi aveva procurato un dolore e una gioia incredibili, come in un perfetto yin e yang. Pregai ancora una volta che le mie scelte si rivelassero giuste.

In prossimità dell'uscita, bloccai i pensieri: doveva esserci spazio solamente per il piano.

Avevamo percorso il passaggio sotto la cascata in un lampo. Areon aveva continuato a borbottare e il mio cervello si era lasciato sfuggire ogni sillaba. Tutto ciò che ero stata capace di sentire era quel sentimento esploso nell'istante in cui l'avevo rivisto.

«*Syd, vai, ora!*»

Quando il volatile rispose all'ordine, spiccando rapido il volo verso l'apertura, il dubbio che la telepatia funzionasse anche con il pennuto si placò.

Sentivo i Fray e il frastuono assordante delle truppe nemiche ormai davanti a noi.

«Aspetta!» mi bloccò Areon. «Devi dargli un po' di tempo per mutare».

Il cuore era un rombo sordo contro le costole e le fauci stranamente secche. *Possibile che si azzeri la salivazione anche ai Lupi?*

Tutto quello che stava per accadere avrebbe messo tremendamente a rischio le nostre vite. Lo sapevo. E a un tratto sembrava un piano più che folle...

«Mi raccomando, prendi quello più vicino e cerca di fare alla svelta» si raccomandò Areon per la millesima volta.

«*In realtà, stavo pensando anche di prendere una tazza di tè, già che ci sono*» brontolai, concedendomi ancora qualche istante.

Infine, scattai.

I raggi caldi del tramonto illuminavano la distesa di soldati radunati intorno alla cascata. Il mio corpo si arrestò.

Il terrore fu ovunque, avvolgendomi con le sue spire. Negli occhi, nella testa, nelle orecchie, nell'aria che respiravo, su ogni millimetro dell'epidermide, come un veleno corrosivo che morde la carne e uccide.

I servi di Aris, quell'armata, erano più e più di migliaia. Osservare le truppe alla luce del sole morente, con i raggi che bagnavano corazze e armi, quasi a volerle evidenziare una a una, le raffigurava come tanti granelli di sabbia in una distesa che si perdeva all'orizzonte. Sottoterra, quell'esercito mi aveva sconvolta; vederlo alla luce era molto peggio.

Rendeva la parola "spaventoso" uno zuccherino.

Il pallido aranciato che li bagnava sembrava l'oracolo del sangue che presto avrebbero versato.

Poi, qualcuno urlò: «Lupo!»

Puntai il Fray più vicino balzandogli addosso, mentre le fiamme comparvero all'istante a farci da scudo.

Sfondai letteralmente la porta della sua mente in cerca delle informazioni che volevo.

Come una stupida, non ci avevo pensato. Avrei potuto farlo anche con la femmina Fray a Honora, ma in quel momento il mio unico pensiero era stato avvisare i Lupi e distruggere la galleria che portava in città, non certamente cercare l'imbocco di tutte le altre.

Quante volte mi ero maledetta in seguito per non averci pensato. Se avessi saputo dove si trovavano quelle dannate gallerie, saremmo stati in vantaggio.

Invece, altre erano state le informazioni che avevo trovato nella mente della Fray e, sconvolta, in quell'occasione, con la battaglia in corso, non avevo pensato ad altro.

Quando trovai ciò che cercavo, urlai: «*Syd*!»

In un lampo, una sagoma scura piombò dal cielo, accompagnata da un potentissimo gracchiare che penetrò le orecchie sensibili.

Areon era ancora attaccato chissà per quale miracolo al mio collo, quando una versione gigante di Syd, il corvo bianco del principe dei Lorcan, si catapultò accanto a noi, spiaccicando letteralmente diversi Fray.

Era lui la nostra via di fuga. Avrebbe dovuto trasportarci in volo lontano dalla battaglia.

Ora, con l'esercito nemico a un passo di distanza, la cosa sembrava molto più complessa.

«Muoviti, Rori, devi montargli sulla schiena!»

La voce del giovane principe era isterica e spaventata. In quel momento aveva perso l'alone di distacco che gli vedevo sempre addosso. Probabilmente anche lui stava dubitando del nostro piano... Ma ormai non avevamo scelta. Potevamo solo andare avanti o morire.

Ruotai su me stessa, avvicinandomi all'ala che il corvo, ora enorme, aveva teso come una specie di rampa.

Se non fosse stato per la situazione, avrei riso come una matta davanti allo spettacolo. Il volatile bianco, che aveva ora più o meno le dimensioni di un suv, era lì che ci aspettava come un curioso prototipo di aereo vivente.

Intanto, intorno a noi, ruggiti cupi presero vita dalle gole delle Volpi, che si erano riavute dalla sorpresa.

Quando i Fray si mossero all'unisono, piombai sulle spalle del pennuto.

Ero tremendamente instabile sul dorso del corvo. Per di più, Syd aveva iniziato a muoversi nel tentativo di riprendere il volo. Al contempo, con le zampe robuste e il becco acuminato, cercava di tenere lontani i nemici, decisi a farci a brandelli.

Uno strillo più acuto degli altri accompagnò il fendente di una Volpe, che aveva conficcato la spada nel fianco del corvo.

Mutai, finendo a faccia in giù con la guancia premuta contro il dorso coperto di piume e, ovviamente, con Areon come piombo sulle spalle.

Flettendo le braccia, mi misi a sedere, mentre il giovane principe si aggrappava a sua volta al corvo.

«Dobbiamo aiutare Syd!» implorò.

Analizzai la situazione: il pennuto sotto di me si dimenava disperato. I Fray lo stavano ferendo senza sosta. Continuando così, in pochi minuti saremmo diventati spezzatino per Volpi.

Richiamai le fiamme.

Calde lingue di fuoco esplosero intorno a noi, scaraventando in aria i Fray più vicini. Quella pausa bastò per consentire a Syd di spiccare il volo.

Il sollievo si allargò nel petto quando ci levammo sopra l'esercito. L'unico guaio era essere esposti allo sguardo di tutti.

Syd doveva sbrigarsi ad abbandonare il campo, o ci avrebbero annientati. L'unica speranza che avevamo era che i quattro Vaughan non si trovassero sul nostro versante, e ovviamente che nessuno dei soldati decidesse di abbandonare il campo di battaglia per seguirci.

Un sibilo terrificante prese voce dal cielo.

Ci misi un istante a capire che alcuni dei Lord più vicini avevano scoccato le loro frecce. Feci appena in tempo a indirizzare le fiamme in nostra difesa, ma non fu abbastanza.

Syd, sotto di noi, virò bruscamente.

Era stato colpito al fianco, e le ferite inflitte poco prima dalle Volpi aggravavano la situazione.

Areon urlò.

Dovevo fare qualcosa o saremmo morti lì, sulle mura d'Imperia, e nessuno ci avrebbe salvati.

Richiamai la magia dentro di me, la sentivo scorrere nelle vene, calda e dolce.

Quando lo scudo di fiamme scomparve, infusi il potere nei palmi premuti contro l'animale. Bisbigliai la formula per rimarginare i tessuti, il familiare formicolio alle dita aumentava.

Il corvo riprese quota mentre il suo corpo si sanava. Purtroppo però non saremmo riusciti ad allontanarci senza uno scudo.

«Syd, portaci via di qui, più veloce che puoi!» la mia voce era stridula e graffiante.

Dovevo tentare, anche senza averlo mai fatto. Provai a richiamare le fiamme continuando a guarire Syd. Era stato ferito nuovamente e ci avrei messo un altro po' a curare le lesioni. Togliere le frecce era stata un'impresa e lui avrebbe ricevuto nuovi colpi di lì a pochissimo.

Dannazione, non avevamo tempo, a meno che non volessimo diventare i puntaspilli personali dei Lord di Ferro.

Con la coda dell'occhio, intravidi alcuni di loro volare nella nostra direzione, incoccando i dardi. Disperata, cercai la concentrazione.

Una fragile fiammata apparve per il tempo di macchiare l'aria. Si dissolse nell'attimo in cui, dalla gola, mi sfuggì un urlo di sconfitta.

Il sibilo delle frecce dilagò intorno, uccidendo ogni altro suono.

Pensai di aver preso fuoco, quando un bruciore intenso si estese dalla spalla al fianco.

Boccheggiai.

Il campo visivo si era tinto di puntini indistinti e l'orrore prese il sopravvento.

Morirò così?

Sapevo che Areon doveva essere ferito, e probabilmente anche Syd era stato colpito ancora.

Ignorai il dolore cercando di concentrare sul corvo tutte le energie. Dovevo continuare a guarirlo, lui era l'unica via di fuga che avevamo.

Una nuova ondata di frecce era stata scagliata. Non le avevo viste, solo sentite.

La carne pulsava fastidiosamente, i rumori della battaglia si erano zittiti all'improvviso. Un potente ronzio stava invadendo il mio cervello, mettendo in secondo piano tutto il resto.

Per un istante, ebbi la sensazione che il mondo intorno andasse al rallentatore.

Guardai le dita che stringevano spasmodicamente le soffici piume contro cui ero rannicchiata. Le nocche erano sbiancate a forza di mantenere la stretta, e il dorso delle mani si era tinto di rosso.

Avvertivo la magia scorrere nel corpo come liquido freddo.

La luce del tramonto si stava spegnendo. Sembrava polvere dorata fusa nell'aria calda.

S'infilava tra i capelli e colpiva la faccia.

Avevo l'impressione di poterne vedere ogni singolo granello luminoso. Poi c'erano le emozioni che appestavano la terra tutt'intorno.

Erano insopportabili. Tutte quelle sensazioni vivide pesavano come piombo. A ogni boccata era come mangiare fuoco.

Avrei quasi potuto contare le gocce di sudore che imperlavano la mia fronte in quell'istante di paralisi.

Poi, lo shock.

Come un iceberg in piena faccia, ci fu la consapevolezza. *Qualcosa di simile a un'illuminazione in punto di morte. Possibile?*

Ero stata troppo arrogante per rendermi conto della follia di quel piano. Saremmo morti così, in modo stupido e insensato. Senza aver fatto nulla di buono né per i Lupi né per le Fate. Nella mia insulsa arroganza, mi ero convinta di essere diventata forte, a volte mi ero sentita invincibile. Invece... *Che idiota!*

Mi ero trasformata in una sciocca ragazzina che, dopo aver imparato qualche formula e provato un po' di dolore, si sentiva capace di qualsiasi cosa.

Invece, nonostante tutto, di questo mondo sapevo ancora poco.

Non avevo mai vissuto le sofferenze di una guerra né realmente combattuto sul campo. Certo, volevo salvare le Fate. Probabilmente allo stesso modo in cui i bambini sognano di ricevere un unicorno a Natale. Restava un semplice, folle, sogno...

Mi ero trasformata nella regina degli stupidi! Incurante del pericolo, avevo intrapreso un piano suicida, portando un principe con me.

Come avevo potuto? Come?! La morte di Areon poteva compromettere l'alleanza! Avevo dato retta alle parole di un bambino, persa nella mia stupidità. Nell'arroganza di essere forte a sufficienza da proteggere entrambi, invece, ci avevo condannati a morire!

Quella gelida verità avvolse il cuore, e lacrime amare bruciarono gli occhi come una ferita sanguinante.

Un ruggito sconosciuto piombò su di noi, strappandomi all'istante d'immobilità.

La testa scattò verso il rumore. Boccheggiai ancora.

La cascata!

Le mura d'acqua, avviluppate intorno alla città in una cupola azzurra, si stavano levando in lunghe spirali verso il nemico, scagliandosi sulle truppe.

Come tante braccia azzurre, nascevano a qualche metro di distanza l'una dall'altra, lungo lo strato che schermava Imperia, per poi piombare come giganteschi pugni d'acqua su Fray e Lord!

La speranza si rianimò.

Forse la mia idiozia non mi avrebbe uccisa, per il momento. La cascata ci stava fornendo una via di fuga, distraendo e colpendo il nemico.

Strinsi con maggior forza Syd, infondendo con tutta me stessa la magia che avrebbe rimarginato le sue ferite.

Intanto i Lord si spostavano in ogni direzione nel tentativo di sfuggire ai pugni d'acqua, dimenticandosi di noi.

Non ci fu bisogno di spronare Syd. Con un deciso colpo di ali, il corvo si spinse ancora più in alto, allontanandosi veloce dal nemico.

Gli occhi scuri del principe affondarono nei miei quando, finalmente, mi permisi di voltare la testa.

Era tornato visibile.

Non fu quello a procurarmi il conato di vomito, bensì l'esile corpo, rannicchiato accanto al mio, nel quale affondavano tre grosse frecce.

Il volto era una maschera di dolore. Le labbra sottili avevano assunto una sfumatura bluastra e il labbro inferiore era stretto tra i denti. Un filo rosso scendeva pigro all'angolo della bocca, come unico, macabro punto di colore. I capelli neri svolazzavano intorno al giovane in una cortina scura, rendendo l'immagine tremenda.

«Non ti muovere» bisbigliai frastornata. Di ferite ne avevo viste tante. Stando per mesi sottoterra, mi ero abituata al sangue. Vedere però l'esile ragazzo in quelle condizioni era atroce, ed era tutta colpa mia.

Lo avevo sentito urlare, poi più nulla. Non aveva fiatato e, anche ora, stava rigido e zitto, come nulla fosse. Quel giovane Lorcan aveva qualcosa di mistico. Ogni parte di lui strideva con quell'aspetto così infantile. Emanava secoli di vita.

Lo osservai meglio e sembrava che nessuno dei dardi avesse colpito un punto vitale.

Estrarli non fu semplice.

Prima dovevo pensare alle mie di ferite, o non avrei combinato nulla.

«Syd» chiamai, «appena saremo abbastanza lontani, atterra!»

Sentivo la voce ruvida e la bocca impastata.

Il mio corpo era in pessime condizioni.

Sbirciai il fianco, dove una saetta solitaria infilzava ancora la carne come uno spiedino. Non ero riuscita a levarla.

Riprovai allungando la mano e, con uno strattone deciso, infine levai la freccia.

I denti scricchiolarono sotto la stretta.

Al mio male, però, ero abituata. In qualche modo potevo gestirlo. Almeno da quel punto di vista la prigionia era servita a qualcosa.

TOR

Il dolore mi spaccava il petto, e non c'entrava nulla il punto dov'ero stato colpito dalle frecce durante l'ultimo lancio. No, il dolore veniva da dentro.

«*Mio signore, deve assolutamente raggiungere il palazzo, qui è troppo pericoloso!*»

Un basso ringhio vibrò nell'aria. Fui grato alle sembianze di Lupo. In parte potevo esprimere quello che vorticava in me senza che risultasse troppo strano.

La gola continuava a vibrare prepotente e le emozioni ribollivano. Ero certo che, se avessi cercato di mascherare quello che avevo dentro, mi avrebbe consumato del tutto.

Buttai la testa all'indietro, e un potente ululato squarciò l'aria calda, colorata di luce aranciata.

In risposta, la cascata ubbidì. Nuove braccia d'acqua si formarono all'istante e, come giganteschi pugni, si allungarono colpendo le schiere dei Vaughan.

«*Lupi d'Imperia!*»

Il cuore doleva a ogni respiro.

Mi era impossibile stare fermo mentre parlavo. Il corpo continuava a muoversi avanti e indietro, a scatti, lungo una linea immaginaria. Con lo sguardo sfioravo i Lupi che mi accerchiavano, senza soffermarmi su nessuno in particolare.

«*Oggi scenderemo in guerra. Verseremo sangue e prenderemo vite. Questo sarà il prezzo per difendere le nostre terre, i nostri cuccioli e i nostri fratelli*».

Inspirai profondamente. Stavo parlando alle menti di ogni Lupo della città. Dovevo farlo.

«*Non siamo stati noi a volere tutto questo, ma ora stanno minacciando la nostra libertà*».

Le catapulte si erano interrotte e lo scudo d'acqua brillava contro il cielo. Ai piedi della cascata, le teste di ogni Lupo erano rivolte a me.

«*Il nemico che bussa alle nostre porte è una vecchia piaga che abbiamo già sconfitto in passato. Per secoli si è nascosto nell'ombra, aspettando il momento per colpire dalle viscere della terra*».

L'unico rumore che si udiva era il gorgoglio della cascata, che continuava a muoversi come una creatura viva. Il dolore al petto intanto diventava sempre più opprimente.

«*Lupi!*» ripresi. «*Questa serpe subdola ha cercato d'insinuare il dubbio tra di voi. Il dubbio sulla lealtà dei vostri fratelli*».

I traditori erano certamente presenti in quel momento, ma avrei sfruttato la situazione a mio vantaggio.

«*Dubitare dei nostri Lupi ci rende deboli e non possiamo permettercelo!*» strinsi le fauci. «*Nessun Lupo, in questa battaglia, colpirà a tradimento un suo fratello!*» ruggii, usando l'ordine diretto e vincolante dell'Alfa.

Guaiti e borbottii si levarono in risposta. La forza vincolante della mia parola era forse una delle più potenti tra quelle degli Alfa.

Una delle caratteristiche dei Re era il potere d'imporre la propria volontà agli altri Lupi, usando un ordine diretto marcato dal doppio timbro. A patto che questi avessero sembianze di Lupo, ovviamente. Nella forma umana, il potere era inefficace. Oggi, però, la maggior parte di noi era in forma animale, visto l'attacco.

Nei secoli si erano alternati molti sovrani, e il potere coercitivo di ognuno cambiava in base alla potenza e al controllo che avevano sul lato animale. Nel mio caso, avevo raggiunto dei risultati ragguardevoli, forse tra i migliori.

Nessun Lupo poteva opporsi a un mio ordine diretto.

«*Ora sarà il nemico a dover tremare e temere il giorno in cui ha deciso di sfidarci. Molti di noi cadranno, ma non ci saranno schiavi. Siamo Lupi. Liberi nella vita e nella morte. Oggi combatteremo per questo!*»

Il silenzio calò per qualche istante prima che, a uno a uno, i Lupi guardassero il cielo e lunghi e potenti ululati si levassero dalle loro gole.

La voce del nostro popolo. La voce d'Imperia.

Se i Vaughan credevano di poterci sopraffare, si sbagliavano di grosso.

Il pensiero abbandonò il campo di battaglia per seguire il cuore. Perché il mio cuore era con lei.

Ci aveva abbandonati.

Il male al petto si fece insopportabile. Non ci avrebbe mai traditi, lo sapevo. Eppure se n'era andata, e il corvo del principe con lei. Perché?

Le Fate. Era l'unica risposta che mi venisse in mente. Una follia. Come pensava di riuscire in quell'impresa? Qualcuno la stava aiutando. Visto il compagno di avventura, non era difficile capire chi fosse il complice, ma perché?

A che gioco stavano giocando?

Un'esplosione assordante fece tremare la terra.

Gli occhi volarono al cielo. Saette nere andavano a colpire lo scudo che proteggeva Imperia.

Magia. I Vaughan si stavano facendo avanti affrontando per la prima volta il campo di battaglia. Sentivo il pelo irto lungo tutta la schiena e la gola borbottare.

Dovevamo assolutamente resistere fino al sopraggiungere degli eserciti appartenenti alle restanti città e ai Lorcan.

Dovevamo resistere... E io dovevo resistere alla tentazione d'inseguire il mio cuore.

AURORA

Ero a occhi chiusi.

Fili d'erba solleticavano la guancia poggiata al suolo e l'odore fresco e pungente della foresta m'inebriava.

Dove mi trovavo? Aprii cauta un occhio per richiuderlo un istante dopo.

Impossibile!

Poco prima ero... Ero dove?

Stavo facendo qualcosa d'importante, stavo scappando, certo! Ricordavo il principe Areon accanto a me, e poi tutto scivolava in un abisso fumoso.

Quindi, questa doveva assolutamente essere un'allucinazione.

Deglutii a vuoto mentre la bocca diventava come il deserto.

Non ero una codarda, certo che no, ma in questo caso? Lo ero decisamente, pensai con decisione.

Areon e Syd, dove diamine erano spariti? Come stavano? La preoccupazione si nascose sotto la pelle.

In qualche modo ci eravamo messi in salvo, non ricordavo bene. Probabilmente ero svenuta prima che il pennuto riuscisse ad atterrare.

Dovevo trovarli.

Ora però, nell'immediato, c'era un problema da risolvere. Dovevo farmi forza e verificare se ciò che avevo davanti fosse vero o il risultato del collasso definitivo dei miei poveri neuroni.

Inspirai profondamente prima di schiudere ancora una volta le palpebre e mettermi seduta. Il corpo sembrava stare benissimo e senza ferite.

Sarò riuscita a guarirmi prima di perdere i sensi.

Alzai lo sguardo e la sagoma accucciata a pochi passi da me era ancora lì.

Il volto era corrugato in un'espressione mista tra il disappunto e qualcos'altro che non riuscivo a decifrare. Sicuramente c'era anche dell'ira in quelle iridi che bloccarono immediatamente le mie.

Deglutii ancora una volta. Come aveva fatto a raggiungermi?

Forse si erano convinti che li avessi traditi e lui aveva deciso di rintracciarmi per fermarmi?

Tor era ricomparso, quindi. Si stava occupando della difesa, dando modo a lui di rischiare in quest'impresa? Doveva essere così.

Però l'idea che Tor mi pensasse una traditrice provocò una scossa violenta al petto.

«Non stavo tradendo i Lupi...» iniziai farfugliando.

Gli occhi straordinari, che chissà per quale miracolo della natura riuscivano a racchiudere tutte le tonalità di blu, si scurirono.

Le pagliuzze, color lapislazzulo, presero il sopravvento, inghiottendo quelle di zaffiro e sodalite. Solo i piccoli aghi argentei vicino alla pupilla rimasero l'unico punto chiaro nella notte dello sguardo di Caim.

Le onde nere che gli incorniciavano l'ovale squadrato erano mosse da un lieve filo d'aria. L'aspetto scompigliato andava ad appesantire la tempesta che aveva stampata in faccia.

Il muscolo nel petto fece un balzo.

Non avrei voluto vedere Caim così, mi aveva parlato cercando di spiegarmi, eppure avevo agito di testa mia, rischiando grosso. Da arrogante e irresponsabile.

Nonostante tutto, non potevo fare a meno di notare la bellezza fuori dal comune anche in quella situazione.

Il corpo imponente era teso, vedevo i muscoli delle spalle guizzare sotto il tessuto leggero della camicia scura. Quel Lupo, in forma umana, aveva un fascino disarmante che colpiva come un pugno allo stomaco.

In un attimo si sporse in avanti, e la mano a palmo aperto mi toccò la guancia.

«Ero preoccupato...» disse roco.

La mascella cadde letteralmente per la sorpresa. Cosa stava dicendo? Non mi aveva seguita credendomi una traditrice?

Le dita ruvide e calde continuavano a carezzarmi il viso, e lo stomaco si aggrovigliò per la tensione.

Un caldo piacere comparve in piccole scintille al basso ventre, mentre la sua mano si spostava per permettergli di accarezzare le labbra con il pollice.

Non feci in tempo a formulare alcun pensiero che mi ritrovai avvolta dalle forti braccia, con la testa premuta nell'incavo del collo.

In quell'istante, qualcosa cambiò.

Come un argine che cede davanti a un fiume in piena, mi sciolsi. Nascosta nel suo abbraccio stavo bene.

Il suo odore mi cullava e, prendendo coraggio, ricambiai la stretta per poi risalire la schiena in una carezza.

Volevo toccare la sua pelle, assaporare il brivido che mi avrebbe dato quella sensazione. Il ricordo di com'eravamo stati non molte ore prima era di colpo vividissimo. Bruciante. Ero quasi certa di aver scoperto un cibo sublime e di averne assaggiato solo le briciole.

Il cuore galoppava contro le costole e il resto era confuso, annebbiato. C'erano solo Caim e ciò che provavo. Nient'altro, se non il bisogno di viverlo.

Un gemito roco gli rimase sospeso sulle labbra quando le mie dita trovarono una fessura tra i pantaloni e la camicia, infilandosi rapide per poi risalire lungo il ventre scolpito in direzione del torace.

Finalmente potevo toccarlo senza ostacoli. Il palmo saggiava famelico i muscoli perfetti e il calore
di quel corpo statuario era un afrodisiaco vivente.

Poi, grazie al cielo, la bocca di Caim trovò la mia, e le dita affondarono tra i capelli.

La pressione delle labbra mi portò ad accoglierlo, disperdendo ogni pensiero razionale. Lo seguii in un gioco pigro di affondi con la lingua, che diede vita a intensi vortici di piacere al basso ventre.

Modellava il mio corpo con dolci carezze, come se non ne avesse mai abbastanza. Il suo tocco era per me il flauto di un incantatore, avvolgente, ipnotizzante.

Sentimenti prepotenti si fecero vivi in un bisogno feroce che non capivo. Avrei voluto disegnare ogni centimetro di lui con le dita, ubriacarmi di quelle emozioni.

Poi mi cosparse il collo di piccoli baci e le sue carezze divennero più intense.

Reclamò le labbra poco dopo averle lasciate, placando per un momento il desiderio crescente. Tutto era così perfetto e sublime che non poteva non essere giusto.

Possibile che l'Amore sia così? Mi chiesi stupita.

Lo scostai leggermente per potergli toccare il viso. Le dita tracciarono fameliche la linea perfetta degli zigomi, continuando con la leggera curva del naso, fino a raggiungere la bocca. In risposta, questa si schiuse in un sorriso accattivante, prima di catturarmi l'indice tra i denti, mordicchiandolo.

Mai avrei creduto che dei baci o dei morsetti potessero avere quell'effetto, che potessero essere così devastanti da spazzare via tutto il resto...

La mente riemerse da quel mare di piacere come lo schiocco di una frusta, catapultandomi in un oceano nero.

Una fitta alle tempie tuonò, facendomi battere i denti.

Le palpebre, di colpo, si fecero pesanti e sembrava fossero incollate tra loro.

Uno scuotere leggero e cauto alla spalla innescò nuovamente la fitta alla testa.

«Rori...»

Era un sussurro leggero. Ma non solo.

Un sussurro dolce e preoccupato. Un tono materno. Conoscevo quella voce, eppure mi sfuggiva il nome. *Ma come diavolo?* Avevo ancora l'immagine di Caim stampata nel cervello. Non capivo.

Con un sussulto, aprii gli occhi.

Avevo la faccia incrostata di un qualche liquido che si era seccato. Con la mano stropicciai le palpebre e la testa riprese a dolere. Sentivo che vicino a me c'era qualcuno. Anzi, mi sentivo quasi circondata. Non avevo ancora alzato lo sguardo. Sulle mani che avevano toccato il viso c'era del sangue rappreso, pieno di grumi neri e strisce bordeaux. Di chi era quel sangue?

Corrugai la fronte, e mi lasciai sfuggire un sibilo di dolore. Solo quel piccolo movimento mi aveva fatto partire un acuto bruciore che, dalla testa, si era irradiato al collo.

E Caim?

Se non fosse stato per il male, probabilmente mi sarei distesa al suolo dal ridere! Sentivo la risata isterica pronta a uscire vibrante.

Mi ero appena svegliata, quindi tutto il resto era stato un semplice folle sogno. O un'allucinazione... Stavo impazzendo, questa era la verità.

«Rori?»

Ancora quella voce. Questa volta sollevai lo sguardo senza rendermene conto.

Il respiro si mozzò mentre gli occhi si ingrandivano come quelli di una stupida ranocchia.

Non era assolutamente possibile! Forse stavo ancora sognando. Anzi, sicuramente era così!

La bocca si aprì per articolare qualcosa, ma il suono rimase bloccato in gola.

Sembrava follia pura quello che stavo vedendo. Era come passare da un universo a un altro.

Il mio volto divenne di colpo caldo e umido.

Le lacrime copiose avevano raggiunto il mento, rigandomi le guance con tante scie bagnate.

Quando avevo iniziato a piangere?

Anche gli occhi che avevo davanti erano lucidi, ma decisamente più composti dei miei. Poi le braccia, che tante volte mi avevano cullata, mi strinsero ancora una volta le spalle, e un lungo singhiozzo disperato fece ricomparire la voce.

Mi aggrappai a lei e urlai.

Un urlo roco e profondo si fuse al pianto. Un lamento angosciante che più si protraeva e più avrei voluto continuare, in uno sfogo incontrollabile.

Mi aggrappai disperatamente all'esile figura e, quando il profumo familiare penetrò le narici, cullandomi come una delicata carezza, piansi più forte.

«Shhh, tesoro caro, andrà tutto bene. Ora sono con te» giunse la sua voce, leggera come brezza primaverile che porta con sé l'odore della rinascita. La fragranza inconfondibile del mondo che riprende vita.

Mi sentivo come una bambina che esplode in un pianto sconsolato dopo essersi sbucciata il ginocchio.

Avevo intravisto diverse sagome intorno a noi, ma non mi importava. E, anche volendo, non avrei potuto fare altrimenti.

Stavo piangendo per molte cose. Per il mio arrivo burrascoso in un mondo che non sapevo esistesse, per la verità scoperta, la paura, l'orrore, il dolore, per i mesi di prigionia, per tutto quanto. Per ogni singolo secondo in cui mi ero fatta forza stringendo i denti. Per la convinzione che non l'avrei più rivista. Per le scelte che avevo intrapreso e per quelle che avrei dovuto intraprendere, per il tormento, il terrore, l'amore e la speranza...

Non so quanto rimanemmo così: io piegata in avanti e zia Penny inginocchiata a cullarmi.

Quando provai a deglutire, mi accorsi che forse ero riuscita a consumare ogni liquido che avevo in corpo. Quella piccola presa di consapevolezza mi fece ritornare alla realtà.

«È un piano folle e ridicolo» sentenziò con voce che non ammetteva repliche.

Gli occhi viola erano sempre posati su di me, li sentivo nonostante il mio sguardo fosse concentrato sui Lupi che le stavano accanto.

Folle? Per me era folle ciò che stava accadendo. In più ero certa non mi avesse raccontato neanche un quarto delle cose che avrebbe dovuto. Ovviamente capivo, non era né il momento né il luogo.

A questo punto però non sapevo se considerarmi miracolata o perseguitata della sfortuna.

«Mi vedo costretto a contraddirvi» s'intromise Areon che, dal mio risveglio, si era chiuso in un cupo silenzio.

Dopo essere riuscita a mettere a fuoco ciò che mi circondava, avevo subito notato il giovane principe dal volto contratto dalla preoccupazione.

Durante la fuga ero riuscita a guarire lui e Syd, in modo da permettere a quest'ultimo di portarci quasi oltre le truppe dei Vaughan. Ma non era stato sufficiente a salvarci dalle grinfie del nemico.

Zia Penelope era intervenuta con la magia per schermarci, permettendoci così di fuggire lungo l'ultimo tratto.

Un piccolo drappello di Lupi si trovava con lei, soldati della città di Annis. Tutti in viaggio verso Imperia, alla mia ricerca. Dopo la prigionia, la voce che un mezzo Lupo sfuggito al nemico si trovasse nella capitale si era sparsa velocemente.

Poco dopo la mia scomparsa, zia Penny aveva supposto che, in qualche modo, fossi riuscita a tornare in questo mondo e, a sua volta, si era adoperata per raggiungermi.

«L'idea di cercare un ago in un pagliaio era più allettante. Potevi essere ovunque» aveva borbottato durante il racconto. «Senza togliere l'angoscia che avevo nel saperti qui, in questa realtà, all'oscuro di tutto».

Già. Ascoltandola ci avevo ripensato. Ero stata veramente fortunata nell'aver avuto Tor e Ryu a guidarmi.

L'ennesima rivelazione scioccante, però, era arrivata senza farsi attendere. Zia Penny era rimasta in contatto con la famiglia di mio padre.

Mi aveva nascosto tantissime cose, tutta la mia vita era stata una bugia. In parte capivo i motivi che l'avevano spinta a mentirmi. Ciononostante una scia acida mi risaliva lo stomaco all'idea che mi avesse mentito per vent'anni. Erano passati vent'anni, e il giorno del mio ventesimo compleanno era trascorso come ogni altro giorno, prigioniera sottoterra.

Avrebbe dovuto dirmi la verità, avevo il diritto di sapere...
Tuttavia era meglio lasciare tali pensieri per un altro momento.
I Lupi che mi stavano davanti, e mia zia, erano una priorità.
Penelope era corsa dalla famiglia di mio padre in cerca d'aiuto per rintracciarmi.

Al mio arrivo in questo mondo, Tor aveva volutamente fatto tacere le voci sulla mia presenza al castello. Solo in un secondo momento, dopo la nostra partenza per Orias e all'inizio della mia prigionia, i capi delle Cinque Città erano stati allertati sul fatto che mi trovassi qui. Questo per facilitare le ricerche e perché, a quel punto, era meglio si sapesse. Edgar mi aveva raccontato del lungo discorso fatto al popolo dal Re. Un discorso che, successivamente, era stato riportato in tutte le città. Parole dure che raccontavano l'ingiustizia subita da mio padre e rivelavano la mia esistenza, sottolineando poi la priorità che avevano le ricerche e qualsiasi notizia in merito.

Così anche zia Penny aveva scoperto pressappoco cos'era accaduto. Ma io ero svanita, quindi era stata costretta a continuare le sue indagini in parallelo a quelle di Tor.

Finalmente era giunta la notizia su chi fosse il nemico e, con essa, quella della mia fuga. Questo l'aveva spinta immediatamente a muoversi verso Imperia. Diversi Lupi l'avevano seguita, tutti amici legati a mio padre che erano stati costretti a lasciare la capitale vent'anni addietro.

Come avesse fatto zia Penny a spostarsi tra i Lupi in tranquillità, era ancora un mistero. Lei era una Maga e il rancore tra i due popoli sapevo essere ancora vivo e scoppiettante. Però quello era stato un punto del racconto che non aveva toccato.

Avevo appreso diverse cose importanti, tra le quali che Seana, la Lupa che sapevo essere a capo della città di Annis, era la compagna di uno dei fratelli di mio padre. Oltre al fatto stesso che avesse dei fratelli.

Totalmente ignara, avevo incontrato la Lupa durante la prima riunione del Consiglio di Guerra, seduta alla grande tavolata in pietra rossa. Lei, quindi, sapeva perfettamente chi ero e non aveva proferito parola. Anzi, mi aveva quasi del tutto ignorata. Perché?

Le cose si stavano complicando, e tutte quelle informazioni, rivelate così di colpo, mi avevano lasciata intontita.

Zia Penny aveva concluso il racconto dicendo che erano arrivati alle porte d'Imperia alla mia ricerca, trovando invece l'esercito dei Vaughan.

Era stata la fortuna a farli nascondere proprio sullo stesso versante della cascata dove stavamo tentando la fuga, a pochi metri dal passaggio che avevamo usato. *Senza il suo intervento, a quest'ora saremmo morti o prigionieri*, pensai rabbrividendo.

Al momento ci trovavamo a qualche chilometro dai Vaughan e da Imperia, nascosti nella boscaglia a discutere sul da farsi.

«Ora che abbiamo la ragazza, dobbiamo spostarci da qui e raggiungere in qualche modo Imperia» parlò per la prima volta uno dei Lupi.

In tutto erano ventidue. Li avevo contati e ricontati studiando i loro volti umani e animali. Da quando ci eravamo spostati, solo in cinque avevano assunto forma umana.

Il Lupo che aveva parlato era giovane, probabilmente aveva qualche anno più di me, almeno all'apparenza. In realtà il tempo per loro scorreva più lento, in confronto al mio solito punto di riferimento umano. Avevo trascorso tutta la vita in un altro mondo, tra gli umani, prima d'iniziare a sognare Tor. Prima di scoprire la verità... Chissà come sarebbe stato per me, visto che ero un incrocio tra un Lupo e una Maga.

Tor, il Re del popolo dei Lupi, era stato il mio primo contatto con la verità.

Ryu aveva elaborato una teoria. Secondo lui, il mio lato di Lupo, ovvero il legame che unisce ogni Lupo all'Alfa, mi aveva consentito di vedere Tor in sogno. «Fa parte dell'istinto più viscerale del Lupo, cercare il proprio Alfa» mi aveva spiegato.

Attraverso i sogni, ero quindi riuscita ad aprire un portale, uno specchio su questo mondo e nella vita di Tor. Tutto ciò l'avevo ottenuto grazie all'uso inconsapevole della magia. Non ero due cose distinte, bensì una sola. Un lupomago senza trattino, per così dire. L'arte magica e il mio essere Lupo erano in simbiosi perfetta. Un'unica entità. Di fatto, il potere che mi scorreva nel corpo si era prodigato nell'aiutare il mio lato lupesco, trovando l'Alfa. Attraverso i sogni.

Il giorno che ero riuscita, per mezzo delle visioni oniriche, a scorgere Tor in pericolo, avevo anche desiderato di poterlo aiutare. Così, sempre grazie all'uso inconsapevole della magia, ero stata in grado di attraversare il confine tra le due realtà, piombando in questo mondo.

Lì era iniziata la mia avventura.

Ripensai al legame che si era instaurato da subito con il Lupo nero. Parte di quel sentimento era dovuto a ciò che sente ogni Lupo nei confronti del proprio Re e, in parte, era scattata una specie di cotta fulminea per lui. Ovviamente, all'epoca, non me n'ero accorta se non poco prima della prigionia. Del resto, non è facile rendersi conto che una creatura dalle sembianze perenni di Lupo può piacerti in senso romantico!

E adesso era arrivato Caim che mi aveva scaraventata in un groviglio di emozioni e sentimenti senza capo né coda...

Un finto tossicchiare mi riportò al presente.

«Più che spostarci, direi che è ora di separarci» rispose Areon, lanciandomi uno sguardo d'intesa.

«Vi sono grato per l'aiuto» continuò, «ma non abbiamo tempo da perdere e voi neppure» concluse.

Già, avevamo i secondi contati, lo sapevo. In quel momento però il nostro piano mi sembrava più folle che mai. Eravamo sopravvissuti per miracolo e per merito di zia Penelope. La mia arroganza ci aveva quasi uccisi.

La seconda parte del piano prevedeva di raggiungere la galleria più vicina, quella scovata guardando nella mente del Fray; assumere la pozione di Talit, che Areon aveva bevuto durante la fuga, e usarla nel sottosuolo.

Ci avrebbe permesso di mimetizzarci con l'ambiente, consentendo il salvataggio delle Fate. Areon mi aveva spiegato che era stato un antico Alchimista a creare quell'intruglio per uno dei re del passato. Si trattava di una pozione rara e, da allora, la formula veniva gelosamente custodita dalla casata reale. Era un'immensa fortuna averla a disposizione: ci avrebbe permesso di raggiungere Elerry nel regno sotterraneo di Aris passando del tutto inosservati.

«Credevo che il Principe Illuminato dei Lorcan avesse più buon senso» rispose secca zia Penelope.

Il cuore si allargò e strinse. In quel momento avevo trovato tutta la mia vita. La congiunzione tra passato, presente e ciò che sarebbe forse stato il mio futuro. Se fossi sopravvissuta alla guerra, ovviamente.

In questo mondo, Arkan, avevo trovato me stessa. Ero cresciuta e migliorata, eppure non mi ero mai sentita così debole e vulnerabile come allora.

Dover decidere cosa fare da quel momento in poi era un peso enorme. Qualsiasi via avessi scelto, sarebbe potuta costare innumerevoli vite. Anche la mia.

Riuscivo a comprendere anche questo. Non c'era tempo per spiegare le scelte fatte e, anche se ci fosse stato, non avrebbero capito. Salvare una cara amica che aveva patito le peggiori sofferenze, e delle creature innocenti, sentivo che era qualcosa che *dovevo* fare.

«Tua nipote non ne ha sicuramente di più» replicai pacata.

Era stato difficile adattarsi a tutte quelle verità e crescere. Tuttavia, farlo era stato vitale. Avevo passato la vita sotto una campana di vetro, protetta da una bolla di menzogne. Inesperta, fragile, arrogante, impulsiva e sciocca. Alla perenne ricerca di qualcosa che non comprendevo.

Ora vivevo in un mondo straordinario e spaventoso, ma era il mio. E, forse, riuscivo a capire cosa volesse dire sentirsi parte di qualcosa.

Non sarei mai tornata indietro. Non avrei mai voluto tornare indietro.

Un sogno diventato realtà, pensai ironica.

«È inutile che ci provi, Maga, a questa meticcia non importa nulla» ringhiò il Lupo giovane, facendomi rizzare ogni più piccolo pelo del corpo.

Zia Penny voltò la testa come un serpente che scatta verso la preda: «Cerca di tenere le tue opinioni per te, Vuk» affermò esageratamente dolce, lasciando intendere tutt'altri sentimenti. «E non tollererò una seconda volta questo linguaggio, ragazzino!» aggiunse.

Un basso ringhio fendette la gola del ragazzo, nonostante la sua forma umana.

I miei occhi incrociarono i suoi, di un caldo mogano. Era rabbioso. Il volto, dai lineamenti regolari, era contorto in una smorfia furente. La pelle dorata del viso era screziata da qualche lentiggine sul naso dritto, che gli dava un'aria sbarazzina e intrigante.

Quel Lupo aveva qualcosa di particolare. Non sapevo cosa, ma lo sentivo nelle ossa. Poteva essere una potenziale minaccia, era chiaro.

«Bisogna salvare la capitale, questa è la nostra priorità assoluta!»

«L'unica cosa assoluta è che dobbiamo annientare i Vaughan, Vuk» replicò Penny, laconica. Sembrava non fosse la prima volta che toccavano l'argomento.

Il bel volto del giovane Lupo si contorse ancora. Per un istante lasciai correre lo sguardo lungo la figura asciutta, ma muscolosa.

Portava i capelli castano rossicci raccolti in una piccola coda sulla nuca, esponendo i lineamenti intriganti.

Vuk era un giovane Lupo, alto, ma meno massiccio degli altri. Il suo corpo snello tuttavia non trasudava meno forza. Era indubbiamente bello e pericoloso, come tutta la sua specie. *O quasi,* aggiunsi tra me e me, richiamando per un istante il volto rugoso di Navar.

Le iridi di Vuk andavano dal caldo cioccolato al mogano, molto simili ai toni dei capelli. Nonostante i colori caldi, erano gelide.

Intercettai lo sguardo di Areon. Dovevamo trovare il modo di proseguire, stavamo perdendo tempo prezioso.

TOR

Lo scudo si stava indebolendo, lo sentivo in ogni millimetro del corpo.

Avevano attaccato incessantemente durante tutta la notte.

Erano imminenti le luci che avrebbero annunciato l'arrivo del giorno, colorando l'aria. Ciononostante, invece di nascere, la speranza moriva in ogni attimo che passava. Sarebbe stato questo il giorno della caduta dei Lupi? I Vaughan avevano attaccato impietosi nelle interminabili ore d'assedio. Presto la cascata sarebbe crollata e i rinforzi non sarebbero arrivati in tempo. Ci saremmo scontrati.

Le Volpi erano troppe, e il piano concordato durante il Consiglio impraticabile. Ryu era fondamentale per poterlo portare a termine, ma era partito per la spedizione a Orias.

Arrivare ora a uno scontro frontale significava che l'esercito dei Vaughan avrebbe falciato vite senza pietà. Non ci sarebbero stati prigionieri, lo sapevo bene.

Il fetore del panico serpeggiava tra la gente. Per quanti discorsi potessi fare, tutti erano più che consapevoli che il nemico era numericamente di gran lunga superiore.

Tutto sommato, una parte di me adesso era felice che lei se ne fosse andata: probabilmente era più al sicuro fuori dalla città.

Avevo mantenuto le sembianze di Lupo nonostante fossi al sicuro dietro le porte sprangate della Sala D'oro.

«Dobbiamo pensare a un modo per evacuare il popolo» mi costrinsi a dire infine. Quelle parole erano rimaste bloccate per minuti interminabili. Trovare il coraggio di ammettere l'unica soluzione sensata aveva richiesto tutte le mie energie.

Non potevamo vincere la battaglia, non ora, e non così, ormai era chiaro a tutti: ma rimanere bloccati ad aspettare l'inevitabile? Non potevo permetterlo.

«È impossibile, mio signore» la voce di Glenda era piatta e incolore. «Siamo circondati, non abbiamo vie di fuga. Imperia è una fortezza costruita per non crollare mai».

«Non si entra né si esce, fino quando le mura d'acqua reggono» aggiunse Leon.

«Allora bisognerà cambiare le cose. Troverò il modo di far uscire femmine e cuccioli e parte del Consiglio».

Cor ridacchiò aspro: «Solo parte, mio Re?»

«Gli altri rimarranno con me, avrò bisogno di loro qui».

Alcuni sussultarono, altri rimasero impassibili. L'idea che non tutti avrebbero potuto mettersi in salvo era un boccone amaro.

Alzai lo sguardo lasciandolo vagare sul soffitto della Sala D'oro. Erano gli spazi privati riservati esclusivamente all'Alfa e al Consiglio degli Anziani.

La volta era spettacolare. Tinta di blu. Per metà ospitava un sole dorato e per l'altra metà una pallida luna circondata di stelle. Nell'ampia stanza, l'oro era il padrone indiscusso. La tavolata in pietra bianca, dalle venature dorate, ospitava gli anziani. Io, avendo ancora sembianze di

Lupo, camminavo nervosamente di fianco alla sedia dell'Alfa.

Senza pensarci troppo, sgusciai dal corpo animale e scostai poi la seduta, accomodandomi.

Una ciocca nera mi era finita negli occhi e la spostai. Mi ero abituato velocemente alle sembianze umane, eppure non potevo non provare una fitta di gioia ogni volta che usavo le dita. Avrei mai potuto abituarmi alla sorprendente emozione che dava toccare qualcosa?

La mente, di colpo, richiamò altri capelli. Lucidi fili color miele, tra i quali le mie mani erano sprofondate beandosi della loro setosa morbidezza. Avevo toccato la sua pelle, carezzato il viso, inspirato quel dolce odore di gelsomino che le apparteneva. Il ricordo del suo tocco su di me mi dava ancora i brividi.

Aveva ricambiato il bacio ed ero certo che il suo desiderio fosse pari al mio.

Nell'assaporare quelle labbra rosee, la risposta di lei era stata la cosa più impagabile ed eccitante.

Il suo sapore mi aveva stordito come nessun liquore sarebbe stato capace di fare. Non sarei più stato in grado di vivere senza quella creatura unica e speciale accanto. Avevo aspettato così tanto per trovarla e, ora che era con me e sapevo che ricambiava, l'avrei persa così? Certo, non conosceva tutta la verità. Non era a conoscenza del fatto che Caim e Tor fossero lo stesso Lupo, ma poche ore prima, quando la stringevo tra le braccia, ero sicuro che i sentimenti provati inconsapevolmente anche per la mia forma umana fossero uguali a quelli che sentiva per Tor, il Lupo che aveva conosciuto.

Ovviamente lei non poteva capire...

Ma presto, appena l'avessi rivista, le avrei spiegato ogni cosa. Semplicemente perché non poteva finire tutto così.

«Ghion, raduna il Consiglio di Guerra o perlomeno i membri rimasti a Imperia» dissi, forte di una nuova consapevolezza. Non potevo rinunciare a lei, arrendendomi alla sconfitta. Dovevo trovare il modo di vincere. «Troveremo il modo di respingerli».

Gli occhi dell'anziano scintillarono cercando i miei. Era un membro del Consiglio, certo, ma prima di tutto era un amico.

Lessi nello sguardo grigio, così simile a quello di Ed, speranza.

Credeva in me.

Ero nuovamente nella Sala Rossa, dove la corniola e il cremisi erano gli indiscussi padroni. Lanciai una fugace occhiata dall'ampia finestra, poco distante dal mio posto a capotavola. Lo scenario di non molte ore prima era solo un fumoso ricordo. La città d'Imperia era quasi irriconoscibile.

Un brivido freddo e pungente morse la carne.

Spirali di fumo si levavano dai tetti della città, laddove le catapulte erano andate a segno, prima che la cascata prendesse vita creando uno scudo. Sembrava una città già morta, immersa nelle luci dell'alba, dove un silenzio innaturale possedeva l'aria.

I soldati erano schierati ai piedi della cascata, da dove ora partiva quel liquido diventato iridescente che aveva creato la cupola sopra le nostre teste.

Gli unici rumori che si udivano erano simili a delle esplosioni ovattate, seguite da lampi neri che si scontravano in cielo con la parte esterna dell'alone iridescente.

Magia. Ecco di cosa si trattava. Incessanti attacchi da parte di qualcuno dei quattro Vaughan, o forse di tutti loro insieme, volti a spezzare la nostra difesa.

Una difesa creata per essere indistruttibile. Un dono fatto dal popolo dei Maghi. Qualcosa di unico, creato non da uno solo, ma dai capostipiti delle dodici famiglie più potenti.

Un regalo che simboleggiava pace, alleanza e rispetto, datoci secoli addietro proprio dopo la fine della guerra con Neiro e lo sterminio dei Vaughan, per mano della Grande Alleanza.

E ora rappresentava l'unica barriera che ci separava da loro. Che sorte beffarda.

Ogni Alfa tramandava al suo successore, col sangue, il potere di governare le mura d'acqua.

Sentivo che la parete non avrebbe resistito ancora per molto. Dovevamo agire prima che la barriera si fosse infranta.

Non c'erano secondi sacrificabili in lunghe discussioni, dovevamo prendere una decisione.

Osservai con gli occhi del Lupo il Consiglio di Guerra. Ora che Tor si era mostrato, tutti sapevano che l'Alfa era tornato. Dei presenti però, a parte gli anziani, Niall e Drina, nessuno sapeva che io e Caim eravamo la stessa persona.

Visto come stavano le cose, non aveva più senso fingere. Eravamo sotto attacco, dovevo potermi muovere liberamente e tutti dovevano essere pronti a eseguire gli ordini. Forse, tutto sommato, sapere che non avevo mai veramente abbandonato Imperia poteva rincuorarli.

Senza permettermi di esitare oltre, guardai i volti dei presenti, sgusciando poi rapido dal mio corpo di Lupo per riprendere l'aspetto umano. Li osservai solo dopo aver preso posto, ignorando le esclamazioni sorprese e colorite.

«Cosa significa tutto ciò?» starnazzò Edin Eira, il Primo Consigliere dei Lorcan, alzandosi di scatto dalla sedia.

Il volto era impallidito dietro la carnagione olivastra, gli occhi sgranati sembravano voler uscire dalle orbite. I capelli neri, legati all'indietro, lo facevano sembrare un grosso anfibio che si gonfia gracidando.

Mi soffermai su di lui sondando le iridi scure che, solitamente, trasmettevano un freddo controllo: vi leggevo solo sgomento.

«Mi sembra ovvio, che dite?» risposi pacato, mentre un piccolo sorriso increspava le mie labbra.

«Ho spezzato la maledizione» continuai, «e vista la guerra in corso e il proliferare di spie, ho ritenuto opportuno non spifferarlo ai quattro venti, Consigliere…»

Sollevai lentamente lo sguardo sul resto della sala. Anche sui volti di chi sapeva era dipinto stupore.

«Tenere all'oscuro di una cosa simile noi, i vostri unici alleati? È di una gravità inaudita!» esplose in risposta il Primo Consigliere dei Lorcan.

«Non siete gli unici a esserne rimasti all'oscuro, Consigliere, tutto il popolo e la maggior parte dei presenti lo era» replicai deciso. «In questa situazione non c'era cosa più sensata da fare. Se riflettete bene, lo capirete anche voi. Avreste agito allo stesso modo, trovandovi al mio posto» conclusi, invitandolo alla riflessione.

Il volto del Lorcan era ancora costellato da tante piccole dune di pelle, segno di rabbia e sorpresa che lo possedevano. Dopo un lungo istante, intravidi una nuova scintilla in lui.

«Inoltre, la maledizione è cessata poco prima della mia partenza per Honora, quindi tutti potete comprendere la portata del vantaggio di spostarsi all'insaputa di chiunque, senza che alcun Lupo potesse identificarmi come Tor» chiarii, nel caso quel particolare non fosse ancora saltato all'occhio.

Edin, il Primo Consigliere dei Lorcan, si lasciò cadere sulla sedia.

«Così, vista la situazione, avete deciso che tenerlo segreto non è più utile, semmai il contrario, esatto?» domandò, tornando al solito tono pacato e distante. Sapeva che era così, non aveva bisogno della mia risposta. Dopo il primo momento di sgomento, aveva visto la verità.

Mi limitai ad annuire in silenzio, spostando poi lo sguardo sui Lupi a capo delle Cinque Città. Anche loro, a esclusione di Niall, erano all'oscuro di tutto.

Soffermandomi sugli occhi di Seana, capo della Città di Annis, compresi che, forse, con loro non sarebbe stato così semplice far valere le mie ragioni.

La Lupa aveva gli occhi stretti in due fessure e sembrava concentratissima nel guardare un punto impreciso del tavolo dove era seduta, persa nei suoi pensieri. In lei percepivo un crescente rancore, e non ci voleva un genio per capire verso chi fosse rivolto.

«Immagino che non proprio tutti ne fossero all'oscuro, mio signore» parlò invece Rodan, a capo della città di Mael.

Il suo viso largo, circondato da un groviglio di ricci ramati, ammorbidiva l'aria truce che aveva assunto. Le iridi azzurre ardevano di una fiamma gelida, mentre sfioravano i volti dei presenti a uno a uno.

«Certo, immagini bene» risposi, facendo sfoggio di una tranquillità non del tutto reale. «Gli unici Lupi che, in un primo momento, erano a conoscenza della verità sono stati Edgar e Drina. Loro due soltanto» continuai, incrociando gli occhi di quest'ultima. «Essendo loro i Lupi che mi avrebbero accompagnato a Honora, era indispensabile sapessero, inoltre sono stati proprio Edgar e Drina a trovarmi dopo la prima mutazione».

Spostai ancora lo sguardo sui volti riuniti, cercando di leggere al meglio le loro emozioni.

«Una volta raggiunta Honora» spiegai, «è stato indispensabile rivelare la mia identità a Salem e Niall, in quanto nessuno dei due sembrava intenzionato a darmi retta, in veste di "portavoce dell'Alfa"».

«Non mi sorprende» parlò per la prima volta Fibar, a capo della città di Alun.

«Anche per me non è stato semplice accettare le volontà di questa nuova figura che avete creato. Fosse stata Alun, al posto di Honora, l'avrei sbattuto fuori dalle porte a calci, questo nuovo arrivato mai visto che pretendeva di dettar legge!»

Fibar era noto per la sua indole irruenta e a volte un po' brutale. Era un Lupo taciturno, che allo scontro verbale preferiva quello fisico. Un guerriero che chiamavano il Rosso, soprannome guadagnato durante le battaglie combattute in passato.

Nell'ultima guerra con i Maghi, ne aveva uccisi così tanti che il suo corpo di Lupo, alla fine dell'Ultima Battaglia, era interamente coperto di sangue degli avversari, tingendogli di rosso la pelliccia. Era stata in quell'occasione che si era guadagnato il macabro soprannome.

«Non avevo dubbi, Fibar,» dissi asciutto.

Per quanto potessi capire il loro punto di vista, ero io l'Alfa e non potevo permettere loro di allargarsi troppo. Sapevo bene che erano in diversi ad avere difficoltà a rispettami come Re.

«Per chiunque sarebbe stato difficile accettare le parole di un Lupo sconosciuto, in una situazione come quella» aggiunsi. «Ma non è questo il punto. Non ho rivelato a nessuno che avevo spezzato la maledizione perché ho ritenuto fosse una mossa stupida. Viste le spie che girano tra noi, addirittura tra gli anziani, sarebbe stato insensato» ricordai loro con voce aspra. «Quindi badate bene a ciò che avete da dire».

«A parte noi, quali membri del Consiglio di Guerra erano all'oscuro, mio Re?» chiese Seana, sostenendo il mio sguardo.

«Ho creduto opportuno informare gli anziani, per il resto eravate tutti ignari».

Quella Lupa era pericolosa. Lo sentivo chiaramente.

«Anche se fosse stato diversamente, non è in vostro potere giudicarmi» conclusi, mentre nella gola vibrava il doppio timbro vincolante, che simboleggiava il potere dell'Alfa.

Era raro in un Re che il timbro si potesse percepire così forte anche in forma umana. Questo avrebbe fatto capire, a chi ancora dubitava di me, quanto diritto avessi a essere io l'Alfa. Nonostante la mia politica di pace, dovevano comprendere che non avevo nulla in meno degli altri Re. Fuggire gli scontri o risolvere i problemi senza spargimenti di sangue non coincideva con l'essere deboli: questo concetto ero certo non fosse chiaro a tutti.

«Quindi noi, a capo delle città, a esclusione di Niall, i Lorcan, Ryu il Mago e la ragazza eravamo all'oscuro?» insistette Seana.

Dove voleva andare a parare?

«No, anche Cara, comandate della Guardia del Consiglio degli anziani, era all'oscuro».

Il volto spigoloso della Lupa, si contrasse per un istante, assumendo un'espressione infastidita.

I lucidi ricci castani che le incorniciavano il viso addolcivano l'espressione fredda che, solitamente, aveva. Sapevo bene che c'era molto di più, sotto lo sguardo nocciola all'apparenza impenetrabile. Lo sentivo.

Negli ultimi anni del mio regno, avevo imparato a conoscere tutti loro. Era stato necessario farlo, per poter svolgere al meglio il mio ruolo di Alfa.

Seana era un buon capo che guidava la sua città con amore ed empatia. Ma rare erano le occasioni in cui lasciava intravedere questo lato in pubblico. Solitamente si schermava con una fredda compostezza che poteva ingannare.

Sapevo che stava nascondendo qualcosa, lo sapevo da quando erano arrivati a Imperia. C'era una nota di paura, sepolta dentro di lei. All'inizio avevo pensato a un altro tradimento, ma non era così.

Il dubbio era stato fugato parlando con ognuno di loro in privato. Facendo le domande giuste e tendendo i miei sensi al limite, riuscivo ormai a leggerli chiaramente, *la lettura della mente però non è ancora un mio dono,* pensai ironico. Sapevo che c'era qualcosa che mi nascondeva, così come ero certo non fosse una traditrice.

«La ragazza e il principe dei Lorcan dove sono?» esordì Fibar sorpreso.

In diversi sussurrarono stupiti, guardandosi intorno come se i due potessero comparire di colpo nella stanza, mentre il primo consigliere si contorse sulla sedia come una serpe.

Sapevo dov'era. Mi fidavo di lei. L'amavo con tutta l'anima, il mio cuore era suo.

Ero certo se ne fosse andata per le Fate.

Ma loro non avrebbero compreso, avrebbero potuto leggere in quel gesto avventato e folle qualunque cosa.

«Se ricordo bene, non avete acconsentito alla sua richiesta di seguire il Mago a Orias» continuò Fibar, fulminandomi con quei suoi occhi straordinari.

Il Lupo dalla pelle d'ebano, capace d'incutere timore solo con l'imponente figura, aveva uno sguardo che difficilmente si dimenticava.

Le iridi di Fibar erano di colori diversi, una di un brillante azzurro e l'altra così scura da sembrare quasi nera.

I lineamenti del viso, morbidi e armoniosi, e l'insolito colore degli occhi, richiamavano fascino e timore. Nonostante avesse combattuto durante l'ultima guerra con i Maghi, aveva forse solo qualche anno più di me. Proprio in quell'occasione aveva dimostrato tutto il suo valore e, dopo la caduta di mio padre, avevo deciso di nominarlo a capo della città di Alun.

«Infatti, ma questo non significa che io abbia il diritto d'imporle cosa fare o dove andare» replicai. «Lei tiene alla vita delle Fate in un modo che non mi è dato capire, ma questo non significa che possa trattenerla qui contro la sua volontà».

Questa omissione era l'unico modo, l'unico e solo, perché non dubitassero di lei. «Sembra che, subito dopo l'attacco, l'apprensione per la sorte di queste abbia avuto la meglio» continuai deciso. «Mi ha comunicato che aveva intenzione di andarsene e, prima che la cascata si risvegliasse del tutto, ha varcato le mura».

Non era propriamente una menzogna, l'avevo vista andarsene.

Un ruggito esplose nell'aria quando Fibar scattò in piedi, battendo il pugno chiuso sul tavolo.

«Ha fatto parte di questo Consiglio! Ha detto che ci avrebbe aiutati ed è fuggita al primo attacco? Sei così stupido da credere alle sue menzogne, *mio Re*?» la voce di Fibar era straripante di rabbia e, nel pronunciare le ultime parole, sembrava stesse sputando un insulto, non certamente un titolo.

«Fibar, signore di Alun!» la voce era leggera e dura come acciaio, mentre lo richiamava.

«Vorrei non dimenticassi *mai più* dove ti trovi né al cospetto *di chi* sei» tuonò gelida Glenda, una degli anziani. «Vorrei che ognuno di voi cinque tenesse sempre bene a mente che non verrà mai più tollerata tale insolenza» chiarì. «Noi tutti siamo stati un po' troppo permissivi, se si è arrivati a questo: un lupetto che crede di poter strillare al nostro cospetto e, peggio ancora, a quello del Re!»

L'esile figura di Glenda non aveva mai trasudato tanta forza come in quel momento. Il suo sguardo sembrava reclamare sangue. «Non fosse che abbiamo i Vaughan alle porte, darei io stessa l'ordine di trascinarti nelle segrete in attesa di una punizione adeguata» aggiunse. «Ma non dubitare che, se sopravvivrai alle prossime battaglie, appena potrò farò in modo che una tale mancanza non rimanga impunita».

«Tu, vecchia...» ringhiò Rodan.

Inspirai lentamente. Cercai di isolare i miei pensieri. Sentivo l'aria che entrava nei polmoni e, prima che questi finissero di riempirsi, ero di nuovo Lupo.

La sedia su cui poco prima ero seduto, come per magia, ora giaceva rotta contro una delle pareti.

«*Zitto, Rodan!*» non urlai, non aveva senso. Lasciai però intravedere la mia collera e, in quelle parole, riversai tutto il mio potere. Finalmente, per la prima volta, lo lasciai uscire, senza più sforzi per trattenerlo.

Il Lupo sbiancò, mentre la sua bocca si chiudeva di scatto, come se una mano invisibile avesse assestato un colpo alla mascella.

Gli altri sussultarono.

«*Sembra che nessuno di voi sappia qual è il suo posto qui. Chiunque insulti il Consiglio è come se insultasse me!*» ringhiai nelle menti di tutti. «*Questi che vedo non sono dei Capi, e il nostro popolo non ha bisogno di Lupi inutili. Tanto meno ora*».

«Non vi ho lasciati liberi di dimostrare la vostra forza, ognuno nella propria città, perché non ero in grado di prendere il comando, ma perché credevo in voi. Volevo darvi fiducia affinché vi adoperaste al meglio per il nostro popolo».

Il problema era sempre stato quello, lo sapevo. Li avevo lasciati liberi di agire perché reputavo fossero dei Lupi di valore, ma ora mi rendevo conto che quel modo di pormi aveva indebolito la mia figura. Per questo si erano permessi, e si permettevano, tutto questo. Speravo di poter risolvere il problema diversamente, ma ormai non avevo scelta. Imperia era in pericolo. Noi tutti lo eravamo.

«I cinque a capo delle città al di fuori d'Imperia vengono prosciolti dai loro titoli» parlai con il timbro dell'Alfa vibrante e vincolante.

«Per ora continuerete a far parte di questo Consiglio di guerra, non come capi ma come consiglieri. Guiderete le truppe delle rispettive città, e svolgerete i miei ordini. Non sarete più autonomi nelle vostre scelte riguardo le diverse città. Solo la mia parola avrà potere. Alla fine di questa guerra, deciderò se confermare o richiamare questa decisione».

Cor e Ajar, i due anziani che avevano mantenuto i loro corpi giovani grazie a un patto con un Mago, quasi un secolo prima, ridacchiarono alla mia destra.

Non ci badai.

«Quanto a dove si trovi il giovane principe, vorrei saperlo anch'io» aggiunsi, guardando il Primo Consigliere.

AURORA

«Ora, Rori...» sussurrò Areon alla mia sinistra.

I suoi occhi, due pozzi di catrame, avevano trattenuto i miei per un breve istante. A ben pensarci, era anomalo essere in grado di comunicare tra noi con tale facilità. Un'intesa simile l'avevo con Amelia, ma faceva parte della mia vita da sempre, non da poche ore. Quel ragazzino era come conoscerlo da una vita. Qualcosa di simile era anche accaduto con Tor, nonostante i sentimenti fossero totalmente diversi. La strana intesa che ero riuscita a creare con alcune creature, dal mio arrivo in questo mondo, era sorprendente. Se fossi stata ancora a casa con Amelia, avrei pensato che la storia delle anime che si ritrovano fosse vera.

Dopo tutto quello che avevo scoperto, non sapevo, non riuscivo a dare un ordine ai pensieri. Troppi e troppo caotici.

A ogni modo, non è il momento di ragionarci su!

La superficie dello specchio, che si era tinta di viola, aveva inghiottito quasi tutti i Lupi arrivati con zia Penny.

Una volta finito il nostro racconto, la loro decisione era stata rapida. Si erano posizionati in fila compatta davanti al passaggio, avanzando a uno a uno. Un cupo *blob* si era sentito ogni volta che la superficie colorata inghiottiva uno di loro.

Davanti a me, un altro Lupo scomparve. Restava Vuk, poi c'ero io e, dietro di me, la zia. L'ultimo a passare sarebbe stato il principe. Dovevo agire adesso, prima di ritornare con loro.

Penelope non mi avrebbe mai lasciata tornare al regno dei Vaughan da sola.

Le avevamo rivelato il nostro piano per rientrare a Imperia una volta raggiunte le Fate, senza dover fronteggiare l'armata alle porte della città.

Gli specchi erano la nostra via di fuga.

Il popolo dei Lorcan custodiva diversi oggetti magici di inestimabile valore, tra i quali gli Specchi Gemelli di Effendi.

Questi oggetti particolari venivano fabbricati in coppia. Ne esistevano dieci in tutto il mondo conosciuto. Dieci specchi donati dagli Dei ai Maghi, e, da questi ultimi, agli alleati con cui avevano stretto particolari rapporti di stima e fratellanza.

Così, secoli addietro, una coppia di questi era giunta alla famiglia reale dei Lorcan.

Gli specchi erano, in realtà, porte. Passaggi che permettevano di viaggiare da una superficie riflettente all'altra. Certo che, se questi due si fossero trovati nella stessa stanza, il percorso del viaggiatore si sarebbe limitato all'entrare in uno per uscire dall'altro.

Era una specie di ascensore portatile che potevi sempre tenere con te. Con la differenza che il punto d'arrivo era sempre dove avevi lasciato l'altro specchio di Effendi.

Questi oggetti permettevano di percorrere distanze lunghissime in un battito di ciglia, e si dava il caso che il principe Areon ne avesse una coppia.

Il primo si trovava a Imperia, nascosto nelle stanze assegnategli all'arrivo a palazzo. Il secondo l'aveva portato con sé.

Il nostro piano prevedeva che, quando avessimo trovato le Fate, saremmo fuggiti dall'inferno di Aris sfruttando questi passaggi, ritrovandoci poi nuovamente nella capitale dei Lupi.

Non ero fiera del muto accordo stretto con Areon, ma non c'era spazio per il rimorso. Lo specchio che poco prima luccicava sul palmo del principe, grande come quelli delle case delle bambole, era diventato di colpo due metri di superficie riflettente. Come se uno scrigno segreto avesse rivelato i suoi tesori nel momento in cui il proprietario aveva sussurrato le parole per attivarlo.

Avevamo raccontato a zia Penny e agli altri del piano di ritorno, quindi fornito loro anche la possibilità immediata di ritrovarsi all'interno del castello d'Imperia. Quello che ignoravano era che né io né Areon avevamo intenzione di rientrare nell'immediato.

Zia Penelope doveva assolutamente raggiungere i Lupi. In assenza di Ryu, era l'unica che poteva usare la magia per aiutarli.

«Quando sarai lì, aiuta Tor, aiuta tutti loro. Fallo per me! Vi raggiungerò presto» esordii decisa, rompendo la fila.

Scartando veloce sulla destra, in un unico movimento fluido mi ritrovai alle spalle della zia che, poco prima, era dietro di me. Con la coda dell'occhio notai che l'ultimo dei Lupi che sarebbe dovuto entrare, accortosi di qualcosa, si era bloccato.

Non mi fermai a riflettere. Zia Penny doveva aiutare Tor. E io dovevo sfruttare l'effetto sorpresa o mi avrebbe bloccata in un attimo.

Richiamai l'aria. Sentivo che il mio corpo la risucchiava mentre mi lanciavo addosso a Penelope, spingendola verso lo specchio.

Era lo stesso incantesimo che avevo usato a Honora. Non faceva danni e si era rivelato utilissimo, peccato fossi ancora troppo inesperta per sfruttarne tutte le sue potenzialità.

Il flusso d'aria scagliò il Lupo di lato, permettendo alla zia di scomparire nel passaggio.

Non l'avevo vista in faccia, ma non ce n'era stato bisogno. Avevo sentito la sorpresa e poi il dolore quando, in quella frazione di secondo, aveva compreso.

Cosa stavo diventando?

Una bugiarda.

Un sotterfugio dietro l'altro, e per cosa? Continuare per la mia strada, certo. Insistere lungo il sentiero che reputavo giusto. Il modo d'agire che stavo adottando però diventava sempre più pesante. Una domanda continuava a ronzarmi nella testa: *e se stessi sbagliando tutto?*

Il mio corpo fu sbalzato all'indietro. Il dolore al torace esplose senza preavviso mentre atterravo di schiena sulla terra dura.

«*Dove li hai mandati, mostro schifoso?!*» strepitò una voce rabbiosa nella mia testa. «*Sapevo che non potevamo fidarci di te. Tu sei il male, qualcosa di molto peggio del nemico!*»

Inspirai.

I polmoni erano lava ardente e il male s'irradiava dal petto al resto del corpo. Sicuramente avevo qualche costola rotta. Era stato come essere investiti in pieno da un suv che andava a tavoletta. Corpo e cuore erano appena stati aggrediti brutalmente. Per una frazione di secondo, quell'assalto fisico e verbale mi mise *ko*.

Serrai i pugni stringendo la terra tra le dita. Non potevo permettermi tutto questo.

Guardai sopra di me il Lupo in forma animale che mi teneva inchiodata al suolo con la forza del suo enorme corpo. L'animale bruno, dagli occhi dorati, era fuori di sé. Le zanne scoperte a pochi centimetri dal mio viso. Deglutii a vuoto.

In un certo senso, ero stupita che non avesse ancora affondato quelle lame mortali nella mia gola esposta. Poi, come un muro che s'innalza dal nulla, il cuore chiuse le sue parole fuori. Chiuse tutto fuori. Non potevo essere così fragile. Non dovevo permetterlo.

I denti scricchiolarono per la stretta delle mascelle un secondo prima che il mio corpo mutasse, scaraventando il nuovo avversario lontano.

Un ringhio si liberò mentre mi lanciavo su di lui a zanne scoperte, addentando la pelliccia sotto la gola. Serrai la presa alzando il suo corpo in aria per scagliarlo qualche metro più in là, contro un grosso tronco. L'impatto fece oscillare l'albero, e una pioggia di foglie verdi dalle venature rosse scese sulle nostre teste.

«*Non so chi tu sia e non m'interessa saperlo, ma so che dall'alto della tua arroganza credi di conoscere me. Giudichi in base a una storia che non parla veramente di me*» chiarii secca. «*Nonostante ciò, pensa pure quello che ti pare, ma di una cosa puoi essere certo: non ti permetterò d'intralciarmi».*

Lanciai un'occhiata alle mie spalle nel tentativo d'individuare Areon.

Stava poco distante, con Syd appollaiato sulla spalla, lo specchio era scomparso. Probabilmente l'aveva "spento" facendogli riassumere le dimensioni da casa di bambole.

Lo sguardo del principe era torbido. E una piccola ruga gli solcava la fronte.

Dovevo sistemare quel Lupo.

«Stiamo perdendo tempo» borbottai, alzando gli occhi al cielo.

«Non è detto, sorellina».

Alzai un sopracciglio in direzione delle spalle di Areon. Sospirai per la decima volta, con la speranza che cominciasse a prendere sul serio tutto quel mio sospirare. Da dieci minuti continuava a parlare con il Lupo che, tecnicamente, era ora un nostro prigioniero. Oltretutto, il giovane Lorcan si era messo in testa di avermi adottata come sorella, e non riuscivo a capire il motivo di tutto quell'affetto.

Cercai di non dar peso alla parola che la mia mente aveva formulato: "Prigioniero".

Brrrr. Mi dava i brividi l'idea che avessimo fatto questo a un Lupo. Tuttavia si definiva così chi veniva immobilizzato e costretto, contro la propria volontà, a stare schiacciato contro il tronco di un albero dalla corteccia arancio.

La vegetazione, in quella parte del bosco, era composta da grossi tronchi bruni misti ad altri color tramonto. La flora in questo mondo è qualcosa d'incredibile. Se ne avessi avuto il tempo, mi sarei fermata ad ammirare ogni singolo stelo d'erba e fiore, così diversi l'uno dall'altro.

«Quindi, nonostante ti abbia spiegato che i tuoi compagni ora sono sani e salvi a Imperia e non chissà dove, continui a non voler usare il passaggio per raggiungerli?» ripeté per la terza volta il principe che, in quel momento, mi sembrava molto poco illuminato.

«Dici di non volerci seguire e di questo sono felice, ma non vuoi neppure rimanere qui. Quindi comprendi che abbiamo un problema?» continuò imperterrito.

Non avrebbe cavato un ragno dal buco. Sentivo la rabbia del giovane Lupo, anche se non ne capivo del tutto le ragioni. Con la gentilezza e il buon senso non avremmo ottenuto nulla.

Sbuffai avvicinandomi a loro. Flettei rapida le ginocchia per trovarmi a pochi centimetri dal muso del grosso Lupo legato come un salame da radici e liane, frutto della mia magia.

Vista la distanza ravvicinata, avrebbe potuto mordermi con facilità, la testa non era bloccata. Non mi soffermai su quella possibilità, avvicinandomi ulteriormente. Le mani si spostarono ad afferrargli i lati della testa e costringendolo a guardarmi.

Il ringhio che, in un istante, risalì la gola dell'animale non mi scompose di un millimetro.

«Sono stata ridotta in schiavitù per tre interminabili mesi» iniziai. «Ero prigioniera dei Vaughan e, se ci ripenso, non capisco ancora per quale miracolo sia ancora viva».

I suoi occhi, così simili a quelli che avevo visto riflessi ogni mattina nel mio specchio di casa, si erano fatti attenti.

«Non so cosa intendi con la parola mostro, perché per me gli unici mostri, qui, sono loro» aggiunsi.

«Lì sotto ho visto una brutalità e una malvagità così grandi che non credevo potessero esistere. Fate miti e innocenti torturate fino alla morte, usate, violate…» serrai gli occhi per un momento, intontita dai ricordi.

«Una di loro è stata un'ancora per me. Unica amica quando credevo di aver perso tutto, anche me stessa. E a lei ho *giurato* che sarei tornata per portarle in salvo».

Gli occhi dell'animale ora si erano fatti inquieti.

«Non m'interessa che tu capisca cosa voglia dire non sapere chi sei per tutta la vita, e poi essere scaraventata in una realtà alla quale non sei preparata, né tanto meno che tu comprenda il legame che si può creare tra un "meticcio" o un mostro, come dici tu, e una Fata». Non c'era rabbia nelle mie parole, solo gelo.

«Ti sto solo spiegando cosa mi ha portato qui. E perché sto andando a salvare quelle creature indifese sopravvissute al massacro dei Vaughan che nessun altro sembra voler salvare».

Il battito accelerava colmo d'apprensione mentre parlavo.

«Mi sento una traditrice ad abbandonare Imperia, ma so che loro hanno più bisogno di me».

«Voi siete dei guerrieri, le Fate no» aggiunsi. «Ora puoi raggiungere la capitale come volevi, servendoti dello specchio. O seguirci. Non ti lascerò qui legato, in modo che tu possa cadere nelle mani nemiche. Per i Vaughan la tua mente non avrebbe segreti» gli rivelai. «Scoprirebbero anche quello che tu stesso non sai di ricordare. Fidati».

Se i Fray lo avessero trovato e, ovviamente, avessero deciso di non metterlo nel menù della merenda, Aris avrebbe rivoltato la sua mente come un calzino, scoprendo ogni cosa. Non potevo correre un rischio simile.

«Quindi, scegli. O te ne vai a Imperia come mi auguro tu faccia, o vieni con noi».

Certo, capivo che era difficile fidarsi, ma non aveva alternativa. Come tutti i Lupi sentiva, e quindi aveva avvertito la sincerità del mio racconto. Questo speravo bastasse per levarcelo dai piedi.

Ero stanca. Esausta nel corpo e nel cuore, ma non potevo fermarmi. L'ansia serrava la gola, stavo per tornare sottoterra. Quel luogo di dolore, che mi aveva insegnato quanto tenessi alla vita e cosa avrei voluto farne, mi avrebbe rivista presto.

«*Quanto manca?*» chiese aspra la voce del nostro nuovo compagno di viaggio.

Stavamo correndo tra gli alberi da poco più di un'ora.

Nella mente del Fray avevo trovato diversi accessi al sottosuolo e, vista la situazione, la cosa migliore era entrare dall'accesso più vicino possibile alla grotta sotterranea alla Valle. Meno tempo stavamo sottoterra, meglio sarebbe stato per tutti.

«*Quando saremo arrivati lo saprai*» risposi piatta. Quel Lupo non mi piaceva.

Visto che, in questa vita, la fortuna mi veniva donata con il contagocce, Vuk aveva deciso di dover venire con noi. Non aveva fornito spiegazioni sul perché della sua scelta, e non c'era tempo per convincerlo che la decisione migliore per tutti sarebbe stata che lui andasse a Imperia.

Così due Lupi in forma animale, un giovane principe dei Lorcan sulla mia groppa e un corvo bianco si spostavano nella foresta non molto distanti da dove stava prendendo vita forse una delle più cruente battaglie di tutti i tempi.

Vi erano orde di Fray e Lord di Ferro che attaccavano l'impero dei Lupi.

Una guerra progettata da secoli aveva appena levato le sue spire infuocate verso il cielo.

«*Non ha più senso assumere la vostra pozione prima di andare là sotto? Ci saranno sicuramente delle guardie*».

Dentro di me mi maledissi per non avergli fatto perdere i sensi con la magia.

«Dobbiamo tener conto che ne abbiamo poca e la sua durata è limitata» spiegai. «*Faremo uso della pozione una volta raggiunte le Fate per poterle spostare. Le condurremo in un luogo dal quale avremo il tempo di varcare lo Specchio senza interruzioni*». Sapevo già dove andare. *«Ogni goccia usata per altro è uno spreco»*.

Il Lupo che mi saettava a fianco si stava rivelando più loquace del previsto. Avrei voluto anch'io chiedergli diverse cose legate a un contesto ben diverso, ma ora c'era solo la missione.

Alla fine, pensandoci bene, non era male avere un alleato in più in quel ritorno all'inferno. Sapevo benissimo che avremmo potuto perdere la vita.

Areon continuava ad avere visioni, frammenti spezzettati del nostro possibile futuro che, per il momento, non era dei migliori. Ma c'era tempo.

Estesi i sensi cercando d'individuare eventuali nemici. Certo l'esercito circondava Imperia, ma questo non voleva dire che non ci fossero Volpi in giro. Dovevamo essere cauti.

Era mattina inoltrata quando arrivammo finalmente in prossimità della galleria che avevo scelto di percorrere.

Durante le tre ore di marcia quasi ininterrotta, era fortunatamente sceso il silenzio tra noi. Solo il gracchiare di Syd, in volo sopra le nostre teste, aveva ravvivato il viaggio. Ogni volta che si faceva sentire, sia io che Vuk sobbalzavamo in allerta. Areon, invece, se ne stava all'apparenza tranquillo, aggrappato al mio collo.

«Quando tutto questo sarà finito, giuro che non userò mai più un Lupo come cavalcatura» si era lamentato dopo la prima ora.

Vuk non aveva fatto domande, e del resto ognuno di noi era concentrato su ciò che sarebbe accaduto di lì a poco. Sapevamo cosa stavamo rischiando.

«Siamo quasi arrivati» annunciai, parlando nelle menti di tutti.

Poi quel pensiero, che al pari di un parassita aveva continuato a scavarmi dentro, si fece pressante.

«Hai a che fare con la famiglia di mio padre, per questo mi odi?» capitolai, sussurrando nella mente di Vuk.

Non fu necessario aspettare una risposta perché il Lupo quasi inciampasse nelle proprie zampe, un misto di rabbia e sorpresa lo avvolse. Lo percepii chiaramente, come una secchiata d'acqua gelida.

«Non siamo parenti, se è questo che mi stai chiedendo» rispose secco dopo un attimo. *«Ma ho perso mio padre e mia madre a causa di Bryn»* aggiunse, paralizzandomi.

Il mio cuore perse un battito a quelle parole. Cosa avevo fatto? Perché avevo chiesto? Non c'era bisogno di pensare anche a questo, adesso.

«Erano amici» continuò Vuk, come se avessi improvvisamente tolto

un freno. *«Furono esiliati con lui quando si seppe di te. Il giorno che morirono la Maga e Bryn, persero la vita combattendo. Per proteggere un meticcio e un amico»* sputò quelle ultime parole come fossero un veleno letale.

«Lupi che uccidono altri Lupi. Quel giorno è stato un disonore per la nostra specie e tutto questo per cosa?» voltò il muso nella mia direzione durante la corsa, come a voler indicare con lo sguardo ciò che aveva avuto pietà di tacere.

Qualcosa dentro di me s'intossicò, come se un frammento del mio cuore cambiasse.

In tanti erano morti a causa mia, aveva ragione. Un altro particolare della frase mi aveva colpito. *«Lupi che uccidono Lupi?»*

«Ah!» una mezza risata tagliente esplose nella mia testa. *«Non far finta di non sapere!»*

Un altro brandello del mio cuore mutò in qualcosa di scuro e arido. Le mie gambe si fermarono sole, incapaci di muoversi oltre.

Richiamai le parole che Tor mi aveva detto. Mi raccontò che i Maghi emisero una condanna a morte per me e mia madre; fu allora che decisero di andarsene da questo mondo.

Quel giorno, quando arrivai a Imperia, mi raccontò una storia diversa...

«Poco prima di riuscire ad andarsene però furono trovati» disse. «Non so per mano di chi morirono, ma diedero la vita per salvare il loro piccolo, che riuscì a sopravvivere e fu portato in un mondo lontano dal nostro» queste erano state le parole di Tor. Non le avrei mai dimenticate.

«Tu menti!» lo accusai.

Il Lupo si era fermato davanti a me, osservandomi come uno strano enigma. Gli occhi erano come pepite d'oro giallo.

«No, non mento» rispose pacato. La rabbia era scomparsa e qualcosa di diverso vibrava in lui. Lo sentivo, era sincero. Esattamente come lui sapeva che lo ero io.

«Si può sapere che sta succedendo?» mi richiamò la voce del principe, tagliato fuori dalla nostra conversazione privata.

Volevo fargli altre domande. Sapere di più.

Perché Tor mi ha mentito?

Tremai al pensiero.

Con uno sforzo immenso, ripresi il controllo murando le emozioni e rinchiusi quelle nuove scoperte in un angolino remoto della mente.

«Nulla, mi era sembrato di aver visto qualcosa, ma mi sono sbagliata» risposi con un filo di voce. La bugia risultava fiacca alle mie

stesse orecchie, eppure Areon non insistette.

«*Siamo arrivati*» aggiunsi, guardando oltre le spalle di Vuk. «*Dietro quegli alberi c'è l'ingresso e siamo fortunati. Gli scudi che lo proteggono sono abbassati, probabilmente per l'attacco in corso*».

Senza guardare il Lupo bruno mi avviai, era tempo di agire.

L'ingresso della galleria, senza scudi magici a proteggerlo, non passava inosservato. Un cratere delle dimensioni di un carro spiccava tra gli alberi.

La terra battuta tutt'intorno era segno che, in molti, erano passati di lì. Probabilmente un'unità di Fray o Lord era arrivata proprio da quel passaggio. Era impensabile che l'intera armata riunita alle porte d'Imperia fosse approdata da un'unica galleria.

Un punto bianco attirò il mio sguardo mentre le zampe di Lupo saggiavano la morbidezza del terreno smosso intorno al varco.

Sì, aveva senso. Non avevamo trovato sentieri battuti, quindi era difficile che orde di Volpi fossero passate per la strada che avevamo percorso. Con una zampata scostai la piuma candida, che prese a volteggiare in aria. Erano stati i Lord di Ferro a passare di lì, allontanandosi poi in volo.

«Dunque, la parte impegnativa ha inizio» proclamò Areon, tendendosi leggermente sulla sinistra dalla mia groppa e osservando l'apertura.

«*Hai visto qualcosa di diverso nel nostro futuro?*» chiesi, rivolgendogli un pensiero privato.

«No, sorellina, abbi fede, cambierà, lo sento» rispose.

Dopo l'incontro con zia Penny, le visioni del principe si erano modificate: riuscivamo a salvare le Fate, ma io perdevo la vita.

«*Di cosa state parlando?*» s'informò circospetto Vuk.

«Ah, nulla che ti riguardi, Lupo» cinguettò Areon con insolente candore. «Solo delle mie capacità di vedere scorci del nostro futuro» rivelò poi con un ghigno.

«Sai perché il mio popolo mi chiama Principe Illuminato?» chiese con voce serafica.

Vuk scrollò la grossa testa, come se un moscerino fastidioso gli stesse ronzando nelle orecchie.

«*No, e non credo di volerlo sapere*».

Il principe si schiarì la gola.

«Io posso vedere il futuro. Solo brandelli ovviamente, ma per ora Rori, durante questa missione, morirà. In compenso però salveremo le Fate» spiegò, incurante della risposta del nostro nuovo compagno d'avventura.

«*Areon*» lo ammonii. Cosa diavolo stava facendo? Se continuava così, non era escluso che Vuk decidesse di abbandonarci. E non potevamo assolutamente permetterci che se ne andasse, con il rischio cadesse in mano nemica con tutte le preziose informazioni custodite nella testa.

«*Come?!*» esplose Vuk.

«Non preoccuparti, quando siamo partiti da Imperia le mie visioni davano le Fate per spacciate. Per questo, scoprendolo, Aurora ha voluto partire nonostante il Consiglio di Guerra avesse rifiutato la sua proposta di salvarle» chiarì ancora il ragazzo. «Da quando ti abbiamo incontrato, quel che vedo è cambiato. Ora salviamo le Fate, ma lei muore» concluse, riassumendo brevemente il tutto.

«*Il futuro che vede Areon non è certo. Quello è solo il futuro più probabile in questo momento. Noi possiamo cambiarlo*» m'intromisi.

Vuk sembrava attonito e incredulo: «*Certo, ma per ora, secondo lui, morirai! E lo sapevi?*»

Inspirai a fondo.

«*Certo che lo sapevo, siamo una squadra. Ma il futuro può cambiare e, anche se fosse, salverei delle vite innocenti e avrei ottenuto ciò che voglio*».

Già. Lì sotto, durante la prigionia, avevo giurato a me stessa che la mia missione sarebbe stata vincere i Vaughan o morire combattendo per farlo.

«*Comunque non credo ti dispiacerà troppo se dovessi morire, quindi non hai di che preoccuparti*» aggiunsi.

Riempii ancora una volta i polmoni fino a sentirli bruciare. Ero pronta a ritornare all'inferno da cui avevo disperatamente sognato di andarmene.

«*Tieniti forte, Areon*» sussurrai, prima di lanciarmi nella galleria.

TOR

«Il mio potere principale si basa sulla magia illusoria».

Sul Consiglio era calato un silenzio reverenziale mentre Penelope parlava.

Avevano visto Ryu. Avere però davanti qualcuno che sapevamo per certo essere membro di una delle dodici casate, sopravvissuta alla fine del proprio popolo, era qualcosa che intimoriva. Si era presentata come la sorella della Maga che era stata la compagna di Bryn e madre di Rori.

Mesi prima avevo anche appreso, dal Consiglio, che la madre di Aurora non era una Maga qualsiasi. L'informazione l'avevo taciuta per non creare ulteriore scompiglio. Invece, vent'anni addietro, lo stesso dettaglio aveva fomentato le ire di mio padre. Ora, il fatto che loro tutte discendessero dalla casata dei De Ceili, la casata di Alessa, l'ultima sovrana dei Maghi, assumeva tutt'altro valore.

Era giunta da un portale dell'ala riservata agli ospiti. Una Maga potente che veniva scortata da un seguito di Lupi. Lupi esiliati da Imperia.

Incrociai i suoi occhi che si erano tinti di un cupo viola. Avevo già visto occhi simili, anche se erano vuoti e privi di luce. Le iridi di Alessa.

Rimanevano chiare nella mia memoria le diverse visioni della Maga, prima che la maledizione si spezzasse.

Il gelo che vedevo ora riflesso in quegli specchi d'ametista era qualcosa di tossico.

«Vi aiuterò, per quanto mi sarà possibile. Non odio il vostro popolo, ma solo molti di coloro che sono qui riuniti oggi».

Le parole erano come una lama imbevuta di veleno.

«Forse sono anche troppo magnanima a pensarla così. D'altronde, per mano vostra ho perso la mia famiglia, il mio popolo e, tra gli stessi Lupi, molti cari amici» chiarì senza accennare a sedersi. Da quando aveva oltrepassato la soglia della Sala Rossa, era rimasta immobile, vicina a una delle ampie finestre, intenta a osservare i presenti.

Al loro arrivo a palazzo, le guardie erano impazzite. Fortunatamente ero stato informato subito della nuova comparsa, riuscendo a raggiungerli senza che si creasse troppo scompiglio. Prima del Consiglio attuale, c'era stata una conversazione privata tra me e la Maga.

Paura e apprensione mi avevano imprigionato quando aveva parlato del suo incontro con Rori. Ma non c'era stato tempo per soffermarsi sulle mie emozioni.

Il Consiglio di Guerra doveva essere nuovamente riunito, con la presenza dei nuovi arrivati.

Non chiesi nulla del suo legame con Seana e la città di Annis, dove si era nascosta. Le informazioni stavano prendendo lentamente forma.

Ora eravamo ancora una volta nella Sala Rossa.

Cor e Ajar erano cerei e puzzavano di paura. Non avevo bisogno di sforzarmi per sentire.

«Ora le cose non sono più come un tempo» intervenne deciso Ghion. «Sono stati fatti errori imperdonabili eppure, continuando a discutere di quello che è stato, i fatti passati non cambieranno».

Il consigliere e amico che, dalla mia ascesa al trono, era stato un'ancora, si alzò dalla sedia.

Lo sguardo grigio, uguale a quello del figlio Edgar, era fermo sulla Maga.

«Gli anziani non sono infallibili, ma impariamo dai nostri sbagli. Forti di ciò, siamo pronti ad agire al nostro meglio affinché, in futuro, non accadano mai più atrocità simili».

Stava parlando a nome di tutto il Consiglio e sperai veramente che ognuno di loro ne condividesse le parole.

«Già, sono discussioni inutili» la risposta di lei giunse aspra.

«Il vostro nemico è semplicemente troppo numeroso» ritornò all'argomento d'origine. «Anche con un Mago ad aiutarvi, i soldati d'Imperia sono pochi per battere il loro esercito».

«Perché non possiamo usare il portale dal quale sono arrivati loro? Almeno per mettere in salvo le femmine e i cuccioli. Come facciamo a essere certi non funzioni?» chiese Fibar in un grugnito diffidente.

La Maga aveva raccontato come fossero riusciti a entrare nella città grazie al piano di ritorno di Aurora e del principe Areon. Una volta liberate le Fate, contavano di portarle a Imperia tramite uno Specchio di Effendi, un portale collegato a un gemello che si trovava lì, nelle stanze dei Lorcan. Quegli oggetti erano preziosi ed erano rari manufatti magici: uno era l'ingresso, l'altro era l'uscita. I ruoli dei due non potevano essere invertiti.

«Con chi credi di parlare, Lupo?» s'infastidì la Maga. «Vi ho spiegato che da lì possono solo arrivare, non si può usare quel portale per uscire».

«Già, non c'è modo di usare lo specchio rimasto come via di fuga» confermò Edin Eira, il Primo Consigliere dei Lorcan.

Da quando la nuova arrivata ci aveva dato novità sul principe, era piombato in un cupo silenzio.

Anche ora il volto era teso e la fronte corrugata, un pesante senso di apprensione lo circondava. D'altronde, era comprensibile: la responsabilità riguardo l'incolumità del giovane reale era sua.

Con il racconto di Penelope de Ceili avevamo scoperto che sia lui che Rori avevano rischiato la vita nell'attraversare l'esercito nemico, e non ce l'avrebbero fatta senza il suo intervento. In quel momento si stavano dirigendo nel regno dei Vaughan. "Un piano che potremmo chiamare suicida", aveva chiarito la Maga.

Il cuore si contraeva in un battito doloroso, mentre la matassa che avevo in gola si faceva più pesante. Il senso d'impotenza davanti all'evolvere degli eventi era quasi intollerabile.

L'unica creatura che avessi mai amato, l'amore grazie al quale avevo spezzato una maledizione viva da secoli, sarebbe potuta morire in qualsiasi istante, o peggio. Il sangue del mio popolo stava per essere versato e io ero inerme davanti al disegno.

Il pugno di Fibar si abbatté sul tavolo mentre la sua ira, mista a terrore, m'inondava.

«Quindi, siamo spacciati?»

«Non siete spacciati» replicò Penelope. «Perdere delle vite, e forse Imperia stessa, non significa essere vinti. Non potete permettervi di perdere!»

Navar, uno degli anziani, si schiarì la gola.

«E cosa suggerisci di fare, mia cara? Se Imperia cade, c'è il forte rischio per noi tutti e per il nostro Re di venire uccisi». L'esile Lupo, molto in là con l'età, si sistemò gli occhialini tondi sul grosso naso. Gli occhi attenti, fermi sul volto dell'interlocutrice, brillavano di una luce amara.

«Forse c'è un modo per evacuare la città e tutti voi, ma sicuramente vorrà dire sacrificare l'esercito d'Imperia» rispose dopo un piccolo sospiro.

Scostò una delle sedie libere, accomodandosi finalmente. «La guerra che ha avuto inizio non coinvolge più solo voi. I Vaughan non si fermeranno a questo popolo».

Osservai il volto grazioso della donna, sul cui viso riconobbi qualche lineamento di Aurora.

I colori di colei che amavo però erano più simili a quelli di Bryn. Molte linee del volto invece le aveva ereditate dalla madre, supposi, potendo guardare ora la zia. Il fisico esile richiamava quello di Rori e anche l'ovale.

Nonostante ciò, la bellezza della nipote non aveva paragoni. La mia piccola ribelle emanava grazia e dolcezza, miste a fiamme di tenacia e sconsideratezza che incantavano.

Questa donna era l'opposto. Ammantata da un alone di fredda durezza e potere che ne irrigidiva la figura, ricordava una spada di ghiaccio.

Il tintinnio dei lampadari di cristallo attirò la mia attenzione, e un'assordante esplosione ci raggiunse da fuori.

La barriera si stava frantumando.

Scorsi i membri del Consiglio di Guerra ancora una volta riuniti nella Sala Rossa, insieme alla Maga e ai Lupi arrivati con lei. La maggior parte erano guerrieri.

«Dobbiamo agire ora, la cascata sta crollando» annunciai. «Se vuoi aiutarci, ti conviene sbrigarti a parlare».

Certo, capivo, sapevo che sulle nostre spalle c'era il peso delle atrocità commesse in passato. Ma non ero stato io. Non ero io l'artefice di quelle scelte, semmai avevo, da sempre, cercato di porvi rimedio dando anima e corpo alla causa.

Senza togliere il fatto che anche i Maghi avevano le proprie colpe.

«Come ha detto Ghion, non possiamo cambiare il passato, ma possiamo agire ora. Su di me ricade la responsabilità di decisioni che non ho mai preso» continuai. «Ho accettato il mio presente cercando di sanare le ingiustizie».

Cercai il suo sguardo e lo trattenni deciso.

«Vi ricordo che nessuno è senza colpa».

I lampadari nella sala continuarono a tintinnare come un'inquietante campanella che faceva il conto alla rovescia.

«Quindi, ora, ti chiedo: vuoi aiutarci a ricostruire un antico legame forgiando dalle macerie qualcosa di nuovo, e affrontare questa minaccia insieme?»

Serrai i pugni. La cascata… Il tempo del nostro muto guardiano era alla fine. «Uniti in una nuova alleanza come un solo popolo, anche se sei sola qui, puoi essere il simbolo che non tutto è perduto…»

Sollevai la mano nella sua direzione, porgendole il palmo aperto attraverso la tavolata. «Combatti e vivi con noi, come sorella?» ciò che le chiedevo era qualcosa che andava oltre le parole e la guerra. Era qualcosa in cui avevo sempre creduto.

Perdono. Comprensione. Alleanza. Fiducia. Fratellanza. Questo le chiedevo: di sorgere come alleati, ancora una volta.

Gli occhi viola si allargarono per un breve istante, prima di annuire in silenzio. «Dobbiamo evacuare la città e raggiungere quella, tra le cinque, più grande» iniziò decisa. «Se tutto andrà bene, prenderanno Imperia oggi, ma noi salveremo molte vite».

Con un placido e freddo sorriso, stese per un istante la mano verso la mia, che si trovava al lato opposto della tavolata. Quel gesto simbolico era enorme.

Nella sala sembrava che il tempo si fosse congelato.

«Ascoltatemi, Lupi!» continuò. «Se li affronterete ora, in uno scontro aperto, perderete. Se, invece, li cogliamo di sorpresa, abbassando gli scudi solo in un punto per poterli attaccare su un versante, la maggior parte di quelle stupide Volpi cercherà di raggiungere la breccia per riversarsi nella città».

Non capivo. Stava dicendo di aprire una parte della cascata e attaccare il nemico per primi?

«Questo sarà solo un diversivo» chiarì. «Dopo aver attirato la loro attenzione, abbasserete del tutto le mura».

Esclamazioni sorprese e contrariate si levarono dai presenti, ma Penelope continuò imperterrita: «Io creerò un'illusione affinché il nemico non se ne accorga».

Inspirai, lentamente, cercando di vedere bene il piano che ci stava dipingendo. Sentivo il disappunto e la paura dei presenti.

«Raduneremo la maggior parte del popolo e dell'esercito sul versante opposto» continuò. «Con l'illusione che creerò, avremo il tempo per evacuare la città e ne guadagneremo per creare più distacco possibile dal nemico».

Sembrava un piano molto pericoloso. Avevamo a che fare con i Vaughan, che potevano usare la magia ed erano brillanti strateghi. Non c'erano solamente le Volpi e i Lord di Ferro.

«Con ogni probabilità, anche quando si accorgeranno della fuga di una parte della città, non ci inseguiranno, presi dall'apparente vittoria sul vostro popolo».

Le sue parole avevano senso, anche se il rischio che tutto finisse nel peggiore dei modi era altissimo.

«Ma la realtà sarà ben diversa» aggiunse con un freddo sorriso. «Invieremo un messaggero all'armata dei Lorcan in viaggio e, una volta raggiunta la città designata, faremo in modo di riunire i cinque eserciti».

«Questa è follia!» sibilò Leon.

La Maga storse le labbra in un sorriso, prima di continuare. «Manderemo un gruppo di esploratori al nord» le sue parole tradirono un tremito, come se avesse timore a pronunciare ciò che sarebbe seguito. «Lì, nelle terre senza dominio, cercheremo gli ultimi rimasti del mio popolo, i sopravvissuti allo sterminio, per chiamarli a combattere».

Il cuore si arrestò allorché la sala venne pervasa da un'esplosione di emozioni.

«Oltre a loro, recluteremo il popolo degli How e dei giganti di Afron».

La tensione e lo stupore presero il sopravvento sui più dei presenti in sala.

«Ammesso che la fuga sia realizzabile e non una folle chimera» intervenne Leon, inspirando lentamente tra una parola e l'altra, «e che ci siano dei Maghi disposti a combattere al nostro fianco».

La voce dell'anziano era tesa e incredula mentre concludeva: «Come credi di convincere proprio gli How e i Giganti? Ci odiano. Sarebbe più saggio ritentare con i Muir».

«Hanno un debito con la mia casata» rivelò Penelope pacata. «Non mi diranno di no, anche perché odiano i Vaughan più di quanto detestino voi».

Il silenzio ci avviluppò come una nube spettrale. Dentro ogni mente invece imperversava una tempesta. Quel piano era quasi impossibile. Le probabilità che accadesse qualcosa, portandoci così alla disfatta, erano altissime. D'altra parte, l'alternativa era affrontare apertamente il nemico e soccombere.

Senza un esercito egualmente numeroso, non potevamo fare nulla.

Dovevo decidere.

Pensai a lei. Entrambi stavamo rischiando la vita, ognuno combatteva la propria battaglia. Eravamo lontani, ma il mio cuore sarebbe stato per sempre con lei. Ovunque la vita l'avesse portata, il mio amore non l'avrebbe mai lasciata sola.

«Per quel che riguarda radunare gli alleati, ce ne preoccuperemo più avanti» presi infine la parola. «Adesso dobbiamo evacuare la città e preparare ogni cosa, affinché il piano che avete appena sentito vada a buon fine».

Guardai la Maga, le cui labbra pallide erano ora tirate in una smorfia tesa. Avrebbe rischiato la vita con noi.

«Drina e Cara, voi riunirete le truppe sul versante nord della cascata» strinsi i denti, un'angoscia asfissiante mi uccideva all'idea che avrei mandato al massacro un esercito di Lupi. Eppure dovevo continuare, non c'era tempo.

«Nill, Idris, Rodan, Fibar e Seana. Voi vi occuperete di radunare il popolo all'ingresso a sud».

Sentivo il respiro affannoso dei presenti, ognuno in attesa di conoscere la propria sorte.

«Primo Consigliere, lei recupererà lo Specchio, raggiungendo poi l'ingresso sud, insieme agli anziani e agli uomini della Guardia del Consiglio». Toccai Penelope con lo sguardo mentre serravo la mano.

«Io sistemerò gli ultimi dettagli del piano con la Maga e poi parlerò con l'esercito d'Imperia che affronterà il nemico».

Inspirai ed espirai più volte, ma la bocca dello stupido corpo umano si era seccata. Avevo difficoltà a pronunciare le parole successive, come se si rifiutassero di uscire.

«Rimarrò con loro a guidare l'attacco e, se potrò, vi raggiungerò in un secondo momento».

Un grido strozzato esplose nella stanza: «Tor, mio Re, non può!» ansimò Glenda.

«Guiderò io le truppe! Non può assolutamente fare una cosa simile, significherebbe morte certa!» ruggì Ghion.

«Gli equilibri non possono essere spezzati, senza un Alfa non possiamo sopravvivere!» brontolò Navar, che spesso nascondeva i suoi veri sentimenti dietro l'irritazione. Loro erano gli anziani ai quali ero più legato. Senza la loro lealtà e il loro aiuto, sarei stato perso.

«Sto per chiedere ai soldati d'Imperia di difenderci, sapendo che moriranno per noi. Io sono il loro Re. Il mio posto è tra loro, in difesa del nostro popolo».

Guardai Ghion: «Nessuno può sostituirmi. Nel caso cadessi in battaglia, sarà il Consiglio degli anziani, con Ghion a capo, a rappresentare il potere dell'Alfa» annunciai con il timbro vincolante, vibrante nella voce.

«Gli equilibri verranno ristabiliti per merito e onore. Se dovessi morire, al termine di questa guerra, verrà indetto un Torneo».

Avevo pensato a tutto. «Come nei secoli addietro, tutti potranno parteciparvi. Verrà premiato il miglior guerriero, con la differenza che, in questo Torneo, erediterà il titolo di Alfa» ordinai.

Sentivo così tante emozioni stipate in quella sala che, di colpo, mi sembrò angusta.

«Questo nell'ipotesi che le cose vadano per il peggio. Vista però la grande fiducia che nutrite in me, sono certo che così non sarà».

Non trattenni il sorriso tirato che mi stava spuntando sulla bocca.

Dopo un istante di silenzio, nessuno accennava a parlare.

Il tintinnio delle piccole gocce di cristallo che componevano i lampadari mi riportò al nemico. «Ora andate. Il tempo è prezioso!» e li congedai.

AURORA

«*Zitto!*» sibilai tesa.

Avevo il cuore che pompava come se mi avessero iniettato litri di adrenalina in corpo.

Affondai le zampe nel terreno sassoso e umido.

Le pareti grigie, la forma familiare delle stalagmiti e stalattiti: avevo l'impressione che quel posto mi avesse inghiottita e, per una frazione di secondo, provai l'angosciante sensazione di non essermene mai andata da lì.

«*Sembra una vera e propria città! Pazzesco!*» continuò Vuk, imperterrito.

«*Chiudi la bocca un istante, devo pensare...*» latrai.

Nascosti dietro un enorme masso grigio, stavamo osservando la Valle, poco distanti dall'imbocco della galleria che avevamo appena percorso.

Stavo per sedermi a terra e ridere come una pazza per l'assurdità di quel momento. Mi trovavo esattamente nella situazione opposta rispetto alla sera della mia fuga.

Ricordavo il terrore provato nel non sapere come percorrere il tragitto dalle stuoie degli schiavi alle catapulte dirette a Honora. Ora invece ero lì, intenta a scervellarmi su come poter passare inosservata, e raggiungere le piccole creature ammucchiate contro la parete che, un tempo, aveva ospitato anche me.

Lo stomaco si era ribaltato per il dolore nel vedere forse appena la metà delle Fate che avevo lasciato. Stavano aggrovigliate l'una all'altra, a ridosso della parete in fondo alla Valle. Eravamo troppo distanti per distinguere i loro volti, ma le chiome colorate rimanevano l'unico segno di luce, lì dentro. Sapevo perché quei corpicini provati si stringessero tra loro, era l'unico modo per combattere il perenne gelo e l'umidità.

Adesso che mi trovavo lì, non osavo neppure pensare al suo nome. Pregai solo che fosse tra le sopravvissute.

Almeno non erano al lavoro, e la vallata sembrava essersi svuotata in confronto a com'era prima della mia fuga.

La prima volta che avevo visto quel posto, mi era sembrato di osservare una colonia di formiche, tanti erano i suoi abitanti.

Adesso solo qualche ring ospitava due o tre Fray qua e là. Del vociare arrivava dalle casupole dove solitamente dormivano le Volpi, ma erano rimasti in pochi. Bene.

I Lord di Ferro invece erano spariti. Probabilmente Aris aveva deciso d'impiegarli tutti durante l'attacco.

«Come pensi di raggiungerle?» bisbigliò Areon contro il mio orecchio.

Stava ancora sulla mia groppa, avvinghiato al collo. Non aveva proferito parola da quando avevamo raggiunto la fine della galleria. Immaginavo il perché. Quella vista, con ogni probabilità, non l'aveva sorpreso. Lui aveva già visto quel luogo nelle sue visioni.

«Nessuno dei Fray è stato messo a guardia delle Fate e questo è un vantaggio» borbottai nelle loro menti.

«Loro sono l'ultimo pensiero dei Vaughan, in questo momento» sussurrò in risposta il Principe.

«Lo so. Il guaio è che sono più stremate che mai, e spostarle fino alla dimora di Taran ho paura non sarà semplice» dissi, mentre una variante del mio vecchio piano stava prendendo vita.

«Intanto dobbiamo raggiungerle e spiegare che siamo qui per portarle in salvo» bisbigliò ancora Areon.

«Andrò sola» decisi, *«assumendo forma umana mi muoverò dando meno nell'occhio»* spiegai.

«Voi berrete la pozione di Talit, seguendomi a distanza. Io dovrò essere visibile per poter parlare con loro».

Già, avrei dovuto convincerle a seguirmi. Avrei avuto il sostegno di Elerry, ma le altre erano diffidenti verso qualsiasi creatura non fosse una Fata. Durante la mia prigionia avevo imparato a conoscerle: testarde e schive, se si fossero convinte che venire con noi sarebbe stato troppo rischioso, sarebbero state capaci di restare a marcire laggiù.

Dovevo fare molta attenzione alle parole che avrei rivolto loro.

«Ho piena fiducia in te, sorellina» bisbigliò Areon, lasciandosi scivolare lungo il mio fianco e atterrandomi accanto.

«Vuk, hai capito cosa dovete fare?»

In risposta, il grosso Lupo scrollò la testa come infastidito dalle mie parole.

«Tu vai a parlare con le fatine e noi ti seguiamo a distanza, dopo aver bevuto la pozione miracolosa» rispose alzando gli occhi gialli al cielo.

Non avevo ancora incontrato un Lupo che riuscisse a infastidirmi come lui.

«Bene!» replicai secca, un istante prima di riprendere forma umana.

Un brivido guizzò nelle vene, la pelle saggiava ancora una volta il gelo sotterraneo che, in cuor mio, avevo sperato di non provare di nuovo.

Areon intanto aveva estratto tre fiale dalla tasca. Due erano colme, l'ultima conteneva a malapena qualche sorso.

Mi porse quelle piene: «Basta qualche goccia perché abbia effetto» mi ricordò.

Annuii in silenzio, afferrando le due ampolle. La terza sarebbe servita a lui e a Vuk.

«Muovetevi solo nel momento in cui le avrò quasi raggiunte» bisbigliai, accucciandomi dietro un'umida pietra grigia con le pozioni strette tra le dita.

Non aspettai risposta. La via era libera, quindi scattai verso il masso più vicino, sufficientemente grande per nascondermi.

Un gruppo di Fray pattugliava la valle facendo il giro del perimetro. Avendo appena passato le stuoie degli schiavi, avevo il tempo di un altro giro per raggiungerle e per convincerle a seguirmi.

Arrivata alla pietra, controllai cauta intorno e balzai ancora verso il masso successivo.

Quel procedere a zig-zag mi avrebbe condotta presto al mio obiettivo.

TOR

La stoffa impalpabile era come una carezza tra le dita. Inspirai ancora una volta. Trattenni quell'odore che amavo dentro i polmoni, quasi come potessi trattenere lei. Il torace iniziò a bruciare, ma non lasciai andare l'aria.

Non volevo perdere l'inspiro che racchiudeva il suo profumo. Con quello stupido gesto mi sembrava quasi di poterla stringere ancora una volta.

La sua fragranza leniva la paura e il dolore che si annidavano nel cuore, come una pozione guaritrice.

Lei aveva fatto le sue scelte e io avrei dovuto fare le mie. Sapevo che era giusto così, ma in fondo al cuore una piccola parte di me si ribellava. Urlava. Gemeva. Si contorceva per l'angoscia di quella fine preannunciata.

Probabilmente non l'avrei rivista e sapevo quanto ero chiamato a fare per tutti i Lupi, per lavare almeno in parte il sangue dalle mani di mio padre. Per dare speranza, mostrando cosa significasse essere un Alfa: una figura chiamata a guidare e proteggere il proprio popolo prima di ogni cosa. Per le ingiustizie e le atrocità commesse. Per me stesso, perché sapevo di non poter abbandonare centinaia di Lupi pronti a morire per salvarmi.

Ero tra coloro che avrebbero dovuto proteggere il popolo, non essere salvato. E così sarebbe stato.

Alla fine, incontrandola, avevo vissuto molto più di quello che in mille vite avrei potuto sperare.

Quei fugaci attimi condivisi, il suo sorriso, il suo ricordo, riempivano una vita fatta di nulla.

Lei mi aveva regalato un sentimento che, forse, in molti non avrebbero mai provato. Il vero amore.

Lei è il mio dono più grande, pensai mentre lasciavo andare il respiro. Il fiato che mi sfiorava le labbra – anche quella sensazione, così semplice – era merito suo. Senza di lei, non avrei mai potuto provare a vivere il mondo attraverso un corpo umano.

Dei passi nel corridoio davanti alla stanza richiamarono la mia attenzione.

Lasciai cadere nuovamente la camicia sul letto dove l'avevo trovata. L'indumento che aveva indossato durante il primo Consiglio di Guerra.

Ero lì nelle sue camere, senza sapere bene il perché. Forse solo per ritrovare qualcosa di lei, qualcosa che potesse darmi coraggio prima di affrontare la morte.

Già, la morte. Un qualcosa che non mi ero mai reso conto di temere.

I passi decisi, che avevano varcato la porta delle stanze, ora stavano raggiungendo la camera da letto.

«Mio Re, tutto è pronto!» annunciò Drina una volta superata la soglia. «I soldati sono radunati e il popolo si trova sul versante sud della cascata, come ordinato».

Erano stati veloci. «Anche gli anziani sono con loro?»

«Sì, tutto è pronto. Quando cederà la cascata, l'evacuazione e lo scontro avranno inizio».

«Bene, allora andiamo!»

Voltai la schiena al luogo che conservava tracce di lei, con un muto addio nel cuore. Nelle ultime ore, una strana idea aveva preso a ronzarmi in testa. Forse, in un'altra vita, ci saremmo incontrati di nuovo.

Il pensiero che il mio amore potesse aver fine oggi, con la caduta del mio corpo, era qualcosa di inafferrabile. Questi sentimenti avrebbero trovato un modo per raggiungerla, anche dopo la morte.

Ci spostavamo di corridoio in corridoio, diretti al portone nord. Il tragitto sembrava senza fine.

Una parte di me era preda di una viscida angoscia. Avevo paura. Paura di quella probabile morte che mi aspettava. Paura di non poterla più proteggere.

Un gelido terrore cresceva nello stomaco a ogni respiro.

Le emozioni davano voce al mio istinto di sopravvivenza, ma non le avrei ascoltate. Sapevo cos'era giusto e il mio posto era a capo dell'esercito. Nessuno era senza paura, solo gli stupidi. Riconoscendo le proprie debolezze si poteva scegliere di non alimentarle e questo avrei fatto. Come sempre.

In ogni essere si nasconde una parte debole, spaventata, fragile. Tutti sono sia luce che ombra. Sta a ognuno di noi decidere quale lato nutrire e far crescere lungo il sentiero della vita.

Solitamente il cammino dagli ideali alti non coincide con quello più semplice. Spesso la via è piena di rovi e ostacoli; lì, il dubbio sorge: *e se avessi preso la strada facile?*

Eppure, in fondo al cuore, rimanendo in ascolto, senti chiaramente quel sussurro che dice: *questa è la cosa da fare.* Devi solo diventare più forte e guardare all'arrivo. Tutto il resto sparirà.

Un sospiro sfuggì dalle labbra.

Pensai a Edgar. La sua ironia e il suo brio avrebbero sicuramente trovato il modo di strapparmi un sorriso anche in quel momento.

Sperai con tutto me stesso fosse vivo. Per Rori era un fedele amico, l'avrebbe protetta.

Drina invece procedeva impassibile al mio fianco, lungo i corridoi che ci avrebbero condotti all'uscita nord della Torre.

Avanzava lenta, troppo lenta per il poco tempo che avevamo.

«Drina, muoviti!» sibilai, aumentando il passo. La cascata, il nostro custode e scudo dai Vaughan, si era ridotta a un flebile velo tra noi e loro, ma dovevo essere io ad abbassarlo solo da un lato, prima che crollasse.

Serrai i pugni, non potevamo permetterci neppure un istante di ritardo. Non ora.

«Mio Re!» esclamò Drina, bloccandosi di colpo.

Il secondo successivo fu un frastuono di azioni ed emozioni.

M'inchiodò al muro. Le braccia esili si fecero rigide e tese per lo sforzo di tenere il mio corpo contro la fredda pietra del corridoio.

Non opposi resistenza, colto alla sprovvista dall'azione.

«Non puoi andare, mio Re...» bisbigliò mentre i capelli biondi le fluttuavano davanti agli occhi, per lo spostamento d'aria. «Non ti lascerò andare...»

Il mio corpo rimase fermo nella sua presa, il cervello paralizzato dallo stupore cercava di reagire.

Ma cosa diavolo...

Sentivo gli occhi sgranarsi, le emozioni di lei arrivavano ai miei sensi.

Boccheggiai. La sorpresa davanti a quella verità mi aveva lasciato inerte. Come avevo fatto a non accorgermene?!

Un freddo sorriso incurvò le labbra della Lupa. Percepii altre presenze avvicinarsi.

La presa su di me aumentò, come un serpente che serra le spire. La forza di Drina era innaturale, avevo la sensazione che fossero in tre i Lupi a tenermi, tanto stava aumentando la stretta.

Una lingua d'aria mi accarezzò il viso. Ma certo! Aveva ereditato un dono, era un manipolatore del vento! Non credevo il suo potere fosse aumentato così tanto!

Stava usando quella forza per tenermi immobile.

«Lasciami immediatamente o te ne pentirai!» ringhiai. Lo shock mi aveva paralizzato in un primo momento, ma ora una fredda cortina di determinazione era calata su di me.

«Non ci penso nemmeno, lui ti vuole vivo...» sussurrò. «Se scendi in battaglia con gli altri, finirai maciullato da quelle stupide Volpi!»

Un ruggito furibondo esplose, mentre abbandonavo le sembianze umane.

AURORA

Il rosa delle iridi sembrava ritagliato da un cartoncino colorato, tanto erano intense. Gli occhi delle Fate incantavano.

Mi trovavo a poco meno di un metro dalle stuoie, nascosta dietro una grossa e umidiccia stalagmite.

Una di loro mi aveva vista.

La piccola testolina verde era puntata verso di me, con gli occhi fissi nei miei.

Nel visino affusolato e grazioso s'infransero mille emozioni, mentre si portava un esile braccio livido e lercio alla bocca. Stava cercando di soffocare un grido di sorpresa.

Al pari di un mare colorato, le teste delle Fate presero a muoversi, accorgendosi del comportamento insolito della compagna.

Con il terrore in gola, mi guardai rapida in giro pregando che non avessero attirato l'attenzione di qualche guardia.

Tutto sembrava a posto. Bene, ora dovevamo sbrigarci!

Feci cenno con la mano a occhi rosa di rimanere ferma. Sapevo che mi aveva riconosciuta e io ricordavo perfettamente lei.

A parte Elerry, nessuna di loro però mi aveva dato confidenza. Con lo sguardo percorsi i corpicini ridotti pelle e ossa sui quali le piccole testoline parevano enormi.

Poi lo sguardo sfiorò una chioma familiare. Gli occhi presero immediatamente a pungere. Più la guardavo, più pungevano.

Rannicchiata contro la schiena di una compagna, teneva le braccia strette intorno al piccolo corpicino, probabilmente nel tentativo di portare a quelle membra stremate un briciolo di calore.

Il viso era nascosto contro le ali della sua vicina. Lei, le sue non le aveva più.

Ricordavo, come fosse allora, il giorno in cui quello schifoso Fray gliele aveva strappate.

Avrei voluto chiamarla, ma non potevo. Dovevo attirare la sua attenzione. Era l'unica che avrebbe potuto guidare le Fate con me. Le altre l'ascoltavano.

Cercai con lo sguardo occhi rosa, che mi stava ancora fissando, e feci cenno con la testa in direzione di Elerry.

La Fata guardò stranita la compagna dai capelli di un pallido viola e poi, di colpo, sembrò capire.

Le altre intanto continuavano a guardarsi intorno spaesate, ma nessuna parve intuire cosa stesse accadendo.

Qualcun'altra mi scorse. I sussulti delle Fate aumentavano, dannazione.

Elerry finalmente tirò su la testolina, e un singhiozzo mi sfuggì dalle labbra alla vista del suo viso. Il mio corpo fu scosso da un fortissimo tremito e gli occhi strabordavano di lacrime, come un secchio lasciato sotto il diluvio.

Un brutto taglio le solcava la guancia destra, intorno alla quale un oceano di lividi multicolore le tingeva la pelle. Un solo occhio verde era aperto. L'altro aveva la palpebra gonfia e chiusa. I lineamenti affusolati e graziosi erano una maschera di dolore.

Quando l'iride di smeraldo, che mi aveva sempre ricordato le chiome rigogliose e piene degli alberi in primavera, si posò su di me, scattò a sedere come una molla.

Un istante dopo, il viso si contorse nuovamente in una smorfia di dolore.

Mi guardò ancora. Ciò che vidi riflesso negli specchi verdi era il fuoco di chi non aveva mai smesso di credere. Con gli occhi mi parlava. Parlava come avevamo sempre fatto durante i mesi di prigionia. Stava dicendo: *sapevo che saresti arrivata, ti aspettavo!*

Il cuore era stretto in una presa tenace. Tutto ciò che volevo fare era correre da lei e abbracciarla. Dirle che ogni cosa sarebbe tornata a posto. Che poteva stare tranquilla e che avrei aperto in due ogni singolo Fray che si fosse messo tra noi e l'uscita.

Invece strinsi i pugni e inspirai lentamente, cercando di tornare lucida.

Intanto iniziò a bisbigliare qualcosa alle Fate accanto e queste, dopo essersi voltate un istante verso di me, si erano sdraiate nuovamente, facendo finta di nulla.

La guardai procedere lenta nella mia direzione. Stava cercando di non dare nell'occhio, ma qualcosa mi diceva che, anche avesse voluto andare più veloce, non ce l'avrebbe fatta.

Dovevo riuscire a parlare rimanendo nascosta dietro la grossa stalagmite.

Quando fu a pochi passi da me, il dolore al petto aumentò. Strinsi i denti.

Un piccolo sorriso fece storcere la bocca a cuore: «Lo sapevo che saresti tornata...» bisbigliò.

A sentirla parlare, un nuovo tremito mi travolse. Sembrava che ogni parola le costasse fatica.

Levai la mano che stringeva le ampolle, mentre lei si accucciava a terra, fingendo di volersi sistemare in quel punto per riposare.

«Questa ci permetterà di fuggire» spiegai. «Basta un sorso e vi mimetizzerete con l'ambiente. È la pozione di Talit». La sorpresa davanti al nome dell'intruglio magico l'aveva fatta sussultare.

Ne frugai lo sguardo per vedere se avesse capito il senso delle mie parole: una luce calda e forte le illuminava l'occhio sano. Certo, aveva capito.

«Mi hanno seguita anche un Lupo e un Lorcan» la informai.

Dovevo sbrigarmi. Una pattuglia di Fray si stava avvicinando dal versante opposto.

«Dopo averla assunta, ci sposteremo verso il palazzo del Generale» ordinai rapida. «Una volta lì, ce ne andremo attraversando un portale magico».

La testolina viola annuì decisa, con l'occhio puntato sulle ampolle.

Voltandomi, alzai per un istante la mano.

Quello era il segnale per Vuk e il principe di partire.

Intanto Elerry si era voltata a parlare con occhi rosa e, subito dopo, quest'ultima diede il via a una piccola catena di passaparola tra le Fate.

Senza aspettare oltre, sollevai l'ampolla ingurgitando un po' del liquido. Un forte pizzicore si accese nel palato e, poco dopo, lo stomaco borbottò mentre l'intruglio dolce e piccante veniva assorbito dal corpo.

In un attimo vidi scomparire la mia mano. Senza esitare, saltai dal nascondiglio dritta verso una Elerry confusa, che mi cercava attonita con lo sguardo smarrito.

Le ero scomparsa davanti agli occhi.

Quando Areon aveva fatto altrettanto dopo aver assunto la pozione, ero certa di aver avuto la stessa espressione.

Con due falcate decise la raggiunsi, avvolgendola finalmente in un abbraccio invisibile intriso di cose che nessuna parola al mondo sarebbe stata in grado di esprimere.

Il corpicino esile tremò nella stretta e il suo singhiozzo mi scosse il cuore e le ossa. «Sapevo che saresti tornata, non ho mai smesso di aspettarti» rivelò. «Solo tu avresti rischiato la vita per noi» un singhiozzo più forte la fece tremare.

Sentivo quella fede in me e sapevo che era immeritata. Mi vergognai per quegli istanti in cui avevo deciso di seguire il piano di Caim.

In quel momento, vedere la sua totale fiducia diventò uno sprono a fare anche l'impossibile, se necessario. Le avrei portate in salvo a qualsiasi costo.

«Tra poco saremo fuori di qui» promisi. Dentro di me giurai che quelle parole sarebbero diventate verità.

«Bevi!» aggiunsi, sventolando le due ampolle sotto il suo naso. Sembrava fluttuassero in aria. «Di' alle altre che basta una goccia e che, prima di bere, devono prendere la compagna che hanno a fianco per mano, così rimarremo unite».

La testolina viola annuì voltandosi verso occhi rosa, che si trovava poco distante. «Avverti le altre, faremo come dice Rori e, finalmente, ce ne andremo da quest'inferno!»

Una frazione di secondi più tardi, stringevo la manina invisibile della mia amica, salda tra le mie.

«Non fosse che non posso vederla a tutti gli effetti, direi che questa è la scena più esilarante che abbia mai visto» sussurrò Areon non appena iniziammo a spostarci.

Lui e Vuk ci avevano raggiunte un istante prima che l'ultima Fata scomparisse.

Ora ci stavamo spostando lentamente lungo la Valle e, grazie al cielo, nessuno si era ancora accorto della scomparsa delle Fate.

In effetti, l'idea di una fila di fatine invisibili, che si tenevano per mano mentre si spostavano lungo la grotta sotterranea dei Vaughan, era qualcosa di decisamente singolare. Aggiungendo poi un Lupo, un principe dei Lorcan e un incrocio tra un Lupo e una Maga che facevano loro da scorta, diventava una scenetta sopra le righe anche per questo mondo.

L'ampia vallata, fatta di rocce color fumo che si alternavano ad altre lattee, era uno spettacolo. Quel posto era qualcosa di glorioso. Sottili stalagmiti color panna costellavano il soffitto come tanti astri di pietra, capaci di catturare la calda luce delle torce disposte lungo tutte le pareti.

Ogni tanto, qua e là, spuntavano stalattiti enormi che pendevano come canini affilati in una bocca grigia. Le colonne incantavano per la loro bellezza, parevano lampadari naturali che andavano ad arricchire la sala di una reggia.

Il posto aveva un che di magico. Era di una bellezza selvaggia e al contempo delicata, davanti alla quale non si poteva che sgranare gli occhi. Non fosse stato che i Vaughan si erano appropriati di quel luogo trasformandolo nella loro dimora, lo avrei appezzato maggiormente.

Addirittura l'umidità, il freddo pungente e la perenne cortina di goccioline brillanti che copriva ogni cosa, lì sotto, sarebbero risultate sopportabili.

Avanzavamo spediti e la mia mente era intenta a registrare i movimenti dei gruppi di Fray sparsi nella vallata. I ring, nei quali erano soliti allenarsi per la maggior parte del tempo, erano vuoti. Le casupole in legno, che fungevano da abitazioni, avevano comunque i camini accesi. La cortina scura, che si levava in aria qua e là, era segno che qualche femmina stava cucinando. Del resto loro, le donne, erano rimaste in larga parte rintanate lì sotto a gestire tutto per conto dei Vaughan.

La natura sembrava aver dotato solo le Volpi bianche, le femmine, d'intelligenza. Aris ovviamente sfruttava le loro capacità e i loro talenti al massimo. Erano infatti loro a gestire l'impero sotterraneo, eseguendo tutti gli ordini con precisione e premura.

I piccoli gruppetti di Fray che gironzolavano nella valle non sembravano avere come obiettivo quello di controllare le Fate. Del resto, ora che avevano finalmente attaccato Imperia, non avevano bisogno di scavare altri tunnel. Almeno per il momento.

Sfortunatamente dovevamo arrischiarci sino al cuore della Valle per raggiungere la dimora di Taran. Questo voleva dire percorrere il sentiero che costeggiava i ring e le case delle Volpi, con il rischio d'incrociare le pattuglie che giravano lì attorno.

«Cosa diavolo…» un mormorio alla mia destra mi richiamò.

Scioccamente mi voltai nella direzione dove avevo sentito bisbigliare Vuk, ma non scorsi nulla: ai miei occhi era invisibile, come tutti gli altri.

Un basso ringhio prese il posto delle parole.

Non capivo cosa stesse succedendo.

«Vuk!» sibilai. «Evita di farci scoprire, se puoi».

In risposta il ringhio s'interruppe di colpo, mentre la manina ghiacciata di Elerry rafforzava la presa sulla mia.

Con lo sguardo cercai il motivo di quella reazione, ma non scorsi nulla; ruotai il busto in ogni direzione, ma niente. L'unica cosa che vedevo erano Fray relativamente lontani e un placido viavai dalle casupole.

Il Lupo al mio fianco forse semplicemente non stava reggendo la situazione.

Cosa mi è passato per la testa di portarlo con noi? Dannazione a me!

Feci appena in tempo a concludere mentalmente la frase che una goccia mi sfiorò la fronte.

Sussultai e un brivido risalì lungo la schiena. Non c'era nulla di strano se una goccia, o meglio un esercito di gocce, colpiva di tanto in tanto chi camminava per la Valle.

Ma quella goccia era diversa.

Sentivo che strisciava lenta lungo la fronte, spostandosi pigra sulla pelle. Eppure non era quella sensazione a mozzarmi il fiato.

Deglutii a vuoto, nel momento in cui il cervello registrò a pieno l'informazione e lo sguardo si spostò automaticamente verso l'alto.

Quella goccia aveva qualcosa di diverso rispetto alle altre.

È una goccia calda. Il pensiero prese corpo nell'istante in cui i miei occhi caddero sulla figura sospesa sopra le nostre teste.

O meglio, le figure.

Arrancai quasi inciampando per lo shock.

Strinsi senza rendermene conto la piccola mano di Elerry finché non sussultò per il dolore. Quel suono bastò a riscuotermi.

Gli occhi invece non volevano abbandonare la macabra scena. Alle stalattiti più grosse erano legati e inchiodati dei Lupi.

Riconobbi nelle loro divise i colori di Honora, con gli occhi velati dalle lacrime guardai con maggior attenzione le colonne di pietra che, al mio arrivo, avevo solo sbirciato di sfuggita. In effetti da lontano non si notavano, ma camminando sotto quel soffitto zeppo di spuntoni biancastri, i corpi legati ad essi erano ben visibili.

Lupi. Almeno un centinaio o forse più. Quel cancro a capo dei Vaughan aveva fatto dei prigionieri durante l'attacco a Honora, e poi li aveva appesi al soffitto come trofei.

La cosa più disgustosa era che diversi Lupi erano probabilmente ancora vivi. Lo dimostrava il sangue caldo caduto sulla mia fronte.

Era una novità. Fin quando ero rimasta nell'inferno sotterraneo di Aris, non avevo mai avuto modo di vedere quel lato del suo divertimento.

«Dobbiamo liberarli!» ringhiò Vuk.

Voltai la testa verso il Lupo, anche se non potevo vederlo.

«Non possiamo» risposi piatta. Ogni parola era un macigno da pronunciare. «La maggior parte di loro sono morti» continuai. Sapevo che qualcuno era vivo: forse una manciata, su un centinaio di soldati, aveva ancora un briciolo di vita in corpo. E probabilmente proprio uno di quelli sopra le nostre teste.

«Anche se ci fosse un solo sopravvissuto, non riuscirebbe a seguirci» spiegai. «Guardali» dissi, «sono soldati di Honora, catturati e portati qui a morire».

Un sospiro doloroso si fece strada nel petto. «Sono trofei che i Vaughan hanno appeso alle loro pareti» rivelai l'ovvio. «Non possiamo fare nulla per loro. Se cercassimo di tirarli giù, verremmo di certo scoperti e uccisi. O peggio».

Era la verità. Se ci avessero trovati, non sarebbe rimasto che pregare per una morte rapida.

Il latrato di Vuk mi colpì le orecchie, facendomi fare un salto sul posto.

Con la mano libera tastai l'aria in preda al panico. Guardai in giro, sperando che nessuno lo avesse sentito, continuando a cercarlo a tentoni. Mi muovevo alla cieca, ma non demorsi fin quando le mie dita non affondarono in qualcosa di morbido e sottile, per poi spostarsi sulla pelle calda.

Sentivo cosa provava. Sapevo.

Quello che si agitava dentro di me era lo stesso, se non peggio. Ma non potevo permettere prendesse il sopravvento, ora dovevo calmare quel Lupo o ci avrebbe fatti uccidere.

«Sono morti per difendere Honora, per proteggere tutti noi. Non rendere le loro morti vane» bisbigliai suadente, mentre le mie dita percorrevano il suo viso.

Seguii la linea della mascella con una lieve carezza e scesi fino al collo.

«Honora è salva grazie a quei Lupi e noi siamo qui per salvare delle vite» aggiunsi ferma.

Intanto la mia mano aveva raggiunto la base del collo e si era fatta strada fino alla spalla. Strinsi la presa come muto incoraggiamento.

«Se si accorgono che siamo qui, moriremo per nulla».

Sotto il mio palmo i suoi muscoli tremarono. Stava cercando di riprendere il controllo, lo sentivo. Arginare le emozioni che erano esplose, era come cercare di bloccare una tromba d'aria con un paravento. Ma doveva farlo.

«Solo se ci aiuti a uscire di qui potremo vendicarci» arrivò a sorpresa la voce di Elerry, «e lo faremo insieme» aggiunse ferma. Nelle sue parole vibravano rabbia e verità.

«Allora muoviamoci» borbottò Vuk con voce tirata, «non abbiamo tempo da perdere!»

Strinsi un'ultima volta la spalla del Lupo, prima di lasciar cadere le mani.

Durante il tragitto tra le costruzioni, restammo ai bordi del sentiero roccioso, schivando per un pelo diverse Volpi.

Il loro olfatto era stato motivo di preoccupazione, ma probabilmente, grazie al tanfo dei Fray e alla sporcizia che impregnava l'aria, le nostre tracce erano coperte.

Dopotutto, alle Fate erano abituati.

Ciò che mi preoccupava era come far passare un centinaio di Fate, al momento dislocate lungo il sentiero tra le case dei Fray, e ancora invisibili, nel palazzo di Taran prima che l'effetto della pozione svanisse. Ovviamente senza essere scoperti.

Ormai mancava davvero poco alla fine dell'effetto della pozione, ma almeno il piccolo palazzo era davanti a noi. Una decina di passi soltanto e l'avremmo raggiunto.

Ognuno dei Vaughan aveva una sua residenza privata nel sottosuolo, o più di una. Quei dannati vivevano nell'agio più totale, anche se privati della luce del sole.

«Sai, vero, che è un miracolo non ci abbiano ancora scoperti?» borbottò Vuk.

«A dire il vero non sei tu il veggente tra noi, Lupo» replicò Areon al mio posto. «Per il momento sta andando tutto secondo i piani» aggiunse sogghignando compiaciuto, «quindi vedi di non lamentarti come un cucciolo».

Tra loro si era creato uno strano antagonismo.

Poi, in un bisbiglio flebile rivolto solo a me, aggiunse: «Però, adesso, dobbiamo darci una mossa e concludere».

Lo sapevo benissimo.

Strinsi forte per un istante la mano di Elerry. «Entrerò nel palazzo qui di fronte» iniziai a spiegare.

«No!» protestò la mia piccola amica, sobbalzando.

«Dobbiamo trovare un posto dove poterci nascondere e varcare il portale» spiegai. «Nell'abitazione di Taran non ci sono mai serve, se non Keeryn» aggiunsi. «È il posto perfetto».

«Rori, è successo qualcosa da quando sei scappata» squittì in un sussurro, «il Generale non è stato più visto, almeno da noi».

Taran non era solito gironzolare tra le Fate. Probabilmente Aris, dopo la mia fuga, lo aveva costretto a un duro lavoro per fabbricare pozioni esplosive da usare con le catapulte a Imperia. Elerry questo non poteva saperlo. Con lei avevo potuto condividere poco di ciò che avevo visto stando con il Generale, semplicemente perché non c'era stato modo di parlarne. Così come non sapeva del lato gentile di Taran. O, più precisamente, non credeva fosse possibile che i Vaughan avessero un briciolo di cuore.

«Voi restate qui» intimai. «Quando vedrete la porta del palazzo semiaperta, sbrigatevi a entrare. Andrò avanti per prima a verificare che sia tutto a posto» aggiunsi.

Non attesi risposta. Chi esita è perduto.

Le strinsi forte la mano in segno d'incoraggiamento, per poi lasciarla andare.

Le ginocchia tremavano nel coprire gli ultimi metri che mi separavano dall'edificio massiccio.

Avevo paura, paura di ciò che mi aspettava. Mandai giù quella sensazione amara tentando di creare il vuoto mentale.

Saltai i gradini che precedevano il portico a due a due, com'ero solita fare ogni sera prima d'iniziare l'allenamento.

Aprii decisa la pesante porta d'ingresso, senza trovare resistenza, e in un batter di ciglia fui dentro.

Il lungo corridoio era immerso nella penombra.

Molte delle solite torce accese adesso erano spente. La cosa che mi mise in allerta però fu l'odore.

Anche se flebile, l'inconfondibile lezzo di sangue stantio e carne marcia impregnava l'aria.

Probabilmente Taran aveva scatenato la sua ira su qualcuno, dedussi accigliata. A ogni modo, non avevo tempo per pensarci. Con passi decisi continuai fino al grande ingresso ad arco che portava al salone.

Prima di procedere, tesi i sensi alla ricerca di qualche presenza.

Con enorme sorpresa mi resi conto che, ai piani superiori, c'era qualcuno. Più di uno, in realtà.

Dannazione!

Non potevo far entrare le Fate e gli altri con il rischio di essere scoperti.

Le gambe si mossero in automatico. Sapevo perfettamente dove si trovavano le scale.

Mentre mi dirigevo al piano superiore, pensai al da farsi. Dovevo essere pronta ad annientare chiunque avessi trovato o la missione sarebbe stata desinata a fallire.

Scartai a sinistra in direzione delle scale. Fui silenziosa nel salire i gradini freddi e, prima di svoltare l'angolo, mi fermai. Davanti a una delle camere stavano di guardia due Fray.

Taran odiava i maschi di Volpe. Li reputava stupidi e inutili, se tolti da un campo di battaglia, tutt'altra storia era per le femmine. Quindi cosa ci facevano lì?

Doveva essere un'imposizione di Aris. Doveva avergli assegnato delle guardie con l'intento di sorvegliare qualcosa, mentre Taran assaltava Imperia insieme all'esercito.

L'invisibilità era il mio vantaggio. Ai loro occhi risultavo indistinguibile dall'ambiente circostante.

Con due rapidi balzi fui davanti ai macellai che odiavo. Detestavo dal profondo tutta la loro razza.

Con un movimento fluido dei polsi, estrassi i pugnali nascosti negli stivali e, per un breve istante, quando la stoffa che indossavo non fu più a loro protezione, le lame furono visibili.

Il bagliore degli occhi gialli di uno dei due mi avvertì che stava scattando, accortosi del pericolo. Era troppo tardi. Le armi affilate calarono sulle loro gole, aprendo le trachee in due.

Un unico fendente e l'effetto sorpresa erano bastati.

I Fray, in preda agli ultimi spasmi, stramazzarono al suolo.

Trattenni un sospiro di sollievo: non era ancora finita.

Percepivo ancora una presenza. Senza indugiare oltre, feci scricchiolare la porta spostandola, e sbirciai dentro.

La mia vista, nonostante le sembianze umane, si era acuita parecchio negli ultimi tempi. Era come se la parte di Lupo continuasse a evolvere. In un certo senso, la metamorfosi migliorava il corpo e i sensi. Da quando mi ero trasformata la prima volta, anche il mio corpo umano aveva preso a cambiare, lentamente. Metamorfosi dopo metamorfosi. Non ero capace di capirne il perché, ma fino a quando continuava a fortificarmi, andava benissimo.

In quel momento però avrei preferito non vedere. Essere come qualsiasi umana della mia età nella penombra: abbastanza cieca da non sapere nulla, almeno per un altro po'.

La scrivania in legno era nell'angolo, sulla destra, come la ricordavo.

Anche il piccolo salottino in broccato, sull'angolo sinistro, stava come l'ultima volta che l'avevo visto. Solitamente le lezioni si svolgevano di sotto, nel salone. Quello era lo studio del Generale ed era inavvicinabile. Ogni tanto mi spediva a recuperare le scorte di liquori pregiati che teneva nella credenza. Ora, quest'ultima giaceva a terra. Vetri, sangue, alcolici e, probabilmente, anche molte pozioni impregnavano i tappeti dello studio. Un tremendo odore di marcio e sangue mi fece piegare in due per il conato di vomito che mi colpì. Gli occhi pungevano mentre rimanevo attonita e incredula davanti a quella scena.

Non mi ero neppure accorta che il cuore stava correndo al ritmo dell'orrore più folle.

Non poteva essere vero, sicuramente avevo le allucinazioni. Non poteva essere reale.

Dal soffitto pendevano due corpi, o meglio, ciò che ne rimaneva.

«Non è possibile...» biascicai, mentre una delle due figure prese a mugugnare.

«Drina?» bisbigliai sconvolta.

Come bestie, lei e Keeryn, la serva Fray di Taran, penzolavano dal soffitto con i corpi martoriati. Il panico per la presenza della Lupa mandò in tilt il cervello. Respirai per prendere il controllo.

Ero certa di averla vista a Imperia... Aveva fatto parte del Consiglio di Guerra, come poteva essere ora lì?

Non è possibile!

Guardai intorno attenta, era un inganno?

Un vociare da fuori mi riportò alla mente il perché mi trovassi in quel posto.

E decisi.

Raggiunsi le due femmine, dovevo scoprire la verità.

TOR

Vedevo il sangue.

Come una fontana dal getto lieve e zampillante, macchiava il legno sotto di me.

Ero piegato in avanti, ma non ancora accasciato del tutto.

Non ancora finito.

Quando avevo capito che non avrei mai raggiunto l'esercito, avevo rimosso parte dello scudo, nonostante mi trovassi ancora dentro la Torre. Dopo non molto però tutto era diventato nebbioso. E anche il resto della cascata aveva ceduto.

Avranno fatto in tempo?

Non sapevo cosa fosse successo alle truppe né cosa ne era stato della missione d'evacuazione.

Avevo fatto del mio meglio, ma non era stato abbastanza.

Quel colpo andava oltre ogni mia previsione.

Il cuore era pesante. Come se piombo accumulato da anni gravasse su di lui. Potevo solo subire lo svilupparsi degli eventi.

Per ora, almeno.

Ho provato a ultimare il piano, mi dissi, serrando i denti in preda all'angoscia.

Le dita bianche che, ogni tanto, tormentavano il mio manto, tornarono a intrecciarsi al pelo sopra la testa. «Stai tranquillo, Re dei Lupi...» sussurrò la voce che, in pochissimo, avevo imparato a odiare con ogni cellula del corpo. «Ormai siamo a metà strada».

Il suo ghigno dolcemente maligno non mi toccò.

Parte del mio corpo di Lupo, inchiodato al carro che mi trasportava, era inerte. Anche volendo, non avrei potuto muovermi.

Il dolore causato dal ferro che trafiggeva la carne si era attenuato dopo la prima ora di marcia. Le membra, in parte, avevano perso sensibilità

Ora aspettavo solo che il mio destino si compisse.

AURORA

«Muoviti, Vuk!»

La piccola testolina arancione entrò dallo stipite ad arco del salone, con il Lupo alle calcagna. Eravamo tornati visibili giusto in tempo. L'ultima Fata era sgusciata nel palazzo quando i nostri corpi avevano iniziato a ricomparire.

Lo sguardo corse alla Lupa bionda adagiata contro la parete. I suoi resti erano lì, ma l'anima, finalmente libera, sicuramente si trovava in un posto migliore.

Le ginocchia mi tremavano e la bile riprese a salirmi la gola.

«Devi muoverti!» sibilò Keeryn.

Il mio odio per i Vaughan e per i Fray aveva raggiunto il picco più alto dopo aver frugato nella testa di quella femmina di Volpe, Keeryn.

Ciò che avevano fatto era pazzesco. Credevo di conoscere il nemico che mi aveva resa schiava, invece mi ero scontrata solamente con la superficie di un iceberg.

Avevano rapito Drina a Honora, per Dio!

Ecco perché si erano ritirati: avevano raggiunto uno degli obiettivi. Durante la battaglia, le Volpi avevano catturato diversi Lupi, tra cui la Lupa bionda.

Deglutii a vuoto, stentavo ancora a credere che fosse vero.

Ker e Taran erano in cerca di un Lupo che detenesse un certo potere, e quando si erano trovati tra le mani Drina, così vicina a Tor, Ker, una dei quattro Vaughan e sorella di Aris, aveva preso il suo posto.

Grazie alla magia, quella lurida creatura era capace di prendere le sembianze di chiunque dopo appena un tocco.

Man mano che i Fray, durante la battaglia di Honora, catturavano i Lupi, Taran e Ker invadevano le loro menti in cerca di quello giusto.

Catturata la Lupa bionda, e assimilate tutte le informazioni dalla sua mente, Ker ne aveva preso le sembianze tornando alla città, per poi infiltrarsi tra i Lupi. E questo fino a oggi!

Ora quel mostro si trovava a Imperia. Serrai spasmodicamente i pugni. Rabbia, tormento, angoscia e dolore si erano sostituiti al sangue, alimentando il cuore di un nero veleno.

Chiusi gli occhi.

Inoltre, la mia fuga e l'omissione sulla mia natura avevano portato delle conseguenze a Taran. Lui era tornato nel sottosuolo con la vera Drina. Qui Aris, a sua volta, aveva frugato nella mente della Lupa e, subito dopo, in quella della serva Fray di Taran, scoprendo la verità taciuta dal Generale.

«Tieni» porsi all'ultima Fata il calice con il tonico, «bevi tutto».

Sapevo dove il Generale teneva le scorte della preziosa pozione rinvigorente. Ne avremmo fatto buon uso.

«Areon, attiva lo specchio e inizia a farle passare».

Ci trovavamo nel salone del palazzo di Taran, lì dove ero solita allenarmi. La tavolata era ancora accostata alla parete, cosparsa di pergamene.

Serrai i denti. Non gli dovevo nulla, eppure non potevo farlo: non potevo lasciarlo lì, se era ancora vivo.

In automatico, lo sguardo corse al corpo di Drina. Non avevo potuto far nulla per lei. Il nodo che mi chiudeva la gola divenne più grande.

Gli arti mutilati e la carne fatta a brandelli sapevo bene di chi fossero opera.

Anche Keeryn aveva subito lo stesso trattamento, ma lei era ancora viva quando le avevo trovate.

Così, dopo aver letto nella sua mente, avevo scoperto tutto e sanato le sue ferite. Mi era costato parecchie energie curarla.

Socchiusi la bocca per un istante. Avrei voluto urlare, disperami, arrabbiami, uccidere…

Non potevo. Non c'era tempo.

Mi spostai quando una pallida luce illuminò lo specchio appena ingrandito: «Vuk?»

«No, non se ne parla».

Sospirai. «Non possono andare da sole. Non abbiamo idea di cosa ci sarà dall'altra parte».

«Un'altra buona ragione per venire» replicò torvo.

Certo che non capiva, non capivo neppure io.

Mi spostai fino ad avere il suo viso davanti. «Se non fosse per lui, non sarei viva. E se Aris l'ha imprigionato, potrebbe diventare un alleato».

Taran era prigioniero in uno dei cunicoli. Il primo interrogatorio si era svolto proprio qui, in questa costruzione. Con Aris da carnefice.

Non voleva che si sapesse del tradimento del Generale, per quanto io non lo vedessi propriamente come un tradimento.

Il Re dei mostri lo riteneva uno smacco troppo grande per spifferarlo a tutti e, con Ker a Imperia, si sentiva più vulnerabile. Ide non gli era fedele, lui aveva trovato il modo di costringerla a obbedirgli. Lo avevo scoperto nella mente della Fray a Honora.

Dopo aver finito con le due donne, le aveva legate al soffitto. Solo la serva di Taran era sopravvissuta, grazie alle cure che un'altra femmina di Volpe le aveva fornito di nascosto.

Drina invece era rimasta mutilata e agonizzante a morire da sola. Avevo visto ogni cosa attraverso gli occhi della Fray.

«Anche trovandolo, e ammesso che riuscirete a uscire vivi di qui, non è detto ci aiuti».

Certo, era vero, eppure dovevo tentare.

«Pensa a portare le Fate in salvo, io mi occuperò del resto».

«Se avete smesso di bisticciare, direi che è ora di partire» s'intromise il principe.

«Bene! Vuk, muoviti» borbottai, sospingendolo verso il portale.

Il Lupo mi guardò in tralice per un lungo momento. Le iridi calde come la terra bruna del sottobosco non volevano lasciarmi.

L'ombra d'odio era sparita.

«Vedi di non farti uccidere, meticcio!» ringhiò, prima di raggiungere i resti di Drina e prenderla con cura tra le braccia.

Una lacrima mi rigò la guancia. Nonostante gli inizi turbolenti, nutrivo affetto per lei.

Vuk mi guardò un'ultima volta prima di balzare nel portale.

Occhi rosa lo seguì svelta e, dietro di lei, anche le altre presero a passare. Avevano formato un piccolo serpente colorato che sgusciava lentamente nello specchio.

Una mano strinse la mia: «Vieni via con noi!»

Lo sguardo verde mi supplicava. Strinsi le piccole dita in risposta e abbassai la testa prima di avvolgere le esili spalle di Elerry in un forte abbraccio. «Sai perché non posso...»

Non volevo vedesse la paura riflessa nei miei occhi. Tutto ciò che volevo era andarmene da lì insieme a lei, eppure sentivo di dover rimanere.

«Tu puoi. Il tuo cuore è giusto e buono» bisbigliò lei, «ma loro non meritano nulla».

Rafforzai la stretta. «Presto ci rivedremo» promisi, prima di spingerla verso il passaggio.

Quando anche la testolina viola di Elerry fu inghiottita, il vuoto si allargò nel petto.

Non potevo più tornare indietro.

«Sei certa che non vuoi che rimanga con te, sorellina?»

Passai una mano sugli occhi cercando di cancellare ogni traccia di tristezza.

Mi voltai a guardare Areon, accanto allo specchio. Eravamo soli.

La Fray, Keeryn, si era già diretta ai piani superiori, dove mi avrebbe aspettata.

Gli occhi erano due profonde e magnetiche pozze scure. I lunghi e lucidi capelli corvini ondeggiavano sulle spalle del principe, spostati dagli spifferi gelidi che infestavano quel luogo malefico.

Syd, appollaiato sulla sua spalla, continuava a guardare la superficie dello specchio, attratto.

Anche lui non vedeva l'ora di andarsene da lì.

Quel ragazzino aveva davvero qualcosa di speciale. E sicuramente più coraggio di quanto ne avessi io. «Sì, sai bene che non puoi rimanere».

Feci un passo verso di lui, avevo bisogno di dirgli qualcosa, ma non trovavo le parole. «Senza di te, non sarei mai arrivata fino a qui». Era la verità.

Avevo liberato le Fate e mantenuto il mio giuramento solo grazie a lui. Senza il suo aiuto, non avrei mai varcato le porte d'Imperia, portato zia Penny al castello e scoperto tutto ciò che avevano fatto i Vaughan.

Non avrei potuto riportare a casa il corpo di Drina...

Un singhiozzo risalì la gola.

Più ci pensavo, più mi rendevo conto di quanto dovessi ad Areon.

«Senza il tuo aiuto, non avrei fatto niente» bisbigliai.

«Ti sbagli, Rori, avresti trovato il modo» gli angoli delle piccole labbra si storsero all'insù. «Forse le cose sarebbero andate diversamente, ma avresti raggiunto ciò che conta davvero».

Il mio cuore sussultò.

Spostai il corpo in avanti mentre le gambe avanzavano e, in un attimo, lo avvolsi in un forte abbraccio. «Grazie».

Una sensazione calda risalì la schiena quando Areon ricambiò la stretta per un istante, per poi scostarmi.

«Devi andare, non c'è tempo».

Il suo volto era cambiato e un tremito nella voce m'impietrì. Gli occhi che, fino a poco prima, brillavano come stelle nere, ora erano vuoti. Sembrava perso nel nulla.

«Sanno che le Fate non ci sono più, e ricorda che la Vaughan infiltrata a palazzo era presente al Consiglio di Guerra, quindi sa».

Il calore sparì per essere sostituito da una morsa gelida.

«Ora corri, Rori!» ordinò, spingendomi verso l'uscita.

«Syd rimarrà con te» aggiunse, prima di voltarsi e sparire nello specchio.

Dietro il suo passaggio, il portale si restrinse in un istante fino a scomparire con un ultimo bagliore.

Il salone era vuoto. Areon aveva appena chiuso il portale, portando lo specchio con sé.

Sobbalzai sul posto. Un dolore pungente alla spalla pizzicava la carne. Gli artigli del corvo bianco si erano arpionati per bene, mentre si era posato su di me come se fossi il suo nuovo trespolo.

Urla e voci chiassose si alzarono. Le Volpi nella Valle si stavano animando.

Il cunicolo era strettissimo. Per la millesima volta scacciai il pensiero che quella Volpe dannata, dalla pelle lattea e perfetta, mi stesse portando a morire.

L'unico che si trovava a suo agio nella galleria, dove qualsiasi claustrofobico sarebbe morto di infarto solo a vederla, era Syd.

Keeryn guidava la piccola formazione. A carponi, si spingeva e strisciava lungo il passaggio stretto e umido in un'oscurità quasi totale.

Il mio nuovo compagno, dalle piume candide, saltellava a suo agio dietro di lei.

Io chiudevo la fila, concentrata sulla piccola fiammella che vorticava in aria poco lontano dalla mia testa.

L'avevo evocata per illuminare la strada.

Ci stavamo spostando in uno dei diversi percorsi usati esclusivamente dalle femmine Volpe per poter controllare ogni cosa, lì sotto e in superficie. Per spiare e poi riferire al lurido Re del sottosuolo.

Se uscirò viva da tutto questo, la prossima volta che mi avventurerò sottoterra sarà in una bara, promisi a me stessa.

«Come stai?» la voce della femmina Volpe era piatta.

Un sopracciglio scattò verso l'alto: sapevo che a lei non importava nulla. Le servivo unicamente al suo scopo e le servivo viva e in forma.

«Bene».

Era la verità. O meglio, mi sentivo indistruttibile. Probabilmente non ero mai stata così carica e dopata in tutta la mia vita.

Avevo ingurgitato talmente tanto tonico che, di certo, avrei avuto bisogno di una settimana per smaltirlo.

Non conoscevo gli effetti di un sovradosaggio, ma sul momento assumerne una grande quantità mi era sembrata un'idea brillante.

Tanto più quando avevo iniziato a sentire la brezza calda dentro di me vorticare frenetica, in trepida attesa d'agire. Aveva potenziato anche la mia magia. La sensazione di euforico potere che sentivo doveva essere molto simile a quella che prova un drogato di RedBull dopo essersi scolato dieci lattine di fila.

Sia io che Keeryn avevamo delle borracce legate al fianco che contenevano la preziosa pozione, attinta dalle scorte di Taran.

Era stato uno scherzo fabbricare quei contenitori e, grazie agli insegnamenti del Generale, creare piccoli oggetti con la magia mi risultava estremamente facile.

Non sapevo di preciso quanto tempo fosse trascorso dalla mia fuga da Imperia, ma di sicuro i Lupi erano arrivati a scontrarsi con l'esercito dei Vaughan. Pregai che tutto stesse andando per il meglio.

TOR

La carne si lacerò con un rumore raccapricciante e, finalmente, la zampa fu libera.

Il collo si tese in avanti e le fauci spalancate schioccarono nel vuoto.

L'applauso che risuonò, insieme a una sadica risata, m'infiammò maggiormente.

«Ahah, credevo fossi un cucciolo al potere, invece mi divertirò un sacco con te!» annunciò la voce maligna. «Anche se per poco».

Bene, se volevano uccidermi, ero pronto.

Non sapevo come, ma avrei portato almeno uno di loro quattro con me. Quella massa di sadica malvagità dalle sembianze femminili che avevo davanti era la prima della lista.

Era esile, dalla pelle candida, con il volto minuto e spigoloso, bello come solo il male sapeva essere. Trasudava la sua essenza oscura dagli occhi grandi, tinti di freddo azzurro come due laghi artici. Le iridi si riempivano d'infinito piacere davanti alla sofferenza. I capelli scuri come nuvole di pioggia le ricadevano in ricci scomposti, marcando il viso freddo e maligno. Aveva finalmente rivelato il suo vero aspetto, lasciando svanire le sembianze di Drina.

Lei era una Vaughan. Come avevo fatto a non vedere…

«Tra poco ci raggiungerà il mio adorato Aris» ghignò. «Quindi potremo giocare ancora per poco».

Invece di reagire, abbassai la testa con il clangore delle massicce catene che mi serravano la gola. Avevo il collo legato e ancora una zampa posteriore imprigionata.

Ero riuscito a togliere le lame di metallo che mi infilzavano una gamba, ma la catena che mi imprigionava era intrisa di magia.

«Come?» sbuffò. «Ti sei già arreso?»

«Non mi arrenderò mai...» sussurrai piatto nella sua mente. Ma non avrei neanche dato spettacolo per il suo piacere.

AURORA

«Che succede?»

Keeryn sibilò: «Ti ho già spiegato che una parte delle truppe sta rientrando».

Un altro scroscio di terra si staccò dal soffitto per caderci addosso. Tossicchiai, sputacchiando terriccio.

Quei minuscoli granelli s'infilavano ovunque. Nel naso, negli occhi, nelle orecchie, in bocca. Terra ovunque.

«Quando ci spostiamo?» insistetti.

Ormai eravamo ferme da un po'. Per fortuna ci trovavamo in un punto del cunicolo più largo. Non riuscivo ancora a mettermi in piedi, ma almeno potevo sedermi tranquillamente.

La femmina mi lanciò un'occhiataccia. «Non so cosa stia succedendo, di sicuro sanno che quelle piccole insignificanti creature sono fuggite».

Ogni sentimento di gratitudine per il suo aiuto morì con quelle parole.

«Le cercheranno» aggiunse, «dobbiamo solo aspettare che le acque si calmino e pensino che qui non è rimasto più nessuno».

Certo, aveva senso. «Perché delle truppe stanno tornando?» chiesi invece.

«E come credi che possa saperlo? Hai visto tu stessa cosa so» replicò acida.

Già. Però avrei voluto ugualmente che mi dicesse qualcosa. Un'opinione, un pensiero. Qualsiasi cosa!

Ma non aggiunse altro.

Dopo qualche minuto, la vidi rannicchiarsi su un fianco.

«Che stai facendo?» sentivo la frustrazione nella mia voce.

«Cerco di riposare» rispose senza voltarsi. «Dovremo rimanere ferme per diverse ore, se non vogliamo essere scoperte. Quindi la cosa migliore è sfruttare il tempo riposando».

Serrai la mascella per la frustrazione. Aveva ragione, ma l'idea di dormire in quel momento era raccapricciante. Anche se, ovviamente, sensata.

«Prova almeno a sdraiarti e chiudi gli occhi» aggiunse. «Se vuoi avere successo, accumula più energie che puoi!»

Non risposi.

Syd era acciambellato sul mio ginocchio. Mi guardò piegando la testa di lato, anche lui sembrava infastidito dal mio comportamento.

Lasciai andare un lungo sospiro, e infine mi rilassai contro la parete di terra, chiudendo le palpebre.

Avevamo ripreso la marcia e il tempo che passavamo a strisciare di cunicolo in cunicolo mi sembrava infinito.

Era trascorso parecchio da quando gli altri erano scomparsi nel passaggio. Forse un giorno. O anche più. No, meno? Lì sotto si perdeva la cognizione delle cose e del tempo.

Continuavo a pensare a Imperia e zia Penny. Poi vedevo l'immagine di Tor, prima della fuga, seguita dagli ultimi momenti passati con Caim. La testa era un groviglio di pensieri e immagini.

La Volpe che mi guidava, con il suo mutismo, non era d'aiuto per focalizzare i pensieri in modo produttivo.

Allora provai a indirizzare il flusso mentale altrove.

Frugai la Fray che avevo davanti.

Estesi i sensi, cercando di captare qualcosa anche nell'ambiente circostante, ma niente. O almeno, nulla di nuovo.

Keeryn era in apprensione e spaventata. Stava tradendo il suo popolo e Aris. Lo faceva per lealtà verso Taran, il Generale dei Fray. O forse meglio dire Ex Generale, a questo punto.

Avevo scandagliato la sua mente e letto e riletto ogni informazione.

Non era solo lealtà quella che avevo visto. Per lui provava affetto. Era infatti quest'ultimo sentimento ad aver preso il sopravvento, portandola a decidere di aiutarmi. Lei voleva salvarlo, a ogni costo.

Aris l'aveva imprigionato in una delle celle più distanti dalla Valle. Il nostro obiettivo era raggiungerlo e liberarlo. L'avrei fatto io, con la magia.

Una volta libero, avremmo raggiunto la superficie attraverso un'uscita poco distante, che veniva utilizzata dalle femmine per trasportare le provviste.

Secondo Keeryn, Taran poteva trovarsi solo lì, in quanto era l'unico luogo in grado di contenere un Vaughan.

«Manca poco allo spiazzo» mi avvertì.

Finalmente!

Il cunicolo si allargò e, dopo non molto, sbucammo dietro un'enorme stalagmite, in un ampio slargo.

Da lì partivano tre gallerie ed erano i soliti percorsi ai quali ero abituata. Questo significava che c'era un alto rischio d'incrociare dei Fray.

Keeryn si guardò intorno circospetta. «Percepisci nulla?»

Sollevai un sopracciglio, squadrandola torva. Quella collaborazione era l'ultima cosa che mi sarei sognata.

«Hai problemi d'udito?» sicuramente anche lei aveva i sensi affinati. Per di più, non essendo stupida come i maschi, poteva anche sfruttarli al meglio.

«Il modo di percepire l'ambiente che hanno i Lupi è molto più forte e a lungo raggio, rispetto al nostro» spiegò infastidita.

Rimasi in ascolto per un lungo momento. Quella cosa del sentire non era mai stata il mio forte. Per i Lupi equivaleva a respirare; per Tor poi, faceva parte del suo modo di essere. Per me, invece, estendere i sensi all'ambiente circostante, in modo da coprire un ampio perimetro, era ancora parecchio difficile.

«Nulla nei paraggi» risposi infine.

«Bene, muoviamoci allora» m'incitò la Fray.

Prendemmo la galleria sulla destra.

Il sentiero era illuminato da torce poste su entrambi i lati, e la roccia grigia delle pareti si mescolava a quella lattea.

Keeryn avanzava sicura tra i blocchi di pietra che spuntavano qua e là nel terreno, cercando di tenersi a ridosso del muro.

Era tesa e la sua paura cresceva a ogni passo.

Non che io fossi tranquilla, con ogni probabilità avevo firmato un contratto con il Cupo Mietitore. Eppure, non avrei potuto andarmene senza tentare.

Quando, guardando nella mente della Volpe, avevo scoperto quel che era accaduto a Taran, ci avevo visto anche la possibilità di un'alleanza. Non esisteva un alleato migliore di lui, un Vaughan, per battere i Vaughan! E poi, non avrei mai potuto lasciarlo lì. Mi aveva salvata dalle grinfie di Aris.

«Più avanti c'è qualcuno...» bisbigliai.

«Lo so, siamo quasi arrivate».

Cercai il pennuto e lo trovai intento a volare a zig-zag sopra le nostre teste.

«Syd, vieni!» lo richiamai.

Il corvo arrivò come un razzo, planando su di noi per atterrare sulla mia spalla. Le unghie, al pari di piccoli aghi, affondarono nella pelle, strappandomi un borbottio.

Dopo aver svoltato una curva, Keeryn schizzò dietro una grossa roccia, facendomi segno d'imitarla.

Fece capolino cauta, studiando le due figure bianche davanti a noi.

Non avevo bisogno di vederli, li sentivo chiaramente. Due Fray stavano vicino alla parete.

«Lì c'è la cella» spiegò la Volpe.

Schioccai le nocche delle dita, tesa. «La cosa migliore è attaccare e basta».

Keeryn mi guardò per un lungo istante: «Sei sicura di farcela? Sono due dei guerrieri più bravi…»

Certo, combattere contro un'orda di Fray era un po' un suicidio, ma contro due? Potevo farcela, eccome. Per quanto forti fossero, avevo anche la magia. E Taran mi aveva addestrata bene.

Annuii decisa, prima di mutare. In un attimo il nascondiglio dietro la stalagmite divenne strettissimo. In forma animale ero un Lupo bello grosso.

«Vai!» m'incitò. «Fai in fretta, prima che ti vedano!»

Sfrecciai verso le Volpi.

Un urlo, seguito da ringhi, mi avvertì che mi avevano vista. Non ebbero tempo di fare molto altro, gli ero già addosso. Balzai sul primo con le fauci aperte.

I denti incisero la gola. La parte di Lupo era eccitata nel sentire la preda contorcersi sotto il corpo e l'adrenalina montava inarrestabile.

Il sangue caldo invase la mia bocca mentre, con un crack secco, l'osso del collo si spezzò. Avevo tranciato la gola della Volpe con un unico morso.

Intanto, un dolore acuto trafisse la schiena. L'altro Fray mi aveva attaccata.

Con un balzo scartai di lato, cercando di scrollarmelo di dosso. Nonostante i bruschi scatti, restava arpionato con le zanne alla carne.

I Fray, in forma animale, non erano come i Lupi, che diventavano animali a tutti gli effetti, ma più simili invece a mostri Volpe: ammassi di pelo bianco e sudicio che stavano in piedi sulle due zampe posteriori. Grazie alla loro posizione eretta, erano decisamente alti.

Nei loro robusti corpi d'animale, alcuni superavano di gran lunga i due metri. Nella parte superiore, i Fray si curvavano leggermente in avanti, e un muso di volpe spuntava al posto del volto. Denti da squalo erano spesso messi in mostra dalle mascelle socchiuse, gli stessi che ora m'infilzavano la carne. Orecchie piccole e appuntite stavano ritte sulla sommità del capo, mentre gli occhi tondi avevano iridi di un giallo slavato.

Mi lanciai ripetutamente verso la parete, di schiena, schiacciando la Volpe come una pressa e questa, finalmente, mollò la presa.

Ruotai fino ad avere l'avversario davanti e, con un ultimo slancio, gli fui alla gola.

Avevo preso due vite in qualche istante e non sentivo nulla. Quando si trattava di quelle luride Volpi, ero incapace di qualsiasi emozione.

Cercai Keeryn con lo sguardo e la trovai accucciata accanto alla parete.

Avvicinandomi, mi resi conto che quello che mi era sembrato un muro in realtà era una cella fatta di spesse sbarre di pietra grigia.

La volpe stava accovacciata al suolo, vicino alla feritoia, sussurrando qualcosa. Infine adocchiai la figura scura dall'altra parte.

Coprii la breve distanza in un lampo.

«Non credevo che la tua stupidità arrivasse a tanto» mi apostrofò la voce ruvida del Vaughan.

Era accasciato a terra accanto alle sbarre. Il volto tirato e sofferente, gli occhi scuri erano fissi su di me come magneti. Da un lato della testa, i capelli neri e la fronte erano macchiati di sangue secco.

La mascella squadrata era coperta da una corta barba scura che non gli avevo mai visto. La maglia era fatta a brandelli, e uno strappo più grande sul torace rivelava una vistosa ferita.

I quattro Vaughan non erano capaci di usare la magia per curarsi. Il Generale era in grado di preparare pozioni di ogni genere, impossibili anche per un Mago, ma non di curarsi con la magia.

«Sono contenta che tu sia vivo» dissi sincera nella sua mente.

Scivolai dal corpo di Lupo riprendendo forma umana, mentre una piccola risata vibrò nella gola del Generale.

«Sei proprio una piccola sciocca» aggiunse, «e bugiarda. Avevi dato la tua parola che non saresti uscita di qui usando la magia».

Lo guardai torva, accucciandomi a mia volta accanto a Keeryn. A guardarlo da vicino era messo veramente male. Aris doveva aver dato il meglio di sé, strano che non l'avesse ucciso.

«Ho mantenuto la promessa» dissi, allungando una mano verso le sbarre fredde. «Sono riuscita a nascondermi su una delle catapulte dirette a Honora» rivelai. «Ti avevo dato la mia parola e così è stato. Non ho usato la magia per scappare, ma solamente una volta arrivata in superficie».

Prima che decidesse di addestrarmi, gli avevo promesso che non avrei usato la magia per scappare e che non l'avrei usata fino a quando fossi stata sottoterra, a meno che non me lo avesse ordinato lui.

Quella strana luce, che gli avevo visto in qualche rara occasione, ricomparve negli occhi scuri.

«Non so se essere infastidito o affascinato dalla tua sfrontatezza, ragazzina» replicò prima di piegarsi in avanti tossendo.

Quando la testa si rialzò, un filo scarlatto gli macchiava l'angolo della bocca.

Strinsi forte la sbarra di pietra e riversai la mia magia, pronta a spezzarla. Come un proiettile, fui sbalzata all'indietro e caddi rovinosamente a terra.

La schiena bruciava e, nella testa, esplose un vortice incandescente.

Mi rialzai malamente per ritornare barcollando alle sbarre.

«Stupida ragazzina!» la voce aspra di Taran m'investì come un treno. «Non ti ho insegnato proprio nulla?» continuò arrabbiato. «Credi mi lascino qui senza alcuna protezione magica? A volte mi sorprende quanto brillante e stupida, al contempo, tu riesca a essere».

Portai una mano alla testa e le dita incontrarono qualcosa di caldo e umido. Mi ero ferita. E Taran aveva ragione: ero una cretina.

«Ti farai solamente del male provando a liberarmi» continuò piatto. «Vattene, finché puoi!»

«Ma, padrone!» s'intromise la Volpe. «Deve esserci un modo per farla uscire!»

Taran, in risposta, allungò il braccio verso di lei, agguantandole il polso. «Keeryn fa' come ti ho chiesto, devi andartene. Porta Aurora con te e salvatevi, per me non c'è più nulla da fare».

«Mai!» singhiozzò disperata, aggrappandosi alle dita di Taran.

Il cuore si strinse. Sarebbe morta piuttosto che abbandonarlo, lo avevo visto nella sua mente.

Una volta tornata accanto alle sbarre, guarii le mie ferite.

«Siamo venute per tirarti fuori di qui e non ce ne andremo senza di te!» bofonchiai piccata.

Gli occhi scuri trovarono i miei. «Anche se riuscissi a liberarmi, non aiuterò mai i Lupi!» ringhiò. «Mi hanno tolto tutto ciò che amavo, non potrò mai dimenticare!»

Trasalii gelata dall'odio che vibrava in quelle parole.

Allungando la mano, afferrai il braccio che intrappolava ancora quello di Keeryn. L'energia fluì rapida, come il fiume che segue il suo corso, iniziando a rimarginare le ferite.

Comprese ciò che stavo facendo e trasalì sorpreso.

«Capisco» replicai, «ma se c'è un modo di liberarti, lo farò. Mi hai salvata da una sorte peggiore della morte» gli ricordai.

Mi aveva protetta da Aris. Non avevo dimenticato né mai avrei potuto farlo. «Non importa se non aiuterai i Lupi, lo farò lo stesso» conclusi, ritraendo la mano.

«È stata Ide a sigillare queste sbarre».

Quell'informazione fu la sua risposta. «Ma ci sarà pur un modo per farti uscire?» insistetti.

Un sorriso sardonico gli piegò le labbra. «Quando Aris deciderà che gli servirò, allora mi faranno uscire».

Sembrava certo che non ci fosse altro modo, ma una cosa mi rimbalzò nel cervello. «A cosa dovresti servigli?»

Il viso di Taran era ancora sporco e insanguinato, ma l'aria sofferente era totalmente sparita. In compenso, io ero un po' più stanca.

I lineamenti si torsero in una smorfia. «Mi useranno per uccidere il tuo adorato Alfa, o meglio, per ucciderlo e acquisire i suoi poteri» rivelò.

TOR

Trascinavo le zampe lungo la galleria. Lei era poco più avanti, e teneva l'estremità della catena alla quale ero legato, diventata un lungo guinzaglio.

Da ogni lato, tre Fray.

Inciampai nelle mie stesse zampe e il corpo si afflosciò come un burattino dai fili spezzati.

«Su, su, lupacchiotto. In piedi!» la catena si tese e il collo, ridotto a carne viva, arse.

Il male non era mai stato tanto intenso, da quando aveva deciso di recidermi i tendini della zampa destra. Si era divertita a torturarmi.

E poi era arrivato lui. Il mostro che tirava le fila di tutto, Aris. Aveva gioito per qualche istante nel guardare la mia aguzzina infliggermi dolore, ma se n'era andato presto. Doveva preparare qualcosa. Non avevo idea di cosa fosse, ma sapevo mi riguardava. Riguardava la mia morte.

Con il corpo di Lupo, allo stremo, mi rimisi in piedi.

«Bravo il mio animaletto» squittì gioiosa la Vaughan, con una nota perfida nella voce.

In risposta, un ringhio sordo provò a risalire la gola e le zanne si fecero vedere.

Fili rossi continuavano a scendere dalle fauci. Aveva cercato di recidermi anche le corde vocali e, in parte, ci era riuscita. Si era fermata solo perché le servivo vivo, almeno per un altro po'.

«Su, non lamentarti, tanto l'unica cosa che ci serve è il tuo cuore» ghignò. «Sei vivo solo per questo».

«Anche se non sarò io, qualcuno vi finirà molto presto» le sussurrai nella mente.

Piegò la testa all'indietro mentre una risata sguaiata risuonò nell'aria. I riccioli scuri ondeggiarono come un'aura nera intorno a lei. «Mio piccolo e sciocco Re dei Lupi, sei solo un illuso».

Lasciò cadere la catena per spostarsi verso di me. Quando la sua mano mi toccò per una fugace carezza, giurai a me stesso che gliel'avrei staccata prima di morire.

«Nessuno ci può fermare» ribadì, curvando malignamente la piccola bocca. «E quando troverò quell'abominio che ami tanto, mi divertirò anche con lei».

Sapevano tutto, ogni cosa. Non c'era stato alcun interrogatorio, avevano semplicemente spezzato la mia mente.

Aveva frugato, rovistato e guardato ovunque. Quell'abuso era stato il male peggiore da sopportare. Ogni più intimo pensiero ed emozione erano stati violati.

Nel profondo, sapevo di non essere più lo stesso. Quel dolore. La mia intimità più grande era stata scorticata e profanata da quella degenere e maligna creatura, facendomi sentire vuoto. Spogliato del mio mondo.

Aveva visto tutto, mi aveva portato via ogni cosa. Quel mostro si era impossessato di tutto ciò che sapevo. Non avevo idea che possedessero anche questo infame potere.

Non risposi. Il silenzio l'infastidiva più delle parole.

Il clangore di metallo, seguito dal robusto strattone, era indice che aveva ripreso la catena in mano.

«Non vuoi che parli di quella cagna?» continuò, riprendendo la camminata. «Quando la cattureremo, farò in modo che mio fratello Aris si diverta con lei…» ridacchiò. «Quando avrà finito, la lascerò ai Fray».

Il dolore causato dalle sue parole mi stava soffocando. Solo l'idea che potesse accadere una cosa simile, uccideva la mia anima.

«Hai perso la lingua?» chiese imbronciata. «Quella non te l'ho tagliata di proposito».

Aveva bisogno che io reagissi, voleva vedere il mio dolore e non l'avrei accontentata.

«Pagherete per ogni cosa» mi limitai a rispondere.

Sbuffando, riprese a camminare e i Fray ai lati a infilzarmi le costole con le spade, con il pretesto di spronarmi ad andare avanti.

La vista era appannata e, alle mie spalle, lasciavo una serpentina rossa sul terreno. Stavo crollando di nuovo. Era da parecchio che ci spostavamo lungo le gallerie e, in quelle condizioni, non sarei sopravvissuto a lungo.

Dopo un breve tratto, la Vaughan si bloccò con un grido iroso.

«Quegli stupidi buoni a nulla!»

Sollevai lo sguardo, accorgendomi che la parete sulla destra era in realtà una cella ricavata dalla pietra. Con sbarre larghe e grigie. Dalla parte opposta, una figura scura stava accucciata contro la parete.

«Non agitarti, Ker, hanno solo eseguito i miei ordini» disse l'ombra, deridendola. «Ho chiesto dell'acqua e sono andati a prenderla».

Chiunque fosse l'imprigionato, era uno stupido, arrogante e anche temerario. Provai un'immediata simpatia per lo sconosciuto.

Volevano imprigionarmi con lui? Era questo il piano?

L'unica cosa che sapevo era che stavano preparando un rituale. La mia aguzzina si era lamentata dell'attesa prolungata.

Un giorno, aveva detto Aris. Erano però solo brandelli di discussione che ero riuscito a cogliere poco prima.

Intanto mi avrebbero imprigionato qui? Probabile.

«Vai a cercare quei buoni a nulla» ringhiò la Vaughan a uno dei Fray della scorta. «Quando avrò finito con loro, ci saranno nuove pellicce da aggiungere al mio guardaroba».

Una luce diabolica brillava negli occhi chiari, e qualcosa mi disse che quelle non erano minacce a vuoto.

Poi, con un brusco movimento, si avvicinò alla cella di pietra, sussurrando parole all'aria.

I larghi cilindri grigi si spostarono rapidi, scomparendo a uno a uno nella roccia, come se la pietra fredda li avesse aspirati. Al loro posto si creò una grande apertura.

Doveva essere una cella particolare. Una cella destinata alla custodia di un prigioniero unico.

«Esci, Taran!» ordinò secca. «Non riesco ancora a crederci» aggiunse con un tremito nella voce. «Quell'orribile incrocio avrebbe potuto rovinare tutto quanto!»

Il tremito che avevo avvertito crebbe. La femmina era furiosa.

«Hai scelto quel lurido abominio, al posto nostro?»

La Vaughan avanzò fino alla soglia della cella, mentre l'ombra non accennava a spostarsi.

Gli occhi chiari erano stretti in due fessure furenti. «Ci hai mentito e hai tradito la nostra fiducia, per cosa?»

Non riuscivo a seguire appieno il discorso, ma intuii che colui che era stato imprigionato probabilmente era il Generale che aveva aiutato Rori.

«Noi siamo tutto ciò che hai. Avevamo un piano, una vendetta da compiere!» continuò. «E hai rischiato di rovinare tutto per una creatura che non avrebbe mai dovuto nascere?!»

«Zitta!» ringhiò l'ombra. «Voi non siete nulla. Tutto ciò che valeva, contava e amavo è morto»

L'oscurità nella sua voce era come fumo che impregna la brace morente.

«Voi bramate dominio, non vendetta. Vi siete alleati con il nemico, e ciò che in realtà desiderate è il solo potere». Ogni parola era pesante e grondava di rancore.

«Io e Ide, forse, siamo gli ultimi. Gli ultimi veri Vaughan. Voi siete mostri». Quelle parole erano come cemento che cola sul letto di una nuova strada.

Ker sembrava frastornata. Gli occhi azzurri erano sgranati e la bocca si apriva e si chiudeva attonita, muta per lo stupore, incapace di emettere alcuna vibrazione.

Una linea bianca si fece largo nel mio campo visivo. Rapida. Silenziosa. Mortale.

Sentivo palpitare il pericolo tutt'intorno. In un battito, lo scenario cambiò. La Vaughan fu scaraventata in avanti dall'ammasso di pelo bianco mentre l'ombra scura si spostava silenziosa.

I Fray si lanciarono all'attacco. Il Lupo bianco intanto venne circondato da lingue infuocate, e le Volpi con lui.

Ci vollero diversi respiri per convincere la mente e il cuore che ciò che vedevo era reale.

La magia di Rori era forte. Aveva sviluppato il suo potenziale, ma Ker, lei, era una creatura senza eguali. Da secoli aspettava solo di combattere. Era un avversario del tutto irraggiungibile per Aurora.

Con un balzo, la Vaughan fu in piedi. Il suo volto era una maschera di stupore e gioia maligna. «E così, alla fine, i miei desideri sono stati esauditi. Potrò giocare con il mostriciattolo» ghignò.

Un terrificante dolore esplose ovunque. Senza rendermene conto, il mio corpo si era slanciato in avanti, ma qualcosa di invisibile mi aveva bloccato, scaraventandomi contro la parete.

La magia della donna era come una corrente d'aria che prende consistenza e diventa acciaio invisibile.

Il mondo intorno a me si spense per un lunghissimo momento. Tenere gli occhi aperti era impossibile. Fui trascinato nel buio con un solo pensiero nella mente, nell'anima e nel cuore. Aurora.

AURORA

I Fray li avevo stesi velocemente. Ker invece era tutt'altra faccenda.

C'era poco tempo, inutile ricordarlo. Avevamo i respiri contati prima che altre Volpi ci raggiungessero, dando l'allarme.

La donna era immobile a pochi metri di distanza. Lo sguardo saltava tra me a Taran come una pallina da ping pong.

L'azzurro delle iridi era quasi totalmente inghiottito dalle pupille dilatate. Le labbra sottili erano tirate in un arcigno sorriso, una linea rossa scendeva dalle tempie macchiandole il volto candido.

Taran era al mio fianco. Immobile, osservava lo scontro. Non aveva mosso un dito per venirmi in aiuto. Del resto, ero stata avvertita che non avrebbe combattuto, non per proteggere un Lupo almeno.

Che stupido.

I denti scricchiolarono quando serrai le mascelle, frustrata, per la centesima volta. Ero riuscita a ferirla, ma lei aveva fatto ben peggio a me. Dovevo trovare un modo per batterla.

«Quando avrò finito con te, non rimarrà neppure la pelliccia» ghignò, sistemandosi un ricciolo nero sulle spalle.

Se la Vaughan e Tor erano qui, Imperia era caduta. *E gli altri?* L'idea mi lacerava il cuore.

Come diavolo era possibile che si trovassero qui?

Che sciocca: lei era riuscita a rapirlo, ovviamente.

Scartai di lato un istante prima che la corrente magica mi colpisse, facendo esplodere parte del muro alle mie spalle. Qualche stalattite più piccola si staccò dal soffitto, cadendo come una lieve pioggerella.

«Stupida illusa, credevi veramente di poter competere con me?» chiese, osservando il mio fianco destro ricoperto di sangue. Non mi ero curata, volevo risparmiare le energie.

Taran mi aveva allenata a farlo, sapevo quale fosse il mio limite. E poi, non era stata lei, ma Aris a torturare Taran, quindi, molto probabilmente, Ker non conosceva nei dettagli le mie capacità.

Richiamai la magia. Sapevo che la maggior parte dei miei incantesimi di attacco non avevano potere su di lei, ma le zanne di Lupo sì. Il problema era arrivarle abbastanza vicino. Forse però avevo appena trovato un piano.

Lanciai un'occhiata a Taran.

Ci osservava in silenzio senza intromettersi, ma sapevo che era dalla mia parte. Avevamo stretto un altro patto. Potevo fidarmi, anche se si era rifiutato di combattere Ker. Non riuscivo a capire del tutto quella logica perversa. In realtà era molto combattuto. Questo lo capivo.

Avevo imparato a conoscerlo durante la prigionia, c'era del buono in lui, anche se l'odio per i Lupi dominava il suo cuore.

Un'ondata di energia bruciò l'aria e, questa volta, riuscì a colpirmi, mandandomi a sbattere contro la pietra. Crepe si formarono tutt'intorno a me.

Più di qualche osso si era sbriciolato o rotto.

Il dolore era così forte che annebbiò ogni cosa per un lungo momento. Allora mi curai.

Intanto la mia avversaria, con uno scatto, si era lanciata su di me, sguainando la spada. Voleva finirmi.

Ero lenta nel rialzarmi, le ferite erano gravi e non riuscivo a rimarginarle con sufficiente velocità. Il fendente affondò nella carne tremendamente vicino al collo.

La lama era arrivata in profondità, non riuscivo a respirare per il male che esplodeva in ogni terminazione nervosa.

Latrai in agonia.

Ci vollero diversi istanti perché una breccia di lucidità si facesse strada in me, nuotando attraverso quell'oceano di dolore.

Richiamai l'aria, per poi scaraventarle contro l'incantesimo e farla precipitare diversi metri più in là. Esattamente dove volevo.

Scattai scagliando due incantesimi in rapida successione contro il soffitto. Un mare di crack preannunciò l'inevitabile.

Una pioggia di stallatiti cadde su di noi. Il primo incantesimo aveva modificato la loro forma, trasformando le loro estremità in lame di pietra appuntite; il secondo aveva scosso il soffitto, provocandone la caduta.

Il tempo di un respiro e un urlo stridulo mi disse che la mia idea era andata a buon fine. Non attesi.

Il Lupo dentro di me era pronto e trepidante. Doveva finire la preda.

Ker giaceva a terra con tre grosse stalattiti trasmutate in lance conficcate nel corpo.

Non l'avrebbero immobilizzata a lungo, ma pregai che fosse abbastanza.

Piombai su di lei, con le zanne spalancate. Le braccia della donna si tesero a bloccarmi il collo: «Tu, fetido putridume! Come osi starmi addosso?»

Sentivo le dita magre premere contro la carne, fino a penetrarvi. Pronunciai l'incantesimo e radici legnose emersero dal terreno, attorcigliandosi intorno alle braccia della Vaughan come serpenti. Non erano sufficienti a immobilizzarla, ma potevano trattenerla a distanza quel tanto da permettere al mio muso di scendere in avanti. Non pensai. Spinsi con tutta la forza della disperazione e le zanne si chiusero sul collo dalla pelle dura. Tirai.

Un urlo raccapricciante squarciò l'aria, mentre il corpo sotto di me si dimenava disperato. Rafforzai la stretta.

Le zampe anteriori, puntate con le unghie premute contro il suo petto, fecero leva. Dopo un ultimo poderoso strattone, con uno schiocco orrendo, la testa di Ker si staccò.

Avevo tolto un'altra vita. Una vita che avevo voluto disperatamente prendere.

In un attimo, l'adrenalina defluì e lo sforzo di quell'ultimo movimento annebbiò la vista, costringendomi a puntare con forza le zampe per non scivolare a terra. Ero intontita, come se mi stessi muovendo in un sogno confuso.

Ma c'era un'idea pressante che non mi dava pace.

Il mio sguardo ottenebrato cercò la sagoma scura che era crollata a terra all'inizio dello scontro. Tor era ancora lì.

Tremai per la paura che fosse morto anche lui.

Dopo almeno una ventina di respiri, il tremito non accennava a svanire, ma dovevo muovermi e trovare la volontà di continuare. Nonostante tutto.

«Muoviti, Aurora!» m'incalzò.

Lanciai un'ultima occhiata alle mie spalle prima d'issarmi fuori dalla galleria.

Il muso fu investito da una leggera e fitta pioggia.

Eravamo finalmente in superficie.

Il Generale ci aveva guidati lungo un cunicolo scavato nei pressi della cella, che ci aveva condotti all'esterno. Sembrava impossibile che ce l'avessimo fatta veramente a uscire di lì. A uscirne vivi.

Non Drina, però, sussurrò una vocina nella mia testa. E quanti altri erano morti nel frattempo? Non dovevo pensarci o sarei crollata.

Ero... Non sapevo bene cosa fossi o come fossi, ma era comunque troppo. In un certo senso, mi sentivo un morto vivente, qualcosa di prezioso si era infranto, là sotto.

Dopo lo scontro, mi ero fiondata dal Lupo nero che mi aveva condotta in questo mondo.

Affondare le dita nel manto di ossidiana aveva fatto riemergere tutto. Sembrava che il tempo non fosse mai passato. Il groviglio di emozioni e sentimenti vociava come un uragano forza dieci.

Avevo pianto come una bambina alla vista del corpo martoriato, e mentre sanavo le ferite non avevo fatto che chiedermi come fosse finito lì e cosa ne fosse stato d'Imperia.

Poi era accaduto qualcosa che aveva cambiato tutto e reso vuoto il mio cuore.

Tor, ancora incosciente, era mutato davanti ai miei occhi increduli, assumendo forma umana.

«Dobbiamo sbrigarci e allontanarci il più possibile» ripeté ancora Taran. «Sai che non ci metteranno molto a mettersi sulle nostre tracce. Aris vorrà la pelle di entrambi, dopo quello che è successo».

Il Generale era frastornato. Lo vedevo. La morte di Ker, per quanto potesse non condividere il suo modo di essere, lo aveva sconvolto. Ora erano rimasti in tre.

Io, invece, avevo deciso di staccare tutto. Concentrarmi sul respirare e basta.

«Non sei stato tu a ucciderla» gli ricordai. *«Non può avercela con te anche per questo».*

Gli occhi scuri erano stranamente vuoti.

«Ti sbagli, ragazza. Io ho assistito senza fare nulla per aiutarla» sembrava che fosse ancora sorpreso della sua stessa scelta. «E speravo che le cose andassero così».

Si sentiva colpevole, colpevole di aver desiderato la morte di Ker.

«Era un mostro. E questo non ha a che fare con il fatto che fosse una Vaughan» replicai piatta. *«Qualsiasi creatura che agisce come faceva lei merita la morte».*

Sgusciai dal mio corpo di Lupo e offrii il viso alla pioggia, come se potesse lavare via tutto. Ma sapevo che nessuna magia al mondo avrebbe potuto farlo.

TOR

Un gracchiare continuo e insistente fu la prima cosa che udii.

Le palpebre erano pesanti. Incollate tra loro. Cercai di afferrare qualcosa, qualsiasi cosa, ma nulla tornava in mente. Continuai a respirare.

Del fresco mi sfiorò.

«Forse si sta svegliando» bisbigliò una voce. Era bella. Molto bella.

«Bene. Era ora, dobbiamo spostarci più in fretta» replicò un'altra voce. Cupa e densa.

Mi spostai, sentivo il corpo risvegliarsi da uno strano intorpidimento. Cercai ancora di aprire gli occhi e, questa volta, le palpebre cedettero.

Spostai il braccio a proteggerli. C'era troppa luce.

Strano però, la luce veniva da un unico punto, il resto sembrava scuro. Dov'ero? Spostai lentamente la mano dal viso, tentando di mettere a fuoco le immagini.

Fiamme dorate fecero capolino nel mio campo visivo, uno scoppiettio accompagnava la legna che bruciava. Ero a pochi metri da un fuoco, unica fonte di luce nell'oscurità.

Spostai cauto la testa, cercando di capire dove mi trovassi, ma non riuscivo a vedere nulla oltre la fiamma.

«Tor?» sussurrò cauta una voce. Sembrava avesse quasi paura a pronunciare quel nome. Era la voce bella.

Mi spostai nella sua direzione e il mio sguardo incontrò due soli.

Trasalii per la sorpresa.

Non fosse stato per il corpo intorpidito, mi sarei mosso più velocemente. Impiegai un lungo istante a puntellarmi sui gomiti. Avevo uno strano timore a interrompere il contatto con quegli occhi.

Li osservai attento, come se fosse vitale coglierne ogni sfumatura e non capivo il perché.

Erano tristi. Feriti. Soli. E bellissimi. La cosa più bella che avessi mai visto. Ne ero certo. Avevo la sensazione che il solo contatto con loro fosse capace di nutrirmi con qualcosa di vitale.

Avvertivo la testa pesante e una fitta sottile e tagliente che trafiggeva le tempie. Ero decisamente intontito e vulnerabile. L'unica cosa familiare erano i laghi d'oro che avevo paura di lasciar andare. Come se, interrompendo il contatto, potessi perdere anche una parte di me. Una parte che non riuscivo a cogliere.

«Come ti senti?» sussurrò timorosa la voce bella.

Mi irrigidii. Non era solo titubante, era anche glaciale. Perché? Non ne avevo idea. Sapevo solamente che quel gelo mi feriva.

«Non lo so...» parlai cauto, sorpreso di sentire la mia stessa voce. Non mi era familiare. Possibile?!

Il volto pallido si contorse e una ruga comparve sulla fronte. Con lei sorse anche il desiderio di appianarla con le mie dita. Le mani prudevano dal desiderio di saggiare la pelle d'avorio del suo viso. Mi trattenni.

In compenso, la osservai come un assetato che scorge l'acqua.

Il viso di una bellezza struggente era circondato da una massa di onde color miele dai riflessi ramati. C_iocche arruffate e scompigliate le ricadevano sulle spalle.

Non sapevo nulla eppure, in qualche strano modo, ero certo che lei fosse la cosa più bella che avessi mai visto. E non solamente nell'aspetto.

Sfiorai con lo sguardo i lineamenti regolari, l'ovale dolce, il naso piccolo, gli zigomi leggermente marcati che accentuavano le iridi giallo dorate, per finire con le piccole labbra a cuore.

Volevo toccarla.

Con lo sguardo ripercorsi il viso e, questa volta, notai anche altri dettagli. Occhiaie profonde appesantivano gli occhi. Il collo d'avorio, da un lato, era tinto di rosso. Un rosso che non avrebbe dovuto trovarsi sulla pelle, semmai nelle vene.

Serrai la mascella. A ogni respiro ero sempre più confuso e intontito.

La ragazza indossava vesti scure che sembravano di buona fattura, anche se strappate in diversi punti.

Mi sforzai di ricordare e il panico s'impadronì di me.

«Smettila di tergiversare, ragazza! Non abbiamo tempo per questo, dobbiamo muoverci!».

La mia testa scattò in direzione della voce densa e cupa. Sbarrai gli occhi.

A qualche metro di distanza dalla ragazza, un uomo, che non riconobbi, mi fissava contrariato. Alto, dalla struttura asciutta e massiccia, torreggiava sulla giovane. I capelli scuri e gli occhi neri davano una nota fredda al volto glaciale e bello.

«Cos'è successo a Imperia?» domandò lo sconosciuto, inchiodandomi con lo sguardo.

«Come?» biascicai senza capire.

«La città! Cos'è successo alla dannata città dei Lupi?» sibilò.

«Non ne ho idea».

Ero sincero. Anche se una nota dolorosa mi serrava il petto nel sentire le sue parole.

«E allora, cosa sai?» m'incalzò lo sconosciuto, deridendomi.

Sembrava certo della mia conoscenza, ma si sbagliava.

Serrai i pugni, cercando di riflettere e afferrare qualcosa. Qualsiasi cosa.

«Io non ricordo nulla» capitolai infine. «Non ricordo neanche il mio nome» ammisi.

Il gelo calò tra noi come la ghigliottina sul collo.

Ci stavamo spostando nella foresta immersa nelle tenebre. Stavamo scappando da un nemico che non ricordavo. E io ero un Re.

Questo mi avevano rivelato insieme a poco altro, prima di spingermi a incamminarmi sotto il cielo stellato.

Ero un Lupo... Un Lupo!

Fortunatamente mutare era risultato semplicissimo. Era più l'idea a essere strana, forse perché non sapevo di cosa fossi capace.

L'uomo cupo aveva fatto parte dello schieramento nemico. Per ragioni a me sconosciute, l'aveva tradito, schierandosi dalla parte della ragazza. Questo era emerso dalla scarna conversazione.

Era stato lui a prendermi bruscamente la testa tra le mani, sentenziando poi che stavo dicendo la verità e non ricordavo nulla. Aveva aggiunto che forzare la mia mente avrebbe potuto procurare dei danni permanenti.

La ragazza si era mostrata dubbiosa, ma aveva acconsentito a procedere, lasciando ulteriori indagini a un altro momento.

Ora ci spostavamo nel sottobosco con l'obiettivo di sfuggire al nemico. Erano passate ore dall'inizio della marcia.

Seguendo gli ordini della ragazza, ero riuscito ad assumere sembianze di Lupo.

«Tra tutte le cose che mi sarei potuta aspettare, mai avrei pensato a questa» aveva borbottato la mia bellezza dagli occhi di sole, osservandomi diventare Lupo.

Ora eravamo entrambi in forma animale, solo l'uomo aveva mantenuto sembianze umane. Lui non mutava, mi avevano spiegato. Nonostante questo, si spostava rapido alle nostre spalle, in una corsa silenziosa. Oltre a lui c'era anche un volatile dal piumaggio bianco, che però viaggiava aggrappato alla groppa del Lupo che correva al mio fianco: la ragazza dagli occhi d'oro.

Quella situazione somigliava a sentire una melodia familiare senza ricordarne il nome. E la medesima cosa valeva anche per il mio corpo. Estraneo e conosciuto al contempo.

La sensazione di essere Lupo è indescrivibile. Mi sentivo perfetto e pieno, in quella forma. Come se non avessi fatto altro per tutta la vita. Per non parlare di ciò che potevo sentire, praticamente ogni cosa a breve distanza.

Percepivo anche lei, e quello che sentivo mi faceva dolere il petto.

Confusione, paura, dolore e angoscia erano ciò che sovrastavano il resto.

Non ero ancora in grado di usare perfettamente quei sensi appena riscoperti, né c'era stato il tempo per spiegarmi come fare. Fuggire era la priorità.

Il Vaughan, di nome Taran, mi aveva fatto un breve e conciso resoconto. Se le cose stavano come diceva, gli dovevo la vita, anche se era stato fino a poco prima un nemico.

La ragazza invece era schiva e non aveva proferito più di una parola o due.

Per ora non importava, potevo correrle accanto e studiarla. Ero certo che avesse in qualche modo un ruolo importante nella mia vita. Non potevo esserne del tutto sicuro, ma una parte di me sussurrava che era così.

AURORA

Tutta quella dannata situazione era complicata. Anzi, la parola "complicata" era un eufemismo bello e buono.

Il Re del popolo dei Lupi, Tor, aveva perso la memoria. Assurdo!

Pareva quasi una barzelletta. Ah, ovviamente c'era anche il piccolo particolare che, oltre a questo, aveva anche riacquistato la capacità di assumere forma umana. E da un bel po' anche. E io ero all'oscuro di tutto.

Mi aveva mentito. Ingannata. Delusa...

Il sapore amaro della falsità e della menzogna si era annidato dentro di me, piantando radici.

Taran mi aveva raccontato che, quando lui e Ker avevano preso Drina a Honora, entrambi ne avevano setacciato la mente. Il Generale aveva così scoperto molte preziose informazioni.

Tor era riuscito da poco a spezzare la maledizione, anche se non sapeva esattamente come. In seguito, aveva deciso di mantenere la situazione segreta con la maggior parte dei Lupi, dando vita alla figura del portavoce dell'alfa: Caim.

Lui e Caim erano infatti la stessa persona! Avrei voluto urlarle dalla rabbia!

Mr Notte era semplicemente Tor in versione umana! Ogni volta che ci pensavo, ero lì lì dallo scoppiare in una risata isterica.

Il primo istinto che mi aveva travolto era quello di colpirlo. Fargli male, tanto male.

Si era preso gioco di me e, per Dio, mi aveva baciata!

Mi ero sentita spaccata in due, colpevole e frustrata da sentimenti che non comprendevo. Invece ero stata riempita di menzogne. Possibile che il Tor che avevo conosciuto fosse realmente così? Quei pensieri non mi davano pace.

Dopo il primo momento scioccante, a ben pensarci, avevo capito che tener nascosta la verità era stata una mossa saggia. La domanda che mi tormentava era: perché lo aveva nascosto anche a me? Forse non si fidava abbastanza... Eppure mi aveva baciata.

Le domande si alternavano l'una all'altra e, adesso che era lì, e avrebbe potuto rispondere a tutto, si trovava privo di memoria.

C'era anche la questione dei miei genitori, le verità rivelate da Vuk. Tor sapeva che erano stati i Lupi a ucciderli, mentendomi sin dall'inizio? Se era così, perché?

Non ne avevo idea e l'unico che poteva porre fine a quei dubbi non era in grado di farlo.

Taran era convinto che l'amnesia fosse dovuta alle torture di Ker e al trauma dell'ultimo colpo infertogli, quando l'aveva scaraventato contro la parete.

Era un miracolo che fosse ancora vivo. Lo stomaco si contorse al ricordo del corpo del Lupo nero seviziato.

Per il momento, le mie domande avrebbero dovuto aspettare. Una parte di me stentava ad accettare che fosse così. Eppure era la verità.

Ero più che confusa. Avrei voluto sbattere la testa contro il muro, ma non potevo.

Mi rannicchiai contro la parete fredda della grotta dove avevamo deciso di fermarci. Taran era uscito a cercare del cibo e Syd gli era volato appresso come fosse stato da sempre il suo fido animaletto domestico.

Al momento, vagavamo un po' alla rinfusa. Il nostro obiettivo principale era allontanarci il più possibile dalla concentrazione d'ingressi nel sottosuolo, che si trovavano dove eravamo fuggiti. E, per il momento, c'eravamo riusciti.

Avevamo trovato rifugio a due giorni di marcia dalla galleria che avevo usato con Vuk e Areon per accedere nuovamente al regno di Aris.

Ora dovevamo riprendere le forze. Eravamo tutti al limite. Stremati nel corpo e nello spirito. Tutti, o meglio, io e Taran. Tor, fisicamente, sembrava essersi ripreso, a parte la perdita della memoria.

Quei ricordi, scomparsi, lo stavano proteggendo dal tormento, che invece si nutriva di me e Taran.

Il piano prevedeva di riprendere le forze per poi cercare di capire come fosse la situazione esterna.

Tremavo all'idea di sapere. Per questo ero in una specie di "modalità struzzo", nella quale mi concentravo solo sull'attimo corrente. Almeno fino a quando io e il Generale non ci fossimo ripresi del tutto. Un sibilo maligno continuava a dirmi che non mi sarei mai ripresa. E sapevo bene a cosa si riferiva.

Poi c'era la questione del piano di Aris.

Avevamo spiegato a Tor come stavano le cose. O meglio, lo aveva fatto Taran; io, se potevo, evitavo di parlargli. Capivo e sentivo che per lui era difficile afferrare veramente il senso di tutto.

Era una cosa incredibile, eppure non ricordava assolutamente niente.

Ripensai a ciò che mi aveva rivelato il Generale. Al piano diabolico di Aris.

L'inquietudine mi avvolse le spalle come una coperta pesante. Solo l'idea mi faceva ribaltare lo stomaco.

Si erano sincerati di avere l'Alfa vivo tra le grinfie per un motivo. Volevano Tor sin dall'inizio.

Avevano bisogno del suo cuore. Se ne sarebbero serviti durante un rituale. Aris avrebbe dovuto strappare il muscolo dal petto dell'Alfa nel mezzo di un rito preciso, servendosi di un pugnale che Taran era in grado di plasmare. Infatti, era essenziale un fabbricatore capace di forgiarlo con la magia. E lui era uno di questi, l'ultimo. Quindi, l'unico in grado di produrre oggetti magici. Per questo lo aveva tenuto in vita.

Il rito serviva per impossessarsi della capacità dell'Alfa di sottomettere i Lupi al proprio volere. Aris mirava alla facoltà di costrizione che aveva il Re dei Lupi sulla propria gente. Così, per lui, sarebbe stato un gioco da ragazzi dominare su tutta la razza.

O meglio, sarebbe diventato il loro Re e l'intera razza si sarebbe trovata costretta a seguirlo e a ubbidirgli.

Aris aveva bisogno di strappare il cuore dal petto di Tor ancora vivo durante il rituale, per impadronirsi del potere che bramava.

Dopo averlo ottenuto, ogni Lupo delle Cinque Città, una razza intera, si sarebbe piegato a un suo ordine diretto.

Era questo il piano. Così facendo, non avrebbe solo piegato un popolo, ma acquisito anche un esercito di guerrieri. Una forza che avrebbe impiegato per la conquista di altri territori.

Lui voleva il dominio su questo mondo. E il suo era un ottimo piano per ottenerlo!

Mi strinsi nelle spalle lanciando un'occhiata alla figura che giaceva a qualche metro da me.

In effetti ero stremata, ma incapace di chiudere occhio. Tor, ancora in forma animale, invece si era accucciato in un angolo e aveva preso sonno. Sentivo il suo battito regolare, ritmico e forte. Lo sguardo continuava a scivolare su di lui. Per me era una calamita.

Del resto, ancora stentavo a credere di essergli stata accanto da quando ero riuscita a fuggire, senza rendermene conto. Caim mi sembrava così diverso... Eppure, in un certo senso, quel corpo umano gli si addiceva.

Era bellissimo.

Il cuore accelerò a quel pensiero.

Con cautela, strisciai piano verso di lui, avevo bisogno di toccarlo. Solo un momento. Un piccolo istante soltanto.

Quando gli fui abbastanza vicina, allungando il braccio, le dita tremanti sfiorarono il pelo color tormalina.

Quel tocco fu come un liquore dolce e corposo. Mi sentivo attirare verso di lui come a dover assolutamente colmare lo spazio vuoto che si era creato tra noi. Affondai il palmo nel manto scuro e la sensazione così giusta, così perfetta che scaturì m'inghiottì.

Di punto in bianco, desiderai che fosse in forma umana, mentre la mano continuava a vagare e affondare nel soffice manto.

Cos'erano quei sentimenti? Come potevo provare qualcosa di simile, nonostante le menzogne?

Forse perché una parte di me sperava che ci fosse una spiegazione a tutto.

Rimasi ferma, inebriata da quel momento, scordando la rabbia. I muscoli contratti si distesero pian piano. Quella vicinanza aveva il potere di sciogliere ogni tensione.

Senza rendermene conto, mi appoggiai alla parete, mantenendo il contatto. Chiusi gli occhi e finalmente smisi di pensare.

TOR

Taran stava arrostendo un Dung su un fuoco dalla fiamma azzurra, ottenuto con la magia. Il mio stomaco si fece sentire brontolando rumorosamente. Conoscevo quegli animali, erano lunghi quasi un metro, dotati di gambette corte e tozze e un corpo massiccio ricoperto da pelliccia verdazzurra dal pelo ispido. La testa larga dal muso allungato terminava in un grosso grugno, e aveva sulla sommità piccole orecchiette pelose.

Solitamente si muovevano in branchi. Erano piccoli erbivori che popolavano le foreste cibandosi di radici, arbusti e bacche.

La loro carne era molto saporita e, al pensiero, lo stomaco vuoto si fece sentire ancora.

Per fortuna almeno qualcosa ricordo, mi dissi, osservando il pasto cuocersi.

Avevo ripreso forma umana e stavo guardando Taran alle prese con il cibo. Aurora era andata a rinfrescarsi al ruscello poco distante e a prendere un po' d'acqua.

«Perché mi stai aiutando?» quella domanda era ferma sulla punta della lingua da quando mi ero svegliato.

Continuavo a non ricordare. Le uniche cose famigliari erano i nomi, le sensazioni e qualche informazione sull'ambiente circostante. Come i Dung.

Nonostante il grande vuoto, avevo comunque rimuginato su tutto ciò che mi avevano raccontato di me.

«Aris mi ha imprigionato e mi avrebbe ucciso» rispose piatto, senza voltarsi. Sentivo che, quando mi parlava, l'odio e la rabbia macchiavano le parole. «Ma non è per questo che ti sto aiutando».

Alzò lentamente la testa e un sorriso sardonico gli incurvò le labbra. «Io non ti sto aiutando affatto, Lupo. Sto aiutando la ragazza, non te».

Serrai la mascella. «Certo, capisco».

Distesi le dita contratte, portandole ai capelli. Le ciocche nere continuavano a finirmi negli occhi. «Sai, non credo che tutti i Lupi siano uguali, come non lo sono tutti i Vaughan».

Durante la mattinata avevo insistito perché Rori mi raccontasse più cose possibili, come del popolo di Taran. E, ovviamente, non c'entrava nulla il piacere che mi dava sentirla parlare. Assolutamente nulla.

«Probabilmente è così» acconsentì il Generale. «Eppure, quando il dolore e il male che si provoca sono tali da passare la linea di non ritorno, è finita. Le cose non si possono più cambiare» gli occhi scuri erano fermi nei miei. «Né smettere di odiare». Questa volta sentivo solo verità. Mi stava spiegando perché non saremmo mai stati amici.

Annuii in silenzio. Quelle parole bastavano.

Lo scroscio della pioggia incessante ci accompagnava da ore. Avevamo passato un'altra notte nella grotta. Aurora e Taran, alternandosi, controllavano il perimetro intorno al nostro rifugio, mentre io ero costretto a rimanere lì.

Protetto come un cucciolo. E per di più da due creature che sapevo provare del rancore nei miei riguardi. Per il Vaughan era chiaro il perché; la ragazza, invece, era ermetica. Potevo solo sentirne la rabbiosa frustrazione.

Sapevo cos'era. Era una delle prime cose che mi aveva raccontato: la sua storia, di come l'avessi aiutata al suo arrivo nel nostro mondo. Proprio per questo non capivo. Possibile che l'avessi offesa senza rendermene conto? Non ne avevo idea, o meglio, non ricordavo.

Avevamo comunque stabilito un programma da seguire.

Il nostro piano prevedeva di aspettare qualche altro giorno, prima di metterci in marcia per raggiungere una delle Cinque Città dei Lupi.

La mia momentanea reclusione era dovuta all'idea dei miei compagni, secondo cui fossi particolarmente riconoscibile e vulnerabile.

Temevano che, nel caso avessi incontrato dei Fray, mi avrebbero riconosciuto senza problemi, dando l'allarme.

Al momento nessuno sapeva esattamente che fine avessimo fatto. L'unica certezza che aveva il nemico era che Ker, una dei quattro Vaughan, era morta.

Taran mi aveva assicurato che avevano senza dubbio ritrovato il corpo. Sapevo della battaglia dove Aurora aveva ucciso la femmina e liberato me e il Generale. Le dovevo la vita.

E anche di questo non avevo memoria.

La nube che aveva inghiottito i miei ricordi era sempre più pesante da tollerare.

Sia Rori che Taran erano freddi e scostanti. Per quanto fosse chiaro il perché nel Vaughan, altrettanto era nebbioso nella ragazza.

L'idea mi avviliva. Alla fine la conoscevo da mesi, stando alle sue parole.

Ero rimasto affascinato da subito. In passato era accaduto altrettanto? Non ne avevo idea. Di sicuro, al momento non mostrava particolare affetto nei miei riguardi.

La vidi rientrare e, in automatico, mi alzai, scoraggiato da quei pensieri.

«Vado al torrente, ho bisogno di darmi una ripulita» annunciai.

Era vero. Sentivo l'impellente necessità di un bagno. Anche se freddo.

«Fuori sta piovendo» mi fece notare Rori, guardandomi di sottecchi, mentre un arruffato e bagnato Syd si scrollava, appollaiato alla sua spalla.

La grotta sembrava un posto sicuro e ben nascosto in un avvallamento nel fitto della foresta.

«Non importa, farò presto» tagliai corto.

Non aspettai risposta. Le passai accanto e fui fuori in qualche lunga falcata.

Faceva ancora caldo, e l'aria densa creava una cappa pesante in tutto il bosco. Sentivo i capelli appiccicarsi alle guance. In qualche minuto sarei stato fradicio. Eppure il bisogno d'immergermi nell'acqua era troppo forte.

Non ricordo neppure l'ultima volta che ho fatto un bagno, pensai ironico. Una nuotata nel ruscello, anche se sotto la pioggia, non sarebbe stata la fine del mondo.

Mi avrebbe schiarito le idee, decisi.

Impiegai pochissimo a raggiungere il corso d'acqua che gorgogliava insieme al sottofondo picchiettante della pioggia, in totale armonia. Puntai in direzione del tratto di torrente che si allargava formando uno spiazzo azzurro, prima di restringersi nuovamente e snodarsi tra gli alberi.

Quei rumori erano curativi. Il ticchettio delle gocce e il silenzio nel quale il bosco era immerso rilassavano come una carezza.

Sollevai rapido le braccia per sfilare la maglia nera, dopodiché passai a stivali e pantaloni.

I sassolini lisci e spigolosi punsero la pianta dei piedi mentre avanzavo, e l'acqua mi lambì le caviglie. Continuai a camminare fino a quando non m'immersi fino ai fianchi. Non sentivo freddo, del resto era ancora estate e, nonostante la giornata piovosa, faceva caldo.

Scivolai in avanti, sprofondando del tutto.

Il liquido circondò il corpo, era un elisir capace di lavare via fatica e tristezza. Una pozione che rimuove tutto il superfluo. Trattenni un lungo respiro prima di avventurarmi sott'acqua.

Il fondale sassoso, dove qua e là spuntavano alghe cespugliose di un verde brillante, era profondo diversi metri.

Incrociai un piccolo branco di pesciolini colorati che arrivò a sfiorarmi il braccio, per poi schizzare in una scia multicolore nella direzione opposta.

La pioggia, in superficie, cadeva incessante e il rumore attutito era così piacevole che non avevo la minima voglia di riemergere. Sembrava di essere in un mondo parallelo. Ovattato e tranquillo.

Con qualche bracciata, mi spostai fino al punto più fondo, per poi infine risalire, accontentando i polmoni brucianti che reclamavano aria.

Nuotando mi spostai lungo la superficie, gustando la sensazione di muovermi nell'acqua sotto quelle sfere trasparenti che si riversavano dal cielo. Avevo bisogno di una pausa da tutto.

Infine, tornai a riva.

Nonostante fossi più disteso, mi sentivo ancora in parte annichilito. Esausto.

Qualcosa mi diceva che ero solito caricarmi di molti pensieri. Adesso, pur non ricordando, in un certo senso mi sembrava di sentirli ugualmente gravare su di me.

Infilai i pantaloni e tenni però la maglia in mano, l'avrei lasciata asciugare vicino al fuoco.

Mi voltai pronto a incamminarmi. Non feci più di un passo.

Stava di fianco a un grosso tronco, e mi guardava con gli occhi sbarrati. I capelli fradici le ricadevano in onde scurite dall'acqua intorno al viso, scendendo poi lungo il petto. Il volto sembrava ancor più pallido di quando era rientrata, anche se sempre bellissimo. Gli occhi, luminosi come tizzoni, riflettevano confusione e dolore.

Il cuore mancò un battito.

Compresi che mi stavo spostando solo quando la vicinanza tra noi si accorciò. Le mie gambe non smisero di muoversi fino a quando la distanza non si fu ridotta ad appena un passo.

Ero confuso.

Tutto in lei mi chiamava a sé, ottenebrando la mente da ogni pensiero razionale.

Rimase immobile, con le labbra socchiuse, come a voler dire qualcosa che però non voleva uscire. Chi era lei per me? Dai suoi racconti sembrava il nulla. Invece ora mi sembrava fosse tutto.

AURORA

Perché ero andata a cercarlo? Mi ero preoccupata per niente. Anzi, mi ero cacciata in una pessima situazione.

Non vedendolo rientrare, avevo deciso di controllare che stesse bene.

Prima che uscisse, avevo sentito il suo stato d'animo e, per quanto confusa e arrabbiata fossi, non riuscivo a ignorare la tristezza che emanava.

E ora cosa stavo facendo? Ero un'idiota. Una gigantesca idiota. La regina indiscussa degli idioti!

Arrivata al torrente, l'avevo visto.

Come una visione trascendentale, nuotava sotto la pioggia. Invece di optare per l'unica scelta saggia, andarmene, ero rimasta.

Incantata, avevo osservato i muscoli della schiena tendersi in un gioco intrigante, nell'alternarsi delle bracciate. Sembrava un dio delle acque che nuotava sotto una fitta nube di cristalli che scendevano dalle nuvole grigie.

Dopo un tempo indefinito passato a spiarlo, si era diretto a riva.

Al posto di tagliare la corda, salvando quel poco di onore rimasto, i piedi avevano deciso di mettere radici. A ogni passo che aveva fatto per uscire dall'acqua, il mio stomaco si era aggrovigliato come se un esercito di farfalle vi si fosse insediato di colpo.

Alla fine, si era rivelato in tutta la sua bellezza.

Sembrava irreale, troppa era la perfezione.

Al pari di una divinità che emerge dall'acqua, la pioggia fitta lo aveva avvolto come un velo nebbioso che sembrava l'estensione della sua aura, del suo potere.

Era di una bellezza sublime e selvaggia. Aveva il corpo scultoreo dai muscoli definiti che guizzavano sotto la pelle bagnata.

Le statue più acclamate sarebbero corse a nascondersi al confronto.

Il mio sguardo, incapace di abbandonarlo, lo aveva seguito come un'ombra mentre si rivestiva. Sapevo che, con tutta probabilità, la sanità mentale mi aveva definitivamente salutata, ma non ero stata in grado di muovere un muscolo. Mi aveva stregata.

Il busto formava una "v" perfetta. L'addome piatto e scolpito era tutto un balenare di muscoli sino al torace ampio.

Le mani prudevano per il desiderio di sfiorarlo, saggiare il calore di quella pelle. Provare che fosse veramente reale.

Un desiderio sconosciuto iniziò a crescere.

Infine, i nostri sguardi si erano sfiorati e poi agganciati. Divorati. Penetrati.

Avevo letto in lui la mia stessa brama.

Mi aveva colta letteralmente in adorazione. Come una maniaca.

In un certo senso, avevo ancora difficoltà a pensare che Tor e Caim fossero la stessa persona, eppure non potevo immaginare forma umana più perfetta per il Lupo nero.

Invece di battere in ritirata, non avevo mosso un muscolo. Gli abissi blu mi avevano semplicemente inghiottita.

Gli occhi, tinti da infinite sfumature del cielo notturno, mi avevano ammaliata ancora una volta.

Aveva spezzato la distanza tra noi come un uragano che abbatte muri di cemento armato. Con facilità e senza alcuna esitazione.

Ora stavamo a pochi centimetri di distanza. Non ero ancora riuscita a interrompere il contatto visivo. Quelle iridi pazzesche che, oltre al blu, avevano anche qualche pagliuzza argentea vicina alla pupilla, erano magneti. Il color zaffiro aveva preso il dominio, rendendoli brillanti e selvaggi.

Mi stava guardando come se, dentro di me, potesse trovare delle risposte vitali.

A ogni passo fatto nella mia direzione, le paure, la rabbia e i dubbi si erano dissolti. Quel sentimento che avevo scoperto prima della prigionia, ora infiammava la gola e il cuore di desiderio.

Era troppo distante.

Sentivo gli ultimi brandelli di ragione sgusciare come acqua tra le dita.

Non mosse un muscolo. Una parte di me sapeva che non l'avrebbe fatto: era arrivato fin lì, non sarebbe andato oltre.

I dubbi su chi fosse si erano liquefatti davanti al calore della sua presenza, quando piegò leggermente la testa, accarezzandomi con lo sguardo. Una leggera e distante carezza. Non avrebbe fatto di più.

Tor poteva essersi smarrito, non ricordare. Ma io sapevo chi fosse. Lui era questo. Infinita premura. Per il suo popolo e anche per me.

Lo era stato da subito, dal nostro primo incontro. E anche dopo, quando ci eravamo rincontrati e io non sapevo chi fosse, lui si era dimostrato pronto a prendersi cura di me. Deciso a essere ciò di cui avevo bisogno, aveva sempre creduto in me, cercando di sanare le ingiustizie passate. Erano le azioni compiute da altri quelle di cui portava il fardello.

Tor era un vero Re. Giusto, ma fermo nei suoi principi. Comprensivo e attento agli altri. Gentile e generoso, ma anche forte e temibile.

Se ha deciso di tenermi all'oscuro della verità, deve esserci una ragione più che valida, pensai.

Meritavo qualcosa di così grande? Credevo di no, ma spinsi lontano quel pensiero.

La mano si mosse verso di lui. Tremante. Come quando l'avevo toccato a sua insaputa quando dormiva. Ero una miccia accesa dal suo sguardo, e mi tesi in avanti per sfiorargli la guancia. Annullai la distanza tra noi, sollevandomi sulle punte per poter incontrare finalmente la sua bocca.

Nessuno dei due chiuse gli occhi mentre le nostre labbra s'incontravano, come fossero state create solo per quello. Per quel momento. Per unirsi.

Avevo baciato Caim, ma all'epoca non sapevo. Per quanto quelle sensazioni fossero state paradisiache, nulla si avvicinava a questo momento. Ero pienamente consapevole, sapevo chi fosse e cosa fosse per me. Il sentimento che provavo era un uragano che partiva dal cuore e si diffondeva nel corpo come lava.

Il muscolo nel petto si gonfiò, conscio finalmente di quello che, di certo, era successo la prima volta che avevo incontrato gli occhi ambrati.

Non era più mio, ma apparteneva a un altro.

Il mio cuore era sempre stato suo, non importava che lo sapessi, era chiaramente così.

Le sue mani salirono a circondarmi le spalle nell'abbraccio più caldo e accogliente dell'universo. Le dita s'infilarono nei miei capelli bagnati facendomi poi aderire a lui, come se la distanza tra noi fosse troppa.

Ero d'accordo.

Interruppe il bacio, scostandomi leggermente. Le dita calde disegnarono il mio profilo, sembrava perso in una muta contemplazione. Sentivo le guance scottare, ma non mi importava.

Solo guardarlo avrebbe potuto sfamarmi. Il viso magnifico rappresentava perfettamente la bellezza della sua anima.

Mi sporsi ancora in avanti, baciandogli l'angolo della bocca. Un desiderio sconosciuto aveva posseduto il mio corpo. Mi aggrappai alle spalle larghe con una mano mentre l'altra esplorava la schiena nuda, facendolo aderire sempre più a me.

Un gemito gli sfuggì dalle labbra, l'adrenalina si riversava nelle vene. Il bacio si fece più intenso, il suo gusto m'inebriava e stordiva come assenzio.

Mi sentivo perfetta, completa, nel posto dove dovevo essere: tra le sue braccia.

Le dita di Tor stavano ora tracciando linee febbrili sulla mia schiena, passando poi al ventre fino a raggiungere il seno.

Non interruppe il bacio mentre spostava i lembi della maglia bagnata per poter arrivare alla pelle.

Mi sentivo un fascio di nervi, tutto ciò che volevo era di più. Senza sapere esattamente cosa fosse quel di più. Volevo la sua pelle contro la mia, le mie mani su di lui e non dovermi staccare fino alla fine dei tempi.

Un gemito roco risalì la gola quando la sua mano coprì il mio seno nudo. Un piacere sottile si estese a spirali, quando la sua bocca abbandonò la mia per tracciare una linea calda lungo la gola.

La pioggia aumentò. Un tuono squarciò il cielo ridestandoci, il picchiettio scrosciante imperversava intorno.

«Non possiamo rimanere qui» sussurrò con voce spezzata. Come se ogni parola gli costasse uno sforzo fisico.

Mi limitai ad annuire, non troppo sicura della mia facoltà di parlare. Una parte di me voleva convincerlo che invece era meglio rimanere.

La mano calda tornò a carezzarmi la guancia. «Neanch'io vorrei rientrare» mormorò, come se mi avesse letto la mente. Dannazione era così evidente? Il cuore batteva all'impazzata e l'imbarazzo mi fece arrossire fino alla punta dei piedi.

«Sono certo che sia la cosa più difficile che abbia mai fatto, il dovermi staccare ora da te» aggiunse. Le labbra carnose si piegarono all'insù, in una piega dolce. Non l'avevo mai visto farlo. Non l'avevo mai visto sorridere per davvero.

Giusto. Lui non ricordava nulla. La situazione l'aveva sicuramente confuso, con tutti quei sentimenti esplosi di colpo.

Io potevo aver preso consapevolezza di ciò che provavo, ma per lui era come avermi incontrata qualche giorno prima. Non sapeva niente di noi. Sempre ci fosse davvero un "noi" e non fosse solo una mia illusione.

Eppure ciò che avevamo appena vissuto era reale. Potevo sentire le sue emozioni. E anche ciò che era accaduto prima della prigionia era reale, per non parlare del bacio che aveva preceduto l'attacco... Doveva per forza provare qualcosa anche lui. Anche se l'aveva dimenticato.

E anche adesso eravamo attratti l'uno dall'altra. Percepire il suo desiderio aveva acceso maggiormente il mio.

Mi scostai con un sospiro. Dovevo mettere una certa distanza o non avrei resistito a baciarlo ancora.

«Certo, è ora di rientrare, altrimenti Taran verrà a cercarci» mi limitai a dire roca.

In effetti non ci avevo davvero pensato, ma avrebbe potuto farlo tranquillamente. Per quanto sapesse che nutrivo qualcosa per Tor, dopo avermi rovistato nella mente durante la cattura, trovarmi sotto la pioggia avvinghiata a lui era tutt'altra cosa. Solo al pensiero, mi sentivo male.

TOR

Aveva piovuto tutto il giorno, ad eccezione di qualche breve intervallo nel pomeriggio, e infine era calata un'altra notte. L'aria era densa e nebbiosa, come se una grossa nube si fosse posata su tutto il bosco.

La grotta che ci ospitava era piccola e intrisa di umidità. Si trattava di un rifugio scavato nella roccia, probabilmente da qualche gruppo di Fray che l'aveva usato come nascondiglio per i bottini, prima che i Vaughan li radunassero in un unico grande esercito di morte. O perlomeno, questa era l'opinione del Generale.

L'ingresso alto aveva forma ovale e, dopo un brevissimo tratto, si apriva in un ampio spiazzo interno, largo una ventina di metri. E lì finiva tutto. Un vicolo cieco.

Erano trascorsi diversi giorni da quando avevo ripreso conoscenza e non riuscivo a ricordare ancora nulla della mia vita passata.

Mi era stato raccontato, certo, ma non era abbastanza. Tanto meno ora che mi trovavo in un limbo di sentimenti. Volevo ricordare. Volevo disperatamente ricordarmi di lei, più di ogni altra cosa.

Da un lato me ne vergognavo. Sapevo di avere innanzitutto delle responsabilità verso un popolo, dall'altro era più forte di me. Era un bisogno viscerale.

Quel mattino le cose erano cambiate. Tutto era cambiato. E la perdita della memoria pesava tonnellate.

Era da qualche ora che ce ne stavamo in silenzio, ognuno chiuso nei propri pensieri. Per il resto, i discorsi vertevano sulla guerra. Ipotesi di come fosse finita Imperia e verso quale delle Cinque Città avremmo dovuto dirigerci.

Taran ci avrebbe aiutati. Avevo sentito parlare di un patto tra lui e Rori, ma nessuno dei due mi aveva reso partecipe dei particolari e io non avevo indagato, troppo preso dal guardare lei.

Cercavo di cogliere ogni sfumatura nelle sue emozioni, rendendomi presto conto che mi risultava facile come respirare. In un certo senso, dava quasi la sensazione di poterla toccare. Avrei voluto farlo, sfiorarla, accarezzarla, ma sapevo che non era il caso. Non con Taran intorno.

Non avevamo più parlato dal nostro rientro al mattino, né c'era stato modo di stare ancora da soli.

Sentivo la sua frustrazione crescere con il passare delle ore e, ogni volta che ne incontravo lo sguardo, il suo desiderio misto a confusione accendeva il mio.

Perché non ricordavo nulla?!

Taran si girò su un fianco nel suo angolo vicino all'uscita e, dopo qualche minuto, il suo respiro regolare m'informò che aveva preso sonno.

Per essere un guerriero temibile ed esperto, aveva il sonno di un esercito di pietre. L'avevo scoperto in questi giorni di convivenza. Tutto sommato, al momento la cosa non mi dispiaceva affatto.

Senza esitare, raggiunsi la parete di roccia dal lato opposto, dove Aurora sedeva con lo sguardo perso nel vuoto.

Tesi i sensi, pronto a cogliere qualcosa che mi dicesse se quel gesto le fosse sgradito, ma sembrava non essere così.

«Posso?» chiesi, indicando lo spazio vuoto accanto a lei.

Sgranò gli occhi per un istante, poi un largo sorriso le illuminò i lineamenti. «Certo».

Sistemandomi accanto, un vortice di emozioni prese vita. In entrambi.

Cercai di resistere alla tentazione di toccarla, infine cedetti, prendendole la mano accanto alla mia.

Sussultò sorpresa, ma non si ritrasse. Allora intrecciai le dita alle sue e, dentro di me, avvertii qualcosa che scivolava, come se quel lieve contatto mi avesse reso completo.

Con lei mi sentivo esattamente dove dovevo essere.

«Lo facevo spesso, in passato?» chiesi, alzando leggermente le nostre dita intrecciate.

Chinò la testa osservando le nostre mani unite, mentre un leggero rossore le coloriva le guance. «No, mai».

Possibile? Allora il bacio di stamattina? Cosa c'era tra di noi?

«Una maledizione t'impediva di mutare, ricordi?» disse, aumentando un po' la stretta.

Quel gesto mi scaldò il cuore.

«Già, me ne avete parlato. E non si sa come ho fatto a spezzarla. Ma noi?» azzardai ancora, con un tremito nella voce.

Mi girai nel momento in cui si lasciò andare contro la parete, appoggiando la testa al muro. Rimase immobile a guardare il soffitto per un lunghissimo istante.

Poi si girò verso di me e lessi confusione e smarrimento in quelle iridi d'oro liquido.

«Non c'era un noi e, a pensarci bene, non dovrebbe esserci» rispose gelandomi.

«Il giorno prima di partire per Orias, avevamo parlato» riprese. «Eri ancora vittima della maledizione, eppure mi ero accorta di provare qualcosa di speciale per te e ho deciso di parlartene» confessò.

Lo stomaco era un groviglio di tensione e piacere.

Il rossore che le tingeva le guance divenne più intenso, il suo cuore batteva all'impazzata.

Aveva anche paura. Di cosa?

Con la mano libera, corsi al volto con la scusa di sistemarle una ciocca dietro l'orecchio.

«Tu sei importante per me, l'ho saputo da quando ti ho guardata negli occhi» rivelai. «Posso non ricordare nulla, ma ho sentito dal primo momento che per me sei speciale».

«Allora perché mi hai mentito?» chiese, spostandomi la mano dal viso.

Corrugai la fronte senza capire. Le avevo mentito?

«Quando sono tornata a Imperia dopo la prigionia, avevi spezzato la maledizione» il tono era cambiato.

Spostò la testa, riprendendo a guardare il vuoto. «Hai rivelato solo ai più fidati che potevi riprendere sembianze umane e hai usato questo corpo spacciandoti per il portavoce dell'Alfa».

Una brutta sensazione s'insinuò sotto la pelle come veleno. Forse stavo cominciando a capire.

«Quando ci siamo rivisti, tutto ciò che volevo era rivedere il Lupo nero per il quale mi ero accorta di provare qualcosa».

Un brivido la scosse e portò le braccia al petto. Volevo abbracciarla, ma non osavo.

«E invece sei stato proprio tu a dirmi che Tor si trovava in un posto sicuro, dove il nemico non poteva trovarlo» il tono polare era una fitta acida al cuore. «Hai mentito. Credevo ti fidassi e invece...»

La voce si spezzò, lasciando la frase sospesa tra noi. Non c'era bisogno che concludesse. Capivo.

«Ho scoperto la verità quattro giorni fa, quando ti ho visto mutare».

Le braccia esili cinsero le ginocchia e poggiò il mento su di esse. Sembrava così fragile in quell'istante.

Come avevo potuto farle una cosa simile? Ora capivo la rabbia e la confusione che provava. Come avevo potuto comportarmi così? Perché?

«Anche con Caim c'era qualcosa che mi attraeva e non capivo» un lungo sospiro le sfuggì dalle labbra.

«Ero confusa, non avevo idea del perché di questi sentimenti. Inoltre, poco prima dell'attacco dei Vaughan...» s'interruppe. Sentivo il suo imbarazzo.

Come un fulmine, un'immagine di lei in una stanza blu mi balenò davanti agli occhi. Ero travolto dalle emozioni, le mie labbra finalmente sulle sue... Poi nulla.

La visione s'interruppe.

«Mi hai baciata e io ho ricambiato» rivelò infine.

Ma lo sapevo già, lo avevo appena visto. Unico flebile ricordo comparso dal nulla: Lei!

Il mio cuore gioì.

«Anche quel giorno, non avevo idea della verità» ora la rabbia vibrava, macchiando le sue parole. «Mi sono sentita spaccata in due, non capivo come potessi provare delle emozioni così forti per persone diverse».

Deglutii a vuoto e una collera sorda si mescolò al sangue nelle vene. Perché le avevo fatto una cosa simile? Dopo tutto ciò che doveva aver subito da prigioniera!

Ero furibondo con il me stesso che non ricordavo.

Lei doveva aver sentito qualcosa perché ruotò la testa nella mia direzione. Gli occhi d'oro mi studiarono a lungo.

«Io mi fidavo» bisbigliò. «E mi fido ancora, ma è tutto così strano, perché non capisco. So che dentro di te hai le risposte che cerco, e spero potrai presto ricordare».

Ruotò nuovamente la testa per riportare il mento sulle ginocchia.

«Quindi, vedi, non c'è un noi. Inoltre, siamo diversi e...» mi spostai rapido in avanti, catturando le sue labbra con le mie.

La sentì irrigidirsi per un attimo, per poi sciogliersi contro di me.

Come ho resistito tutto il giorno senza farlo prima, mi chiesi schiudendo quel morbido paradiso e approfondivo il contatto.

Scintille di eccitazione risalirono la schiena quando le nostre lingue si sfiorarono. Senza interrompere l'unione, la avvolsi tra le braccia, sollevandola e depositandola poi nel mio grembo. Non si oppose e il mio cuore esultò.

Infilai le dita tra i capelli sulla nuca mentre la bocca esplorava la sua. Non riuscivo a pensare ad altro, il suo sapore m'inebriava. Avrei potuto nutrirmi solo di lei.

Mi scostai leggermente per guardarla negli occhi. Aveva lo sguardo torbido, annebbiato dal desiderio e da quei sentimenti uguali ai miei. Non poteva essere diversamente. La sentivo.

Depositai un piccolo bacio sulla fronte, per poi tracciare una linea con le labbra fino alla punta del naso.

Le sue dita intanto si erano infilate sotto la maglia e percorrevano linee indefinite che lasciavano brividi caldi al loro passaggio.

La desideravo talmente tanto che sentivo male. Avrei voluto ogni centimetro di lei contro di me. Ma non sarebbe stato giusto. Non così.

Lei si fidava. Nonostante tutto. Volevo ed ero tenuto a trovare le risposte che cercava.

Avevo bisogno di trovare me stesso, solo allora avrei potuto darle ogni parte di me e condividere con lei tutto, perché ne ero certo: lei mi apparteneva. Così come io appartenevo a lei. Non c'era necessità di ricordi per capire.

«Sì che c'è un noi. C'è sempre stato» le sussurrai all'orecchio prima di mordicchiarle il lobo. Un piccolo risolino divertito mi confortò. Passai a mordicchiare il collo e la risatina si tramutò in un piccolo gemito che m'infiammò ancor di più.

La tristezza era sparita del tutto. Ora sentivo solo affetto, desiderio e gioia e avrei fatto il possibile perché potesse avvertire, sempre, solo quelle emozioni, mi ripromisi.

Rori cercò di spostarsi tra le mie gambe, forse in cerca di una posizione migliore, ma andò a scontrarsi contro l'evidenza del mio desiderio, bloccandosi.

Invece di spostarsi, rimase immobile, cercando i miei occhi. Allungò la mano carezzandomi il viso, studiandone ogni parte. «Non ti avevo mai immaginato umano...» sussurrò. «Sei bellissimo» aggiunse, per poi arrossire un attimo dopo, come sorpresa delle sue stesse parole.

L'innocenza che vedevo in lei mi ammaliava. Tutto in Rori era più che bello e sentire che il mio corpo le piaceva m'infuse piacere.

«Tu lo sei di più» mormorai, prima di catturarle ancora la bocca. Questa volta il bacio fu lento ed esigente. Non avrei mai voluto smettere.

Un suono ci bloccò. Con delicatezza la spostai, cercando di non far rumore. Taran era immobile, immerso nel sonno. Ne sentivo il respiro profondo e regolare.

Syd invece aveva preso a volare in cerchio sopra le nostre teste, agitato.

Tempo un istante, il suo gracchiare acuto e fastidioso riempì lo spazio nella grotta.

Rori scattò in piedi allarmata.

«Che sta succedendo?» tuonò Taran, scattando a sua volta in piedi intontito.

«E, secondo te, come faccio a saperlo?» replicò Aurora. «Credo che avverta la presenza di qualcuno» aggiunse. «Possibile che la tua Volpe, terminato l'incarico, sia venuta a cercarci?»

Taran sbuffò. Intanto Syd continuava imperterrito a gracchiare.

«Keeryn non può aver già terminato tutto e, anche se così fosse, sa che sarò io ad andare a prenderla».

Corrugai la fronte. Quel nome suonava familiare, me ne avevano parlato durate il resoconto degli eventi. Se non sbaglio Keeryn era la serva fedele a Taran che aveva aiutato Aurora a liberarlo.

Per il resto, non avevo idea di cosa stessero parlando.

Chiusi gli occhi e tesi i sensi, mentre sgusciavo dal corpo umano per assumere forma animale. Ciò che riuscivo a percepire quando ero Lupo era cento volte superiore a ciò che sentivo con sembianze umane.

Ci misi un istante: *«Qualcuno si sta avvicinando alla grotta»* informai gli altri.

Taran si stava sforzando di mantenere la calma, ma sentivo il tanfo della paura. Credeva fosse Aris. Certo, non ricordavo quella creatura, ma ugualmente non capivo come un solo essere potesse incutere tanto timore.

Anche Aurora era terrorizzata da lui.

Cercai di sentire meglio e rimasi pietrificato. I miei sensi avevano sicuramente qualcosa che non andava.

«Ci sono anche dei Lupi, quindi non può essere il nemico» li informai.

«Non è detto» soffiò cupo il Generale.

Intanto, Syd si era appoggiato sulla spalla di Rori, intento a lucidarsi il becco nella maglia, come nulla fosse. La ragazza gli lanciò una breve occhiataccia prima di avviarsi all'uscita.

Scattai in avanti, raggiungendola con un balzo. *«Forse è meglio se lasci andare avanti me e Taran».*

Quest'ultimo ci era alle calcagna dopo aver sguainato la lunga spada nera che gli pendeva dalla cintura.

L'oggetto aveva spesso attirato il mio sguardo, negli ultimi giorni. Non era una spada qualunque, le incisioni lungo la lama larga erano segno che fosse stato creato con la magia.

Avevo la sensazione di saperne di più, ma anche se mi sforzavo, i ricordi erano chiusi a chiave.

«Syd è tranquillo e io mi fido di lui» il corvo bianco, come se avesse capito che stava parlando di lui, gracchiò per poi riprendere la pulizia del becco.

Che animale singolare.

«Chiunque sia, sono amici» aggiunse tranquilla, aumentando il passo.

L'inquietudine strisciava come veleno, io non ero altrettanto convinto. Avrei preferito che rimanesse dentro la grotta, ma era ovvio non l'avrebbe fatto.

Sentivo quella cosa enorme a cui non sapevo dare nome avvicinarsi. I Lupi invece si muovevano rapidi tra gli alberi, a poco più di un chilometro di distanza. Seguivano l'altra creatura, che invece si spostava silenziosa sopra le chiome degli alberi.

All'ultimo sguisciai in avanti, superando Aurora.

Avanzai svelto una volta raggiunto lo spiazzo ampio della conca dove si trovava la grotta. Qualsiasi cosa stesse arrivando, volevo poterle fare da scudo.

Invece di mutare, decise di rimanere in forma umana. Tra noi era l'unica tranquilla.

Anche Taran era teso e pronto a combattere.

«Nutri troppa fiducia nel prossimo, ragazzina» ringhiò aspro il Vaughan. «Credevo di averti addestrata meglio» aggiunse, lanciando un'occhiataccia alla sua posa tranquilla.

«Infatti, lo hai fatto. E riguardo la fiducia, non mi pare d'aver sbagliato con te».

«Per gli Dèi, io non sono un pennuto gracchiante!» la rimbeccò.

Quello scambio di battute era quasi divertente, non fosse stato per il momento delicato. Inoltre, condividevo il pensiero di Taran.

La spada che si fondeva con la notte sembrò animarsi, quando una folata d'aria giunse dall'alto. La lama emanava una fioca luce dorata.

«Ma che diavolo! Che io si dannato...» ringhiò il Generale abbassando l'arma e levando la testa verso il cielo stellato.

Un ringhio cupo e profondo scaturì solo dalla mia gola, nell'avvertire quell'essere sopra di noi.

L'aria si fece più calda e secca, mentre una sagoma enorme entrava nel nostro campo visivo.

Syd riprese a gracchiare spiccando il volo, diretto verso la creatura alata che si stava preparando ad atterrare nello spiazzo.

Intanto i Lupi ci avevano raggiunti. Si erano fermati sopra la conca, sparpagliandosi a cerchio intorno a noi.

Per quanto anche Taran adesso sembrasse più tranquillo, l'adrenalina m'infiammava ancora le vene nell'avvertire il potenziale pericolo. Il bello era che, in quel momento, l'unica cosa che m'importava era che lei fosse al sicuro.

La gigantesca creatura sospesa sopra di noi muoveva appena le enormi ali, eppure volteggiava senza fatica. Quando infine si decise a scendere, Syd era sparito oltre la sua groppa. Al contempo, cinque Lupi si staccarono dal cerchio, avanzando.

Non ebbi bisogno di riflettere, mi parai davanti a lei, costringendola a indietreggiare.

Lo sguardo si poggiò sulla creatura appena atterrata. Il busto mastodontico e voluminoso era ricoperto da scaglie di un brillante blu. Il collo lunghissimo e la testa affusolata ricordavano quelli di un serpente, anche se questa creatura aveva forme più squadrate.

Gli occhi erano due braci lucenti, due promesse di morte. Dalla sommità del capo partiva una criniera fatta di aculei, che percorreva il dorso fino alla punta della lunga e grossa coda.

Sulla schiena del drago intravidi due profili stagliarsi nella notte.

«Questo è impossibile...» balbettò Taran, incredulo.

I Lupi si erano fatti più vicini. Avvertivo la loro diffidenza e lo sguardo di tutti era per lo più rivolto al Vaughan.

All'improvviso Rori scartò di lato, evitandomi, e si fiondò verso di loro. Si erano fatti abbastanza vicini da poterli distinguere.

«Ed!» strillò in un urlo inaspettato, e un misto di gioia e tristezza l'avvolse. Quell'esplosione di affetto strideva con ciò che avevo visto di lei fino a quel momento. Era chiaro che il Lupo al quale cingeva il collo era molto importante.

Sapevo che era sciocco, ma non potei evitare di sentirmi geloso di quell'affetto così apertamente dimostrato.

Lei disse qualcosa, probabilmente in risposta a un pensiero privato del Lupo e, subito dopo, ruotò come una trottola in direzione del mostro alato appena atterrato.

La sua felicità spezzò ogni timore quando si slanciò verso l'animale.

Intanto le due forme erano scese dalla groppa squamata.

L'uomo alto dai capelli d'argento, contro cui si gettò, l'avvolse in un forte abbraccio, sollevandola da terra e facendola volteggiare in aria.

Anche questo era la guerra. Aveva temuto di non rivedere più le persone a lei care, lo capivo.

Quella scena ne era la conferma, come l'affetto che nutriva per ognuno di loro.

Quanto dolore aveva già causato questa lotta? Io l'avevo dimenticato. Mi sentii un guscio vuoto. Perso e privo di identità.

Lei era l'unica che mi regalava la sensazione di essere stato qualcos'altro, prima del nulla. Qualcosa che volevo disperatamente ritrovare.

AURORA

Non credevo nei miracoli, eppure ero appena stata smentita.

Tutte le emozioni trattenute in quell'avventura terribile e bellissima che era diventata la mia vita – scoperte inaspettate, crescita, amore, verità e dolore – erano esplose come un tuono al sollievo di vederli vivi.

Il tormento incandescente di non sapere se coloro a cui tenevo fossero sopravvissuti aveva arso il cuore senza sosta, da quando avevo trovato Drina.

Realtà e crudeltà della guerra mi avevano investita senza ritegno.

Avevo capito fino in fondo, adesso. Del resto sia la gioia più grande che il dolore più profondo, come perdita o amore, se non li si prova sulla propria pelle sono impossibili da afferrare veramente.

Avrei potuto perdere chiunque di loro. Rivedere Ed e Ryu era stata una ricchezza così immensa che non ero stata capace di trattenere le lacrime.

Vuk e Areon erano con loro e, dopo aver ascoltato il primo racconto frettoloso, avevo deciso: tutto è possibile.

Avrei avuto fede fino alla fine nella strada che sentivo nel cuore. Nel bene e nel male, sarebbe sempre stata la più giusta per me.

Ringhi sordi si alzarono di colpo tutt'intorno.

Lanciai un'occhiata rapida nell'oscurità che ci circondava, scorgendo diversi Lupi che stavano avanzando lenti, con le fauci scoperte in direzione di Taran.

Dannazione!

Tor era fermo al fianco del Generale in forma animale e ora sembrava tranquillo. Ma questo non sembrava bastare ai Lupi.

«Il Vaughan ci aiuterà, combatterà Aris con noi!» urlai per sovrastare quel sottofondo di ringhi che si addensava.

Ma quanti sono?

Un lupo grigio che non riconobbi si fece avanti, latrandomi in faccia come risposta.

Deglutii a vuoto. A loro non interessava il suo aiuto. Avevano uno dei nemici a qualche metro di distanza, non avrei potuto dire nulla per fermarli.

Mi girai a cercare il suo sguardo. Quello ambrato s'intrecciò immediatamente al mio, e un brivido dolce si diramò nel corpo.

«Taran ci aiuterà, ora basta!»

La voce di Tor aveva colpito le menti di tutti come una frustata.

Aveva capito cosa gli stavo chiedendo.

Qualche guaito si levò, mentre il potere dell'Alfa vincolava ogni Lupo presente all'obbedienza.

Era quello il potere che Aris bramava più di ogni altra cosa. Aveva preparato quel piano con cura chirurgica. Riuscire a infiltrare Ker era stato il suo scopo, sin dall'inizio.

Ed era quasi riuscito a ottenere ciò che voleva: il cuore di Tor. Il cuore del Lupo. Il cuore dell'Alfa che gli serviva per poter acquisire il potere di costrizione. Se mai fosse successo, sarebbe stata la fine per tutti loro. La fine per questo mondo.

C'era troppo veleno nella maggior parte dei presenti. Qualcosa che continuava a bruciare da secoli in ogni popolo. Ognuno credeva che il proprio fosse nel giusto. Che tutti i Lupi fossero uguali. Come tutti i Maghi, i Vaughan e così via. Non era così.

Il marcio c'era ovunque, come poteva esserci un'infinità di bene.

Io avevo perso tutto senza neppure saperlo, per ragioni sbagliate. Avevo perso i miei genitori.

La rabbia risalì violenta come la marea. Inevitabile.

Feci un passo verso il Lupo grigio che mi aveva ringhiato in faccia. «Cosa ti fa credere di essere migliore di lui?» sibilai, facendo un cenno con la testa in direzione di Taran. «Cosa fa credere a voi tutti di essere migliori, solo perché adesso siete stati attaccati?»

Sentivo gli sguardi dei presenti come fari addosso. Eppure non potevo fermarmi. Dentro di me, qualcosa era esploso.

«C'è stato un tempo, secoli interi, dove il popolo dei Vaughan è stato pacifico» iniziai. «Poi hanno avuto la sfortuna che un Re sanguinario salisse al trono. E voi cosa avete fatto? Li avete trucidati tutti» ringhiai ogni parola.

«Vi credete superiori, eppure siete stati capaci di agire solo in preda alla paura e all'egoismo. Avete massacrato un popolo d'innocenti per qualche mela marcia». A ogni parola la collera aumentava.

«Avete annientato una razza quando avreste potuto agire diversamente e vi stupite se chi è sopravvissuto cerchi vendetta?» una risata stridula si fece strada.

«Aris, che è a capo di questa guerra, è un mostro, ma non sono tutti come lui. E, per Dio, fatemi una cortesia, scendete dal vostro stupido piedistallo, e cercate di capire quando vi capita di avere davanti un essere sincero» li derisi.

«Tra l'altro, potete sentirlo, le mie parole sono vere».

Se c'era una cosa che tutti i Lupi potevano percepire, era la menzogna. Potevano capirlo. I loro sensi erano un vantaggio enorme e una difesa potentissima. Poco prima, quando li avevo avvisati che Taran avrebbe combattuto con noi, potevano sentire la mia sincerità. Eppure, non fosse stato per Tor, probabilmente avrebbero attaccato.

«Io stessa dovrei odiarvi, ma non ho fatto altro che aiutarvi» aggiunsi cupa.

«Avete ucciso i miei genitori. E perché? Non credo fossero cospiratori, semplicemente si amavano» la mia voce ora era piatta. «Eppure per voi meritavano la morte. E, nonostante questo, ho visto che non tutti i Lupi sono come coloro che hanno deciso la loro uccisione».

Ormai avevo detto tutto ciò che non avrei mai pensato di dire a voce alta.

«Per questo potreste anche dare una possibilità a chi, la vostra gente, ha portato via tutto».

Mi stavo riferendo a Taran, ma una parte di me sapeva che stavo parlando anche per me stessa.

Di colpo mi sentivo esausta. Ero svuotata e frastornata, ma anche libera. Avevo rivelato a tutti chi ero, chi ero veramente. E questo non c'entrava con la mia natura. Io ero quelle emozioni e pensieri, e molto altro.

Taran aveva appena ravvivato il fuoco dalle fiamme blu all'interno della grotta.

Mi rannicchiai contro la parete senza alzare lo sguardo. La spossatezza non mi aveva abbandonata un istante, anzi, se mai era peggiorata.

Qualche ora prima ero stata più o meno in preda a un collasso nervoso.

La maggior parte dei Lupi che si trovavano ora nella grotta evitava di guardarmi, e la cosa non mi dispiaceva.

Taran aveva da poco terminato di spiegare tutto. E dico veramente tutto. Incluso il nostro patto.

Con voce incolore aveva rivelato i piani di Aris e ciò che era accaduto sottoterra dopo la mia fuga.

Questo ovviamente dopo che Ryu e Niall ci avevano aggiornati sulla situazione esterna. Su tutto ciò che era accaduto a Imperia.

Erano riusciti a fuggire.

Tanti erano i morti e la capitale dei Lupi era ora nelle mani di Aris e del suo esercito, ma almeno parte della città era riuscita a mettersi in salvo.

Gran parte delle truppe dei Lupi ora si stava radunando ad Annis.

Ryu e il gruppo che era diretto a Orias prima dell'attacco erano riusciti a sfuggire al nemico grazie a Blue, il drago. Successivamente avevano tenuto d'occhio Imperia. Al crollo della cascata, erano riusciti a raggiungere la capitale in fuga, aiutando nell'evacuazione. In due giorni di marcia serrata, avevano raggiunto la città di Annis senza che le truppe nemiche li seguissero.

Del resto, non ne avevano avuto il motivo: Tor allora si trovava nelle grinfie di Aris.

Zia Penny era stata comunque fondamentale durante l'evacuazione, creando delle illusioni che avevano fuorviato il nemico. Saperlo mi aveva riempita d'orgoglio.

Infine, una volta che il popolo e il Consiglio avevano raggiunto la città stabilita, sotto il comando degli anziani avevano iniziato a radunare lì le truppe.

Il Primo Consigliere dei Lorcan aveva tenuto con sé lo specchio rimasto al castello, così Areon e le Fate si erano ritrovati nel bel mezzo di un'intera città in fuga.

Fortunatamente, grazie alle illusioni di zia Penny, le perdite erano state poche.

Quasi tutti i Fray erano concentrati sull'esercito d'Imperia che si era sacrificato per salvare il popolo.

Successivamente, una volta al sicuro nella città di Annis, Ryu e Edgar, insieme al Consiglio, avevano organizzato un gruppo di soldati che ci avrebbe raggiunti.

Grazie alle visioni di Areon, avevano scoperto che Tor si trovava insieme a noi. Invece era stato per merito di Ryu, e del vincolo magico che aveva creato con me, che erano riusciti a trovarci.

Ma la parte più bella doveva ancora venire. Niall aveva accennato al piano che avremmo dovuto mettere in atto dicendo, l'indomani, che avrebbe spiegato bene il da farsi.

Tutti erano esausti, sia fisicamente che mentalmente.

Per di più, la perdita della memoria di Tor aveva sconvolto ogni creatura presente.

Adesso se ne stava chino in avanti, a parlare con il Lupo di ghiaccio, Niall, capo di Honora e membro del Consiglio di Guerra.

Oltre a lui, facevano parte della spedizione Fibar, capo di Alun, Salem, Edgar, Vuk, Ryu e il principe Areon, seguiti da una piccola unità di trenta Lupi.

Dopo la mia sfuriata all'esterno, non avevo praticamente scambiato parola con nessuno. Ma almeno gli animi irosi dei Lupi sembravano quietati.

Edgar si fece vicino facendomi scivolare un mantello sulle spalle: «Abbiamo portato vestiti e provviste» bisbigliò.

Incontrai lo sguardo grigio, e il dolore che lessi mi mozzò il fiato.

Ryu mi aveva sussurrato che entrambi i fratelli di Ed erano caduti durante l'attacco, e poi c'era Drina. Il nodo alla gola si strinse quando ripensai alla Lupa bionda.

«Grazie».

La mia mano si spostò verso il fianco in cerca della sua, per poi stringerla. Ricambiò per un istante la stretta senza guardarmi, ma non tolse la mano.

«Non mi sembra vero» rivelò dopo un po'.

Sapevo a cosa si riferiva. «Lo so».

«Grazie per averla fatta portare a casa, da noi». Certo, la sua casa era la sua gente.

A quelle parole, gli occhi presero a pungere. «Aris pagherà!»

Voltò la testa. Gli occhi grigi, solitamente luminosi, erano scuri come nuvole piene di pioggia. Il bel viso era stanco e scavato. I capelli castani ricadevano più arruffati che mai sulla fronte e sugli occhi.

Un tempo avevo visto lo stesso volto affascinante, luminoso e pieno di brio. La bellezza era rimasta, anche se si era trasformata in una più fredda e tagliente.

«Sai, mi sei mancata... Mi è mancata la mia amica zuccherosa».

«Anche tu mi sei mancato molto» mormorai.

Passai parte della notte a rigirarmi inquieta. Tor aveva passato diverse ore a parlare con Ryu, Fibar, Niall e Salem; probabilmente stavano discutendo del piano per l'indomani.

C'era tensione nell'aria, la perdita della memoria dell'Alfa non era cosa da poco.

Per quanto cercassi di tenere a bada i miei sentimenti, troppo spesso mi ritrovavo a sbirciare nella sua direzione.

Mi ero spostata per la notte vicino a Taran; Edgar e Areon mi avevano seguita. Gli altri Lupi, che si erano sistemati nella grotta, per il momento continuavano a tenersi lontani.

Una parte della scorta era rimasta all'esterno insieme a Blue, il drago che un tempo era stato l'animaletto di Taran. Non avevo ben capito in quale modo Ryu fosse riuscito a legarlo a sé. Ma al momento non era importante.

Mi rigirai per la decima volta senza riuscire a trovare una posizione comoda.

Una gamba di Areon mi colpì all'improvviso. Il giovane Lorcan continuava a spostarsi nel sonno e, guarda caso, si era sistemato appiccicato al mio giaciglio. Poco lontano, Taran e Edgar dormivano profondamente.

Tentai contando fino a cento, ma niente. Ero distrutta, eppure non riuscivo a prendere sonno.

Alla fine lasciai perdere e, stando attenta a non fare rumore, mi alzai.

Raggiunsi l'uscita della grotta, sbucando all'aria aperta. L'enorme drago stava rannicchiato poco distante, dormendo della grossa. A ogni respiro, delle nuvolette si creavano intorno alle ampie narici.

Un gruppo di Lupi riposava poco distante, mentre gli altri, quelli di guardia, mi guardarono per un breve momento prima di riportare lo sguardo sulla foresta, a disagio.

Erano soldati, parte dell'esercito dei Lupi, eppure li mettevo a disagio. Immaginavo il perché, ma cercai di non pensare a quale fosse la loro opinione in merito.

Scacciai ogni pensiero, dirigendomi al torrente.

Presi posto su una grossa pietra in riva all'acqua, una lieve brezza si levava. L'estate stava finendo. Era passato così tanto? Non mi sembrava possibile.

La mia vecchia vita ormai era un ricordo sbiadito, la nuova era un gomitolo confuso dove felicità, dolore e tristezza si fondevano lungo la strada.

Alla fine la vita è così, un saliscendi che ci porta verso qualcosa. Non avrei smesso di credere che quel qualcosa fosse così bello, splendido e abbagliante da mozzare il fiato. Ci credevo con tutto il cuore. Mi stava aspettando da qualche parte nel futuro, dovevo solo arrivarci.

Persa nei miei pensieri, non mi ero accorta che si stesse avvicinando. Quando mi raggiunse, si sistemò al mio fianco e allora mi girai con un piccolo sorriso.

Le iridi d'acqua marina erano tristi e provate. Certo, come avrebbe potuto essere diversamente?

Osservai meglio il volto cesellato sotto la luce della pallida luna. I capelli d'argento erano legati sulla nuca, mettendo in risalto gli zigomi e i lineamenti scolpiti.

Gli occhi chiari indagarono i miei. Rimasi ferma cercando di cogliere cosa andasse cercando.

Da quando l'avevo abbracciato al loro arrivo, avevamo scambiato appena qualche parola. Era stato impegnato a discutere con coloro che erano abili nel pianificare, e io ero stata relegata nuovamente in un angolo. E stavolta non mi dispiaceva affatto.

«Se penso a ciò che hai fatto, non riesco a capire se prevale la rabbia per il tuo folle piano o l'orgoglio per ciò che sei riuscita a ottenere. Senza togliere l'enorme pericolo cui hai sottoposto te stessa e un membro della Casata Reale dei Lorcan».

Sussultai e mi ingobbii come se mi avesse tirato un pugno. Aveva ragione.

«Fortunatamente sei riuscita a fare qualcosa d'incredibile» continuò, «hai salvato Tor e ucciso uno dei quattro Vaughan e, ovviamente, hai liberato le Fate».

L'ultima frase non mi diede sollievo. Quello che aveva detto era vero. Ero stata sciocca e impulsiva, anche se era andato tutto bene. La fortuna era stata dalla mia parte, ma rimaneva solo fortuna.

«Hai ragione e, per quel che vale detto adesso, mi dispiace».

Portai lo sguardo al fiume e poi alle stelle sopra le nostre teste.

«Sono riuscita in ciò che ho fatto solo perché mi hanno aiutata. Da sola sarei morta».

Scese un lungo silenzio, durante il quale entrambi guardavamo il cielo stellato. Gli astri splendevano come gemme preziose incastonate in una distesa di velluto blu.

«La forza sta nell'unione, ricordalo, Aurora».

Ryu parlava senza spostare lo sguardo. Il suo tono tranquillo infondeva serenità.

«L'amicizia, la fratellanza che si crea tra creature anche tanto diverse tra loro, questa è la vera forza».

Quelle parole risuonarono nel profondo, toccandomi il cuore. Sentivo la verità vibrante che avevano lasciato nell'aria dopo essere state pronunciate.

«Ciò che hai visto, fino a ora, è nulla. La vera guerra deve ancora iniziare» continuò. «Saremo in grado di vincere il nemico se saremo più uniti di loro».

Corrugai la fronte, non capivo.

«Aris sta radunando il suo esercito e non si parla solo di Fray e Lord di Ferro. I Muir, popolo delle Terre Azzurre, si sono già uniti a lui. E ne convincerà altri a seguirlo».

Lo guardai attonita. Una guerra di quella portata avrebbe devastato Arkan.

«E ne sta reclutando altri. Anche i Lupi lo stanno facendo, ma con la perdita d'Imperia hanno ricevuto un durissimo colpo».

Solo l'idea che la città dove mi ero sentita a casa fosse nelle mani di Aris, mi dava il voltastomaco.

«Prima dell'ascesa al potere di Tor, i Lupi non si sono fatti particolarmente ben volere».

Lo sapevo, Ryu me ne aveva già parlato.

«Ora, chi si schiererà con loro lo farà principalmente perché sono nemici dei Vaughan. O perché sanno cosa gli aspetterebbe sotto il dominio di Aris».

Certo, adesso era tutto chiaro.

«Per questo è vitale che sia Tor in prima persona a cercare un'unione e un'alleanza con i diversi popoli, prima che lo faccia Aris».

«Ma com'è possibile?» chiesi frastornata.

«Per questo è stato creato il nostro gruppo, Rori. Alcuni di noi sono stati scelti dal Consiglio di Guerra, altri si sono offerti volontari come scorta. Sarà un viaggio pericoloso e partiremo domattina».

Diverse cose presero senso. «Ma Tor ha perso la memoria, come farà?»

Gli occhi chiari s'incupirono. «Certo, questo non è un problema da poco».

Lo sapevo perfettamente, in un certo senso era come avere a che fare con una persona diversa.

«La cosa principale sarà partire domattina, il tempo è limitato, e il viaggio sarà lungo» annunciò con un sospiro. «Ci dirigeremo a nord, passando per le terre dei Lorcan fino ad arrivare alle Terre Senza Dominio, dove cercheremo di reclutare i pochi Maghi sopravvissuti».

Scattai in piedi come una molla.

«Ma è impossibile, credevo fossero morti tutti!»

«Penelope sa per certo che non è così» rispose con un sorriso teso. «Sarebbe stato meglio fosse venuta anche lei, ma al momento è preferibile rimanga con i Lupi».

Ero confusa.

Come se mi avesse letto nella mente, tese la mano verso di me che ero rimasta impalata in piedi.

L'afferrai senza esitare e mi fece riaccomodare accanto a lui.

«Le cose sono molto complesse, Aurora, durante il viaggio avremo modo di parlarne».

«Quindi sei d'accordo che parta anch'io?» indagai sorpresa.

Il suo volto si rabbuiò. «No, io non sono d'accordo, e se deciderai di non partire, ti riporterò dai Lupi».

Un profondo sospiro gli sollevò il torace, mentre spostava una mano per carezzarmi i capelli, come spesso aveva fatto in passato. «Penelope crede tu possa convincere i Maghi a seguire Tor, sei la testimonianza vivente che può ancora esserci armonia e affetto tra i nostri popoli».

Chinai leggermente la testa di lato, studiandolo. Ora era concentrato a lisciarmi i capelli arruffati, come fossi una bambina.

«E tu non sei d'accordo?» chiesi.

Le iridi d'acquamarina catturarono le mie. «Credo abbia senso che loro ti vedano, ma non lo reputo indispensabile al fine di un'alleanza e, personalmente, preferirei non affrontassi la spedizione».

Mi carezzò lievemente la guancia, prima di far ricadere il braccio sul fianco. «So che può essere difficile da capire, ma questo tragitto sarà molto pesante e pericoloso».

I suoi occhi non lasciarono i miei, come a voler chiarire ulteriormente le sue parole. «Sei cresciuta, hai scoperto e imparato moltissime cose, ti sei trasformata in una giovane affascinante Maga e Lupa, ma sei anche stremata».

Era vero, in un certo senso ero esausta. Sia mentalmente che fisicamente. «E non è finito tutto qui, ci sono tante altre cose che dovrai sapere, decisioni che dovrai prendere e la missione non è esattamente la cosa migliore per te in questo momento».

Le labbra sottili si curvarono in un piccolo sorriso mentre, con le nocche, mi sfiorò nuovamente la guancia con una dolcezza infinita.

Il cuore si allargò. Il bene che mi voleva Ryu era limpido e sincero, potevo sentirlo. Era come la rugiada sulle foglie in primavera.

Mi aveva sempre capita e aiutata, lui e Tor erano stati due pilastri al mio fianco quando avevo mosso i primi passi in questo mondo. E lo erano ancora, anche se il legame con il Lupo nero era definitivamente cambiato.

«Credo tu abbia ragione, come sempre» risposi, ricambiando il sorriso. «Ma forse questo viaggio, invece, potrà temprarmi, aiutandomi a capire il prezzo delle mie scelte. Il passato non posso cambiarlo e ciò di cui dovrò parlare con zia Penny può attendere» sospirai.

«Le cose essenziali le conosco, ma dobbiamo agire ora per avere il futuro che vogliamo».

Credevo in quelle parole. Non avrei lasciato che Tor, Ed e gli altri partissero senza di me.

Ryu annuì in silenzio. «Bene allora, andremo al nord».

«Promettimi solo una cosa, Aurora» aggiunse di colpo.

La sua espressione era cambiata. Il bellissimo viso era tornato serio e indecifrabile. «Stai attenta a Tor. Lui è lo stesso Lupo, ma al contempo non lo è».

La sorpresa mi fece boccheggiare. «In che senso?»

«Ha smarrito i ricordi che lo rendevano il Lupo che abbiamo conosciuto a Imperia. Inoltre, ci ha tenuto nascosto di aver spezzato la maledizione, ma la cosa più importante è che quel vissuto tormentato lo aveva fatto diventare il Lupo che abbiamo conosciuto». S'interruppe come a cercare le parole più giuste. «Ora è semplicemente un giovane Re al quale è stato raccontato chi è, qual è il suo percorso. Non sente il vissuto di quel percorso. Era quello che lo rendeva ciò che era».

Si portò una mano alla fronte, come se quel pensiero lo tormentasse da un po'. «Il suo animo rimane nobile, ma le decisioni che prenderà non si baseranno su una sua esperienza diretta, perché naturalmente non ricorda».

Non ci avevo pensato, ma le parole di Ryu avevano senso.

«Tor, privo di memoria, è diverso dal Re che conoscevamo. Non è necessariamente una cosa brutta, ma credo dovremmo fare attenzione».

«Non c'è un modo per fargliela tornare usando la magia?» chiesi stranita. Ciò che mi aveva appena rivelato mi aveva lasciato una sensazione amara in bocca.

«Se, curando le sue ferite, non sei riuscita a farla tornare, non credo sia possibile».

Poi mi porse la mano e, una volta afferrata, mi sollevò con lui.

«Per una perdita della memoria di questo tipo, non si può che aspettare» aggiunse. «Speriamo solo che i ricordi tornino al più presto».

Con lui così vicino, la spiacevole sensazione si diradò pian piano.

«E adesso proviamo a dormire qualche ora, domani ci aspetta una lunga giornata» aggiunse, sospingendomi verso la grotta.

TOR

La vidi rientrare con il Mago a fianco e il fastidio s'impadronì di me. Sapevo chi era dai racconti, e capivo anche il perché di quella vicinanza.

I suoi sentimenti per me erano forti, li sentivo. Eppure l'affetto che provava per Ryu era troppo intenso per i miei gusti.

Quando l'avevo vista uscire l'avrei anche seguita, per stare almeno un momento soli. Ma quel dannato mi aveva preceduto.

Ora si stava sistemando sulla stuoia vicino al Lupo grigio, Edgar. Il Mago invece era poco più in là.

Sospirai rassegnato. Stasera non avrei potuto neppure sfiorarle la mano.

Quei Lupi, tutta quella gente, per me erano estranei. Per loro era normale parlarmi, rapportarsi con me come avevano sempre fatto. Io, invece, facevo fatica. L'unica creatura familiare era lei.

Ma era chiaro che, al momento, non era prudente sbandierare ciò che sentivo. Avevo anche scoperto che possedevo la capacità di nascondere le mie emozioni agli altri Lupi. La cosa si era rivelata estremamente utile. Per non parlare del potere di piegare la loro volontà. Rori me ne aveva parlato, chiarendomi che però quella forza aveva potere solo se i Lupi si trovavano in forma animale.

Guardavo la testolina dorata sistemarsi su un mantello improvvisato a cuscino. Quella visione smosse qualcosa. Un ricordo che riaffiorava, ma che non riuscivo ad afferrare.

Dopo qualche tentativo vano, lasciai perdere.

Avrei voluto dormirle accanto, tenerla stretta, ma non potevo. Ascoltando il suo respiro regolare, infine, presi sonno.

Mancava qualche ora all'alba e tutti erano già in piedi, preparandosi alla partenza. Il grosso animale squamato avevo scoperto essere un drago legato al Mago. Su di lui erano state caricate le provviste e qualche scorta d'acqua.

«Tor, mio Re, è quasi tutto pronto. Le conviene mangiare prima della partenza».

Il Lupo biondo, Niall, mi guardò attento. Lui sembrava l'unico a essersi accorto della difficoltà che avevo nel rapportarmi con loro.

Il corpo statuario si muoveva con agilità e non mi ero accorto di averlo a fianco. Gli occhi, di un freddo azzurro, andarono al vassoio di carne secca, posto vicino al fuoco.

Gli uomini avevano già mangiato, quello che avevo davanti era a mia disposizione.

«Ehi, Niall, avevi parlato di perdita della memoria non dell'appetito, sicuro di non esserti sbagliato?» ghignò il ragazzo dagli occhi grigi, canzonando il Lupo al mio fianco.

Non riuscii a trattenere un leggero sorriso.

«Sta' zitto, Edgar» bofonchiò il Lupo biondo, alzando gli occhi al cielo.

«Tranquillo Niall, non troverai appoggio lassù, gli Dèi aiutano solo i Lupi buoni» ridacchiò ancora Ed.

Quel giovane Lupo mi avevano detto essere uno dei miei Comandanti.

Dietro le spalle di Edgar, fece capolino lei. Le sfere gialle guardarono accigliate tutti e tre e poi, con tranquillità, si chinò afferrando una striscia di carne per portarsela alla bocca.

A quella vista il mio stomaco mugugnò.

«Tranquillo, Ed» bisbigliò poi con fare cospiratore. «A quanto sento, il grande capo non ha perso l'appetito».

Quell'uscita giocosa provocò qualche piccola risatina, ma nulla di più. Solo il ragazzo dagli occhi grigi ghignò di gusto. Se si permetteva di scherzare così con il Re, stava a indicare che avevamo una grande confidenza, annotai mentalmente.

Quanto a Rori, sarebbe sicuramente arrossita se avesse saputo che, in realtà, la mia fame non era certamente diretta al vassoio di carne, pensai lanciando una lunga occhiata alla sua bocca che si era chiusa sul cibo. Quando, sollevando lo sguardo, inciampai nel suo, un bagliore strano mi annunciò che forse aveva capito.

Il gruppo si era radunato nello spiazzo davanti alla grotta, con il lucertolone blu che sbuffava irrequieto.

«Sappi che questo si chiama furto» disse aspro il Vaughan che stava alla mia destra, senza distogliere lo sguardo dall'animale.

Ryu si voltò con espressione tranquilla.

«In realtà, salvataggio: trovo sia un termine più appropriato».

Quando avevo indagato sulla creatura, mi avevano raccontato che quel drago era stato nascosto dai Vaughan per secoli. Era di Taran. E durante la spedizione a Orias, poco prima dello scoppio della guerra, il Mago lo aveva trovato nascosto nei sotterranei della città.

«Potrete discuterne quanto volete durante il viaggio» s'intromise

Salem. «Ora è tempo delle ultime formalità prima di partire».

Il Lupo era un guerriero imponente dal viso spigoloso. Sottili capelli castani gli scendevano sino alle spalle, nascondendo in parte il collo massiccio segnato da una vistosa cicatrice.

Anche con lui dovevo essere in stretta confidenza, ma a guardarli nessuno dei presenti mi diceva nulla. Solo lei.

Stava ferma alla mia sinistra. Avevo fatto in modo che le nostre braccia, distese lungo i fianchi, si sfiorassero diverse volte, e solo quel piccolo contatto era stato un conforto infinito. Esserle così vicino e non poterla toccare era una tortura.

«Fratelli Lupi» iniziò Salem, alzando la voce.

«Adesso prende il via la nostra missione. Siamo riusciti a raggiungere il nostro Re. E ora, insieme, procederemo nella ricerca di alleati!»

Tutti erano immobili e attenti. I soldati si trovavano in forma animale, solo chi aveva un ruolo di comando nell'esercito o politico aveva mantenuto sembianze umane.

Niall e Edgar erano vicini, sulla sinistra; Fibar, invece, era posizionato alle spalle di Salem. Quel Lupo silenzioso emanava una rabbia sorda ogni volta che Aurora si avvicinava a lui. L'avevo tenuto d'occhio. Appena possibile avrei trovato il modo di chiarire le cose con lui.

Taran era fermo alla mia destra, Rori si era posizionata alla mia sinistra. Ryu, il principe dei Lorcan, e il Lupo di nome Vuk le stavano accanto.

«Il viaggio che ci attende sarà lungo e difficile, ma sono certo che torneremo vittoriosi».

Ringhi d'approvazione si levarono dal manipolo di soldati.

«La nostra missione è fondamentale per riuscire a sconfiggere i Vaughan, quindi vi chiedo di dare tutti voi stessi e proteggere il nostro Re, a ogni costo!»

L'orizzonte stava cambiando colore, e presto il sorgere del nuovo giorno avrebbe accompagnato la nostra spedizione.

«Una volta tornati ad Annis, avremo con noi un esercito indistruttibile che spazzerà il nemico. Il nemico che ha ucciso i nostri cari. Fratelli e amici. Il nemico che ci ha portato via Imperia!»

Diversi ululati squarciarono il cielo mentre Taran s'irrigidiva al mio fianco.

«Inoltre, visto il clima pesante, volevo annunciare anche dei festeggiamenti» continuò Salem.

«Al nostro ritorno, banchetteremo prima della battaglia e festeggeremo il nostro Re!»

Mi accigliai. Una festa prima della battaglia?

«Il nostro Sovrano, prima dell'attacco a Imperia, aveva finalmente deciso di voler convolare al rito nuziale».

Il silenzio calò. E un gelo sibilante si spostò lungo la mia gola.

«Prima dell'attacco, la sua intenzione era quella di dare al nostro popolo una Regina. Di regalarci una Sovrana prima di scendere in guerra. Ahimè, non c'è stato tempo».

Cosa dannazione stava dicendo?

«Quindi non ci sarà momento migliore per consacrare l'unione con Deva Elin, figlia di Nara e Ducan, nonché nipote di Navar, membro del Consiglio degli Anziani, prima di questa grande battaglia».

L'orrore fu tutt'uno con la mia carne. Possibile? Non ricordavo nulla...

Perché quel Lupo si era preso la libertà di fare quell'annuncio ora?!

Intanto, i presenti erano esplosi in ululati di giubilo.

Il Lupo, che avevo appena deciso di odiare fino alla morte, si voltò a guardarmi. «Voglia scusarmi, mio Re, se mi sono preso la libertà di comunicare questa vostra decisione di mia iniziativa».

La sua testa si chinò in un rispettoso inchino. Bene, era già in posizione per essere strappata a morsi.

«Il mio intento era solo di riempire gli animi di gioia prima della missione. E anche il vostro, adesso che sapete che al nostro ritorno una sposa vi attende».

Syd

Fine
Terza parte...

Dimmi perché questa musica che sento
Mi ricorda il volo di un soffione.

Nasce dentro le mie mani
Come un istinto che non posso ingabbiare
Tanto è forte
Tanto è primitivo
Questo suo brancolare nel mio pensiero.

E più ascolto i temporali invernali invadere la quiete
Più odo schiere di violini
Che tendono le loro corde allo stremo

Cercando invano
La perfezione naturale
Del canto furioso del cielo.

Questa passione è un quadro,
La mia prigione è la sua cornice
E mi trattiene
Dall'espormi ai venti
Come agli uragani
La cui causa del moto risiede nel mio cuore
che batte aritmico secondo le correnti
trascinando il soffione guardingo e beato
 nel suo volo solitario.

Sara Piantella

Segui l'autore su

G.D. LIGHT

Ti è piaciuta la storia?

Raccontacelo con una recensione su **Amazon!**

Printed in Great Britain
by Amazon